Pierre Drieu la Rochelle

Gilles

Gallimard

PRÉFACE

Mon œuvre romanesque a connu un développement très difficile, très discuté.

Cela a dépendu de moi plus que des autres. Je n'appartenais à aucun clan politique susceptible de me défendre et je ne jouais qu'à de rares moments d'attendrissement le jeu littéraire de la rhubarbe et du séné. De sorte que les critiques ont cru pouvoir me traiter avec une liberté qu'ils n'osent pas en général. Ils avaient entendu dire aussi que je doutais de moi-même. Un artiste doute, en effet, de lui-même ; il est en même temps sûr de lui. Bref, cela a été d'un de ces lieux communs qu'on se repasse de feuilleton en feuilleton que de mettre en doute ma vocation de romancier.

Ce qui semblait encore à mes juges légitimer leur méfiance, c'était la variété de mes occupations. La poésie, le roman, la nouvelle, la critique, l'essai, un peu de politique, un peu de théâtre, cela leur paraissait beaucoup. Par là-dessus un luxe de paresse et de solitude : décidément c'était trop.

Ils ne se donnaient pas la peine de voir l'unité de vues sous la diversité des moyens d'expression, principalement entre mes romans et mes essais politiques.

Des potins de petits journaux faisaient croire à la versatilité de mes idées aussi bien que de mes travaux.

Et pourtant la cohérence de ma sensibilité et de ma volonté apparaît à qui me fait la justice de relire dans leur suite une bonne partie de mes ouvrages.

Je me suis trouvé comme tous les autres écrivains contemporains devant un fait écrasant : la décadence. Tous ont dû se défendre et réagir, chacun à sa manière, contre ce fait. Mais aucun comme moi — sauf Céline — n'en a eu la conscience claire. Les uns s'en sont tirés par l'évasion, le dépaysement, diverses formes de refus, de fuite ou d'exil ; moi, presque seul, par l'observation systématique et par la satire.

Si l'on y regarde d'un peu près, on verra que toute mon œuvre est par son plus long côté une œuvre de satire. Quelques-uns s'en sont aperçus tardivement, en lisant ce *Gilles* après la débâcle.

Mais j'avais débuté par une nouvelle, *La Valise vide*, qui était tout de suite l'analyse minutieuse et implacable d'un caractère de jeune homme tel que le faisaient les mœurs et la littérature en 1920. J'ai repris ce portrait dans un petit roman *Feu follet* où, selon la fatalité de ce que j'avais sous les yeux, les traits s'accentuaient et la logique du personnage aboutissait au suicide. Avec cette fidélité aux modèles offerts par son époque qui est la première vertu d'un observateur et qui dans les moments ou les lieux misérables peut n'être que la seule, je ne faisais que rendre compte de ce qui arrivait après quelques années à une partie de la jeunesse.

A côté de ces deux portraits si nécessairement chargés qu'ils pouvaient paraître des charges, j'en traçais deux autres plus nuancés, plus chatoyants, presque ondoyants qui sont dans *L'Homme couvert de femmes* et dans *Drôle de voyage*.

Dans les deux, il s'agissait d'un certain *Gilles*. J'ai repris ce nom et quelques parcelles de substance dans le roman qu'on peut lire ici. Ce faisant, je me suis comporté comme un peintre qui s'attaque plusieurs fois au même portrait ou au même paysage, ou le musicien qui approfondit le même thème en profitant de la substance accrue que lui apporte l'âge.

Tandis qu'on m'avait reproché la rigueur du *Feu follet*, on me reprocha la trop grande souplesse du trait dans les esquisses de *Gilles*. On voyait à cela la raison que je m'étais pris comme modèle. Mais, en fait, il n'en était rien. Je reviendrai plus loin sur cette question de l'imitation immédiate du modèle, mais je puis dire tout de suite que si l'on compare un roman mineur et univoque comme *Drôle de voyage* ou *L'Homme couvert de femmes* avec un roman majeur et polyphone comme *Gilles*, on conviendra que confession ou autobiographie sont des prétentions mensongères de la part de l'auteur ou des explications trompeuses de la part du lecteur. L'artiste malgré lui fait de l'objectivité, alors même qu'il a de fortes dispositions introverses parce que de l'ampleur de son univers intime ce qu'il peut saisir dans un moment donné n'est que fragmentaire. Le fragment réfracte un personnage inconnu et nouveau-né. Cela reste vrai, même si l'auteur s'acharne toute sa vie sur lui-même, comme Proust, et même alors cela devient encore plus vrai. Quel lointain rapport entre le maigre Proust de la correspondance et le personnage central si compact et si résonnant, prolongé par tous ses satellites, de la *Recherche du temps perdu*? Quel homme s'est plus aliéné à lui-même qu'Amiel en multipliant à l'infini les points de repère de son journal?

Et d'ailleurs qui aujourd'hui sait encore qui j'étais au temps où j'écrivais *L'Homme couvert de femmes*?

Au fond il y a peut-être deux sortes d'égotistes : ceux qui se complaisent dans le charme et la fascination minimes d'être prisonniers et de n'aimer de l'univers que ce qu'ils trouvent dans leur prison, et ceux qui, portés à l'observation de tout, ne s'acharnent sur leur moi que comptant y trouver la matière humaine la plus tangible et la moins trompeuse. Forts de leur bonne foi, ils se disent que dans le tête-à-tête avec eux-mêmes, tenant les deux bouts, rien ne leur échappera, rien ne se dérobera. Illusion encore, certes, mais pourtant toute autre optique que celle de Narcisse et qui a certainement retenu à certaine heures les plus objectifs des romanciers — et les plus classiques des penseurs.

De plus, chez moi, à cause de mon idée de décadence, l'introspection prenait une signification morale. Ayant à démasquer et à dénoncer, je pensais qu'il était juste que je commençasse par moi-même. Je me rappelle que j'avais voulu écrire un livre intitulé : *Pamphlet contre moi et mes amis*. C'eût été une façon de composer une diatribe sur l'époque.

Je n'étais pas moins sévère pour moi-même pris comme prétexte que pour n'importe quel autre compagnon d'époque. Je flagellais sans pitié l'époque en moi, cette époque où la société vieillissait si hâtivement.

Ces coups de férule correspondaient aux avertissements tout de suite très explicites que je déposais dans mes essais politiques *Mesures de la France* ou *Genève ou Moscou*.

La liaison entre les romans et les essais se faisait par toute une gradation de tons qui, bien sûr, échappait au critique, lequel ne semble là que pour excuser et aggraver la paresse du lecteur ordinaire ; cette gradation allait d'un ou deux romans où apparaissait le besoin de trouver leur résonance politique à mes observations privées à des études comme *État civil* ou *Le Jeune Européen*.

Les romans montrant une facette politique, c'était *Blèche* et *Une femme à sa fenêtre*. Là on voyait apparaître nécessairement le revers de ce désordre désormais entier et incurable du cœur et de l'esprit tels que je les dépeignais sans précaution, à la différence de la plupart des auteurs : l'obsession communiste.

★

Voilà quelles furent les œuvres de mes premières années, mineures pour la plupart, travaillées dans l'acuité plutôt que dans l'ampleur du trait.

J'ai été fort lent, je me suis développé à petites étapes.

Étant enfin un peu maître de mes moyens, et ayant dépassé cette zone de contorsions ou de complaisances que forme pour tout écrivain français le drame du style — pour moi elles avaient tourné autour du piège exquis de la concision —, j'en vins à des œuvres de plus longue haleine. Ce fut *Rêveuse bourgeoisie*, puis ce *Gilles*.

Là j'ai adopté tout à trac non pas la forme dramatique du roman-crise, mais celle du long récit qui se développe dans le temps, qui embrasse de larges portions de vie ; c'est que j'ai l'esprit d'un historien.

Si j'avais à recommencer ma vie, je me ferais officier d'Afrique pendant quelques années, puis historien, ainsi je satisferais aux deux passions les plus profondes de mon être et j'éviterais les seuls refoulements dont j'ai souffert. Et historien, je le serais des religions.

L'inconvénient du roman de durée, c'est la monotonie. Par un tour d'esprit bien français, j'ai cherché à y parer en dégageant dans le long mouvement des sursauts, des péripéties saillantes. Ce qui fait que dans ces deux ouvrages chaque partie a son autonomie, constitue un épisode bien détaché. Cela est vrai surtout pour *Gilles*.

Mais j'en viens à un reproche qu'on a fait à ces romans comme aux autres. On y a vu des clés. Et d'abord une principale, mon propre personnage.

Il faut se méfier beaucoup des clés, surtout de celles que les amis d'un auteur ou les personnes qui prétendent le connaître ont toujours en abondance dans leurs poches. Le fait est qu'on ne peut rien écrire à Paris sans que cela ne prenne l'aspect d'un racontar. Mais à Carpentras, on ignore les passe-partout de Paris. C'est à Carpentras qu'il faut être lu pour être sainement jugé.

La vérité, c'est que tous les romans sont à clé. Parce que rien ne sort de rien, parce que la génération spontanée est inconnue dans la littérature comme dans la nature, parce que toute littérature réaliste est fondée sur l'observation du modèle, parce qu'aucun auteur même le plus irréaliste ne peut échapper à sa mémoire.

Lisez un peu ce qu'on a écrit sur la genèse des grandes œuvres du siècle dernier, vous verrez qu'on a trouvé la clé de tous leurs personnages, que ce soit Mme Bovary, Stavroguine ou David Copperfield. On a trouvé la clé et on n'a rien trouvé du tout, pour la raison que j'indiquais plus haut.

Si on ne peut peindre sans modèle, on ne peut non plus reproduire le modèle exactement, *à partir du moment* où celui-ci est introduit dans une histoire dont le mouvement propre transforme et altère tout ce qu'il entraîne.

Il y a clé parce qu'on retrouve dans un personnage tel ou tel trait particulier d'une personne connue et même bien plus, tout un ensemble de traits ; il n'en reste pas moins que ce personnage est *un autre*, parce qu'il est pris non seulement dans une suite d'événements inventés mais aussi et surtout dans un monde neuf, dont la nouveauté se compose de la rencontre imprévue dudit personnage avec des hommes et des femmes qui ne sont là que par la fantaisie de l'auteur, c'est-à-dire qui ne sont là que pour satisfaire les besoins secrets et indicibles de l'auteur.

Vous me direz qu'il y a des romans où rien ne paraît *inventé*, ou tout semble fidèlement, servilement copié, la trame des faits et la série des personnages. Je vous répondrai que ce n'est pas vrai. L'économie de l'œuvre littéraire, les nécessités de la composition et de la présentation produisent autant d'altération que ce qu'on est convenu d'appeler l'invention et qui n'est que la conformité où se met l'auteur avec lui-même, avec la loi de son monde intérieur.

Un romancier est voué à l'originalité en tout cas. Même s'il n'a pas de talent, car alors c'est seulement l'originalité intérieure qui lui fait défaut, il est victime de son propre manque de caractère, de l'inexistence de sa personnalité. Mais si textuellement voué à l'exactitude qu'il paraisse, il n'en raconte pas moins tout de travers l'histoire de ce qui s'était réellement passé dans la vie.

Je disais tout à l'heure que j'aurais voulu être historien. Entendez-moi bien. L'historien lui-même ne peut pas faire autre chose que le romancier, et un Balzac est peut-être un Michelet qui s'est dit « : A quoi bon? Aussi bien avouer... »

Mais altérer les faits, ce n'est pas altérer l'esprit des faits et Balzac se retrouve avec Michelet, ce formidable imaginatif, pour servir au mieux ce qui seul compte, la vie. Si on crée de la vie, on ne ment pas, on ne trompe pas, car la vie est toujours juste écho de la vie.

*

Certains artistes trouvent que je me suis trop occupé de politique dans mon œuvre et dans mes jours.

Mais je me suis occupé de tout et de cela aussi. Beaucoup de cela, parce qu'il y a beaucoup de cela dans la vie des hommes, en tout temps, et qu'à cela se noue tout le reste.

Citez-moi dans le passé un grand artiste — nous avons bien le droit de chercher haut nos modèles — qui n'ait pas été empoigné par la politique ? Même quand il était sollicité par la plus intime mystique ?

Pour parler en particulier du roman qu'on va lire, *Gilles*, il me faut revenir sur l'idée de décadence. Elle seule explique la terrible insuffisance qui est le fond de cet ouvrage.

Ce roman paraît insuffisant parce qu'il traite de la terrible insuffisance française, et qu'il en traite honnêtement, sans chercher de faux-fuyants ni d'alibis. Pour montrer l'insuffisance, l'artiste doit se réduire à être insuffisant.

C'est à quoi ne se sont pas résignés la plupart des écrivains contemporains — et c'est ce qui fait leur avantage. Pourtant, il y a eu Céline.

On n'a guère remarqué que presque personne ne s'est risqué à peindre la société de Paris dans sa réalité des vingt dernières années. Pour cause, parce qu'il fallait dénoncer une terrible absence d'humanité, une terrible insuffisance de sang. Cela était désobligeant.

Qu'ont fait les autres, en effet ? Les catholiques avaient une ressource immense, la puissante armature de leur vision théologique de l'homme et d'un système psychologique encore inépuisé parce que riche d'une expérience tant de fois séculaire. Avec cela, ils avaient la province, la province tordue, convulsée mais n'ayant pas encore rendu l'âme comme Paris. C'est ainsi que s'en est tiré Bernanos — et aussi Mauriac.

Giono, lui, s'est lancé dans une féerie paysanne, une pastorale lyrique, un opéra mythique où il a pu exprimer, sans être gêné par l'immédiate intercalation du réel, son intime aspiration à la santé et à la force.

Car ce pacifiste a le goût de la force, de la force vraie. Au fond *Le Chant du monde* est un roman guerrier, un roman de la violence et du courage physique, bien plus sûrement et directement qu'un roman de Malraux, de Montherlant ou de moi, mais libre de politique.

Le drame pour tous ceux-ci c'était de sentir en eux plus de force qu'il n'en restait dans la société. De là la nécessité de se dépayser pour dire leur rêve ou l'obligation de ne se vouer qu'à l'exécration convulsive.

Malraux a cherché la transposition d'une autre façon que Giono. Faute de Français, il a pris des Chinois, ou des personnages qui se mouvaient dans une Chine de révolutions et de batailles — ou des Espagnols.

Que pouvait-il faire d'autre? S'il s'était résigné à la France, il n'aurait sans doute pu faire que ce qu'ont fait Montherlant ou Céline.

Montherlant était entré dans la vie littéraire avec des dons qui de l'aveu de tous l'armaient pour une œuvre puissante, athlétique, qui se serait déployée sous le signe d'Eschyle ou de Vigny ou de Barrès, ou au pire de d'Annunzio. Mais, après le temps des juvéniles illusions et du leurre de la guerre — qui lui permit d'écrire *Le Songe*, *Les Olympiades* et *Les Bestiaires* — il a jeté autour de lui un regard juste. Il n'y avait pas matière à ses dons.

Par honnêteté de peintre devant son modèle, ce Michel-Ange s'est résigné à devenir une sorte de Jules Renard. Il a contraint, broyé son art jusqu'à écrire la série des *Jeunes Filles* et des *Célibataires*.

Céline s'est jeté à corps perdu dans le seul chemin qui s'offrait (et qui a tenté dans quelque mesure Bernanos) : cracher, seulement cracher, mais mettre au moins tout le Niagara dans cette salivation. Il avait des modèles : Rabelais, ou le Hugo des *Châtiments* ou de *L'Homme qui rit*.

Aragon, comme plusieurs de ses aînés, s'en est tenu à la réminiscence et à la description de la société d'avant 1914.

Moi, je me situe entre Céline et Montherlant et Malraux.

J'ai strictement dit ce que je voyais, comme Montherlant dans *Les Célibataires*, mais avec un mouvement vers la diatribe de Céline, contenu dans de strictes limites, parce que bien que grand amateur et grand défenseur d'une espèce de démesuré dans l'histoire de la littérature française, pratiquement je suis un Normand, comme tous les Normands scrupuleusement soumis aux disciplines de la Seine et de la Loire. Il y avait en moi aussi une tendance à sortir des gonds français comme Malraux, mais j'étais trop étreint par le drame de Paris pour aller à l'étranger ; et je ne suis allé en Espagne ou en Allemagne ou en Russie que pour vérifier les prévisions toutes concentrées sur la France.

J'ai souvent amèrement ricané en songeant à l'étroit, au minuscule des drames que j'ai soumis au microscope dans *Gilles*, en comparaison avec l'ampleur des thèmes chez Malraux, chez Giono, ampleur pour laquelle il me semblait que j'étais né.

La France est un pays de peintres où Daumier représente une exigence tout comme Delacroix.

*

Je crois que mes romans sont des romans ; les critiques croient que mes romans sont des essais déguisés ou des mémoires gâtés par l'effort de fabulation. Qui a raison ? Les critiques ou l'auteur ?

Le saura-t-on jamais ? Quelle pierre de touche détient-on ? Attendons la postérité ? Mais par qui est faite la postérité ? Par d'autres critiques... Ceci n'est pas exact. Le jugement de la postérité est fait par les écrivains qui lisent et qui imposent leur opinion compétente aux critiques. C'est ainsi que Stendhal et Baudelaire et Mallarmé ont été peu à peu élevés à leur haute situation. Les écrivains deviennent bons juges à l'égard d'un confrère d'une génération disparue : l'envie n'a plus que faire et, au contraire, le laudateur s'accroît de la puissance du fantôme qui est loué.

Il faut beaucoup d'audace pour songer qu'on passera à la postérité. Cette audace, la nourrissent dans leurs cœurs bien des timides. Ceux qui ont eu un succès retentissant pensent que ce succès continuera. Ceux qui en ont eu moins se rassurent en pensant à Stendhal ou à Baudelaire. Toutefois, ceux-ci de leur vivant étaient fort connus et respectés au moins d'une petite élite. Car il n'y a pas de génies méconnus.

Un écrivain est obligé de croire dans le fond de son cœur qu'il passera à la postérité, sinon l'encre se tarirait dans ses veines. Et, sauf chez les médiocres, cela est touchant. Nous sommes bien une centaine en ce moment à ne pouvoir arracher de notre cœur cette pensée séduisante comme tous les buts du courage. Il faut cet élan des appelés pour épauler les élus.

Je m'écrierais volontiers que je suis sûr que, par exemple, Montherlant passera à la postérité et que je n'y passerai pas. Mais j'avoue aussitôt après que je doute par moments d'être si certainement condamné.

Comment savoir quoi que ce soit de certain sur soi-même alors qu'il y a des jours où ceux qu'on croit les plus solidement assis dans votre propre estime et admiration vacillent? Comment s'équilibrer entre l'excès de confiance de l'excès de méfiance? Vraiment, on hésite entre la modestie et la fierté : l'une et l'autre peuvent être une duperie.

Mais tout cela, ce sont des humeurs qui passent. Il reste deux choses : la joie de l'artisan qui fait son travail, qui se dit qu'il participe à cette aventure merveilleuse qu'est le travail de l'homme — et la joie d'être un homme, de rester un homme pur et simple, à côté de l'homme de métier, de l'écrivain. Un homme qui mange, qui boit, qui fume, qui fait l'amour, qui marche, qui nage, qui ne pense à rien et qui pense à tout, un homme qui ne fait rien et qui n'est rien, un homme qui rêve, qui prie, qui se prépare à la terrible et splendide mort, un homme qui jouit de la peinture ou de la musique autant que de la littérature, qui s'enivre de ce que font les autres bien plus que de ce qu'il fait, et un homme qui a d'autres passions encore, qui est pour ou contre Hitler, un homme qui a une femme, un enfant, un chien, une pipe, un dieu.

Après tout, si je vous donnais ma pensée intime, je vous dirais que je ne crois pas beaucoup à l'utilité de toutes les études spécieuses qu'on a accumulées sur l'art du roman. Je n'y vois qu'un signe peut-être sur la décadence du genre. La tragédie n'a jamais tant fait parler d'elle qu'à son déclin ; hélas, elle s'est survécue un siècle, et plus.

On a opposé le roman russe et le roman anglais au français — au détriment de celui-ci. Mais les romanciers russes et anglais se sont nourris de modèles français qui eux-mêmes n'avaient pas négligé les exemples anglais ou espagnols. Le réseau des influences est inextricable, et l'interférence des mérites aussi. Le pays qui a produit La Fayette, Marivaux, Voltaire, Stendhal, Constant, Balzac, Sand, Sue, Hugo, Flaubert, Zola, Maupassant, Barbey, les Goncourt, Villiers, Huysmans, Barrès, Proust, n'a rien à envier à aucun autre.

Pourtant avons-nous rien de tout à fait comparable aux grandes œuvres de Dostoïevski et de Tolstoï ? C'est que peut-être les Russes ont mis dans le roman ce que les Occidentaux avaient déjà mis dans le théâtre et dans la poésie.

En tout cas, les méthodes françaises valent bien les méthodes anglaises ou russes. Elles sont d'ailleurs fort variées. Quelle diversité entre *Adolphe* et *Les Misérables*, entre Stendhal et Zola !

Le récent roman américain semble un hommage aux méthodes françaises plutôt qu'à toutes autres.

Je dis tout cela, prêchant pour mon saint. Car mes romans sont faits selon la tradition la plus typiquement française, celle du récit unilinéaire, égocentrique, assez étroitement humaniste au point de paraître abstrait, peu foisonnant.

C'était bien la peine de tant admirer les étrangers, de se rebeller tant contre les traits fatidiques inscrits sur le registre de la mairie.

En tout cas, c'est ainsi. Il ne reste qu'à dire : « Pourquoi pas ? »

Juillet 1942.

On a rétabli dans cette nouvelle édition les passages qui avaient été supprimés par la censure en octobre 1939.

LA PERMISSION

I

Par un soir de l'hiver de 1917, un train débarquait dans la gare de l'Est une troupe nombreuse de permissionnaires. Il y avait là, mêlés à des gens de l'arrière, beaucoup d'hommes du front, soldats et officiers, reconnaissables à leur figure tannée, leur capote fatiguée.

L'invraisemblance qui se prolongeait depuis si longtemps, à cent kilomètres de Paris, mourait là sur ce quai. Le visage de ce jeune sous-officier changeait de seconde en seconde, tandis qu'il passait le guichet, remettait sa permission dans sa poche et descendait les marches extérieures. Ses yeux furent brusquement remplis de lumières, de taxis, de femmes.

« Le pays des femmes », murmura-t-il. Il ne s'attarda pas à cette remarque ; un mot, une pensée ne pouvaient être qu'un retard sur la sensation.

Les fantassins et les artilleurs, déjà domestiqués, s'engouffraient avec leurs parents dans la bouche du métro. Lui était seul et prit un taxi.

Où aller ? Il était seul, il était libre, il pouvait aller partout. Il ne pouvait aller nulle part, il n'avait pas d'argent. La seule personne au monde qui pût lui en donner, son tuteur, était en Amérique. Son tour de permission avancé par les pertes récentes qu'avait subies son bataillon, il n'avait pu le prévenir et il n'y pensait plus. Seulement sa solde. Bah! c'était au moins une soirée. Demain, il verrait. Il avait des idées, et surtout une confiance passionnée : rien ne résisterait à la violence de son appétit. Il n'y résisterait peut-être pas lui-même. Mais les folies de l'arrière ne pouvaient être que de bien minces sottises : on serait toujours trop content de le renvoyer au front où un obus pouvait tout arranger.

Ce qui le préoccupait, c'était sa tenue. Très joli d'être un vrai fantassin, avec des brisques et une croix et de porter la fourragère d'un célèbre régiment de choc, mais encore faut-il montrer qu'on n'est pas un péquenot. Dans le train, il avait pensé à tout, à tout ce que lui permettrait sa pénurie. Le taxi le déposa rue de la Paix ; il était tard et il entra de force chez Charvet, alors que le rideau de fer descendait.

— J'ai besoin d'une chemise, dit-il avec un reste de la rudesse joviale qui ne lui manquait pas dans les bistros du front.

— Nous n'avons pas de chemises toutes faites, monsieur, répondit M. Charvet lui-même, avec un grand respect pour le soldat et une pointe d'inquiétude sur le rang social que pouvait cacher l'uniforme.

Gilles rougit. C'était certes la première fois qu'il entrait dans une telle maison ; il en avait entendu parler par des aviateurs dans le train. Évidemment, les clients de Charvet ne commandaient les chemises que par douzaines, il aurait dû y songer.

M. Charvet eut pitié de son air désappointé.

— Écoutez, monsieur. Un client m'a laissé là une commande... Il est parti brusquement en mission aux États-Unis... Si ces chemises vous allaient...

Gilles fut ravi à l'idée de voir ce qu'avait choisi le client, sans doute un monsieur fort bien.

— Mais ce n'est pas pour porter avec...?

Les clients de M. Charvet pouvaient être des héros, mais à Paris, ils avaient d'autres tenues que celle-ci.

— Non, j'arrive... C'est pour mettre avec un autre...

— Une vareuse ouverte?

— ... Oui.

Les chemises étaient d'un tissu bleu, très fin. La main de Gilles s'avança, caressante. Il y avait des cravates de chasse assorties.

— J'en prends une, s'écria Gilles.

— Une seule!

— Oui, j'en ai d'autres. C'est seulement pour ce soir.

Gilles rougissait et bafouillait.

— Mais vous ira-t-elle, monsieur? J'ai peur que les manches...

Gilles était si fasciné par la finesse de la couleur et de l'étoffe, tout cela éveillait en lui une telle convoitise qu'il ne pouvait croire que tout n'allât pas bien.

— Oui, ça ira.

— Mais, monsieur...

Il fallait fermer le magasin ; M. Charvet laissa partir le nigaud. Dans la rue, Gilles regarda tout autour de lui avec un sourire de triomphe. Une femme passa, deux femmes passèrent, ravissantes. Mais il lui fallait maintenant un coiffeur. Son entrée fut remarquée. On n'avait pas l'habitude de voir un fantassin aussi grand, aussi délié sous la grosse capote. Il goûta l'atmosphère chaude et parfumée, autant que tout à l'heure la douceur de la chemise.

— Les cheveux, la barbe.

— Manucure?

— ... Non.

Il avait répondu machinalement : non, comme à quelque chose d'inhabituel. Il le regretta, puis s'en félicita, car la chemise avait coûté fort cher. Quand il sortit du délicieux linceul où il s'était si bien détendu, il était transformé. Bien rasées, ses joues étaient étroites, mais pleines et dorées. Ses cheveux blonds étaient moelleux sous le coup de vent. Les yeux bleus, les dents blanches. Peu importait le nez trop rond, un peu cuit.

Mais maintenant il fallait changer de chemise : il fallait donc prendre une chambre à l'hôtel. A quoi bon ? Ne coucherait-il pas avec une femme ? Il avait pris un bain à Bar-le-Duc. Il entra dans un chalet de nécessité. Hélas ! La chemise avait les manches trop courtes. En revanche, la cravate croisée en plastron faisait merveille et illuminait la tunique étriquée. Sur le boulevard, il regarda encore ses chaussures. Pas trop mal, achetées dans le Nord à un officier anglais pour quelques sous. Il les fit cirer...

Enfin, il se laissa aller à regarder, à désirer. Tout ce monde, dédaigné depuis de longs mois, lui semblait étrange. Il aurait pu haïr les hommes, mais il ne regardait que les femmes qu'il adorait. C'était un soir doux. S'il avait regardé le ciel, comme il faisait au front, mais oubliait aussitôt de faire dans la grande ville qui replie tous les sens de l'homme sur quelques fétiches, il aurait vu un ciel charmant. Ciel de Paris sans étoiles. C'était un soir doux, légèrement veiné de froid. Les femmes entr'ouvraient leurs fourrures. Elles le regardaient. Des ouvrières ou des filles. Les filles le tentaient plus que les ouvrières, mais il voulait jouer avec son désir jusqu'à grincer des dents ou défaillir. Tout le monde semblait aller vers un but. Et lui aussi, il avait un but dont la forme lui était encore inconnue. Tôt ou tard, cette forme allait se découvrir.

Il descendit la rue Royale et se trouva devant Maxim. Jamais il n'y était entré, mais avant la guerre il était passé devant non sans envie, quand, étudiant austère, il se risquait sur la rive droite. Aujourd'hui, il y entrait.

Il fut un peu déçu : le bar lui parut étroit et aussi le boyau qui mène à la salle du fond. C'était plein d'officiers, et surtout d'aviateurs. Là encore, il étonna un peu : on n'avait pas l'habitude de voir un « garçon bien » qui fût fantassin sans au moins être officier. Il y avait quelques poules : elles n'étaient pas belles, ni même élégantes. Mais elles le regardaient avec une audace dure qui lui imposait.

Il ne pouvait s'approcher du bar et réclamait en vain un Martini. Une femme lui mit soudain son verre à la bouche.

— Tiens, si tu as soif.
— Merci.
— Et puis paye-m'en un autre.

Il fallait s'exécuter, mais il ne lui plaisait pas qu'on le prît pour un niais. Le barman soudain s'intéressa à lui et ils burent. Il n'y avait plus que cent et quelques francs dans son vieux porte-monnaie.

La poule ne lui plaisait pas et pourtant lui donnait chaud. C'était une brune encore jeune, mais déjà lourde, avec de la mauvaise graisse, un mauvais teint et des dents peu soignées ; elle était habillée comme une cuisinière endimanchée. Il but, et tout le délice de ce premier soir coula dans ses veines. Il était au chaud, au milieu de corps vivants, bien habillés, propres, rieurs ; il était dans la paix. La paix, c'était surtout le royaume des femmes. Elles ignoraient absolument cet autre royaume aux portes de Paris, ce royaume de troglodytes sanguinaires, ce royaume d'hommes — forêt d'Argonne, désert de Champagne, marais de Picardie, montagne des Vosges. Là, les hommes s'étaient retirés dans leur force, leur joie, leur douleur. Ils avaient quitté leurs ateliers, leurs bureaux, leurs ménages, leur traintrain, l'argent, les femmes, surtout les femmes. Et lui, qui s'était enivré de cette prodigieuse récurrence de la nature et du passé, qui avait longtemps serré sur son cœur le rêve soudainement, incroyablement réalisé des enfants fidèles aux origines, des enfants qui jouent aux sauvages et aux soldats, il revenait vers les femmes. Il avait faim des femmes, et alors aussi de paix, de jouissance, de facilité, de luxe, de tout ce qu'il haïssait, dont avec transport il avait accepté la privation dès avant la guerre, mais qui allait avec les femmes. Il avait faim des femmes, de cette douceur infinie du spasme qu'elles prodiguent. Autre aspect, qu'il ne connaissait guère, de la mort.

L'alcool le rapprochait des femmes ; l'instant d'après, il l'en éloignait. L'alcool le ramenait en arrière jusqu'à cette gare où il s'était embarqué le matin, encore plus loin que cette gare. « Il y a un petit chemin creux. Et puis un petit pont. Au delà du pont, il y a un pied de mitrailleuse boche tout rouillé. La mitrailleuse qu'*ils* ont laissée quand on a repassé le pont. Et puis à droite, le court boyau et la tranchée de deuxième ligne. » Et cet abri où il a tant dormi et lu Pascal avec un dégoût passionné. Dégoût pour ces mots si vrais, mais si impuissants devant une vérité d'un tout autre degré. Qu'est-ce que des mots à côté de la sensation ? « Ah ! nous avons vécu. Et évidemment ici, on ne vit pas, ce n'est pas la vie. Je le sais du plus profond de mon âme, du plus profond de l'alcool. »

Cette femme était immonde et il la désirait. Et c'était aussi du plus profond de son âme. De son âme d'enfant. Il avait tant besoin de la prendre dans ses bras pour être dans les siens et glisser dans le puits sans fin du plaisir. Ils appellent ça le plaisir, mais c'est le cœur qui fond, qui se brise, c'est comme les larmes. C'est le cœur qui s'épanche à l'infini, à jamais. Elle était immonde. Elle ne pensait qu'à bouffer, à boire ; elle avait besoin d'argent pour ses vieux jours. Elle avait de vilaines dents qu'elle n'avait jamais lavées quand elle était ouvrière. Maintenant, plus bourgeoise que tous les bourgeois : s'en fourrer jusque-là et puis rien d'autre ; il connaissait le peuple, sa faiblesse.

— Gilles, tu es là!

Quelqu'un le tirait par le bras.

Gilles était très étonné qu'on l'appelât Gilles, il ne se rappelait pas que quelqu'un qui ne fût pas mort eût ce droit sur lui. Il se retourna et vit un garçon avec qui il s'était lié pendant son court passage dans un hôpital de l'arrière-front. C'était un Juif algérien, qui était court sur pattes, large de reins et d'encolure, avec des dents très blanches et des yeux très bleus dans un visage très brun.

— Tiens, tu es dans les autos-mitrailleuses maintenant! fit Gilles, un peu distant.

— Mon vieux, j'en avais assez des 120 courts. Qu'est-ce qu'on prenait depuis quelque temps.

Ils bavardèrent à bâtons rompus. Gilles était ravi d'avoir trouvé un camarade ; il avait une grande indulgence pour ce Bénédict qui plaisait aux femmes.

— Tu dînes avec moi, avança bientôt Gilles.

— Non, mon vieux, il faut que je dîne chez ma mère. Après le dîner, si tu veux.

— Mais non, dîne avec moi.

L'autre se décida à téléphoner. Tout cela, le matin, était dans cet enfer à cent kilomètres de Paris, mais, le soir, reprenait ses habitudes de bourgeois. La guerre ne marquait pas les hommes.

Ils s'installèrent à une table dans le trottoir. Gilles se dit qu'ils faisaient bien ensemble. Bénédict avait lui aussi deux ou trois citations. Brave à l'occasion, il n'aimait pas la guerre. Il avait pour l'idée de la guerre encore plus que pour sa réalité cette répugnance déclarée qu'ont les Juifs. Il avait eu une cuisse bien déchiquetée, d'ailleurs. Gilles passait sans transition d'un ascétisme vécu avec réflexion à une parade nigaude, traîtresse. Il était un jeune militaire décoré qui accepte d'être payé — pour un acte pourtant si gratuit — par le regard des civils et des femmes. Il enviait le joli uniforme de fine cheviote de Bénédict.

L'autre, justement, lui dit :

— Tu es très malin, tu t'es composé un petit costume de « poilu » élégant.

Gilles eut un sourire de béatitude.

Ils burent encore des cocktails. Gilles en était à son quatrième. Bien que depuis deux ans, il eût pris l'habitude de l'alcool, il partait. Les femmes autour d'eux, d'une autre classe que celles du bar, femmes entretenues avec leurs amants, n'étaient pas encore bien belles. Mais tout d'un coup, à la table voisine, deux femmes seules vinrent s'installer. Pas des poules. Mais qu'est-ce que c'était ? L'une était plus belle que l'autre et c'était celle à qui aussitôt plaisait Bénédict. C'était couru, c'était déjà comme ça dans la petite ville où ils s'étaient ébattus, en marge de l'hôpital. Une grande fille pleine à craquer. Elle était brunie par le soleil, ainsi que l'autre plus vieille, plus petite aussi. Elles arrivaient sans doute du Midi, les garces. La moins jeune avait plus d'autorité, l'air plus aventurier, plus vicieux. Gilles se mit à la regarder à tout hasard, mais c'était la belle grosse qu'il admirait. Il ne la convoitait pas puisqu'elle était pour son camarade. Elles avaient aussi un verre dans le nez et elles les regardaient beaucoup.

Ce fut Gilles qui engagea la conversation parce qu'il était plus éméché, plus affolé par la soirée et aussi, prêt à tirer les marrons du feu.

— Qu'est-ce que vous faites, ce soir ?

Il pensa aussitôt aux verres, au dîner à payer, à la soirée. Les parents de Bénédict étaient riches, mais ce n'était pas une raison. Bah! tout s'arrangerait. Et puis si quelqu'un n'était pas content, il le dirait. Il aperçut, à travers l'alcool, que les préjugés étaient près de le reprendre. La guerre n'avait pas brisé les liens ; son égoïsme, sa convoitise, sa cupidité pourraient battre en retraite devant le qu'en dira-t-on.

La question fit beaucoup rire les deux femmes, à cause de la réponse qu'elles allaient faire :

— Nous allons au Français, voir L'*Élévation*, de Bernstein.

— Sans blague. Cette saloperie, s'exclama Bénédict.

— Ça doit être drôle, répondit la belle grosse. On les emmène? demanda-t-elle à son amie. Nous avons une loge.

— Bien sûr, dit l'amie qui avait une sorte d'accent anglais et qui s'amusait d'une façon plus détachée.

Gilles entrevit que cela pouvait être des femmes de théâtre.

— Pour rien au monde, je n'irai voir cette saloperie, cria encore Bénédict. Mais enfin, si vous avez une loge, on peut s'arranger.

La belle grosse reçut son regard bleu et rit de toutes ses dents. On but et on bavarda beaucoup, on mangea aussi. Les hommes ne se souciaient pas beaucoup de savoir qui étaient les femmes, et réciproquement.

Le moment de l'addition arriva.

— Il est près de neuf heures, il faut voir un acte de cette...

— ...saloperie.

Gilles se préparait sottement à payer. Sans doute Bénédict se rappela-t-il ses confidences de l'hôpital, qu'il n'avait pas d'argent ; ou bien agit-il pour le principe. Mais au moment où la plus vieille des deux femmes mettait un billet dans l'assiette qu'on avait posée devant elles avec l'addition, il avança d'une table à l'autre deux doigts et fit passer le billet dans une autre assiette où était leur addition à eux. La femme rit à peine et posa un autre billet, en disant :

— Je me demande si celui-ci va rester.

Gilles, suffoqué, admira beaucoup.

On rit, puis on se transporta au Français.

Dans le taxi, Bénédict et la belle grosse s'embrassèrent aussitôt à pleine bouche. L'autre ne plaisait guère à Gilles qui décida qu'il ne lui plaisait pas non plus.

La Comédie-Française était remplie d'un silence sépulcral. Sur la scène, le corps souffrant du soldat était présenté comme une hostie souillée à la pitié dévorante du public. La salle, bien que remplie pour la moitié de soldats et de parents de soldats, s'extasiait. Ce qui la scandalisa, ce furent les ricanements partis d'une loge où l'on voyait des femmes de mauvaise vie et des soldats trop élégants et railleurs pour n'être pas des embusqués de haut vol.

Gilles avait envie de la belle grosse ; mais elle regardait surtout Bénédict. Elle regardait pourtant Gilles aussi avec curiosité ; elle ressentait peut-être un certain mécontentement qu'il ne luttât pas avec Bénédict. Gilles avait trop rêvé dans les tranchées et il retombait dans son pli ; toutefois, il prit les regards de la belle grosse comme une invite à être poli avec l'autre ; dans la pénombre, cela devenait plus facile. Il s'efforça de l'embrasser, elle lui accorda une bouche experte et réticente. Tout à tour, les deux couples s'occupaient d'eux-mêmes et de la pièce. C'était une alternance de baisers, de murmures et de ricanements que combattait de temps à autre, venus de la salle, une vague de « chut » indignés.

Les « chut » furent soudain couverts par les sirènes

d'alarme dans la rue. Un raid.

Gilles et Bénédict s'esclaffèrent.

— Une bombe au milieu de cette saloperie de pièce héroïque, s'exclama Bénédict, ce serait trop beau.

Il y a toujours un moment où un pacifique veut du sang.

— Si on allait voir dehors ce qui se passe.

Ils partirent. Le ciel n'avait l'air de rien, narquois. On entendit une explosion quelque part. Gilles se rappela une phrase toute faite : « Les dieux sont impassibles. » Une autre : « Dieu est un pur esprit. » L'idée de Dieu avait pris pour lui une singulière réalité, cette réalité qu'il lui cherchait en vain au collège, quand il s'acharnait à prier. Les prêtres avaient su lui faire comprendre ce qu'était la vertu, un effort contre tout, mais ils n'avaient pu lui faire comprendre Dieu. Pour lui, maintenant, c'était un mystère atroce, palpitant et palpable, qui n'était pas dans le ciel, mais dans la terre

On tint conseil. Où allait-on aller ? On avait soif.

— Oh ! nom de Dieu, s'écria Bénédict, j'oubliais qu'on m'attendait. Écoutez, j'ai une amie charmante qui m'attend chez elle. Allons la voir.

— Ce n'est pas nous qu'elle attend, fit la belle grosse d'un air mordu.

— Elle sera ravie. Vous verrez. Elle a du whisky, du champagne, un tas de choses.

L'alerte finit très vite et on s'enfourna dans un taxi, où Bénédict et la belle grosse se dévorèrent encore. Plus tard, on arriva dans une rue du faubourg Saint-Germain, une rue digne et morne. Cela pouvait être la rue de l'Université. On sonna, on fut dans de la pierre froide et sonore. La petite troupe devint soudain silencieuse. Bénédict craqua des allumettes et trouva la porte de l'escalier dans un fracas de bottes.

En passant devant la concierge, il cria un nom qui jeta aussitôt de la gêne et de la révérence chez les autres, cependant que l'électricité jouait.

— Madame de Membray.

On monta un escalier large, lent.

— Je ne suis pas sûre que ce soit très drôle. Je n'aime pas beaucoup les visites, dit l'autre femme.

— Moi non plus, s'empressa de renchérir la grosse que Bénédict serrait à la taille et qui s'en écarta, un peu effrayée.

— Moi, je ne continue pas, fit soudain l'autre.

— Continuons, exigea Bénédict d'une voix altérée, mais obstinée.

L'électricité s'éteignit. Sur un palier, à la lueur d'une allumette, on vit une porte entr'ouverte.

On entra dans un appartement obscur comme toute cette maison. Bénédict tourna un bouton. On admira la hauteur des plafonds et la majesté des meubles.

Tout d'un coup, Gilles ne comprit pas tout de suite pourquoi, les femmes ne songèrent plus à reculer et avancèrent, fascinées. Bénédict ouvrit une porte et on tâtonna de nouveau dans le noir. Bénédict murmura d'une voix plus altérée.

— Je vous en prie, sur la pointe des pieds.

La recommandation était inutile.

Bénédict ouvrit une porte. Tandis que les autres s'attardaient sur ce nouveau seuil, il avança vite et en ouvrit encore une autre. Alors, dans cette dernière chambre, on entendit une voix de femme s'exclamer sourdement et la lumière se fit.

Une femme plus qu'à demi-nue se dressait sur son lit. Ils virent ce sein surpris et ce visage ahuri et, en même temps, dans la chambre où ils s'étaient arrêtés, deux en-

fants endormis. Ce sein de mère. Les deux femmes écar-
quillèrent les yeux, avec une curiosité furibonde pour le
corps d'une autre femme, son intimité, sa faiblesse. Puis
elles s'avisèrent d'en vouloir à Bénédict. Cependant, la
femme qui avait crié : « C'est toi » avait bondi et fermé la
porte ; ils se retrouvaient dans le noir avec les enfants, qui
allaient se réveiller. Il se tinrent immobiles, les uns contre
les autres, une seconde ; puis, pris de panique, revinrent
en arrière avec hâte, jusqu'à l'antichambre.

— Ce n'est pas permis, dit l'autre femme.

— Quel salaud, roucoula la belle grosse épouvantée,
mais d'autant plus séduite.

Sur ce, les visiteurs sans doute revenus, les pompiers
recommencèrent leur sérénade.

Ils descendirent l'escalier parmi les locataires qui se précipitaient à la cave.

— Allons à la cave, ça va être drôle, déclara Bénédict
qui était enchanté du scandale qu'il avait causé dans les
cœurs.

Toute la société du faubourg Saint-Germain se trouvait
dans cette cave, seigneurs et valets. Et bientôt les enfants
que là-haut ils n'avaient pas réveillés parurent, poussés
par leur mère. Cette femme était belle, mais il y avait en
elle une sévérité dérangée qui faisait peine à voir.

Bénédict souffla à Gilles :

— Elle a été mon infirmière. C'est une raseuse. Sauf au
lit.

Tout le temps que dura l'alerte, elle demeura debout,
non loin d'eux, sans parler, serrant ses enfants contre ses
cuisses. Bénédict commença de lui parler. Elle répondit
à haute voix :

— Venez me voir demain ; ce soir, je n'ai pas envie de
vous parler.

Le ton blessé fit frémir Gilles. Il tombait dans un état de confusion causé par la baisse de l'alcool, l'ennui de cette cave aristocratique, la fatigue de suivre sa bande, la sottise de ces raids d'avions qui n'avaient d'autre résultat pour les Allemands que de rendre le défaitisme parisien impossible. Le soupçon que les Allemands étaient aussi bêtes ou plus bêtes que les Français l'attristait. Il s'approcha de la dame et murmura :

— Ce raid d'avions nous avait affolés, tous ; nous ne savions plus distinguer entre la cave et le grenier.

— C'est horrible d'aimer qui on méprise, répliqua au bout d'un instant la dame, avec un abandon qui toucha Gilles.

Cependant, il s'enfuit bientôt avec les autres.

Décidément, on avait soif et l'on se rendit dans un de ces hôtels louches où l'on pouvait boire à cette heure-là, en dépit de toutes les interdictions. Il fallait prendre une chambre, ce fut là qu'on leur apporta du champagne. Ils se mirent à boire sérieusement, en se regardant les uns les autres de plus près, d'un air désabusé. Gilles se demandait pourquoi il était venu à Paris et il projetait de repartir le lendemain matin pour la campagne, là où florissaient les obus et cette mort qui est vraiment le grand intérêt de la vie.

Tandis que l'autre femme avait l'air fort préoccupée de quelque chose qui se passait ailleurs, la grosse belle buvait beaucoup et, assise sur les genoux de Bénédict, elle roulait dans ses bras.

— En fait de saloperie, s'écrait-elle en écartant son buste de la bouche de Bénédict qui le mordillait et le suçait à travers l'étoffe, tu t'y entends aussi bien que le Bernstein ; c'est une jolie saloperie que tu as fait là. Tu es un joli salaud.

38

— D'ailleurs, cria Gilles d'un ton inattendu, je ne sais pas pourquoi tu vomis cette pièce. Elle est très exacte. Ce sont des sentiments qui existent et que beaucoup de gens vivent de cette façon.

— Ce sont des sentiments infects.

— Imagines-tu que personne ne croie à la patrie, au sacrifice, au devouement?

— Personne.

— Alors, qu'est-ce qui se passe?

— On les force.

— Qui *on*?

— Des gens.

— Quelles gens?

— Barrès, le général Cherfils.

— Pourquoi?

— Par idiotie.

— Idiot toi-même.

— Taisez-vous, protesta la grosse, embrasse-moi. Tu me plais.

— Et moi? Je ne vous plais pas?

Gilles demanda ça à l'autre, du bout des dents, sans la toucher.

— Je suis préoccupée. Il y a quelqu'un qui m'attend, il faut que je rentre.

— Pourquoi lui demandez-vous si vous lui plaisez, puisque nous ne vous plaisons pas.

C'était la grosse belle qui parlait, et qui étonna Gilles. Bénédict la regarda, perplexe. Toujours assise sur ses genoux, elle lui tournait le dos et regardait Gilles d'un air vexé.

— Mais moi, je te plais, cria Bénédict, qui, écartant les genoux, la fit choir par terre.

Puis, l'étalant sur le tapis, il se jeta sur elle.

Elle regarda encore, par-dessus l'épaule de Bénédict, Gilles qui s'étonna encore. Pourtant, il revint à l'autre :

— Voulez-vous que je vous raccompagne? demanda-t-il.

— Non, je reste encore.

— Oui, reste, je vais me mettre nue. J'ai envie d'être nue, cria la grosse en s'arrachant avec force à Bénédict et en se relevant.

Elle regarda Gilles avec des yeux ivres, où vacillait une provocation fatiguée, mais obstinée.

Bénédict la tança. Il découvrait que Gilles l'avait intéressée toute la soirée.

La grosse retira d'un geste pâteux, mais soudain prompt, la robe qu'avait froissée Bénédict. Une chemise. Elle était nue. Comment une femme peut-elle être si grosse et si fine? Elle dit d'un ton soudain dramatique :

— Je suis enceinte de huit mois. Mon amant a été tué. Je suis aussi une salope.

— Et moi, éclata l'autre soudain, il y a un homme qui repart demain au front et qui m'attend à l'hôtel. Je ne l'aime plus.

Gilles et Bénédict se regardèrent. Ils rirent comme des collégiens qui font leurs écoles de cynisme. Puis ils frissonnèrent, en pensant à l'amant mort. Gilles préférait si visiblement une pensée de mélancolie à un acte de joie que, jalouse, la grosse lui dit :

— Je te plais?

Gilles regarda avec épouvante ce corps magnifique, plein, bien cuit comme un pain, qui, pendant un instant, lui avait paru enveloppé dans un reflet sacré.

Elle expliqua :

— Je viens de passer deux mois en Tunisie avec mon

amie. Elle a été épatante, elle m'a consolée. J'ai eu beaucoup de chagrin, mais maintenant j'ai envie de faire l'amour. Prends-moi, salaud.

Elle se jeta sur le lit et Bénédict s'y jeta à son tour. Ses seins étaient inhumains de beauté, de plénitude, c'étaient des seins de déesse, où passe la force de la nature.

L'autre femme poussa un cri :

— Pense à ton gosse.

La grosse n'eut pas l'air d'entendre : elle avait détourné la tête et commençait de soupirer.

— Voulez-vous que je vous raccompagne ? dit Gilles.

— Oui, dit l'autre femme, qui soudain fut triste et le regarda avec affection.

Avec affection, mais pas du tout avec amour.

Gilles et elles partirent. Gilles voulut chercher un taxi.

— Non, je suis à côté, au Crillon. Allons à pied.

Ils étaient près de la rue Scribe et ils suivirent la rue Tronchet, la rue Boissy-d'Anglas. Elle ne disait rien, mais lui donnait le bras. Gilles la regardait de temps à autre. Elle avait l'air morne.

Ils arrivèrent au Crillon. Comme ils tournaient sous la galerie, un officier, qui semblait faire les cent pas, s'avança vivement vers eux. C'était un commandant de chasseurs à pied. Visage fin, mais fatigué et douloureux. Gilles salua. Le commandant répondit machinalement, mais ne le regarda guère. Il n'avait d'yeux que pour la femme.

Celle-ci s'écria soudain avec une rage hystérique, sans se soucier du portier de nuit qui ouvrait la porte :

— Je vous dis que je ne vous aime plus, je ne peux plus, je ne peux plus. Ce n'est pas parce que vous repartez demain...

Gilles resalua et s'en alla.

Que lui restait-il de cette nuit ?

II

Quand Gilles se réveilla, il s'étonna de ne pas avoir froid. Il n'était pas au front, il était à Paris. Hélas! le charme de Paris était rompu ; il avait la bouche amère et il était dans un lieu maudit.

Il sut qu'un corps était près du sien, il perçut une présence indifférente, horriblement indifférente. Il était dans un lieu maudit et une femme maudite était auprès de lui. Elle dormait comme une morte, une morte qui croit au néant ; elle l'ignorait, comme une pierre n'ignore pas une autre pierre. Il n'était qu'un soldat, une brute, il était allé se jeter ivre contre le néant. Toute la nuit lui parut une plaisanterie niaise, sommaire. La pièce était noire, mais il savait qu'il faisait grand jour par les bruits qu'il entendait. La femme maudite sentait fort un parfum vulgaire, aussi la sueur, le tabac refroidi. L'odeur dans le nez de Gilles était aussi horrible que le goût dans sa bouche.

Pourtant, il l'avait trouvée belle. Il aimait une telle beauté brute ; il ne pouvait pas se plaindre : elle était plus belle à ses yeux que la grosse belle et l'autre et la dame surprise au lit. Il était donc content de ce côté-là, mais il avait mauvaise bouche, et soudain il souhaita d'être ailleurs, dans un lit où il aurait été seul et aurait dormi douze heures. Et puis, il aurait pris un bain. Et puis...

Qu'allait-il devenir ? Où allait-il aller ? Où allait-il trouver de l'argent ? Payées la femme et la maison ici, que lui resterait-il ? Il n'avait pas de famille et il ne regrettait pas de ne pas en avoir. Ce n'était pas des choses pour lui.

42

Son tuteur, en mission de propagande au Canada, était lui-même un isolé. S'il écrivait à sa maison en Normandie, la servante aurait peu de chose à lui envoyer. Son tuteur avait un notaire à Paris... mais non, Gilles voulait se livrer au hasard. Au hasard délicieux des rencontres. Il ne s'agissait pas de tendresse, mais de désir. Le désir, la convoitise étaient en lui. De tout. Et de rien. Il fallait trouver de l'argent. Le seul moyen était d'en demander à ceux qui en avaient. Cela était une nécessité certaine, nullement humiliante. Après tant d'obus et d'aplatissements dans la boue, qu'est-ce qui pouvait l'humilier? Il repensa aux Falkenberg ; il y avait déjà pensé dans le train. C'étaient les seuls gens riches qu'il pût atteindre. Les fils avaient été tués dans son régiment. On ne pouvait rien lui refuser. Il était sûr que l'argent était à la portée de sa main. Pourquoi lui fallait-il de l'argent? Pour manger, pour boire, pour dormir, pour se laver, pour remuer, s'arrêter. Et surtout pour les femmes. Il voulait des femmes qu'on payât. Des femmes perdues pour un homme perdu, des filles pour un soldat.

Il fallait se lever, aller chez les Falkenberg. Il se débarbouilla, s'habilla.

— Tu t'en vas, mon chéri?

Par un réflexe de chienne, la femme émergea du sommeil à demi pendant une seconde. Sa main prit l'argent.

Dehors, c'était la liberté d'aller en tous sens.

Il fut un peu intimidé quand il monta chez les Falkenberg. Il ne prit pas l'ascenseur, il voulait savourer le calme de l'escalier — encore un bel escalier, il y en a de beaux escaliers dans la vie — et surtout sa furtive volonté, sa gêne légère, sa confiance lourde.

Une émotion tendre et heureuse le prenait : il se rappelait qu'il y avait des filles chez les Falkenberg. Il en

43

avait rêvé dans le train, la rêverie revenait. Il sonna. Il avait préparé une phrase pour le domestique. Ce fut une femme de chambre qui ouvrit et qui tressaillit en voyant le numéro sur sa capote. Puis elle se troubla, en le regardant au visage.

— Je voudrais voir Mme Falkenberg.

La femme de chambre plia sous le poids des paroles qu'elle avait à dire.

— Monsieur ne sait pas. Madame, monsieur, est morte. Elle est morte après la mort de ces messieurs.

Voilà ce qu'il y avait aussi dans les maisons de Paris. Il ne se sentit plus dans la même ville que la veille au soir.

— Ah!

Il oublia l'argent et fut prêt à s'en aller.

— Mais monsieur pourrait voir Mademoiselle.

Quelque chose de trivial et d'énergique revint en lui. Il était si rassuré qu'il dit : non. Pour jouer.

— Non, je ne veux pas déranger... Je reviendrai.

— Mais non. Je vois que monsieur était au régiment de ces messieurs. Mademoiselle regretterait tant... Qui dois-je annoncer?

— Monsieur Gilles Gambier.

— Ah! oui, monsieur...

On avait parlé de lui dans la maison, on le connaissait.

Il fut introduit dans une bibliothèque. Noble, confortable, tiède et triste. Au pied d'un fauteuil, une chancelière bayait. Il pensa au père, M. Falkenberg, un des plus grands hommes d'affaires de Paris. Soudain, il pensa qu'il était chez des Juifs. Il n'avait jamais connu de Juifs avant les fils Falkenberg. Gilles dévorait tout des yeux et il était aussitôt repris de l'envie de lire. Il avait lu autrefois, éperdument, il n'avait pas même cessé de lire au front, dans les hôpitaux, dans la boue, le froid, parmi les beuglements du troupeau, le retournement de la nature piochée par les obus. Il repensa à la tranchée de deuxième ligne où avant-hier il lisait Pascal. C'est bon de lire, c'est un immense plaisir tranquille, la grande abolition de la peine. Ces livres rangés de toutes parts, quelle harmonie, quelle paix.

La porte s'ouvrit. Gilles se tendit dans une soudaine violence d'espoir, de désir, à tout hasard. Gilles fut enchanté.

Un visage s'avançait vers lui. Un visage lumineux. Tout y semblait vaste, parce que la lumière y régnait. Gros yeux, front découvert, prolongé par une chevelure d'un noir éclatant. Avec tout cela faisait contraste une bouche épaisse, sombre, qui était comme une allusion enfantine à la volupté. Ce ne fut qu'au bout d'un moment que Gilles perçut que sous ce visage il y avait un corps, un corps frêle. Le buste était délicat, les jambes fines.

D'une seconde à l'autre, l'éclairage de la vie changeait. Lui qui était un homme du front, privé de tout à jamais, un homme de solitude, d'indifférence, de fuite, lui qui n'était venu là que pour se saisir d'un billet léger et s'en retourner à sa rêverie ou à sa noce, il était saisi, cloué. Cloué par le désir. Toute cette chose lumineuse était intelligence et argent.

La certitude entrait en lui aussitôt et violentait son caractère, que tout cela pouvait être à lui.

Elle s'avançait, une mince personne, bouleversée et tendue. Ce fut en vain qu'un sourire gauche, naïf, absolument pas contrôlé parut pouvoir déranger la lumière du visage : il y manqua. La voix était trop haute, mais si livrée. Avec les mots français, l'exotisme du visage devint tendrement familier.

— Bonjour, monsieur.

Gilles se rappela alors qu'il y avait quelque chose de douloureux sur ce visage au moment où il était apparu dans l'entre-bâillure, ce quelque chose qui revenait tandis que les yeux lumineux se fixaient sur l'uniforme, sur le numéro de son col.

Elle était mal habillée. Cela faisait un deuil pire que son deuil. Et pourtant cette austérité troublait Gilles, car elle ne pouvait rien contre une peau si fraîche, si absolument pure. Cette peau faisait un contraste prodigieux, sans qu'il y pensât, avec la peau sale de la putain d'avant.

— Jacques et Daniel me parlaient de vous, surtout Daniel.

Elle ne pleurait pas ; sa figure se durcissait.

Tout d'un coup Gilles entendit sa voix, sa propre voix éclater :

— Je ne suis pas venu pour vous parler d'eux, je suis venu pour vous demander de l'argent.

Il s'arrêta, et il était surpris, mais nullement épouvanté. Il avait le goût du désastre et aussitôt acceptait l'idée de rompre avec ce sort inespéré et de s'enfuir tout seul dans le néant, le délicieux néant des rues, des endroits anonymes. Le bordel, c'est le sein même de l'anonymat.

Dans une arrière-pensée féline, il se disait aussi qu'il venait de frapper un coup de maître.

En effet, la jeune fille ne s'étonnait pas. Le visage lumineux s'ouvrait davantage.

— Ah! oui, bien sûr.

Elle trouvait ça naturel et ne s'y arrêtait pas. Elle le regardait avec un intérêt immense.

Il ne pensa plus à l'argent, il fut tout à cette âme exprimée par un visage lumineux.

Il se renversait vers lui et se donnait à la seconde même, sans la moindre réserve, avec une ingénuité effrayante.

Parmi cet appartement ravagé, il y avait une telle panique d'abandon, jusqu'à la mort, dans cette voix d'abord haute, ensuite plus grave, un peu gutturale, que Gilles dut concevoir qu'il était soudain maître d'une âme et d'une grande fortune. Il se marierait sans doute avec cette fille. Il était un homme marié. Il repensa à son angoisse la veille au soir autour de ses cent francs. Car, maintenant, il lui semblait qu'il y avait eu de l'angoisse autour de ses cent francs, en dépit de sa fanfaronnade d'aventurier.

Il entendit cependant sa voix, sa propre voix faire encore des siennes.

— Vous avez une sœur ?

Si elle avait dit : oui, une fringale d'inconnu aurait rebondi en lui. Mais elle dit : non, et il se trouva beaucoup plus riche. Fille unique.

Ils parlèrent des deux frères tués, et il voyait avec une dilatation, une hilarité extraordinaires de toutes ses fibres cyniques qu'elle les enterrait avec lui une seconde fois. Ils enterraient ses frères ; ils en parlaient presque tout de suite avec trop de finesse, de détachement. Il y avait déjà entre eux une complicité. Toutefois, cette complicité ne dépassait pas une certaine limite. Était-ce son innocence ? Était-ce un reflet froid dans le regard de Gilles qui l'arrêtait sans qu'elle le sût ? La jeune fille ne semblait pas savoir comme sa bouche frémissait.

— Je suis seule, seule avec mon père... Oui, je travaille, je fais de la biologie.

Gilles frémit. Ce mot austère contrasta encore plus fort que la robe grise avec les belles dents, la bouche de pourpre. Soudain, il eut envie de mordre à cette bouche le mot biologie.

Il repensa au bordel et il eut peur ; il était sale, il

aperçut un abîme entre elle et lui. Peut-être cette nuit avait-il attrapé la vérole, autre fatalité du soldat. Brusquement, il songea à s'en aller. Il se leva très soudainement.

Comme l'enfant avait peur, comme son visage se contractait, il balbutia :

— Vous me permettrez de revenir vous voir.

— Oui, mais oui. Je suis là souvent : je travaille, je n'aime pas sortir.

Il lui avait serré la main et il filait. Elle demeura décontenancée, ravie et déchirée.

Gilles se retrouva dans la rue, sans argent. Il pesta un peu contre la prodigieuse insouciance des gens riches, mais il lui fallut aussi pester contre la sienne. Insouciance ? Non, enchantement. Dieu merci, il s'était passé quelque chose qui lui avait fait oublier l'argent. Remonter l'escalier ? Cela lui parut discordant, fatigant ; après une démarche heureuse et aussi décisive, il pouvait se reposer. L'argent viendrait tôt ou tard par le commerce le plus noble avec cette personne délicate ; l'argent viendrait avec le bonheur. En attendant, le bonheur était déjà là.

Il alla vers l'avenue du Bois. Il était léger, et rempli de l'enthousiasme le plus fin. Il se baignait dans la pureté de cette fille. Plus aucune lourdeur sensuelle.

Dans la grande avenue, il vit marcher de brillantes et fières jeunes filles. La première sensation qu'il avait éprouvée, quand elle était entrée dans la bibliothèque, se rabattit sur lui, plus violente, écrasante. Il était écrasé par l'urgence de la conquête. Lui qui, deux jours plus tôt, sommeillait sur la paille humide d'un abri, libre de tout souci et de tout effort, il était maintenant ravi à un autre monde. Ravissement terrible, douloureux. Les beaux livres de M. Falkenberg, les dents éclatantes de sa fille, ses mains fragiles, le calme hautain du grand appartement, l'argent dans les banques, tout cela violentait la sainte indifférence de son cœur. Il faudrait prendre tout cela ; le dérangement lui faisait mal, était insupportable. Déjà, il s'épouvantait d'avoir quitté la jeune fille. Tout ses nerfs vibrèrent à l'idée qu'en la quittant il l'avait peut-être perdue, qu'elle allait lui échapper. Elle allait se reprendre, on allait la lui reprendre. Elle appartenait à un monde qui n'était pas pour lui. Tout allait rentrer dans l'ordre. Il ne voyait plus partout que cruautés, menaces, inexorables condamnations. Il frissonna et les larmes lui vinrent aux yeux, il eut pitié de lui-même comme au front dans les débuts. Tout ce qu'il voyait contribuait tour à tour à creuser sa blessure et à l'effacer. Pour une seconde, il était charmé par une passante, et c'était une promesse de bonheur. Puis, de nouveau, l'idée de bonheur était écrasante. La lumière et le froid avaient des pointes agaçantes. L'avenue du Bois, loin de la guerre, assez large pour que la masse de ses ramures noires restât basse sous un grand ciel calme, ouvrait sa perspective courte. Avant la guerre, il s'y était parfois promené, se refusant avec un effroi passionné à un piège où il revenait. Après tant de rafales, il s'attardait de nouveau à considérer le monde des riches : femmes, enfants, chiens, chevaux, arbres, et les gens du peuple qui sont attachés au monde des riches, balayeurs, sergents de ville. Gilles n'était pas insensible à la présence des pauvres, mais il accordait avec volupté la suprématie aux riches. La paix se confondait avec la richesse. Bien des choses s'emmêlaient énigmatiquement à la richesse : surtout la sagesse hautaine et douce qui se marquait en lettres d'or sur les livres de M. Falkenberg, précieusement reliés. L'or des titres revenait sans cesse devant ses yeux. C'était la même substance qui faisait cette fourrure exquise au cou de cette jeune femme. Il y avait les jeunes femmes et ces grands arbres de luxe, si bien soignés, qui arrondissaient leurs dômes dans la quiétude domestique. Quel contraste avec les arbres de Verdun. L'injustice s'étalait partout, souveraine, sereine.

Gilles oublia un peu son angoisse, il était pris dans le rythme de va-et-vient des promeneurs et des promeneuses, dans le réseau de leurs regards, de leurs gestes, de leurs sourires. Il se tenait très droit et il voulait croire qu'il ne manquait d'aucune élégance.

L'angoisse revint. Tout cela, même s'il le tenait, ne serait jamais à lui. Il serait toujours étranger dans ce monde installé depuis toute éternité dans son aisance. Pourtant, elle, elle n'était pas comme les gens de cette avenue. Elle montrait la gaucherie que cause l'intelligence et par là elle pouvait sympathiser avec lui, le comprendre, le soutenir.

— Vous pourriez saluer, jeune homme !

On le saisissait par la manche. Gilles sursauta. Par réflexe militaire, sa main fut à son képi, tandis qu'il se retournait.

— Ah ! docteur...

C'était le docteur Vaudémont, un vieil ami de son tuteur, qui le tirait de sa rêverie par la manche.

— Je te dérange ? railla encore la voix blanche.

Sous le vieux képi à quatre galons ternis, Gilles reconnaissait ce visage austère, ironique et passionné. Le chirurgien le regardait avec la bouche amère et les yeux tendres qu'il se rappelait bien.

— Eh bien ! mon petit, il y a quelque temps que tu es là-bas ?

— Oui, répondit Gilles, avec un frisson soudain.

— Et pas d'anicroches ?

— Oh ! non. Si...

Gilles montrait distraitement son bras gauche.

Le chirurgien lui demanda des nouvelles de son tuteur.

— Comment va le vieux Carentan ?

— Il est au Canada, en mission de propagande.

— Carentan, à la propagande !

Le chirurgien avait souri sarcastiquement. Et Gilles s'était rappelé deux ou trois conversations entre les deux hommes, avant la guerre, qui l'avaient frappé profondément. Les deux hommes se connaissaient depuis toujours et s'estimaient définitivement, sans aucune aménité. Ils discutaient des choses divines. Le chirurgien, catholique pratiquant, semblait l'esprit le plus sceptique du monde. Il parlait de la science avec un agacement bougon, comme d'une chose délicate et absurde, qui faisait autant de mal que de bien et il se fermait avec rage aux spéculations occultistes de Gildas Carentan qui, dans son grenier bourré de livres, évoquait dans un concert subtil et mystérieux tous les dieux autour de Dieu. Quand le chirurgien s'en allait, Gilles s'étonnait d'entendre Gildas Carentan dire de cet homme si caustique :

— C'est un cœur exquis.

Le chirurgien était malheureux en ménage. Il gagnait beaucoup d'argent que sa femme et ses enfants lui arrachaient pour leur luxe. A l'hôpital, ses disciples et ses malades adoraient avec effroi et pitié un prodigieux artisan de guérison, qui semblait douter du bien qu'il faisait et n'en retirer aucun adoucissement à sa sécheresse. Carentan ajoutait :

— Il va à la messe, très tôt, tous les matins. C'est là sans doute que son cœur crève.

Le chirurgien, cependant, tâtait le bras de Gilles, si maigre, sa main morte.

— Carentan, en propagandiste. Cette guerre persécute l'esprit comme le cœur. Je ne vois pas ce qu'il peut dire aux Canadiens.

Il ressaisit la main de Gilles. Son œil redevint soudain froid.

— Quand as-tu eu ça ?

— Il y a trois mois.

— Où ? Comment ?

— Une balle de revolver dans un coup de main.

— Et ensuite ?

— Pas de plaie, je n'ai pas été évacué. A l'arrière seulement.

— Les imbéciles.

— Quoi ?

— Mon petit, si on ne t'opère pas, tu auras le bras paralysé.

Un quart d'heure après, Gilles, transfiguré, entrait au Fouquet. Il allait être hospitalisé à Paris, à la fin de sa permission et, en attendant, il avait cent francs dans sa poche que Vaudémont lui avait offerts, devinant les besoins du soldat. C'était aussi la première fois qu'il entrait dans cet endroit qui lui semblait, tout comme Maxim, un paradis où l'on ne pouvait coudoyer que la fine fleur de l'aristocratie. Il fit un énorme déjeuner, but deux cocktails et une bouteille de Corton. Il regardait tout le monde avec gratitude. Contemplant de magnifiques aviateurs, il regretta de n'avoir pu, à cause de sa maladresse, entrer dans leur arme, où l'on pouvait combiner le risque et le luxe.

Son regard revenait sur une femme. Il n'oubliait pas la petite Falkenberg ; par moments il se reposait doucement sur son sein dont il avait remarqué qu'il était d'une forme ravissante, mais modeste. Même, plus il buvait, plus il avait le sentiment intense de l'existence de la jeune fille. Cette existence était un point, un point exquis, miraculeux, où brillait une gloire d'intelligence, de tendresse, de dignité, mais c'était un point. Tandis que la femme sur laquelle revenait son regard était une figure de plus en plus considérable. Elle étalait ce mérite qui, chez les filles, fascinait Gilles : cette générosité de la viande qui pouvait lui faire croire à la générosité de la vie. C'était sans doute pourquoi il ne remarquait pas les bourgeoises, en général d'un gabarit plus mesuré. Pourtant, il savait bien que cette générosité n'était qu'une apparence, et que les filles étaient entièrement vouées, comme tout le peuple dont elles sortaient, à la mesquinerie bourgeoise. Sur celle-ci comme sur les autres régnaient une relative propreté, la décence, la placidité. Aussi ses œillades faisaient une allusion peu croyable à la licence. Plutôt que de la suivre, il préféra retourner au bordel. Là, un parfait mécanisme excluait tout froissement. Tout était ordre, silence. Un peu comme dans la bibliothèque de M. Falkenberg.

III

Les parents de Myriam Falkenberg étaient riches et avaient cru prendre grand soin de son éducation. Mais ils ne s'aimaient pas et ne l'aimaient pas. Sa mère n'ai-

mait pas plus son père qu'aucune autre personne au
monde. D'abord, elle avait voulu être riche ; ensuite,
faire de la peinture ; puis, connaître des duchesses ; plus
tard encore, être pauvre (cela consistait à fréquenter de
riches ministres socialistes). Elle admirait qu'un homme
fût un grand médecin, ou fît un grand voyage ; mais
l'être sensible derrière la parade des gestes, elle l'ignorait. Comme l'astronome prêt à tomber dans un puits,
elle était éblouie par un firmament de signes sociaux.
Elle s'était tôt désintéressée de sa fille qui ne saurait
pas acquérir une situation brillante. Ses deux fils, qu'elle
préférait, elle ne les avait pas plus approchés. Toutefois,
elle avait jugé convenable de mourir de chagrin quand
leur nom avait paru dans la liste des morts, au *Figaro*.

M. Falkenberg, ayant conquis une position dominante
dans plusieurs grosses affaires, avait quelques curiosités
que n'ont pas, en général, les hommes d'affaires. Mais
cet homme, qui aimait les femmes et qui avait un goût
libéral de la vie, avait un jour décidé de se marier et
s'était ainsi condamné à trente ans de tortures. Il avait
cru pouvoir se lier impunément à une créature qu'il se
savait incapable d'aimer ; ayant fait preuve d'insensibilité dans son choix, il avait ensuite payé de toute sa sensibilité cette défaillance ; il se détestait et se méprisait
d'avoir commis une pareille erreur. Il avait aimé plutôt
ses fils que sa fille. Myriam ne fut pas chérie. Personne
autour d'elle ne se soucia de son cœur qui s'enferma
dans une écorce. La féminité n'avait pas été doucement
appelée en elle pour être formée sur des objets gracieux ;
elle fut livrée à la seule intelligence. Quand elle se plai-
gnit plus tard de ses parents, ce ne fut que de leur incompréhension intellectuelle ; elle ignorait autant qu'eux
son cœur et ses griefs.

Les deux frères de Myriam étaient inégalement doués. L'aîné, sans moyens et paresseux, aurait été charmant s'il s'était tout à fait accepté, mais il cherchait dans un humour laborieux et grinçant une compensation aux grandeurs dont l'absence, somme toute, le gênait si peu. L'autre était mieux pourvu, mais une sensibilité erratique retirait sans cesse à son intelligence l'objet qu'elle venait de lui imposer. La mort qu'ils avaient trouvée dès le début de la guerre convenait à peu près à l'aîné, moins au cadet, destiné à l'intrigue et au succès, selon la fatalité si monotone et si stérile de sa race. L'aîné aimait Myriam, qui se consolait un peu près de lui de l'indifférence de son père et de sa mère. Le cadet déjà n'aimait pas les Juives.

Myriam n'eut pas d'amies intimes. Elle, qui avait été arrêtée dans sa pleine croissance par le manque de tendresse, reculait devant la fadeur des attendrissements féminins. Elle était attirée par la virilité ; par une fausse conséquence, elle s'attacha à l'une de ses maîtresses, esprit sec, qui lui prêcha le féminisme, la forme la plus fâcheuse de la prétention moderne. Cette mademoiselle Dafre eut l'influence la plus pernicieuse sur Myriam. Laide à faire peur, elle lui offrait des maximes d'austérité et de solitude comme si Myriam devait être laide aussi. Alors que son visage commençait à être visité par la lumière, Myriam, par imitation, se tenait mal, s'habillait mal ; elle ignorait les grâces, les plaisirs, les élans de la coquetterie. Les destinées des hommes et des femmes se faussent si vite qu'on a peine à ne pas imaginer un dieu jaloux qui, après avoir créé, se raviserait et briserait dans sa créature l'élan vers la perfection qui s'accomplit apparemment dans les plantes et les animaux.

Après la mort de sa mère, Myriam prit grand soin de son père, mais elle ne surmonta pas sa propre rancœur, ni l'idée qu'il se faisait d'avoir tout perdu en perdant ses fils. Elle commençait à voir un peu de monde à la Sorbonne, où elle avait passé une licence de chimie et travaillait maintenant dans un laboratoire : garçons et filles admiraient ce cas, encore assez neuf, d'une personne si riche et si jolie qui travaillait.

Son visage devenait beau. Ses traits, qui n'étaient pas parfaitement réguliers, étaient égalisés et magnifiés par la lumière.

Les jours qui suivirent leur rencontre, Gilles vécut en extase devant Myriam. Lui, qui n'avait jamais senti qu'indifférence et dédain pour les puissances, leur accordait tout d'un coup à travers elle une grande vénération. Il relevait la tête avec fierté en se disant que ces puissances mystérieuses et hautaines se penchaient vers lui et l'élisaient. Cette assez longue personne, timide et frêle, était pleine de majesté. La matière de ses dents si blanches était matière précieuse. Ses mains étaient subtiles. Tout ce qu'elle disait lui semblait lourd de la science du monde, des affaires, des secrets d'État que possédaient les siens. Il y avait un peu là dedans de l'enfantine terreur des chrétiens devant les Juifs. Il ne vit plus du tout Paris avec les mêmes yeux, il ne fut plus un corps perdu, livré aux convoitises les plus basses et les plus modestes. Il fut entretenu dans cet état d'âme par une parfaite pauvreté. Ayant pris une misérable chambre d'hôtel, il utilisait les derniers francs du docteur à ne pas mourir de faim.

Il passait de longues heures avec Myriam, mais c'était à peine s'il l'embrassait. Il avait une envie de faire l'amour qui lui donnait des vertiges autant que la faim, mais il n'imaginait pas qu'on pût coucher avec une jeune fille. Et les choses qu'elle représentait, qu'elle lui offrait étaient si nombreuses et si désirables qu'il en oubliait son corps.

L'adolescence de Gilles avait été indifférente aux privations, occupée par les jouissances qui, mises à la portée de tous, ne sont goûtées que par quelques ombrageux : les livres, les jardins, les musées, les rues. Aujourd'hui, après avoir longtemps rêvé à distance des autres biens de ce monde, il les trouvait tout à coup à sa portée et il en recevait un coup inattendu. Sa nature passive était bouleversée, retournée. L'entrée des choses en lui faisait naître une violence tardive et irritée. Il voyait avec dépit que l'ambition, le triomphe n'avaient été que des thèmes qui ornaient sa rêverie à propos d'une statue, d'un morceau de musique ou d'un roman ; l'art ne lui avait rien livré.

Myriam, de son côté, désirait éperdument Gilles, mais les premiers baisers de Gilles suffisaient à son innocence qu'ils accablaient même. Elle voyait une marque d'amour dans le respect qui les arrêtait. Ivre de félicité, elle ne songeait pas au plus ou au moins.

Cet état de choses dura bien deux ou trois jours. Gilles s'était flatté qu'il durât jusqu'à son entrée à l'hôpital. Mais, le soir, il était sans Myriam, qui ne croyait pas pouvoir sortir ni le recevoir. Alors il errait à la porte des cinémas, des bars, des music-halls. Il désira de nouveau les filles et l'argent qui procure les filles. Il ne pensait pas du tout aux femmes autres que les filles, il n'en connaissait pas et ses yeux ne s'élevaient pas jusqu'à elles. Cela lui faisait comme une double vie dont les contrastes lui donnaient le vertige. Tantôt il se promenait avec Myriam dans une grande limousine, pourvue d'un vieux chauffeur fort imposant, ou il était chez elle dans le somptueux petit salon où elle le recevait. Il attendait avec impatience l'heure du goûter, qui faisait le plus clair de son repas avec le petit déjeuner du matin à l'hôtel et quelques croissants çà et là. Tantôt il errait seul dans les rues, tâtant dans sa poche ses derniers sous.

Un soir, Myriam lui proposa de le raccompagner jusqu'à son hôtel, ce qu'il avait refusé avec terreur les premiers jours. Dans l'instant, il accepta, pressentant, souhaitant ce qui allait se produire. En effet, quand elle vit la sordide façade, elle comprit.

— Mais... balbutia-t-elle, en le regardant avec honte.

Alors il éclata. En un instant, il rattrapa tout le temps perdu ; il avait peur de n'en pas dire assez.

— Eh bien! oui, je n'ai pas un sou, je n'avais que ma solde en arrivant. Je n'ai pas fait un repas depuis trois jours.

Il attendait avec une vibration des nerfs qu'elle ouvrît son sac, où il n'y avait rien. Il accepta qu'elle fît un saut chez elle pour y prendre de l'argent : il ne pouvait attendre une minute de plus.

IV

Il entra à l'hôpital et fut opéré. Le bras dans son appareil, il se prélassa dans des draps blancs entre quatre murs blancs. Jouissant d'une chambre à part, il menait la vie qui convenait à sa paresse, à son goût de la solitude, à son sentiment pour Myriam. Autour de lui tout était blanc, pur, calme. Après le déjeuner, comme il achevait sa sieste, l'infirmière entrait et arrangeait tout pour qu'il reçût mieux Myriam. La plupart des infirmières appartenaient à la colonie américaine dont dépendait cet hôpital élégant de Neuilly. Miss Highland était une grande fille blonde, maigre, mais éclatante de fraîcheur. Parfaitement enclose dans son vêtement blanc, abaissant de vastes cils sur ses yeux un peu vifs, elle était très attentive mais très réservée. Tandis qu'elle soignait les fleurs que Myriam avait apportées la veille, Gilles pensait qu'elle méprisait Myriam parce que celle-ci était timide, habillée sans élégance. Il ne songeait pas à désirer cette grande figure blanche, la croyant aussi interdite que la Vénus de Milo.

— Aimez-vous mes disques nègres? demandait-elle. Je croyais que vous ne les aimiez pas. Mais vous en avez joué longtemps, hier. Alors?

Il avait d'abord pensé que cette musique aurait le tort de rompre son silence, faisant une allusion troublante à des lieux et à des plaisirs inconnus; mais il avait trouvé fraternels ces rythmes naïfs où se confondaient la peine et la joie de vivre. De la même façon, il jouissait de ses pensées sans les fixer et des signes printaniers qui atteignaient sa fenêtre : une branche tachetée de vert tendre, un jet de soleil. Il se complaisait dans les soins des femmes, la gentillesse des voisins qu'il tenait à distance, les livres feuilletés, les fleurs, les longs sommeils. Les journaux apportaient des contrastes pervers. La nuit, il couchait en plein air sur une terrasse. Des plaintes distantes évoquaient d'une façon ouatée le souvenir du front, l'angoisse de ne pas y être, l'angoisse d'y retourner.

— Vous dansez? demandait miss Highland. J'ai été danser, hier au soir.

— Où?

Elle dit un nom, inconnu de Gilles.

Il ne savait pas danser, il ne savait rien faire de ce que font les gens qui ont toutes les aisances. Il regrettait, puis se résignait dans une délectation qui ne restait pas longtemps morose.

Elle n'insistait pas. Elle regardait les livres sur sa table de nuit avec de l'étonnement et de la circonspection. Elle lui racontait les histoires des autres blessés avec beaucoup de naïveté. Elle était fière de ses blessés comme elle devait l'être de ses chiens, de ses chevaux ; elle étendait à eux sa joie de vivre et de posséder.

Soudain, elle disparaissait. Elle prenait grand soin de s'en aller avant que Myriam n'arrivât.

Gilles attendait Myriam Il oubliait de nouveau Paris et ce qu'il y était venu chercher : la foule des femmes. Dans ces draps blancs il avait retrouvé la pureté. Il y avait eu l'opération, le choc de l'opération, la souffrance, il ne restait qu'un peu de gêne, même plus d'insomnie. Il pouvait d'autant mieux se laisser aller à sa dilection spirituelle de Myriam. Toutefois il n'aimait pas le moment où Myriam entrait parce qu'elle marchait avec gaucherie et que sa robe de demi-deuil était laide. Son sourire timide, un peu humble à miss Highland, quand, le premier jour, celle-ci s'était laissée surprendre, le gênait. Dès qu'elle était assise, que la porte était refermée, qu'il était seul avec elle, il était repris par elle.

Ils ne parlaient pas d'amour. Lui, du moins, n'en parlait pas et elle le suivait volontiers ailleurs. Il lui parlait d'idées et elle l'écoutait avec une dévotion ardente. Elle ignorait les hommes. Ses camarades de travail étaient laids, négligés, peu soucieux d'amour. Elle n'avait jamais rêvé d'hommes beaux et élégants.

Or, Gilles, qui n'avait aucune beauté, montrait une sorte d'élégance naturelle. Ses traits étaient irréguliers, mais leur assemblage faisait un charme. Qu'il fût plaisant en même temps qu'il était intelligent avait surpris Myriam.

Cependant, elle cherchait ses défauts par instinct critique ; elle les acceptait d'ailleurs avec le réalisme des femmes amoureuses.

— Comme vous avez le nez rond, s'était-elle écriée la deuxième fois qu'ils s'étaient vus.

A dire vrai, pour le moment elle n'était capable de saisir chez Gilles que les traits extérieurs. Gilles sursautait à ces petits accès inattendus d'âcreté, mais s'emparait avec curiosité du moindre renseignement sur lui-même.

Elle se trouvait faite pour lui, elle pensait avoir en commun avec lui le même goût d'intellectualité. Travaillant beaucoup depuis longtemps, elle n'avait pourtant presque rien lu ; elle était à peu près restée confinée dans la pratique du laboratoire. Avec l'intempérance de la jeunesse, il répandait tout ce qu'il croyait savoir. Elle croyait que tout s'apprend.

Il lui parlait aussi de ce qu'il connaissait bien : la guerre. L'âpre sincérité de Gilles paraissait d'autant plus remarquable à Myriam qu'elle éclairait des sentiments inconnus d'elle. Dans son milieu, on ignorait toute expérience physique : que ce fût le sport, l'amour ou la guerre.

Après leur première conversation sur ce sujet, elle s'écria le lendemain en arrivant :

— J'ai repensé, toute la matinée au laboratoire, à ce que vous m'avez raconté hier sur la peur et le courage. C'est passionnant, c'est à regretter d'être femme.

— Ne dites jamais cela, s'exclama-t-il avec dépit.

— Cette idée qu'on ne peut jouir vraiment de la vie qu'en la risquant toute, tout de suite, dès vingt ans, dès qu'on est conscient, c'est formidable, c'est ce que je cherchais. Comme une imbécile, je n'avais pas su me formuler ça.

Son visage était si contrasté en comparaison de celui de miss Highland. Mais ce qui finira toujours par paraître dur dans un visage juif ne fait d'abord que mettre un accent léger, étrange et séduisant sur les douceurs de la jeunesse.

— Je n'aurais jamais compris cela, sans la guerre.

— Mais moi, mes frères, mon père... j'aurais dû y penser.

Elle regrettait d'avoir été prise en flagrant délit d'ignorance.

— Mais c'était bien un risque que vous cherchiez, reprit-il avec une flatterie tendre, en vous donnant complètement à votre travail.

Elle lui prit la main, elle vibrait à sa moindre gentillesse.

— Oui, au laboratoire, c'est ce que je cherchais ; je travaillais comme une brute. Seulement je n'avais pas l'idée... comment dirais-je...

— Il n'y a pas de philosophie qui guide vos recherches... Nous pourrions... Évidemment je ne connais rien à votre science. Mais...

— Oh! maintenant, il y a tant de choses qui s'éclaircissent.

Elle avançait de nouveau la main vers la sienne. Il l'attira vers lui. La blancheur de ses dents le touchait. Mais à cause de son appareil leurs baisers ne pouvaient être que légers.

Ils avaient beaucoup à se raconter. Elle lui racontait

son enfance. C'était la première fois qu'elle en parlait ; elle avait souffert sans comprendre ni se plaindre ; elle s'étonnait de découvrir tant de choses dans son passé, et si horribles. C'était à lui qu'elle devait cette lumière. En dehors de ses questions, ses silences quand il écoutait la hélaient. Elle éprouvait un soulagement, une douceur inconnus ; en même temps que son esprit s'ouvrait, son cœur crevait. Il lui apportait la vie. Aussi supportait-elle facilement les petites déceptions obscures que lui valait la grande réserve physique de Gilles.

Elle n'avait pas tant de curiosité pour l'enfance de Gilles. Du reste, celui-ci n'était pas fort loquace sur tout ce qui concernait son passé. Orphelin, il avait été élevé par une nourrice sous la lointaine surveillance de son tuteur, M. Carentan, puis tôt enfermé au collège. Elle aurait pu s'émouvoir de ce sort exceptionnel, mais il ne s'en plaignait nullement. Il parlait de sa solitude avec orgueil, comme d'une source rare où il avait bu le dédain de tout ce qui n'était pas son enchantement mystérieux. Elle ne se souciait guère de son origine, elle n'avait pas le sens des choses sociales ; elle jouissait qu'il fût haut placé à ses yeux par ses qualités propres. Elle était plus curieuse du temps où il avait commencé de penser par lui-même. Avant la guerre, il avait connu moins des hommes que des esprits sur lesquels il avait aiguisé son esprit. Seul, Carentan l'avait frappé, comme un caractère, extraordinairement libre. Pour les jeunes, ils avaient tous été tués, sauf un certain Claude Debrye.

Ils parlaient aussi de l'avenir. Si, pendant quelques jours, ils n'avaient pas prononcé le mot mariage, ç'avait été par jeu. Gilles se donnait le plaisir de jouer avec cette certitude, mais Myriam attendait dans des défaillances délicieuses le moment où le mot serait prononcé.

Gilles le lança un jour d'une manière assez inattendue. Elle parlait de son père qu'il n'avait pas vu, dont
elle avait l'air de craindre un peu l'intervention.

— Votre père, qui ne permettra jamais notre mariage...

Elle pâlit de plaisir.

— Mais non... D'ailleurs, qu'est-ce que cela fait?

Elle pâlit encore, se gonfla de larmes, s'épancha et
tomba sur sa main.

— Pourquoi croyez-vous cela? demanda-t-elle plus
tard, les yeux brillants de curiosité.

— Parce que je ne suis rien.

— Mais vous ne pouvez pas encore... vous n'aviez
même pas fini vos études... et puis la guerre...

Il s'assombrit un peu.

— Ce n'est pas ce que je voulais dire...

Elle l'interrogeait du regard, sans crainte.

— A propos, vous ne me l'avez jamais demandé. Que
croyez-vous que je ferai?

Elle répondit d'un trait :

— Oh! vous ferez de la politique.

— Tiens, vous croyez, fit-il, fort mécontent.

Elle s'arrêta, inquiète.

— Je me trompe?... Oui, c'est vrai, je ne sais pas...
Vous écrirez? ... Vous écrivez déjà.

Son mécontentement grandissait.

— Je n'écris pas.

Elle montra la table de nuit.

— Tous ces papiers...

— Ce sont des notes. Ça ne signifie rien.

— Enfin, vous aurez une grande influence sur les
gens.

Gilles parut gêné. Elle fut terrifiée de n'avoir pas
mieux compris.

— Bah! fit-il, d'un air décidément déçu.

— Pourquoi cet air?

— Écrire... On n'écrit que parce qu'on n'a rien de mieux à faire.

— Que voudriez-vous faire?

— Quelque chose qui trahisse toutes les étiquettes. Comment pouvez-vous me classer si vite?

— Vous avez le temps, murmura-t-elle, déconcertée et penaude.

Sur ce mot, il la regarda avec soulagement, s'allongeant avec volupté dans son lit. Il s'allongea si bien que son bras lui fit mal et qu'une plainte lui fut arrachée. Elle s'empressa autour de lui.

Quand elle fut partie, miss Highland apparut bientôt. Quand elle revenait après le départ de Myriam, elle interrogeait toujours son visage d'un coup d'œil rapide, pénétrant ; puis elle paraissait plus que jamais absorbée par ses soins et par le propre charme de ses gestes.

Quand Gilles commença de se lever et de circuler dans l'hôpital, le printemps éclata. Il se fit deux ou trois camarades ; il regardait les infirmières d'un peu moins loin, les visiteuses ; il songea un peu au dehors.

Cependant de longues torpeurs lui faisaient goûter de nouveau son emprisonnement, de longues torpeurs entrecoupées de brefs éclairs. Il réfléchissait et de temps à autre sa main se crispait pour écrire. Et il écrivait. Se lisant ensuite, il était comblé d'étonnement. Car, avant la guerre, sa pensée, qui avait été primesautière pendant l'adolescence, bientôt accablée par les études diverses, était devenue hésitante, timide, inerte. Loin des livres, depuis trois ans, elle s'était déliée et musclée. Il méditait sur son expérience de la guerre et voyait qu'elle lui composait une figure de la vie.

Le printemps, la promenade, les brusques inspirations le mettaient, sans qu'il s'en doutât, dans un rapport nouveau avec Myriam. Un jour, comme il l'attendait dans le parc, il la vit arriver vers lui. Elle venait au bout d'une longue allée. Nous voyons rarement dans une longue perspective les êtres avec qui nous vivons. Ce qu'il avait auparavant légèrement noté fut sévèrement souligné : elle marchait mal. Un instant auparavant, la longue taille de miss Highland, sa longue démarche dégingandée, mais si sûre, avaient fait merveille au même endroit. Gilles eut un choc : quelque chose d'essentiel ne lui plaisait pas dans Myriam. Il fut stupéfait, puis un mouvement de rage lui fit faire un pas brusque en avant.

— Qu'est-ce qu'il y a? Vous souffrez encore? Je croyais que vous ne souffriez plus, s'écria Myriam en pâlissant.

Il se rassura : il croyait l'avoir perdue.

La candeur de Myriam lui parut inaltérable : il pourrait bien facilement lui dissimuler ses sentiments, et il l'épouserait tout de même. Il ne pouvait pas ne pas l'épouser : gâcher une chance pareille. Il la prit par la taille et la serra contre lui, et, avec une ambiguïté farouche, il s'écria :

— J'ai besoin de vous.

Il se sentait au bout des doigts une agilité de dissimulation irrésistible. Elle haussa vers lui son visage si clair, si livré.

Il resta deux ou trois jours à se débrouiller sous le choc qu'il avait reçu. Il chercha à s'en prendre à lui-même. Est-ce qu'il ne réprimait pas sournoisement tous les élans de Myriam? Est-ce qu'il ne créait pas autour d'elle une atmosphère où elle ne pouvait que se replier?

S'il l'avait voulu, elle aurait déjà pris de l'audace, de l'autorité. Sa taille, légèrement fléchissante, se serait redressée, ses longues jambes frêles se seraient déliées et affermies. Il n'est pas de femme pour qui l'amour ne puisse pas être un miracle. Il avait horreur de penser qu'il privait Myriam de ce miracle-là. Il aurait suffi pour cela de la désirer, mais il s'apercevait qu'il ne la désirait pas, qu'il ne l'avait jamais désirée.

Myriam avait fait pour lui-même un miracle, celui de l'argent. L'apparition de l'argent dans certaines vies peut être un miracle comme celui de l'amour : il agite puissamment l'imagination et la sensibilité, du moins dans le premier moment.

Mais déjà Gilles s'y habituait. Depuis qu'il était à Neuilly, il vivait sans un sou, mais comblé du grand nombre de cadeaux que lui faisait Myriam. Chaque jour, elle arrivait chargée de livres, de fruits, de fleurs ; elle lui avait apporté aussi des pyjamas, du linge, des mouchoirs, de l'eau de Cologne, des petites choses pour la toilette. Il avait pris l'habitude d'être choyé.

Mais ce n'est pas la même chose de recevoir des objets et l'argent qui paie les objets. Il avait maintenant la permission d'aller en ville. Un jour, Myriam lui dit :

— Demain, puisque vous sortez, achetez vous-même ces livres. Vous savez mieux que moi où l'on peut les trouver.

Et elle mit l'argent sur la table de nuit, sous un livre, un mince papier, un papier si mince qu'on pouvait ne pas le remarquer.

Gilles sortit et se demanda s'il achèterait les livres ; il avait soudain une brûlante envie d'aller au bordel ; il y alla.

Gilles allait sortir de l'hôpital, passer dans un centre

d'électrothérapie où il serait très libre, il pourrait coucher dehors. Où habiterait-il? A l'hôtel. Mais comment payer l'hôtel? Ces questions ne tracassaient nullement Myriam qui lui apporta 3 000 francs.

— Vous allez avoir beaucoup de dépenses. L'hôtel, les repas. Il faut vous habiller, vous n'avez rien. Vous ne pouvez pas rester dans cette capote des tranchées, cela a l'air d'une affectation.

Elle était tout au contentement d'agir sur sa vie, et de l'élargir. Gilles songeait avec regret que tout cela aurait été charmant et louable, si son cœur avait été pur.

V

Il fallait bien que, tôt ou tard, il vît M. Falkenberg. Le jour où enfin cela devait se faire, il sortit, fort énervé, du centre d'électrothérapie qui était installé au Grand-Palais. Deux ou trois heures de présence, c'était encore trop. Et, aujourd'hui, il avait été de service à la porte ; au lieu de sortir dès midi, il n'avait pu s'échapper qu'à cinq heures. Il fallait jouir maintenant, rattraper le temps perdu. Hélas, le temps de la jouissance allait encore lui être disputé ; il faudrait tout à l'heure aller chez Myriam. Mais il allait d'abord s'accorder un temps de répit. Il prit un taxi et donna l'adresse de son tailleur.

Il défiait les règlements avec une inconsciente audace. Sa tunique à l'anglaise de teinte ardoise était ouverte sur une cravate de chasse bleu-gris que retenait une épingle d'or ; ses pantalons longs avaient un pli ; son képi pouvait être envié par l'aviateur le plus galant. Mais

ses bottines de confection décelaient que son luxe était
appris et laissait passer de fausses notes.

La vie était pour lui maintenant une houppe de jouissances frivoles, où ne se mêlait que comme une odeur
éventée le souvenir des sensations fauves des mois précédents, quand il allait dans la boue, entre la peur et le
courage. Quels étranges jeux menaient cette compagne
et ce compagnon.

Il entra chez le tailleur avec le même frémissement
intime et lent que chez les filles. Il aimait cette caverne
d'Ali-Baba où, de tous côtés, les étoffes anglaises s'em-
pilaient et retombaient à longs plis. Il se retenait de se
rouler dans cette matière solide et souple, n'en jouissant
pas assez du nez, des yeux, du bout des doigts. Comment,
pour ce tailleur si sot, chacun de mes gestes décèle-t-il
que je suis un parvenu ? Gilles essaya un manteau de
ratine ; en sortant de la cabine d'essayage il se laissa
tenter par un léger chandail bleu dont il n'avait nul
besoin. En voyant un veston civil posé sur une table il
se rappela son dernier veston d'avant-guerre, d'une affreuse coupe faussement élégante, et qu'il avait eu tant
de peine à faire payer par son tuteur. Avait-il pu vivre
d'une autre vie que celle d'aujourd'hui ? Certes non.

Il était temps d'aller avenue de Messine. Il en prit le
chemin à pied, paresseusement. Il entra chez un marchand de tabac, acheta des cigarettes américaines dont
l'arôme nouveau l'enivrait. Cette petite ivresse le fit
penser à une plus grande, fallait-il attendre ce soir ? Il
vit l'heure à une boutique. S'il allait voir quelque fille
il ne pourrait revenir que pour un quart d'heure avenue
de Messine, car ensuite il avait rendez-vous chez Maxim,
avec Bénédict. Il fallait mieux se garder pour cette femme
qui, à minuit...

Il songea à Myriam qui l'attendait anxieusement ; son cœur se serra, contenant un peu la fureur du désir. Il continua de marcher vers l'avenue de Messine. Il était contraint : non pas qu'il n'eût plus aucune envie d'être avec Myriam, mais c'était autant de pris sur sa solitude voluptueuse qu'il caressait aux rues, aux bars, aux cafés-concerts. Et pourtant tout cela lui venait d'elle, et en la perdant il était persuadé qu'il perdait tout cela. La perdre, il ne faisait qu'y songer, cette songerie le rejetait frissonnant vers elle.

Il monta chez Myriam. L'ample et calme escalier était devenu à demi familier. La femme de chambre, qui l'avait reçu la première fois et qui faisait presque seule le service dans le vaste appartement, car M. Falkenberg n'avait pas voulu remplacer les domestiques mâles mobilisés, lui sourit d'un air amoureusement complice. Il n'était pas à son aise : la pensée de M. Falkenberg, dont Myriam disait qu'il traversait une terrible crise de rhumatismes, lui pesait.

Maintenant, Myriam ne le recevait plus dans le petit salon, mais dans une pièce à côté de sa chambre, qu'elle avait arrangée pour lui plaire, mais sommairement. Gilles, qui ne connaissait aucun intérieur élégant, mais qui avait l'œil affiné par la peinture et qui entrait chez tous les décorateurs pour tromper une faim qu'il ne pouvait encore assouvir que chez les tailleurs et chemisiers, regardait d'un œil sévère ce bric-à-brac où deux ou trois choses d'intention Moderne se chamaillaient avec le faux Renaissance dont Mme Falkenberg avait autrefois encombré toute la maison.

Une fois de plus, Myriam suivit avec effroi le regard de Gilles qui vérifiait l'horreur du lieu, mais son inquiétude était augmentée du fait qu'elle portait une robe nouvelle dont elle craignait qu'elle déplût à Gilles. Elle ne croyait pas avoir mauvais goût, elle n'était pas sûre que Gilles eût bon goût ; mais l'idée de son déplaisir lui était insupportable et la livrait à lui. Son air de crainte fit sentir à Gilles qu'il avait détesté la robe avant de l'avoir vue : il eut honte de sa prévention. Il posa sur la robe un regard plus indulgent.

— Vous ne l'aimez pas ? fit Myriam d'un ton où perçait déjà la résignation de ne jamais lui plaire tout à fait.

— Mais si, mais si. Je trouve cette ligne autour du cou très jolie.

Il loua avec application la ligne autour du cou et ne parla pas de la couleur qu'il trouvait tout à fait fâcheuse : ce gris triste.

— Et la couleur ?

— C'est très difficile de s'habiller en demi-deuil.

La pensée soudaine qu'au contraire le demi-deuil pouvait être exquis le surprit et lui fit froncer les sourcils. Zut, pourquoi était-elle si maladroite ? Cependant il éluda.

— Vous allez y arriver.

Pourquoi n'y arriverait-elle pas, après tout ? Il fallait l'aider, tirer le meilleur parti de tout.

On frappa. La femme de chambre entra, affectant un air grave.

— Monsieur...

— Oh ! oui, oui, merci...

La femme de chambre disparut.

— Il est assez bien disposé en ce moment, il faut en profiter.

Que lui avait-elle dit ? Que s'était-il passé exactement entre le père et la fille à son sujet ? Myriam n'avait dit qu'une chose à son père, ce qui la touchait le plus et qui pouvait le toucher le plus dans Gilles : son intelligence. Par malheur, M. Falkenberg, bien qu'il eût lui-même un esprit scientifique, n'avait nullement été enchanté de le retrouver chez sa fille. Dans son absence de féminité il lui semblait retrouver non pas du tout son propre héritage, mais la sécheresse de sa femme. Il pensait que, comme sa mère, Myriam n'avait aucun sens des êtres ; le bien qu'elle lui avait dit de Gilles l'avait indisposé contre lui.

Gilles était fort effrayé de cette entrevue, il ne doutait pas d'être percé à jour en un instant par cet homme supérieur qui avait sûrement le sens des caractères. Cependant, il avait oublié une circonstance qui pouvait brouiller le regard de M. Falkenberg : celui-ci pleura en voyant le compagnon de ses fils. Cet homme, qui montrait les restes d'une grande vigueur corporelle et qui avait sur le visage tous les signes encore vivants de l'intelligence et de l'énergie, gémissait au fond de son fauteuil dans cette note enfantine qui, au front, venant des blessés, avait toujours gardé le pouvoir de terroriser Gilles. Le désarroi s'empara du jeune homme. Ses deux anciens camarades, Jacques et Daniel Falkenberg, se dressèrent aux deux côtés du fauteuil du vieux monsieur et lui dirent :

— Qu'est-ce que tu fais là ? Tu profites de notre disparition. Si nous avions été là, tu n'aurais jamais osé. Tu as quitté le front pour venir à l'arrière piller notre maison.

Gilles s'aperçut que le remords d'avoir quitté le front n'avait pas cessé de vivre au fond de lui. Que faisait-il ici ? Toute cette vie n'était que faiblesse et lâcheté, frivolité inepte. Il ne pouvait vivre que là-bas ; ou plutôt il était fait pour mourir là-bas. Il n'était pas fait pour vivre. La vie telle qu'elle s'offrait à lui, telle qu'il semblait pouvoir seulement la vivre, était inattendue, décevante de façon incroyable. Il n'était capable que d'une seule belle action, se détruire. Cette destruction serait son hommage à la vie, le seul dont il fût capable. Il avait envie de fuir devant M. Falkenberg, et sa fuite empruntait l'aspect semi-héroïque de la nostalgie du front. Il se promit : « Je partirai demain, sans tambour ni trompette. Et Myriam ne me reverra jamais. »

Gilles resta longtemps debout, muet, devant M. Falkenberg. D'autres pensées sévères lui vinrent. En un éclair, il aperçut les profondeurs de la vie, où un mariage étend à l'infini ses conséquences, les âmes nouées, les enfants, la tare ineffaçable, le crime perpétué. Mme Falkenberg avait voulu épouser M. Falkenberg comme lui voulait épouser Myriam. Les êtres laborieux sont la proie des êtres de frivolité ; il se sentait flotter comme un fantôme pernicieusement léger, fallacieusement transparent autour de Myriam et de son père que la vertu rendait opaques.

Myriam était debout près de son père, le regardant. Son égoïsme d'amoureuse l'empêchait maintenant, aussi bien qu'autrefois la rancune, de secourir de son bras et de sa joue ce vieil homme naufragé, son père, c'est-à-dire un homme qui souffrait avec un cœur assez semblable au sien.

Enfin, M. Falkenberg revint au monde des vivants où il ne tenait plus sa place qu'avec lassitude et répugnance. Il regarda et vit devant lui un jeune élégant, un peu frêle, qui l'observait d'un air maussade et curieux. Il en eut de la surprise et de la mauvaise humeur. Avec un sourire sarcastique, voulant trancher, il se dit : « C'est un coureur de dots. La sotte. » Cependant, il avait râlé à haute voix :

— Non, je ne veux pas que vous me parliez d'eux. Tout le monde les a oubliés, sauf moi qui vais entrer dans l'oubli.

— Papa.

Ce cri échappa assez vif à Myriam pour que Gilles crût qu'elle était plus attachée aux siens qu'il ne pensait. Cela lui donna de la crainte et raviva son désir de la captiver. M. Falkenberg se tourna une seconde vers sa fille.

— Toi..., commença-t-il rageusement.

Mais il continua, après avoir longuement repris sa respiration :

— Oui, je sais, tu m'as parlé de monsieur... Vous avez été blessé...

Toujours ce cri des parents atteints. « Pourquoi *vous,* en êtes-vous sorti ? »

Brusquement quelque chose réagit en Gilles. Ce père regrettait passionnément que ses fils ne fussent pas là à sa place ; ce père aurait donné aisément sa peau d'inconnu pour la leur, puisqu'il faut que quelqu'un soit tué. Et pourtant, c'était injuste. Ce M. Falkenberg, c'était visiblement quelqu'un de très bien, mais ses fils ? Non. Les deux frères cessèrent d'être des symboles imposants ; ils redevenaient aux yeux de Gilles ce qu'ils avaient été, des médiocres. « Des médiocres. Et moi, je suis quelqu'un de bien. Il y a quelque chose en moi qui mérite de vivre. Pourquoi n'aurais-je pas droit plutôt qu'eux à la vie et à votre argent ? Je les mérite plus qu'eux. Vous ne pouvez pas comprendre cela ? Tant pis, je vous y forcerai par la ruse. Je veux vivre. Et pour moi, la vie, ce n'est pas de me débattre pendant des années dans les bas-

74

fonds et d'épuiser ma force à en sortir. Je veux m'épanouir tout de suite. Il me faut votre argent pour sauver ma jeunesse. Je ne veux pas retomber dans mes petits restaurants d'étudiant où je m'éreintais à nier une accablante laideur. Je veux être de plain-pied tout de suite avec les gens libérés, arrivés. Et je veux penser tranquille. Oh ! penser tranquille, dans un endroit pur, noble, isolé, comme cette bibliothèque. Donnez-moi vos livres ; votre argent, ce sont vos livres. Et votre fille, vous savez bien que... »

— Vous allez mieux, monsieur ? On vous a opéré ?

M. Falkenberg parlait d'une voix polie, monotone, brisée, qui faisait effort pour se prolonger dans un monde dépeuplé. Il feignit quelques instants de parler à un soldat blessé dont sa fille s'occupait par une sorte de charité.

Puis soudain, il eu l'air de se souvenir de quelque chose.

— Ma fille trouve grand plaisir... grand intérêt à votre compagnie... Quelles études avez-vous faites ?

Brusquement, il était au fait. Admettre ce fait n'était que le moindre frémissement de son pessimisme.

Myriam regarda Gilles avec anxiété. Depuis un instant, il se repliait, sans doute froissé.

En fait, il continuait de méditer sauvagement.

« Ta fille. Oui, je prendrai ta fille. Tu ne l'aimais pas, tu la méprises. Et pourtant, elle est mieux que tes fils, elle aussi. Pourquoi la méprises-tu ? Tu méprises tout. Et tes fils, c'est un prétexte pour mépriser et haïr la vie qui se retire de toi. La vie qui se retire de toi, mais qui reflue en moi. Je suis plein de vie. Toi qui as été plein de vie, pourquoi n'approuves-tu pas ce flot de vie en moi ? Tu es intelligent, je suis intelligent. Pourquoi ne pas m'être favorable ? Je te rendrais favorable si je le voulais. Je peux tout. »

Myriam vit la figure de Gilles s'éclairer progressivement. Il répondait avec un empressement tranquille.

— J'ai essayé de diverses études pour connaître les possibilités de... de ma pensée.

Ce mot contrastait tellement avec une apparence de soldat de bar que M. Falkenberg le fixa avec scandale. On n'est pas sérieux avec ce costume, et cette figure de fille. Pourtant, il s'était battu, il avait des citations.

— Votre pensée... Quelles études ?

— Histoire, philosophie, philologie.

— Et alors ?

— J'hésite entre l'archéologie et la sociologie.

Là-dessus, Gilles se décontenança au grand dam de Myriam. Ces mots ridicules, c'était plus qu'il ne pouvait. Il les avait jetés, en se disant que M. Falkenberg, qui mettait du temps à le comprendre, ne méritait pas plus qu'un pédant pour gendre.

— Peut-être, si vous voulez, reprit-il non sans effort, que je souhaite de comprendre mon époque. Je veux m'éloigner des problèmes de mon temps pour y revenir, les expliquer par des comparaisons très vastes... pour que d'autres en profitent... ceux qui sont dans l'action.

— ... Oui, grogna M. Falkenberg en plissant les lèvres. Enfin, vous voulez écrire.

Myriam tressaillit et regarda Gilles : voilà qu'il paraissait admettre aisément la droiture de cette conclusion.

— Sans doute, approuva-t-il, avec cette nouvelle voix posée qu'elle ne lui connaissait pas et qui la déconcertait.

— Ce n'est pas un métier, coupa M. Falkenberg, qui se renfonça dans ses rhumatismes, à moins que...

Au moment où Myriam pensait que Gilles perdait de

ses moyens par timidité, le jeune homme, avec une aisance subite et saugrenue, fit trois pas, s'empara d'un livre sur la petite table près du fauteuil et dit :

— Vous lisez ça.

Ça, c'était un ouvrage d'histoire sur la révolution de 89.

— C'est excellent, continua-t-il. C'est malheureux que les historiens d'aujourd'hui ne soient plus que des professeurs sans art, sans style, sans invention poétique.

M. Falkenberg parut un instant touché, son œil brilla, il fut sur le point de donner la réplique ; mais comme Gilles ne semblait s'animer qu'à cause de ses propres pensées et ne sollicitait pas son opinion, il s'en tint à bouder.

Gilles soudain s'inclina devant lui.

— Permettez-moi de vous laisser.

Revenue dans sa chambre, Myriam qui avait été fortement interloquée ne fut plus qu'anxieuse de savoir ce que Gilles sentait. Il était entré avec un air fort sombre. Sous son regard interrogateur, il changea soudain et parut transporté.

— Comme il est bien, s'écria-t-il.

Elle fut heureuse ; d'avoir un père intéressant lui donnait un attrait.

Puis il s'enquit :

— Comment ai-je été ?

Un frisson revint à Myriam, la froideur de Gilles avait été telle qu'un instant elle s'était demandé s'il n'était pas que froideur.

On frappa. La femme de chambre entra.

— Monsieur voudrait dire un mot à Mademoiselle.

Ils furent effrayés, tous deux.

Gilles se retrouva seul, dénudé par le regard de M.

Falkenberg. C'était la première fois qu'un regard sérieux se posait sur lui, depuis qu'il était à Paris. Il se regarda dans la glace de Myriam : les traits du soldat s'étaient détachés comme un masque ; au-dessous il ne retrouvait pas non plus ceux de l'étudiant austère qu'il avait été. Le doute s'étendait à tout son passé. Il essayait vainement de se rappeler comment il avait été un étudiant passionnément absorbé par les découvertes de l'esprit. En ce temps-là, les passions refoulées formaient au-dessus de sa tête une masse de nuages orageux qui déchargeaient des idées rapides comme des éclairs.

Myriam revint. Gilles souhaitait le pire, d'avoir horriblement déplu, d'être chassé.

Mais Myriam dit :

— Non, c'est le médecin qui vient d'arriver.

Gilles sauta sur le prétexte pour s'en aller. Il avait rendez-vous chez Maxim avec Bénédict.

La situation était bien changée entre eux. C'était maintenant Bénédict qui regardait Gilles comme un embusqué ; il l'enviait et surtout pour son éclatante transformation ; non sans plaisir, il flairait quelque chose de louche. Pourtant, il ne lui posait pas de questions, il était sûr que Gilles lui conterait tout. En effet, celui-ci en mourut d'envie. Soudain, devant Bénédict, avec un cocktail au poing, il avait le sentiment qu'il avait fort bien fait ce qu'il avait fait, qu'il était entré bravement dans la vie, qu'il avait remué des matières riches et curieuses ; il oubliait totalement son trouble et son doute de tout à l'heure devant M. Falkenberg. Redevenu cynique, jouir en paroles de son aventure lui semblait un élément indispensable à son luxe grossier.

Pourtant, il se ressaisit. Il sentait que tout ce qu'il dirait à Bénédict, cela deviendrait dans cette oreille irrémédiablement bas. Ce ne fut qu'à la fin de la soirée qu'il se livra à demi.

— Tu vois beaucoup de gens ? demandait Bénédict.

— Oh ! non.

— Mais enfin, qu'est-ce que tu fabriques toute la journée, en dehors des poules ?

— Je ne sais pas.

— A l'hôpital, c'était effrayant ce que tu lisais et écrivais. Qu'est-ce que tu feras, quand cette garce de guerre sera finie ?

Gilles éclata.

— Mon vieux, j'ai horreur des gens. Or, pour gagner sa vie, il faut passer sous la coupe des gens. Je ne veux pas.

— Alors ?

— Oui. Je vais faire un mariage d'argent.

Bénédict eut un sourire appréciateur et à peine désobligeant.

— Les « gens » se résumeront en une seule personne, et cette seule personne ne sera guère gênante. Comment est-elle ? Une idiote, forcément.

— Pourquoi ?

— Il faut une idiote pour épouser un coureur comme toi. Une idiote, ou...

Bénédict s'arrêta, craignant que le mot ne lui retombât plus tard sur le nez, quand il fréquenterait le ménage.

— Achève.

— Heu... un laideron, trop contente de...,

Gilles savait que Myriam était jolie, mais le mot le toucha, car peu à peu il la voyait comme un monstre. N'étant pas désirée, elle n'était plus qu'un amas informe. Bénédict eut un sourire plus désobligeant, voyant Gilles baisser le nez.

Celui-ci se secoua et songea à châtier Bénédict.

— Tu ne crois pas qu'une fille belle et intelligente puisse s'aveugler sur mes défauts ? Je ne déplais peut-être pas tant aux femmes que tu le crois.

Bénédict changea de ton.

— Elle doit être très bien, et beaucoup mieux que tu ne le dis.

— Je ne dis rien.

— Justement.

Quand Gilles quitta Bénédict, il pensa avec horreur dans son taxi que, pour la première fois, il avait trahi Myriam. Tout ce qu'il avait dit à Bénédict d'elle l'avilissait à jamais. Les mots étaient sortis de lui comme les vers d'un corps pourri. Il passa sa main sur sa bouche, écrasa ses lèvres. Il gémit :

— Myriam.

Il s'étonna d'avoir prononcé ce mot pour la première fois, étant seul. Ah! que n'était-ce un cri d'amour! Hélas! ce n'était qu'un cri comme celui qu'arrache la vue d'un accident au passant égoïste. « Je n'ai même pas d'amitié pour elle. Si elle avait un ami, il lui ouvrirait les yeux sur moi. Elle est aveugle, mais son aveuglement est fait de son amour. » Il ne pourrait pas supporter longtemps encore qu'elle fût là devant lui tendrement confiante, ignorante de tout ce qui se tramait en lui contre elle.

Cette pensée dangereuse ne l'empêcha pas, bien au contraire, de suivre son plaisir. Le taxi s'arrêta. Il sonna à une porte cochère, prit un ascenseur, ressonna. Une femme vint ouvrir. Dans la pénombre de l'antichambre, c'était une belle silhouette, opulente, à demi-nue, qui se pressa un peu vers lui mais qui s'écarta aussi doucement comme il ne répondait par aucun geste.

Il entra dans un appartement où régnaient le plus

grand calme, la plus grande dignité et un goût excellent. Un mobilier ancien dans un cadre frais, tout cela fondu dans un confort anglais. Quelle était la part de l'entreteneur dans ce luxe tempéré? Il regarda la femme. C'était une matière magnifique. Une peau blanche fleurie de bleu, les cheveux blonds les plus fins et les plus abondants, des yeux d'une belle eau, les dents de la qualité la plus sûre.

L'Autrichienne était une poule d'avant la guerre. Une poule magnifique comme il y en avait dans ce temps-là. Elles avaient le goût du luxe, elles se considéraient comme des parures pour la société. Elles croyaient au prestige de l'aristocratie qui n'avait pas encore tout à fait renoncé, et de la bourgeoisie riche qui imitait cette aristocratie. Elles se souciaient d'avoir une allure, de jeter un défi. Elles avaient appris à bien dépenser l'argent qu'elles recevaient, et il fallait qu'elles en reçussent beaucoup pour consentir à en mettre de côté. Maintenant, la guerre plus que l'âge les obligeait à se ranger.

L'Autrichienne — qui avait échappé au camp de concentration, grâce à son amant, homme du monde répandu dans la finance et la politique — était devenue, mieux qu'aucune autre, une femme d'intérieur. Sage, elle accueillait le trouble que lui apportait Gilles sans crainte, car elle savait qu'il ne faisait que passer et ne lui donnerait pas le temps de perdre la tête.

— Je suis en retard, assura-t-il.
— Je n'ai jamais cru que tu viendrais plus tôt.

Il la préférait, bien qu'il fût sans cesse empêché d'arriver chez elle à cause de toutes les autres qu'il rencontrait en route. Quand elle l'avait connu, elle l'avait regardé d'abord du coin de l'œil avec gêne. Les solitaires font peur. Elle se demandait qui était cet étrange garçon qui téléphonait, puis ne venait pas ; ou longtemps après, téléphonait une seconde fois par scrupule d'arriver en tiers. En entrant, il lui disait bonjour de la façon la plus distante, parlait de la pluie et du beau temps en regardant une gravure, et soudain l'enlaçait. Il ne parlait guère, si longtemps qu'il restât. Quand il ouvrait la bouche, il débitait des mensonges évidents sur ce qu'il faisait et ne faisait pas. Il s'arrêtait soudain, éclatait de rire gentiment et s'en allait sans se retourner. Elle s'était habituée, ce qui était dans son caractère comme dans son métier, à ne pas le comprendre. C'était un distrait, un lunatique. Il n'était pas le moins du monde sentimental. Sensuel ? Un peu. Il aurait pu l'être plus, s'il y avait prêté attention. Au lit, par moments, cette tendresse subite, ce n'était plus seulement celle de l'enfant dans les bras de sa mère ; mais quelque chose d'aigu qui voulait l'atteindre, un souci de ce qu'elle sentait de ce qu'elle était — chose rare chez les garçons de cet âge. Mais cela ne durait pas, et il se relevait distant, muet ou menteur. Pourtant il n'était jamais hargneux, méprisant, blessant avec elle, comme ses amies qui en avaient aussi tâté le prétendaient.

Depuis quelque temps, il chassait une autre espèce de filles, Bénédict l'avait poussé dans cette bande de femmes entretenues. Il aimait leur science des corps et des cœurs. La plupart toutefois étaient bavardes, vantardes ; l'Autrichienne seule était paisible et muette comme les filles du commun, et plus belle, plus raffinée. Cette grande coulée de chair blanche. Il continuait à n'avoir pas du tout l'idée qu'il y eût autre chose que les filles. Il ne connaissait personne à Paris et il n'avait nul besoin de connaissances. Aimant à la fois la solitude et les femmes, il semblait voué aux filles qui ne dérangeaient pas sa solitude. Bien qu'après de longues errances où il s'était trop gonflé, il se jetât comme un affamé sur le premier homme venu, capable de soutenir une conversation, et qu'il eût même une latente curiosité du monde viril de l'ambition, il vivait comme s'il n'en avait rien été. Les femmes, ils les voulait nues, débarrassées de leur coque sociale, simples et fortes expressions de leur sexe, prêtes à accepter de lui une présence aussi nue. Il aimait celles qui étaient à tout le monde, et ainsi nullement à lui. Il n'avait nulle envie d'avoir une femme à lui. Il ne croyait pas même que Myriam fût à lui, il pensait toujours qu'elle allait ouvrir les yeux sur lui et lui fermer sa porte. Alors, il serait vraiment seul.

Mais, au fond, est-ce que cette silencieuse nudité de rapports ne laissait point se former peu à peu un commerce, assez intime, aux modulations brusques mais inoubliables? Peu à peu son rapport se modifiait avec les filles, sans qu'il s'en doutât. N'y avait-il pas des accrochages entre elles et lui? Peu à peu, il apprenait l'amour. Elles sentaient qu'il en avait l'instinct. Ces brusques effusions sortant du silence les émouvaient et elles songeaient à l'enseigner pour sinon l'attacher, tout au moins l'attarder un peu auprès d'elles. Par là, une sorte de communication sans cesse interrompue, sans cesse reprise s'établissait entre lui et ce sexe adoré, inconnu et outrepassé. Une sorte de connivence s'établissait entre lui et les femmes, hors Myriam. Mais devant elle, alors même qu'il était le plus froid, il lui restait de tout ce commerce une puissance latente où elle baignait.

VI

Myriam ne put pas ignorer plus longtemps la distance que Gilles mettait entre elle et lui et qui allait grandissant. Sous le regard de son père, cette distance lui était apparue. Elle lui assigna une bonne raison : le regret de la guerre. Quand elle le voyait entrer chez elle, toujours plus tard et pour moins longtemps, sombre ou distraitement humoriste, impatient des petites choses, parlant avec une brusque ardeur ou un brusque dégoût de n'importe quoi, puis silencieux et feuilletant un livre, regardant sa montre, elle pensait connaître sa rivale.

Il est vrai que Gilles se disait que sa blessure ne serait bientôt plus une raison suffisante pour rester à Paris. Bien que son bras restât en mauvais état, il savait bien qu'il pourrait se faire accepter dans diverses armes avec un seul bras. Il avait oublié un peu ses sensations au front ; celles qu'il y retrouverait seraient donc comme nouvelles ; il ne doutait pas qu'elles seraient plus fortes que celles qu'il connaissait à Paris depuis plusieurs mois. « Maintenant que je connais Paris, je puis d'autant mieux mourir. »

Mais ne serait-ce pas aussi montrer quelque liberté d'esprit que de rompre ses vœux ? En mettant fin délibérément à ses « exercices militaires », comme il disait, il leur retirait le caractère d'un devoir qui ne finit jamais, il leur attribuait rétrospectivement une pure valeur d'expérience personnelle. Et la France ? Cette sombre poursuivante se laissait dépister. Les furies vous laissent parfois du répit, si on le veut bien.

En tout cas, Gilles devina comme Myriam était vulnérable sur ce chapitre et vit le parti à en tirer. Et il y avait d'autres motifs grâce auxquels il pourrait détourner de la jeune fille l'idée cruelle qu'il ne l'aimait pas : la soif de la solitude, la crainte de l'argent. Mais, pour le moment, il laissa la rêverie du retour à la guerre masquer seule sa gêne, sa grandissante gêne.

Deux ou trois fois, il donna cours à des propos menaçants. Myriam, habituée depuis toujours dans sa famille à se contenir, ne desserra pas les dents d'abord ; puis, ayant fait provision de force, elle lui donna la réplique.

— Naturellement, vous ne trouverez jamais la part que vous avez faite assez large.

— On ne peut pas arrêter sa part, on ne chipote pas.

— Bien sûr.

Elle songea à ses frères ; elle leur disputait avaricieusement un compagnon aux enfers. Elle sentait le regard sardonique de son père sur elle quand elle entrait dans sa bibliothèque, venant de raccompagner à la porte l'aimable blessé. Elle se forgea une théorie commode sur le respect qu'on doit à l'indépendance des cœurs, pour justifier son manque de pouvoir sur lui. Gilles était un homme voué à une étrange méditation sur la mort comme d'autres autour d'elle l'étaient à la folie de la science. Il ne pouvait lui donner qu'une attention distraite. C'était encore beaucoup.

Il y eut un jour où elle prit peur ; elle en vint à se dire que, s'il voulait repartir au front, c'était parce qu'il ne tenait à rien ni à personne à l'arrière ; elle eut très froid. Elle attendit avec anxiété sa venue du lendemain, il lui sembla qu'au premier coup d'œil elle verrait clair.

Or, Gilles arrivait ce jour-là chez elle dans des dispositions dangereuses. La nuit d'avant, il s'était affreusement saoulé, traînant partout jusqu'au jour avec deux filles dont le rire ravageait tout. Il s'était promis : « Je vais tout lui dire. Et tout de suite. »

Toutefois, quand il se trouva dans le petit salon, il vit un très joli fauteuil bleu qui était, enfin, d'un goût charmant, ce qui le déconcerta quelque peu.

— Mais, Myriam, quel joli fauteuil. Mais, ma parole, où avez-vous trouvé ça ?

Elle regarda le fauteuil, aussi étonnée que lui ; elle l'avait oublié. Elle l'avait commandé avant la rencontre de Gilles avec son père. Aussitôt, son cœur fondit et celui de Gilles un peu aussi.

Pourtant, après qu'il eût fait le tour du fauteuil, il se secoua et chercha des mots durs.

Les difficultés lui apparurent. « Je vais lui dire tout. Mais quoi ? Je vais lui dire que je ne l'aime pas. Mais... je n'aime personne d'autre. » Tout de suite une ligne de fuite lui apparaissait : « Je ne peux pas lui dire que je ne l'aime pas, je peux tout au plus lui parler du vide de mon cœur. Il me semble que je n'aimerai jamais, alors ce tendre respect que j'ai pour elle, c'est peut-être tout ce que je puis donner à une femme, à une femme propre. Le désir que je donne aux autres ? Autant dire que je suis amoureux de bouteilles de whisky ou des statues dans les squares... Les statues dans les squares. En tout cas, il faut qu'elle sache ça, quel goût s'est emparé de moi pour les filles. Je ne puis lui cacher une aussi énorme particularité qui lui paraîtra incompréhensible, horrible, impardonnable. De sorte qu'elle sera délivrée de moi. »

Il s'arrêta, souffla, échappa à cette nouvelle extrémité : « Lui dire que je suis sale, que je me plais dans toute cette tripaille, comme je vais la blesser. » Il eut horreur de la blessure qu'il allait lui faire. Il entrevit le terrible pouvoir de la faire souffrir qui s'accumulait entre ses mains.

Alors il préluda par un très vague accord.

— Je suis un être étrange.

Le regard aiguisé de Myriam s'émoussa : il était allé au-devant de son inquiétude ; il ne fallait pas plus à Myriam que cette mince preuve de sympathie.

— Il y a en moi un goût terrible de me priver de tout, de quitter tout. C'est ça qui me plaît dans la guerre. Je n'ai jamais été si heureux — en étant atrocement malheureux — que ces hivers où je n'avais pour toute fortune au monde qu'un Pascal de cinquante centimes, un couteau, une montre, deux ou trois mouchoirs et que je ne recevais pas de lettres.

Il se faisait peur à lui-même et lui jeta un regard noyé. L'espoir rentra en elle à flots avec la pitié. Une idée la soutenait, que la guerre finirait peut-être à temps ; elle comptait les jours. Elle ne parlait plus de mariage, elle croyait qu'ils en avaient parlé trop tôt et que cela avait donné à Gilles un effroi bien compréhensible chez un jeune homme de vingt-trois ans, mais elle y songeait sans cesse. En cela, elle était femme ; en dépit de graves moments de découragement, elle reprenait toujours ses calculs. Par exemple, elle profita de la réussite du fauteuil pour revenir sur une conversation qui les avait enchantés auparavant : ils imaginaient ensemble un intérieur. Gilles, oubliant ses manœuvres, ne pensa plus soudain qu'à visiter le décorateur qui avait fourni le fauteuil ; il parla de sa passion du bleu. Elle l'écoutait, elle le voyait se réenchaîner. Elle commençait d'apercevoir que ces chaînes n'étaient pas celles qu'elle avait crues, les premiers jours. Ce n'était pas celles de la passion, mais plutôt de l'habitude naissante. Mais tout lui était bon, elle sentait le pouvoir de sa patience. La présence de Gilles lui paraissait un but suffisant.

— Je ne comprends pas que deux êtres vivent dans la même chambre, insinua-t-elle au milieu d'une dissertation de Gilles.

Ni l'un ni l'autre ne sentirent l'horreur probable d'un tel propos. Il acquiesça, enchanté.

S'il repartait, elle pourrait lui demander de l'épouser auparavant. « Si vous ne m'épousez pas, on pourra croire que j'ai craint d'avoir un mari tué à la guerre. » Elle n'admettait pas le scrupule inverse de Gilles.

Il lui fallait l'autorisation de son père. Elle voulait éviter de se marier contre son gré ; elle avait besoin qu'il prît Gilles en amitié ; elle tâtait inlassablement le terrain et avec plus de prudence et d'habileté que ne semblait comporter son caractère. Passé le grief sauvage qu'il nourrissait contre le fait que Gilles était vivant, M. Falkenberg, qui voyait Gilles quelquefois, se faisait de son caractère une idée de plus en plus hostile :

— Ce n'est pas un homme sérieux, répéta-t-il un jour, d'un ton plus sévère que d'habitude.

Il voulait dire : « Un homme n'épouse pas une fille qui a de l'argent. Du moins, avant d'en gagner lui-même. » Mais il ne l'aimait pas assez, il était trop las des voies de la vie, pour espérer lui ouvrir les yeux.

— Et d'abord un homme ne se marie pas pendant la guerre. Il est vrai que...

— Quoi? Tu ne trouves pas Gilles assez blessé.

M. Falkenberg regarda sa fille avec remords : elle défendait son bien comme il aurait dû défendre le sien. Un de ses fils au moins n'avait pas la santé pour être soldat ; il aurait dû le faire réformer. Ce fut d'une voix mieux contenue qu'il reprit au bout d'un moment :

— Pourquoi ne te parle-t-il pas de sa famille?

— C'est lui qui m'intéresse.

— C'est une façon d'éclairer quelqu'un sur soi-même que de lui parler de la famille dont on sort. C'est curieux qu'il n'ait pas ce souci-là.

Myriam ne répondit rien. Elle avait prévu cette remarque et par esprit de contradiction s'acharnait à ne point interroger Gilles. Le peu qu'elle savait, elle ne voulait pas le répéter. Il lui avait dit un jour, en l'air :

— Mes parents, je puis les imaginer comme je veux.

Une autre fois :

— J'ai la chance de ne pas avoir de famille, de ne savoir rien de ma famille. Cela me fait une fameuse virginité. Non, je me vante puisque mon tuteur s'est occupé de moi plus qu'un père.

De loin en loin, il faisait allusion à son tuteur et décrivait un personnage qui charmait Myriam. Il s'agissait d'un vieux célibataire qui habitait pour la moitié de l'année au quartier Latin et pour l'autre en Normandie dans une masure de pêcheurs en un point sauvage de la côte du Cotentin. Ce vieux monsieur avait parcouru le monde dans son jeune âge, faisant tous les métiers et amassant un magot. Il était passionné de l'histoire des religions. Il avait surtout vécu aux Indes, quand il avait eu assez d'argent, étudiant les sectes. Il avait publié un ou deux livres sur ces matières absconses.

— Il a une gueule magnifique. Un vrai Normand, grand, l'œil bleu, une charpente forte, un nez considérable par l'os et par la chair. Il s'habille en velours comme un maçon, va en sabots. C'est un être exquis, très triste, très content et très bon.

— Je voudrais le voir, s'était écriée Myriam.

— Oui, avait murmuré Gilles évasivement.

Enfin, un beau jour, il lui dit :

— Vous devez croire que je vous cache des choses sur ma famille. En fait, il n'y a rien. Je fus confié à lui parce qu'il avait une sœur qui devait prendre soin de moi. Mais elle mourut très tôt. Il m'avait reçu des mains d'un ami à qui il avait juré de ne jamais rien chercher à savoir. En même temps, il avait été muni d'une somme qui devait servir à mon éducation et qui a été épuisée bien avant la fin de mes études. Et puis, voilà tout. J'ai eu de la curiosité, un moment ; depuis elle est tombée. J'ai vaincu la vanité qui voulait me faire croire le fils de quelque grand personnage et je me crois plutôt le bâtard de quelque notaire ayant mis à mal quelque fille de ferme.

— Après la guerre, nous irons le voir ?

Gilles remarqua qu'il n'avait aucune envie de montrer Myriam au vieux bonhomme.

— Vous l'aimez ? reprit-elle.

— Je l'adore, dit Gilles avec une émotion qui humecta délicieusement le cœur de Myriam.

« Il est tendre, au fond, se dit-elle ; il me cache sa tendresse, par pudeur, par humour, par mélancolie. »

— Je l'adore, parce qu'il est intelligent, encore plus original, et surtout très bon. Ceci dit, voici ce qu'il faut rapporter à votre père : je suis le fils d'une fille de ferme et de n'importe qui.

Myriam le regarda avec perplexité et Gilles rit.

— Est-ce vrai ? Ou n'est-ce pas vrai ? railla-t-il. Comme c'est le plus vraisemblable et que votre père a besoin de certitude, je vous en prie, dites ça.

— Mais pourquoi : d'une fille de ferme ?

Gilles interrompit la plaisanterie et s'étendit sur son

adolescence. Il avait été pensionnaire pendant dix ans dans un collège religieux des environs de Paris ; il venait à Paris une fois par mois. Le vieux le promenait dans les musées, les théâtres ou le tenait enfermé dans sa mansarde, le comblant de théories sur l'occultisme, la magie, la franc-maçonnerie, les religions primitives. Il passait ses vacances dans la masure normande.

— Vous n'avez jamais eu de femme autour de vous.

— Je me demande si une mère aurait pu être aussi tendre que le vieux.

— Laissez-moi lui écrire pour le remercier.

Ce jour-là, Myriam fut très heureuse car Gilles, attendri par le souvenir, la serra soudain dans ses bras avec une force qu'elle n'avait connue qu'aux premiers jours.

VII

Un jour, Gilles entra avec un camarade dans un thé dansant où il allait quelquefois. Au bout d'un moment, il s'aperçut que son ancienne infirmière, miss Highland, était à une table avec des amis et des officiers.

C'était la première fois qu'il la voyait en costume ordinaire. Elle était destituée de quelque chose, ce qui la rendait moins imposante et plus touchante. D'un costume à l'autre, le déplacement des lignes la précisait, la montrait d'une fausse maigreur sournoise, troublante. Moralement, elle était aussi bien différente de ce qu'elle paraissait à l'hôpital, plus du tout fermée, mais dissipée, allumée, riant fort. Gilles l'observa pendant un moment avant qu'elle le remarquât. Ignorant sa présence, elle était livrée. Il s'avoua qu'il l'avait toujours trouvée désirable et qu'il l'avait fuie.

Elle le vit et montra une grande surprise. Elle se pencha vers une amie qui, regardant Gilles à son tour, parut contempler l'objet d'importantes confidences. Gilles tomba des nues et, en même temps, il dut s'avouer qu'après tout il n'y avait là rien de si étonnant, qu'elle lui avait donné plus d'un signe discret d'intérêt.

Il avait salué, souri. Elle sembla attendre qu'il vînt vers elle, mais il ne bougea pas. Il n'y songeait pas, il était l'homme de la rue qui ignore l'existence des jeunes filles comme miss Highland. Et il ne voulait pas profiter d'une rencontre fortuite.

Elle fut déçue et mécontente. Gilles crut qu'elle retrouvait son dédain, après un instant d'étonnement. Cependant, en reprenant ses rires et ses propos avec tous les autres, elle ramenait sans cesse son regard sur lui. Ce regard devint à la fois si sévère et si tendre qu'enfin il se leva et vint lui dire bonjour. Intimidé, il parut fort arrogant aux compagnons de Mabel.

Pour Gilles, de plus en plus étonné, elle se montra flattée, aussi intimidée, et violemment désireuse de le retenir. Sa peau de blonde rougissait excessivement. Gilles ne pouvait concevoir que des rapports s'établissent entre lui et une fille de ce monde-là.

Elle lui avait demandé de s'asseoir, il avait refusé, et il se retrouvait assis auprès de son camarade. Celui-ci ne se souciait guère de lui, étant occupé d'une voisine. Gilles sentit son cœur se serrer en voyant qu'il avait laissé passer l'occasion et qu'il ne la reverrait plus puisqu'il ne savait pas où elle habitait. L'idée de se servir d'un annuaire ne lui venait pas. Il se sentit terriblement frustré, il mesura son inertie. Immobile au milieu du brouhaha général, il pensa à Myriam. Elle était faite pour lui qui était aussi inapte qu'elle à la vie aisée, aimable. Les femmes et les hommes sont faits pour rire, danser, s'abandonner aux jours. Il faut être infirme pour se refuser à la facilité de vivre. Les gens sont savants en beaucoup de matières qui ne sont nullement méprisables. Par exemple, il est beau de danser. On dansait dans ce thé. Miss Highland s'était levée et dansait avec un garçon qui n'éveillait en Gilles aucune jalousie, tant il lui semblait d'une race différente à la sienne. Un jeune aviateur ni très beau, ni très élégant, ni très distingué, mais bien à l'aise.

Miss Highland, impatientée, en passant près de lui se détacha de son danseur et lui jeta :

— Pourquoi ne m'invitez-vous pas ? Vous avez honte de danser avec votre infirmière ?

Gilles, tout déconcerté, balbutia :

— Je ne danse pas.

Elle le regarda avec plus de regret que d'étonnement et répliqua :

— Téléphonez-moi.

Gilles était scandalisé. Tout cela décidément ne rentrait pas dans l'idée furtive, et un peu boudeuse, qu'il se faisait de son propre personnage. Il voulait jouir à tout jamais de glisser invisible parmi les hommes et les femmes. Comment pouvait-on le déranger ? Tout d'un coup, il sortit. Le camarade se faisait tirer l'oreille et il dut l'attendre devant la porte. Alors miss Highland apparut et, s'élançant vers lui, lui cria presque sur la bouche :

— Voulez-vous m'emmener dîner avec une de mes amies ? Mes parents sont en voyage.

Gilles qui devait passer chez Myriam répondit : oui, sans hésiter une seconde.

— Attendez-moi un moment, je reviens, je suis ravie.

Il y avait dans son visage une gaîté ardente qui ouvrait à Gilles un horizon inconnu.

La jeune fille revint.

— Mon amie cane, elle n'ose pas téléphoner à ses parents. Mais j'ai un camarade qui est tout à fait gentil... comme chaperon.

Gilles, qui se faisait une haute idée de la vertu des jeunes filles, acquiesça gravement. Le chaperon était un hussard qui boitait bas et qui considéra Gilles avec résignation.

Ils allèrent dîner dans un bistro américain de la rue Duphot. C'était un bateau rempli d'un équipage ivre, et qui tanguait outrageusement. Mabel respirait l'atmosphère saturée de plaisir et plongeait ses yeux dans ceux de Gilles avec un abandon et une certitude qui l'ahurissaient encore.

— Vous ne savez même pas comment je m'appelle. Mabel. Appelez-moi Mabel, ingrat. Buvez.

Les sentiments de Mabel étaient irrésistibles. Et brusquement Gilles bascula ; il devint d'un seul coup celui que reflétaient les yeux de Mabel, un garçon déluré, et peut-être pas seulement l'ami des filles de la rue.

Mabel n'avait pas besoin de boire pour être ivre, mais elle buvait ; et il en faisait autant. Le « chaperon » qui répondait au nom fort plaisant de Horace de Saint-Prenant but aussi pour se consoler de son rôle. Avant la fin du dîner, ils étaient tous les trois dans les liens les plus tendres : Mabel était fiancée à Gilles qui n'avait jamais rencontré une Myriam. Quant à Horace, il répétait :

— Gilles, tu es mon compagnon d'armes. Ta gloire a dépassé la mienne dans les combats. Il est juste que tu décroches la plus haute récompense, je te la donne...

— Comme il est bon prince, s'exclamait Mabel. Il donne ce qu'il n'a pas.

— Mabel, je t'ai aimée, je t'aime. Le fait que tu ne m'as jamais aimé ne détruit pas les droits que me donne un grand amour, un amour du Moyen Age.

Que Mabel fût fiancée à Gilles, cela n'avait pas été dit du tout, mais cela était entendu pour tous les trois. Et c'est ce qui expliqua que Mabel, ayant décidé d'aller boire plus librement dans la garçonnière d'Horace, s'enferma avec Gilles dès l'arrivée dans la salle de bains et lui offrit vivement sa bouche.

Gilles la prit, dans une émotion confuse, mais énorme. C'était pour lui : baptême, première communion autant que mariage. Il se rappela qu'il avait rêvé des jeunes filles et il admit que ce rêve qui s'était endormi sous l'ascétisme de la guerre n'avait cessé d'occuper tout le fond de son être. Ne s'était-il pas déjà réveillé à propos de Myriam? Mais elle n'était pas une vraie jeune fille, cette novice de laboratoire.

Gilles, tenant Mabel, ne fit d'abord aucun usage de ses mains. Il ne faisait point connaissance de son corps, ne s'emparait pas de ses seins ni de ses hanches, rêvait à elle comme lointaine. Le corps de Mabel n'était qu'une longue tige élancée, sans épaisseur, qui se terminait par un visage. Mais pourtant, dans ce visage, il y avait une bouche mouvante. La souplesse de cette bouche finit par l'emporter, car enfin les mains de Gilles remuèrent. Aussitôt Mabel gémit.

Quand ils rentrèrent dans la chambre où Horace se morfondait, non sans majesté romantique, renversé sur son lit sans emploi, Gilles se demanda une seconde de quoi triomphait Mabel. Était-ce seulement de leurs baisers? Ou du rabaissement d'Horace? Mais l'alcool le détachait des détails.

Ils ressortirent, traînèrent et burent dans d'autres boîtes.

Au matin, Gilles repensa à Myriam. Il ne lui avait pas téléphoné, elle l'avait attendu. Mabel était la première jeune fille qu'il connût. Il s'aperçut de l'abîme qui l'avait toujours séparé de Myriam. Un frisson le parcourut. C'était trop, il fallait rompre.

Soulagé, il ne pensa plus qu'à Mabel. Sa vie qu'il croyait fixée ne l'était pas du tout. Il s'était contraint dans les derniers temps, mais maintenant il ne se contraindrait plus, il n'était pas fait pour se contraindre. Quelque chose d'insoupçonné s'ouvrait à lui, il découvrait le bonheur.

Il n'avait jamais désiré, il ne désirerait jamais une fille frêle et gauche comme Myriam, si ravissante qu'elle fût. La taille de Mabel se tordant sous sa main avait engendré soudain de surprenants volumes.

Il devait revoir Mabel le soir même à sa sortie de l'hôpital, à l'heure où il aurait dû voir Myriam. Il fallait téléphoner à celle-ci pour lui expliquer son absence de la veille et son absence du jour. Il n'avait même pas le temps de la voir pour rompre avec elle. Rompre avec elle : la briser?

Il téléphona à Myriam.

— Qu'est-ce qu'il y a? demanda la voix angoissée.

Le mensonge s'offrait à lui, ignoblement facile. Au lieu de dire : un empêchement, il scanda :

— J'ai eu envie d'être seul.

— Vous auriez pu me téléphoner, osa la voix sur un ton de très doux et très timide reproche.

« Faut-il qu'elle ait souffert pour me faire l'ombre d'un reproche », songea-t-il. Elle avait souffert, elle allait souffrir, la souffrance allait entrer par lui dans ce destin. Lui qui ne connaissait que la mort entrevit la cruauté de la vie.

— Je ne puis vous voir à six heures.

— Mais qu'est-ce qu'il y a?

— Je vous dirai... Puis-je dîner avec vous?

— Mais oui, s'élança la voix.

Il dînait maintenant quelquefois chez elle dans sa chambre. Il s'en allait après le dîner très tôt, sous prétexte de ne pas effaroucher M. Falkenberg.

Mabel, à la sortie de l'hôpital, était dans une furie d'impatience, de joie. Dans cet hôpital, il s'était fait une délectation morose de prétendre impossible une telle aventure. Comme il était peu ambitieux, et surtout peu ambitieux de bonheur. Gagner Myriam, c'était seulement vivre, être hors de la guerre, avoir un toit, des repas, des vêtements, un semblant de lien social, une amitié. Il y avait beaucoup au delà, à quoi il ne songeait pas. Sous les yeux de Mabel qui l'admirait, il redevint le personnage ivre et triomphant de la veille au soir.

Mabel habitait rue Copernic, il songeait à aller à pied dans cette direction-là. Elle était prodigieusement grande, mince, ondoyante. Elle avait des dents, des cheveux éclatants, un rire fou. Elle regardait sans cesse sa bouche. Tout d'un coup elle n'y tint plus et lui dit :

— Prenons un taxi. Venez chez moi.

— Mais...

— Mes parents sont en voyage, vous le savez bien.

Dans le taxi, elle se supendit aussitôt à sa bouche. Son ample maigreur ondulait, était présente dans tout l'espace. Sa bouche brûlait. Ses longues mains fortes pressaient la taille de Gilles qui se sentait envahi, violé.

Il était choqué de cette mésalliance qu'entreprenait Mabel, choqué aussi de son impudeur. Il avait l'habitude de confiner le désir dans l'anonymat ascétique de la prostitution, en marge de la société, des familles.

Il entra chez elle pourtant avec moins de crainte que chez M. Falkenberg. Le plus grand calme... Soudain, pour une seconde, il eut le sentiment qu'une sensation atteignait quelque part au loin son inconscient, qu'elle s'infiltrait et pourrait plus tard décolorer son ivresse : l'appartement était moins grand et moins beau qu'il ne l'attendait.

Elle le fit entrer directement dans sa chambre de jeune fille, ridicule, si remplie de babioles qu'elle en paraissait inconfortable. Elle alla dans un couloir, ferma des portes, tourna une clé et se jeta sur son lit. L'ivresse revint à Gilles, entière. Ils s'enlacèrent. Elle lui donna sa bouche avec encore plus d'emportement, une fureur de se livrer. Il vit qu'elle voulait se donner à lui. Son désir montait et se prenait à ce nœud de mouvements, de gémissements et de soupirs.

Il s'étonna encore une seconde de bousculer la solennité de leur rencontre, car il croyait qu'elle était vierge, comme lui, somme toute, l'était, en dépit de toutes les filles. Elle était pour lui la première femme, lui était le premier homme pour elle. Comme la vie tout à coup se hâte, elle saute des transitions qu'on aurait cru devoir épeler par la lenteur des gestes.

Mabel était presque nue sous sa robe, mais la femme la plus prête est encore harnachée de telle façon qu'il lui faut pour se livrer tout à fait deux ou trois gestes qui précisent son consentement. Gilles, en dépit de son ivresse, remarqua la sûre rapidité des mains de Mabel.

98

Un peu plus tard, il sut ce qu'il aurait dû savoir depuis le premier jour qu'il l'avait vue à l'hôpital. L'exactitude de sa réaction prouvait son expérience.

Myriam. Elle était son bien, son seul bien. Il avait manqué de la perdre. Mabel, ahurie, vit se redresser un garçon méprisant, sifflant.

— Combien?

— Quoi?

— Combien d'hommes?

Aussitôt il vint à la jeune femme à demi redressée un énorme sanglot qui hésita une seconde, puis, devant ce terrible visage, se déclara :

— Je vous aime.

Ce cri toucha le débauché, l'ami des filles, mais comme une salissure. Debout, devant Mabel, complètement immobile, il la considérait dans son désordre et lui-même demeurait dans le sien. Son immobilité persistante rendit tout cela odieusement ridicule. Mabel dut s'épouvanter, elle qui était si sûre de sa sincérité et que la force de son élan laissait loin en arrière un passé où beaucoup de gestes irréfléchis coulaient à pic dans l'oubli.

Le silence et l'immobilité de Gilles croissaient. Il voyait ce linge remuer, se froncer et se froisser et se friper dix fois, en d'autres mains. Une même fleur ne peut se faner et renaître.

— Vous avez déjà couché avec beaucoup de types, insista-t-il avec un mépris rageur.

Ce mépris, en avilissant la jeune femme, l'avilissait, lui. Il voulait dire : « Vous êtes médiocre. Mais vous n'avez pas l'ombre d'une idée de ce qu'il y a en moi. Vous ne savez pas quelles profondeurs j'ai atteintes en moi, à la guerre. » Il aurait pu dire bien des choses tout bas. Mais c'était donner trop de poids à son silence. Il grogna à haute voix :

— J'aurais pu m'en douter.

Mabel avait balbutié :

— Mais voyons, Gilles, comment pouvez-vous croire... ? Mais non.

— Enfin, vous avez déjà couché...

— Mais non... Si... Mais est-ce que cela compte ? Je vous aime. Vous êtes le premier qui... Vous ne comprenez donc pas, vous ne comprenez donc rien...

C'était la première fois que Gilles se trouvait devant une femme, à l'un de ces moments où elle n'est jamais si sincère qu'en mentant. Cette sincérité féminine qui nie les faits passés est incompréhensible à l'homme qui en bénéficie. La femme est une grande, une puissante réaliste ; elle croit aux faits, elle est entièrement dans les faits, dans les faits actuels. Le passé pour elle peut être fort, impérieux, écrasant, mais jusqu'au moment où le présent requiert un plus grand amour ; alors le passé est soudain aboli.

Gilles répétaillait son réquisitoire imbécile :

— Vous avez déjà couché avec des hommes, vous avez déjà dit : je vous aime.

— Jamais, cria désespérément Mabel.

— Vous mentez.

Elle mentait et elle ne mentait pas.

— Je vous aime, répétait-elle inlassablement, avec un espoir qui l'éblouissait encore.

Il voulait qu'elle fût une putain parce qu'il voulait se débarrasser d'elle. Il voulait se débarrasser d'elle parce qu'elle n'était pas assez riche. Voilà la sensation qu'il avait eue à l'entrée et qui enfin achevait de traverser son inconscient : il avait été déçu en entrant dans l'appartement, il avait flairé un moins haut état de fortune que celui qu'il avait imaginé, admiré et d'ailleurs nullement convoité à l'hôpital et au thé, comme mêlé à trop de frivolité. Il lui en voulait terriblement de ne pas pouvoir effacer à ses yeux par d'extraordinaires qualités la médiocrité du sort matériel qu'elle lui ouvrait.

Cependant, Mabel continuait de protester.

— Gilles, vous ne m'aimez plus. Vous croyez que je suis une sale fille. Mais si vous saviez... je vous attendais.

Elle se tordait, ne pouvait s'exprimer ; elle se brisait contre une féroce condamnation.

Gilles se complaisait dans sa mine sévère.

— Combien y en a-t-il eu ? Des crétins, des gigolos ? Étaient-ils au moins beaux gosses ? Mais ce n'est même pas sûr ? Vous aviez envie de vous amuser.

Mabel se raccrocha à cela.

— Oui, vous comprenez... Mais je ne les aimais pas. Ils me décevaient terriblement. Je les quittais, je ne pouvais pas continuer.

— Tu les quittais. Alors il y en a eu beaucoup.

— Mais non.

Mabel était plus mordue à chaque mouvement par un piège méchant. Elle gémit.

— Si tu savais comme j'étais malheureuse.

— Ce n'est pas vrai. Tu étais gaie et pleine d'entrain, voyons.

En effet. Mais Mabel, maintenant, était malheureuse. Et son malheur présent effaçait toutes ces déconvenues légères, enjouées, rebondissantes.

— Tu ne les aimais pas et tu couchais avec eux.

Elle était si désorientée qu'elle ne pouvait que tomber dans toutes les maladresses que lui dictait, lui imposait Gilles.

— Je les aimais un peu, balbutia-t-elle. Gilles ricana avec délices.

— Ah! tout de même. La vérité c'est que tu les as trouvés très bien, tu les as aimés... Ce qui ne t'empêchait pas d'en changer.

Gilles ne pouvait perdre la tête à ce point qu'il ne vît les contradictions où s'assouvissait sa rage. Dans un homme qui raisonne contre une femme dans ces moments-là, il apparaît toujours un pédant, un procureur monstrueusement vétilleux. Il mit le dilemme en forme.

— Voyons. Les aimais-tu ou ne les aimais-tu pas? Si tu ne les aimais pas, tu étais une putain ; si tu les aimais, tu étais en plus une sotte.

— Je ne sais pas, lâcha Mabel dans un sanglot atroce dont les spasmes étaient ceux-là mêmes du vomissement.

Le lendemain, Gilles se crut encore quelque temps dans l'état d'esprit où il avait quitté Mabel. Comment avait-il pu pendant vingt-quatre heures faire tous les rêves à propos de cette fille vulgaire et vide ? En tout cas c'était fini. Et Myriam n'était pas perdue. Oh! non, Myriam n'était pas perdue. Comme elle était précieuse, unique.

Après tout, il aurait fallu jouer avec Mabel, comme avec les filles. Il se moqua de lui-même, pour avoir agité ses tonnerres et ses foudres. A-t-on aussi l'idée de vénérer comme sa future femme la première gamine rencontrée, qui a envie de coucher avec vous. On couche avec elle, et puis voilà tout. On n'en fait pas une vierge idéale pour ensuite l'accabler des plus grandiloquents sarcasmes. Le souvenir des sanglots de Mabel lui revint avec un goût sensuel. Il se rappela ce corps parmi les vêtements saccagés. Corps charmant dont la maigreur ourlée et mouvante s'offrait si bien à composer des images de pillage et de défaite. Avec le souvenir du mépris revenait le désir.

Pourquoi ne pas recommencer ? Il la désirait encore, et plus fort. Ce qu'il avait à peine entrevu, hâtivement parcouru, il voulut le connaître mieux.

Il lui téléphona. Au bout du fil, elle mourait de soulagement et d'espoir.

Il revint chez elle où il y avait toujours ce silence, ce vide qui maintenant faisaient une complaisance troublante. Il se promena dans toutes les pièces. Toujours pas de domestiques. Dans la cuisine, il évoqua avec un plaisir louche l'ombre des bonnes, aussi bien que celle de la mère devant le grand lit conjugal. Mabel n'était plus, comme une fille, qu'un élément dans une imagination tout intérieure à lui. Il ne se souciait guère de lui donner le change ; brusquement, il l'entraîna dans sa chambre. Elle vit bien que ce n'était que caprice, s'en désespéra et s'y abandonna avec d'autant plus d'ivresse.

Son corps exprima cette fureur de sacrifice qu'il avait au gré des circonstances demandé à son propre corps dans la guerre et dont il cherchait obscurément la contrepartie dans l'amour. Peut-être le soldat, qui n'est pas très fort, a-t-il besoin de voir le corps de la femme humilié et endolori comme fut le sien.

Comment résister à ce cri de plus en plus secret. Avec délices, Mabel vit que Gilles lui jetait des regards qui n'étaient plus indifférents ; elle entendit des mots vagues mais prometteurs. Avec une immense envie d'être heureuse, elle ne logeait le chagrin qu'à regret ; aussi en un instant crut-elle effacées toutes les ombres. Elle cria :

— Tu m'aimes ?

Gilles entraîné eût voulu répondre : oui, mais le souvenir de son dégoût de la veille lui valut un scrupule.

— Hum !

— Tu ne m'aimes pas ?

— Mais si.

Ce fut seulement en la quittant qu'il repensa à Myriam : elle l'attendait. Il regarda sa montre : il était près de neuf heures. Il avait laissé Mabel en prétextant un dîner chez des gens. Allait-il courir chez Myriam ? Il en était temps encore.

Ah ! non, la rue était trop délicieuse. Et les bars, les restaurants étaient des déserts, peuplés d'ombres brillantes. Il sentait croître de minute en minute le chagrin dans le cœur de Myriam. Cela faisait un poids peu à peu insupportable et pourtant par instant sa solitude s'en débarrassait et trouvait une minute d'oubli irremplaçable. Il ne téléphona même pas.

Par la suite, une sorte d'habitude s'établit dans la vie de Gilles. Il passait deux heures avec Mabel, puis il dînait avec Myriam à qui il avait fait croire qu'il lui fallait travailler aux heures où il la voyait auparavant, et qu'il ne pouvait le faire qu'en marchant et en prenant des notes dans les rues. La grossièreté du mensonge était impardonnable et il se promettait d'autant plus de lui dire bientôt toute la vérité.

Il fit parler Mabel sur elle-même, sur sa famille ; il acquit aussitôt la certitude qu'il ne s'était pas trompé. M. Highland était à demi ruiné par la confiscation de ses biens en Turquie où il avait eu une banque. Elle avait deux sœurs mariées en Angleterre qui se trouvaient, du fait de la mobilisation de leurs maris, dans des situations difficiles et qu'il fallait aider. Enfin, M. Highland était ivrogne et joueur ; il était en train de faire du vilain à Monte-Carlo.

Gilles mena son interrogatoire avec un sans-façon qui

aurait paru indécent à une fille moins asservie par l'amour ; il alla jusqu'à savoir le chiffre probable de la pension que lui ferait son père. C'était encore joli, mais : « Il se ruinera bientôt complètement et nous serons sans le sou. » Il n'imaginait aucun moyen de gagner de l'argent ; la certitude que lui avait apportée Myriam avait détourné son esprit de ce souci qui, en d'autres circonstances, ne l'aurait d'ailleurs guère aiguillonné.

Il se laissait aller de temps à autre encore à l'idée qu'il pourrait abandonner son destin à Mabel parce que cette idée se confondait dans son imagination sensuelle avec celle de la jeune femme renversée sur les lits d'un appartement abandonné, jamais tout à fait nue et bouleversée par le plaisir. Le rêve de la déchéance sociale à partager avec elle l'embellissait et la rendait plus désirable.

La brièveté de leurs rencontres permettait une pareille ambiguïté ; mais il eut huit jours de congé. Il dit à Myriam qu'il allait trois jours seul méditer à la campagne. De son côté, Mabel obtint de ses parents qui étaient revenus du Midi et qu'elle voulait en vain lui faire connaître, d'aller passer trois jours chez une amie.

Ils allèrent au Trianon, à Versailles. Bien que ce fût pour un si court voyage, le départ fit impression sur Gilles ; il en préfigurait un autre plus décisif. Dans le taxi qui les conduisait avec leurs minces valises, il regardait sans cesse Mabel. Elle ne ressemblait plus en rien à la fille qui entrait dans sa chambre, le matin, à l'hôpital et qu'il voulait croire hautaine. Ce n'était plus qu'une niaise, d'une élégance superficielle, trop aisément brisée par la hargne d'un amant excédé, tendant vers lui un visage que rendait stupide le sentiment du désastre. Gilles avait instillé dans les veines de Mabel le découragement et le désespoir. Elle, qui auparavant était rieuse, innocente, gentiment livrée à ses légers appétits, elle allait maintenant comme une fille perdue, sans avenir, qui ne trouverait pas de mari, vouée sans doute à la galanterie. Gilles l'avait comme ruinée et déshonorée et sa seule planche de salut lui semblait être Gilles. Elle se disait que si elle ne l'épousait pas, elle n'épouserait jamais personne d'autre. La terreur de le perdre le lui faisait perdre à coup sûr.

Gilles avait hâte de s'enfermer dans une chambre avec elle et de faire l'amour. Puisque c'était le désir physique qui le retenait seul à elle, il fallait tirer sur ce lien jusqu'à le rompre. Elle sentait cela et s'y abandonnait, car un nuage sombre sur leurs étreintes leur donnait des proportions fantastiques.

A Trianon, le dernier prestige de Mabel s'évanouit bientôt. Elle ne s'était jamais mise nue ; il l'avait toujours convoitée dans le désordre de ses vêtements. Tout d'un coup, sa nudité se confondit à ses yeux avec la maigreur de son destin. D'une minute à l'autre, il ne la désira plus. A peine fut-il allongé auprès d'elle, nu comme elle, qu'il parla de sa fatigue. Cette fatigue était réelle, car sa vie était épuisante : il se levait très tôt pour aller à son traitement, après s'être couché peu d'heures auparavant.

Déçue, elle respecta son sommeil ; elle l'épiait et jouissait quand même éperdument de ce simulacre de vie en commun. Quand il se réveilla, il regretta le sommeil et tâcha de s'y replonger. Il y parvint pour quelque temps, puis il se réveilla tout à fait. Mabel, à son tour, dormait. C'était un après-midi de printemps, les rideaux n'étaient pas fermés. Une lumière adoucie entrait avec une légère odeur mouillée. Il la regarda avec avidité. Sa curiosité était aiguë pour ce corps charmant qui ne lui parlait plus. Il ne parlait plus. Toutes ces lignes, qui avaient été un instant éloquentes, s'étaient tues.

Cela était si brusque, si tranché qu'il voulait tout essayer pour vérifier que c'était définitif. Il s'acharna à contempler ce qu'il y avait de plus plaisant dans ce corps nu. Elle était maigre, mais ses muscles bien qu'extraordinairement minces étaient développés, et, par-dessus cette ferme texture, sa chair délicate adoucissait partout les angles longs. Gilles contemplait, admirait, savourait même, mais seulement des yeux, et il s'effrayait de sa froideur. Il eut soudain l'impression qu'un sang de vieillard remplissait son cœur. Toute sa jeunesse se révolta contre cette impression et s'ameuta pour la chasser. Il remua, la réveilla, la serra dans ses bras. Il l'embrassa, la caressa, il voulait éveiller en elle le désir pour qu'au moins le désir se communiquât à lui. Les choses se passèrent facilement comme il le voulait. Pendant un instant, la chaleur revint dans son cœur et il but l'illusion, mais sans espoir.

En effet, un moment après, il n'avait plus qu'une idée : fuir. L'idée de passer trois jours dans cette chambre vide, auprès de cet être vide, le remplissait d'une panique irrésistible. Il s'habilla brusquement et sortit sous un prétexte quelconque. En bas, il demanda la note, paya, remit un bref billet : « Je m'en vais. Nous ne nous reverrons jamais. » Et il alla se promener dans le parc qui lui prodigua la leçon d'une beauté liée à l'orgueil et à la cruauté. Il était ivre d'égoïsme. Soudain, il eut envie d'aller chez l'Autrichienne et courut jusqu'à la gare.

Après l'Autrichienne, qui était toujours là quand il en avait besoin, il se précipita en hâte chez Myriam. En voyant Myriam, Gilles éprouva un nouveau plaisir, mais anxieux, à effacer la souffrance qu'il trouva inscrite sur ce visage, plus profonde qu'il n'avait imaginé. Il regardait avec effroi cette trace jeune, il était sûr que cette trace reparaîtrait et que par sa faute elle s'enfoncerait davantage. Certes, il en jouissait comme marquant la seule puissance qu'il connût dans la vie, cette puissance sur les femmes qui s'était offerte et imposée à sa nonchalance. Pourtant, que cette puissance se manifestât dans des conditions aussi faciles le dégoûtait. Il aurait voulu arrêter l'épreuve maintenant suffisante, ne pas aller jusqu'à l'abus.

— Que se passe-t-il ? murmura-t-elle, sans le regarder.

Elle était enfouie, prostrée, dans un fauteuil. Il ne lui avait jamais vu une attitude aussi abandonnée, et par bonheur aussi féminine.

Gilles s'écouta mentir et vit l'effet sûr de son mensonge sur le visage de Myriam. Ainsi donc, elle pourrait ne rien savoir de l'histoire de Mabel. Il ne reverrait plus cette fille vulgaire et Myriam ne serait pas si gravement blessée. Mais n'était-elle pas blessée irrémédiablement dans son cœur à lui par le mensonge qu'il lui faisait ? Pourquoi lui cacher cette histoire ? Lui cacher, lui mentir était une trahison bien plus grave que cette coucherie où, somme toute, elle avait marqué des points, sans le savoir ?

Lui parler. Il voulait aussi lui parler des filles. Elle ne savait pas, elle ne devinait pas. Pourtant n'avait-elle pas assez de camarades masculins à la Sorbonne pour savoir comment vivent les hommes ? Oui, mais ceux-là étaient engourdis par le travail et la pauvreté. Sans doute, elle le croyait chaste parce qu'elle le croyait exceptionnel en tout.

De se retrouver avec elle lui donnait un grand soulagement. Il l'avait échappé belle. Une terrible médiocrité l'avait frôlé, avait menacé de le dévorer, cette médiocrité qu'il avait connue avant la guerre, qu'il avait alors acceptée avec tant de soumission. Il oubliait la belle mystique studieuse de ce temps.

Par contraste, Myriam brillait d'un éclat renouvelé et magnifique. Avec une grande délectation, il l'écoutait parler. Elle était pleine d'intelligence. Si raide que fût cette intelligence, c'était quelque chose. La lumière du visage gagnait tout le corps. Il remarqua de nouveau qu'elle avait une poitrine ravissante.

Mais, au lieu de s'en saisir, il se réjouit seulement à l'idée que ces deux seins ronds et délicats seraient les fondements de leur union quand ils seraient mariés. Il ne la toucha pas. Myriam qui sentait son retour de fortune s'en réjouissait timidement. Elle était reprise par cet engourdissement délicieux qui pensait lui suffire. Quel terrible silence de la chair il y avait entre eux. En souffrait-elle ? Il la regarda avec un peu plus de curiosité et de sollicitude qu'auparavant. Qui était-elle ? Que sentait-elle ?

VIII

Le traitement de Gilles arrivait à sa fin et il lui fallait aviser. Allait-il se laisser renvoyer au dépôt de son régiment, puis au front ? Son bras gardait une infirmité légère qui pouvait, grâce aux relations de Myriam, être facilement exploitée et lui valoir, sinon la réforme temporaire, tout au moins le passage dans le service auxiliaire. Il se décida soudain pour ce dernier accommodement et sans débat, au grand étonnement et à la grande joie de Myriam.

Son mariage lui ouvrait de telles perspectives dans la vie qu'elle devenait aussi ou plus attirante que la mort. Depuis 1914, il avait palpité entre ciel et terre, dans une continuelle tension entre la vie et la mort. Maintenant il était repris par la vie. Était-ce par la vie sociale dont les puissants mirages masquent à l'homme les horizons ultimes de la nature et de la mort ? Non, cet ambitieux ne l'était pas des objets ordinaires de l'ambition. Ce cupide ne voyait dans l'argent qu'un moyen de rendre ces objets inutiles.

Il savait qu'aux yeux de Myriam, l'argent qu'elle lui apportait, c'était la facilité de travailler à sa guise. Elle ne savait pas ce que serait ce travail. Le savait-il ? S'il se livrait à son penchant naturel, il n'imaginait pas des actes ou des œuvres contrôlables par le succès ; il sentait en lui un penchant infini à l'immobilité, à la contemplation, au silence. Il s'arrêtait souvent au milieu d'une rue, au milieu d'une chambre pour écouter. Écouter quoi ? Écouter tout. Il se sentait comme un ermite léger, furtif, solitaire, qui marche à pas invisibles dans la forêt et qui se suspend pour saisir tous les bruits, tous les mystères, tous les accomplissements. Il souhaitait de se promener pendant des années dans les villes et dans les forêts, de n'être nulle part et d'être partout. Le rêveur a le goût divin de l'omniprésence.

Pouvait-on appeler cela : travail ? Certes non, dans le langage ordinaire des hommes. Ils veulent des manifestations qui tombent sous le sens.

Il avait adoré la lecture, maintenant il la rejetait un peu comme une drogue qui absorbe tous les charmes de la vie. En tout cas, ç'avait été une étude qui l'avait préparé aux études intimes, originales, aux expériences. Il reprenait parfois cette étude liminaire ; au milieu d'un bar il sortait un livre de sa poche. Il n'ignorait pas que sa conduite se cherchait à travers le désordre des tâtonnements. Quand il s'était mis à écrire à l'hôpital, il avait été étonné. Il avait été tenté de considérer ce geste fortuit comme un aboutissement, d'en faire un achèvement. Mais il avait secoué la tête, méfiant. Quand il avait relu, au bout de quelque temps, ce qu'il avait écrit, il n'y avait pas trouvé cette contraction essentielle qui fait la poésie, seule vraie littérature. C'est pourquoi il avait froncé les sourcils quand Myriam lui avait dit : « Vous écrirez. » Non, faute de génie, il se tairait et se contenterait de contempler, de méditer. Cela ferait une prière lumineuse qui capterait plus que les bavardages du talent et qui serait un plus sûr accompagnement aux rares voix de ceux qui ont le droit de parler. Il écouterait, il regarderait les hommes. Il était leur témoin le plus actuel et le plus inactuel, le plus présent et le plus absent. Il les regardait vivre avec un œil aigu dans leurs moindres frémissements de jadis et de demain, et soudain il prenait du champ et ne les apercevait plus que comme une grande masse unique, comme un grand être seul dans l'univers qui traversait les saisons, grandissait, vieillissait, mourait, renaissait pour revivre un peu moins jeune. Il sentait avec angoisse, et avec volupté dans l'angoisse, l'aventure humaine comme une aventure mortelle... à moins qu'elle ne se renonce, se désincarne et, avouant son épuisement, se rejette en Dieu.

A quelques instants, pendant la guerre, il avait senti

la vie, non plus comme une plante ou un animal qui croît, puis décroît avec de ravissantes inflexions, mais comme un frémissement spirituel prêt à se détacher, immobile, mystérieux et désormais indicible. C'était à ces instants-là qu'il avait été le plus tenté par la mort comme plus secrètement vivante que la vie. Au delà de l'agonie l'appelait une vie intime. Il avait eu, dans les tranchées, des heures d'extase ; il avait fallu les plus terribles convulsions pour l'en réveiller. Lors des premières permissions, il n'avait eu envie ni des femmes, ni de Paris. Comme hébété, chez son tuteur, en Normandie, il regardait la mer ou bien il marchait interminablement dans l'église du village, jetant de temps à autre un coup d'œil sur la vierge, mère du Dieu, sur le Dieu qui se fait homme pour prendre par la main l'homme et l'emmener dans les profondeurs infernales. Il se sentait entraîné dans le cycle divin de la création et de la rédemption. C'était, plus exquise, sa béatitude des tranchées : le soupir imperceptible de l'éternel au sein de l'être.

Mais, maintenant, il était repris par le séduisant mouvement de hanche de la vie charnelle. Il avait revu le Louvre, la place de la Concorde, les Champs-Elysées, Versailles. Il entrevoyait les trésors de plasticité qui gisent au sein de la femme, le déchirant jeu de la politique, mille et mille choses. Mille. Je vivrai mille minutes, je respirerai cette touffe de fleurs dans ma main.

Myriam appréciait cette rare disposition chez le jeune homme. Elle-même modeste, intérieure, ayant le goût du travail pour le travail, elle comprenait que Gilles, flâneur, distrait, divers, promenât dans les lieux les moins attendus comme les bars ou les promenoirs de music-halls un recueillement digne des laboratoires. Cependant, elle était femme et elle supputait le fruit de cette élaboration. Elle comptait que Gilles écrirait des livres ; elle se glorifiait d'avance dans cet accomplissement. Le regard de son père la pressait aussi de songer aux résultats.

— C'est agaçant. Papa me demande tout le temps ce que vous allez faire dans la vie. Je lui réponds que vous avez le temps et qu'il n'a qu'à s'en remettre à la confiance que j'ai en vous. Mais il a de la peine à comprendre ; à votre âge, il sortait de Polytechnique.

Gilles ressentait aussi, et bien plus que Myriam, le regard de M. Falkenberg ; il en venait alors à se soupçonner. N'était-il pas un paresseux ? Après tout, il était sensible aux œuvres chez les autres. Ne faut-il pas à la fin du compte s'appuyer sur des œuvres pour porter plus loin la rêverie qui sinon tourne sur elle-même et devient vide et néant ? Il ne voulait pourtant pas se perdre dans le néant. On ne peut pas s'abstenir absolument de donner des preuves, de s'engager, de se compromettre. Vivre, c'est d'abord se compromettre.

Elle risquait quelques questions.

— Que prépariez-vous avant la guerre?

— N'importe quoi. Non, à peu près ceci : je voulais être consul ou archéologue quelque part en Asie.

En attendant, il fallait aviser et obtenir, dans l'auxiliaire, un poste qui le garde à Paris et qui lui laisse du loisir. Pour cela, il fallait s'adresser aux Morel.

Myriam parlait souvent des Morel. Et c'était un de ses prestiges. Les Falkenberg participaient de la puissance des Morel. M. Morel était alors ministre sans portefeuille dans le Cabinet de la Défense nationale. Ancien socialiste, il était un des plus fermes soutiens de Clemenceau. Il était un ami intime de M. Falkenberg, et lui et sa femme marquaient au père et à la fille la plus affectueuse sollicitude. M. Falkenberg avait toujours été pour M. Morel un conseiller vigilant, et non pas seulement dans l'ordre financier.

— Je vais vous présenter à Marcelle Morel.

Ils débarquèrent tous deux devant un de ces ministères qui sont installés dans les vieux hôtels de la rive gauche. Il nota qu'il ressemblait au plus sale petit fantoche qui vient solliciter une embuscade ou une place. Il rappela toute sa lucidité pour réprimer sa gêne et sa révolte. En tout cas, il fallait dépendre de quelqu'un. Plutôt de cette fille intelligente et sensible que de quelque protecteur arrogant et humiliant. Personne ne peut faire sa vie seul, par ses propres moyens ; à un moment ou à un autre, le plus pur des ambitieux est à la merci de quelqu'un qui ne peut qu'abuser de lui. Se laissant amener par une main délicate dans ce ministère, il prenait la porte la plus dérobée pour se soustraire aux sales attouchements des intermédiaires. A une époque de civilisation saturée, il y a ainsi beaucoup d'êtres qui prétendent garder blanche comme l'hermine la frauduleuse illusion de leur égotisme, parce qu'elle est subtile. Mais les hermines ne sont intactes que dans les contes de fées.

L'éducation réactionnaire qu'il avait reçue de son tuteur et de ses maîtres au collège lui permettait d'ailleurs d'entrer dans ce ministère avec un sentiment de mépris et d'ironie. Tous les personnages qu'il allait voir, depuis l'huissier jusqu'à Mme Morel, étaient des usurpateurs. Le monde démocratique était un monde d'usurpation. L'huissier était un petit usurpateur qui, comme tous les usurpateurs, était pénétré d'onction, entièrement enveloppé du caractère sacré de la place prise ; avec pourtant une pointe de jovialité et de rouge au nez. Ils marchèrent à travers l'ancien régime qui signait partout en maître tapisseries, fauteuils et tapis. La démocratie avait posé à jamais son derrière dans les Gobelins. Gilles regarda du coin de l'œil Myriam qui était triomphante. Les Juifs s'avancent, mêlés aux rangs de la démocratie. Ils ne sont que rarement choqués d'un tel triomphe ; ou cela ne les empêche pas d'en profiter, bien au contraire.

« Du reste, où a commencé l'usurpation ? se dit Gilles. Nulle part. Hugues Capet lui-même... Il n'en reste pas moins drôle de voir d'époque en époque déboucher les usurpateurs. »

Gilles se rappela à temps qu'il était pour les usurpateurs, tous, quels qu'ils fussent. Colbert avait sans doute plus de substance que M. Morel, mais M. Morel, petit bourgeois qui s'était dans sa jeunesse déguisé en homme de gauche, avait le mérite de mettre quelque chose dans un fauteuil vide, dans un fauteuil laissé vide par tous ces grands bourgeois arrogants, poltrons et stériles dont Gilles avait bien connu les fils au collège. Il fallait bien que quelqu'un donnât des ordres à qui éternellement les attendra, à la foule.

Quand Mme Morel entra, Gilles devint encore plus complaisant. On ne considère pas assez l'histoire sous l'angle de la femme. La femme aménage tout. Gilles vit aussitôt l'histoire de la III\ :sup:`e` République sous l'angle de Mme Morel. Mme Morel était belle. Elle avait même de la grâce et de la bonté. Gilles rejeta définitivement son ironie réactionnaire sur les usurpations. La République dissimulait des trésors de gentillesse.

Gilles crut voir que le sourire de la ministresse, bon, était par là même désabusé. Cette supposition l'enchanta. Il lui prêta une âme complice. N'était-il pas prisonnier de Myriam mal habillée comme cette belle femme était prisonnière de M. Morel, qui avait une barbe mal taillée, d'après les photographies? Sa nonchalance se plaisait à cet aveu supposé de Mme Morel que si le mensonge est le seul moyen de vivre dans certaines sphères, on y perd autant qu'on y gagne.

« Le trompe-t-elle? » se demanda-t-il, avec une curiosité anxieuse et d'ailleurs tout à fait désintéressée.

Cette curiosité devait lui revenir dans la vie. Comme pour la belle Mme Morel, les rares fois qu'il rencontrerait une personne distinguée, il admettrait qu'elle jouât le louche jeu de la société à condition qu'elle trichât.

Cependant, tandis qu'il prêtait les effets romantiques du mensonge à cette dame, en fait plus ennuyée que triste, il ne songea pas à lui mentir à elle, et, la regardant dans les yeux, il lui avoua tacitement qu'il n'aimait pas Myriam. Aveu qui choqua la ministresse. Gilles en fut bien déçu. « Voit-elle que son devoir, vis-à-vis d'elle-même, comporte au moins de s'abandonner deux ou trois fois par semaine à un amant? » Il craignit que la vie n'eût pas donné là-dessus à Mme Morel des leçons suffisantes ; il avait déjà remarqué que les êtres répugnent à la joie, à moins qu'on ne les y force.

Cependant, la rencontre suivit son honorable cours. La belle dame apportait à la perpétuelle diplomatie de ses journées une douceur fatiguée, mais exacte. Elle posa quelques questions à Gilles et vit tout de suite qu'elles étaient inutiles. Elle se dit : « C'est un étourdi. Avec une nature aussi impulsive et aussi naïve, il torturera, puis lâchera bientôt cette pauvre Myriam. Je suis plus charitable avec M. Morel. »

Mme Morel fit le nécessaire pour aider Myriam à se perdre. Quelques jours après, Gilles fut versé dans l'auxiliaire, puis affecté au Ministère des Affaires étrangères comme rédacteur supplémentaire pour la durée de la guerre.

Il écrivit à sa bienfaitrice une lettre de trop ardent remerciement qu'elle ne distingua guère des plates déclarations auxquelles elle était encore habituée.

Gilles se trouva installé au Quai, dans un petit bureau sous les combles. Il avait été fort bien reçu avec beaucoup de curiosité et de complicité, car on le savait protégé par Morel et sans doute par Berthelot, qui, en effet, se l'était fait présenter et l'avait trouvé de son goût. Les gens de la carrière le rangeaient aussitôt dans cette catégorie des protégés de Berthelot qui devaient leur chance à des qualités scandaleusement fantasques.

Le chef immédiat de Gilles s'appelait M. de Guingolph. C'était un homme fort long et fort maigre, à la figure blême et épuisée. Il était habillé avec une élégance élimée, qui tenait du reste plus à l'avarice qu'à la pauvreté. Le timide cynisme de son sourire, l'interrogation anxieuse de son regard eurent bientôt renseigné Gilles sur le personnage et sur les dernières raisons de son affabilité renchérie.

Le travail qu'on lui donna ne présentait aucun intérêt : il s'agissait de tenir à jour la correspondance avec les consuls de l'Amérique du Sud. Ces consuls ne faisaient pas grand'chose et c'était tout ce qu'on leur demandait.

IX

M. Falkenberg savait que Gilles était souvent chez lui et cette présence l'agaçait. Il avait vu dans Gilles, d'abord, un freluquet et un coureur de dots, puis, à la suite de quelques conversations, un personnage qui n'était pas dénué d'une valeur indéfinissable, mais absurde. Il ne ferait rien ou des choses bizarres et inutiles ; il tournait le dos au succès. D'autre part, il était sûr que Gilles n'aimait pas Myriam ; n'aimant pas lui-même sa fille, il n'aurait pu croire qu'un homme pût l'aimer. La bonté de cet homme, qui aurait été grande pour ses fils, était morte avec eux. Les parents font un choix souvent curieux et arbitraire parmi leur progéniture. Dès leur naissance, M. Falkenberg avait décidé que ses fils c'était sa chair, mais que sa fille, c'était la chair de sa femme. Or, c'était sa fille qui avait hérité ses qualités et ses défauts et qui aurait dû être le plus près de son cœur. Comme il la croyait vouée en tout cas à un ambitieux sans amour, il acceptait ce Gilles Gambier aussi bien qu'un autre.

Un soir, il lui dit donc :

— Tu vas épouser ce garçon ?

Myriam serra les dents.

— Oui.

— Tu as réfléchi ?

— Oui.

— Ce garçon ne t'aime pas.

S'il avertissait sa fille, c'était plutôt pour la blesser que pour la mettre en garde. Myriam se leva.

— C'est tout ce que tu as à me dire?

Il s'arrêta brusquement et s'il eut encore un sourire de mépris, ce fut contre lui-même. Il avait eu un sens théorique des devoirs humains qui était encore imprimé dans sa mémoire. Il se dit : « Voilà ce que la douleur a fait de moi. » D'une minute à l'autre, au fond de son cœur, il prit une résolution farouche : « Je dois sortir de cette vie où je ne puis plus me comporter décemment. »

— Je croyais que tu étais intelligente et qu'on pouvait te parler, reprit-il sur un ton qui voulait être conciliant.

Il avait l'habitude de manier les hommes, non pas les femmes. Il est vrai que Myriam était un peu homme ; là était sa faiblesse, elle cédait toujours quand on mettait en avant le prétexte abstrait et insidieux de l'impartialité. Elle se rassit.

— Pourquoi dis-tu que Gilles ne m'aime pas?

M. Falkenberg, depuis un instant, depuis qu'il avait pris sa résolution, se sentait tout à fait détaché des choses de ce monde, et sa fille lui paraissait un atome parmi les autres atomes. Cessant de la détester, il put prendre quelques apparences de la bonté. Il ne répondit donc pas : « Cela crève les yeux », mais :

— C'est un garçon qui pense à autre chose.

Il émoussait sa pointe, Myriam pouvait moins s'y refuser.

— Il peut penser à moi et penser en même temps, très fort, à autre chose.

— ... Oui. Enfin, il pense à autre chose.

— Qu'est-ce que tu lui reproches? Il n'a pas de métier? Tu oublies qu'il est encore soldat.

— Ce n'est pas ça. D'ailleurs, il devrait savoir ce qu'il fera.

— Quand tu étais à Polytechnique, savais-tu que tu entrerais dans les affaires?

— Je savais que je travaillerais.

— Gilles travaille à sa manière, qui n'est pas la tienne.

M. Falkenberg fut tenté d'admirer la force déjà enracinée de ce dévouement. Il songea : « Elle souffrira. » Cette force de souffrance délicieuse et obstinée avait été en lui, il entrevit que Myriam était sa fille. Mais elle se perdait avec tous les autres êtres dans le lointain. Il reprit :

— Il y a autre chose... Il faudrait faire une enquête sur ce garçon. Ce que tu m'as dit de lui est vague, tout à fait insuffisant. Oui, c'est entendu, tu lui as donné ta confiance. Tu penses que lui seul peut être sa propre garantie. Mais, enfin, dans les tenants et les aboutissants d'un homme, il y a une présomption. Orphelin?

Myriam regarda son père avec un parfait mépris. Celui-ci se révolta :

— Enfin, je ne crois pas être si accablé sous les préjugés. Je voudrais pourtant savoir d'où vient cet homme. C'est incroyable qu'il ne te dise rien sur sa famille. Il devrait aller tout naturellement au-devant de ta curiosité et de la mienne.

Myriam jetait les regards les plus fiers sur son père. Ce silence qu'il reprochait à Gilles lui semblait le trait le plus précieux et le plus captivant. Elle trouva grand plaisir à le faire lanterner ; enfin, elle lança d'un ton qui voulait dissimuler la malice :

— Du reste, il m'a tout expliqué.

Elle redit à son père ce que Gilles lui avait dit de sa naissance.

M. Falkenberg se fit répéter le nom de Carentan et

demanda où il habitait. Or, Gilles, par dédain des détails complaisants, n'avait jamais donné un nom de lieu à Myriam, qu'il savait au reste ignorer toute géographie, comme la plupart des femmes. M. Falkenberg tiqua, elle haussa les épaules.

Soudain, il s'exaspéra et lui lança ce qu'il croyait avoir définitivement refoulé depuis le début de la conversation.

— Enfin, ce garçon n'a pas un sou, et tu seras riche... puisque tes deux frères, je les ai laissé tuer et que moi...

Si c'eût été encore à faire, M. Falkenberg eût définitivement scellé le sort de sa fille par ce mot. L'orgueil de Myriam, dorénavant, refuserait toujours de croire à la convoitise de Gilles. Il le sentit et ricana légèrement : le vouloir vivre des autres lui semblait une sottise funèbre. Voyant les choses sous l'angle du testament, cette dernière concession qu'il ferait à l'absurdité du monde, il jeta encore, mais tout machinalement :

— Enfin, marie-toi sous le régime de la séparation de biens. Du reste, ça ne l'empêchera pas de te ruiner, si le cœur lui en dit.

Si ensuite Myriam fut triste, ce fut à cause de la pitié humiliante que ces pauvres méchancetés lui avaient arrachée. Cependant, l'idée qu'elle se faisait des sentiments de Gilles à son égard avait changé. Assez longtemps après, elle avait senti le contre-coup de l'affaire avec Mabel, sans en avoir rien su. Les absences réitérées de Gilles l'avaient obligée à tenir compte décidément de son absence morale. « Pour lui, le monde est plus grand que moi. Comment pouvais-je espérer être tout l'univers à ses yeux ? »

Si elle avait été la maîtresse de Gilles, elle aurait revendiqué sans scrupule d'être tout l'univers pour lui.

Mais dans l'état de restriction où il la maintenait, elle se serait sincèrement révoltée contre quelqu'un qui lui aurait fait remarquer la misère secrète que masquaient sa modestie et sa résignation. Elle était tout à fait dévoyée. Elle devenait plus sourde au cri de son cœur au moment même où ce cri s'élevait plus fort. Plus Gilles était insensible, plus elle s'absorbait en lui. Elle devenait mystique. L'idée de sacrifice se substituait petit à petit à l'idée de don. Les femmes sont toute sensualité, mais la sensualité est un instinct ; or, rien ne se fourvoie plus facilement qu'un instinct. Regardez les bêtes sauvages, elles tombent facilement dans une fosse que recouvre à peine un léger branchage.

X

— La révolution en Europe serait plus facile si le prolétariat avait devant lui une seule bourgeoisie, un seul militarisme, une seule oppression.

Ayant dit cela, Debrye ricana. Il avait de petites dents pointues qui déplaisaient à Gilles. Celui-ci préférait le front bas, qui, avant de fuir, montrait des bosses modelées par une main savante et tourmentée.

Il avait rencontré son ancien camarade de Sorbonne dans la rue. Ils ne s'étaient pas vus depuis juillet 1914. Aussi, depuis deux heures, parlaient-ils à perte de vue, en marchant au hasard.

Gilles lui demanda brusquement :

— Vous ne vous êtes jamais demandé si cette idéologie ne naît pas de la peur ?

Il s'arrêta et regarda Debrye avec anxiété. Il ne voulait pas le blesser, encore moins faire une erreur de jugement. Sans doute, cet homme avait eu peur comme lui-même, Gilles, avait eu peur ; mais son activité défaitiste, de plus en plus accentuée, lui composait un autre risque. Il ajouta donc, en hâte :

— Laissez-moi m'expliquer... Ce que je veux dire...

— Pourquoi ne tiendrais-je pas compte de la peur ?

— Je n'aimerais pas que vous n'ayiez pas pris conscience de la peur comme élément certain de votre sentiment sur la guerre. J'ai horreur des idéologies qui partent d'une donnée inconnue de la sensibilité.

Debrye regarda Gilles avec cette curiosité sympathique, amusée, où passait un léger filet de regret qu'il lui manifestait déjà autrefois à la Sorbonne. Il considérait Gilles Gambier comme un esprit fin, trop séduit par les pensées et les actes rares.

— Mais vous, Gambier, de votre côté, vous construisez tout votre système *contre* la peur. Moi, je me dis : la peur est un instinct naturel, qui me désigne le mal. Le mal. J'ai peur à la guerre, c'est que la guerre est un mal pour l'homme.

Gilles s'arrêta, étonné. Le courage était devenu pour lui quelque chose de positif. Il reprit :

— Vous ne vous êtes jamais demandé si votre idéologie ne légitimait pas, non la peur, mais... comment dirais-je ?... la paresse, l'incapacité... Oui, voilà, toute une incapacité. Vous n'êtes pas sportif, vous ne savez rien faire avec votre corps.

— Pardon, je...

— Oh ! avouez que ça ne va pas bien loin. L'homme

moderne est un affreux décadent. Il ne peut plus faire
la guerre, mais il y a bien d'autres choses qu'il ne peut
plus faire. Cependant, avec son infatuation, son arrogance d'ignorant, il condamne ce qu'il ne peut plus
faire, ce qu'il ne peut plus supporter. C'est comme
l'art. Il est devenu scientifique parce qu'il ne pouvait
plus être artiste.

— Joli art, cette guerre.

— Ah! voilà, s'écria Gilles avec un soupir, on peut
dire, en effet, que la guerre est devenue si laide que
l'homme aurait le droit de la rejeter. Cependant...

Il s'arrêta. L'autre lui fit signe d'achever. Il remarquait qu'à la bouche de Gilles un pli délicat devenait
une lippe de dégoût.

— Cependant, la guerre, si défigurée qu'elle soit,
demeure nécessité. Vous êtes révolutionnaire. La révolution, c'est encore la guerre.

La lippe de Gilles s'était effacée ; son œil brillait.
Debrye lui jeta de nouveau son regard amusé. Puis une
image, un souvenir passa devant les yeux du défaitiste.
Sa mâchoire se contracta malignement :

— J'ai eu peur, j'ai crevé de peur depuis août 1914.

Gilles regardait son ami. Car cet homme qui tenait
ces propos méprisables était son ami. Et un homme digne
d'amitié. A la Sorbonne, brillant étudiant, il fascinait ses
maîtres et ses camarades par sa fringale d'autorité,
fringale aussitôt satisfaite, car les hommes se donnent à
qui veut les prendre. Dans ce cas, leur don si facile
prenait de la grandeur, car Debrye leur donnait beaucoup en échange. Il avait des vues rapides, hâtives
même qui devenaient incisives par la force de résolution dont il les confirmait. En plus de cela, de l'ironie,
du sarcasme, la conscience fulgurante de tout ce qu'il y

a d'indicible, de faux, d'impardonnable dans les rapports les plus généreux. Gilles l'aimait également pour ses dons et pour cette ironie qui lui semblait la garantie de son humanité. Il se préparait à le perdre le jour où Debrye s'enfoncerait dans l'action politique. Ce temps approchait.

Gilles revint sur le premier point de leur débat :

— Vous ferez de l'Europe, par la victoire de l'Allemagne, une immense Irlande où les sentiments nationalistes seront renforcés, exaspérés, consacrés par la persécution.

Il pensait que, si on refuse un combat, on ne peut qu'en engager un autre. On ne peut se dérober à la loi du combat, qui est la loi de la vie. Il avait trouvé dans la guerre une révélation inoubliable qui avait inscrit dans un tableau lumineux les premiers articles de sa foi : l'homme n'existe que dans le combat, l'homme ne vit que s'il risque la mort. Aucune pensée, aucun sentiment n'a de réalité que s'il est éprouvé par le risque de la mort.

Il redit encore :

— Vous êtes contre la guerre, mais vous êtes pour la révolution. Or, la révolution, c'est la guerre.

Au grand étonnement de Gilles, Debrye acquiesça, cette fois.

— Oui, mais une autre guerre. La guerre civile.

— La guerre civile, parlez-moi de ça. Là on connaît ses ennemis.

— Oh ! il y aurait des distinctions à faire entre les bourgeois comme entre les Allemands.

— Elles sont plus faciles.

— Croyez-vous ? Croyez-vous qu'on ait fait des distinctions en 1793, ou pendant la Commune ?

Gilles manifesta un scandale amusé.

— Le but de la guerre est toujours la paix... par l'extinction de l'ennemi. C'est cette paix-là qui est au bout de votre révolution comme de ma guerre.

Debrye, agacé, rompit et revint aussi en arrière :

— Vous avez trop peur d'avoir peur. Il se trouve que, pour notre génération, la guerre est la première expérience de la vie. Vous avez peur de n'y pas répondre généreusement. Alors, vous voilà construisant une philosophie de la vie sur la résistance à la colique.

Gilles demeura coi. Décidément, il s'intéressait à cette analyse de lui-même qu'il n'avait su faire. Contemplatif, Gilles toujours, à un moment donné, songeait à abandonner le combat pour considérer l'élément nouveau de connaissance qu'il lui apportait. Cependant son hostilité demeurait entière contre la sensibilité de l'autre.

Debrye n'avait pas une très bonne santé, c'était le grief essentiel de Gilles contre lui. Il avait été longtemps à l'arrière, puis il avait été dans les brancardiers quelque part. Maintenant il était réformé : Gilles, devant lui, souffrait de n'être pas au front, de n'être pas mort. Seule, la mort pouvait le séparer de cette race d'esclaves révoltés et grimaçants. Il jeta sur Debrye, sur le lieu où ils étaient un regard qui le séparait complètement de tout cela, comme une lame de couteau. Debrye était un peu voûté. Il était en civil, habillé dans un négligé laborieux où quelques restes du bourgeois ultra-intellectuel mais compassé qu'il était avant la mobilisation, quand il portait guêtres et monocle, venaient encore à la traverse d'une affectation nouvelle. Son pacifisme l'acoquinait depuis quelque temps avec les socialistes ; alors, sous son veston assez bien coupé, il y avait un gilet tricoté noir, carré, à deux rangées de boutons, comme en portaient alors les garçons blanchisseurs ou les laitiers. Cette rue Raynouard, qu'ils arpentaient interminablement dans les deux sens, cette rue Raynouard, étroite, tortueuse, paraissait à Gilles sournoisement défilée bien que si près du ciel. Ils passaient devant la petite maison de Balzac. Lui et Stendhal et quelques autres avaient accepté, sinon loué la violence sans rien ignorer de ses côtés horribles, difficiles à supporter pour un civilisé nerveux. Ils avaient écrit des pages lucides sur la guerre.

Gilles voulut quitter Debrye. « Je veux quitter Debrye comme je veux quitter Myriam. Je refuse tout ce monde. La guerre, c'est ma patrie. » C'était sa sûre solitude. Toutefois, il s'attardait. Il y avait des mois qu'il n'avait causé avec un homme intelligent, avec un esprit dont le raffinement flattait le sien. Enfin, il lui dit : au revoir, en se disant : non, c'est adieu.

Au moment que leurs mains se dénouaient, Gilles sentit un scrupule rétrospectif.

— Si nous nous étions trouvés l'un à côté de l'autre au front ?

Debrye regarda Gilles, sans avoir l'air de comprendre.

— Si je vous avais vu mettre en pratique votre défaitisme ?

— Ah ! ça... si on ne m'avait pas mis dans les brancardiers, j'aurais refusé de me servir d'un fusil.

— Alors, moi, qu'aurais-je fait ?

Debrye regarda Gilles de son air amusé, un peu railleur.

— Mon cher, ne vous faites pas plus méchant que vous n'êtes.

— J'aurais tiré sur vous, prononça Gilles avec effort, en rougissant.

Debrye éclata de rire.

— Mais non, vous êtes beaucoup trop gentil.

Et il s'en alla.

Gilles demeura décontenancé. Puis il se courrouça.

Quand il vint pour dîner le soir chez Myriam, il y eut une nouveauté : elle avait une amie qui était restée de toute évidence pour faire sa connaissance. Myriam en avait parlé plusieurs fois à Gilles.

Ruth n'était pas belle, ce qui déçut Gilles. Il ne pouvait encore entendre parler sans espoir d'une femme. Il était toutefois flatté de la curiosité que manifestait Ruth. Gilles était sûr que Myriam n'avait pas parlé ouvertement de leur projet de mariage à son amie. Mais elle s'était laissé percer à jour.

La présence d'un témoin mit dans cette chambre une chaleur qu'on n'y avait jamais connue. Gilles fut bien plus gai et plus brillant qu'il n'avait jamais été. C'était à qui de ces deux jeunes juives caresserait le mieux son esprit.

Il était plein de Debrye et en parla tout le temps. A la grande surprise de Myriam, qui s'attendait à le voir dédaigner son amie, il voulut que Ruth dînât pour lui en parler encore. Elle-même excitée, Myriam ne regretta pas trop de voir par terre les murs où leur aventure avait été jusque-là si sévèrement claustrée.

Il fit un portrait long et minutieux de Debrye.

— Pourquoi ne l'avez-vous pas amené à dîner ? demanda Ruth.

Cette simple question sans malice laissa Gilles interloqué. Il rougit, se sentant coupable ; il n'avait pas eu envie de montrer Myriam à Debrye et de lui dévoiler le criminel secret de sa vie. « Et pourtant il faudra que je révèle ce secret à tout le monde. »

Ruth devina quelque chose de tout cela, mais elle l'interpréta comme Myriam par le goût du secret. Elle ne pouvait imaginer qu'on pût avoir honte d'une fille dont elle admirait pêle-mêle l'intelligence, la richesse et la lumineuse figure.

— Comme vous admirez ce Debrye ! s'écria encore Ruth.

— Oui, c'est effrayant, renchérit Myriam.

Beaucoup de choses l'étonnaient ce jour-là chez Gilles.

— Comment pouvez-vous l'admirer tant ? continua-t-elle. Il a dit qu'il ne toucherait jamais à un fusil. Et il a pu le faire parce qu'il est protégé par des gens qu'il a épatés.

— Oui... murmura Gilles.

Ruth s'exclama :

— Comme il a raison, ce Debrye.

Elle s'arrêta net, songeant aux frères de Myriam, et voyant Gilles froncer les sourcils.

— Il saurait se faire tuer à l'occasion sur un autre terrain.

— Mais les ouvriers qui n'ont pas de protection se font tuer sur ce terrain, en attendant.

— Les paysans plutôt, corrigea Gilles, tout en regardant Myriam avec orgueil.

Elle connaissait et aimait sa pensée intime, elle l'y ramenait, elle la précisait pour lui quand il l'oubliait. Il y avait peut-être un peu de malignité dans cette vigilance.

Elle sentit cela et ajouta :

— Vous avez peur de lui jeter à la figure vos citations, je comprends ça. Moi, j'aurais honte de lui jeter mes frères.

Ruth admira leur entente.

Elle parla de son frère qui était médecin au front et

du grand ami de celui-ci, un certain Clérences, Gilbert de Clérences, qui était interprète à l'armée anglaise et viendrait bientôt en permission.

— Il faudra que vous le connaissiez, c'est un garçon très brillant.

Ils bavardèrent tous trois assez tard.

Myriam et Gilles étaient très animés. Pourtant Gilles continuait à penser à Debrye et, quand il fut seul avec Myriam, tout ce qui couvait en lui éclata.

— J'avais besoin d'une conversation comme celle que j'ai eue avec Debrye, commença-t-il, je n'en avais pas eue depuis si longtemps.

— Oui, répondit Myriam sans méfiance, encore toute à son plaisir d'avoir montré Gilles à Ruth.

Ce qui éperonna Gilles :

— Oui, une conversation franche et brutale.

Gaie, elle avait encore envie d'être malicieuse.

— Mais...

— Quoi ?

— En quoi avez-vous été brutal ? Vous ne lui avez pas dit, d'après ce que vous avez raconté, ce que vous pensiez de lui.

— Comment ?

— Vous ne lui avez pas dit qu'il était un tricheur.

Gilles haussa les épaules.

— C'est vrai. Mais je lui ai dit qu'à l'occasion, au front, j'aurais tiré sur lui.

— Oui, c'est vrai, ça revient au même.

— A peu près. Pourtant vous avez raison, j'aurais dû le lui dire.

Gilles se décontenançait facilement dans la discussion ; Myriam s'en apercevait nettement ce jour-là.

— Mais ce n'est pas cela qui importe... reprit-il.

Il la regarda avec un visage durci.

— Dites-moi...

— J'ai senti que j'avais tort d'être à Paris.

Myriam frémit et regarda Gilles avec un timide reproche. Elle était choquée que ce propos lui revînt, en contre-coup d'une discussion, par l'accident d'une rencontre.

— Eh bien ! vraiment, Debrye est le dernier qui...

Elle s'arrêta.

Si elle avait su à quels misérables prétextes parfois se frôlait Gilles : une vue du front au cinéma, l'article emphatique d'un journaliste patriote, une phrase dans un livre, tout cela aussi bien que la vue modeste d'un permissionnaire qui repartait, qui filait à l'anglaise...

— Je ne suis pas celui que vous croyez, murmura-t-il.

Depuis quelque temps, il se tenait à peu près convenablement, il avait voulu être fidèle à sa décision de rester à l'arrière, il avait réprimé les écarts de parole, les velléités, les complaisances nostalgiques. « Du moment que je veux Myriam plus que la guerre, aussi bien lui épargner mon regret. » Mais ce soir, il éclatait, il avait envie de céder à ce qui remuait en lui, sous le prétexte de la guerre, d'y céder rapidement, largement ; la volupté serait grande.

Myriam, soudain pressentant un danger, songeait. « Les hommes ont beaucoup plus de souci des autres hommes que des femmes. Il a suffi qu'il voie un de ses amis pour que... Il est vrai, c'est le seul qui lui reste, les autres ont été tués : cela explique aussi son émotion. Comme je l'aime. Il a raison de donner plus d'importance aux hommes. Pourtant les femmes... ah ! comme je voudrais mériter son intérêt. Il faut que je travaille, que je réfléchisse. Je suis si embrouillée, si maladroite...

mais qu'est-ce qu'il dit ? Il veut me faire mal, il me fait mal. »

Gilles parlait :

— Je ne suis pas celui que vous croyez ; je suis menteur. Mon premier mouvement est toujours de mentir. J'y résiste quelquefois, mais pas toujours...

Brusquement, il se rappela Mabel.

— Vous m'avez menti ? Quand ?

— Oui... Ces temps-ci, j'ai eu une femme, une jeune fille, oh !... enfin, une femme.

— Et quoi ?

Myriam espérait encore que Gilles exagérait un scrupule, comme il avait feint de le faire quelquefois.

— J'ai couché avec elle.

Le beau visage clair se contracta dans son contour. Tout ce que la jeunesse et la pureté y masquaient apparut ; quelque chose de faible, la mâchoire trop forte avec une attache trop fragile. Elle avait une trop grosse tête. De grosses larmes gonflaient les grands yeux sombres, qui devenaient de gros yeux. Elle était désarmée, infiniment à sa merci. Le lâche, il était plus brutal avec elle qu'avec Debrye. Il se jeta sur elle, la serra dans ses bras.

Cela apporta aussitôt à Myriam une parfaite consolation. N'ayant pas songé une seconde à le repousser, elle se serra contre lui. En pleurant, profitant instinctivement de la circonstance, si abominable qu'elle fût, elle cherchait sa bouche. Il la lui donna avec transport.

« Oh ! la rendre heureuse. Je suis lié à jamais à elle. La première âme qui vous tombe sous la main. Et l'on est lié. On ne peut blesser à mort une âme. »

Mais la voix de la chair qui ne se leurre pas, qui ne s'accommode d'aucune feintise, qui s'en tient inexorablement à ses décisions fixées de toute éternité, criait en lui : « Que m'est cette bouche gauche et sans génie ? Elle a de grosses lèvres comme je les aime, et pourtant elles paraissent minces aux miennes. »

Cependant elle balbutiait :

— Pourquoi ? Comment ? Qui est-ce ?

Aussitôt chaque détail de l'aveu lui parut particulièrement cruel et impossible. S'il lui disait que c'était son infirmière, tout le temps de l'hôpital qui avait été beau pour elle serait terni.

— Une fille, une jeune fille.

— Qui est-ce ? insistait la voix plaintive.

— Je l'ai rencontrée avenue du Bois, des gens m'ont présenté.

Le mensonge revient sur vous, avec le visage tentateur de la pitié.

— Mais pourquoi ? Qu'est-ce qu'elle a ?

Et brusquement, violemment :

— Vous la voyez encore ? Vous l'avez vue aujourd'hui ?

Gilles eut plaisir à lui répondre :

— Non, je ne la vois plus, ça n'a duré que... deux ou trois jours.

— Mais pourquoi ?

— Pour rien.

— Comment ? Vous l'avez aimée ? Oh ! expliquez-moi...

— Non, je ne l'ai pas aimée, jamais. Elle m'a fait horreur. C'est une idiote ; elle est jolie, mais...

— Ah !...

Elle pleura encore.

— L'idiotie la rend laide.

— Mais...

— Je voulais faire quelque chose qui nous sépare.

— Comment ?

— Oui, je ne suis pas celui que vous croyez. J'ai peur de ne pas vous aimer... assez. J'ai peur de... d'aimer votre argent.

Soudain le visage de Myriam s'éclaira. Gilles se mordit les lèvres. Encore une fois sa tentative de sincérité tournait court, se transmuait en une habileté. Tout tournerait toujours à son avantage, il jouait sur le velours avec cette petite.

Après avoir pleuré quelque temps, elle se serra contre lui, elle murmura quelque chose :

— Pourquoi ne couchez-vous pas avec moi ?

Quoi ? Coucher ? Elle voulait coucher avec lui. Il lui prit la bouche pour l'empêcher de parler davantage. Puis, affolé, il lâcha :

— Il faut nous marier.

— Oh ! oui.

Il s'en alla beaucoup plus cynique qu'il n'était venu. Il s'en alla chez l'Autrichienne, la silencieuse. Sa peau avait les effets brillants du satin. Ses seins incurvés étaient plantés très bas. Ses reins sinuaient, si longs qu'on croyait qu'après cela elle aurait dû avoir des jambes très courtes. Mais pas du tout : ses jambes n'en finissaient pas. Cette femme n'en finissait pas. Avec elle, c'était le grand silence, il revenait à ses pensées les plus profondes. Il se saisit d'elle avec une autorité qu'il n'avait encore jamais montrée. Au moins pour celle-ci ce serait la joie. Tandis qu'il la caressait lentement, il dissimulait sa mélancolie sous le sourire tendre de l'ami qui connaît les moindres préférences de l'amie.

Cependant, plus tard, l'Autrichienne rêva tout haut.

— Tu sais pourquoi tu me plais ? Parce que tu ne parles pas. Les autres, les idiots, ils n'ont rien à dire,

alors ils parlent. Toi, tu penses. Ça me fait une peur.
C'est comme si je faisais l'amour avec un chat. Et tu es
un homme, ma chatte... Ce que tu es triste. Non. Ah !
reste encore.

Mais il s'en alla, en souriant distraitement.

XI

Il lui vint l'envie d'interpeller le premier témoin de
son aventure avec Myriam qui s'offrait à lui, hors M. Falkenberg. Il téléphona donc à Ruth et lui demanda un
entretien particulier. Elle parut surprise, mais fort gaiement intriguée par cette demande et lui proposa de l'attendre le jour même place de la Sorbonne, à la sortie
d'un cours. Au dernier moment, il eut un instant de
gêne et craignit qu'elle ne crût à quelque entreprise
amoureuse, mais dès qu'il la vit il put constater que la
simple fille était à cent lieues de pareille idée.

Il lui proposa de marcher dans le Luxembourg.

— C'est ça, dit-elle, j'ai besoin de me dérouiller les
jambes, car je viens de passer trois heures dans le laboratoire du vieux Picot... Comme je n'ai pas déjeuné,
excusez-moi.

Elle acheta un croissant et une tablette de chocolat.

— Alors, entrons dans un café.

— Oh ! non, j'ai horreur des cafés, surtout ceux du
quartier. Ils sont remplis de feignants.

Un instant après, il cédait à son impatience.

— Que pensez-vous de mes rapports avec Myriam
Falkenberg ?

— Ce que j'en pense? Pourquoi me demandez-vous ça?
— Que pensez-vous de mon mariage avec Myriam?

Elle le regarda avec un grand étonnement.

— Vos rapports et votre mariage, ça fait deux choses.

— En effet, s'étonna Gilles... je n'avais pas pensé à ça.

Il frémit. Qu'il n'ait jamais songé qu'à épouser Myriam et pas à la prendre, ce fait pourtant bien connu de lui prenait soudain une signification criante.

Ruth le regardait avec des yeux ahuris et elle avalait avec dificulté son croissant.

— Voyons, vous êtes l'amant de Myriam.

Elle avait dit : amant, d'un ton fort affecté. Gilles la sentait vertueuse et seulement entêtée de liberté théorique.

— Hein? sursauta Gilles.

— Comme vous êtes pudique, s'exclama-t-elle.

Elle ne comprenait pas son interjection.

— Vous êtes l'amant de Myriam, cela devrait vous suffire. Pourquoi vouloir autre chose? Vous avez la chance inouïe d'être tous les deux parfaitement libres. Et si vous demandez aux autres leur avis sur votre mariage, c'est que vous n'êtes pas sûr que ce soit bon. Ce doute, c'est une seconde raison pour écarter une chose en elle-même inutile.

Satisfaite, elle frotta ses mains où des miettes graisseuses s'étaient incrustées.

— Vous étouffez. Au moins, prenez une limonade à ce kiosque.

— Si vous voulez.

Il remarqua une fois de plus qu'il était difficile d'être sincère : Ruth, aussi bien que Myriam, lui facilitait l'hypocrisie.

Cependant, il reprit le combat contre lui-même.

— Je vois bien que vous êtes hostile à notre mariage. Ce n'est pas chez vous une question de principe? Vous n'êtes pas hostile au mariage en général? Si?

— Non. Mais pour vous et elle...

Brusquement, elle parut gênée. Gilles attendit. Elle reprit, sans s'avancer beaucoup :

— Vous êtes libres, tous les deux, vous pouviez attendre de vous connaître à fond. Alors, vous ne couchez pas ensemble?

Gilles la trouva comique.

— Ruth, vous êtes vierge?

Elle rougit et fit : oui, de la tête.

— Je ne vois pas le rapport, lança-t-elle.

Gilles n'insista pas. Elle continua :

— Pourquoi n'êtes-vous pas l'amant de Myriam? Elle ne demande pas mieux. Ce n'est pas elle qui...

Elle rougit et fut mécontente d'humilier son amie en pensée.

— Je n'ai jamais pensé à ça, fit Gilles.

— Alors quoi? C'est votre religion... Ce n'est certes pas ça. Vous n'êtes pas croyant?

Ruth avait dit ces derniers mots avec un regard assez aigu.

— Qui vous dit que je ne suis pas croyant?

Gilles se dit : « Comme j'ai eu raison de parler à cette fille. Voilà que je me rappelle soudain que je suis catholique. Tiens, je ne me marierai pas à l'église. Myriam est catholique, je le sais. Mais elle n'a pas de goût pour les mascarades. » Il se surprit à se réjouir de cette idée. Cela lui mit la puce à l'oreille ; il découvrit qu'il ne se lançait si hardiment dans le mariage qu'à cause d'une porte ouverte, le divorce. Il ne voulait pas se marier religieusement avec Myriam, pour pouvoir un jour se marier pour de bon.

Ruth le regardait d'un air assez grave, qui l'intrigua. Il demanda donc :

— Et vous? vous êtes... juive, n'est-ce pas?

— Dame, oui, figurez-vous. Et je suis croyante, très croyante.

Gilles s'étonna, réfléchit, entrevit quelque chose.

— Ça vous choque que Myriam soit catholique?

Incidemment, Myriam avait raconté que ses parents l'avaient fait baptiser, elle et ses frères.

— Oh! oui.

Il vit que c'était là que Ruth voulait en venir.

— Ce n'est pas sa faute, proposa-t-il. Ce sont ses parents...

— Oui, mais elle... D'ailleurs, personnellement, elle ne se considère pas comme catholique.

Gilles frémit, soudain il sentit qu'il se heurtait à quelque chose. Il regardait curieusement Ruth. Qu'était-ce qu'un juif croyant? Il demanda :

— Qu'est-ce que votre foi?

Ruth rougit encore :

— Je vais vous paraître vieux jeu. Mais c'est comme ça. On doit se marier entre personnes de la même religion.

— Alors, vous? Vous ne pourriez pas vous marier avec un catholique?

Ruth, troublée, secoua la tête.

— Alors, vous ne pouvez pas vous marier avec les trois quarts et demi des... chrétiens, des Français.

— Non.

— Enfin...

Gilles se demanda soudain avec une violente curiosité ce qu'il pensait du fait que Myriam était juive, et quel rôle ça avait joué dans leurs rapports. Il sentit avec étonnement que ça avait joué un rôle.

— Alors, vous ne voudriez pas que Myriam se marie avec moi?

— Non.

— Vous le lui avez dit? Qu'est-ce qu'elle a répondu?

— Oh! je n'ai pas de conseils à lui donner.

— Comment? Vous êtes son amie.

— Je crois qu'elle sait ce qu'elle a à faire. Du reste, elle est plus intelligente que moi.

— Mais vous avez parlé?...

— Incidemment. Mais...

Gilles, brusquement :

— D'ailleurs, ça n'est pas la question. Le fait important, c'est que Myriam est riche et que je suis pauvre.

Ruth s'étonnait, elle ne semblait pas du tout avoir songé à ça. Gilles vit qu'elle allait encore le renforcer dans son hypocrisie.

— Qu'est-ce que ça fait? fit-elle légèrement.

— Cela fait beaucoup. Je me demande si je ne suis pas attiré par l'argent de Myriam.

— Quand cela serait. Cela ne fait qu'ajouter à tous ses autres avantages. Elle est jolie, supérieurement intelligente ; et surtout elle a de la personnalité.

— Oui, certes, acquiesça Gilles, en faisant effort.

Ces qualités, dont certaines étaient évidentes, n'agissaient plus sur lui. Avaient-elles vraiment agi, les premiers temps? Quelle était la véritable cause de sa désaffection? Dire qu'il ne l'aimait pas était vague. Il regardait avidement Ruth comme si elle allait lui fournir cette raison. Elle lui en fournissait une. Myriam était juive. Qu'est-ce que c'était que d'être juif?

Soudain, il eut peur de lâcher la parole décisive : « Je

ne l'aime pas, je n'en veux qu'à son argent. » Cette parole frapperait enfin Ruth qui la relaterait à Myriam. Gilles eut peur et par quelques transitions amena la conversation à finir. Ce qui était facile, car la jeune fille n'avait parlé que par instinct, sans beaucoup réfléchir, et elle restait pleine de sympathie pour Gilles sur qui elle étendait l'admiration qu'elle avait pour Myriam.

Gilles courut du Luxembourg à l'avenue de Messine. Myriam admirait la brusquerie des entrées en matière de Gilles où elle voyait la rapidité de son esprit, mais qui provenait du fait que Gilles fort enfoncé en lui-même et rêvant tout haut ne distinguait point toujours entièrement ses interlocuteurs les uns des autres, et continuait avec celui-ci la conversation commencée avec celui-là. A peine entré, il demanda :

— Savez-vous ce que c'est que l'argent?

Myriam le regarda en souriant; elle voyait là désormais un sujet de plaisanterie qui allait devenir habituel entre eux.

— Non, vous le savez bien, pas plus que vous.

— Ah bien! j'ai réfléchi là-dessus, et nous nous trompons fort en croyant que nous nous en faisons la même idée.

— Comment?

— L'argent, ce n'est pas du tout la même chose pour un pauvre que pour un riche.

Elle continua à sourire avec incrédulité. Voyant cela, il frappa du pied. Jamais il ne se dépêtrerait plus du personnage qu'il s'était peu à peu formé de lui-même en dehors de lui par l'effet d'une demi-sincérité, d'une demi-hypocrisie, de la distraction, de l'humour, et qu'il voyait se réfléchir dans les yeux de Myriam. Myriam se plaisait à ce clair-obscur. Et il n'en était pas ainsi qu'avec Myriam. Depuis quelque temps, il constatait qu'une fille qu'il n'avait vue que deux heures commençait de se référer à ce personnage inévitable, comme si elle entrait dans un complot universel. Il ne comprenait pas que son caractère prenait forme.

— Allons, expliquez-moi ça, fit-elle gaiement.

— L'argent a beaucoup plus de valeur pour un pauvre que pour un riche.

— Voyez-vous ça.

Mais il voulait décidément que Myriam sût qu'il ne l'aimait pas. Ainsi, il aurait beaucoup moins à se gêner, à dissimuler. Il avait pris peu à peu le sentiment qu'il pouvait tout obtenir de son amour, sans le détruire.

— Je m'aperçois que je parle par énigmes.

Il s'arrêta encore. Il avait de nouveau sur les lèvres une phrase simple, brutale : « Je ne vous aime pas physiquement ; jamais je ne vous aimerai physiquement. »

— Vous vous moquez souvent de moi, commença-t-il, vous pensez que mon imagination me joue des tours.

— Bien sûr, et ce sont toujours les mêmes. Toujours, vous vous noircissez.

— Ai-je tort ? Je puis avoir raison une fois, terriblement raison. Vous ne me connaissez pas, vous m'aimez trop.

— Je croirai toujours à ce que l'amour me fait connaître de vous.

Elle était trop sûre des droits misérables que lui donnait son amour. Il craignit la puissance de cet amour humilié, mais acharné.

— Non, je parle sérieusement, je vous assure qu'il y a tout un côté de moi que vous ignorez.

— Bon, dit-elle, un peu meurtrie par le ton dur.

Gilles marcha de long en large dans la pièce.

— Bref, s'écria-t-il soudain avec une violence solennelle, bref, Myriam...

Il acheva tranquillement :

— Je suis épouvanté du goût que j'ai pour votre argent.

Il avait dit : je suis épouvanté, ce mot atténuait tout.

Elle répondit avec un nouveau sourire. :

— Je comprends ça, moi aussi j'ai beaucoup de goût pour mon argent.

Cette réponse jaillit avec une si grande force d'innocence que Gilles en fut touché et rafraîchi. N'étaient-ils pas deux enfants, surpris par le bonheur, comme d'autres le sont par le malheur ? N'était-il pas le plus enfant des deux en prenant peur devant lui-même et croyant voir dans sa glace le loup-garou ? Il n'était pas si méchant.

Il prit sa bouche. L'émoi rendait encore ces grosses lèvres maladroites. Du moins l'abominable Gilles le croyait-il, qui ne prolongeait jamais ses caresses et ne la menait point jusqu'au seuil de toutes les métamorphoses.

Comme il sentait sa propre bouche se lasser, il songea à un geste plus énergique, à la renverser sur ce divan, dénuder ce buste délicat dont les grâces étaient évidentes, brusquer tout, la libérer de sa gêne d'être vierge. Le désir montait en lui comme une colère généreuse contre le mal dont elle était accablée par lui.

Mais elle frémissait terriblement ; elle fut prise d'un tremblement qui l'effraya, lui déplut.

XII

Gilles vit que le sentier montait et il s'en réjouit ; il retrouvait ses jambes de fantassin qui avaient résisté aux épreuves de la Marne. Toutefois, ses souliers fins n'étaient pas faits pour cette terre âpre où partout le roc affleurait.

Il regardait de tous côtés avec un grand étonnement... non, il ne regardait que d'un côté ; car, à sa gauche, le relèvement de la falaise lui masquait la campagne ; mais à droite c'était la mer. Quand il y a la mer, c'est d'un coup toute la mer. Son étonnement était grand, parce qu'en dépit des derniers mois passés à Paris, c'était la première fois qu'il se sentait vraiment hors la guerre. Cette nature-là semblait exclure la guerre dans une ignorance, une indifférence totales. Ce n'était pas une nature pacifique, pourtant. Cette terre et cette mer menaient leur guerre, leur guerre éternelle. Mais enfin, cette guerre ignorait l'autre guerre, la guerre de la chimie et de la métallurgie, la guerre des idéologies et des bureaucraties.

Gilles regardait, sous la falaise qu'il escaladait, une mer glauque, qui offrait au regard des taches claires où elle se laissait pénétrer dans sa bonté jubilante. La mer a des accès de bonté voluptueuse, elle entr'ouvre son sein. Plonge, plonge mon âme. Reconnais ce sein, le premier qui t'a enivré.

L'âme de son enfance avait couru le long de ces falaises ; elle avait prodigué ce verbe infini qui jaillit de l'homme devant les éléments purs. De nouveau, à peine sollicitée, elle se mettait à murmurer, à scander ; elle retrouvait son abondance ivre de mots et de cris.

Il s'arrêta ; ainsi il avait possédé cette richesse et il l'avait perdue. L'homme des villes est consterné quand il se retourne à mi-chemin de son frénétique calvaire. Il retrouvait cette richesse, mais il sentait qu'il ne s'y reprendrait pas ; il tenait à Paris. Pourtant Paris redevenait lointain en un moment. Paris et la guerre. Deux choses si différentes qui se laissaient pêle-mêle rejeter au loin, pour un moment.

Il arriva en haut de la montée, et il vit sous ses pieds, dans une faille de la falaise, dans un vallon, la maison de Carentan. Une longue chaumière basse, absolument isolée. Le bonhomme était revenu là directement du Canada et il avait appelé Gilles. Cela aussi, cette solitude, c'était fascinant. Les forces de la solitude se conjoignent aux puissances de la nature. Ces puissances dont l'homme s'éloigne, on pourrait craindre qu'elles ne s'épuisent, s'il n'était quelques ermites, quelques veilleurs qui les maintiennent en haleine, qui les raniment.

Il était là, le vieux, dans sa chaumière encombrée de dieux. Gilles dévala le sentier et, n'y tenant plus, se mit à hurler. Nouvel étonnement : sa voix. Sa voix, beaucoup plus basse, beaucoup plus mâle qu'à Paris où elle s'aiguisait, se flûtait en petits rires et ricanements. Ici, il retrouvait sa voix du front.

A son cri, une femme parut sur le pas de la porte. La servante, la servante-maîtresse. Gilles ne sourit pas. Il aimait, il approuvait toute la conduite de cet homme, aujourd'hui bien plus qu'autrefois quand son adolescence s'exerçait à railler. Il est vrai qu'il faut bien se faire les ongles sur tout, même sur le meilleur ; il faut éprouver le meilleur. Nous autres jeunes hommes, nous devons nous méfier de tout, nous qui sommes prêts à aimer tout. Mais il revenait maintenant, avec son expérience. Lui, Gilles, revenait d'une autre solitude, celle des défilés infernaux, celle des zones atroces, où toutes les figures vacillent, se déforment de la façon la plus mystérieuse et la plus louche, et non pas seulement celles des hommes et des vivants, mais celles des morts et des dieux. Il avait connu la tentation des défilés infernaux, appelé le néant, poussé le cri criminel par excellence. Il est bien que l'Église, profonde héritière des antiques religions, stigmatise comme le plus grand péché, le péché contre l'esprit, l'appel au néant, parce que vain, absolument vain. La vie lui arracherait-elle encore ce cri contre elle-même, la vie qu'il prétendait adorer?

Il revenait comme l'enfant prodigue vers le vieux père, demeuré au logis. Mais Carentan était aussi un ancien enfant prodigue. Pourtant lui qui savait tant de choses savait-il ce que Gilles savait?

Gilles s'était arrêté assez loin de la maison et s'attardait, passionnément curieux de l'entrevue. Le vieux parut à son tour sur la porte. Comme il était haut, et la servante aussi. Cette haute race, sa race. En était-il sûr? Que savait-il de sa race? Bah! Gilles s'approcha. Il voyait maintenant le vieux. Oui, c'était bien Carentan, le fascinant Carentan, le mystérieux et familier génie de toute sa vie, l'homme qui l'avait fait. Gilles savoura de ne plus ressentir cette peur farouche qui s'était emparée de lui dans les dernières années avant la guerre contre la terrible mainmise de son tuteur. Maintenant, le cordon ombilical était rompu. Il savait qu'il existait largement en dehors du vieux.

Plus près, la réalité de cette chair qui ne l'avait pas

engendré l'émut aux entrailles. Il se rua vers les bras tendus, avec les touffes de poils roux qui sortaient des manches du vieux jersey. Il pleura et le vieux pleura. La grande servante pleura. Bain de larmes, lustration par les larmes. Nos ancêtres pleuraient beaucoup. Oh! saintes larmes, que votre source sacrée ne se tarisse jamais.

Le vieux parla. Cet accent normand si traînant, si lent; cet accent que le bonhomme savait prendre et quitter. Cette nonchalance tour à tour feinte et éprouvée, qui permet la ruse, l'ironie, la défense et qui prépare les contractions sourdes de la volonté, les dures attaques.

— Tu es vivant, mon fils. Ils ne t'ont pas démoli dans leur guerre. Je suis heureux. C'est la grande joie de mon existence.

Carentan l'entourait, l'étouffait dans ses gros membres et lui soufflait dans la figure, de son souffle puissant et puant. Quelle puanteur saine de tabac, d'alcool, de solitude, de méditation. Les grands marais sauvages ont un peu cette haleine-là.

Carentan ne finissait pas de l'accoler, de le colleter, de l'étreindre. Il le pétrissait aux épaules, aux hanches.

— Oui, oui, c'est ça, c'est ça.

Il continuait de parler à lui, à lui-même, comme pendant l'interminable et inévitable séparation. Gilles voyait qu'absent, il lui parlait sans cesse.

— Mon vieux, mon grand vieux, s'écria-t-il à son tour, fort exalté. Et, de ses mains plus frêles, que n'avaient guère durci la pelle et le fusil, il tâtait la dureté du vieux...

— Entrons.

Gilles dit :

— Non. Attends, vieux.

— Tu m'appelles vieux, maintenant.

— C'est le nom que je te donnais là-bas.

Gilles regardait autour de lui, il voulait voir les choses à leur place alentour. La barque en contre-bas dans le chemin creux, le verger en terrasse de l'autre côté du sentier, l'arbre dans le repli. La terre pauvre et la mer riche. La mer riche de taches sombres et claires, la grande tachetée, la grande compagne, la grande femelle divine à qui l'homme rêvant fait dire tout ce qu'il veut.

— Tu la regardes, tu ne l'as pas vue depuis longtemps. Mais tu l'as vue en Grèce, tu t'es battu sur les terres grecques, tu ne t'es privé de rien.

— De rien ni du reste.

Tout cela allait très lentement. Des mots de loin en loin, mais surtout de longs silences bourrés, craquants. C'est bon d'entendre craquer les silences. Ici, on entend craquer les silences, les incomparables silences. La vie est bourrée de silences, par en dessous : aussitôt que tu t'écartes des villes, tu mets le pied dans ce champ de mines qui éclatent de toutes parts.

Le vieux, prompt observateur, changeant d'expression, le reprit soudain à longueur de bras, le regarda un très long moment, le fit virer, s'étonna, fronça les sourcils, grogna, sourit, haussa les épaules, fit :

— Tiens, tiens.

Changeant d'idée, il se tourna vers la servante, le poussa vers elle.

— Embrasse-la. Je l'ai assez fait endêver à cause de toi.

La servante, gigantesque, maigre avec des viandes considérables par-dessus sa carcasse, chauve, avec des mèches ardentes, clignant de terribles petits yeux bleus, ouvrit une grande bouche édentée, dans un rire confus, plein de sûreté intérieure. Elle était magnifique, vêtue de ses vêtements de travail, sans compter la coiffe.

Oh ! races, races. Il y a des races, j'ai une race. C'est bon de faire l'amour, c'est faire l'amour que de serrer sa race contre sa poitrine. Gilles se jeta sur cette viande qui ne sentait point bon, non plus.

— Eh bien ! voilà, voilà, fit encore le vieux. Ce n'est pas plus malin que ça. Du moment que tu es vivant on ne peut pas pleurer aussi longtemps que si tu étais mort, dame. Entre.

— Rentrons.

— Attends.

Le vieux l'arrêtait, tandis que fronçaient, semblait-il, ses joues colorées :

— Les temps sont changés. Des saisons ont passé. Des événements sont arrivés. Ce sont tes événements à toi, pas à moi. Tu n'es plus un enfant. Tu as voyagé, guerroyé. Moi, je suis resté là. Sache que je te respecte et te considère. Et que je t'écouterai.

Gilles fut émerveillé de cette sagesse. Cela lui donna de l'hilarité, de la gaîté.

— Vieux malin, s'écria-t-il.

Le vieux rit aussi.

— Carentan, je n'oublierai pas plus que toi que tu as été un jeune homme.

— Ah ! dame. Mais tu m'appelles : le vieux, Carentan ! Plus de respect.

— Beaucoup plus.

— Ouste, entre.

Il suffit d'un instant à l'intérieur pour que l'impression massive que Gilles avait reçue commençât de se diviser et de s'altérer. Cette altération lui vint par le nez. Il ne l'avait pas fort délicat, mais justement les rares sensations qu'il recevait par là le frappaient d'autant plus.

Il lui vint l'odeur sure de la province et des conditions médiocres. Aussitôt, le personnage assez emphatique qu'il avait vu en haut du sentier et encore à la porte fit place à un vieux raté et à un vieux garçon abruti dans ses habitudes plus ou moins fâcheuses. Il se raidit pour ne pas montrer ce changement d'humeur, mais qui a jamais pu dissimuler ses changements d'humeur ? Gilles le pouvait moins que quiconque. Cependant, le vieux ne pouvait guère s'en apercevoir pour le moment.

Il n'était pas si vieux. Sous son costume de rapin campagnard il montrait encore une stature imposante, et sous sa lourde moustache blanche un visage régulier et assez beau. Il avait de grands yeux bleus un peu dilatés et un peu troubles, un nez droit et fort.

Ils traversèrent la salle à manger, bien banale, et passèrent dans le cabinet de travail où il y avait un monstrueux entassement de livres sur tout un côté. De l'autre, sur le mur nu et grossièrement badigeonné de beige, il y avait « tout le bazar divin » comme aimait à dire Carentan. Il était féru de l'histoire des religions et il avait réuni là autant de figures qu'il avait pu des dieux de tous les temps et de tous les lieux. Il y avait des statues et des statuettes, des gravures, des photos (beaucoup de photos prises par lui-même, avec grand soin, au cours de ses voyages), des pages arrachées à des livres, des dessins faits pour lui avec une gaucherie qui tournait assez fantastiquement et humoristiquement à la caricature. Il y avait les dieux primitifs et les dieux évolués, des figures à peine ébauchées, d'autres grimaçantes, d'autres achevées, trop parfaites, presque froides. Tout cela était disposé selon une certaine généalogie compliquée, qu'embrouillaient des flèches et des accolades, peintes à même le mur.

« Voilà de quoi satisfaire Flaubert et Pécuchet », songea Gilles. Il se retourna vers la porte où la grande servante se tenait, une main sur la hanche. Elle devait boire beaucoup et Carentan aussi. Gilles lui-même aimait boire pas mal.

— Tu dois avoir soif. Eugénie, apporte.

— Bien sûr, monsieur, c'est du café qu'il lui faut.

Gilles savait ce qu'était ce « café ». Quel changement avec l'avant-guerre. Alors, Carentan était un homme hautain, un seigneur et qui tenait ses distances. Voilà ce qu'avait fait la solitude, et aussi le vieillissement. Et peut-être autre chose, le chagrin à propos de lui, à propos de la guerre qu'il méprisait pour des raisons fort peu accessibles aux contemporains.

Le vieux se tenait debout près de sa table où il y avait beaucoup de paperasses, des fioles, une grosse lampe, des pipes, un préjugé romantique de pittoresque, de saleté et de désordre. Il bourrait lentement une pipe qu'il avait choisie selon la circonstance et il le regardait longuement avec toutes sortes de sentiments où Gilles démêlait, parmi beaucoup d'amour et de fierté, un peu d'étonnement et d'inquiétude. « Ah! c'est mon costume. Il ne comprend pas. »

Gilles sentit soudain qu'il y avait dans toute sa personne un luxe qu'il cessa de supposer sobre.

Le vieux dit lentement :

— Eh bien ! Gilles, tu as fait fortune.

La servante rentra avec un plateau où il y avait beaucoup de bonnes choses.

Gilles répondit tout à trac.

— Peut-être.

Et il regarda Carentan, en se promettant de vaincre par la vigoureuse profession qu'il ferait bientôt de ses passions la légère gêne qui lui venait.

Tout deux laissèrent de côté les propos sérieux pour un moment et Gilles mangea et but, pendant que Carentan allumait sa pipe avec un vieux briquet à amadou. Ils ne s'étaient pas vus depuis plus d'un an.

Gilles fit un récit de ses derniers mois au front, que le vieux écouta avec l'attention maladroite, incurablement inefficace des gens de l'arrière et que n'aiguisaient pas de problématiques souvenirs d'engagé volontaire en 1870, à dix-sept ans. Puis il en vint à son arrivée à Paris.

— Pourquoi ne m'as-tu pas télégraphié ? Je t'aurais envoyé de l'argent.

— C'est arrivé un peu brusquement. Et puis... je me suis débrouillé.

Le fait que le vieux n'insistait pas et que son regard caressait sa jolie tournure l'assura qu'il devinait.

— Alors, te voilà à Paris.

— Ma foi, dit Gilles.

— Tu t'es occupé assez longtemps de cette besogne démocratique.

Carentan était venu à Bordeaux en 1915 où Gilles avait été évacué pour sa première blessure et avait fortement bataillé pour qu'il passât dans le corps des interprètes, à l'armée anglaise, après lui avoir conseillé de se faire réformer.

— Là, au moins, tu seras avec des gens qui ne sont pas dans la guerre démocratique comme des poissons dans l'eau.

Mais Gilles avait refusé, il était au plus fort de sa passion mystique et manifestait un attachement chrétien pour l'infanterie française. « Tu as des goûts canailles, protestait Carentan, tu as assez prouvé que tu étais brave. »

Gilles repensait à sa rencontre avec Debrye où Carentan lui aurait pourtant donné raison.

— Que veux-tu, on est plus fidèle à une attitude qu'à des idées. Es-tu si content de me voir habillé en embusqué ?

— Tu n'es pas habillé en embusqué, mais en dandy.

Le vieux faisait effort, et Gilles lui rit au nez.

Le vieux versa du calvados et ils burent.

— Enfin, tu n'y retourneras pas.

— Je ne crois pas, murmura Gilles.

— Et comment tout cela va-t-il finir, à ton avis ?

— Victorieuse ou vaincue, la France sera noyée.

— Elle l'est.

— Noyée dans ses alliés comme dans ses ennemis.

Ils se regardèrent. Gilles frémit en pensant aux idées du vieux qui méprisait son pays, le jugeait engagé dans une irrémédiable décadence.

— Alors, qu'est-ce que tu fais à Paris ?

— Je suis dans un bureau, ricana Gilles.

— Ça, c'est dur.

— La tranchée, tu sais, c'était déjà très casanier.

— Oui, avec leurs gares régulatrices.

— Les canons sont de fameux chiens de berger.

— Les troupeaux sont bien gardés.

Gilles se leva et dit :

— La mer est basse, allons marcher sur la grève.

— J'allais te le proposer. Eugénie, nous reviendrons pour le déjeuner.

Ils se retrouvèrent sur leur grève. C'était le parloir, le promenoir du vieux. Là, en contre-bas de l'âpre roche, selon l'heure de la marée, il arpentait cet immense couloir.

Gilles le regarda marcher, son pas était toujours ferme.

Il était voûté, mais seulement du haut des épaules, la poitrine se redressait et la tête aussi. Il marchait dans des espèces de mocassins de cuir qu'il façonnait lui-même, ses grosses mains rousses dans les poches de la vareuse.

Gilles était descendu avec l'idée de faire sa confession, mais soudain une impulsion le fit changer.

— De qui est-ce que je suis le fils ?

Carentan s'arrêta et le regarda bien en face.

— Pourquoi me poses-tu cette question ? Nous avons parlé de cela avant que tu ne partes pour le régiment. Je t'ai dit que j'avais été tenté de faire une fière expérience avec toi : je voulais faire de toi un homme libre. Non pas un homme sans racines, certes, bien au contraire. Mais un homme attaché seulement par l'essentiel, par des liens purs et forts. Je t'ai proposé par l'éducation que je t'ai donnée ces racines, ces liens ; ce que tu en ferais, ça c'était autre chose. Mais je ne voulais pas que tu fusses encombré du détail. Les parents immédiats, cela fait une figuration accidentelle, trompeuse. Tu avais compris, acquiescé ; tu m'avais enchanté. Voilà un petit, m'étais-je dit, qui me renouvellerait le goût à la vie si j'en avais besoin... Alors, maintenant, qu'est-ce qu'il y a ?

— Je suis assez fort maintenant pour tout savoir, pour tout comprendre, pour tout dominer. Je suis curieux, friand de tout détail humain. Et puis, il y a des êtres autour de moi qui peuvent avoir envie de savoir.

— Ils n'ont qu'à te connaître, c'est toi la seule réalité.

— Oui.

— Vois-tu, mon petit, mettre au monde un enfant, c'est accomplir au premier moment l'acte égoïste par excellence. Au moment où tu fais l'enfant, tu ne penses qu'à toi, et quelquefois à la femme à qui tu le fais. Voilà la vérité. Ensuite, ton égoïsme continue. Cet enfant, tu lui imposes forcément une éducation, une direction. Nous ne sommes ni l'un ni l'autre de ces imbéciles, de ces pâles navets du rationalisme, de ces Pilates qui se lavent les mains et qui disent : « Je ne veux rien imposer à mon fils ; plus tard, il choisira. » On ne peut pas faire le vide autour de son enfant, on peut tout au plus faire du mou. Qu'on le veuille ou non, on bourre son esprit d'un tas de choses et on donne de sérieuses pichenettes à son caractère. Alors ?... J'ai fait pression sur toi de toutes mes forces, hein ? Je suis ton père spirituel. Ne m'en demande pas plus. Il n'y a que ça qui compte. A supposer que je pusse te dire des choses sur ton père et ta mère, ce ne seraient que des données incomplètes, pas vivantes, qui t'embrouilleront... même encore maintenant... et que d'ailleurs tu interpréteras d'après les idées que je t'ai données ou celles que tu es en train de former en réaction contre les miennes. Ta vraie personnalité, qui n'est ni moi ni l'adolescent qui regimbait contre moi, tu ne dois pas encore en être conscient... Du moins, je l'espère. Tu commences à agir, mais tu ne peux pas encore établir la jurisprudence de tes actes. Hein ?

Gilles sourit.

— Tu dis que tu as pesé sur moi de toutes tes forces ! Tu es l'homme le plus libéral que j'ai encore rencontré. Montre-moi ta grosse patte, c'est la plus délicate de toutes les grosses pattes.

Il la serra dans ses deux mains.

Le vieux renifla dans le vent léger et fit bouffer sa pipe.

— Je suis un fanatique.

— Oui, mais fanatique d'une espèce de libéralisme

mâle. Il n'y a rien de plus libéral que la virilité. Les soldats qui se battent bien ont une indulgence magnifique.

— Pas pour les lâches. Je hais les lâches de l'esprit.

— Moi aussi, n'aie pas peur : je trancherai toujours.

— Voilà notre devise : tranche toujours.

— Tu n'es pas mon père, par hasard ?

— Mais non, imbécile. Nous ne serions pas si bons amis.

— C'est que je t'aime physiquement.

— Justement.

— Bon. Alors, où en étions-nous ?

— Tu as l'air d'avoir des raisons particulières de me poser des questions. Ne me les dis pas. Tu es trop vieux ou trop jeune pour te confesser. Il y a surtout des moments où l'on n'a pas envie de s'expliquer même avec soi-même.

Gilles frémit.

— Vieux rusé.

— Mon petit, j'écris en ce moment un livre sur les apports grecs dans la religion chrétienne dont l'intérêt dépasse singulièrement tes petits avatars.

— Ouais.

— Oui, mon petit gars.

— Eh bien ! moi, je veux me confesser.

Le vieux s'arrêta un instant, fronça ses gros sourcils jaunâtres, prit conseil avec l'horizon et dit :

— Si tu y tiens, raconte-moi tes anecdotes. A beau mentir qui vient de loin.

Gilles narra sa rencontre avec Myriam Falkenberg. Carentan l'écoutait avec une mine amusée. Il voyait le jeune homme céder tour à tour à la séduction du cynisme, puis du remords. Tantôt Gilles se présentait comme un ambitieux aux calculs parfaits, tantôt comme nn hypocrite aux cruautés hésitantes et mesquines.

Enfin, Gilles s'arrêta et le regarda d'un air mécontent. Carentan tira sa pipe éteinte de sa bouche, la cogna contre son mocassin, se redressa, la plongea dans sa poche et se carra. Il regardait autour de lui la terre, le ciel, l'eau.

— Tu as remarqué que les poètes sont quelquefois des imbéciles, fit-il.

— Comment ?

— Oui, ils opposent le calme de la nature au désordre des passions. Tout ermite que je suis, je sais très bien que ce coin de terre n'est pas plus tranquille que ton cœur.

Gilles attendit la suite.

— Je n'ai rien à te dire d'autre.

— Vieux farceur, vieux rusé, vieux Normand.

— Mon gaillard, tu ne me demandes pourtant pas des conseils pour mener ta vie.

— Non, mais...

— Mais quoi ?

— J'attendais de toi une réaction. Là-dessus, j'aurais mieux mesuré les miennes.

— Mon petit, je ne te connais pas, je ne la connais pas, et je ne connais pas ton époque. Alors si tu veux que je dise des bêtises...

— Je ne te demande pas si j'ai raison de faire un mariage d'argent.

— Il n'est pas question que tu fasses un mariage d'argent.

— Comment ?

— Ni elle, ni toi vous n'êtes des inconscients.

— Si, elle est inconsciente.

— Beaucoup moins que tu ne crois. Son argent est un de ses charmes ; une femme qui aime n'est nullement disposée à négliger aucun de ses charmes.

— Si c'est son seul charme ?

— Non. Le contraire ressort de tes propos.

— Oui, mais alors, si je l'estime, aurai-je la force de sacrifier sa vie à ma vie ?

— Mais oui. Et tant mieux pour elle. Elle souffrira, mais elle aura son aventure. A elle de se défendre. Tu n'es pas une nourrice.

— Je crois bien qu'elle n'est pas faite pour un homme comme moi.

— Va lui dire ça, elle ne te croira pas. Qui s'y frotte s'y pique.

— Je suis plus conscient qu'elle : je puis la sauvegarder contre une erreur qui faussera sa vie.

— Est-ce que cette mer s'occupe de sauvegarder cette falaise ?

— Je suis assez chrétien pour ne pouvoir pratiquer facilement ces assimilations de l'homme à la nature.

— Si tu hésites devant cette femme, tu n'hésiteras pas devant la suivante. Il y a beaucoup d'êtres qui doivent souffrir par toi.

— Oui.

— Tu t'amuses en ce moment. Mais qu'elle fasse mine de s'échapper, et tu te rejetteras sur elle.

— C'est vrai.

— Je suis tout à fait d'avis que tu fasses un mariage de ce genre. Cela t'évitera la médiocrité des débuts. Si l'on peut, il faut mettre de la distance entre soi et les hommes. Tu es comme moi, un peu ascète de l'esprit, mais pas de la vie. Il faut faire la part du loup. Je l'ai faite à ma manière, fais-la à la tienne. J'ai fait d'assez vilains coups dans mon temps pour m'assurer un magot.

— Avec Myriam, cela se présente comme un jeu trop facile.

— Les difficultés viendront, n'aie pas peur. Du reste, tu ne peux plus reculer. Tu as déjà pris goût à l'argent, au luxe. Si tu en étais privé, tu ferais des bêtises.

Gilles frissonna. Et aussitôt le regard aigu de Carentan se fixa sur lui.

— Là n'est pas la question.

— Non, répondit aussitôt et à son propre étonnement Gilles.

— Tu sais où est la question?

Carentan prit un air sévère. Gilles hésita un peu, mais répondit enfin :

— Elle est juive.

— Voilà.

Gilles sentit plus de gêne en lui, et en même temps de la méfiance et de l'éloignement à l'égard de Carentan.

— Je te vois venir, lança-t-il d'un ton désagréable qui avait été exclu jusque-là de leurs propos.

Carentan remarqua cela et s'arrêta. Ils marchèrent quelque temps en silence, se recueillant avant d'aborder la difficulté qu'ils avaient enfin rencontrée. Carentan commença prudemment :

— Écoute, il vaudrait mieux que nous ne parlions pas de cela. Parce que tu le sais aussi bien que moi, ici, il ne s'agira plus de toi, mais de mes idées, de mes marottes si tu veux. Tu les connais ; alors à quoi bon ?

Gilles répondit :

— Oui, évidemment. Mais je désire déterminer la part de moi-même qui me reste de toi. Alors vas-y.

— Je ne suis pas antisémite parce que j'ai horreur de la politique. La politique, comme on la comprend depuis un siècle, c'est une ignoble prostitution des hautes disciplines. La politique, ça ne devrait être que des recettes de cuisine, des secrets de métier comme ceux que se passaient par exemple les peintres. Mais on y a fourré cette absurdité prétentieuse : l'idéologie. Appelons idéologie ce qui reste aux hommes de religion et de philosophie, des petits bouts de mystique encroûtés de rationalisme. Passons. L'antisémitisme, c'est donc une de ces ratatouilles primaires, comme tous les ismes. Passons. Reste l'expérience, ce que nous enseigne le contact avec les personnes. Eh bien! moi je ne peux pas supporter les juifs, parce qu'ils sont par excellence le monde moderne que j'abhorre.

— Mais non, j'ai entrevu récemment que c'était un peuple conservateur, qui vivait sur des réflexes arriérés.

Gilles pensait à Ruth.

— Mais oui. Ce n'est pas à moi que tu vas apprendre ça. Leur religion est restée à un état assez archaïque. Elle n'est pas aussi rationalisée que le christianisme, le bouddhisme, l'islamisme. C'est encore une religion de tribu. Seulement plus les gens sont primitifs, plus éperdument sautent-ils dans le monde moderne. Ils sont sans défense. Un paysan qui passe par Normale peut se livrer entièrement au rationalisme le plus bas, tandis qu'un bourgeois trouve des défenses dans son éducation religieuse, ses préjugés. Les juifs sautent de la synagogue à la Sorbonne. Pour moi, provincial, bourgeois de campagne, qui, par l'instinct et par l'étude, me rattache à un univers complexe et ancien, le juif, c'est horrible comme un polytechnicien ou un normalien.

— Péguy, c'est tout le contraire.

— Péguy, c'est la fulgurante exception. Il voyait les juifs dans leur passé, comme une des grandes antiquités. Toi, ce n'est pas une antiquité que tu vas épouser.

Gilles s'assombrissait.

— C'est horriblement juste, ce que tu dis là sur le

côté moderne des juifs. Myriam, c'est une « scientifique ».

— Oui, sans doute, je la vois d'ici. Elle est tout en abstraction.

— Oui. Enfin, faute de mieux.

— Bien sûr, elle est sûrement femme par en dessous. Par malheur, tu ne l'aimeras pas assez pour dégager la femme pure.

— Non, ma froideur la rend encore plus incurablement intellectuelle.

— Si tu étais son amant, elle n'irait plus au laboratoire, sans doute... Mais cela n'y changerait pas grand' chose. La plus féminine des femmes reste toujours un merveilleux véhicule des préjugés de son éducation. La plus frivole des juives vous jette à la figure la Bourse et la Sorbonne. C'est comme les Américaines... Tout cela, c'est le monde moderne terriblement réduit à lui-même.

— Alors?

— Eh bien! épouse, ça t'apprendra. Voilà une occasion prompte et profonde de connaître ton rapport réel avec le monde moderne. Vas-y dare-dare... Après tout, tu n'es peut-être pas du tout mon fils, ni mon frère, ni mon ami; tu t'en accommoderas peut-être très bien.

— C'est fort possible.

Ils remontaient lentement vers la maison et Gilles craignait de nouveau l'odeur de renfermé.

— Il faut absolument que je m'arrange avec mon époque, s'écria-t-il.

— Il y a le présent et il y a l'avenir. Il n'est pas dit que Myriam Falkenberg représente l'avenir.

Ils étaient las et parlèrent d'autre chose.

Le déjeuner fut copieux, trop copieux. D'abord cela alla fort bien. Gilles reparla de la guerre, Carentan parla du Canada. Ils avaient beaucoup vu et beaucoup vécu. Les gens qui ont agi ne peuvent pas se chamailler beaucoup.

— Tu me vois en propagandiste! Tu sais ce que je leur ai dit à ces braves Canadiens : il y a encore des Français, des êtres de chair et de sang, et d'âme, qui ne sont pas faits uniquement de livres et de journaux. C'est au nom de ces Français-là que je viens vous appeler... A part ça, c'est drôle de voir des Français, sur qui n'est pas passé 1789, ni le XVIIIe, ni même somme toute le XVIIe, ni même la Renaissance et la Réforme, c'est du Français tout cru, tout vif.

— Oui, mais ils sont américanisés.

— Oh! bien sûr, ils commencent... Je leur ai parlé des paysans d'ici, massacrés au front par centai..es de mille.

Je leur ai dit : « Vous descendez de ces paysans-là, vous ne pouvez pas laisser arracher la souche. » C'était simple. Pas question de la guerre du droit.

— Enfin, tu es un très habile propagandiste.

— Ils n'ont pas fait exprès de m'envoyer là-bas.

La servante allait et venait, Gilles s'agaçait un peu. A travers ces boutades, il se rappelait toute cette magnifique, savante, variée critique du monde moderne qu'il avait entendue à cette table. Mais aussi quel exil, quel refus total du monde présent. Lui, Gilles, voulait entrer dans ce monde, le tâter. Après cela, il verrait.

Il était très décontenancé par l'acquiescement de Carentan à son projet de mariage. Qu'est-ce que cela voulait dire? Le vieux n'était-il que coquetterie? Ne songeait-il qu'à prendre le contre-pied de l'attitude normale d'un aîné? Ou bien y avait-il une secrète condamnation, un mépris qui se manifestait par le vide? La flèche du parthe, c'était cette dissertation sur la question juive.

Gilles buvait et une violence de cynisme s'emparait de lui. Il en avait assez de cette dérobade de tout le monde. Myriam, Ruth, Carentan, tous le renfonçaient avec une douce malice dans son hypocrisie.

Le vieux avait envie de parler religions. Il parlait de son livre en préparation — qu'il ne finirait sans doute jamais —, de sa correspondance avec un grand savant anglais. Était-il un raté? Qu'était-ce qu'un raté? Carentan n'était-il pas un des derniers exemplaires de la lignée ancienne et hautement noble, celle de l'honnête homme, qui vit sa pensée et qui ne la réduit pas tout en bouquins. Sa vie était prière, oraison. Les grands moines muets furent-ils inféconds? Gilles croyait à la puissance mystique de la solitude. Ne voulait-il pas lui-même courir ce grand risque?

— Pourquoi écrire un livre? demanda-t-il.

— Pour me prouver que je ne deviens pas gaga sans le savoir entre ma pipe, ma servante, mon alcool, mes bouquins, mes magots.

Il avait réponse à tout, il était grand.

— Je sais bien que tu doutes de moi, mon petit, ajouta-t-il, en allongeant les jambes.

Les larmes vinrent aux yeux de Gilles.

— Mon vieux père chéri. Et toi, est-ce que tu ne doutes pas de moi?

— Foutre non. Je n'ai pas voulu engendrer un petit saint.

— Mais je vais me salir terriblement.

— Tu te laveras après.

— N'y a-t-il pas des gestes irréparables?

— C'est la question des pots. Tu verras bien quel est le pot de fer et quel est le pot de terre, de toi ou du monde?

Gilles rêva un instant, tandis qu'ils allumaient leur pipe en prenant le café dans la bibliothèque. La servante était partie en fermant la porte, en leur jetant un long regard d'orgueil : elle était fière de servir.

Gilles avança :

— Sais-tu? Le péché, c'est une chose à laquelle je ne comprenais rien. Eh bien! maintenant, je commence à sentir cette idée.

— Mon petit, ce n'est pas une idée. Il n'y a pas d'idées dans les religions. Il n'y a que des faits d'expérience.

— Idée chrétienne.

— Bah! le christianisme, c'est un ramassis de toutes les religions, il y a là dedans du plus primitif et plus évolué. C'est indestructible à cause de cela. Sous les mots grecs, juifs, il y a l'expérience des races, l'expérience la plus ancienne de l'humanité. Le péché, c'est une expérience inévitable. Le péché, c'est l'histoire d'Œdipe. C'est... Prends garde, mon petit, nous voilà dans mon bouquin, je ne m'en vais tout de même pas te le réciter.

— J'ai lu des notes de toi là-dessus, sur les origines du sentiment du péché. Mais nous n'en sommes plus aux origines. Mais moi, je vais commettre un crime en pleine conscience.

— Bah! D'abord, tu crois qu'Œdipe était si inconscient. Tuer un homme, coucher avec une veuve mère de famille : ce sont des choses qui, rapides ou lentes, font un peu de phosphorescence. Quant à toi, les raisons que tu donnes, ce ne sont peut-être pas les vraies.

— Que veux-tu dire?

— Rien du tout, absolument rien. Mon petit, ne crois pas que j'aie d'arrière-pensées. Je ne peux te dire que des balivernes, des oracles ; je ne sais absolument pas qui tu es devenu depuis la guerre. Il faudrait que tu vives plusieurs jours ici pour que j'entrevoie quelque chose, que je te surprenne.

— J'aimerais bien.

— Non, tu meurs d'envie de repartir. Tu repars ce soir?

— Oui, murmura Gilles en faisant effort.

Il aurait pu rester deux jours, mais déjà il regrettait Paris, la drogue de Paris.

Le vieux pleura, simplement. Gilles ne pleura plus, mais s'écria frénétiquement :

— Je suis entré dans la vie de cette fille, comme la nuit un voleur et un assassin dans une maison, comme un lâche.

— Lâche devant elle, mais brave devant les dieux.

Gilles marcha de long en large avec agitation.

— Je ne veux pas la tuer dans l'ombre, je veux...

— Éclairer sa lanterne.

Le vieux regarda Gilles avec des yeux dilatés.

— Je veux lui dire que j'en veux à son argent — du reste je le lui ai dit — et que je n'ai aucune envie de coucher avec elle — ça, je ne lui ai pas dit.

— Et alors?

— Et alors... si elle veut encore, je la prendrai.

— Bien sûr.

Le vieux regardait Gilles, en hochant la tête.

— C'est très laid, les scrupules. C'est ce qui défigure le criminel.

— Oh! je sais.

— Gilles, je t'aime moins depuis cinq minutes. Je n'aime pas le sadisme.

Le reste de la journée fut assez pénible.

XIII

Quelques jours plus tard, comme Gilles arrivait avenue de Messine, il vit passer dans l'antichambre une silhouette de jeune femme qui disparut sous la lourde portière de la bibliothèque.

La femme de chambre lui dit, d'un air mi-respectueux mi-ironique :

— C'est la secrétaire de Monsieur.

Cela décida Gilles à faire ce dont il avait envie depuis longtemps.

— Demandez à Monsieur s'il veut bien me recevoir.

— Mais Mademoiselle attend Monsieur Gilles.

— Ça ne fait rien, je ne resterai qu'un instant.

— Je ne crois pas que Monsieur reçoive Monsieur.

— On verra bien.

La femme de chambre revint au bout d'un moment assez long.

— Monsieur veut bien recevoir Monsieur. Ça n'a pas été sans peine.

Gilles s'élança vers la portière, espérant revoir la jolie secrétaire, mais M. Falkenberg était seul.

Il trouva M. Falkenberg très changé, très vieilli. Une pensée fixe habitait ses yeux. Ayant à peine regardé l'intrus, sans sourire, il fit d'une voix lente, terriblement sourde :

— Que me voulez-vous?

Gilles prononça les paroles dont il avait envie, qui pouvaient le plus révolter l'autre.

— Je veux savoir ce que vous pensez de moi.

M. Falkenberg eut, en effet, un sursaut violent.

— Ah! par exemple... Je vous prie de me laisser.

— Vous voyez bien que votre fille veut m'épouser. Allez-vous la confier à n'importe qui?

M. Falkenberg, bien qu'il se crût déjà hors du monde, pouvait être encore étonné par un tel procédé. Il regarda Gilles avec dégoût.

— Ma fille fera toutes les sottises qu'elle voudra. Ce n'est pas moi qui l'en empêcherai. Je n'ai jamais rien empêché.

Complète impuissance, en effet, de cet homme d'action qui n'avait rien pu sur sa femme, sur sa propre vie intime, sur la destinée de ses fils. A quoi bon avoir brassé des hommes dans les affaires pendant quarante ans?

Gilles continua posément :

— Ah! vous pensez que votre fille fera une sottise en m'épousant?

La figure douloureuse du vieux monsieur se contracta horriblement.

— Ma fille ne m'a jamais aimé.

— Et vous, l'avez-vous aimée?

La figure douloureuse se figea une seconde, puis se contracta de nouveau.

— Je vous prie de me ficher la paix.

— Enfin, vous avez une grande connaissance des hommes. Je vous demande ce que vous pensez de moi.

— Je ne vous connais pas et je ne veux pas vous connaître.

— Mais, à première vue?

— Les êtres de votre espèce me déplaisent souverainement.

— Mais quelle est mon espèce?

— Je n'aime que les hommes qui travaillent.

— Eh bien! me voilà au Ministère des Affaires étrangères où je réussis assez bien. M. Berthelot me protège, il s'intéresse à certains écrits de moi qui lui ont été communiqués et il est prêt à me faire entrer dans la carrière.

M. Falkenberg hocha la tête, agacé d'avoir à modifier son jugement.

— Myriam ne m'a pas dit que Berthelot...

— Comment aurait-elle pu?... Mais il ne s'agit pas de ça. Que pensez-vous de moi comme homme?

— Vous le savez très bien.

— Vous pensez que j'épouse votre fille sans l'aimer.

M. Falkenberg eut un geste de rage. Quelle inconvenance!

— Vous ne croyez pas qu'on puisse aimer votre fille?

— Laissez-moi, allez-vous-en.

Gilles était lancé.

— Si je ne l'aime pas d'amour, j'ai pour elle l'estime la plus profonde. Je voudrais savoir entre les mains de qui elle est tombée, selon vous?

Gilles admirait à quel point son ton pouvait être insupportable. Comme M. Falkenberg se levait, au paroxysme de la gêne et de la fureur, il dit encore :

— Monsieur, enfin, vous êtes payé pour le savoir, la solitude est une chose atroce. Vous ne voyez donc pas que votre fille est terriblement seule et que moi aussi je suis seul. Et vous aussi. Pourquoi ne pas briser la glace?

M. Falkenberg, abasourdi, retomba dans son fauteuil. Le point pyschologique était atteint. Mais ce fut à ce moment que Gilles s'en alla, découragé.

XIV

M. Falkenberg était dans sa bibliothèque. Son regard se promenait partout autour de lui, mais ne trouvait que des objets morts. Ses livres n'étaient que des objets morts. Des livres d'histoire.

Ce que rapportent la plupart des historiens de la vie des hommes n'est qu'un résidu ; ils parlent de l'action politique, mais l'action politique n'est qu'un résidu. Il y a par exemple le ciel, les couleurs, les odeurs, les femmes, les enfants, les vieillards, Dieu terriblement présent partout à travers mille dieux : la politique et l'histoire ne tiennent pas compte de tout cela. M. Falkenberg cherchait dans les livres cela seul qu'il avait connu, une action abstraite.

Il avait agi. Pourquoi avait-il agi? Non pas pour gagner de l'argent, mais pour toucher ce signe de la réussite qu'est l'argent. Il n'aurait jamais cru avoir bien agi s'il n'avait pas touché ce signe mille et mille fois répété, reconnu par tous. Il ne s'était guère soucié du socialisme. Pourtant, il avait des opinions de gauche, mais radicales tout au plus. Il était démocrate ; pour un juif, être démocrate a une signification charnelle. Il avait admiré Jaurès comme un grand poète, du genre de Victor Hugo, lu dans sa jeunesse. En dépit de leurs prêtres, il avait de l'indulgence pour les catholiques ; il admettait les généraux en uniformes, mais non pas en civil, réduits à leurs préjugés. Il aimait la France pour les raisons qui la lui faisaient aussi mépriser un peu : pays commode, trop commode. Au début de la guerre, il avait tremblé pour elle, mais n'avait pas douté d'elle, ce qui aurait été douter du rapport noué avec elle par sa famille établie anciennement en Alsace.

Il regardait ces livres qui avaient été des jouets pour boucher les heures creuses de la vieillesse. La vieillesse d'un homme d'affaires est creuse. Il y a un moment où l'on ne peut plus gagner de l'argent. On a fait et refait ses preuves : c'est toujours la même chose. Et puis, ses fils avaient été tués. Il croyait que ses fils l'auraient continué, en gagnant de l'argent. Pour les bourgeois, leurs enfants justifient les affaires. Il aurait admis que l'un d'eux fît de la politique, comme un prolongement aristocratique des affaires. Mais une politique raisonnable. Ce jeune cousin, Léon Blum, n'aurait pas dû entrer dans le parti socialiste. Très intelligent, ce Léon, mais imprudent. Il y a une limite à l'action des juifs : ils doivent savoir où placer leur succès, leur orgueil.

M. Falkenberg avait fait catholiques ses enfants au temps de l'Affaire ; ce qui ne l'avait pas empêché d'être dreyfusard. Tout cela était loin. Ses fils avaient été tués : la France l'avait pris au mot. Il ne lui en voulait pas, mais à la vie. Les juifs comprennent mieux la vie que les autres, d'une façon plus positive. Par malheur, les autres sont beaucoup plus nombreux que les juifs, et la vie participe de la folie de cette majorité. La vie est folle, exécrable. Les hommes s'entre-tuent. Cette guerre, cette bagarre insensée. Évidemment l'Allemagne, Guil-

laume II, les plus insensés. Mais Poincaré, Clemenceau ?
Non, tout cela était insensé. Tout cela était loin, mort.

Il regardait les parois de sa bibliothèque, aussi froides
que les parois de son tombeau. Il était déjà dans son
tombeau. Il en avait assez de se retourner dans son tombeau avec la gêne, le tourment de la conscience. Il fallait
enfin faire ce qu'il fallait pour fermer les yeux, ne plus
penser. M. Falkenberg croyait au néant. Il croyait au
néant comme il avait cru à l'argent. Pour lui, l'univers
c'était une Bourse, flanquée d'une nursery ; autour, il
y avait le néant. Sa fille ? Elle allait se livrer à ce garçon,
à ce coureur de dot. Voilà à qui il irait, son argent, l'argent de ses fils. Ce garçon était assez intelligent, mais
absurde. Que ferait-il ? Rien. Il refusait dès l'origine de
gagner de l'argent, de faire ses preuves. Que ferait-il ?
Écrire. Écrire quoi ? Il n'avait aucune confiance en lui-
même. Quand on lui posait certaines questions, il restait
bouche bée, semblant ne pas comprendre, satisfait de ne
pas comprendre. Cette inertie des chrétiens. M. Falkenberg n'avait point remarqué que cette inertie gagnait ses
fils.

Voilà ce que deviendrait son argent. Autant le jeter à
la Seine. A quoi bon ? Cette dernière et énorme ironie,
de son argent aux mains de ce paltoquet, caractérisait
bien la vie. Il aurait pu un peu déshériter sa fille. Non,
ça ne se fait pas. Et même c'était mieux comme ça. Ce
garçon la tromperait, M. Falkenberg n'aimait pas la
chair de sa fille qui, pour lui, était la chair de sa femme,
cette chair qui n'avait jamais frémi.

M. Falkenberg prit son revolver. Pour lui, ce n'était
qu'un revolver, exactement qu'un revolver. C'était comme
une clé, qui ouvrait la porte d'un endroit très précis :
le néant. Qu'est-ce que le néant ? M. Falkenberg ne se

le demanda pas plus ce jour-là que les autres jours. Il y avait des questions que M. Falkenberg ne s'était jamais posées. Il était grand officier de la Légion d'honneur, sorti second de Polytechnique.

Comme il allait se servir de la clé, quelqu'un entra sans avoir frappé. Il fronça cruellement les sourcils. Était-ce un domestique? Sa fille? Non, c'était sa secrétaire.

Sa secrétaire était sa maîtresse. Elle l'aimait. Pour elle, il était tout : le travail, l'argent, l'intelligence, la Légion d'honneur, la sagesse, la bonté, et aussi la folie. Depuis quelque temps, il était la folie, mais une folie qui tirait ses droits d'une ancienne sagesse ; il voulait se tuer. Elle le savait, elle ne le voulait pas. Elle ne voulait pas mourir elle-même, sa vie était liée à sa vie. Et puis, elle trouvait que la vie de M. Falkenberg était un chef-d'œuvre. On lui avait enseigné le respect des chefs-d'œuvre.

Elle vit le revolver. Elle se précipita.

— Non, non. Je sais que vous ne m'aimez pas. Mais moi, je vous aime tant. Je sais bien, cela ne peut pas vous suffire. Je ne peux pas remplacer vos fils. Attendez que votre fille soit mariée. Je sais bien que ce que je vous dis est bête, ce mariage vous déplaît. Vos fils ne voudraient pas que vous fassiez cela.

— Tais-toi. Je vais les retrouver. Laisse-moi. Va-t'en. Les retrouver où? Dans le néant?

— Comme vous êtes méchant. Non, vous êtes bon. Vous avez tant souffert. Cela ne vous fait rien que je vous aime? Vous êtes mon amant, vous m'avez fait connaître l'amour. Je veux encore que vous m'aimiez.

La secrétaire venait de trouver le mot le plus sincère, qui aurait pu être le mot le plus efficace. Elle adorait que M. Falkenberg lui fît l'amour. Elle était encore plus fière de la virilité du vieillard que de son intelligence. A ce point qu'elle oubliait alors totalement son argent, sa réputation, son macaron.

Mais ce mot, au contraire, arracha à M. Falkenberg un hurlement. Il voulait le néant, il croyait au néant.

Le lendemain, quand Myriam entra dans la bibliothèque, elle trouva son père assis dans la mort et elle eut très peur. Elle eut peur pour lui, elle le trouva terriblement seul et abandonné. Il l'était avant, il l'était définitivement. Trop tard. La mort enseigne l'irrémédiable aux jeunes gens qui en savent moins sur la vie que les enfants. Mais cet enseignement-là ne se fait guère sentir sur le moment. Les jeunes gens ont d'autres chiens à fouetter que de comprendre la vie, il faut d'abord qu'ils la fassent.

Pourquoi cette pitié intense qui s'empare des vivants devant les morts ? Ils ont pitié d'eux-mêmes ; ils aperçoivent une seconde le néant dont incrédules ils sont seulement capables. Myriam entrevit la terrible fatalité de solitude que son père lui transmettait ; il la lui transmettait par le truchement de l'éducation que lui-même avait reçue et qu'il lui avait fait donner.

La mort lui avait aussi transmis son courage obstiné : elle songea à s'accrocher plus fort à Gilles. Elle était seule au monde, si ce n'était Gilles. Et, bien plus qu'auparavant, elle se mit à l'aimer avec l'angoisse, la terreur de le perdre. Elle songea aussi, avec une joie sauvage, qu'elle était maîtresse de ses mouvements, d'une belle fortune, et que tout cela, sa liberté et sa fortune (ce qui ne faisait qu'un) était pour lui, avec son intelligence, son cœur, son corps. Elle était un bloc offert à son marteau.

La première pensée de Gilles, quand le coup de téléphone fort calme de Myriam l'atteignit, fut de se demander s'il avait un bon alibi ; il sentait peser sur lui la maxime *Hic fecit cui prodest*. Il avait été de garde dans son bureau au quai d'Orsay. Il se réjouit presque autant de cette chance que de la plus énorme chance qui lui échoyait. Il était maintenant si sûr de la fortune et il détenait de si grands moyens qu'il lui fallut en abuser sur-le-champ et, avant de se rendre chez Myriam, il passa chez l'Autrichienne.

En quittant celle-ci qu'il laissa enchantée et anéantie par un suave cyclone, il remarqua que sa vie de parvenu commençait à se réduire à des habitudes, les bars, les filles, un luxe vestimentaire qui en se raffinant se limitait ; il lui sembla qu'il ne faisait plus que rendre des politesses à une idée. S'il avait du tempérament, les satisfactions très simples qu'il en tirait ne demandaient pas une fortune comme celle que lui offrait maintenant Myriam. Dans l'ascenseur, il reconnut qu'il ne jouissait même plus de son cynisme, cela se réduisait à un point mathématique dans l'espace. Il lui revint à l'esprit le mot d'un professeur entendu autrefois à une heure d'ennui : « La géométrie, contrairement à ce que croient les ignorants, messieurs, donne les plus profondes voluptés, les plus profondes. » Dans cet ascenseur, il était loin de cette géométrie spirituelle.

Il entra et il trouva ce qu'il attendait, le visage sec de Myriam. Elle aussi était cynique, elle jouissait profondément de la mort de son père. Il la regarda avec admiration, ce qui était une façon de s'admirer lui-même. Mais ensuite ses sentiments changèrent, il ne pensa plus qu'à M. Falkenberg. Cet homme l'avait toujours intéressé ; il avait fait une découverte à propos de lui qu'il ne devait pas oublier et qui, par la suite, le défendit toujours, par contre-coup, contre la suffisance des gens d'esprit — d'ailleurs l'expérience de la guerre l'y prédisposait déjà — c'est qu'on peut être fort par le caractère sans l'être par l'esprit. Il aurait pu l'empêcher de mourir. Le moindre mouvement d'amour peut avoir des effets incalculables ; les humains sont si malléables. Il aurait pu apprendre beaucoup à M. Falkenberg. Grâce à lui, cette âme se serait épanouie tardivement. Il aurait oublié ses fils, il aurait trouvé un fils.

Il se secoua. Dans son for intérieur, il était en train de jouer la comédie que d'autres étalent dans les enterrements avec des gants noirs, en disant : « Je l'ai beaucoup connu. C'était un homme qui... » Comédie somme toute sincère, car les vivants, en regrettant les morts, en regrettant de n'avoir pas aidé les ex-vivants à vivre, regrettent ainsi de n'avoir pas vécu eux-mêmes davantage, en se donnant plus. Ah ! il faut mettre de la profondeur dans chaque minute, chaque seconde ; sans quoi, tout est raté pour l'éternité.

— Voulez-vous le voir ? demanda Myriam avec effort.

Elle était persuadée que Gilles éviterait cette impudence, car elle était assez consciente de leur double état d'âme, bien que la violence renouvelée de sa passion pour Gilles lui évitât de s'y attarder.

Il répondit, en effet :

— Non. Je sais comment les hommes sont quand ils sont morts. Ils prennent un aspect qui ne peut être que trompeur pour nous : la mort est un masque. Je sais que la mort est un masque. J'ai trop vu au front la facilité avec laquelle les hommes prennent ce masque. Je me rappelle un de mes hommes, surtout : mort, il avait l'air si calme, si sage, si profond — lui qui était, l'instant d'avant, si uniquement et complaisamment occupé par une histoire de gamelle volée.

Brusquement, il la regarda avec une vive curiosité :

— Vous croyez au néant après la mort. Oui, naturellement ?

Myriam était toujours extrêmement intéressée par les
mouvements de pensée de Gilles, elle le fut comme
d'habitude ; pas plus, car une telle question ne rencontre,
dans l'âme de nos contemporains, aucun écho.

Elle fit la réponse la plus plate, la pire réponse, une
réponse qui ménageait la chèvre et le chou.

— Je crois qu'il doit y avoir quelque chose, pas ce
qu'on dit.

Gilles la regarda avec un effroi soudain, il entrevit que
son intelligence pour laquelle il avait plus de considération réelle qu'il ne lui permettait de croire, était terriblement limitée. Comme elle était loin de lui. A quel monde
sinistre de science appliquée appartenait-elle ? Comme
elle ressemblait au mort, au polytechnicien. Il songea à
Carentan, à ses dieux qui avaient aimé les hommes,
livré leurs corps pour leur salut : Dionysos, Attys,
Osiris, Jésus.

— Et vous ? demanda-t-elle, surprise de l'ironie dans
laquelle il transmuait discrètement son mépris passionné.

— Moi ?

Comme il allait trancher : « Je crois » et puis ensuite,
hélas ! esquiver l'incroyable, extravagante et si hardiment
précise réponse chrétienne pour obliquer vers un panthéisme d'autant plus douteux que facile, on frappa à la
porte.

C'était le médecin des morts. Gilles eut un vif mouvement de curiosité. Comment allait réagir le médecin ?
N'allait-il pas le soupçonner, soupçonner Myriam ?
N'allait-il pas lire sur leurs figures un acquiescement
par trop brutal à cette mort ? Du moins, il entreverrait
qu'ils y avaient collaboré par leur féroce indifférence.

175

Gilles lui offrit un visage presque provocant ; il souhaitait un incident, une complication, l'amorce d'un scandale. Mais il vit aussitôt que tout cela ne pouvait pas aller très loin. Le médecin des morts était un homme mort. Aucun des sentiments qui aurait pu le rendre un peu dangereux ne semblait l'habiter : l'envie, la rancune, la méfiance, la haine. Il semblait absolument ignorer l'existence d'un monde tragique.

Gilles prit les devants.

— Voilà... Mademoiselle est la fille unique du défunt... Et moi...

Il s'arrêta une seconde et sentit que Myriam le regardait avec inquiétude.

— Et moi, je suis son fiancé.

Il rougit et regarda Myriam. Tous deux étaient consternés par l'entrée intempestive de ce mot charmant.

— Bien... Mademoiselle..., Monsieur..., murmura le médecin.

— Voilà, il s'agit d'un suicide.

— Ah !

— M. Falkenberg ne s'était jamais remis de la mort de ses deux fils à la guerre.

Le médecin regarda Gilles avec un rien de surprise : ce motif lui donnait l'idée du luxe, en ce temps de tuerie. Gilles sentit un flot d'explications monter à ses lèvres. C'était dangereux, il aurait sûrement des mots regrettables. Il coupa :

— Venez... Du reste le médecin de la famille va être là dans un instant, le docteur Duruel.

C'était un nom célèbre qui écrasait les velléités de méfiance du petit médecin sous la notoriété de son confrère. Ils entrèrent. M. Falkenberg était encore dans son fauteuil, revolver au poing. Myriam avait décidé de ne point le déranger. Le médecin s'étonna enfin devant un spectacle aussi rare : peu de grands officiers de la Légion d'honneur se suicident. M. Falkenberg était déjà fort avancé dans les métarmophoses de la mort. Des verts, des gris fouillaient le blanc. A son gilet, il n'y avait pas de sang.

Le médecin commença à s'étonner, à se désorienter devant l'absence d'une famille.

— La famille? Vous êtes seule, mademoiselle?

Les visages impassibles de Myriam et de Gilles le désorientaient aussi.

— Le docteur Duruel va arriver.

— J'aimerais mieux faire les constatations avec lui.

Ils restèrent un moment, tous trois immobiles. Les morts ne disent absolument rien, si ce n'est, semble-t-il, leur parfaite indifférence pour les vivants.

Le médecin commença à poser des questions, pour la forme, sur l'heure et les circonstances du suicide. Ce fut Myriam qui répondit. Gilles sortit de la pièce.

Quand le docteur Duruel arriva, tout se passa avec une grande facilité.

XV

Quelques jours après l'enterrement de M. Falkenberg, Ruth Rosenblatt téléphona à Myriam que l'ami qu'elle lui avait tant vanté était en permission à Paris ; il fallait aussitôt le faire voir à Gilles. Myriam l'invita donc à dîner.

Gilles apprit que ce Clérences était le fils naturel de l'homme politique du même nom, député de nuance indécise, vaguement centre gauche, mais affairiste déterminé, et d'une dame fort connue à Paris, assurait Ruth, Mme Florimond, qui avait eu un tas d'aventures et recevait un tas de gens dans son salon.

Clérences plut à Gilles : il était joli garçon et élégant dans son uniforme d'officier-interprète à l'armée anglaise. La croix de guerre prouvait que le passage qu'il avait fait dans l'infanterie avait été sérieux. Il était en même temps intelligent et semblait au fait de beaucoup de choses. Clérences, qui pouvait faire les mêmes constatations à propos de Gilles, parut aussi satisfait. Les deux hommes s'entendirent aussitôt dans une tonalité de demi-cynisme qui rappelait un peu à Gilles son commerce avec Bénédict, mais à un autre niveau. Clérences, en entrant, avait inspecté d'un coup d'œil rapide, discret et définitif l'aspect des lieux et de Myriam et il avait donné d'un autre coup d'œil à Gilles une souriante approbation. Il avait un corps bien développé par le sport et un visage trop fin, aux lignes un peu fuyantes. L'impression douteuse qu'aurait pu laisser ce visage était corrigée sans cesse par la fermeté voulue du geste et du ton. Pendant tout le dîner, il parla de l'ambition comme d'une chose qui allait de soi et qui mettait lui, et sans doute Gilles, au-dessus de la plupart des contingences humaines. Après la guerre, il comptait faire de la politique.

— Vous aussi, je suppose ? demanda-t-il à Gilles.

— Peut-être, répondit Gilles d'un air entendu qui laissa Myriam bouche bée, puis la fit sourire avec une indulgence amusée.

Elle commençait à savoir que Gilles avec les autres n'était pas du tout le même que seul avec elle. Il était donc capable d'entraînement, lui qui avec elle semblait si buté sur ses méfiances.

Clérences surprit le sourire de Myriam et, se retournant vers Gilles, il ajouta :

— Évidemment, d'autres choses sont tentantes dans la vie plus que la puissance. Il y a les voyages, la musique. Peut-être passerai-je quelques années en Asie, avant de me lancer dans la politique.

Gilles goûtait beaucoup l'assurance chez les autres ; il en souriait à peine. Il admirait chez ce Clérences qu'il fût riche — du moins semblait-il l'être — et qu'il fût actif en même temps. Il se félicitait d'épouser Myriam qui le mettait sur un pied à peu près pareil, au départ dans la vie.

Clérences, qui avait ébloui tout le monde, parlant de ses splendeurs de jeune homme riche avant la guerre, des façons aristocratiques de l'armée anglaise, des relations politiques de son père et de sa mère, proposa après le dîner d'emmener ses nouveaux amis chez celle-ci.

— Ma mère est une drôle de personne qui collectionne les célébrités. Elle aime aussi beaucoup les gens jeunes qui sont bien de leur personne : elle sera ravie de vous avoir tous les deux.

— Mais je suis en grand deuil, dit Myriam.

— Bah! nous sommes au-dessus de ces choses, répliqua Clérences. Et d'ailleurs, c'est la guerre. Et puis, ma mère reçoit tous les jours et sans aucune cérémonie.

Ils arrivèrent dans une impasse d'Auteuil et entrèrent dans un petit hôtel fort étroit. Il y avait plusieurs voitures à la porte et le vestibule était encombré de chapeaux d'hommes.

— Il y a toujours plus d'hommes que de femmes, c'est l'ennui, lança Clérences à Gilles, en savourant la soudaine timidité de celui-ci.

On entra dans un salon où il y avait plusieurs vieux messieurs fort décorés, un général et deux ou trois dames assez peu élégantes, mais pleines d'autorité et qui dévisagèrent Myriam d'un air dédaigneux.

Mme Florimond était une petite boulotte de quarante ans. Dans son visage couperosé et fripé, surmonté d'une batailleuse chevelure rousse, il y avait des yeux d'un cynisme et d'une curiosité si ostensibles, qu'ils en paraissaient naïfs. Elle avait une étrange robe démodée et provocante d'intellectuelle de province où une paire de seins très blancs et fort bien conservés étaient mis en évidence. Elle sembla les offrir aussitôt à Gilles qui en parut tout surpris, ce qui fit sourire Clérences.

Au milieu d'autres sourires goguenards, Mme Florimond prit à part Gilles. Elle lui posa les questions les plus indiscrètes sur lui, sur sa fiancée, sur ses projets d'avenir. Gilles répondit avec une liberté qui contrastait avec ses rougeurs ; il étonna presque son interlocutrice. Elle le dévorait des yeux et jetait de temps à autre des regards sur Myriam qui restait isolée et fort en peine, essayant de bavarder avec Ruth pour se donner une contenance.

Mais un homme important fit son entrée et Mme Florimond planta là Gilles qui s'aperçut alors de la présence de Berthelot dans un coin. Il alla vers lui. La façon dont son chef l'accueillit dégela aussitôt plusieurs visages jusque-là hermétiquement clos devant le jeune homme.

Dès le lendemain, vers midi, Mme Florimond téléphona à Myriam et la pria de venir la voir le même jour, un peu avant l'heure où l'on arrivait chez elle. Myriam, étonnée et flattée, accourut. Elle ne savait pas que l'intérêt que lui portait la dame était le contre-coup d'un incident qui s'était produit le matin, dans la chambre d'hôtel où Gilles vivait encore.

Alors qu'il sortait de son bain, il n'avait pas été peu étonné de voir Mme Florimond entrer tranquillement chez lui. Il était à peu près nu et avait esquissé un mouvement de retraite, mais la dame avait éclaté de rire et s'était écriée :

— Au contraire, en s'asseyant délibérément sur son lit.

— C'est que je suis très en retard pour le Ministère.

— Bah !

Au grand jour, il la regardait avec un certain effroi, car la couperose du visage était plus évidente, et pour le matin elle portait une robe du même style que celle de la veille au soir, encore plus décolletée et lâche.

— Vous n'êtes pas matinal, Gilles, fit-elle en lui jetant ce regard insistant qui l'avait déjà gêné, car il portait une lubricité aussi bien morale que physique.

Il était fort choqué qu'elle l'appelât par son prénom.

— Moi, je me suis déjà promenée une heure dans le Bois. Je ne dors jamais, j'ai tout le temps pensé à vous.

— Je vous demande pardon, mais il faut que je m'habille.

— Eh bien ! oui, mais pour s'habiller il faut d'abord se déshabiller. Vous pouvez très bien retirer cette robe de chambre devant moi.

Gilles n'en fit rien. Il alluma une cigarette, après lui en avoir offert.

— Non, je ne fume jamais, cela retire du goût aux meilleures choses. Êtes-vous sensuel ?

— Pas trop.

— Je n'en crois rien. Vous ne savez pas encore. La guerre a retardé les hommes, mais les a fait plus hommes, aussi. La guerre, le sport, j'adore notre époque.

Gilles hocha la tête.

— Savez-vous, Gilles, reprit-elle d'un air extrêmement intime, que je vais beaucoup m'occuper de vous. Berthelot est de mon avis : vous êtes appelé aux plus grands succès, dans divers domaines.

— Ah!

— Mais oui, vous entrez dans la vie dans des conditions merveilleuses. Le romanesque de votre origine. Je suis persuadée que vous êtes de très bonne naissance. Comme mon fils Clérences. Il n'y a qu'à voir vos attaches, donnez-moi vos poignets. Vous savez que j'ai un autre fils au front, Cyrille Galant, drôle de garçon très différent de Clérences, qui vous intéressera aussi beaucoup.

Gilles ne lui avait rien dit de sa naissance. Sans doute des bruits couraient ; on s'occupait donc de lui. Ahurissant.

— Vous avez fait une belle guerre. Et tout de suite, vous mettez la main sur cette petite qui est un trésor, à tous les points de vue. Enfin, Berthelot vous fera faire une carrière inouïe, il a tout de suite goûté votre esprit. Il m'a dit : « Ce garçon saura se faire un style de vie. »

Gilles était navré. D'un seul coup, son humeur naturelle devenait aux yeux des autres une attitude qui, dorénavant, s'imposerait à lui du dehors. L'impossibilité de n'y être pas fidèle lui ferait une vie fastidieuse.

Mme Florimond fut obligée de voir son mécontentement.

— Quoi ? Qu'est-ce qu'il y a ?

— Je crois que vous vous faites beaucoup d'illusions sur moi.

Il dit cela d'un ton sec. Elle fut déconcertée, elle s'attendait à des transports de gratitude. Elle reprit d'une voix un peu dolente, mais d'autant plus convenable pour ce qu'elle en venait à dire :

— Vous ne vous rendez pas compte de ce que vous êtes. Jamais un homme n'a autant de chances réunies.

Vous ne savez donc pas comme vous plaisez aux femmes?

Elle était tout d'un coup plus rouge, sa voix se brisait et tout ce qu'il y avait en elle de trop mordant semblait l'abandonner. Elle avait repris avec du reproche et presque de l'angoisse dans la voix :

— Écoutez, Gilles, je ne suis pas aussi aveuglée que j'en ai l'air. Je vois tout d'un coup que quelque chose vous déplaît dans ce que je vous dis. Quel drôle de garçon vous faites. Vous vous butez depuis un moment. Ne regardez pas ma figure, elle est vieille et, du reste, elle n'a jamais été jolie. Mais si j'ai été aimée, c'est pour autre chose.

Elle abaissa les paupières vers ses seins.

Il tourna le dos et s'en alla dans la salle de bains, en disant :

— J'admire la franchise de vos paroles, mais...

Il avait mis le loquet à la porte.

Sans doute Mme Florimond était devenue son ennemie, car, à six heures du soir, dans son petit salon, elle disait à Myriam :

— Ma chère, ce garçon ne vous aime pas. Il ne sait pas vous apprécier. Sous ses airs fins, c'est une brute, un débauché, incapable de sentir ce qui est délicat, aussi bien au physique qu'au moral.

Myriam pâlissait lentement. Le fait que Gilles ne l'aimait pas était devant elle depuis quelque temps, mais elle avait attendu de l'accepter franchement ; elle l'acceptait depuis la veille au soir. A regarder Gilles vivre, remuer, respirer au milieu de plusieurs personnes, elle n'avait pu résister davantage à la certitude. Cela ne changeait rien à ses dispositions. Elle voulait encore épouser Gilles, et plus que jamais ; elle ne voulait plus que cela. Elle voulait l'épouser pour qu'il reste auprès d'elle, pour qu'elle puisse jouir encore de sa présence et pour agir sur lui, avec son argent, sa vigilance. Son désir physique pour Gilles, qu'elle s'avouait maintenant parce qu'elle avait été brusquement tourmentée de jalousie dans le salon de Mme Florimond, mettait en elle une profonde défaillance, un attendrissement qu'elle avait somme toute jusqu'ici ignorés. Certes, elle prétendait encore n'avoir point pitié d'elle-même, par habitude d'orgueil et de dureté, mais seulement de Gilles ; elle avait appris à le connaître. D'abord elle n'avait vu en lui que la force ; c'était l'homme. Il était ombrageux, difficile, ne pardonnant pas plus à lui-même qu'aux autres son insatisfaction. Mais ensuite elle avait vu qu'il se blessait autant qu'il blessait. Et il était terriblement seul. Était-ce parce qu'il était orphelin ? Il aurait été, en tout cas, irrémédiablement seul. Cette solitude, elle ne pouvait en connaître toutes les causes, en pénétrer l'intime nécessité ; il lui paraissait d'autant plus pitoyable. Elle frissonnait atrocement quand elle le savait à la rue, perdu. Elle avait deviné maintenant quelle était la vie du débauché. Quelle chaleur les autres femmes pouvaient-elles lui donner ? Une minute, il s'extasiait sur leur beauté ; mais la minute d'après ? En tout cas, il avait ces minutes ; elle ne voulait pas l'en priver. Gilles aimait la beauté ; il était prisonnier de la beauté. Il aurait bien voulu l'aimer. Mais elle n'était pas assez belle. En tout cas, il ne pouvait à cause d'elle oublier un seul instant tant de beautés qui l'appelaient de toutes parts, il ne le pouvait en dépit de sa gentillesse, de sa tendresse, en dépit de l'élan qui l'avait jeté vers elle. Car il y avait eu élan, elle ne l'oublierait jamais.

Cet élan pouvait-il revenir ? Qui sait ? L'espoir restait intact et remplissait encore tout son cœur.

— Non, il ne m'aime pas, mais je l'aime, répondit-elle donc à Mme Florimond.

— Ainsi vous le savez, et pourtant...

— Il a besoin de moi.

— Mais vous avez besoin de vivre.

— Je vis beaucoup plus depuis que je le connais.

— C'est entendu. Mais ça, c'est le passé ou le présent... De là à engager votre avenir.

— On divorce facilement.

— Oui, mais... Pourquoi vous attacher à lui davantage ? Vous vous diminuerez.

— Je fais ce que je veux.

Mme Florimond en voulait à Gilles, elle avait été humiliée par lui, humiliée dans sa chair. Dans son imagination, la chair fraîche de Myriam, humiliée aussi, se confondait avec la sienne. A travers Myriam elle voulait une revanche.

— Vous êtes très jolie, vous ne méritez que des hommages. Vous pouvez être adorée.

Elle rêvait qu'elle était Myriam ; elle avait eu une jeunesse pauvre, difficile ; elle se représentait tout ce qu'elle aurait pu faire alors, si elle avait eu l'argent de Myriam. Elle voulait communiquer tout son rêve bouillonnant à celle-ci.

Comme elle voyait ses efforts infructueux, elle s'exaspéra.

— Enfin, c'est une honte, vous avez un corps ravissant.

Mme Florimond jetait sur Myriam des regards indiscrets. Elle devinait des seins délicats et elle les voyait refusés comme les siens. Ce qui la jetait dans un trouble qui étonnait Myriam.

— Vous allez accepter que ce corps-là soit méprisé, négligé ?

— Comment ?

Myriam ne comprenait pas ; elle attendait des miracles de l'intimité conjugale ; la défaillance délicieuse et amère qu'elle s'avouait maintenant et qui ne la quittait plus lui rendait impossible de ne pas présager une défaillance pareille chez Gilles quand elle serait dans ses bras. Elle regarda Mme Florimond avec des yeux incompréhensifs. Mme Florimond sentit son impuissance pour le moment.

XVI

— Dans six mois, nous divorcerons.

Voilà ce que Myriam lui avait dit, le matin, sur le seuil de la mairie du VIIIe arrondissement. Ce mot avait fait frémir Gilles d'une joie épouvantée.

Maintenant, dans un sleeping, ils roulaient vers le Midi. Le chef de service de Gilles s'était arrangé pour qu'il eût dix jours de congé.

Il était riche ; et il pourrait divorcer quand il le voudrait, car les choses étaient arrangées de telle façon qu'il pouvait quitter sa femme sans retomber dans la pauvreté. Il se demanda avec une curiosité amusée, en regardant à travers la vitre s'anéantir les villages où se terrait la médiocrité, qui avait proposé cette dotation ? Était-ce lui ? Ou était-ce Myriam ? C'était sans doute Myriam qui avait donné à l'idée un tour pratique ; elle avait décidé elle-même son dépouillement et l'avait limité. Un jour, Gilles lui avait dit avec une gravité burlesque :

— Naturellement nous allons nous marier sous le régime de la séparation des biens.

Elle avait répondu :

— Oui, mais je veux que vous ayiez votre argent à

vous. Comme cela, je n'aurai plus besoin de vous en donner.

Elle s'était arrêtée, craignant de l'avoir blessé. En fait, elle avait beaucoup joui de mettre dans ses mains des billets de mille francs. Chaque fois, il s'était contracté pour retenir un : non qu'il aurait laissé échapper comme un de ces mots conventionnels qu'on ne peut tout à fait exclure de la conversation. Il prétendait limiter l'hypocrisie ; d'autant plus que maintenant elle y était sa complice.

Il avait attendu le moment où elle lui révélerait le chiffre de la dotation. Il savait, du reste, que cela fondrait vite dans ses mains ; il n'avait pas l'âme d'un petit rentier. Mais qu'il fût prodigue ne l'empêchait pas d'être cupide. Par ailleurs, il avait le front de s'étonner que Myriam ne voulût pas se ruiner.

Le mariage lui-même avait été une épreuve assez durement punitive. On avait dans les premiers jours discuté la question des témoins. Myriam aurait un ministre, Morel, et son maître à la Sorbonne ; et lui ? Il demanda au vieux Carentan qui refusa, en écrivant : « Pour qui me prends-tu ? Tu me vois venir avec mes gros sabots ! » Gilles répondit : « Je veux que tu me voies faisant ça. » Le vieux répliqua : « Comme le bon Dieu, je te vois à travers la nue. » Gilles revint à la charge : « Il faut que tu voies Myriam. Elle veut te voir. » Derechef, le vieux : « Nous trouverons une autre occasion plus expéditive, par exemple mon enterrement. »

Gilles remarqua qu'il restait un isolé. Depuis quelque temps, chez Mme Florimond, il avait fait connaissance avec bon nombre de personnes connues ou célèbres qui lui avaient fait bonne mine. Le bruit venait du Quai qu'il était un brillant sujet, et que protégé par Morel et Berthelot il irait loin. Mais il n'avait poussé aucune de ces naïssantes amitiés. Il demanda finalement à son chef de service et à Bénédict ; l'un et l'autre en furent étonnés et gênés. Ce choix médiocre choqua les Morel.

Gilles, en venant à la mairie, s'attendait à quelque pataquès ; il supposait que quelque incident ferait ressortir le caractère frauduleux de l'opération. Dans les derniers temps l'ironie faisait des progrès en lui, peu à peu audacieuse. Il y accoutumait Myriam ; à propos de n'importe quoi, elle levait les yeux vers lui en ricanant déjà.

Bénédict était là, railleur et maussade. Le chef de service se détournait, mécontent. Gilles pensait que cet homme rapporterait au Quai des réflexions qui ne le lâcheraient plus dans sa carrière, s'il en faisait une ; il s'écarta un peu pour considérer de loin Myriam, debout parmi les chaises. Pourquoi n'était-elle pas son orgueil ? Elle était jolie, pourtant. « Après tout, ce n'est pas ma faute, pas ma faute. Pourquoi, aujourd'hui, ne triomphe-t-elle pas ? Triompherait-elle mieux avec un autre ? Quel autre ? »

Depuis quelque temps Gilles avait considéré l'hypothèse d'un autre, il avait remarqué que Mme Florimond présentait beaucoup d'hommes à Myriam ; mais il niait cet autre, il le rabaissait, il le réduisait à rien. Qui voudrait d'une fille aussi peu féminine, aussi peu intuitive, aussi peu coquette, aussi peu lascive ?

Mais lui, triomphait-il ? Bah ! il se souciait bien de savoir la figure qu'il faisait dans cette salle anonyme, ornée de chaises, d'un comptoir et du buste de la République. Tout son désir, toute son imagination étaient en avant, au moment où il divorcerait. Avec ou sans argent, il s'en irait, il quitterait tout. Mais alors pourquoi tout ceci ?

Un huissier s'approcha de lui et l'assura que le maire désirait lui parler. Ah ! oui, il s'agissait de lui donner de l'argent pour ses pauvres comme on en donne aux curés.

Myriam avait bien fait les choses. Mais le maire ne se contenta pas de palper les billets, il se mit à lui poser des questions. La présence de Morel le troublait, et il regardait Gilles, trop élégant, mais décoré, avec une perplexité hargneuse. Il s'étonnait de l'absence de toute famille de son côté ; de la discrétion de la cérémonie supposait quelque secret fâcheux.

— Il faut que je dise quelque chose sur vous, monsieur. Veuillez me renseigner.

Gilles découvrit avec horreur que le maire allait parler.

— Est-ce bien nécessaire ?

— Je ne peux pas ne pas saluer M. Morel. Du reste...

Et il regardait les billets posés sur la table ; il avait l'air de dire : il faut que vous en ayiez pour votre argent.

C'était un petit fonctionnaire propre et aigre.

— Enfin, vous avez été au front, reprit-il, en se raccrochant à la croix de Gilles.

Par la suite son petit discours fut rapide, non sans tact. On voyait qu'il avait l'habitude de parler à des inconnus et de retirer à ses propos la moindre signification qui pût se transformer en gaffe. Le maigre rite se perpétra. Gilles rêva sur l'incroyable insensibilité de toutes les personnes présentes, y compris lui-même. Personne ne croyait à rien. Et pourtant, le mariage est l'opération fondamentale de l'existence. Il regarda Myriam qui souriait avec une fausse désinvolture. Il la haït pour cette pourtant bien timide réaction. Il pensa à ce qu'il aurait éprouvé dans une église. Là, au moins, son acte aurait été un sacrilège, un crime. Ici, ce n'était rien, simplement. Tous ces gens le regardaient avec un mépris extrêmement léger qui n'aurait pas demandé mieux que de se transformer en un sentiment plus indulgent, et même favorable, flatteur, s'il eût bien voulu s'y prêter ; mais il cherchait leurs regards à tous avec une insistance inconvenante. Les Morel supputaient le temps perdu. Mme Morel était immuablement belle.

A la sortie chacun s'enfuit au plus vite. Gilles se retrouva seul avec sa victime.

C'est alors qu'elle avait eu ce mot sur le trottoir, devant la mairie, tandis que des noces de petits bourgeois entraient par fournées :

— Dans six mois, nous divorcerons.

Gilles avait été abasourdi. En était-elle donc déjà là? Était-elle donc si avancée sur le chemin qu'il était bien décidé à lui faire parcourir? Ou bien brusquement ressentait-elle le contre-coup de cette mascarade? La lecture par trop desséchante du code Napoléon l'avait-elle brusquement frappée? Quelle idée se faisait-elle de ce qui maintenant allait se passer entre eux?

Qu'allait-il se passer entre eux? Maintenant, il était là dans le sleeping, enfermé avec sa femme. Être dans un sleeping, pourtant, était bien agréable. Il regardait avec plaisir ses valises neuves, leur beau cuir. Et de fuir dans le Midi en pleine guerre, c'était savoureux. Le regard du contrôleur, complice et haineux, avait été une véritable bénédiction nuptiale.

Qu'allait-il se passer entre eux? Il s'inquiétait vaguement. L'échéance était encore retardée ; quelques jours auparavant, il avait jeté :

— La nuit de noces, c'est bon pour les imbéciles.

Myriam, bien dressée, l'avait regardé d'un air de reproche, pour lui faire entendre qu'elle n'avait jamais rien attendu de pareille cérémonie. Il prenait en horreur ce préjugé contre les préjugés où elle puisait sans cesse pour lui des excuses. Il avait ajouté, enhardi et enragé :

— Oui, beaucoup plut tôt ou... beaucoup plus tard.

Il n'avait pu lire plus sur son visage. Deviendrait-elle énigmatique ?

Le cœur de Gilles se serrait de plus en plus, à mesure que le temps passait. Maintenant, chacun de ses gestes prenait un sens irréparable. Qu'il ne la serrât pas dans ses bras devenait un moment interminable et fatal, d'une cruauté insupportable. Il n'osait plus la regarder, il n'osait plus parler, il n'osait plus se taire. Tout sonnait faux : allumer une cigarette devenait une misérable tromperie.

Le dîner fut un rite funèbre, il lui semblait qu'ils se réunissaient une dernière fois avant d'enterrer leur aventure. Il ne voulut même pas boire. Il regrettait les soirées de Paris, ce moment délicieux de sept heures du soir, quand on est libre et qu'on peut choisir entre mille plaisirs et que l'ivresse s'offre comme une compagne folle et bavarde.

Après le dîner, il passa avec une horrible angoisse le moment où il lui fallait se déshabiller devant Myriam, déjà déshabillée et couchée. Tuer un être, ce n'est rien ; mais détruire son espoir. Car elle avait encore de l'espoir, elle était tout espoir.

Et lui soudain, il n'en avait plus aucun. Il n'y avait plus aucun avenir devant lui. Il ne pourrait plus jouir de rien. Il lui disputerait les heures, il lui disputerait ses pensées, il lui disputerait son corps. Et, loin d'elle, il serait ravagé par la pensée qu'elle l'attendait, espérant encore. La haïr. Pourrait-il la haïr ? Hélas, cette ressource se dérobait pour le moment. Il n'était plus que faiblesse devant son crime. De nouveau, il voulait se décharger de son crime ; il voulait le diluer dans la sincérité, dans la demi-sincérité, le pire des mensonges.

A demi vêtu, il s'abattit sur la couchette de Myriam et se serra contre elle, plutôt qu'il ne la serra contre lui. Il était énervé au point d'appeler les larmes toutes proches. Elle était éperdue, elle roulait dans un abîme où l'extrême bonheur et l'extrême malheur épanchaient sur elle leurs masses indistinctes et confondues ; elle le sentait malheureux, tremblant, épouvanté. Elle-même maintenant avait honte, honte d'elle-même, elle avait voulu cela ; elle s'était faite sa complice dans le mal. Elle savait qu'il ne l'aimait pas, elle se représentait maintenant comment il avait été tenté, comment il s'était jeté sur la tentation, puis comment il avait frémi aux premières souillures du crime, aux premières atteintes de l'irréparable. Elle savait comment il s'était habitué à l'argent, au luxe, comment il s'était identifié à un personnage où il ne pouvait trouver un peu d'aise que s'il le poussait à l'extrême en forçant l'ironie et le cynisme. Certes, et beaucoup plus qu'elle, il était fait pour l'argent, les jouissances, les grâces, les charmes. En même temps rien n'était plus loin de lui, si toutes ces choses étaient destinées à le déterminer, à le fixer. Or, pour satisfaire sa propre passion, elles devaient le fixer.

Elle était bien sa complice, elle aussi faisait le mal en lui et en elle. Épuisée d'effroi et de désir, elle le serra faiblement dans ses bras, en murmurant :

— Dormez.

Il dormait déjà, car il avait dit au revoir dans la journée à l'Autrichienne.

XVII

Gilles s'enchanta. Il n'était jamais venu dans le Midi. Toute cette côte des Maures était encore préservée et enveloppée dans sa couleur et son parfum naturels. Une route étroite contournait des petites baies entr'ouvertes au milieu de l'épaisseur mate de la verdure. Les troncs et les branches de pins tordaient leur élan brun suspendu parmi cette masse immuable d'une seule couleur sobre. On ne rencontrait qu'un village de pêcheurs, quelques villas. Le luxe de telles solitudes ne se trouve plus aujourd'hui.

L'hôtel enlevait sa masse au premier contrefort d'une colline, au bout d'une allée de magnifiques platanes. Il était désert et prenait de ce fait, en dépit des laideurs de son architecture, une noblesse à laquelle Gilles ne demandait qu'à croire. C'était un palais qui survivait à la fin d'une civilisation et qui s'effritait lentement, après que ses habitants furent partis vers de peu croyables vocations. Toute cette bourgeoisie qui y avait fait son séjour, ayant tant bien que mal répondu à l'appel de ses devoirs, laissait le souvenir d'une aristocratie assez austère. Des ombres de morts au champ d'honneur, de veuves, de mères dépouillées faisaient passer sur ces terrasses un air de grandeur.

A leur arrivée, on entoura Gilles et Myriam de cette attention à demi grivoise, à demi amère, qui est accordée en France aux jeunes ménages. Ils demandèrent deux chambres : cela étonna un peu, mais parut l'effet de la richesse qui permet le jeu délicat des pudeurs feintes. Gilles avait envie de répondre à l'idée précieuse et romanesque que se faisait de lui le personnel du palace : le jeune patricien, entre deux combats, se défait de sa dureté et s'abandonne aux caresses de sa jeune épouse. Mais la porte s'était fermée sur eux. Les rites du confort s'offraient pour remplacer les élans dont son imagination inerte évoquait à peine la possibilité : au lieu de se jeter sur elle, il remarqua à haute voix qu'il était sale et parla de défaire les bagages, de prendre un bain. Elle acquiesça sans effort.

Pourtant, la terreur du train avait disparu. Des jouissances nouvelles agissaient une fois de plus pour lui faire croire qu'il se rapprochait d'elle. Le charme du lieu qui le caressait écartait l'idée d'une fausse note au milieu de tant d'accords suaves. La chair allait secourir le cœur. Est-ce que le tressaillement de la chair n'est pas irrésistible sur le cœur? Dans les bras de la putain la plus fortuite, n'avait-il pas senti frémir la tendresse avec le plaisir? Elle allait connaître cet attendrissement qui le pressait toujours quand il sentait les filles céder à la tentation. Alors un génie d'adoration animait ses lèvres et ses mains. Elles en gardaient un souvenir reconnaissant, alors même qu'ensuite ces mains allumaient avec une cigarette le feu d'oubli instantané et insolent.

Après le bain, dans la baignoire, il ne trouva qu'à imaginer un autre bain dans la mer. La matinée était déjà avancée. Il y avait un magnifique soleil d'automne qui semblait tiédir l'eau au delà d'une seule vague régulière. L'idée sembla émerveiller Myriam.

Quand elle entra en costume de bain dans la chambre de Gilles, il eut un choc: elle était à demie nue. Il la trouva impudique. Comme s'il n'avait jamais aimé les femmes, il fronça un sourcil sévère. Cependant il l'entraînait par la main en hâte, dans les couloirs, les escaliers, les sentiers. Il se jeta dans l'eau. L'eau était très froide, elle l'y suivit bravement.

Quand il sortit de l'eau, il la regarda avec une curiosité inquiète. Elle était charmante. Elle était assez grande. S'il aimait les femmes grandes, il pouvait à la rigueur apprécier sa taille qui était dans la bonne moyenne. Elle était mince. Sur ses jolies jambes fines ses hanches dessinaient d'un trait flexible et touchant par sa timidité son destin de femme. La chute des épaules était gracile. Tout cela formait un ensemble un peu chétif, mais délicat. Ses poses maladroites faisaient un appel naïf, un charme inconnu. Il la prit dans ses bras avec précaution, il embrassa sa grosse bouche pourpre et défaillante. Baiser humide, salé, léger. Elle frémit fort. Alors, il fit semblant de jouer. Puis brusquement il proposa une promenade en voiture pour l'après-midi. Heureuse, elle dit oui. En rentrant à l'hôtel, il commanda la voiture pour très tôt après le déjeuner. Il évita de remonter dans la chambre avant le départ.

La promenade fut un délice où ils s'oublièrent. A chaque détour de la route ils voyaient se déplacer dans un tournoiement paisible et lent les masses de la terre chargées d'arbres, enfermant ou relâchant les masses de la mer gonflée. Pour Gilles habitué aux austérités nues de la côte du Cotentin, cette eau n'était pas la mer, c'était une substance étrange et précieuse qui disait toutes les choses faciles et impossibles : le luxe, la paix, le bonheur. Il se tournait vers sa compagne. Elle tremblait doucement. Des gestes imprévus lui venaient. Elle s'ébrouait.

Après le dîner, tandis qu'elle l'attendait, il s'allongea une seconde dans sa propre chambre, sur son propre lit. « Mon lit, murmura-t-il, affolé, divaguant. Je vais sortir de mon lit comme une rivière. Je vais couler dans un autre lit que je n'ai pas choisi. » Il souhaitait d'être pris par le sommeil. Mais une vive inquiétude veillait autour de lui. Il alluma une cigarette. Il se dit encore : « J'ai déjà entendu parler de ça. La cigarette du condamné. » Soudain, il bondit et marcha dans la chambre. Les semaines précédentes il avait cru que le crime était consommé :

tuer une âme. Mais il ne la tuerait vraiment que s'il tuait le corps. Allait-il donc la tuer dans son corps ? Il entra dans la chambre de Myriam. Il s'allongea à côté d'elle qui bruissait doucement dans la soie. Une idée illumina un coin de son horizon si resserré : en un instant, tout pouvait être changé. Il tenait dans ses mains le sort d'un être humain. En une minute, par le corps, elle pouvait devenir heureuse, triomphante, une femme.

Dès qu'il se rapprocha d'elle, il baigna dans une mer de douceur éperdue. Il était ému, apitoyé et effrayé comme s'il avait pris dans ses bras un nouveau-né. Une chair si tendre en proie à une confusion si embrouillée, un silence si oppressé car tout le poids de l'univers était soudain tombé sur ce faible sein. Un silence, puis un souffle, un souffle peu à peu vainement contenu. Un petit animal affolé envahi par une convulsion bientôt exorbitante. Voilà ce qu'est la chair, une âme à vif qui s'offre dans un élan irrémédiable. Il était pris d'admiration, de respect, de terreur. Lui qui aimait tant la chair, il ne la connaissait pas, il l'avait méconnue. Il n'avait touché que des femmes sans mystère, ou chez qui le mystère, quand la tendresse se réveillait avec le plaisir, ne passait que comme un fantôme reflété. Ici, c'était le mystère, le mystère du monde dans toute sa jeunesse farouche, épanouissant son énigme avec une force confondante. Avait-il donc été vierge, lui aussi ?

Cependant, au milieu de tout ce désarroi, une fierté le prit. Il était le maître, le dispensateur, le dieu. Il se remplit d'une jubilation altière. De fier il devint rude. « Puisque tu es faible, tu seras encore plus faible. Puisque tu es désordre, tu seras partagée. Tu seras anéantie. » Cette faiblesse qui fondait, qui se livrait dans un aveu de plus en plus servile, cette pudeur qui dans son tressaillement de plus en plus échappé devenait impudeur, tout cela l'agaçait, l'exaspérait, le faisait méchant.

Il se sentait une menace, un danger ; il était un ennemi, un ennemi joyeux, ivre de suffisance, de certitude qui de toutes ses molécules vibrantes se rit de l'autre. On le craignait, comment pouvait-on ne pas le détester ? Mais oui, on commençait peut-être de le détester : on luttait contre lui. Voici que la chair ne se livre plus à la chair, que la chair déteste la chair. L'univers ne s'entend pas si aisément avec lui-même. Ce n'est pas vrai que l'univers veut être heureux et uni il est divisé, opposé en ses parties.

Les choses sont disposées de telle sorte que les deux parties de l'univers ne peuvent se rejoindre, s'ajuster, s'harmoniser. O harmonie, où es-tu ?

La haine entrait en Gilles. La résistance le rendait furieux. L'horrible séduction d'être cruel avec les femmes lui revenait par une pente inattendue. Il se laissa aller à la haine qui le précipita avec la dernière violence contre cet être autrefois balbutiant, maintenant râlant ; il se consomma dans la douleur de l'autre et de lui-même.

Aussitôt après, il se rejeta en arrière, dans son for intérieur, dieu sombre, plein d'une immense répugnance rétrospective, dégoûté de la cruauté et du triomphe.

Cependant, peu à peu elle respirait, délivrée, délivrée de lui et aussi d'elle-même ; déchirée, saignante, souffrante, mais d'une souffrance charnelle qui était un soulagement en comparaison de la souffrance morale de tant de jours. Déconcertée du fortuit refus qui s'était emparé d'elle et qui s'était mis entre elle et lui, les vouant incroyablement à la mésentente et à la douleur. Comment, elle qui l'adorait, avait-elle pu le contester ? Tremblante encore de sa propre panique, de sa propre résistance, elle resta longtemps abasourdie. Puis timidement elle le chercha, voulant se serrer contre lui. Elle avait entr'aperçu sa colère et la craignait. Elle avait honte d'elle-même. En même temps, elle se demandait vaguement si elle ne devait pas se dire heureuse. N'était-elle pas de l'autre côté de l'univers ?

Il céda péniblement à son appel, faisant un effort atroce sur lui-même pour ne pas demeurer immobile, mort. En la reprenant dans ses bras, il passait lentement d'un instinct à un autre instinct. Redevenir humain, alors qu'on est encore tout à la féroce sincérité animale ? Il éprouvait le même sentiment qu'à un enterrement, « quand tu sens en toi une turbulente indifférence et qu'en même temps tu luttes contre ce crime d'être indifférent. Alors, tu t'arraches une parole, un geste misérablement ténu, tu serres les mains de la famille et c'est tout le lien que tu as avec les hommes, avec la chair de ta chair. Étranges lacunes, angoissantes interruptions. Mais aussi, au même moment, quelle puissante chaleur ton égoïsme goûte au fond de ton ventre. C'est aussi être humain que de ne reconnaître un instant que ton seul poids d'animalité. »

Tout était consommé... et rien ne l'était. Il ne l'avait pas prise, ce n'était pas vrai.

Il la tenait serrée dans ses bras. Tout cet être était trop doux, trop délicat, trop faible, trop pur pour lui. Il était habitué à autre chose. Il avait besoin d'autre chose, d'une autre espèce de femmes. Mais n'allait-elle pas bondir bientôt dans le surgissement des divines métamorphoses ? L'attente en serait trop longue ; il avait un besoin urgent de femmes plus abondantes, plus fortes, à la réaction plus puissante. « Oublies-tu que tu ne l'as pas préparée, qu'au contraire tu as jeté un sort sur elle ? » Tant pis ; il y a des femmes, même vierges, en qui rayonnent d'avance les trésors de l'été parmi ceux du printemps. Sa mémoire rappelait les femmes faites, mûries, façonnées, les corps déliés, élastiques qui avaient peuplé ses derniers mois. Sourires altiers, soupirs sûrs.

Il arrêta net la fuite de son imagination. Un frisson d'inquiétude le parcourut. Dans une brusque alerte de suspicion, il se retourna contre lui-même. N'avait-il pas pris des habitudes ? Si elle était une enfant, n'en était-il pas un autre mais gâté, corrompu ? Pour elle, être enfant était normal. Il y a un enfant qui meurt chez la vierge aux abois, aussi bien qu'un animal farouche pour qui le rut est une panique d'épouvante. Mais pour lui ? Pourquoi préférait-il les femmes faites ? Pour ne pas avoir à les créer. Voilà qui était infantile. Effrayé, il se rejeta vers elle. Que devenait-elle ? Elle dormait.

Elle dormait. Il poussa un énorme soupir de soulagement. Il était bien seul avec lui-même. Il eut envie de se glisser hors de ce lit.

L'inquiétude l'y retint. Il n'était pas un homme, pas un homme ; s'il l'avait été il aurait foncé sur cette enfant, sans horreur. Et maintenant il ne sentirait que la gloire.

Il regarda dans le noir où le remords amassait un mythe.

XVIII

A peine étaient-ils rentrés à Paris qu'un beau matin, Gilles, en arrivant à son bureau, sentit une impulsion irrésistible et d'une minute à l'autre il décida de repartir pour le front. Il entra chez son chef et lui demanda de le renvoyer au dépôt de l'auxiliaire où on le ferait repasser devant un conseil de réforme. M. de Guingolph fut scandalisé. Comment un homme pouvait-il lâcher tant d'atouts qu'il avait dans la main? Comment un homme qui était définitivement à l'abri pouvait-il remettre sa peau en question? Tandis que Gilles lui parlait, le diplomate jetait un regard inquiet sur les murs de son tranquille cabinet, sur les arbres du quai si parfaitement calmes, comme s'il craignait que par contre-coup tout cela ne vacillât. Ensuite, l'homme du monde reparut et jeta un regard simplement intrigué sur Gilles. Il se rappelait au mariage l'attitude forcée du jeune homme : la malignité vint à son secours. Enfin, il pensa que Gilles cédait à un simple mouvement d'humeur et que la moindre réflexion le ferait battre en retraite.

— Voyons, mon cher, commença-t-il de l'air le mieux averti des choses de la vie, vous n'y pensez pas...

Gilles coupa court d'un geste si pressé que l'autre fut froissé et aussitôt le méprisa. « C'est un garçon mal élevé qui ne se sent pas digne de rester dans notre monde. »

Gilles causa le même scandale partout, au dépôt, au conseil de réforme. Les soldats étaient encore plus indignés que les chefs. Les uns et les autres se creusaient la tête, ne trouvant pas assez de mauvaises raisons pour expliquer cette frasque ; ils y voyaient de la jactance, de l'amnésie (puisqu'il avait déjà été au front et savait de quoi il retournait), ou au contraire une envie démoniaque d'inquiéter et de troubler tout le monde. Gilles s'était mis nu devant les juges et avait montré son bras à demi atrophié, le médecin à plusieurs galons lui avait demandé :

— Vraiment, vous voulez repartir?...

Il y avait eu un murmure parmi les pauvres bougres

qui n'étaient point là pour leur plaisir, comme devant un acte d'immonde exhibitionnisme.

Ce médecin à galons qui présidait le conseil l'observait d'un air curieux en consultant une note qu'il tenait à la main. Au grand dépit de Gilles, il le maintint dans le service auxiliaire, mais lui accorda qu'il était désormais « apte à la zone des armées ».

Gilles s'en alla fort honteux, ayant l'impression d'avoir joué les Tartarins. Il se douta que Berthelot était intervenu. Il ne savait que faire. Mais dès le lendemain il apprit qu'il était affecté comme interprète à une brigade d'infanterie américaine. Il comprit la pensée de son protecteur qui offrait une nouvelle carrière à sa curiosité, supposant que c'était dans la vie son but dernier. Il alla pour le remercier, mais l'autre ne le reçut pas.

Myriam supporta la nouvelle avec un visage muettement convulsé. Une abominable misère tordait son cœur.

Gilles ne s'était pas beaucoup rapproché d'elle depuis le premier soir. Dès le lendemain, il était revenu à son premier sentiment et avait oublié le doute qui s'était éveillé en lui sur lui-même. Il avait décrété qu'il avait raison de répugner à Myriam. Il n'aimait pas cette chair frêle, cette âme timide, voilà tout ; et il n'admettait plus de mentir. Vis-à-vis des femmes, sa sensibilité avait pris un certain aspect à Paris ; il n'y avait pas à sortir de là. Il était un homme de plaisir, un homme né pour le plaisir. Et il était lié aux femmes de plaisir.

Il avait continué de la ménager dans l'ordre des apparences sentimentales. Il avait même été beaucoup plus attentif qu'il n'avait jamais été. Au cours de la journée, il dissimulait parfaitement dans ses paroles et ses gestes la crispation hystérique de tout son être. Il semblait considérer comme naturel le fait qu'il ne revenait pas dans son lit. Elle pouvait se reposer un peu sur l'idée qu'il y avait un grand pas de fait. Elle craignait de lui déplaire en se montrant exigeante. Elle avait senti son infériorité et ne demandait pas mieux que de retarder une nouvelle épreuve où elle craignait de se montrer encore rétive. Enfin, elle attendait l'heure de son maître, en jouissant d'une intimité, tout le long du jour, assez délicieuse.

Un jour, après le déjeuner, Gilles l'avait reprise brièvement, brutalement. Cette fois, elle ne s'était pas cabrée, par un violent effort de volonté ; mais alors elle avait été inerte, anesthésiée par la terreur. Dans une glace ensuite, elle avait surpris le visage dur de son mari. Elle s'était affolée et avait couru au-devant de l'irréparable ; la nuit suivante, elle était venue dans le lit de Gilles. Sa maladroite audace avait trouvé Gilles définitivement glacé.

Ils étaient rentrés à Paris, accompagnés par la terreur et le désespoir. Gilles s'était mis à boire. Il rentrait très tard, ivre ; elle l'attendait vainement à dîner. Le fait qu'ils habitaient à l'hôtel rendait la situation plus pénible. Le chagrin de Myriam avait éclaté. Devant ses larmes, ses protestations, ses supplications il avait laissé voir un visage où se figeait un refus obstiné.

Cela avait duré deux ou trois jours. Et puis, un soir où il était rentré particulièrement tard, il n'avait pas pu résister à un pareil spectacle. Il avait éclaté en sanglots, criant :

— Je ne peux pas, je ne peux pas.

Elle l'avait éperdument interrogé, espérant dans ses larmes. Elle n'avait rien pu tirer de lui. Au même moment la résolution de Gilles avait été prise, il retournerait au front. S'il devait être tué, à quoi bon lui crier : « Je ne vous aime pas, j'ai horreur de votre chair. » Sa conscience, qui n'avait pas reculé devant la découverte qu'il avait faite dès l'hôpital de Neuilly de ne pas l'aimer, s'était convulsée devant le fait précis d'un mensonge charnel. Il était bien passé de l'idée de crime moral qu'il avait cru pouvoir long-temps supporter impunément à l'idée de souillure physique, à la véritable idée de péché.

Pendant les derniers jours, il faisait un effort acharné pour supporter sans hurler l'aveu incessant de son amour et de son désir, l'humilité échevelée et ardente qui la rendait enfin femme. Elle sanglotait toute la nuit et se donnait dans ce spasme sinon dans un autre.

Il serrait les dents pour ne pas crier : « Je ne vous aime pas. » Puisqu'il la quittait pour toujours, puisque sans doute il serait tué, pourquoi ne pas lui accorder quelques illusions ? Il pouvait tout rejeter sur sa nature, et non pas sur son particulier manque d'amour pour elle qui se transformait en une terreur de plus en plus vibrante. Les furieux excès auxquels il se livrait au dehors ramenaient la crainte qui l'avait assailli lors de la nuit de noces. Plus il faisait l'amour avec les filles — et si normalement qu'il le fît —, plus fréquemment revenait un soupçon d'infantilisme, voire d'impuissance.

Cependant, une peine est parfois un remède pour une autre peine. L'idée du départ de Gilles, de l'horrible et totale séparation, vint bientôt dominer dans le cœur de Myriam le sentiment de son écrasante défaite. A travers ses larmes, elle accueillit de nouveau l'idée ancienne qu'il lui était arraché par un sentiment mystique. Elle crut encore à la fatalité de sa nature. Elle revint à se dire qu'il n'aimait pas les femmes, ni l'amour. Une fois de plus, elle eut de la pitié et de l'admiration pour sa vocation de solitude.

Ce fut alors une autre tentation pour Gilles, de céder à cette pitié. Il commençait de frissonner en songeant aux prochains déchirements du ciel, aux premiers fracas de l'acier, au sentiment renouvelé de l'irrémédiable quand il arriverait dans une gare du front, puis dans les deuxièmes lignes et qu'il se retrouverait dans la grande désolation de la terre, dans le grand paysage vide, sournoisement rempli d'hommes grelottants et durs. Il dut faire un effort bien misérable pour éviter ce leurre d'un attendrissement de quai de gare qui pouvait encore effacer tout, combler Myriam pantelante et adorante et totalement pardonnante.

Si serré qu'il se tînt à cet effort, il ne parvenait pas à exorciser Myriam du pouvoir enivrant des larmes. Les larmes qu'elle versait maintenant lui faisaient oublier d'autres larmes. Sa nouvelle douleur lui donnait le droit d'oublier que ce n'était pas un amant qu'elle allait perdre.

XIX

Gilles fut attaché à l'état-major d'une brigade d'infanterie, ce qui le mettait, à son grand étonnement, à sa grande ironie et à sa grande curiosité, dans la situation d'un officier d'état-major, situation que, pendant des années, il avait méprisée et ignorée. Sa division venait de débarquer et avait été placée pour un temps sans doute long à l'extrémité du front, près de la frontière suisse. Il s'était aperçu aussitôt que son service lui vaudrait peu de risques et quelques loisirs, en attendant le déplacement vers des secteurs plus sérieux. Il s'amusait beaucoup à découvrir les mœurs de l'armée américaine et jouissait comme un enfant de toutes les nouveautés plus ou moins avantageuses qui étaient si parfaitement inconnues de l'infanterie française.

Un soir, il était venu à Belfort pour prendre un bain. Il fut heureux de trouver par hasard une chambre dans le meilleur hôtel de l'endroit. Comme il sortait de la salle de bains et à demi nu rentrait dans sa chambre, il croisa dans le couloir, une infirmière française.

Le visage, cerné de blanc, était d'une grande beauté. Un nez important, mais magistralement modelé, de grands yeux clairs et libres, à la bouche une noble sensualité. Tout cela frappa Gilles d'un seul coup. Certes, il ne supportait plus naïvement comme autrefois la chasteté du front et, en entrant dans la pauvre petite ville, il n'avait pas été sans éprouver un grand trouble. Il songeait qu'il y avait des femmes dans les arrières de l'armée américaine, automobilistes ou autres. Il avait faim de n'importe quelle chair, mais ce visage n'était point fait que de chair. Pardessus le désir bondit un autre désir qu'il n'avait jamais connu : le désir d'atteindre à cette destinée qui passait. Il vit que la femme était aussi bouleversée que lui par la rencontre. Il est vrai qu'ils étaient les seuls Français dans l'hôtel bondé d'Américains et que le couloir, par hasard, était à peu près désert. Elle s'était arrêtée comme lui. Il n'eut pas un instant d'hésitation et il ouvrit la porte de sa chambre. Il n'eut qu'à poser une main douce sur sa main et elle entra.

— Vous êtes français, dit-elle en montrant des dents magnifiques, dans un sourire prodigieusement sincère.

Ce sourire était presque naïf et cette naïveté prenait une signification étonnante du fait que le tour des yeux, le front, les joues, le menton, dans la lumière de l'ampoule qui, du plafond, pendait à un fil, avouaient une femme de près de quarante ans. Elle avait cette voix profonde qui chez les femmes exprime une disposition rare pour la passion.

— Oui, répondit Gilles d'une voix tremblante.

Il tremblait de tout son corps. Il jeta n'importe où les menus objets qu'il rapportait de la salle de bains et la prit dans ses bras. Il le fit d'un mouvement si admiratif, si émerveillé, que cela semblait plus respectueux que de ne le point faire. Cependant, elle l'écarta avec des mains fortes, des mains qu'elle laissa posées sur ses bras.

— Oui, je comprends, mais...

Elle ne cherchait pas à cacher son trouble. Elle le goûtait avec une puissante aspiration.

— Oh! je vous en supplie, dit-il, j'adore votre voix, mais taisez-vous.

Elle lui livra son visage, tout en lui refusant sa bouche. Elle savait que son visage était beau, avec de grandes prunelles mouvantes sous les paupières battues, sous le front d'un blanc aride, mais pur. Il baisa ardemment toute cette argile creusée par l'expression ardente de la maturité.

Elle l'écarta encore, mais ce fut pour défaire son voile. Tandis qu'elle levait ses grandes mains aux veines un peu saillantes, il la regarda au corps. Comme c'était bon de désirer avec une absolue confiance ce corps si enveloppé, si prodigieusement inconnu et dont la présence était déjà si ancienne auprès de lui.

En délivrant ses cheveux abondants où il y avait des filets d'argent, elle lui dit d'éteindre. Il le fit, et ils se dévêtirent l'un après l'autre, sans se toucher. La chambre n'était peuplée que de leur double souffle.

A un moment, il la sentit nue.

Elle murmura d'une voix étranglée :

— Vous êtes ici, avec eux?

— Oui.

— Vous avez déjà été au front? Oui. Vous aimez tout cela.

— Oui.

— Moi aussi.

Ils tombèrent sur le lit, si sûrs l'un de l'autre.

Quand ils revinrent au monde, ils purent s'émerveiller, car ils savaient que cette étreinte si brusquée n'était qu'un commencement impérieux. Rien de plus beau et de plus pur dans l'amour qu'un tel début . Ils se regardèrent et se reconnurent. Lors de l'entrée dans la chambre, en une minute, ils avaient eu une vision l'un de l'autre qui en embrassant l'essentiel prévoyait le particulier : ainsi Gilles ne s'étonnait pas de la forme de son oreille. Il ne pouvait que relire sur ce visage le détail d'une pensée qu'il avait perçue en un clin d'œil. Dans sa vie était entré fort, libre, sincère, un de ces rares êtres qui sont entiers, à qui la nature a beaucoup donné et qui lui rendent abondamment.

Elle avait salué dans Gilles un homme qui, beaucoup plus jeune, s'annonçait comme étant de sa race, tant il avait été direct. Au lit, le geste dont il l'avait enveloppée n'avait été que le prolongement de sa tranquille mainmise sur elle quand il l'avait regardée.

La plus grande joie d'une femme, dont elle peut tirer les conséquences sensuelles les plus profondes, c'est la certitude que lui donne un homme de sa virilité morale. Gilles, revenu au front, pouvait fournir cette certitude. Certes, les femmes dans leur estimation du caractère des hommes sont capables d'errer infiniment, mais le choc merveilleux qu'elles reçoivent d'une promesse un peu forte prouve que, si leur jugement est passif, il est tourné vers le meilleur. Cela est vrai, à l'occasion, de la femme la plus frivole comme de la plus sérieuse. Gilles, depuis quelques jours, avait perdu une vieille peau et il en était sorti avec de jeunes muscles trempés par toute son expérience de Paris, par le contact avec l'âme des filles qui a le poli et la résistance d'un tissu de cicatrice et par le contact avec une âme de jeune fille qui habitue au vertige. Le plaisir amer des unes, le malheur délicieux de l'autre pouvaient préparer la joie profonde d'une troisième. Joie profonde, mais aussi douloureuse, car cette femme de quarante ans, au moment où Gilles ralluma l'électricité, s'exposant nue dans ses longs cheveux argentés au regard d'un homme dont elle savait maintenant que si jeune il était dangereusement armé, avait frémi profondément. Pour la première fois de sa vie, elle sentait sa victoire comme le premier pas d'une inexorable défaite.

Pourtant Gilles était le plus modeste, le plus respectueux, le plus admiratif, le plus reconnaissant des vainqueurs. Il était transporté. Toute la misère des dernières semaines, le doute insidieux qui s'était introduit en lui et qui avait fait office de remords, tout cela ne tressaillit encore une seconde que pour prêter un contraster à sa présente éclosion dans la certitude et dans la force. Il revivait ou plutôt il commençait à vivre. Il sortait des ténèbres, d'une longue parturition douloureuse, sale. C'était avec un cœur averti qu'il estimait la grande droiture de son élan.

Ils n'avaient point envie de parler, ils retardaient le moment d'en venir aux spécifications triviales de l'état civil, du récit qu'ils pouvaient se faire de leurs incarnations passées. Quand un amoureux de la musique vient d'avoir la révélation, à travers un bon orchestre et un génial conducteur, d'une symphonie dont à tâtons, depuis des années, il cherchait la clé spirituelle, il rejette le programme qui lui offre des renseignements formels, tels que la date, l'humeur supposée de l'auteur au moment où il l'écrivait, ses ennuis d'argent, ses relations avec les imbéciles maîtres du monde. Gilles et cette femme étaient soudain en possession de la science la plus précise, mais aussi la plus rétive aux formules.

— Comment voulez-vous que je vous appelle? Peut-être vaudrait-il mieux que vous ne me disiez pas votre nom, fit Gilles.

— C'est cela, fit-elle.

Les dents rayonnèrent. La première phrase de son amant avait l'absolue saveur morale qu'elle était en train de goûter dans son cœur.

Plus tard, dans la nuit, elle s'appela Alice.

Alice était infirmière dans un hôpital du front des Vosges qui n'était pas très éloigné de Belfort. Comme ce secteur était presque aussi tranquille que celui de Gilles, elle n'était pas fort occupée. Ils se retrouvaient donc deux ou trois fois par semaine. Il leur arriva d'avoir toute une nuit ou toute une demi-journée. Elle s'était faite infirmière après la mort au front de son dernier amant et déjà auparavant l'attachement qu'elle avait eu pour cet homme, qui était capitaine de chasseurs à pied, l'avait tendue vers le front.

Le souvenir fidèle d'Alice à la passion militaire que cet homme avait nourrie de tout son sang et qu'elle avait toujours respectée et encouragée, le songe de sacrifier à ce souvenir les dernières belles années qui lui restaient, le dégoût de Paris et des mœurs qui y régnaient, tout cela satisfaisait Gilles magnifiquement. L'amour n'est grand, après quelques étreintes, que dans la communauté de passions autres que l'amour. Tout s'accordait pour que leur amour fût grand, et la brièveté même de leurs rencontres qui prouvait leur dévouement à quelque autre cause que celle de leur joie.

Alice avait fait tout ce qu'une femme peut faire pour le capitaine de chasseurs. Il était mort après une longue liaison qui avait épuisé tout ce que les audacieux peuvent espérer de l'amour. Elle l'avait pleuré bien longtemps et avait cultivé sa mémoire après que les larmes étaient taries. Au moment où elle avait rencontré Gilles, elle ne se savait pas prête pour une suprême métamorphose ; elle croyait à son renoncement. Or, il y avait beaucoup de ce sentiment dans l'offre qu'elle faisait à ce passant que bientôt la jeunesse lui arracherait violemment, si ce n'était la mort.

Pour Gilles, elle était tout ce qu'il avait cherché parmi les soldats et les filles. Son beau corps fatigué, mais d'un tissu si robuste, son visage qui maintenait sa beauté sur la parfaite structure des os et qui devait donc supporter sans humiliation profonde toutes les atteintes de l'âge, l'un et l'autre réveillaient cette idée de la force et de la fierté qu'il avait cherchées à la guerre et dans quelques carcasses à l'abandon. Il voyait maintenant quelle secrète ambition lui avait fait choisir les filles du modèle le plus ample : elles figuraient cette magnanimité du cœur à laquelle il avait cru son destin tout dévoué. Alice lui apportait cette magnanimité, une force complètement épanouie et complètement livrée. Elle s'était épanouie et livrée avant lui. Mais les dons où elle s'était prodiguée avaient été si entiers qu'ils l'avaient trempée pour d'autres dons. Après un mari qui avait été une erreur de jeune fille, elle avait eu trois amants dont chacun avait rempli sans mélange plusieurs années de sa vie.

Il oubliait ses surprises, ses épreuves, ses alliages de Paris. Il aimait Alice avec toute sa force de guerre revenue, mais fourbie par le cynisme et par le remords. Elle, qui ne savait encore rien de ce bref et affreux passé, était étonnée par le mélange indéfinissable de candeur et d'acuité qu'il montrait. La candeur semblait dominer. Il avait d'abord vers elle un élan élémentaire de jeune garçon, car il n'avait pas eu de mère. Du reste, les jeunes gens, surtout ceux qui ont été absorbés par un grand tumulte, une grande épreuve virile, guerre ou révolution, sont toujours devant la première amante comme des enfants. A vingt-trois ans, à cause des servitudes et des épreuves de la vie militaire, il avait en tout domaine des ignorances ou des intuitions qui la surprenaient et la ravissaient avec une fraîcheur et une force miraculeuses. Miracle les unes et les autres, de lui verser sa science. Tous les mouvements qu'avaient fait naître ses anciens amants reparaissaient avec une fraîcheur et une force miraculeuse. Miracle de la métamorphose qui est plus puissant sans doute chez les femmes vouées à la passion du cœur que chez les hommes qui ont la même vocation, parce que les femmes ont une grande faculté d'oubli qui les fait rebondir plus haut.

Ce miracle, Gilles en recevait les merveilleux effets ; mais il était trop jeune pour le comprendre et, au bout de quelque temps, il souffrit de son incompréhension. Il se trouvait inférieur à Alice en tout ordre de choses. La guerre même, elle la connaissait presque autant que lui ; elle avait connu Paris par bien des côtés, car ses amants avaient eu des situations fort différentes. Devant sa science du cœur, il se voyait sans cesse en défaut : il devait s'avouer rude, sommaire. Une douleur l'étreignait en pensant qu'au printemps, il mourrait peut-être sans que son cœur ait eu le temps de mettre au jour de plus délicats trésors. Mais la pureté de ligne qui consacrait le destin d'Alice, c'était surtout ce qui le confondait. Alice, dès vingt ans, s'était entièrement livrée à l'amour. Sans le sou, elle avait quitté un mari riche pour soumettre son sort à celui d'un peintre qui avait une renommée fort combattue, fort peu d'argent et qui ne pouvait abandonner une femme et des enfants. Plus tard, elle était redevenue assez riche avec un autre amant qui était écrivain. Elle était redevenue pauvre avec celui qui avait été tué à la guerre. Elle gardait un souvenir parfaitement égal de tous ses avatars. L'esprit de Gilles était profondément séduit par cette rectitude, ce qui le ramenait à la guerre. Craignant sa faiblesse dans la paix, il pensait que sa mort, lors des offensives du printemps, pourrait seule le remettre dans le droit fil que lui montrait Alice.

XX

Quand Gilles fut parti, la souffrance pour Myriam fut intolérable. Elle qui, étudiante, avait rêvé d'indépendance et avait imaginé comme une joie de vivre sans parents et sans même le besoin d'un homme, appuyée sur son seul travail, elle refusait maintenant de tout son être la solitude qui lui était imposée.

Le fait que Gilles était au front dominait tout ses autres motifs de souffrance, mais ne les avait pas abolis.

En dehors de Ruth, Mme Florimond était seule à s'occuper d'elle. Cette dame avait été extrêmement frappée par le départ de Gilles. A la différence de beaucoup de personnes, elle y avait trouvé autre chose qu'une occasion de se scandaliser. Elle avait pour la variété des caractères non pas une curiosité universelle, mais cette largeur d'acceptation acquise par les gens médiocres qui, dans leur métier ou dans leur situation, sont obligés de tenir compte de cette variété. Bien que cela n'enrichît pas plus sa philosophie que celle d'un médecin pressé, l'intrigante, recevant à la fois des gens du monde et des politiciens, les uns plus cauteleux que les autres, des hommes d'affaires et des hommes de lettres, les premiers vivant encore plus dans l'imaginaire que les seconds, des pauvres et des riches, des gens célèbres et des gens qui pouvaient le devenir ou qui avaient manqué de l'être, elle était habituée à suivre la courbe irrégulière des destinées et, connaissant les détours des caractères et les sursauts du sort, elle avait coutume de se méfier plus des détracteurs que de leurs victimes.

Un de ses habitués, Sarrazin, musicien assez naïf, mais qui jouait les cyniques, lui avait dit :

— Je vous l'avais bien dit, votre Gambier n'était qu'un grand daim. Il est reparti pour le front parce qu'il est tellement bête qu'il croit ce que disent les journaux et qu'il est bien porté de se faire tuer.

Elle avait répliqué :

— Sarrazin, vous n'y êtes pas du tout. Il ne s'agit pas de cela, mais de ses rapports avec sa femme.

— Elle est gentille, cette petite-là. Très jolie gorge et beaucoup de fafiots. J'espère qu'elle sera veuve bientôt. En tout cas, il faut s'occuper d'elle, dès maintenant.

— Bah! vous pouvez toujours essayer, elle l'adore.

— On peut bien lui expliquer qu'il est idiot... Mais du reste, ma chère, qu'est-ce que vous dites ? Vous dites que c'est à cause d'elle qu'il est reparti. Elle ne veut plus de lui, peut-être ?

— Non, vous n'y êtes pas.

— Expliquez-vous.

— Non.

Mme Florimond était tantôt très discrète, tantôt très indiscrète, selon son humeur ou ce que celle-ci lui montrait comme son intérêt. Dans le cas présent, elle avait tout de même gardé de Gilles un souvenir assez attendri bien que rancunier pour ne pas le livrer tout cru aux méchantes langues ; et elle voulait aussi maintenir un certain mystère autour de Myriam. En fait, elle supposait que Gilles était reparti au front pour prouver son désintéressement. Il voulait donner, comme Berthelot l'avait dit, un style à sa vie et ayant si tôt mis la main sur « le gros sac », comme on disait encore dans ce temps-là, il s'était hâté de démontrer qu'il ne resterait point studieusement attaché à ce premier avantage, qu'il était capable de le risquer pour passer à d'autres.

Quand elle en parla à Berthelot, il prononça :

— C'est un amateur de mysticisme. Les gens intelligents nourrissent leurs pensées avec les expériences les plus imbéciles. Je l'ai mis dans les interprètes, cela lui permettra de mener son jeu.

Tout en prisant Gilles, Mme Florimond était décidée à détacher de lui sa femme. Il fallait qu'elle posât sa marque sur les gens, à tout hasard et n'importe comment. Elle harcelait donc sa jeune amie de coups de téléphone et d'invitations.

Mais Myriam se confinait dans une solitude absolue. Elle avait obtenu la promesse que Gilles lui écrirait et elle attendait les lettres qui arrivaient, rares, courtes, sybillines, affectueuses et désespérément lointaines. Cependant, en dépit de sa frêle apparence, elle avait bien la nature robuste de son père et elle était retournée à son laboratoire. En même temps, il lui fallait s'occuper de l'appartement qu'elle avait loué et où elle campait. Ce n'était pas la

moins atroce des conjectures présentes que celle-là :
installer ce logis où peut-être jamais le compagnon
appelé ne mettrait les pieds. Et pourtant, elle y trouvait
un secours. Il est vrai qu'elle n'avait pas perdu tout
espoir. L'espoir ne meurt qu'avec la vie, disent les imbéciles. Ils ne songent pas que c'est, au contraire, la seconde
où il s'épanouit décidément. Une grande déception
transpose un désir dans le rêve avec une force de fixation
insensée et, chez les êtres de volonté comme Myriam, le
rêve se nourrit de besognes. Le côté positif de la nature
des femmes leur est d'un grand secours dans les afflic-
tions. Un homme tâche d'oublier en se rejetant dans son
travail, mais ce travail est si éloigné du souci de son cœur
qu'il réserve la place du souci. Une femme, en se livrant
à des soins qui prolongent son souci, le trompe beaucoup
mieux.

Cependant, les lettres de Gilles devinrent brusquement d'un laconisme tel que la souffrance de Myriam
dépassa les limites du possible.

XXI

Comme Gilles arrivait à l'hôtel de Belfort fortuitement,
un jour en dehors de ceux où il y pouvait voir Alice, il se
trouva nez à nez avec Myriam. N'y tenant plus, elle avait
obtenu un sauf-conduit, grâce à Morel.

Un grand frisson le traversa, la voyant, au milieu des
officiers américains, si frêle. Elle était transformée par la
souffrance, quelque chose de dur doublait la délicatesse

de ses traits. Gilles revit cette souffrance dont l'idée ne lui traversait plus le cœur que de loin en loin. Et ici, au front, il était chez lui, il ne dépendait plus de Myriam. Il était protégé contre son reproche par ses bottes boueuses, par les hommes qu'il coudoyait dans l'étroit vestibule de l'hôtel, par ce bruit de cuisines roulantes dans la rue.

— Oh! murmura-t-il, vous êtes là.

— Oui, répondit-elle dans un souffle.

— Venez.

Il la conduisit vers l'escalier. La patronne de l'hôtel le regardait avec une admiration navrée. « Quel homme protégé pour faire venir une femme au front. Mais la pauvre Mme Alice. Moi qui croyais qu'il l'adorait. »

En montant l'escalier, il savait qu'il allait enfin lui porter ce dernier coup qu'il retenait depuis des mois. Il s'était reproché comme une lâcheté de l'avoir retenu, et maintenant qu'il était sûr de le porter, il n'avait plus de dégoût de lui-même, car, par Alice, il se connaissait autre qu'à Paris, mais il se voyait, avec tristesse, comme l'instrument de hasard que la destinée avait saisi. « Je suis entré dans cette jeune vie comme la mort. » Il était persuadé qu'il portait à Myriam une blessure irrémédiable.

Au moment d'entrer dans sa chambre, il eut une sueur froide, il craignait qu'un objet traînant révélât trop tôt à Myriam l'existence d'Alice. « Une parole, mais pas un objet. Un objet fait trop mal. »

Myriam entra et jeta aussi dans la chambre un regard craintif. Bien qu'elle ne pensât pas précisément à ce qu'elle allait apprendre, elle jeta un regard d'effroi sur ces murs et ces meubles qui pouvaient être, dans un instant, témoins de sa plus grande souffrance. Et s'ils allaient l'être du plaisir, du bonheur, tout au moins du plaisir? Ah! de n'importe quoi, mais pas de cette souffrance atroce qui était depuis des semaines dans son cœur, mais dont elle pressentait soudain qu'elle pouvait se multiplier encore, monstrueusement.

Gilles ferma la porte. Son regard continua de fouiller partout, tandis qu'il défaisait son lourd imperméable fourré. Non, rien. Il s'avança vers elle au milieu de la chambre où elle se tenait debout, raidie. Elle s'était dit en partant qu'elle saurait au premier coup d'œil, et elle ne savait pas encore.

Ils souffrirent un instant l'un devant l'autre une de ces minutes dont les humains vieillissent plus que des années.

Il dit :

— J'aime une autre femme.

Voilà, ce n'est pas plus difficile que cela.

Il n'y a pas de mots pour décrire un grand chagrin et celui-ci n'a pas de gestes pour s'exprimer. Peut-on décrire le sentiment du néant ? Or, c'était le sentiment du néant qui s'étendait sur tout ce qui était Myriam, visage et vie. Il se rappela l'aveu tardif qu'il avait fait de Mabel ; cela n'avait rien été. Maintenant, elle était touchée, frappée dans sa vitalité, dans sa jeunesse, dans sa confiance. « Bien pire que la mort, aucun rapport avec la mort. »

Pour combattre l'atroce sentiment de néant qu'elle lui communiquait, il essayait de se raccrocher au souvenir des joies d'Alice. Mais c'était en vain, c'était un autre univers dont il était sorti pour le moment ; il avait beau se dire qu'il y rentrerait, cela ne lui faisait pas chaud au cœur. Il était glacé.

Myriam était stupide, morte. Elle tombait dans un puits sans fond. La vibration infinie de la souffrance la remplissait. Il y avait des bruits dérisoires qui la traversaient comme des petits cailloux accompagnant sa chute. « Je me tuerai. Qui est-elle ? Je te hais. Je t'adore. Tout est perdu. Rien ne sera jamais perdu. Je suis morte. Rien, jamais... »

Gilles, le lendemain de sa rencontre avec Alice, avait, dans un éclair de lucidité, entr'aperçu ce moment. « Et je lui dirai : je suis plein de vie, de désir. Il n'y a plus rien en moi de cette mort, de cette maladie qui m'ont accablé près de vous. Que ne ferait-on pour cela ? Vous vouliez donc que je restasse mort près de vous ? » Il ne se souvenait pas de ces mots préparés. Et c'était tout l'effet de sa sympathie pour Myriam, effet purement négatif et qui ne pouvait être à celle-ci d'aucun secours. Rien, rien au monde ne pourrait jamais tout à fait effacer cela dans le cœur de Myriam, si ce n'est Dieu qu'elle ignorait. Et lui était marqué du stigmate de Caïn.

Cependant, Myriam de quelque manière reprenait goût à la vie ; sa blessure ouverte était affamée et suçait gloutonnement le couteau. Elle se souleva du lit où elle était vautrée.

— Qui est-elle ? Où est-elle ? Elle est ici ? Comment peut-elle être ici ? Vous la voyez à Paris ? Vous y allez sans que je le sache ? Qui est-ce ?

Gilles répondit mécaniquement :

— Elle est infirmière ici.

— Ah ! alors, vous la voyez tout le temps.

— Non, rarement.

Myriam secoua la tête avec dérision.

— Comment est-elle ?

— Belle.

— Moi, je ne suis pas belle ?

— Il y a quelque chose en moi... Voilà tout.

Il coupa les mots : « Qui fait que je ne peux pas vous aimer d'amour. » Mais elle les rétablit.

— Vous ne m'avez jamais aimée.

Décidé à toutes les extrémités, Gilles dit :

— Non.

— Et vous l'aimez ?... Ah ! oui, vous me l'avez dit.

Elle s'arrêta une seconde, et puis enfin elle cria :

— Vous aimez coucher avec elle et pas avec moi.

C'était le mot final qui devait lui être arraché.

Gilles se raidit :

— Oui.

Elle se rejeta sur le lit et sanglota abominablement. Ni l'un ni l'autre ne songeaient que sur ce lit Gilles avait possédé Alice. Les hommes, qui pourtant pleurent parfois, regardent pleurer les femmes avec une étrange épouvante. Pour cette épouvante, un jeune homme a tout au moins une excuse : depuis son enfance, il avait oublié le chagrin.

Myriam accouchait de son chagrin, en râlant dans l'oreiller. Au comble de l'émotion morale dans l'être humain, l'animal reparaît avec toutes ses forces, qui sont des forces de délivrance. Tandis que Gilles pensait qu'elle allait succomber, car les spasmes croissaient, Myriam s'assouvissait et allait à ce soulagement qu'est l'épuisement.

Il leur fallut attendre l'heure du train. Gilles craignait qu'Alice ne fût blessée à travers Myriam.

XXII

Cependant, il la rendit parfaitement heureuse dans les semaines qui suivirent. Chacun goûtait l'autre dans ce qu'il était présentement, dans ce qu'il était si fort, sans se soucier de ce qu'il avait été ou de ce qu'il deviendrait. Le front s'engourdissait de plus en plus ; ils n'avaient plus de travail ni l'un ni l'autre ; ils avaient de plus longues heures.

Ils s'arrangèrent pour aller à Lyon passer ensemble deux courtes permissions. Mais alors, comme s'il leur avait été interdit de sortir d'un cercle qui les protégeait, le charme se rompit. Il commença à la confesser. Elle lui raconta vaguement sa vie, avec cette incapacité de la femme amoureuse à se retourner vers son passé, une fois qu'elle l'a lâché. Avec l'acuité de l'intellectuel et l'intolérance du jeune homme, il n'en fut pas satisfait. Il devint méfiant, jaloux du présent, des médecins avec qui elle vivait dans la promiscuité de l'hôpital et du passé, des amants qui avaient dévoré sa vie, surtout du passé. La jalousie est d'abord étonnement. Si jeune, il s'étonnait devant la vie ; il n'y voyait soudain que de l'irréparable ; il regardait avec effroi un être qui avait donné sans retour ses années. Il la considérait comme un beau monument, qui survit aux hommes par on ne sait quelle force fantômale. Mais, contre cet irréparable, il se rebellait. Il lui fallait au moins posséder par l'imagination tout ce temps qui n'avait pas été sien. Il l'obligeait à un récit minutieux. Il cherchait aussi par instinct à s'incorporer toute cette expérience et cette science.

Il souffrait, d'une souffrance turbulente. Aussitôt, elle souffrait plus qu'il ne souffrait. Elle s'effarait, devant ces jeunes yeux accusateurs, elle s'apercevait qu'elle avait vécu, qu'elle avait quarante ans ; elle se réveillait d'un long rêve. Elle avait besoin de toute sa force pour recevoir sans crier tant de coups et de caresses. Il la désirait sans cesse, il ne s'interrompait de désirer son corps que pour convoiter son passé comme son plus grand trésor.

Après cela, ce fut autre chose. Une autre épreuve fut infligée à Alice. Las de la faire parler d'elle, il voulut lui parler de lui ; il lui parla de Myriam. Elle tomba de son haut quand elle apprit qu'il était marié et le récit qu'il lui fit des derniers mois de sa vie la fit suffoquer. Voilà donc ce qu'il y avait derrière le regard fier de ce jeune soldat.

Elle réagit avec sa grande franchise.

— Je ne croyais pas qu'il pût y avoir en toi un Parisien... un bourgeois...

Il la considéra avec une craintive et lointaine admiration. Tout cela était si loin d'elle : ces calculs, ces détours, ces noirceurs, et aussi cette maligne lucidité. Elle était de la noble race, race protégée, à jamais ignorante d'un certain mal. N'était-il donc pas de cette race-là ? Il avait cru qu'avec elle il y était revenu.

Alice avait trop d'expérience pour n'être douée d'une pénétration qui s'exerçait malgré elle. L'observant sous ce nouveau jour, elle vit qu'il n'avait pas rompu avec sa vie de Paris, depuis qu'il la connaissait. Il ne romprait jamais. Il continuait à faire venir de Paris des cigarettes et des cigares de luxe, du champagne, du whisky. Il lui reprochait de condamner tout ce monde qu'il avait entrevu à Paris, chez Mᵐᵉ Florimond, qui l'avait étonné et séduit. Il trouvait ces esprits secs, mais parfois drôles et aigus. Elle en parlait avec le sans-gêne des gens qui ont vécu et qui n'hésitent plus à vomir presque tout ce qu'ils ont connu aussi bien qu'à louer sans retenue le peu qu'ils ont goûté. Lui qui avait tout à connaître, il se rebellait contre les façons de cet esprit, non pas blasé certes, mais saturé, qui contractait en deux mots mille nuances ramassées en vingt ans.

XXIII

Une véritable amertume était enfin entrée dans le cœur de Myriam. Auparavant, déjà, elle avait appris à admirer moins Gilles ; elle avait découvert en lui de la faiblesse. Ce qui l'avait fait paraître faible à ses yeux, c'était le remords ou plutôt le dégoût qui lui était venu de son pouvoir sur elle. Maintenant, elle découvrait la rancune et, aussitôt après, l'envie : si elle avait une rivale, elle pouvait, à tout hasard, soupçonner celle-ci d'être moins bien qu'elle. Gilles, sur le quai de la gare de Belfort, lui avait avoué qu'Alice avait quarante ans.

Elle voulut prendre soudain les avantages dont il la privait dans l'esprit des autres. C'était à cette révolte que Mme Florimond avait fait appel avec une persévérance passionnée ; elle avait montré à Myriam l'injustice du sort qu'elle acceptait. Pourquoi Gilles l'écarterait-il de l'amour, du succès ? Ce dernier argument porta le premier. Certes, il y avait chez Myriam une sensualité qui se rebellait sourdement, mais elle se débattait encore dans l'ombre de Gilles ; tandis que son esprit de lutte devait réagir plus vite à l'aiguillon d'un défi.

Elle était revenue de Belfort avec le sentiment enfin admis d'avoir été depuis toujours trompée par Gilles. La joie avait arraché à celui-ci l'aveu qu'elle aussi bien que lui avait repoussé le plus longtemps possible ; il adorait l'amour, alors qu'il lui avait laissé croire que c'était le cadet de ses soucis. Elle l'avait trouvé au front dans une tout autre mystique que celle qu'il lui avait fait respecter longtemps. Il y avait une revanche à prendre où, du reste, elle pouvait espérer la reconquête de Gilles, une cruelle reconquête.

Mme Florimond la revit donc dans une tout autre disposition que celle qu'elle avait vainement combattue jusque-là et elle se félicita de ne s'être point laissée rebuter. Elle la supplia de venir dans son salon, mais Myriam restait sauvage. Sa nature combative en se réveillant n'élargissait point ses aptitudes. Elle avait vaguement senti qu'elle décevait les gens par ses silences, son absence de coquette-rie et elle n'imaginait point une métamorphose. Par crainte d'épreuves qui lui répugnaient, elle pria plutôt chez elle Mme Florimond qui y vint de temps en temps avec des amis. Si ce n'étaient pas les plus arrogants ce n'étaient pas non plus les plus brillants, mais Myriam avait eu en horreur les faux succès de sa mère, racolant des amitiés catholiques et elle avait pris à la Sorbonne un préjugé antibourgeois. Seulement, dans le désarroi de son cœur, elle voulait que quelqu'un, n'importe qui, s'occupât d'elle.

XXIV

Alice s'était depuis longtemps détachée de Paris ; il lui était même venu de la haine pour l'arrière. Maintenant, elle craignait Paris pour Gilles. Il lui dit d'abord qu'il ne passerait pas sa permission à Paris ; puis il fit valoir sournoisement tout ce qu'il sacrifiait en n'y allant pas.

— Après tout, je ne serai peut-être pas tué d'ici la fin

de la guerre. Il faudrait donc que j'aille entretenir mes amitiés au Quai.

— Pourquoi louvoyer? Tu as envie d'aller à Paris et tu iras.

Gilles fronça les sourcils, se sentant percé à jour. Il s'écria sur un ton enfantin :

— Je ferai ce que je voudrai.

— Mais oui. Moi aussi. Moi, je n'irai pas.

Il sentit la première déchirure entre elle et lui. Celle-là aussi, il allait la faire souffrir, elle qu'il trouvait belle, qu'il admirait. Il s'examina ; il ne vit pas seulement, dans son désir d'aller à Paris, un mouvement naturel, nécessité par sa condition d'homme qui devait faire la part de la curiosité, de l'ambition et du travail, à côté de celle de l'amour ; il se demanda si ce qui l'attirait à Paris, ce n'était pas surtout Myriam.

Que devenait-elle? Se détachait-elle de lui? L'avait-il perdue? Il fut déçu de voir que son amour pour Alice n'excluait pas de telles questions. Cependant, la joie était toujours entre leur corps et recouvrait les doutes et les inquiétudes. Alice avait eu pourtant des amants plus expérimentés, plus subtils, pour qui le plaisir était une énigme plus lente et plus cuisante. Gilles, dans ses bras, oubliait beaucoup des leçons qu'il avait reçues à Paris. Ce n'est pas souvent avec la femme qu'ils aiment le plus que les hommes, surtout les hommes jeunes, et dans les débuts d'un amour, sont les amants les plus caressants. Les femmes ainsi aimées acceptent volontiers ce lot. Ce que faisait Alice, comme partie de sa mansuétude, de sa magnanimité ; elle aimait Gilles avec les résignations d'une mère. L'amour des êtres mûrs pour les êtres jeunes se confond de gré ou de force avec la bonté.

Au dernier moment, elle vint à Paris avec lui.

Gilles ne dit rien à Myriam et alla à l'hôtel. Sa maîtresse, ayant laissé son noble habit d'infirmière qui défendait son âge, se trouva vêtue comme une artiste pauvre, propre, mais abusivement méprisante des effets de la pauvreté, pas jeune. Cependant, son admirable visage dominait tout. Pendant quelques jours il fut tout au plaisir de Paris partagé avec elle. Douée d'une superbe santé, elle aimait manger et boire ; elle connaissait les bons endroits. Gilles n'aimait guère qu'on se souciât de cuisine, mais il aimait boire. Tous les soirs ils étaient gris, comme tant d'autres à ce moment-là à Paris. Ils se levaient tard, sortaient pour déjeuner, rentraient pour faire l'amour, ressortaient pour traîner aux bords de la Seine qui sont tout Paris. Ils buvaient, dînaient, allaient au cinéma, rebuvaient dans les boîtes où s'entassaient les permissionnaires et les autres.

Le troisième ou quatrième jour, Gilles fit des réflexions. A quoi ressemblait cette vie ? L'argent, qu'il dépensait abondamment et qu'il avait pris à son nouveau compte en banque, colorait encore cette vie. Alice regardait ses mains au moment où il prenait un billet dans son portefeuille. Que pensait-elle ? Il savait bien ce qu'elle pensait. Pourtant, cette pensée s'arrêtait, ne passait pas ses lèvres. S'il n'avait pas eu d'argent, qu'aurait-il fait ? Il l'aurait emmenée chez Carentan. Ils se seraient promenés le long de la mer d'hiver, aussi sauvage qu'une déesse avant la naissance des hommes. Le soir, au lieu d'aller au beuglant et de rouler dans les bars, ils auraient écouté le vieux bonhomme parler d'Osiris, de Dyonisos, d'Orphée, de Mithra, de Jésus, et de tous les grands enchanteurs qui souffrent et meurent pour sauver les hommes. Mais aussi pour qui si ce n'est pour un jeune soldat les sourires faciles de la vie ? Il n'est guère évitable que l'argent, les femmes, l'alcool, tout cela vienne à lui plutôt qu'autre chose. Et puis, dans trois jours, il retournerait à Belfort. L'hiver allait finir, le printemps allait revenir, la saison des offensives ; sa division américaine l'emmènerait dans un secteur ardent.

Alice lui apprenait doucement à danser.

Mais Myriam ? La curiosité remontait en lui. Que faisait Myriam ? Elle lui parut soudain se mouvoir dans une zone mystérieuse, interdite. Aussitôt, il fit son plan pour rompre cette interdiction et il raconta à Alice qu'il devait dîner l'avant-dernier soir avec son chef de service au Quai. Elle répondit posément :

— Profites-en pour voir ta femme aussi.

Elle n'avait jamais encore dit : ta femme.

— Je n'ai aucune envie de la voir.

— Tu en meurs d'envie.

— Tu es jalouse ?

— Tu ne l'aimes pas, mais tu lui appartiens.

— L'argent ?

— Oui, l'argent et toutes les autres choses.

— Les autres choses ?

— Toutes ces autres choses auxquelles je ne tiens pas plus qu'à l'argent.

— Mais tu les as connues et moi je ne les connais pas. Et tu as été riche.

— Bah !

— Ah ! cela fait toute la différence.

— Je ne crois pas. J'ai aimé un homme qui avait de l'argent. À la seconde où je l'ai moins aimé, je l'ai quitté.

Gilles se mordit les lèvres.

— À la seconde. Tu trouves que je devrais quitter Myriam ?

— Tu ne pourras jamais la quitter.

— Trop faible?

— Tu aimes trop le luxe... Non d'ailleurs, ce n'est pas le luxe, car j'ai connu des hommes beaucoup plus raffinés et difficiles que toi... Non, c'est l'idée du luxe.

— Crois-tu?

— Oh! oui, je le crois.

— Quand la guerre sera finie, qu'est-ce que tu crois que je ferai?

« Je ne songe plus à mourir », nota-t-il.

— Tu retourneras chez ta femme.

— Et toi?

— Moi... Nous nous sommes aimés là et quand nous pouvions nous aimer.

Gilles étouffait toute dénégation. En la voyant en civil, il avait songé qu'au retour de la guerre elle serait vieille. Or, il avait caressé quelquefois à Belfort l'idée que, s'il n'était pas tué, il quitterait Myriam et vivrait avec Alice. Quand il avait parlé dans ce sens, elle avait résolument haussé les épaules. Seule, si cette pensée la visitait, elle allait à une glace, scrutait son beau masque et le faisait lentement craquer.

La pitié venait à Gilles pour Alice comme pour Myriam; il se désola du retour de ce sentiment. Mais aussi, Alice faisait trop bon marché de ses appétits; elle trouvait trop facile qu'il renonçât d'un coup à tant de chances. Elle était saturée, pas lui; elle avait eu tout, lui avait encore tant de choses à découvrir. Il avait envie de connaître l'appartement de Myriam. N'était-ce pas son appartement?

Alice avait pour elle-même trop peu de besoins. Il ne songeait pas que si elle s'en était reconnu davantage, elle aurait été sans doute dans la puissance d'un homme et qu'elle n'aurait pu lui donner son libre amour. Il se serait sans doute incliné, il ne pouvait certes se sentir en mesure d'assurer la vie d'une femme. Était-ce le fait de la guerre, l'idée de gagner de l'argent ne lui venait jamais. Pour lui, il n'y avait que cette alternative : Myriam ou la pauvreté. Les nerveux sont si surpris et si bouleversés par la première circonstance venue qu'ils se laissent fixer par elle. Cependant, il serrait Alice dans ses bras et il se réjouissait en elle comme si elle avait été sa femme pour l'éternité. Il raffolait de cette chair forte parce qu'elle lui disait les vertus morales dont il gardait la hantise.

Il la quitta le soir qu'il avait dit. Dînant chez Maxim, il se retrouva brusquement dans la solitude comme dans sa fatalité. Comment avait-il pu laisser, fût-ce pour quelques heures, cette Alice dont la présence était si chaude ? Pourquoi ne pas courir la rejoindre ? Il demeura. Il reconnaissait le sentiment qui l'avait saisi autrefois, à son arrivée à Paris, le sentiment de ce qu'il devait non pas tant à l'ambition qu'à l'aisance sensuelle de sa vie.

Ce n'était pas la même aisance que celle d'Alice. Elle n'avait besoin dans la vie que d'une baignoire pour se laver, d'un lit pour dormir et d'un paquet de caporal. Il ignorait qu'ayant acheté quelques menues choses à son arrivée, elle n'avait plus un sou dans son sac. Il n'avait eu point l'idée gentille de lui faire le plus petit cadeau. Pour le reste, elle s'en remettait à la grâce de Dieu, si toutefois elle pouvait retrouver tous les jours l'homme qui lui plaisait et à qui elle plaisait.

« Mais qu'est-ce que la grâce de Dieu ? » se demandait Gilles. Il avait eu là-dessus un éclaircissement fâcheux, la veille au soir. Ils avaient eu envie d'aller voir une pièce de théâtre et Gilles avait parlé de prendre des billets. « Tu es fou, s'était-elle écriée, je vais en demander à Lévy. » Elle avait téléphoné à ce monsieur qui n'avait point paru si content de la requête, mais enfin y avait accédé. Tout cela dans un échange de grande familiarité. Là, Gilles avait entrevu le fait que l'indépendance d'Alice se payait et s'accommodait de mainte petite tricherie. Cela le ramenait à l'idée première qu'il avait eue, qu'il valait mieux concentrer toutes les difficultés du commerce avec autrui, tous les frottements de conscience qu'entraîne la circulation des richesses sur une seule personne, surtout si elle était aussi délicate que Myriam.

Il devenait sceptique sur l'attitude d'Alice, il n'y voyait plus d'autre supériorité que celle d'être soutenue par elle avec une ferme passion.

C'était cela qu'il prisait vraiment chez elle et qui s'exprimait si bien dans son beau visage où, entre les dents blanches et les grands yeux amoureux, un nez significatif projetait une ligne libre et voluptueuse, qui se retrouvait autour de la matière excellente de sa chair. Cette ligne fléchissait à peine à la limite exubérante de la maturité. Évidemment, Alice ne lui offrait que la suggestion rétrospective des formes qui l'avaient faite si belle. Mais la ligne un peu fléchissante d'un sein, un peu redoublée d'une hanche, si elle ne s'est point trop écartée des points où elle assurait hier son triomphe, semble, par un tremblement hallucinant, y repasser dans les moments magnétiques où une femme qui a toujours plu se redresse pour plaire encore. Ainsi, la beauté devient émouvante ayant perdu la froideur du premier coup de ciseau presque idéal, et chez celui qui la regarde et la possède la dure admiration se transforme en une tendresse magnifiquement mélancolique, car non seulement il voit ce qu'elle est devenue, mais ce qu'elle était.

Ces réflexions amenèrent Gilles à se rappeler que Paris pour lui était le lieu des filles. Que dirait-il d'un corps plus parfait que celui d'Alice ? Après tout, il était libre. Il voulait aller chez Myriam, mais il en avait le temps. La pensée de Myriam le remettait dans le pli de l'infidélité. Il n'était que neuf heures et demie. Il téléphona à l'Autrichienne. La voix servile lui fit horreur. Il raccrocha.

La pensée d'Alice flétrissait tout cela.

Enfin, il alla chez Myriam. En route, il se répéta avec un plaisir étonné et gourmand que, chez Myriam, c'était aussi chez lui. Après tout, il avait un appartement, un intérieur où peut-être une femme l'attendait encore. Cette femme n'était-elle pas à lui ? Pensant l'avoir perdue, il désira violemment, impérieusement la reprendre.

Le taxi le déposa devant une maison. Avant d'y sonner, il traversa la rue pour considérer la façade. C'était le long du Cours-la-Reine, un immeuble tout neuf, qui avait été terminé pendant la guerre. Un peu lourd et prétentieusement compliqué, mais assez imposant. En tout cas, de l'air, de la lumière, du calme. Il revint sonner. Il entra ; à ce moment il s'avisa qu'il ne se rappelait plus l'étage. Myriam lui avait écrit que c'était tout à fait en haut, mais était-ce le cinquième ou le sixième ? Il lui fallut réveiller le concierge qui se fit prier, puis vint le reconnaître.

— Monsieur demande Mme Gambier ? fit l'homme qui semblait méfiant à l'endroit de tout ce qui concernait sa nouvelle locataire.

Sans doute les façons de Myriam, si peu avertie des petits usages, l'avaient-elles déjà choqué.

— Oui, je suis M. Gambier.

Le concierge ouvrit de grands yeux, et il marqua à la fois de la commisération et du respect. Gilles s'en inquiéta quelque peu. Depuis un instant, l'inquiétude grandissait en lui.

— Est-ce que Madame est là ?

— Je crois que oui, répondit le concierge d'un air assez hésitant.

— C'est au cinquième, n'est-ce pas ?

— Non, au sixième.

Le concierge était troublé par la circonstance de ce mari qui arrivait chez sa femme comme un étranger. Mais n'y avait-il que cela pour le troubler ? Que faisait Myriam ? Qui était chez elle ? Gilles prit l'ascenseur avec gêne et n'eut point le cœur d'en apprécier la rapidité.

En arrivant, il regretta de n'avoir pas de clé et de ne pouvoir achever la surprise ; il trouva ridicule d'avoir à sonner. La sonnette émit un bruit élégamment tempéré. Personne ne vint. Gilles y trouva une espèce de soulagement. Il se dit que l'absence de Myriam lui évitait sa peine, ses pleurs. Et, du reste, comment aurait-il fait pour s'en aller peu après et rejoindre Alice qui l'attendait à l'hôtel à minuit ?

Comme il allait partir, il ressonna par acquit de conscience. Et soudain, il entendit du bruit. On se cognait à un meuble dans l'antichambre et une voix d'homme résonnait. Gilles s'esclaffa ; voilà qui était inattendu. Inattendu ? Nullement. Comment avait-il pu croire qu'il trouverait Myriam l'espérant ce soir-là comme cent autres soirs, seule et pleurant comme une fontaine. Il se considéra soudain sous des espèces tout à fait nouvelles ; il ne s'agissait plus de drame, mais de comédie. Et il était ridicule, bien avant que la porte s'ouvrît.

Cependant, la porte ne s'ouvrait pas. Gilles se hâta de ressonner, plein d'une vive curiosité sur la tête qu'il se verrait dans les yeux d'un inconnu.

Enfin, la porte s'ouvrit. Il se trouva en face d'un militaire plus grand que lui, sensiblement plus large. Gilles, qui voulait rire, s'étonna derechef, car le visage de l'inconnu était hagard et exprimait un sentiment dramatique.

Gilles s'entendit parler du ton le plus hautainement détaché.

— Je crois que je me trompe d'étage. Est-ce que je suis chez...

L'autre, en hâte, s'écria :

— Non, non, vous êtes bien chez Myriam. Vous êtes Gilles Gambier ?

Gilles hocha la tête.

La figure de l'inconnu, contractée et pâle, exprimait à l'égard de Gilles une aversion extrême.

Gilles s'avançait dans l'antichambre. L'autre ne recula qu'après une seconde, en sorte qu'ils se touchèrent. L'un et l'autre frémirent.

Gilles brusquement commença une phrase :

— Eh bien ! vous lui direz que j'étais venu en coup de vent et que, somme toute, je n'ai pas le temps de la voir.

Il lui semblait sauter ainsi sur la manière la plus sobre et la plus cruelle de tirer sa vengeance et en même temps sa révérence.

Mais à ce moment-là, Myriam apparut. Non point nue, mais tout habillée ; elle regarda Gilles avec des yeux où il y avait autant de désolation que de surprise.

— Je regrette de ne vous avoir pas prévenue.

Elle regarda l'inconnu, semblant à la fois le haïr et le craindre. Gilles le regarda aussi. L'autre semblait tout à fait égaré. Il s'écria soudain :

— Pourquoi revenez-vous pour la faire souffrir encore ? Vous ne l'aimez pas, laissez-la.

Aussitôt Gilles eut de la sympathie pour cet homme qui allait droit au fait, et, du reste, disait la pure vérité.

Il s'écria :

— Ma foi, vous avez peut-être raison.

Cette réflexion rendit furieuse Myriam, mais contre l'autre. Elle lui dit :

— Allez-vous-en.

Gilles s'écria :

— Pourquoi cela ?

Cependant, l'autre ne semblait nullement goûter l'impartialité de Gilles. Tandis que Myriam le regardait d'un air plus inquiet et, derrière lui, faisait signe à Gilles d'avoir à se contenir, il s'avançait vers Gilles, menaçant et d'autant plus menaçant que son agitation ne semblait pas due seulement à la circonstance présente, mais à un état de nerfs habituellement excessif :

— Vous méritez une balle dans la peau, voilà ce que vous méritez.

— Sans blague, fit Gilles.

Il voulait maintenant défendre les droits du cynisme plus que tout autre chose.

Myriam se plaça vivement devant l'inconnu et lui cria :

— Taisez-vous, allez-vous-en.

Elle semblait avoir très peur. Elle se tourna vers Gilles et lui fit encore un signe comme pour lui indiquer que l'autre n'avait point sa raison et que toutes les extrémités étaient à craindre.

Gilles tout d'un coup retrouva toute sa colère contre elle et s'écria :

— Enfin, puisqu'il est là, laissez-le s'expliquer...

« Je vous prie de vous expliquer, qu'est-ce que c'est que cette histoire de balle dans la peau ? demanda-t-il à l'autre.

— On n'a pas le droit de se conduire avec une femme...

Gilles l'interrompit :

— Est-ce qu'elle vous aime ?

Il se retourna vers elle :

— Aimez-vous ce garçon, maintenant?

— Non, dit Myriam, après une hésitation qui venait visiblement de la peur.

— Alors? dit Gilles, en se retournant vers l'inconnu.

Celui-ci parut désespéré. Il regarda Myriam, mais ce regard le ramena à sa folie. Il se jeta sur Gilles et le frappa violemment des deux poings. Gilles riposta. Gilles n'avait jamais boxé de sa vie et il était assez frêle. En frappant, il se découvrit maladroitement et soudain il eut la sensation de n'avoir plus de tête, en même temps que le reste de son corps allait à terre infiniment.

Quand il se réveilla, il était le derrière par terre, seul avec Myriam. Sans rancune il trouva qu'il y avait une providence et qu'elle faisait bien les choses.

— Eh bien! il y a une justice, murmura-t-il.

Myriam caressait son front avec une folle tendresse.

Il se leva, rageur.

— Évidemment, je n'avais pas besoin de venir ici.

— Taisez-vous.

— Je vais m'en aller.

— Mais comment, vous êtes en permission? Pourquoi ne m'avez-vous pas prévenue?

— Ah! voilà, il faut vous prévenir.

— Mais non, mais...

— Alors, vous avez *déjà* un amant?

Jusqu'à ce mot il ne la regardait pas; le disant, il la regarda, et il se dit : « Voilà un nouveau ridicule; cocu, je ne suis pas même sûr de l'être, c'est le propre du cocu. »

Myriam paraissait blessée jusqu'à l'âme. « Et quand je pense que ceci ne m'est peut-être qu'une occasion de plus d'insulter à son amour. »

— Ce garçon vous aime?

— Dame.

— Et vous?

Elle le regarda comme morte.

Il renonça d'un seul coup à toute question, à toute explication.

— Je m'en vais.

Les yeux de Myriam se remplirent de larmes. C'était le comble.

— Je suis si heureuse que vous soyez là, bégaya-t-elle. Pourquoi êtes-vous venu?

— Pour vous dire bonjour, mais je pars : je n'ai que quelques heures. Je repars dans un instant dans une voiture américaine qui ne faisait que toucher Paris.

Aussitôt elle le croyait. Toujours cette crédulité faite d'inexpérience autant que d'amour. Elle contenait un mouvement frémissant vers lui.

— C'est gentil d'être venu, balbutiait-elle.

Soudain, elle sembla se rappeler.

— Vous aimez toujours cette femme?

Gilles, surpris par la question, laissa voir une hésitation. Elle frémit d'espoir.

Lui aussi. La reprendre, la reconquérir, rétablir son droit. Mais pâle, amaigrie, incapable de tirer parti de la situation, dénuée à tout jamais de toute coquetterie et de toute défense contre lui, elle ne lui plaisait déjà plus; alors que l'instant d'avant elle lui était apparue dans la porte, parée de toute cette beauté louche que l'adultère prête un instant à la femme la plus modeste.

Il assura qu'il lui fallait partir.

— Vous avez bien une heure. Vous n'êtes pas venu pour cinq minutes à Paris.

A tout hasard, il mentit :

— Je vous ai téléphoné : vous n'étiez pas là.

Un grand chagrin l'écrasait. Elle se jeta sur un fauteuil de l'antichambre et sanglota.

Il jeta un coup d'œil autour de lui. Eh bien! cet appartement? L'antichambre était assez agréable. Une rancœur terrible le prit : « Je n'y habiterai jamais. » Il alla vers la porte. Elle bondit, se jeta sur lui.

— Non, restez.

— Mais non, je ne peux pas et je ne veux pas.

— Mais vous ne voyez pas que je suis horriblement seule à Paris.

— Oh! oh!

— Ce garçon est un fou. Je l'ai rencontré chez Mme Florimond. Il a été gravement malade en Orient. J'ai eu pitié de lui.

Il se contint pour ne pas dire : « Et alors? » Une rage sèche le tenait. Il s'arracha à elle, ouvrit la porte, se précipita dans l'escalier.

Elle poussait des gémissements terribles, l'appelait.

En bas, il eut une peur tremblotante de la trouver sur le pavé.

XXV

En rentrant à l'hôtel, Gilles rapportait à Alice ce qu'elle attendait : un cœur flétri. Elle attendait cela en fumant cigarette sur cigarette.

Ne connaissant pas Myriam, elle l'imaginait plus forte qu'elle n'était ; elle ne pouvait croire que la jeunesse ne

236

trouvât pas tous les moyens de la victoire. C'était, du reste, la seule supériorité qu'elle reconnût à sa rivale : la jeunesse, mais pour elle cela allait loin ; par ailleurs, elle se sentait supérieure à toutes les femmes par la générosité du cœur et du corps. Elle pensait avec horreur que tout cela avait déjà comblé Gilles. Elle voyait en lui une force, mais que cette force ne suivait pas les chemins qu'elle connaissait. Elle ne croyait guère aux arguments supérieurs de Gilles ; elle croyait que pour lui les mauvaises raisons étaient les plus séduisantes. Il serait comme tant d'autres hommes qu'elle avait vus dévorés par l'argent, la vanité, l'ambition, tout ce qui, pour elle, était les fantômes. Gilles n'avait pas tort de trouver qu'elle faisait trop bon marché de sa curiosité, elle ne voyait pas qu'elle était chez lui plus forte que l'ambition et n'en prenait l'aspect que d'une façon momentanée.

— Pourquoi n'es-tu pas resté ? fit-elle. J'étais persuadée que tu resterais avec elle. Ce n'est pas pour moi que tu es revenu.

Gilles fut frappé par le complet désenchantement du ton. Alice paraissait indifférente, toute préoccupée à étouffer en elle un dernier sursaut de la vie. Elle ne voulait plus de batailles d'où ne pouvaient sortir que des victoires sans lendemain.

Il la regarda et s'écria avec un étonnement douloureux :

— Je ne te fais pas plus de bien qu'à elle.

Elle répliqua avec son affectation stoïque :

— Tu m'as bien aimée à Belfort.

Gilles se jeta vers elle comme un enfant gâté qui est le plus sûr d'être pardonné au moment où il est le plus coupable.

— Écoute, ça m'est insupportable de la perdre. Elle est à moi, c'est mon bien, je veux la garder.

En dépit de ses efforts, Alice sentit ses yeux se remplir de larmes.

— Tu l'aimes.

— Non, tu comprends, je suis un salaud. Simplement je suis habitué à ce qu'elle m'aime, à ce qu'elle soit toute à moi. Je ne veux pas la laisser échapper.

— Eh bien?

— Eh bien!...

Gilles se redressa et marcha dans la chambre.

— Je suis furieux parce que je ne peux pas faire ce qu'il faut pour la garder. Elle se défend tout de même. Je ne croyais pas qu'elle se défendrait. C'est scandaleux qu'elle se défende. Ah! il faudrait si peu de chose.

Elle cria :

— Tais-toi, va-t-en. Tu me dégoûtes.

Il se précipita vers elle, avec un violent intérêt.

— Je te dégoûte, hein? Je te parle comme une brute, mais je suis une brute. J'ai cru t'aimer d'un amour pur, définitif, mais tout cela n'est pas pour moi. Non, tu as raison, je suis bien marqué par cette rencontre qu'un matin j'ai fait d'elle, et du reste.

— Va la rejoindre.

— Mais je ne veux pas coucher avec elle, cria-t-il.

Il s'arrêta net, repensant à la scène de l'antichambre et il lâcha ces mots inattendus pour Alice :

— Du reste, je suis cocu.

— Quoi? fit-elle, avec une pointe d'amusement, en dépit de son chagrin.

Il lui raconta tout. Elle ne put s'empêcher d'en être toute détendue. Gilles se peignit d'abord odieux et ridicule tout à son aise. Puis, fatigué de montrer les traits les plus noirs, il finit par tourner au comique.

Ils se trouvèrent en train de rire, ce qui les stupéfia.

Alice se demandait où elle en était. Quand avait-elle raison ? Quand elle le prenait au sérieux et lui en voulait ? Ou maintenant, quand elle le considérait comme un enfant absurde, embarqué dans une aventure grotesque, et assez pitoyable ?

En souriant, elle montra ses admirables dents. Alors, Gilles s'aperçut qu'elle était au lit et que sa chemise découvrait une belle épaule blanche.

XXVI

Quand Gilles se retrouva dans Belfort, on annonçait que la division allait partir pour occuper des sites moins cléments. Aussitôt l'amertume qu'il avait rapportée de Paris disparut. Allait-il mourir ? Il avait bien longtemps envisagé sa mort comme certaine : peut-être par cet instinct humain qui compte apaiser les dieux en leur offrant ce qu'ils savent si bien prendre. Maintenant, la mort ne lui apparaissait plus du tout sous le même aspect qu'au début de la guerre quand il ignorait l'amour et l'argent, Myriam et Alice et mille autres choses, le Quai d'Orsay et le salon de Mme Florimond. La guerre est l'affaire des adolescents qui peuvent lui faire le don d'une âme ignorante. Mais un homme divisé, souillé et trempé par toutes les passions s'en défend plus.

Il se dit : « Ma mort ne sera plus un sacrifice propitiatoire, mais expiatoire. » Mais, après tout, qu'avait-il à expier ? Tandis qu'on levait le camp, la souffrance des femmes commençait à lui paraître aussi frivole que les raisons qu'il avait eues de la leur infliger. Tandis que les vingt mille jeunes hommes de Virginie auxquels il était attaché se rassemblaient avec une fierté inquiète, il fit effort pour se rappeler les derniers accents de Myriam, les plus déchirants. Il ne parvenait déjà plus à les égaler aux regards que lui jetaient ses jeunes camarades qui voyaient sur sa poitrine et sur son bras les marques de l'expérience. C'était en vain que la sagesse lui disait que l'amour est pour les femmes ce que la guerre ou la lutte sous une forme quelconque est pour les hommes. Il était obligé de faire effort pour admettre cela, d'une façon tout extérieure ; de même que Myriam, il le savait, devrait faire effort pour participer de quelque manière à ses épreuves au front. Dans son paisible appartement, dans son laboratoire même où pourtant elle aurait pu voir de plus près la nature agonique des choses, que pouvait-elle imaginer de ce qu'est une tranchée au cours d'un bombardement ; cette tombe que les dieux piétinent avec rage, cherchant à étouffer dans la gorge des hommes le dernier cri du défi et du courage ?

Et même Alice, qui connaissait les horreurs des hôpitaux, ne pouvait lui donner la satisfaction d'une sympathie exacte.

Cependant, au dernier moment, la séparation d'avec Alice, qui représentait soudain toute la vie auprès de lui, fut cruelle. Il la revit dans toute sa raison d'être. Il contempla une dernière fois l'image qu'elle lui offrait d'une vie modeste, gaie, ingénue, noble. Il lui savait un gré infini de lui avoir montré cette image. Sans elle, il était sûr que sa vision des choses serait restée déplorablement tronquée ; mais pas une seconde il ne songeait à s'y tenir. Il ne voulait pas que sa position dans la vie fût déterminée par le choix d'une autre personne. Il voulait bien que les femmes lui enseignassent la vie, mais non pas qu'elles décidassent sa vie.

Alice comprit cela au dernier moment. Il la quittait avec l'intention avouée de se réserver la possibilité de reprendre Myriam, mais en même temps il faisait bon marché de cette ambition en se replongeant dans la guerre : il y avait donc en lui autre chose que l'avarice. Beaucoup plus que l'argent de Myriam, c'était lui-même qu'il voulait réserver, sa disponibilité. Somme toute, il se dérobait à Myriam comme à elle et il rouvrait sa destinée, en semblant la fermer sur la mort.

Tout échappait à Alice infiniment. Gilles, qui n'était pas encore tué et qui peut-être ne le serait pas, lui échappait bien plus inexorablement que l'homme qui avait été tué un an auparavant. Il lui semblait que tout s'en allait avec Gilles. Elle eut dans les os un de ces frémissements terribles qui annoncent la mort dans la vie d'un être.

Et Gilles ressentit par contre-coup ce frémissement. Bien plus fortement qu'avec Myriam, il entrevit cet aspect tragique de la destinée, c'est que nous nous apportons la mort les uns aux autres. Lui qui, par fidélité à son geste essentiel, s'en retournait du côté de la mort, d'où il était venu, il se retourna pour voir une dernière fois, avec des yeux agrandis par l'effroi, le beau visage d'Alice qui se décomposait rapidement derrière lui.

L'ÉLYSÉE

I

Dans la petite salle à manger aux murs trop nus, quelques personnes dînaient chez Gilbert et Antoinette de Clérences.

Mme Florimond regardait sa belle-fille avec des sentiments mêlés où il entrait de l'admiration pour sa beauté fuyante d'animal domestique rêvant parmi les humains et d'agacement pour cette nonchalance de plus en plus accentuée qui reléguait dans les lointains toutes les personnes présentes, à commencer par son mari. Que voulait-elle ?

La vieille femme d'un caractère si décidé devenait perplexe par instants ; elle ne comprenait pas ces jeunes êtres qu'elle rencontrait chez son fils.

Elle n'était pas même tout à fait sûre de son fils. Elle l'avait poussé à épouser Antoinette, la fille de Maurice Morel, rencontrée chez Myriam Gambier, peu avant que son père ne devînt Président de la République, et elle pensait qu'il l'avait fait autant par goût que par ambition. Mais Dieu sait comme il s'était conduit avec cette fille ravissante et comme il l'avait amenée promptement à l'infidélité. Quelles mœurs dans cette nouvelle génération ! Du temps de Mme Florimond, il lui semblait qu'on

245

n'avait connu qu'une droite et robuste galanterie. Mais, maintenant, tous ces micmacs. Gilbert souffrait-il des désordres de sa femme ? Il l'avait voulu et maintenant il le regrettait. Mais alors pourquoi affectait-il cette complète indulgence ?

Couchait-elle encore avec Gilles, qui avait été son deuxième ou troisième amant ? Non, puisque celui-ci était avec une Américaine, disait-on, la femme d'un diplomate. Antoinette semblait le regretter ; ce soir, elle le regardait de temps à autre avec son air exaspérant d'anonyme convoitise. Gilles ne répondait pas à ces regards et semblait souvent ailleurs, bien qu'il parlât beaucoup. Il buvait encore plus.

Comme il avait déçu Mme Florimond, celui-là. Après la guerre, il avait vécu encore deux ans avec Myriam, la négligeant complètement, courant la gueuse, ne restant chez lui que pour y improviser des soirées infernales, invitant n'importe qui, se saoulant énormément, humiliant Myriam et s'humiliant lui-même.

Myriam avait fini par prendre un amant et il était enfin parti, d'un air soudain offusqué. Il était toujours au Quai où il avait complètement gâché ses chances, se mettant mal avec tout le monde, fatiguant Berthelot à qui il s'était permis d'écrire en privé et de lui conter ses idées sur la politique mondiale. Après qu'il eut échoué à son examen d'entrée dans la carrière, Berthelot l'avait gardé au service de la Presse. On se demandait comment il pouvait y être encore.

Gilles, à travers la table, tenait, avec Gilbert, les propos les plus saugrenus sur la politique. Mme Florimond se demandait, par moments, comment son fils pouvait être vraiment ambitieux, avec ses façons. Certes, il fallait que jeunesse se passât et il fallait bien que, au retour de la guerre, il rattrapât le temps perdu. Et puis, il avait trop d'argent. Antoinette Morel lui en avait apporté un peu, mais surtout il avait hérité à peu près toute la fortune du vieux Clérences, qui était mort de congestion au milieu d'un conseil. Cet argent fondait.

Gilbert avait d'abord fort bien manœuvré et vite. Il était député radical et dans les petits papiers de Chanteau, le futur président du Conseil. Il manœuvrait encore ; mais il se faisait en même temps une fort mauvaise réputation dans les milieux politiques. Sur le moment, il étonnait et séduisait, mais, le dos tourné, on le déclarait insolite et prétentieux. Il était trop dandy, dépensait trop, avait une femme trop jolie, un appartement étrange, réussissait trop vite et trop bruyamment et s'entourait de gens extravagants. Sans compter ces orgies auxquelles il mêlait Antoinette.

Qu'est-ce que tout cela donnerait ? Saurait-il se discipliner ? Se laisserait-il entraîner par tout ce fatras d'idées qu'on agitait autour de lui ?

— Cyrille va amener Caël tout à l'heure, annonçait Antoinette.

Voilà maintenant qu'elle recevait ce Caël, une espèce de charlatan qui s'était fait une réputation à Montparnasse.

Mᵐᵉ Florimond demanda d'un ton discret, un peu sec :

— Quelles sont les idées de ce M. Caël ? J'ai essayé de me les faire expliquer ; j'avoue que je n'y ai rien compris.

Gilbert de Clérences regarda sa mère d'un air amusé :

— Vous voyez trop d'académiciens.

— Je suis pour les esprits solides.

— Vous ne vous êtes pas renseignée auprès de Cyrille ? s'écria Gilles.

Cyrille Galant était le deuxième fils de Mᵐᵉ Florimond.

Elle l'avait eu non moins naturellement que le premier, mais d'un vice-président du Sénat qui, marié et père de famille, n'avait pas pu le reconnaître comme M. de Clérences avait fait pour Gilbert.

Ce n'était pas son préféré et elle ne s'était guère occupée de son éducation. Cependant, le garçon avait fait preuve des qualités les plus brillantes. Il avait été reçu à Normale tout de suite après la guerre, mais il n'y était pas entré et il s'était jeté dans la plus inquiétante bohème.

Il était vaguement secrétaire d'un écrivain et s'était complètement acoquiné avec ce Caël. Il était avec lui, après lui, à la tête d'un groupe bizarre qu'on appelait le groupe *Révolte*, dont l'activité bruyante demeurait vraiment incompréhensible pour Mme Florimond. Était-ce de la littérature ? de la politique ?

En sortant de table, on passa dans l'atelier qui était presque aussi nu que la salle à manger. L'œil ne rencontrait sur les murs immenses que deux ou trois toiles cubistes, d'une austérité révoltante. Mme Florimond vit arriver Ruth, la vieille amie de Myriam Gambier. Ruth qui n'était pas jolie avait épousé un fils de rabbin affreux, qu'elle traînait après elle, ce soir. Pourquoi inviter des Juifs, s'ils ne peuvent servir à rien ?

Quand Sarrazin, le musicien, entra, Mme Florimond, soulagée, se jeta sur lui. Il était le seul de son salon qui fréquentât chez Gilbert. Sarrazin était un peu de tous les milieux. Il se promenait à travers toutes les nuits de Paris comme un vigile maniaque, à la fois distrait et attentif, hargneux et caressant.

Au bout d'un moment, M. de Guingolph, l'ancien chef de Gilles Gambier au Quai, s'approcha de Sarrazin et se mit à l'interroger avidement sur ce Caël dont on annonçait la venue.

M. de Guingolph, qui avait beaucoup fréquenté le salon des Gambier, s'acharnait à se faire inviter chez les Clérences. D'abord, pour la notoriété naissante de Clérences et son importance auprès de Chanteau qui pouvait devenir, en même temps que Président du Conseil, ministre des Affaires étrangères d'un jour à l'autre ; ensuite, pour l'air de scandale qu'on y pouvait respirer, tant dans l'ordre des mœurs que des idées. Son esprit inquiet et masochiste de conservateur en mal d'adaptation le portait à se frotter à toutes les nouveautés. Il portait aux points les plus blessants sa mentalité si sensible, comme il disait, qui, depuis la guerre, s'était couverte de plaies.

— Caël est marchand de tableaux et fondateur de religion, lança Sarrazin.

M. de Guingolph écoutait Sarrazin avec un grand respect, car il le savait favorisé de relations suivies avec deux ou trois duchesses et installé dans le salon de M\ me Florimond, dont il se demandait ce soir avec tremblement si elle jugerait bon de lui ouvrir enfin la porte.

M. de Guingolph ricana :

— Une religion à notre époque.

Sarrazin, qui faisait les yeux doux, depuis le début de la soirée, au macaron du ministre plénipotentiaire, au point que Gilles lui avait murmuré : « Vous aimez trop les petits fours », mais qui n'aimait pas qu'on s'occupât des autres, expliqua d'un ton assez négligent :

— Nos contemporains sont aussi nigauds qu'ils en ont l'air. Celui-ci se croit dieu ou pape...

Il s'arrêta une seconde pour laisser pouffer M. de Guingolph.

— ... et il croit à sa religion comme un curé de village.

— Enfin, cher monsieur Sarrazin, ne me laissez pas languir. Qu'est-ce que cette religion?

— Que voulez-vous que je vous dise? Vous avez entendu parler des apôtres et de la Pentecôte...:

M. de Guingolph fit la grimace et Sarrazin craignit d'être allé trop loin dans le dédain :

— Je me permets cette comparaison parce que vous me paraissez un brin sceptique.

— Pas du tout, je suis un bon catholique.

Sarrazin toussota et continua :

— Eh bien! les apôtres reçurent ce jour-là le don du Saint-Esprit. Aussitôt, ils eurent la facilité de parler dans toutes les langues. Vous voyez cette école Berlitz en folie. Cent vingt interprètes, lancés...

— Cent vingt?

— En comptant les disciples, ils étaient cent vingt crânes dans cette académie. Caël a changé tout cela : lui et ses disciples ont reçu le don de parler sans que ce ne soit plus dans aucune langue humaine.

Il s'arrêta et M. de Guingolph fit de nouveau la grimace devant la pose de sphinx que l'autre affectait. Aussitôt Sarrazin reprit :

— En d'autres termes, Caël a supprimé la syntaxe, la logique, le discours. Il a inventé la parole frénétique, l'extase laïque, l'inspiration athée. Dans les réunions de sa secte, les adeptes entrent en transe et éructent des mots sans suite, qui sont enregistrés par des sténos, imprimés ensuite et considérés comme évangile. C'est encore, si vous voulez, la grève générale de l'esprit. D'ailleurs, le groupe de Caël s'appelle *Révolte*.

Il espérait l'effrayer, mais M. de Guingolph reçut le coup avec volupté. Lui qui craignait la Révolution, finissait par se rassurer en voyant que l'accident qui menaçait, c'était la Fin du Monde même, cataclysme si complet que devant lui toute crainte s'envolait et laissait la place à une sorte de goguenarde ébriété.

Au bout d'un instant, il regarda Sarrazin d'un air radieux et lui dit :

— C'est épatant, expliquez-moi ça plus en détail.

Sarrazin fronça le sourcil, en songeant : « Encore un succès pour l'avant-garde. »

— Vous devinez, risqua-t-il. Caël a entendu dire que le génie était un délire. Il en a conclu que, s'il délirait, il aurait du génie. Ou que, du moins, tout le monde se mettant à délirer, cette question gênante du génie n'existerait plus.

Il s'arrêta, mécontent. M. de Guingolph lui en voulait de son ironie et prenait visiblement parti pour Caël. « Si j'ai besoin d'un service aux Affaires étrangères, je suis refait. »

Cependant, M. de Guingolph disait du bout des dents :

— Continuez, continuez.

— Tirons l'échelle.

Il oublia M. de Guingolph soudain et fut tout à la rage que lui donnaient ces nouveaux venus dans la littérature.

— Ils n'ont rien inventé, s'écria-t-il, ce sont simplement des derviches, des derviches sans Allah. Et c'est ça, l'avant-garde, la littérature moderne.

— Mais, en politique ?

— Ce sont des anarchistes ou des communistes.

— Ah !

M. de Guingolph frissonna, enfin. Décidément, la Révolution l'effrayait plus que la Fin du Monde.

Sarrazin avait l'oreille fine qu'il faut avoir aussi bien dans un salon que dans la clairière d'une forêt ; pourtant il n'avait pas remarqué que Cyrille Galant, arrivé depuis un moment et sans Caël, s'était approché à pas de loup. Galant, soudain dressé devant lui, prononça d'une voix sèche, en tendant son faible menton :

— Sarrazin, vous trahissez la poésie.

Sarrazin se retourna, effaré ; il craignait les coups.

— Pas du tout, bégaya-t-il.

— C'est du propre, continua Galant, tournant son menton comme au-dessus d'une imaginaire cravate à trois tours et le braquant vers M. de Guingolph qui lui offrit aussitôt un sourire éperdument complice.

Sarrazin essayait de se remettre, en vain.

— Dans les salons, vous savez, il faut faire de la vulgarisation.

Trop occupé de Galant, il ne se soucia guère du courroux probable de M. de Guingolph qu'il évita de regarder.

— Vulgaire, voilà le qualificatif que vous vous octroyez. J'espère que votre musique vaut mieux que cela.

— Ma musique vous salue.

Sur cette risposte insuffisante, Sarrazin s'éloigna et de Galant et de M. de Guingolph qui admirait le front pur et blanc du jeune impertinent.

— M. Caël n'est pas venu avec vous, comme on nous l'avait promis ?

— Non, il n'a pas voulu venir.

— Le peu que je connais de vos idées, monsieur, m'intéresse vivement.

Galant n'abaissa qu'une seconde les yeux sur lui.

— Voyez-vous ça, laissa-t-il tomber ; puis il promena ses yeux pâles sur le salon des Clérences.

S'approchant de Galant, un grand gaillard aux épaules lourdes lui dit :

— Que regardez-vous ?

Il le demandait non sans ironie, une ironie qui voulait menacer Galant aussi bien que n'importe qui. Galant déplaça son regard trop clair : l'autre aurait pu y discerner un peu de mépris et quelque convoitise. Il était indispensable à Galant de dominer avec les moyens convenables tout venant et il lui semblait que ce ne serait pas très difficile avec celui-là. Ce n'était jamais très difficile avec personne. « Et Gambier qui m'avait annoncé un ennemi. Il n'est pas plus mon ennemi qu'il n'est son ami. Cette brute est très féminine. »

— Qu'est-ce que je regarde? Tout, naturellement.

— Vous regardez le décor, gouailla le grand et lourd garçon qui s'appelait Lorin, Grégoire Lorin.

Il proposait à Galant une complicité dans la feinte indulgence, le dédain et même le mépris pour l'élégance si étudiée du grand atelier. Il ne fut pas encouragé par Galant qui voulait bien utiliser la bassesse, mais à son heure. Il regardait beaucoup sa belle-sœur Antoinette. Elle était longue, silencieuse, sombre, insaisissable comme une chatte. Il pouvait interpréter son indolence comme un dédain pour son mari, sa belle-mère. Son dédain allait-il jusqu'au mépris? Méprisait-elle aussi son père, le Président? Et Gambier, qui avait été son amant?

Grégoire Lorin était apparemment le plus agressif dans cet atelier où de tous les côtés pourtant on échangeait des égratignures et des piqûres. Il lança brusquement à Galant qui, du reste, attendait la passe d'arme :

— Vous savez, ce que vous faites dans votre groupe me paraît tout à fait anodin, enfantin.

Galant ricana à peine. Lorin voulait pourtant qu'on sentît son fer.

— Oh! mais, je ne ris pas. Et je trouve tout de même que vous trompez misérablement votre monde.

Sur ce mot « misérablement », Galant cligna des yeux et ses paupières s'abaissèrent vers la grosse lippe goulue de Lorin qui se tordait impuissante sous une lèvre supérieure très plate, très effacée. L'absence de quelque chose coupait ce visage. L'absence de quoi ? Peu importait à Galant qui savait seulement que cela lui donnait barre sur cet énorme imbécile, qui poussait vers lui des antennes malhabiles.

Il badina :

— Alors, comme ça, vous faites de la politique, Lorin.

Lorin aima qu'il l'appelât par son nom. Cela lui garantissait une minime notoriété.

— Je ne « fais » pas « de la politique ». C'est bien ça, vous ignorez tout dans votre groupe de ce qui vous importerait le plus de connaître. Je suis marxiste. Le marxisme, voilà ce que vous ignorez. Ça n'a rien à voir avec « la politique ».

Lorin continua de plus belle :

— Le marxisme, c'est beaucoup plus que ce qu'on entend par « politique », je vous prie de le croire. C'est là qu'est la révolution et non pas dans les petites simagrées de votre groupe « Révolte ».

Gilles, qui, à l'autre bout de l'atelier, écoutait Clérences, jetait de temps en temps des regards curieux vers les deux hommes. Il finit par aller vers eux ; il demanda à Galant :

— Il t'attaque ?

— Enfin...

Gilles ne cachait pas son mépris pour Lorin qui, de son côté, lui souriait avec une amicale haine. Galant notait la trahison toute prête chez les deux amis. Comment en aurait-il été autrement entre deux hommes ? Mais, avec Caël, lui était dans une complicité démoniaque bien au delà de la difficulté blessante des sentiments humains.

Gilles avait bu et buvait encore. Galant ne buvait ni ne fumait : ce qui paraissait calcul à Gilles. Lui, était à cette heure de la journée où il renonçait à tout calcul plus aisément encore qu'à toute autre.

Gilles demanda :

— Caël n'est pas là ?

— Non, il n'a pas voulu venir.

— Il a le préjugé du café. Il croit qu'un café, c'est plus sérieux qu'un salon. Préjugé. Ça se vaut.

— Idiot.

— Il y a café et café, reprit Lorin. Je disais à Galant que leur idée de révolution me fait rigoler. Il n'y a pas de révolution en dehors du marxisme.

Gilles répondit :

— Il n'y a pas de révolution du tout.

Lorin regarda Gambier avec une contrainte rageuse.

— Tu sais très bien ce que je pense du moment histo-rique, concéda-t-il. Depuis 1923, depuis l'échec en Allemagne, les chances de la révolution mondiale se sont éloignées. Le capitalisme est de nouveau dans une période de prospérité. Mais quand le moment historique...

Gilles, regardant Galant, s'écria sur un ton de déri-sion :

— Le moment historique... Oh ! ce jargon. Je me demande ce que serait un moment qui ne serait pas historique.

Lorin se tourna vers Galant comme un arbitre. L'arbitre marqua par un assez long silence l'avantage de sa position, puis il laissa tomber :

— Moscou me semble un endroit assez suspect.

Lorin était fort empêtré devant les deux autres qui étaient plus fins que lui. Mais son orgueil avait le cuir épais ; manquant de talent, il pouvait du moins mettre son orgueil dans sa foi.

— Naturellement, pour le moment, Moscou est suspect ; mais c'est un moment à passer.

— Encore un moment, reprit Gilles avec une vivacité plus sérieuse. De moment en moment, les siècles passeront et tu attendras encore ta révolution. C'est commode.

— En attendant...

— Oui, en attendant, tu l'avoues...

— En attendant, le travail que je fais...

— Quel travail fais-tu ? coupa Gilles d'un ton blessant.

— Je fais mon petit travail, grommela Lorin.

Lorin appartenait au parti communiste depuis peu, après avoir été longtemps simple sympathisant.

Galant regardait avec un amusement pervers les deux amis. Gambier affichait toujours ainsi le plus profond mépris pour Lorin qui le haïssait, et, pourtant, il le voyait souvent ; il avait même fait de lui son confident intime et, à cet instant où il le traitait de la façon la plus pénible, quelque chose dans son geste et dans sa voix marquait une affection involontaire. Cela satisfaisait Galant qui, incité par Freud et tous les murmures de l'époque, croyait sentir la lascivité couver sous les rapports de tous les êtres.

— Ton petit travail, soupira Gilles.

Il connaissait la paresse incoercible de Lorin, qui se donnait le change par toutes sortes de rendez-vous et de conciliabules, et la puissante propension à la médiocrité qui faisait vivre à l'aise ce géant dans un horizon nain.

Lorin, cinglé, rétorqua :

— Mon petit travail vaut bien celui de tes amis.

Le groupe de Caël vivait dans une incroyable fainéantise. Sans argent, sans femmes, refusant le travail, avec la pauvre éducation de leur temps, attachés à quelques idées extrêmes et obscures, ils étaient toujours une vingtaine sous la domination étrange de Caël. Y avait-il là autre chose que le goût forcené de la destruction et de la pénurie? Gilles, tout en évitant les contacts trop fréquents et trop étroits qui provoquaient son ennui et son dégoût, suivait avec curiosité, à travers les propos de Galant, les contorsions de ce réduit de couleuvres. Lorin en était jaloux. Mais Gilles voyait que la jalousie pourrait aisément faire place à la coquetterie.

— Toutes vos petites histoires n'ont aucun intérêt, reprenait Lorin.

A ce mot de « petites histoires », Gilles ricana. Les entreprises de ces faibles énergumènes étaient minuscules. Galant, lui, en avait conté quelques-unes qui l'avaient consterné par le sentiment qu'elles lui donnaient d'une consternante impuissance dans l'excès le plus inouï des mots. Pour le moment, ils en préparaient une qui lui semblait pourtant d'une portée saisissable et il était repris par la rêverie qui l'avait rapproché de *Révolte* ; leur complète pourriture d'esprit peu à peu dénoncerait ce monde délabré où il languissait fébrilement depuis son retour de la guerre.

Après une assez longue et obscure diatribe, Lorin conclut :

— Toutes vos histoires, ce sont des histoires d'agents provocateurs.

« Agents provocateurs », ce mot éveilla un lointain écho dans l'esprit de Gilles. Il se rappela l'avoir entendu dès la première bagarre où il s'était mêlé au quartier latin. Brusquement, quelqu'un avait crié dans un groupe : « C'est un provocateur. » Le groupe s'était rué sur un individu. D'un seul coup, Gilles avait lu sur un visage décomposé le reflet effarant de l'ambiguïté humaine.

Quels étaient les plus secrets desseins de cet ambitieux effréné qu'était Galant? Sa bouche se tordait un peu, mais, plus haut, son front pur et délicatement modelé demeurait sans nuages.

— Vous me semblez avoir un vocabulaire très restreint, se contenta de dire Galant qui était à cent lieues de se considérer comme insulté par un Lorin.

Il fut heureux de voir Lorin dans la gêne; il pourrait se saisir de lui dans un instant, grâce à ce léger remords.

Gilles tourna à demi sur ses talons. Il rencontra le regard d'Antoinette. Le visage de Gilles se ferma; il n'était plus sensible à la beauté d'Antoinette s'il l'avait jamais été vraiment, et il ne l'avait pas approchée depuis son arrivée. Il regarda avec inquiétude du côté de Clérences qui fronçait les sourcils tout en affectant le plus cordial détachement.

Gilles, qui aimait une autre femme avec violence, n'aimait pas se rappeler dans quel faible lacis de sentiments l'avait fait trébucher ce ménage.

A ce moment, entra Paul Morel, le fils du Président et le frère d'Antoinette de Clérences.

Mme Florimond était toujours troublée par l'apparition d'un membre de la famille Morel. Elle avait vu les grands avantages pour son fils qu'il se mariât dans la politique, et la plus importante; mais bientôt la jalousie avait été plus forte que le calcul. Elle avait envié terriblement Mme Morel qui était si belle et dont la beauté résistait si bien à l'âge. Elle avait vite renoncé à se forcer, elle qui savait si bien le faire, et n'avait point pénétré chez les parents de sa belle-fille. Du reste, les Morel n'étaient plus d'aucune utilité pour Gilbert, bien au contraire.

Gilbert avait lié son sort à Chanteau, chef du parti radical. Or, depuis que M. Morel était devenu Président de la République, il usait de toute sa faible autorité pour empêcher Chanteau d'arriver au pouvoir, comme trop à gauche. Gilbert avait rompu bruyamment avec son beau-père et avait essayé de se faire un succès parmi les radicaux de cet éclat.

Au fond, Antoinette pouvait bien divorcer maintenant. Mais, pourtant, Mme Florimond, qui avait une certaine passion de gauche et qui, à cause de cela, haïssait presque autant M. Morel que Mme Morel, ne détestait pas que leur fille vécût encore comme otage parmi leurs ennemis. Elle se réjouissait d'entendre Antoinette se moquer de l'Élysée et désespérer ses parents par sa conduite et ses propos.

Mme Florimond considérait aussi avec satisfaction le jeune Paul Morel. Comme sa sœur Antoinette, ce garçon de dix-huit ans avait honte du personnage que jouait son père à l'Élysée et était prêt à se jeter dans les bras de ses ennemis.

Gilles, qui ne l'ignorait pas, craignit pourtant que ce garçon à la sensibilité oscillante ne fût déconcerté par les propos trop brusques de ses amis. Rien ne se passa comme il l'avait craint. Galant se montra d'une grande prévenance pour le jeune homme et celui-ci put manifester tout à trac une joie désordonnée de le connaître.

Cependant, Gilles affectait, fuyant Antoinette, de n'avoir d'intérêt que pour Clérences avec qui il reprit la discussion sur la Révolution commencée avec les autres. C'était difficile de coincer Clérences qui, avançant à pas lents et prudents dans la vie, n'avait de fermeté que dans la poursuite de ses intérêts parlementaires. Très ignorant, sous un léger vernis, et non moins méfiant, les idées ne lui offraient que de l'incertitude ; il ne se souciait guère de montrer cette faiblesse dans un débat gratuit. Pourtant, pour répandre le sentiment autour de lui de sa possible audace, il se permettait, de temps à autre, quelque écart de langage sur un point particulier. Cela ne faisait pas le compte de Gilles qui n'en était pas éclairé et cherchait, avec quelque naïveté, à cerner la figure de cet autre ambitieux.

— La Révolution, pourquoi pas?

— Tu m'étonnes. De quelle révolution parles-tu? s'exclama Gilles, ce qui fit prêter l'oreille à Galant, Lorin et Paul Morel. Si tu t'es fait député radical, c'est pour saisir tout de suite le pouvoir. Qu'est-ce que cela a à faire avec une révolution comme la révolution communiste qui demande une infinie préparation, laquelle vous tient pour longtemps et sans doute pour toujours éloigné du pouvoir?

Les autres ricanèrent et se rapprochèrent.

Clérences s'était entraîné avec minutie dans les réunions publiques à répondre à toutes les interruptions, surtout à celles qui le gênaient intimement. Du ton amusé d'un homme d'action qui se délasse parmi les rêveurs, il jeta:

— Mais on ne gouverne jamais si bien qu'après une révolution.

— Bravo, jubila Gilles, aussitôt entraîné dans cette diversion, chaque révolution refait le plein de la tyrannie que demandent les hommes. Les vieux pouvoirs sont les moins lourds, seulement ils nous dégoûtent.

Clérences considérait Gilles comme un charmant olibrius, dont les traits pouvaient être dangereux, car ils perçaient les attitudes, mais aussi parfois profitables, car ils illuminaient son horizon étroit de politicien.

Gilles ajouta, excité et prêt à frapper de tous les côtés:

— C'est pourquoi ces messieurs ici présents devraient

parler de révolution plutôt que de révolte, car ils ont un goût effréné de la tyrannie.

Galant eut un sourire de fatuité cynique.

Lorin prenait toujours une phrase au pied de la lettre.

— La tyrannie, s'écria-t-il, il n'y a pas de plus grands ennemis de la tyrannie que les marxistes. Marx veut la suppression de l'État.

Tout le monde pouffa.

— Je crois que c'est une pierre dans mon jardin, siffla enfin Galant entre ses dents, ce que tu dis, Gilles.

— Bien sûr. Votre groupe est fondé uniquement sur la passion de la tyrannie. Vous n'avez qu'une idée, c'est d'aveugler les gens et de les mener vers des précipices. Comment peut-on mieux prouver son pouvoir qu'en perdant les gens. La destruction, c'est le comble de la tyrannie.

— Tout cela prouve une grande débilité, jeta soudain Mme Florimond tout en regardant de la façon la plus désobligeante son fils cadet.

Là-dessus, Paul Morel, qui n'avait encore dit un mot, mais qui attachait sur Galant un regard idolâtre, s'exclama :

— Pourquoi parlez-vous tous de la tyrannie à venir ? Il s'agit de la tyrannie présente. Nous la haïssons, nous voulons la détruire coûte que coûte, peu importe les moyens que nous employons.

Gilles se tourna vers lui d'un air rêveur, puis revint à Galant.

— Même si ce sont ceux de la tyrannie.

Galant considérait Paul Morel avec satisfaction : une fois de plus, son autorité faisait son œuvre. Il sentait en lui une assurance infernale, un cynisme dévorant qui le porteraient haut. Ce sommet ne serait rien, si, de là, il ne pouvait accabler tout le monde. Il accablerait d'abord

Gilles qui était riche ou l'avait été, plaisait aux femmes et que tout à l'heure Antoinette regardait ; et il accablerait Clérences, cet héritier, ce démagogue pour temps calmes. Il faudrait bientôt utiliser ce petit Morel qui se trouvait situé à un point utile de la société.

Mme Florimond avait paru aussi très frappée par l'intervention du fils du Président. Il haïssait encore plus son père que ne le faisait Antoinette. On en pourrait tirer parti bientôt, quand il faudrait venir à bout de Morel et le chasser de la Présidence.

Gilles n'avait pas été moins étonné de la boutade de Paul Morel. Elle décelait, chez ce jeune garçon si frêle, une espèce de passion qu'il ne lui avait pas soupçonnée. Cependant, il rêvait tout haut :

— Il s'agit d'exercer ses passions et rien d'autre. Le résultat est toujours désastreux, au regard de la raison.

Mme Florimond le regarda avec mépris.

— Oh! vous, que ne diriez-vous pas pour plaire à Cyrille.

— Je ne dis pas cela pour plaire à Galant, reprit-il avec une confusion puérile, en voyant briller les yeux de tous ses amis, je dis ça parce que c'est tout ce que je crois. Mais, ajouta-t-il avec amertume, Galant n'avouera jamais ça.

Il savait que Galant était à jamais fermé à tout aveu. Celui-ci lui jeta un regard enjôleur et ironique. « Voyons, disait le regard, nous n'en sommes plus là, nous n'avons plus dix-huit ans pour philosopher sur le fond des choses. Crois-tu que je vais tomber dans le piège et jeter mes armes. »

— De quelle tyrannie parle-t-on ? lança soudain Antoinette, qui ne semblait jamais parler que pour marquer ses longs silences indifférents.

S'étant entendu parler, elle tressaillit.

— Je ne crois pas qu'on pense à votre père, se permit Mme Florimond, en jetant un bref coup d'œil à Antoinette puis à Paul Morel.

Le petit visage mou de Paul se contracta.

— Mon père est le valet des tyrans, murmura-t-il, en regardant Galant avec passion, avec une passion chétive, suppliante.

Lorin s'avança vers lui avec sa fureur pédante.

— Ce que vous dites est parfaitement juste : votre père, comme tous les politiciens sans exception, est l'agent du capitalisme.

— Oh! sans exception, ricana Clérences.

Clérences et Lorin étaient de vieux camarades de guerre. Plus Lorin connaissait les gens, plus il avait de griefs contre eux ; mais, n'ayant point le goût de la solitude, il s'attachait par ses griefs comme d'autres s'attachent par la sympathie. Il cria donc à Clérences, dans un énorme rire :

— Oh! toi, tu es pire que les autres, parce que tu es de gauche, et de la gauche la plus sournoise... Mais, enfin, je ne désespère pas de toi.

Il y avait un abîme d'arrière-pensées fielleuses dans ces derniers mots : on voyait aussitôt Clérences manœuvrant à l'approche d'une révolution.

Antoinette regardait son frère avec effroi. Elle avait en horreur la politique, mais sa nonchalance lui permettait de supporter un milieu qui l'enveloppait du plus noir ennui. A condition d'être aidée par quelques êtres d'exception. Et voici que son frère, avec qui elle adorait plaisanter de mille riens, devenait semblable aux autres hommes. Gilles déjà, qui l'avait séduite par une apparente légèreté, l'avait ainsi déçue et mortifiée. Heureusement, elle pouvait sans cesse se reprendre au charme de son propre corps ; elle

était une chatte qui se délecte en soi-même parmi la vie
morose des humains. Encore fallait-il qu'elle trouvât des
hommes pour lui faire l'amour.

Galant vint vers elle. Il n'y avait pas longtemps qu'il la
connaissait, et il ne venait chez son frère qu'à cause d'elle.
Il l'enviait à son frère. Jusqu'à ce soir, bien qu'il l'épiât
sans cesse, il ne lui avait jamais parlé directement.

Un peu à l'écart, il lui dit :

— Ils parlent de révolution, mais le seul acte intéressant, c'est de descendre avec un revolver dans la rue et de
tirer sur n'importe qui, jusqu'à extinction.

C'était des mots de Caël.

Elle le regarda avec gratitude. Elle ne voyait pas dans
ces paroles un défi sérieux, mais une rupture amusante
avec toute prétention de donner un sens certain à la vie.

Un moment plus tard, il dit encore :

— La destruction est le seul moyen d'atteindre à des
lieux inconnus et merveilleux.

Antoinette se demandait quel amant il pourrait faire ;
en tout cas, de tels propos, en déchirant l'atmosphère qui
lui pesait d'ordinaire, lui donnaient une sorte de soulagement voluptueux.

Il avait un front charmant, si blanc.

II

Souvent Galant venait au ministère et restait très longtemps à bavarder avec Gilles. Ou bien, il passait à l'appartement même de Gilles, rue Murillo, très tôt le matin,

avant son lever. Ces temps-ci, jamais Gilles ne l'avait vu autant. Il se demandait quand Cyrille, qui se couchait très tard, dormait. Il buvait du café toute la journée.

— Le petit Morel est étonnant, tu sais. Il a une haine de son père absolument magnifique.

Gilles railla.

— Est-ce que tu crois que c'est sérieux? Tout de même, c'est un pauvre gosse.

Galant secoua sa petite tête.

— Mieux que ça.

Gilles connaissait la tranquille assurance avec laquelle Galant modifiait ses jugements, selon les besoins. Il comprenait qu'il flattât Paul pour le conquérir, mais qu'il en vînt, devant lui, Gilles, à lui prêter quelque intérêt, le révoltait.

— Enfin je suis bien sûr que tu le méprises, au fond.

Il se reprit aussitôt, se rappelant la subite vivacité de Paul l'autre soir.

— Je me trompe peut-être.

Galant accepta sa soumission d'un air satisfait.

Il se promenait de long en large dans la pièce. Une activité insatiable, une préoccupation incessante l'occupaient. Gilles reprit :

— Mais, tu sais, méfie-toi. Paul est un malade. Il a fait deux fugues, à quatorze et à seize ans.

— Ah! oui, tiens, tiens... Bah! Ce garçon peut nous être utile, dans l'affaire dont je t'ai parlé.

Caël et ses amis avaient donné deux ou trois séances mémorables dans certain petit milieu composite où se coudoyaient toutes sortes de mendiants de l'esprit : ahuris du gratin, juifs énervés, bourgeois studieux, jeunes clochards de la littérature et de l'art. La grande trouvaille était de simuler un procès, où l'on mettait en accusation tel ou tel homme célèbre. Des diatribes emphatiques avaient été vociférées contre Anatole France, le maréchal Joffre, d'autres.

— Si nous faisons notre Procès des Présidents, je ne doute pas que Paul ne marche et ne prenne position contre son père avec la plus grande audace. Cela fera un beau scandale.

— Vous allez donc vous mêler de politique? Je croyais que vous la méprisiez.

— Nous frappons toutes les figures représentatives. Aussi bien celles de la politique.

Gilles frémit et sourit. Lui aussi, il détestait Morel. Morel avait proposé à la France le culte non pas de la haine, qui peut être un sentiment large et plein, assez large et assez plein pour équivaloir à l'amour, mais de la méfiance. Dans tous ses discours, il enseignait une méfiance craintive et hargneuse à l'égard de l'Allemagne, tout en laissant ses ministères la relever. Gilles voyait la France, paralysée par le vétilleux conseil d'un Morel, laisser passer l'heure du destin; elle était incapable de prendre une initiative généreuse : soit de détruire l'Allemagne, soit de désarmer. Chaque jour, en arrivant au Quai, il frissonnait d'appréhension en songeant au temps perdu. Il avait pris en haine Berthelot aussi bien que Morel. Sous ses airs infiniment compréhensifs, sous ses airs indulgents de grand libéral corrompu, c'était pour l'Europe le plus cauteleux, le plus indifférent, le plus pernicieux des tyrans; il accumulait des haines inexpiables contre la France. Toutefois, Gilles restait encore un peu étonné devant le personnage; partout où il voyait l'ambition et le calcul il était prêt à s'ébaubir, parce que cet aspect de la vie était loin de lui. En revanche, il pouvait mépriser Morel de toutes manières; il crachait sur l'hypocrite, le bourgeois qui s'était fait socialiste, le socialiste qui était devenu bourgeois, le sot qui de ses mains débiles et timides essayait de rebâtir la maison qu'il avait démolie.

— Et toi ? Tu participeras à la séance ? demanda Galant.

— Oui.

Galant parut un peu surpris et assez content. Jusque-là Gilles avait fait assez pour se compromettre avec eux, mais nullement assez pour les satisfaire. Risquerait-il sa situation au Quai d'Orsay ? C'était ce qui le tentait le plus. Ce qui lui plaisait le moins, c'était de ne pouvoir rien faire que de médiocre dans une entreprise aussi médiocre. Il se joignait à ces destructeurs par désespoir, parce qu'il ne voyait autour de lui un peu de force que dans la destruction. Carentan, vieilli, lui écrivait : « Voici les derniers jours de cette fameuse " civilisation ". L'Europe qui n'a pas croulé en 1918 s'en va lentement en ruines. La France a failli à sa " mission ". La misérable " élite " n'a rien su faire d'une victoire qui, d'ailleurs, n'était pas la sienne. C'est l'Amérique qui a vaincu en 1918. Or, l'Amérique, ce n'est rien ; elle l'a prouvé en disparaissant. Genève, c'est toute la misère du " monde moderne ", son immonde hypocrisie de capitalisme, de franc-maçonnerie, de juiverie, de démocratie socialisante, c'est toute son impuissance... Je comprends que tu sois tenté de secouer les dernières colonnes, mon pauvre petit Samson sans mâchoires d'âne. En attendant, amuse-toi bien avec tes Dalilas. Pour moi, je me tirerai bientôt des pieds. »

Le désespoir de Gilles avait de fâcheuses racines personnelles. Quand il avait épousé Myriam, il croyait en lui-même ; maintenant il n'y croyait plus : d'être revenu à Myriam pendant quelque temps après la guerre l'avait avili. Il avait pris l'habitude d'un monde ignoble. Et il avait hésité dans l'intime de sa destinée. Il avait à moitié oublié son rêve de cultiver dans une vivante solitude ses sensations, ses expériences, et de former dans une parfaite lenteur sur la marche du monde des pensées qui auraient un peu de la prodigieuse efficacité secrète de la prière. Ayant rencontré Galant et Clérences, il n'avait pu résister au défi que ces brillants garçons lui lançaient. Leurs entreprises, les progrès qu'ils faisaient dans le siècle le fascinaient et l'arrachaient à demi à lui-même. A demi seulement, mais assez pour que sa cohérence ne fût plus efficace. Il ne se sentait plus le courage tranquille de considérer son poste au Quai comme un simple moyen d'existence et comme un observatoire où il pouvait ajuster sa vision de la planète. Il regrettait de ne se sentir déjà plus capable de surprendre et mettre en déroute les gens par une carrière très rapide comme faisait Clérences. Avec un peu de soin, après tout, qui sait s'il ne serait pas devenu un second Berthelot? N'est-ce pas un devoir de passer sur le dos des imbéciles? Il faut que les imbéciles soient écrasés. Et malgré l'énorme déchet que font les travaux de l'ambition, il y a presque toujours en haut deux ou trois êtres intelligents. Ces deux ou trois bons esprits vengent les autres et méritent d'être rejoints.

Le succès de Clérences semblait beaucoup plus certain que celui de Galant. On ne savait même pas quelle serait exactement la voie de ce dernier, tandis qu'on savait que l'autre serait ministre, président du Conseil. Cela était trop clair pour plaire tout le temps à Gilles, qui s'amusait mieux à rêver sur Galant encore disponible ; chez celui-ci, le mouvement essentiel de l'ambition restait encore à l'état pur. Gilles admirait sa férocité, lui qui se disait d'abord : « Il y a des imbéciles, il faut leur passer sur le ventre » ; mais qui ajoutait : « Quelques-uns de ces imbéciles ont des âmes. Me résoudrai-je à froisser ces âmes ? » L'expérience sur Myriam l'avait laissé pantelant. Galant ne froissait pas les âmes, il les asphyxiait à distance par une négation décidée une fois pour toutes. C'était là une opération dont la difficulté pour Gilles faisait le prix à ses yeux.

— Qu'est-ce que devient ta mystérieuse dame ? demanda-t-il.

Tandis qu'il racontait ses aventures à tort et à travers, Galant restait mystérieux. Ce n'était que par hasard qu'il avait entrevu une ou deux de ses liaisons. Mais, en ce moment, la réserve de Galant semblait près de craquer : il avait fait allusion à une conquête prochaine. Sans doute l'aventure était plus brillante que d'habitude.

— Voyons, raconte.

Gilles avait le sentiment intermittent que sur ce terrain il blessait son ami ; il ne parvenait pas à lui faire oublier ses avantages.

— Elle est ra-vis-sante, scanda Galant avec sa mâchoire faible. Et c'est une personne assez vraie, en dépit des apparences.

— Quelles apparences ?

— Tu sais bien : un mari insupportable, le monde où elle vit, ses robes, mes prédécesseurs, etc.

— Tout ça m'a l'air très bien.

Gilles espéra jouer enfin avec Galant au jeu de deux don Juan égaux et parfaitement loyaux. Il aurait voulu faire briller davantage son ami, qu'il fût mieux habillé, qu'il prît plus d'assurance dans le domaine des petites choses.

— Vas-tu te faire faire ce smoking ?

Galant le regarda d'un air un peu dolent. Gilles lui donnait de temps à autre quelque argent, pas assez.

Pour qu'un ami riche se rende acceptable, il lui faudrait entièrement pourvoir une bonne fois l'ami pauvre et non pas le tirer d'affaire tous les trente-six du mois. Ce qu'esquissait Gilles ne pouvait que faire ressortir ses avantages, et les désavantages de Galant, qui ne tirait que fort peu de chose de sa mère. Gilles pensait par moment que si d'un seul coup il renouvelait la garde-robe de son ami et le fournissait d'une ronde somme, il lui mettrait un véritable atout en main ; puis il pensait à autre chose et à ses propres dépenses. C'est ainsi que, ce jour-là, il n'insista pas sur le smoking. Il aurait dû emmener pourtant Galant dès le lendemain chez le tailleur. S'il avait une maîtresse plus brillante, être mal habillé devenait une de ces gênes minuscules qui font trébucher un amoureux.

— Dis donc, demanda Galant, est-ce que l'Américaine t'a fait entièrement oublier Antoinette ? Tu ne m'en parles plus jamais.

Gilles ne regardait jamais Galant au moment où il lui parlait des femmes, il craignait de voir les blessures qu'il faisait. S'il l'avait regardé, pourtant, en ce moment, il aurait vu qu'il attendait sa réponse avec une anxiété dissimulée.

— Antoinette, fini, complètement fini.

Galant eut un sourire amer.

III

Dora n'était pas belle, si on la regardait au visage. Rien d'admirable dans ces petits yeux enfoncés, ce nez camard et informe. Mais son corps manifestait la beauté d'une race et, par contraste avec l'insuccès du visage, le triomphe du corps était d'autant plus émouvant. Dora, c'était la servante de Carentan en beau. Cette Américaine, avec son mélange de sang écossais, irlandais, saxon, croisait et multipliait plusieurs caractères des peuples nordiques. Or, c'était de ce côté-là que se rassemblaient toutes les émotions de Gilles. L'Angleterre lui avait paru sa patrie dès qu'il y avait mis le pied ; sa division américaine qui était de Viginie lui avait fait respirer un air profondément favorable. Aussitôt qu'il avait quitté Myriam, il s'était précipité en Scandinavie. Tout un monde, par divination déjà familier, lui avait été donné avec Dora.

Jambes longues, hanches longues ; hanches longues sur jambes longues. Un thorax puissant, dansant sur une taille souple. Plus haut, dans les nuages, des épaules droites et larges, une barre brillante. Plus haut encore, au-delà des nuages, la profusion solaire des cheveux blonds.

Quand il prenait ce grand corps dans ses bras, il serrait une idée de la vie qui lui était chère. Une certaine idée de force et de noblesse qu'il avait perdue depuis Alice. Pourquoi la chercher ailleurs que là ? Pourquoi la chercher dans le monde masculin, dans les sortilèges de l'ambition ? Une femme est une réalité autant qu'une foule. Foin de la hiérarchie des passions. Une passion en vaut une autre. Aussi bien consacrer celle qui jaillit le plus heureusement de vous. Ce n'était pas rien d'être un de ces rares hommes capables de recevoir des femmes et de leur donner un trouble profond. Magnifiant ce trouble par l'intelligence, faisant des nœuds tragiques, ils maintiennent entre les sexes l'espoir.

Après ses harassantes randonnées, il s'émerveillait que Dora existât. Le plus naturel paraît miraculeux : rencontrer la femme qui vous convient, qui vous plaît, qui vous satisfait, qui vous exalte; tâter sans cesse cette réalité palpitante dont le moindre sursaut ramène un cri inépuisable de certitude et de joie. Ne plus dédaigner, jusqu'à la haine; au contraire approuver, louer. Louer. Gilles ne demandait qu'à louer la vie, mais il ne pouvait la louer à plein qu'ayant retrouvé un tel point de contact.

« Toute cette chair, toute cette vie qui est semblable à moi, qui est à moi. Voilà cette femme, c'est moi, c'est moi enfin rencontré, reconnu, salué. La joie. La joie d'être enfin à son aise avec moi-même. Et il le fit mâle et femelle, disent les Écritures. »

Le don est-il seulement du corps, n'est-il pas de l'âme? L'accomplissement de cette double nécessité fait le sacrement. Sacrement : elle est ma femme, je suis son homme. Il n'y a rien en dehors de cela, ni avant ni après. Par malheur, Dora était déjà mariée avec un autre homme, et la foudre du sacrement avait déjà été appelée et consommée.

C'était pourtant une merveille de l'âme, quand Dora faisait passer sa robe étroite par-dessus ses grandes épaules droites et que les longues jambes étaient fichées dans le plancher comme deux lances sveltes et vibrantes. Et en haut, c'était sur un bâton le double enlacement serpentin des bras. Voilà que la ceinture se détache comme un léger harnachement. Et la chemise glisse des épaules et n'est plus qu'un haillon autour des reins. Et ce sont ces amples côtes d'athlétesse sur laquelle se superposent doucement ces seins de mère. Dora avait eu deux enfants. Nue, Dora évoquait le plus grand bien des hommes : la beauté dorique. Elle n'est pas morte, cette grande race dorique qui n'est jamais si belle que détachée du Nord, livrée au climat tempéré qui la délie, la subtilise. Gilles touchait de ses doigts aiguisés par l'impatience cette substance pure et homogène, ce marbre qui se laissait sculpter avec des éclats pailletés.

— Qu'est-ce que tu as fait hier soir ? demandait Gilles qui, allongé sur le ventre, se redressait sur un coude.

— Nous sommes sortis avec Jacqueline de Buré et son mari et d'autres, j'ai mal compris leur nom.

— Mais tu ne devais pas sortir.

— Ça s'est décidé à la dernière minute.

Dora regardait Gilles avec inquiétude, elle connaissait ces retombées brusques du filet social sur cette âme, l'instant d'avant si libre.

— Pourquoi ne m'as-tu pas dit hier que tu sortirais avec les Buré ?

— Mais je n'en savais rien. C'est Percy qui en rentrant m'a annoncé qu'il avait arrangé ça au téléphone, de son bureau.

Gilles jetait sur Dora un regard froid et perçant.

— Tu me crois ? demandait-elle sur un ton de tendre supplication.

— Peu importe, là n'est pas la question.

— Où est-elle ?

Son ton marquait un commencement d'effroi. Elle ne craignait pas pour elle-même, mais pour Gilles, les exactions de sa jalousie. Le regard de Gilles cessait brusquement d'être froid, il touchait Dora comme une prière brûlante.

— Écoute, maintenant que nous sommes si bien ensemble, tu peux tout me dire. Les premiers temps tu avais le droit de te défendre, mais maintenant...

Il pensait qu'elle devait accepter sa méfiance comme lui était prêt à accepter la sienne : les investigations de la jalousie lui paraissaient une incitation et une aide

273

apportés à l'autre pour qu'il se livre mieux, plus nu.

— Tu crois que Buré a été mon amant? Non, je t'ai aimé tout de suite et j'ai tout de suite voulu te dire toute la vérité. Je n'ai jamais eu d'amant avant toi.

Gilles, qui se sentait encore tout palpitant de tant de petits mensonges passés, l'écoutait, hésitant. Soudain, il était fort loin de toute interprétation sacramentelle de leur union. Il pensait qu'elle ne pouvait que mentir, étant là sur le lit si animale et si fauve. A moins qu'elle ne fût séduite par la beauté humaine de ne pas mentir. L'amour la rendait-elle plus animale ou plus humaine?

Qui était-elle? Il n'en savait rien. La connaissance, la possession qu'il avait de la femelle n'assuraient pas sa connaissance de la femme. Avait-elle été jusqu'au temps de leur rencontre cette puritaine qui avait vécu engourdie dans les préceptes et qui avait été soudain galvanisée, comme elle lui en racontait la légende? Ou était-elle éveillée depuis longtemps, tout en gardant les apparences de la puritaine? Avait-elle eu des amants depuis qu'elle était à Paris? En avait-elle eu auparavant en Amérique? Il était obsédé par l'image grandiose et panique de Dora en proie au plaisir. Il était épouvanté par la puissance de ce qu'il déchaînait. Il y avait de la modestie dans cette jalousie.

— Mais Buré t'a désirée, tu me l'as avoué. Il te désire encore.

— Encore? Non.

— Pourquoi?

— Il s'est résigné.

— C'est impossible, s'écriait-il avec effusion.

Il ne pouvait imaginer qu'on renonçât à elle. Le cri était si vif qu'il la troublait. Gilles voyait avec effroi que cela éveillait en elle quelque scrupule.

— Enfin, il m'aime beaucoup.

— Ah!

Gilles était frappé par le son que rendait son ah, son usé. Tant de vieilles jalousies, derrière lui. Apparues et disparues dans tant d'aventures. Tant de fois il avait déjà esquissé de telles scènes qui alors au moins avaient l'excuse d'occuper un cœur sans amour. Mais aujourd'hui...

Dora, le voyant ainsi tourmenté et obscurci, se demandait aussi qui il était. Cependant, elle ajoutait :

— Il sait qu'il y a quelque chose entre moi et un autre homme, il s'incline, mais...

— Mais...

— Il espère encore.

Gilles lui trouvait de la fatuité. Pourquoi ne jamais parler de la fatuité des femmes? Mais il chassait l'ironie. Passionnément, il ne voulait plus d'ironie dans son existence.

— Tu danses tout le temps avec lui.

— Bah!

Chose étrange, mais point rare, Gilles qui aimait les femmes dansait mal. Mais, quand Dora, après dix autres femmes, lui certifiait que la danse et l'amour sont deux choses différentes, il haussait les épaules.

Il avait brusquement la vision des mains brunes de Buré dansant sur la peau de Dora dansante : ses nerfs étaient mis en désordre. Il regardait la peau de Dora. Peau blanche avec de grandes traînées roses. Était-ce une illusion, cette peau? Il voulait passionnément que ce fût une réalité plénière, que cette femme fût là tout entière. Ainsi sa jalousie était d'une part un sentiment panique de la nature et de l'animalité, et d'autre part la vibration inquiète de son désir de plénitude morale.

Le regard de Gilles remontait au visage de Dora. Il ne

portait nullement l'air d'une femme dissipée, il exprimait un sérieux qui semblait dévotement habituel. Et pourtant, Gilles avait vu dans les salons cette expression virer complètement. Gilles n'avait jamais voulu prendre l'habitude des salons ; aussi il s'effarait devant les mille ondoiements de leurs éclairages sur le visage de Dora. Il confondait ces ondoiements avec les convulsions de l'animalité dans son lit.

IV

Dora avait été élevée dans des conditions qui avaient rendu à tout jamais difficile, sinon impossible, le plein contact de son caractère avec la vie. Fille unique, elle avait été choyée par une mère veuve, assez riche, vertueuse, de Boston : elle s'était donc fait de son destin une idée trop pure, fragile.

Le premier homme qu'elle avait rencontré, son mari, l'avait traitée avec beaucoup de brutalité et l'avait trouvée sans force de résistance et de contre-attaque. La seule petite défense qui avait remué en elle avait été la ruse ; mais une ruse tournée contre elle-même, une ruse qui consistait à se cacher pour toujours une partie du tort qui lui était fait et qu'elle supportait par lâcheté.

Pendant la guerre, étant infirmière, elle avait rencontré Percy Reading dans un hôpital. Aviateur, il avait été gravement blessé dans un accident avant de pouvoir partir pour la France. Elle l'avait soigné très longtemps, elle l'avait vu souffrir et revenir de loin : cela avait trompé son cœur. Lui, qui était le fils d'un Anglais naturalisé Américain et d'une Hongroise, portait en lui beaucoup de violence recouverte de froideur et une de ces ambitions féroces et étroites que nourrissent certains êtres en apparence paresseux ; il voulait être riche, ce que rendait nécessaire le métier dont il rêvait : la diplomatie. Ces gens-là peuvent tuer, voler, ou transposer ces possibilités dans un registre plus subtil et plus perfide. Il avait décidé d'épouser à tout prix cette fille qui avait de l'argent et des relations. Il lui avait posé la question et elle lui avait répondu : oui, dans l'émotion vague de l'armistice. Ensuite, elle avait voulu se reprendre, mais il avait tenu bon. Il n'avait pas cessé de la tenir sous un regard où il y avait surtout de la menace. Mais une menace peut être ressentie par une femme comme une sorte de promesse : il la menaçait de ne jamais la lâcher. Être toujours tenue dans une poigne ferme, cela peut fasciner une femme et cela peut éveiller chez une jeune fille une confuse espérance de volupté. Il lui faisait peur et cette peur l'appelait comme un chemin secret. Il en fut ainsi. Il la prit avec une violence qui l'épouvanta, la blessa, mais la subjugua dans une région très profonde et inaccessible de sa conscience. Il lui fit deux enfants ; elle fut longtemps malade des suites de la seconde grossesse.

Ils vinrent en poste à Bruxelles. Leur ménage allait visiblement mal. Il était très dur avec elle et plein de ressentiment ; il ne l'aimait pas, mais la décision sauvage qu'il avait prise de ne jamais la quitter — car un divorce marque mal dans la diplomatie et, n'étant ni beau ni gracieux, il n'espérait pas trouver mieux qu'elle — lui faisait voir par moments dans sa victime un charme crispant. D'autant plus qu'elle plaisait et était très courtisée. Sa laideur et sa beauté, en contraste étroit, frappaient les hommes. Elle eut encore plus de succès en Europe qu'en Amérique.

Elle avait eu un amant, un Belge. Cet homme ressemblait à Percy Reading, il avait une nature non moins crue qui s'était excitée sur des traces encore pantelantes ; mais cette brutalité, amortie par les manières de l'Europe, faisait une différence avec celle de l'Américain. Elle avait eu un autre amant à Paris où ils avaient été transférés. C'était ce Buré que soupçonnait Gilles ; il avait quitté Dora car il était grand coureur ; mais il avait été piqué de la voir se consoler si vite et avait recommencé à rôder autour d'elle.

Quand Gilles avait rencontré Dora, il avait eu une première sensation très nette. Ils s'étaient trouvés nez à nez à Biarritz, dans un ascenseur, et il s'était dit : « Voilà une femme qui a envie des hommes, une envie bien directe. » Il avait été frappé de la violence de l'expression sur le visage de l'inconnue. Il s'était dit encore : « Quelles putains, ces Américaines. » Il l'avait trouvée laide. C'était elle qui s'était arrangée pour le revoir. L'ayant aperçu de nouveau dans un bar, elle se l'était fait présenter par quelqu'un qui ne le connaissait guère. Puis, elle l'avait presque forcé dans la petite maison qu'il avait sur la côte basque. Mais brusquement l'éclairage avait changé, elle lui avait paru une femme triste, presque désespérée, affamée de bien autre chose qu'un couchage.

En effet, le sentiment de Dora avait vite mué. Dans les dernières années, elle avait vécu dans une sorte de cauchemar. Elle voyait nettement qu'elle était prisonnière d'un homme qu'elle n'aimait pas et qui ne l'aimait pas. Mais elle n'avait pas voulu s'avouer qu'elle manquait absolument du courage nécessaire pour braver le bluff de son geôlier. Elle s'était rabattue sur les excuses sentimentales :

elle ne pouvait pas priver ses enfants de leur père. Elle était effrayée aussi de tenir la vie de Percy entre ses mains : si elle le quittait, sa carrière n'y résisterait pas. Alors, elle avait pris des amants. Elle avait pris le premier à un moment où elle était à bout de forces, où il lui fallait s'appuyer sur quelqu'un ou plutôt sur quelque chose, sur quelque action. Mais ces hommes étaient aussi durs que Percy. Dans Gilles, elle avait d'abord vu encore un homme dur : il l'avait regardée dans l'ascenseur avec tant de dédain. Et puis, soudain, elle avait entrevu autre chose, quelque chose qu'elle avait oublié entièrement depuis son mariage, bien qu'elle crût souvent y penser, parce que tous les livres et les films lui en parlaient. Cela lui était apparu dans certaines inflexions inconscientes de la voix ou du corps du Français, et encore plus dans l'atmosphère de sa petite maison. Il lui avait dit qu'il était amoureux d'une autre femme.

Depuis son retour de la guerre il n'avait pu s'en tenir aux filles ; comme malgré lui, les autres femmes étaient parvenues jusqu'à lui. Son effarouchement s'était peu à peu relâché, il avait cédé aux bourgeoises, aux femmes du monde. Cela n'avait pas été sans résistance. Si la résistance ne se manifestait pas dès le début de la rencontre, elle éclatait bientôt, de sorte que la liaison ne durait jamais plus de deux ou trois mois et, aussitôt qu'il s'était rendu libre, il retournait à la quête des filles qu'il n'avait jamais interrompue tout à fait. Il y en avait toujours quelques-unes qui l'attendaient dans divers coins de Paris, et il en cherchait toujours de nouvelles. Il ignorait à peu près complètement les femmes libres vivant de leur travail ; il lui fallait que les femmes portassent la marque, si grossière qu'elle fût, de la vie de luxe ou de paresse.

Devant Dora, l'émotion avait pénétré en lui, non par le désir, mais par ce rêve qu'il avait toujours formé autour du mariage et de la famille. Sentant sa solitude passée d'orphelin, sa solitude recommencée, ayant oublié la première impression de l'ascenseur, il admirait Dora entre ses deux filles, appuyée sur Percy. Il avait bien dû tout de suite remarquer qu'elle n'était pas heureuse avec Percy, mais il avait voulu croire quelque temps que ce n'était qu'une rêverie mélancolique et comme céleste. Tout l'émoi qu'il trouvait auprès d'elle consistait à se rêver vaguement à la place de Percy. Sans doute la vie des célibataires n'est possible que parce qu'elle est remplie de telles rêveries ambiguës. Les homosexuels eux-mêmes ne s'en privent pas toujours.

Dans ces temps-là, la côte basque avait gardé un peu de son charme fruste. L'amoncellement des villas et des hôtels n'avait pas encore tout à fait nivelé les profils modestes de la côte et le regard obscène des touristes n'avait pas tout à fait corrompu la grâce de la civilisation basque ; il circulait encore un peu de l'air natal autour des maisons et des visages paysans. Gilles essayait de soulever les plis de ce linceul vulgaire pour que Dora entrevît quelque chose de l'innocence qui demeurait par-dessous. Il l'emmenait dans les villages, parmi les coteaux couverts de petits chênes. Obscurément il songeait à rouvrir à cette exilée de trois siècles cette Europe où les sources ne sont pas encore tout à fait taries, où on voit çà et là paraître encore un peu de verdeur, un souvenir du temps où toutes choses se créaient et non pas se fabriquaient. Ou bien, désespérant, il l'emmenait dans les profondeurs plus sûres des Pyrénées.

Bien qu'aussi il se baignât avec elle, dansât le soir dans un charmant endroit baigné de mer et de lune qui s'appelait la Réserve de Ciboure, bien qu'il lui fît un peu goûter les courses de taureaux, il ne se rapprochait d'elle qu'insensiblement. Il l'embrassa deux ou trois fois, mais, brusquement il partit faire un tour en Espagne avec des amis.

Dora pensa qu'il la trouvait laide et qu'il devinait et méprisait son désordre timide.

Elle crut l'avoir perdu, mais il revint d'Espagne. Ils avaient beaucoup parlé de leurs deux vies auparavant, elle, en termes couverts et embrouillés, lui, avec des mots crus et déchirants, mais qui ne disaient pas tout non plus ; à cause de cela, ils se retrouvèrent dans une sorte d'intimité qui les étonna et les séduisit.

Gilles eut alors envie d'aller plus loin. Quand elle vit qu'il voulait la prendre, elle s'effara ; elle craignit qu'une liaison avec Gilles, qui dans ses récits avait laissé entrevoir un cœur exigeant, ne fût beaucoup plus sérieuse que les précédentes et n'amenât sa vie à la crise depuis toujours fuie. Cependant, elle croyait ne pas lui plaire beaucoup et pensait que l'aventure s'arrêterait aussitôt ; cela la rassurait. Gilles aussi ne pensait qu'à se débarrasser d'elle, après avoir vu de près sa laideur.

Gilles avait une charmante maison, mais elle était ouverte à tous vents ; il ne songea pas à s'en servir pour y recevoir Dora. Lui, si découvert apparemment à l'égard de ses amis, ne voulait pas attirer l'attention de Cyrille Galant qui y était arrivé pendant son absence en Espagne, en le priant de déguerpir pour toute une journée. Il mit le comble à la mauvaise volonté en obligeant Dora à le suivre dans un affreux hôtel qu'il connaissait quelque part dans Biarritz pour y avoir couché avec une rôdeuse. Rôdeuse que, selon son habitude, il n'avait eu de cesse d'émouvoir et de rendre amoureuse. La facilité que lui montraient les femmes les plus vulgaires à frémir et à rêver sous la moindre pression un peu doucereuse lui avait donné son extrême méfiance à l'égard de la délicatesse des autres.

L'entrée dans cet endroit avait paru inexpiable à Gilles, mais Dora était déjà si contrainte que sur le moment elle avait paru y faire à peine attention. Pourtant, dans l'escalier, ils avaient croisé un chauffeur de bonne maison que Dora crut reconnaître et qui descendait avec une autre rôdeuse.

Une fois dans la chambre, Gilles et elle s'étaient trouvés soudain rapprochés par le même tremblement. Gilles se disait qu'il avait eu raison de choisir ce lieu infâme : nulle part ailleurs ils ne se seraient sentis si seuls. C'est alors que dans le lit Gilles avait été soudain envahi par un immense émoi qu'il n'avait pas senti sans doute depuis la rencontre à Belfort et qu'il avait oublié terriblement depuis, dans la gentillesse morne des filles et le bavardage nerveux et mesquin des bourgeoises. C'était soudain la beauté de ce corps qu'il découvrait. Au bain, il s'en rendait compte maintenant, il en avait obstinément détourné les yeux. Et cette beauté s'offrait dans la nudité terrible que lui donnait ce véritable aveu de femme qui échappait à Dora dans tout son silence : « Je suis seule, vide, j'ai besoin de toi, remplis-moi. » Alors, sa solitude à lui avait aussi crié et il avait vu qu'un espoir veillait toujours dans son cœur.

Leur étreinte avait été tout aveugle et balbutiante, mais assurée dans le lien profond qu'elle créait. Avaient-ils parlé ? S'étaient-ils tus ? Quand ils sortirent, il la promena avec confiance dans la grande nuit espagnole qui couvrait Biarritz, nuit grave, nourrie de musique lointaine et qui roulait sans effort dans un mouvement de passion éternelle toutes les mômeries du camp des touristes.

Le caractère de Dora, tel qu'il s'était révélé dans son mariage, devait bien réapparaître dans sa rencontre avec Gilles. D'abord, elle croyait n'être touchée que par un désir qui serait court autant qu'il avait été brusque ; or, ensuite, elle sentait une force capable d'investissement, peut-être d'obsession. Elle y cédait, mais une fois de plus elle ne regardait pas les choses en face et n'osait se demander jusqu'où elle irait.

Comme elle devait rentrer à Paris où était resté son mari, la veille de son départ, ils allèrent se promener longuement. De son côté, Gilles devait passer ses derniers jours de vacances en Touraine, chez des amis, où il retrouverait Antoinette de Clérences.

C'était elle, la femme dont il avait parlé à Dora, mais sans lui dire son nom. Il avait entièrement menti en lui disant qu'il l'aimait. Cette conquête avait été la plus pauvre de toutes. Gilles qui avait l'habitude stricte de ne pas tromper les femmes (si ce n'est avec des filles) n'allait en Touraine que pour dire en face à Antoinette qu'il la quittait. Cependant il s'était astreint à cacher à Dora qu'elle n'avait pas de rivale. Il aurait souhaité qu'elle en eût, car, en dépit de la grande émotion du petit hôtel, il ne voyait aucune suite possible à cette étreinte qui resterait comme un miracle isolé, une réminiscence insaisissable du temps de Belfort.

Parce qu'il partait, semblait appelé ailleurs, et parce qu'en dépit du trouble qu'il avait montré un instant il continuait de demeurer réservé dans ses propos, Dora, tout à coup, sur une petite plage déserte où ils s'étaient assis, se mit hors d'elle.

Brusquement, elle lui conta toute son histoire. Elle avouait sa faiblesse devant Percy, elle renonçait presque entièrement à parler de scrupules. Elle finissait en murmurant : « Ah! si je pouvais refaire ma vie. »

Gilles l'écoutait mal. Dès les premiers mots, ç'avait été un grand choc. La grande incrédulité qu'il avait vainement essayé d'amasser, c'était contre ce qui se produisait maintenant. Mais aussitôt il lui semblait qu'il avait pressenti, désiré secrètement le tumulte qui, par l'effet d'un seul mot, gagnait tout son être. Dans ces dernières années de laisser-aller, de fuite désespérée, où il n'avait pas tant recherché le plaisir que la figuration facile, enivrée et blasphématoire de l'amour, ne demandant aux femmes que les premiers accords d'une grande musique aussitôt amortie, ayant l'air de croire qu'il ne pouvait y avoir au delà qu'inachèvement et déception, il n'avait pourtant pas oublié tout à fait l'homme qu'il avait été à Belfort.

Et voilà que cet homme reparaissait, aussitôt jeté dans une perspective sans limites, éperdu de foi, livré, infiniment vulnérable, incapable d'habileté et de prudence, à prendre comme un don, à briser comme un espoir.

Pourtant, au dehors, il se contenait encore et donnait le change à Dora. Il semblait seulement s'apitoyer de façon conventionnelle sur la malchance de la jeune femme, les détours de son sort. Il voyait trop bien se dessiner un caractère, s'avouer une faiblesse, mais les observations exactes que continue de recueillir un esprit enclin à la vérité, dans le moment où il se fait la proie de l'amour, sont vouées pour longtemps à une obscure thésaurisation. Pour le moment, il s'abandonnait à la grande promesse de l'amour, promesse de métamorphoses et il se mettait à croire que de cet être sortirait un autre être.

« Si je pouvais refaire ma vie », avait-elle dit à la fin.

Il attendait cela ; depuis l'ascenseur, il avait attendu cela. Il n'en était pas étonné, l'étonnement avait été avant ; mais il savourait infiniment ce mot de rêve.

Tout ce qu'il semblait oublier quand il affectait de ne vouloir des femmes que ce qu'en donne une putain qui soudain se réveille et est prête à délivrer son cœur après son ventre ou, pire, ce que donne une femme du monde entre la couturière et le retour souriant chez le mari, tout cela éclatait. Elle ne parlait pas de divorce ; mais, sûrement, elle y songeait de tout son être atteint dans sa profondeur, de toute sa jeunesse ressurgie, de toute sa féminité abandonnée enfin au grand frémissement, au grand affolement, à la bacchanale de toutes les aspirations du cœur, qui se précipitent par-dessus les satisfactions des sens. Elle divorcerait, elle l'épouserait, elle serait à lui. A lui qui n'avait jamais rien eu, à lui l'homme de toute privation et de toute abstinence, à lui, sans famille, sans femme, à lui...

Cette violente sensation de fringale qui s'assouvit lui rappela ce qu'il avait éprouvé pendant la guerre, un matin, lors d'une permission. Alors, devant Myriam, il était un enfant qui n'avait pas vécu, un soldat fourni d'une terrible, mais inutile expérience. Il se croyait encore aussi dépourvu, mais il n'osait pas chercher dans l'œil de Dora un regard aussi abandonné que celui de Myriam ; Dora était une femme déjà compliquée, nouée. Et pourtant, elle était là devant lui : dans une grande torsion de l'être, elle se dénudait, ses liens tombaient, elle s'étirait infiniment vers lui.

Derrière la joie aussitôt excessive, d'autres sentiments anciens se précipitèrent pêle-mêle pour rentrer en lui. Ils étaient déclenchés par le nom de Myriam. Dora avait, curieux hasard, de l'argent.

L'ironie apparut sous la forme d'un rire jaune : il avait un pouvoir sur les femmes et par les femmes sur l'argent. Depuis deux ans, il avait rencontré bien des jeunes filles, des héritières. Ah! s'il avait voulu plus tôt... Et maintenant qu'il voulait... N'était-il pas temps? Il ne lui restait plus grand'chose de l'argent de Myriam.

Mais, après un instant, il n'eut qu'à se secouer pour que tombât ce démon médiocre plein de jactance et de dérision, qui essayait de renaître des mauvaises années. Ce qui s'avançait lentement et secrètement dans son cœur, c'était une préférence terrible, annonciatrice de grands spasmes et de grandes convulsions, pour l'essence même de la vie de Dora et non pour ses accessoires, que ce fût son caractère trop petit ou sa fortune trop grande.

Le visage de Gilles demeurait presque impassible. L'envie de jouer lui revint encore sous une forme autre que d'évoquer les bas motifs à côté des plus hauts : il se demanda par pure fantaisie s'il ne serait pas repris par Antoinette qui pourtant ne l'avait jamais pris le moins du monde.

Cependant, il parlait :

— Oui, c'est affreux de penser que vous avez vécu ainsi plusieurs années de jeunesse. (Il ne savait pas encore que la jeunesse est faite pour être perdue, surtout celle des femmes.) Mais il y a en vous de la force, votre corps ne peut pas mentir. Oui, vous verrez : on sort de tout... Mais il ne faut pas parler, il faut... agir.

Elle le regardait, haletante. Lui qu'elle avait vu d'abord si dédaigneux et depuis qu'il était ému si réservé, elle voyait bien que sous la retenue des mots il s'entr'ouvrait. Elle voyait qu'elle avait prise sur lui ; son exultation brisa les dernières barrières.

— Je t'aime, tu sais bien que je voudrais être à toi entièrement.

Elle était assise près de lui dans le sable, il vit son grand buste tourner, s'abattre sur ses genoux, entre ses bras.

Quand ils se séparèrent le lendemain, tout était entre eux merveilleusement incertain et prometteur. Ils jouissaient et souffraient de cette incertitude. Dora en jouissait plus, Gilles en souffrait plus.

V

A Paris, elle avait retrouvé son mari qui en un clin d'œil avait perçu son changement. Presque aussitôt elle avait reçu un coup de téléphone de Gilles : il était aussi à Paris. Il n'avait pu y tenir ; il avait brûlé la Touraine et il la pressait de venir chez lui, à l'instant même.

Sa voix polie étonna Gilles au téléphone : elle parlait devant son mari, comprit-il enfin. Quand elle vint chez lui, elle fut stupéfaite, attendrie, mais stupéfaite de le voir si différent : l'amour avait avancé en lui à grands pas. Il lui avoua qu'il n'avait pas pu s'arrêter auprès de son amie d'hier. Comme il lâchait facilement une femme !

— Quarante-huit heures sans toi, c'est terrible ; je ne puis plus me passer de toi.

Elle était un peu choquée de le voir tout à sa merci. Il s'abandonnait à sa passion sans aucune retenue, sans aucune pudeur, sans aucune dignité. Elle n'avait jamais vu d'hommes se comporter ainsi et elle n'avait jamais imaginé qu'aucun le pût. Elle avait reçu une trop forte éducation puritaine pour que les romans et les films aient pu l'atteindre. Cette impression était renforcée par celle que lui donnait l'appartement de Gilles qui, à son grand étonnement, était sombre et austère ; des intentions trop secrètement voluptueuses ne l'atteignaient pas. Un christ de Rouault non loin du lit lui donna un malaise : comment pouvait-il y avoir de la beauté dans quelque chose d'aussi tourmenté ? Gilles avait un visage presque aussi tourmenté en la prenant dans ses bras.

Dora était bouleversée, épouvantée. Elle voyait revenir sur elle à travers son amant tous les rêves qu'elle avait autrefois entrevus ; mais ils revenaient trop forts, turbulents, exigeants et méchants. Comment un cri si déchirant pouvait-il sortir d'un homme à propos d'une femme ? Le Belge et Buré étaient de la même espèce que Percy, de l'espèce des hommes qui restent sanglés. Cette violence d'abandon, elle croyait qu'à peine les femmes étaient capables de tels excès. Elle s'effrayait surtout de la fureur sans frein des désirs de Gilles pour son corps. Elle venait tous les jours chez lui. A peine était-elle entrée qu'elle était roulée dans des effluves incessants, accablée. Elle le regardait avec effroi : n'allait-il pas se consumer ?

Cependant, à la longue, elle devait s'avouer que le feu qui l'éblouissait ne jaillissait pas seulement de lui mais d'elle-même. Tandis que Gilles reniait son ancienne débauche comme une morne routine sans force et sans invention — en quoi il était ingrat, car il n'aurait pas mis dans le cœur et dans les sens de Dora cette force de rupture et de dissolution s'il n'avait connu la débauche, une débauche où il y avait déjà beaucoup d'amour — elle s'apercevait qu'elle n'avait rien donné à Percy et que le pouvoir qu'il avait eu sur elle n'était qu'un pouvoir de paralysie. Il y avait aussi en elle une force énorme de licence, cette force que Gilles dans l'ascenseur de Biarritz avait entrevue une seconde, force terriblement passive qui se ruait vers l'intérieur d'elle-même et se perdait dans une fuite toujours plus obscure vers des replis toujours plus indiscernables, qui lui faisait s'écrier, le matin, quand elle se levait et jetait son premier coup d'œil dans une glace : « C'était donc là l'étrange patrie dont j'étais exilée, sans le savoir. » Le mouvement inépuisablement migrateur de ses forces vers un centre dévorant anéantissait sa conscience : elle ne savait plus qui elle était, si elle avait vécu auparavant et où elle allait. Elle regardait Gilles avec un abandon effaré.

Il y avait un petit problème qui illustrait assez bien sa perplexité. « Est-ce donc là l'amour latin ? » se demandait-elle, se rabattant sur les points de repère les plus faciles. Mais ce garçon si maigre, si blond, aux yeux si bleus, timide et hautain, expert et maladroit, avec des mouvements impulsifs, qui découvrait les profondeurs d'un rêve virginal, n'était-ce pas le contraire du Latin ? Il était français dans tout le détail de ses manières et de ses préjugés courants, mais en même temps n'y avait-il pas en lui un génie secret qui le rattachait à sa race à elle et qui menaçait alors de lui donner sur elle un pouvoir sans limites ?

Mais tous ces charmes qui liaient Gilles et Dora pouvaient s'évanouir soudain, quand ils quittaient le monde des influences naturelles et animales, les plus vastes et les plus subtiles, pour rentrer dans le monde social, un monde social fort réduit. Gilles surtout changeait, car il revenait de plus loin. De voir cela était pour Dora une nouvelle cause d'étonnement et de désarroi. D'abord, c'était l'existence des autres hommes à laquelle il se heurtait comme un aveugle. Dora ne pouvait comprendre, car Gilles était incapable de le lui expliquer, le caractère panique de ce sentiment qu'il faudrait peut-être nommer d'un autre mot que celui de jalousie. Lui, qui manifestait si fort le sens d'une union intime entre eux par moments, semblait à d'autres perdre ce sens entièrement ; il semblait douter de lui avoir rien donné et que la joie entre eux dépendît de lui en quoi que ce fût.

— Enfin, quand tu faisais l'amour en Amérique... s'écriait-il soudain, feignant de croire que cela allait de soi, et même qu'elle se fût comportée en tous points avec les autres hommes comme avec lui.

— Mais je ne faisais pas l'amour en Amérique, tu le sais bien.

Il la regardait d'un œil terne ; il y avait une taie sur cet œil.

Il l'interrogeait avec frénésie sur son passé, avec une frénésie méthodique. Les femmes sont obligées de faire un effort pour entrer dans cette recherche des hommes sur le passé où ils ont avant tout l'exercice d'une précision qui n'est jamais dans leur esprit à elles. Quand elle croyait l'avoir assouvi à force de patience, elle s'apercevait soudain qu'il était aussi incrédule qu'auparavant.

— Tu ne me crois pas ?

Elle goûtait un plaisir sensuel au tutoiement latin et aussi par moments elle y trouvait une grande gêne : cela ne signifiait-il pas un asservissement ?

— Je ne te croirai jamais, je ne croirai jamais aucune femme. J'ai vu trop de femmes tromper, j'ai trop bien vu comment elles trompaient.

— Alors, quand tu dis qu'il y a entre nous un amour unique ?

— Je voudrais te rendre capable de construire avec

moi cet amour unique en supprimant tout mensonge, sur le passé ou le présent. Le moindre mensonge est une promesse de ruine pour la plus haute construction. Les Américaines doivent plus mentir que les Françaises, puisqu'elles prétendent mentir moins.

— Alors, tu crois que je te mens encore?

— J'en suis sûr, mais j'arriverai à te faire haïr le mensonge.

Il y avait aussi là le goût de confession du catholique qui se heurtait à la retenue protestante.

Un jour, elle eut une inspiration. Elle s'écria :

— Mais toi, tu ne me trompes pas ; alors?

Il ne sourcilla pas : il avait essayé de la tromper, une fois, il n'avait pas pu.

— Non, je ne te trompe pas. Eh bien?

— Pourquoi ne serais-je pas comme toi?

— Pour dix raisons.

Là, c'était bien le Latin qui parlait, l'homme qui a épuisé toutes les possibilités de la débauche et qui pense que la femme n'a pas pu le faire, mais a dû essayer pourtant de l'égaler.

— Pour dix raisons.

— Lesquelles?

— C'est trop long.

— Toi qui aimes tant parler.

Plus tard, il renouvela la discussion.

— Je crains surtout que tu me trompes maintenant. Tu es toute magnétisée par notre amour ; alors les hommes vont se jeter sur toi. Comment peux-tu ne pas user de ce pouvoir que je te donne?

— Donc, tu crois qu'il y a du nouveau en moi à cause de toi, qu'avant toi je n'étais pas aussi intense.

— Non, simplement chaque fois qu'une femme prend

un nouvel amant, elle renouvelle son pouvoir sur les autres hommes.

Cependant, elle souriait avec l'air même de la coquetterie éperdue qu'il soupçonnait.

— C'est vrai, depuis quelque temps les hommes... Mais je ne pense qu'à toi.

— Sans doute, mais tu ne penseras jamais aussi fort à moi qu'au moment de me tromper.

Dix fois il avait couché avec des femmes qui trompaient avec lui un amant aimé, il les avait vues y penser si fort au moment même où elles allaient commencer d'y penser moins. Il avait vu des femmes se débattre dans ses bras et d'autant plus gravement céder.

Brusquement, il songea avec horreur qu'elle n'avait pas trente ans, tandis qu'Alice en avait près de quarante. Celle-là pouvait être vraiment absorbée dans un seul amour ; à cet âge-là, elle était saturée d'expérience comme lui maintenant, qui avait trente ans. Cette pensée était une des premières marques de vieillissement chez ce garçon encore si jeune.

Dora rentrait chez elle chaque jour plus troublée. Elle regardait Paris autour d'elle d'un regard aussi émerveillé que méfiant. Quel peuple étrange, si laid et possesseur d'une beauté interne, aiguë et désobligeante. Les gens étaient laids et la ville était belle, d'une beauté qui s'étendait bien au delà d'évidences comme la Concorde, d'une beauté lente à découvrir et douce-amère. Dora trouvait Gilles laid, d'une façon différente des autres Français parce qu'il était grand et clair, et aussi semblable parce qu'il se tenait mal et accueillait des pensées ordurières. Et pourtant c'était grâce à lui que non seulement son corps, mais tout son être, s'éveillait et remuait avec une puissance multiface qui lui semblait faire exploser les miroirs où elle se regardait. Elle se trouvait des regards et des sourires plus qu'étranges, étrangers.

Cela n'échappait pas à Gilles qui, l'enveloppant d'un grand regard d'admiration inquiète, lui dit un matin :

— Viens au Louvre. Allons voir ton portrait.

Il l'amena devant la Joconde.

— C'est toi. Ce n'est pas si mystérieux. C'est simplement une femme en pleine force, en plein épanouissement, en pleine coquetterie avec l'univers entier.

Et pourtant elle ne s'occupait guère des hommes autour d'elle, si ce n'est pour vérifier comme l'avait prévu Gilles son nouveau pouvoir. Il y avait entre elle et Gilles des élans si purs et si pleins que pendant plusieurs jours tout miroitement s'effaçait ; ils étaient tout recueillement et toute gravité. Il n'y avait plus qu'un chant qui étendait souverainement son harmonie sur la Seine.

Elle avait fait entrer en relations son mari et son amant. C'est ainsi que, par un instinct très sûr, les femmes, en préparant la ruine de leurs amours adultères, assurent l'avenir de leur ménage que tout dans leur nature tend à perpétuer.

Gilles ne s'était nullement intéressé à Percy. Il ne le détacha pas du bloc des circonstances dont la stature de Dora se dégageait à peine, dont il devait l'extraire avec une patience de tailleur de pierre. Il ne se sentit nullement jaloux de lui et il continua d'attribuer au seul fait qu'il était le mari le pouvoir qu'il devait lui reconnaître. Par son expérience avec Myriam, il connaissait ce prestige marital, froissant et humiliant pour le détenteur comme celui d'un bourreau. Il jouissait sournoisement de son indifférence envers Percy comme d'un heureux lapsus dans la trame de ses jalousies et il la dissimulait à Dora, sûr que celle-ci ne pouvait y voir qu'une affectation.

De son côté, le diplomate ne parut pas très inquiet : Gilles en conclut que d'autres occasions lui avaient permis d'établir déjà une ligne de conduite · cela le confirma dans l'idée qu'elle lui mentait et qu'elle avait eu des amants. Il supposa que Percy ne voulait pas en savoir trop. Cet instinct de ne pas savoir est aussi fort chez les maris conscients que chez les maris inconscients.

Dora éprouva un soulagement à voir les deux hommes dans des relations cordiales : il lui semblait que cela éloignait tout le drame qui la menaçait et que sur une plage basque dans un moment mystique elle avait appelé.

Le contact que Gilles prenait avec le milieu où elle vivait à Paris semblait d'abord avoir le bon effet de calmer sa jalousie, car, aussitôt qu'il voyait un homme, il cessait de le craindre. Le dédain et l'ennui anéantissaient en un instant les effets de son imagination. Lui qui l'avait interrogée pendant des heures sur Buré, à peine l'eut-il aperçu qu'il le salua le plus gaiement du monde, bavarda avec lui, puis s'en alla plus loin. Dans ce cas, c'était que l'homme lui plaisait : sain, élégant, simple ; et un regard d'homme à homme lui avait retiré toute perplexité. Il était content qu'elle ait eu un tel homme, au point de lui pardonner, d'oublier son mensonge.

Mais elle voyait que, par ailleurs, il n'était pas à son aise dans les maisons où elle l'entraînait. Elle ne pouvait discerner exactement pourquoi.

Gilles n'était pas devenu mondain. Il avait un besoin impérieux de garder beaucoup de soirées libres, car il ne jouissait de sa solitude que le soir, dans un contraste poignant, quand les hommes et les femmes se réunissent. La nuit était la couleur de sa solitude. Il répugnait aussi à s'imposer à ceux dont il ne jouait pas le jeu. Ayant déjà plus que compromis sa situation au Quai, il ne pouvait espérer le meilleur accueil du monde qui suppute avec minutie les chances d'avancement de chacun selon des tables officielles. Il n'avait pas envie non plus de se glisser là où il aurait dû s'imposer. Et puis, son goût secret de l'amitié, que parmi ses amis il semblait pourtant si peu pressé de nourrir, se meurtrissait dans cette mêlée des salons où les regards, les mots, les mains vont, hâtivement, ailleurs, toujours ailleurs. Mais alors, il tombait dans le travers de détester le monde, tout en ayant été marqué par lui. C'est ainsi qu'il le regrettait, d'une certaine manière. Un jour quelqu'un lui demanda :

— Êtes-vous snob, Gambier ?

— Si c'est espérer que les gens intelligents deviennent gracieux et que les gens gracieux deviennent intelligents, alors je suis snob.

L'autre avait rétorqué :

— Vous ne l'êtes pas. Moi je le suis, parce que je crois que dans dix salons cette transmutation se fait tous les jours.

Si ombrageux qu'il se montrât et se crût il, connaissait « tout le monde », comme on dit, c'est-à-dire qu'il s'était frotté quelquefois à chacun des protagonistes de l'argent et des titres, de la politique et de la littérature, dont l'emmêlement fait, dit-on, le dessus du panier. A son insu, il était façonné à ce monde et ne pouvait s'empêcher de juger dans le premier moment tout un chacun qu'il rencontrait selon le coup d'œil qu'il y avait acquis. Or, Dora fréquentait des gens qui se tenaient, ou bien étaient tenus, un peu en dessous ou en dehors de la sphère privilégiée. Il jugea ces gens fort gentils, mais trop tempérés. Ne trouvant pas parmi eux le tour d'esprit rapide et étincelant auquel il était habitué, il perdait ses propres moyens et prenait devant Dora un air gêné et contrit.

Dora ne put saisir cette nuance et les idées qu'elle se faisait sur la personnalité sociale de Gilles commencèrent à se modifier.

Dans le premier moment, elle l'avait cru, tout simplement à cause de son vague poste au Quai, un homme comme ceux auxquels elle était habituée. Les gens de ce milieu où elle était entrée à Paris, et qui correspondait à peu près au milieu qui lui était naturel en Amérique, lui firent remarquer que les brillantes relations de Gilles ne signifiaient rien, qu'il était plus facile d'entrer dans les cercles les plus en vue qui sont très lâches et très indulgents que dans les profondeurs plus solides de la noblesse et de la bourgeoisie. Ils se vengèrent du dédain qu'ils avaient senti chez Gilles : Dora aperçut en lui une espèce d'aventurier.

Mais c'était la douceur savoureuse d'octobre, il l'emmenait quelquefois à la campagne un jour entier, toujours vers les forêts. Il n'avait jamais osé auparavant emmener une femme parmi les grands arbres. Il voulait la retirer des salons, des golfs, des restaurants. La France est un pays de forêts. Il y a encore autour de Paris, en tirant vers le nord ou vers l'ouest, de ces grands refuges. Là il aurait voulu la préparer au ton secrètement hautain des cathédrales, des châteaux et des palais qui sont les derniers points d'appui de la grâce, car les pierres ont mieux résisté que les âmes. Il était soudain fort éloigné de leur lit et de ses fièvres ; elle retrouvait près de lui le climat nordique où les sens nourrissent si abondamment le rêve, qu'ils s'y épuisent et s'y effacent pendant de longs moments. Il n'était plus que floraison imaginaire.

Un samedi, tandis que Percy jouait au golf, ils partirent de bon matin et se trouvèrent avant midi dans l'étroite, mais si haute et si noble forêt de Lyons.

— Nous ne déjeunerons pas, dit-il.

— Comment? C'est un Français qui me propose ça?

Il la fit marcher en pleine futaie. Il ne parlait pas beaucoup : il allait, il allait. Elle le regardait, il se tenait plus droit et il montrait beaucoup plus de dignité qu'à Paris. Tout d'un coup elle pouvait s'appuyer sur lui comme sur un homme, tandis qu'à Paris c'était une sorte de démon accablant. Elle s'appuya sur son épaule où elle sentait un peu de cette puissance sainte qu'autrefois à Boston elle attendait de l'homme. Elle s'indigna qu'il ne fût pas toujours ainsi.

— Gilles, vous m'étonnez, vous me déroutez tout le temps.

Il s'arrêta, la regarda et posa ses mains sur le tronc d'un hêtre. Il avait de longues mains blanches, déliées.

— Vous voyez mes mains. N'est-ce pas drôle de voir de telles mains sur cette écorce?

— Gilles, s'écria-t-elle, vous auriez dû avoir une autre vie.

— Bah, il faut bien mourir, il faut bien qu'un peuple meure, il faut bien que tout soit consommé dans les villes. Mon sang fume sur cet autel sale.

Elle trouva que cette réponse était prétentieuse et surtout une échappatoire.

— Non, vous n'êtes pas fait pour mourir, vous êtes fait pour vivre.

Elle lançait un peu au hasard :

— Qu'est-ce que vous voulez que je fasse?

Ils n'avaient jamais repris sérieusement la conversation de la petite plage près de Biarritz, la veille de leur départ.

Ce silence était celui de Gilles autant que de Dora ; il mettait toute sa confiance dans leur union charnelle toujours plus profonde. Dans cette forêt, il sentait cette union prête à donner sa fleur. Parmi les jaillissements de sève des hêtres géants, il ne pouvait pas croire que leurs étreintes de Paris ne fussent qu'une vulgaire fornication, qu'un signe fugace dans le blanc des draps ; c'était quelque chose de plus en plus ineffaçable. Sûrement, il en était pour elle comme pour lui. Ne la voyait-il pas chaque jour plus imbue, plus recueillie ? N'y avait-il pas dans son regard des transparences de plus en plus profondes ? Tout entre eux prenait un caractère de nécessité tel que rien ni personne n'y pourrait résister. Sur eux s'accumulaient la sainteté du contrat, la puissance du sacrement, la sagesse de la loi. Cela s'imposerait même à un Percy comme une évidence. Leur amour, qui pouvait paraître fou, ne pouvait se résoudre que dans la folie si rare et si vénérable du mariage d'amour. Est-ce que le mariage d'amour ne peut pas effacer un mariage sans amour comme une édition plus sûre du même sacrement ?

Mais alors toute sa vie à lui était remise en question comme sa vie à elle. Si elle revenait à ses dix-huit ans, quand elle n'était pas encore faussée par Percy, quand elle était une promesse entière, lui aussi se ressaisissait du sens primitif de son être. Toutes les nostalgies anciennes étaient de nouveau déchaînées. Avec elle il quitterait Paris, il reprendrait le droit fil de son instinct, il replongerait en pleine nature, en plein silence, il se remettrait aux écoutes de l'univers. Seule une Anglo-Saxonne, nativement liée à la vie secrète des choses, pouvait sentir cette vocation, la nourrir de sa propre substance.

— Que puis-je faire ? répéta-t-elle doucement.

L'émoi de la plage basque était revenu, elle éprouvait de nouveau la tentation de promettre, de donner, de bouleverser cet être par le don.

— Qu'est-ce que nous ferons ? murmura-t-elle.

Il la regarda avec des yeux que le rêve pâlissait ; le rêve lui donnait une sorte de beauté inconnue. Elle l'aimait ainsi.

Il répondit avec une animation mal contenue :

— Il faudrait rouvrir les sources en nous. Tu en as besoin comme moi. Il faudrait aller au Mexique, en Égypte. Tu n'es pas allée au Mexique ?

Elle secoua la tête.

— Non, et pourtant, j'en étais tout près.

Il fronça les sourcils à peine quand il se rappela qu'elle avait fait son voyage de noces dans le sud de la Californie. Elle avait vécu dans un ranch près de la frontière et n'avait pas été tentée par la vieille richesse délabrée du pays voisin, ce refuge des antiquités américaines. Elle était passée de la même manière à côté de tout dans la vie.

— Il faut rouvrir les sources, répéta-t-il.

Il se mit à genoux dans la mousse, craignant de l'ahurir par les paroles exaltées qui lui venaient en foule.

Le regard de Dora l'interrogeait avidement. Était-il fort ? Pouvait-elle s'appuyer sur lui ? En tout cas, elle pouvait lui apporter beaucoup de force. Elle s'effrayait tout au fond d'elle-même de cet espoir terrible qu'elle éveillait et qui pourrait se retourner contre lui, si elle y faisait défaut, comme une force de destruction ; mais elle ne pouvait s'empêcher de jouir de tant de pouvoir.

Comme répondant à ses pensées, il se redressa et la prit dans ses bras.

— J'ai tant besoin de toi, cria-t-il dans une rafale venue du fond de sa vie où il y avait une supplication et un ordre.

— Oui, je sais. Et moi, j'ai besoin de toi.

Il l'entraîna dans une course plus hâtive à travers la forêt. Il semblait vouloir assembler toutes les significations possibles du lieu. Ils arrivèrent à une lisière. Un paysant labourait un champ qui descendait vers un vallon à peine creusé. Au delà, des pentes remontaient ; elles formaient des plis entre lesquels un village était établi dans la simplicité et la rudesse des anciens âges.

— Tu vois, la France n'est pas Paris. Ça aussi, c'est moi. Il y a quelque chose en moi de plus profond que ce que tu connais.

— Oui, je sais. Pour moi, c'est la même chose ; c'est pourquoi je voudrais que tu voies l'Amérique. Comme c'est grand et fort, là-bas.

— Mais les Américains sont-ils enracinés dans l'Amérique ?

— Oh! oui, dit-elle, un peu au hasard, moi je sens mes racines.

Elle était d'une famille du New England qui était là-bas depuis longtemps. Mais était-ce ceux-là, les Américains ? N'était-ce pas des survivants ?

— Avant d'aller aux États-Unis, je voudrais aller au Mexique. C'est peut-être là que sont vos dieux ?

— Au fond, vous êtes toujours sous l'influence de votre vieux tuteur, fit-elle.

Il lui avait beaucoup parlé de Carentan. Il tressaillit.

— Oui, c'est possible. C'était plus qu'un père pour moi. Pourquoi dites-vous cela ? Parce que je parle des dieux ?

— Mais vous êtes catholique.

— Le catholicisme garde la semence de tous les dieux dans ses entrailles.

Oui, décidément, il avait gardé cette pensée essentielle de Carentan.

Ils étaient repartis dans l'intérieur de la forêt ; ils revinrent à la clairière où il avait laissé la voiture. Il en sortit des fruits et du café.

Il l'interrogea sur le New Mexico. A un moment donné il s'écria :

— Quand nous irons là...

Elle tressaillit. Il était sûr d'elle, il parlait sur un ton possessif. L'instant d'avant, il avait dit, à propos d'un joli couvert de poche qu'il avait sorti de sa voiture pour elle :

— J'ai horreur des choses de mauvaise qualité ; je ne voudrais avoir que très peu de choses, mais qu'elles soient exquises.

Elle avait déjà tressailli ; il se croyait déjà maître, non seulement de son âme, mais de son argent. Elle n'avait pas beaucoup réfléchi à cette question jusqu'ici, sauf pendant de brefs moments où elle se trouvait opprimée du poids de tel ou tel fait de sa vie passée qu'il venait de lui livrer, tantôt avec effort, tantôt dans une soudaine explosion cynique. Il y avait eu ce mariage, cette Juive, cet argent qu'il avait gardé, dont il vivait encore sans doute ; il voulait recommencer avec elle.

Cependant, il continuait :

— Vous sentez ce que je veux dire. Sauf les machines, tout est absolument laid dans les choses modernes, il n'y a rien à en attendre. Et pourtant, nous devons nous sauver au milieu de ces choses périssables. Chacun de nos objets familiers doit être choisi, il a une puissance de talisman, nous ne pouvons nous sauver qu'en nous entourant d'objets qui portent une valeur de salut.

Elle le regardait avec incrédulité, un peu d'ironie.

— Vous avez vu ce village tout à l'heure, sur l'autre versant de la contrée. Tout dans la ligne des murs, des toits, dans le jet du clocher, était simple, sûr, nécessaire. Cette apparente pauvreté est une valeur d'or. Et, à Paris, voyez comme la maison où vous habitez est ignoble.

C'est dans cette différence que réside tout ce que je veux dire. Je songe sans cesse à la valeur d'or, à la valeur primitive, avant toute altération.

Cet emploi spirituel du mot or la déroutait ; elle eut honte des mauvaises pensées qu'elle avait eues. Comme il était sérieux, austère! Ce fut de cela alors qu'elle eut peur.

— Pourquoi êtes-vous donc dans ce ministère?

— J'y suis entré à un certain moment de la guerre...

— Pourquoi y restez-vous?

— Oui, j'ai déserté, trahi la solitude. Mais c'est que ma pensée ne peut se tenir dans un seul plan. Je suis incapable de philosopher sans contact avec beaucoup de choses.

— De quoi vous plaignez-vous alors? Vous avez besoin de Paris. Le Mexique, ce ne serait qu'un voyage.

— J'ai besoin de tâter toute la planète. Tout est concret pour moi : le lointain comme le proche, le laid comme le beau, la chose pourrie comme la chose saine.

Elle hocha la tête. Ces pensées la dépassaient, mais le dépassaient lui aussi. Pourrait-il les vivre? Grâce à elle, qui s'en sentait si loin?

— Vous pensez que tout cela ce sont des histoires pour vous expliquer ma paresse. Vous pensez que je suis le plus grand paresseux de la terre.

Il la regardait d'un air de reproche très intime.

En revenant vers Paris, plus tard, elle sentit la fatigue tomber sur elle. La présence de cet homme agitait en tous sens sa vie et sa pensée ; il la tourmentait. Chez elle, elle se jeta sur son lit, prête à pleurer. C'était bien ce qu'elle avait craint, cet amour était un tourment ; les passages étaient trop brusques et trop incessants entre la joie et la gêne, le doute et l'espoir, l'harmonie et les heurts. Qui était-il? Qui était-elle? Où allaient-ils?

Comme elle pensait cela, Percy rentra, calme, dur, inflexible. Tout cela faisait une rampe. La main de Dora énervée, crispée, parcourue de courants trop vivaces, pouvait encore se rattacher à cette rampe.

VI

Gilles n'avait pas cessé de voir Cyrille Galant et Lorin, et même il les voyait plus qu'auparavant ; il avait besoin de compagnie. Bien souvent il ne pouvait, le soir, rejoindre Dora qui avait ses obligations ou qui ne voulait pas provoquer son mari ; alors, il craignait de rester seul. Car, maintenant, sa solitude était entièrement remplie et ravagée par Dora. La jalousie, une inquiétude pour qui tous les prétextes étaient bons, une fièvre perpétuelle de suppositions et d'interprétations lui rendaient intolérable d'être sans quelqu'un. Il accablait, d'ailleurs, son compagnon de tout son souci. Faisant un effort comique pour ne pas lui livrer dans des confidences directes la personne même de Dora, il se lançait dans des considérations sur l'amour dont l'enveloppe abstraite perçait de toutes parts ; il finissait par supplier son patient de lui livrer le mot de son destin. « Qui crois-tu qu'elle est ? Crois-tu qu'elle m'aime ? » et autres questions idiotes.

Lorin, qui considérait Gilles comme un enfant gâté et un bel exemple de la sentimentalité écœurante des bourgeois à demi oisifs, n'était pas mécontent de le voir au moins bien empêtré et un peu déchiré. Il finissait par s'intéresser à la partie et se demandait si céderaient les défenses « de classe » de Dora, défenses que Gilles, en dépit de son trouble, ne se faisait pas faute d'analyser par moments avec lucidité.

Cyrille Galant s'intéressait aussi à l'aventure, avec un intérêt plus personnel, presque anxieux. Il allait aussi souvent qu'il pouvait chez les Clérences pour y voir Antoinette et pour lui l'aventure de Gilles avec l'Américaine était comme un présage de celle qu'il pourrait avoir avec sa belle-sœur.

Il écoutait donc bien Gilles, mais en revanche il fallait que celui-ci feignît de prêter l'oreille quand il lui relatait ce qui se passait et ne se passait pas à *Révolte*. Paul Morel était devenu un camarade assidu. Il en était fort exalté et ne témoignait plus à Gilles la même amitié qu'auparavant, ce qui indiquait que les sentiments qu'on nourrissait pour Gilles autour de Caël ne devaient pas être de tout repos. Ce qui le faisait le plus détester, c'était ce qui attirait le plus l'attention sur lui : une façon de vivre qui, pour être assez libre, ne l'était pas selon l'idée tout extérieure et théâtrale que la bande se faisait de la liberté.

La bande continuait à préparer cette séance à laquelle Gilles devait participer et qui resterait mémorable. Tout ce qui était officiel serait ridiculisé et couvert de boue, à commencer par le Président de la République, M. Maurice Morel. Mais en attendant, *Révolte* intervenait à droite et à gauche, troublant le monde des peintres, des musiciens, des écrivains.

Cyrille n'avait de cesse que Gilles assistât à quelqu'une de ces algarades. Un soir, Dora se trouva libre et insista pour l'accompagner. Il s'agissait de venir troubler une réunion poétique qui avait été organisée par des personnes bien pensantes en l'honneur d'un vieux solitaire, Boniface Saint-Boniface, qui avait fait autrefois quelques beaux vers obscurs et sauvages, mais qui était devenu lentement gâteux dans le hameau normand où il s'était retiré dès sa jeunesse. Caël prétendait que Boniface, jeune, avait été un farouche rebelle et que cela ne devait pas être oublié.

Carentan était des amis de Boniface. Gilles qui n'était pas allé voir son vieux depuis qu'il connaissait Dora avait songé que c'était une occasion de le sortir de son trou et de l'inciter à faire un tour à Paris ; il lui avait écrit, mais en vain. Il bouillait de l'envie de lui montrer sa belle conquête et il voulait effacer l'impression fâcheuse qu'avait emportée Carentan d'une soirée passée Cours-la-Reine quand son pupille y vivait encore avec Myriam. « Elle est jolie, cette petite, avait-il marmonné en sortant. Et elle a du cœur. Mais, hélas, elle a aussi de la tête. C'est curieux, ces Juifs, ça peut loger un cœur dans une machine à calculer. Le cœur doit souffrir, du reste... Quant à toi, je te croyais plus corsaire. Il n'y a rien de pire que d'avoir l'air penaud, quand on a du sang ou des larmes sur les mains... Quant à tes amis, mon petit corsaire, ils sont menus, tout menus. Ils sont aux romantiques ce que les radicaux sont aux Jacobins. C'est tout dire. Tout cela, c'est de la menue monnaie de ce vieux 89. Beaucoup de talents, mais guère de couilles. Ce Caël, c'est un Robespierre, sans la moindre guillotine, sans le moindre canif... Ton époque me paraît assez plate. »

Gilles et Dora entrèrent dans une petite salle de conférences du quartier latin. Le petit public modeste et assez piteux qui était venu là innocemment : vieilles dames et vieux messieurs qui admiraient Boniface parce qu'ils le croyaient catholique et royaliste, jeunes hommes mal portants et affamés d'une très vague spiritualité, tout cela venait, effaré, de voir *Révolte* au grand complet, déjà criaillant dans les coins. Ce qui sautait aux yeux aussitôt, c'est que *Révolte* ne payait pas plus de mine que ses victimes. La négation hoquetante de tout, compliquée d'une affirmation délirante d'un « je ne sais quoi » qu'ils poursuivaient depuis un lustre, n'en avait point fait des athlètes ni même de frappants énergumènes. C'était à peine si la peur de se taire était plus forte que la peur de crier quelque chose au nez des gens et cela faisait des cris de roquets et des battements de moignons comme en ont les poulets en bataille.

Gilles regarda Dora qui recevait cette minable impression. « Voilà son peuple, pense-t-elle. Jamais je ne me relèverai de cette impression. Il aurait mieux valu que je l'emmène au Maroc ou sur un champ d'aviation. » Il l'avait récemment conduite à un match de rugby. Elle avait vu là des Français plus robustes mais mal disciplinés se faire battre à plate couture par les Gallois.

Gilles aperçut Carentan. C'était bien dans sa manière de venir, sans avoir donné de réponse. Sa stature, bien que maintenant plus voûtée, dominait toute la petite salle. Il fit un signe à Gilles, comme s'il l'avait vu de la veille. Mais Gilles savait bien qu'il jouait la comédie du détachement et de l'espièglerie et qu'il souffrait de ne pas le voir plus souvent en Normandie. Comment allait-il prendre l'algarade de *Révolte* ? Quel nouveau dégoût il en aurait. Mais, au moins, il connaîtrait Dora.

Et Dora le connaîtrait. Il murmura :

— Regardez le vieux type blanc et rose.

— C'est tout à fait comme ça que j'imagine votre vieux.

— C'est lui.

— Hurrah !

Dora, pour la première fois depuis qu'ils voyaient des gens ensemble, semblait se reconnaître.

— Il est bien, hein ?

— Oui.

— Et les autres ?

— Oh! Gilles, quelle horreur.

— Les gens de la droite et de la gauche se valent, hein ?

— Oh! oui. Quel malheur. Vous savez à quoi ces Français me font penser : aux *poor white* de nos États du Sud. Ils semblent dépossédés par je ne sais quoi.

— Oui, ils se laissent dominer par n'importe qui venant de n'importe où. Regardez dans ce coin ces gueules de tartares. Ce sont des hommes venus de Galicie. Juifs ou autres. Ils se gâtent à Paris et ils gâtent Paris. Leur présence désespère les Français de droite et fait délirer les Français de gauche. Ceux-là qui savent le danger n'osent pas réagir, sans doute ne sentent-ils plus la force de mener leur propre pays ; ceux-ci qui ne le savent pas hurlent pourtant à la mort, ce sont mes amis. J'aime qu'au moins la mort soit déclarée. Ce sera le mérite de *Révolte* d'avoir poussé le vagissement par lequel le vieillard annonce qu'il redevient enfant.

Il parlait, à demi détourné de Dora, avec une ardeur égarée. Il savait qu'elle le regardait avec une épouvante et un dégoût mal contenus ; elle venait de découvrir qu'il avait été tout le temps différent de ce qu'elle croyait. « Je suis en train de la perdre, tout simplement. » Il se chantonnait cette parole intérieurement avec un serrement de cœur à peine sensible, car, en ce moment, il était trop animé par la naissance du drame entre eux.

Sur la petite estrade, les notabilités s'avancèrent. Quelques vieillards. Parmi eux, le héros de la fête, Boniface Saint-Boniface. Il avait de grands cheveux jaunâtres; le nez rouge et les yeux vitreux.

Une affreuse femme de lettres s'était reconnu le droit de le présenter au pauvre public. Cette vieille clocharde avec ses fourrures pelées, ses cheveux comme des brins de paille sous son galurin, arborait la Légion d'Honneur.

Il n'y a plus que les chiens en France qui ne l'aient pas : mais ça viendra.

Elle avait cet air rageur et ravi des ratés qui se croient célèbres, n'en sont pas très sûrs et profitent de la moindre occasion d'être en vue.

Elle commença un discours, écrit dans ce style vague et sentimental propre à la plupart des femmes et des nègres : « ... Notre ami Boniface Saint-Boniface est la plus pure gloire secrète de la France... »

— Et tes hémorroïdes, vieille putain, c'est aussi une gloire secrète.

Cette exclamation, lancée d'une voix hâtive et effrayée, mais qui se voulait gouailleuse, produisit dans la petite salle le même effet que si du plafond étaient tombés cent litres d'eau glacée.

Les bonnes gens, terrorisés, devinrent tous blêmes en même temps et on n'entendit que la voix de Dora, chuchotant un peu fort :

— *What did he say ?*

Gilles pouffait nerveusement ; le brouhaha devenait énorme. La dame porteuse de gloire secrète montra un instant une expression de petite fille effarouchée, puis redevint une espèce de concierge qui sait tenir tête à son monde et manier le balai.

— Ce n'est pas possible d'entendre dans une réunion de poètes français de pareilles ordures. Comment en France...

— A bas la France, lança une voix de fausset.

— Vive le lourd esprit germanique, glapit une autre.

— Voyons, messieurs... Nous sommes ici tous frères en poésie.

Saint-Boniface, debout, agitait son râtelier.

Soudain, un petit bonhomme que Gilles connaissait bien et qui était des séides de Caël, celui qu'il chargeait d'habitude des besognes les plus pénibles, jaillit sur la tribune. Mais il y était porté par les gros poings roux de Carentan.

— Expliquez-vous donc, marmot, tonitruait celui-ci.

Gilles était fort agité et Dora, qui ne pouvait plus parler qu'anglais, s'écria :

— *That's the thing to do.*

Le petit bonhomme ne savait trop quoi dire. Il suait à grosses gouttes et, sans ressources, ne trouva que de tirer la langue à la dame. Celle-ci, gardant ses distances, lui cria à trois pas :

— Vous me faites pitié, galopin. Regardez-moi ce mâle-là.

Ce qui provoqua des rires de femmes, assez hystériques.

Tout cela au milieu d'un chahut général. Cent cris se croisant et vingt altercations particulières éclatant en même temps.

Caël, flanqué de Galant, escalada la tribune et interpellant les siens, lança :

— Laissez-la parler. Voyons un peu ce que cette idiote peut dire sur Saint-Boniface qui a écrit :

J'étranglerai les dieux, chétifs enfants de l'Homme.

Gilles regarda Dora qui regardait Caël, bouche bée. Il avait, certes, plus d'allure que ses suiveurs, mais quelle arrogance enfantine. Cette énorme tête, dans les au-delà d'un front plein de superbe, se doublait de la prolixité d'une chevelure mégalomane. Sous ce front les yeux étaient vastes, rare beauté. Le nez, les lèvres, les dents et le menton, qui étaient de proportions considérables et lourdement soulignés, le corps haut, massif, négligé comme une bâtisse abandonnée de bonne heure par des maçons rêveurs, tout cela évoquait une spiritualité importante et infirme.

— Avec ou sans votre permission, je continuerai, s'écria la dame.

Tout *Révolte*, qui s'était groupé aux pieds de la tribune, ricana.

Gilles chercha du regard Carentan qui était au beau milieu du groupe et se penchait sur eux avec des airs de Gulliver. Saint-Boniface s'était rassis et expliquait par gestes à ses voisins que dans l'Olympe ça ne se passait pas comme ça.

La dame lut quelques phrases assez insignifiantes, qu'elle s'efforçait de scander avec le plus de fermeté possible.

« L'âme de Saint-Boniface est belle », en vint-elle à dire.

Galant, qui était resté sur le côté de l'estrade à côté de Caël et qui ne semblait soucieux que de dévisager l'assistance, se tourna soudain vers elle et dit :

— Pardon, madame, qu'est-ce qu'une âme ?

Le chahut recommença. Tout ce qui n'était pas *Révolte* reprenait peu à peu ses esprits et commençait à réagir tant bien que mal. Quelqu'un d'assez gaillard cria à Galant :

— Ce qui fait que j'ai une âme fera que, tout à l'heure, vous aurez mon pied au cul.

Une grosse dame approuva avec entrain.

— Voilà un monsieur, hurla Caël, qui dit que son âme est un pied. C'est une définition. Bravo.

— Vous n'en avez pas d'âme, en effet, écuma une jeune femme, vous autres.

« L'âme de la France se retrouve dans l'âme de Saint-Boniface », récita la dame.

— La France! La France! Ah, la France, brailla *Révolte*. Qu'est-ce que c'est, la France?

— A bas la France. A bas la patrie. Fumier.

Caël, la figure raidie par la majesté, s'avança par devant la dame et commença une harangue :

— Voilà pourquoi nous sommes venus. Pour dénoncer cette ignoble escroquerie. Saint-Boniface est un poète et la poésie n'a rien à faire avec la France ou la patrie comme vous dites dans votre jargon de policiers. La poésie est un cri de l'homme contre sa condition ; et le plus bas de sa condition est d'avoir les pieds pris dans des frontières. Saint-Boniface n'a jamais salué une seule fois du mot France ses vers.

Tout le monde hurlait dans la salle. Gilles regardait tout cela sans rien dire. Tout lui paraissait hideux et lui refusait la possibilité de prendre parti. Pouvait-il défendre cette vieille dame décorée? C'était évidemment une immonde pipelette.

Oubliant un peu Dora, il fendit la foule et vint vers Carentan. Celui-ci lui dit :

— Les niaiseries de la politique déteignent fâcheusement sur la littérature, à ce que je vois. Ce n'est pas la faute de ces morveux.

Deux ou trois morveux se mirent à l'invectiver avec haine.

— Vieux crétin. Cuistre.

Il se retourna de droite et de gauche, distribuant des taloches de sa grande patte fauve. Les autres ripostaient tant bien que mal à coups de pied. Gilles, soudain en rage — et aussi bien au fond contre lui-même et Carentan que contre les autres — dit :

— Bas les pieds, petits salauds.

Il en secoua aussi un ou deux. Tout d'un coup, il se trouva nez à nez avec un agent. La police était entrée et bousculait les combattants. Le calme se rétablit en un moment.

— Sortons, dit Gilles à Carentan.

Il chercha du regard Dora qui, droite et forte au milieu de tous ces faibles remous, paraissait triste. Il lui fit signe, elle vint vers lui.

— Maintenant que nous sommes là, il faut rester jusqu'à la fin, dit-elle à Gilles qui lui montrait la porte. Elle était exaspérée contre lui.

— Non, déclara Gilles, lui aussi exaspéré contre elle. Je regrette de vous avoir amenée. Tout cela est grotesque. Je m'en vais.

Et, sans plus s'occuper d'elle, il sortit. Sur le trottoir, il retrouva Carentan qui bourrait sa pipe tranquillement. Dora arriva. Des agents les regardaient de travers. Un passant demanda :

— Ce sont des anarchistes ?

— Non, répondit Caël, c'est le syndicat des nains qui se bat contre le syndicat des culs-de-jatte.

— Ah! dit le passant en s'éloignant.

Un agent, inquiété par cette phrase obscure, dit rudement :

— Circulez.

— Oui, mon brave sergent, fit Carentan.

Ils s'en allèrent dans la rue pluvieuse. Gilles était furieux de n'avoir pas trouvé un joint pour prendre une position plus active dans le débat ; en même temps il en voulait à Dora de lui reprocher cela aussi. Il marchait agité, les mains agacées, hargneux.

Carentan lui dit :

— Présente-moi à Madame.

Gilles se réveilla, étonné et navré de se trouver dans de telles circonstances entre ces deux êtres.

— Elle te connaît... Mon père Carentan, Dora Reading.

— Vous voyez, madame, ce qui perd les Français, c'est qu'ils ne sentent plus leurs corps, ils sont tout en cervelle, maintenant. On peut tout dire, mais comme ça ne tire pas à conséquence, apparemment, on ne dit rien. Autrefois, une parole c'était un coup d'épée ou la guillotine, à donner ou à recevoir. Et chez vous, c'est encore un coup de poing peut-être. Maintenant...

— Maintenant, c'est dix-sept cent mille morts.

— Oh! la nature ne perd pas ses droits. Tous ces petits gars-là retourneront au chantier... apprendre à vivre.

— Ou leurs enfants.

— Ils n'en auront pas.

Dora marchait en silence. Soudain, elle s'écria :

— Vous vous plaignez, mais vous ne faites rien. Gilles, pourquoi n'avez-vous pas pris la parole?

— Parler à ces gens? Non. Ajouter des idioties aux leurs.

— Mais vous n'auriez pas dit des idioties.

Carentan regardait avec une tristesse tendre Gilles attaqué par Dora.

— Madame, dit-il, ne perdons pas la tête nous-mêmes. Gilles a autre chose à faire qu'à prêcher la foule.

— Quoi? demanda Dora.

— Il faut former sa pensée avant de la divulguer ou de la donner à d'autres pour qu'ils la divulguent. Gilles prend son temps, il a diantrement raison.

Elle se tut. Mais Gilles lui avait dit, un jour : « Ce pauvre vieux Carentan, c'est tout de même un raté. » En ce moment, Gilles regrettait amèrement de lui avoir dit cela. Il sentait mieux que jamais comme Carentan était respectable, et comme lui-même pouvait l'être, en le prenant comme modèle. Il dit brusquement à Dora, sur un ton ombrageux :

— Aimeriez-vous mieux que je sois comme Caël ou Galant?

— Non, répondit faiblement Dora.

Carentan les quitta, se prétendant fatigué. Il regarda profondément Dora en la quittant. Seul, il hocha la tête, pensant à elle avec Gilles.

VII

Aux yeux de Dora, les signes assez tragiques qu'il y avait dans la vie de Gilles étaient surtout pitoyables : son origine qui était une énigme, la terrible exception de l'enfant sans père ni mère, le climat chaleureux mais si rude de Carentan, les années de pensionnat, puis l'ascèse juvénile aux alentours de la Sorbonne, le long congé dans les casernes, les tranchées et les hôpitaux, ce séjour auprès de Myriam qui pouvait paraître finalement comme une autre épreuve de contention et de privation, enfin ces dernières années pénétrées de l'amertume de vivre dans un monde condamné et haï. Mais ce n'était pas la pitié qui pouvait l'attacher à Gilles, il aurait fallu qu'elle se sentît la complice des moyens cruels pour les autres et pour lui-même qu'il avait employés en vue de défendre sa voie ; ce n'était guère possible. L'aventure avec

Myriam la heurtait ; cette aventure faisait un angle brusque avec ce qu'il lui donnait d'abord à imaginer de son enfance, de son adolescence, de son temps de guerre, pleins d'innocence. Il revendiquait d'avoir été dès la première minute avec Myriam conscient, cynique, d'avoir combattu toujours avec acharnement ses scrupules et ses doutes. Elle qui avait vécu dans la douceur de l'argent qui a toujours été là, dans l'idéalisme de ceux qui le reçoivent comme une gage de tendresse, elle était incapable de comprendre cette dureté et cette ruse. Soudain, quand il parlait de cela, quelque chose dans son visage se fermait pour elle. Et, philosophant sur les gens, il lui imposait d'autres traits déplaisants qui peu à peu dessinaient autour d'elle cet univers même, mêlé de bien et de mal, ambigu et énigmatique qu'elle avait toujours fui dans les retraites trop propres que lui avait si bien préparées son éducation. Il l'en raillait.

Pour se défendre, elle était amenée à défendre Percy et à préférer son attitude à celle de Gilles. Ceci pouvait être de grande conséquence. Pour rien au monde, elle n'aurait voulu admettre qu'elle avait pu être humiliée par Percy comme Myriam par Gilles. Donc Percy l'avait désirée, aimée, admirée, respectée. Si cela ne s'exprimait point clairement dans son esprit, du moins était-ce la tendance qui y travaillait sourdement.

D'autre part, rendu imbécile par l'amour, maladroit, gaffeur, Gilles s'affairait à lui faire les honneurs de sa vie extérieure qui n'existait guère. Acceptant de guerre lasse qu'elle ne pût supporter l'image trop forte de sa solitude, il s'efforçait de lui prouver qu'il avait une vie pareille aux autres. Et naturellement l'exhibition était assez lamentable. Il ne pouvait lui montrer un monde choisi, mais un monde reçu du hasard et supporté pour le moins par distraction. Il lui fit connaître les Clérences, Galant, Lorin. Elle était interloquée de la désinvolture et du laisser-aller, de la grossièreté même de ce petit monde, par ailleurs trop subtil. Gilles avait l'air de s'en excuser, ce qui lui déplaisait aussi ; il est vrai que l'apparition de Dora était une occasion pour lui de jeter des regards plus sévères sur tout ce monde où il s'était laissé aller à vivre, dont jamais il n'avait eu le sentiment de l'avoir préféré.

Sans avoir l'air de rien, Percy Reading suivait sa femme dans toute son évolution. Si peu enclin qu'il fût à la psychologie, il était un peu habitué par son métier à observer un ensemble de personnes, à considérer une situation sous plusieurs aspects. Il n'avait pas attaché d'abord une importance exceptionnelle à cette aventure, ayant parfaitement mesuré les précédentes, et ne craignant pas grand' chose de Dora à cause de l'idée peu avantageuse qu'il se faisait de son tempérament par lui mal cultivé ; c'est ainsi que se trompent et sont profondément trompés les maris négligents. Mais il avait senti dans Gilles un homme qui se trouvait dans une nécessité pareille à la sienne : lui aussi avait besoin d'une femme comme Dora. Alors, il avait froncé les sourcils. Cependant, il se rassurait à demi en pensant que Gilles devait manquer de ténacité et qu'au reste trop de circonstances jouaient contre lui, ou pouvaient jouer. Il eut la finesse de supposer qu'il lui suffirait de mettre discrètement en valeur ces circonstances.

Les amis de Gilles parlaient de son aventure. Ils étaient étonnés de la violence de ses sentiments ; pourtant, habitués à le considérer incapable de toute passion durable, ils prétendaient que cette histoire passerait comme les autres. D'autant plus qu'ils ne saisissaient pas l'intérêt profond de Dora ; rien d'insipide comme les amours des autres, à moins qu'on ne veuille s'en mêler.

Les Clérences invitèrent Dora et Percy Reading à dîner. Gilles, aussi invité, accepta non sans déplaisir, car il avait toujours caché à Dora le nom d'Antoinette. Il avait un souvenir honteux de son aventure avec elle, la plus manquée de ses aventures manquées ; de plus, il trouvait ridicule de s'être fourré dans un lit avec la fille du Président de la République. Il redoutait même il ne savait quelle vengeance, non point concertée, mais inconsciente de la part d'Antoinette et de Gilbert de Clérences.

Quand ces deux-là s'étaient mariés, il avait d'abord considéré le jeune couple avec une pointe de vénération ; il était porté à croire que tous les couples pouvaient être plus heureux que Myriam et lui. Mais Clérences, à qui personne au lycée ou dans le salon de sa mère n'aurait pu apprendre les règles élémentaires de la vie, marié trop jeune, riche, ayant à rattraper le temps de la guerre, s'était mis à faire cette affreuse noce avec sa femme. Ayant envie de toutes les femmes, il trouvait « naturel » de les courtiser sous les yeux même d'Antoinette. Celle-ci, détraquée par le spectacle de la guerre vu d'un ministère, où sévissaient toutes les vilenies de l'arrière, et qui se croyait tout permis parce qu'à ses moments perdus elle était peintre, se prêta à ses jeux avec sa facile et fugace sensualité. Mais la morale, fondée sur les règles infrangibles de la psychologie, poursuit toujours ses revanches. Un jour, Clérences manifesta un intérêt un peu durable pour une jeune Hongroise qui avait passé parmi leurs opprobres avec toute sa fraîcheur. Aussitôt, Antoinette prit un amant, un peu par rancune, beaucoup pour le plaisir plus sûr de la simplicité. Clérences en avait été fort troublé mais, ligoté par ses absurdes préjugés d'affranchi, il s'était cru obligé de dire que c'était de bonne guerre. Il avait essayé de la reprendre, avait interrompu les sales expériences, mais

Antoinette lui avait échappé à jamais ; il avait dû peu à peu se l'avouer dans une assez vive souffrance.

Gilles, un jour, avait vu venir chez lui Antoinette. Pendant un instant, il s'était pris à croire qu'il allait faire renaître la belle et simple fille que Myriam lui avait montrée deux ou trois ans plus tôt. Mais la répugnance pour son récent passé l'avait dominé. Il aurait fallu l'arracher à tous les faux semblants dont elle était entichée. Elle en était revenue à sa prétention à la peinture où elle mettait toute sa rancœur d'être si mal partie dans la vie. Ignorante et incapable de travail, elle imitait les derniers peintres de la décadence parisienne. Une si débile élève pour des maîtres exquis mais si destitués ne pouvait accoucher que de misérables pochades. Cela faisait pour Gilles une insoutenable provocation. Tout avait donc été de mal en pis entre eux.

La vengeance des Clérences que craignait Gilles se manifesta dès la première minute : il vit entrer Myriam. Il ne regarda de longtemps Dora, tant il était sûr de l'effet produit. Elle inspectait Myriam avec l'œil des femmes qui s'abandonnent plus ingénument que les hommes à la jalousie et au mépris. Livrée à elle-même, Myriam était redevenue une étudiante, pleine de sans-façon et de rudesse, myope à l'égard des nuances. Elle se montra trop familière avec Gilles, comme s'ils habitaient encore ensemble, trop curieuse avec Dora qu'elle dévisageait à travers les lunettes qu'elle portait maintenant.

Clérences n'attendit pas longtemps avant de demander à Dora :

— Comment trouvez-vous l'ancienne femme de Gambier ?

Dora se détourna sans répondre, d'un air visiblement décontenancé et mécontent. Aussitôt, tout le monde triompha doucement, et, à ce concert de Clérences, de Galant, de Lorin qui pour embêter Gilles étaient d'ailleurs tous restés les amis de Myriam répondit le silence voluptueux de Percy.

Cependant, Gilles fut très brillant pendant le dîner. Nouvel étonnement de Dora qui ne l'avait vu que contraint chez elle. Ayant bu, il avait pris le parti de se rabattre sur l'ironie et de jouir de cette soirée comme d'une catastrophe bien agencée. Il n'en voulait à personne, se disant qu'on donne toujours à chacun cent raisons de vous haïr et de vous trahir ; il se chatouillait à tous ces piquants. Dora devint elle-même un élément du burlesque qui l'assaillait de tous côtés. Pourquoi se montrait-elle si dédaigneuse, après tout ? Il y avait quelque chose de « collet monté » dans son maintien qui le retournait, avec l'espoir de pardonner, vers la bonhomie de Myriam. Est-ce que Percy était plus drôle que Myriam, par hasard ?

Plus tard, dans la soirée, Gilles s'avisa qu'Antoinette causait dans un coin avec Dora. Il s'approcha, sentant comme un mal de dents. Dora, les coudes sur les genoux, leva vers lui un regard définitivement noyé dans les impressions contradictoires.

— Qu'est-ce que vous lui racontez donc ? demanda Gilles à Antoinette.

— Je ne lui raconte rien, répondit Antoinette, de sa voix nonchalante où le ressentiment semblait peser à peine. Nous parlions de vous, bien sûr.

Gilles hocha la tête. Il se tourna vers Dora :

— Que vous dit-elle de moi ? lui demanda-t-il.

— Elle dit que vous n'aimez pas les femmes.

— C'est un rien.

— Je n'ai pas dit ça, j'ai dit que...

— Si, si, vous avez dit ça, insista Dora.

— Oui, vous avez dû dire cela, ajouta Gilles.

Antoinette regarda Gilles tranquillement :

— Je vais vous expliquer ce que je veux dire. Par exemple, Gilbert est un homme qui aime les femmes ; il a toujours eu et il aura toujours une femme dans sa vie, une femme qui sera là tous les jours dans sa maison. Vous comprenez, c'est ce que j'appelle aimer les femmes. Vous, vous souhaitez la femme des autres, mais si elle était à vous...

Dora semblait exagérément intéressée par ces propos.

Cyrille Galant s'était aussi approché. Lui, qui ne perdait jamais des yeux Antoinette, avait suivi avec une attention particulière le rapprochement des deux femmes. Il était furieux de les voir s'occuper ensemble de Gilles et peut-être se le disputer.

— C'est un harem qu'il te faut, murmura-t-il.

Gilles, indigné, s'éloigna brusquement. Dora le suivit.

— C'était elle... avant moi ? fit-elle, mécontente.

— Vous n'allez pas me reprocher d'avoir été discret.

— Du moment que nous venions ce soir, vous auriez pu me prévenir.

— J'avais commencé à me taire... Quoi, qu'est-ce qu'il y a ?

Il venait de surprendre un regard entre Dora et Percy, qui parlait politique avec Gilbert. Regard de complicité ironique.

— Vous avez eu trop d'histoires, souffla-t-elle d'un air plein de dégoût.

— Oui, murmura Gilles.

Le lendemain, elle supporta mal que Gilles semblât ne songer comme les autres jours qu'à la prendre. Gilles n'ignorait pas qu'il glissait ainsi à l'abus. Mais comment pouvait-il espérer l'atteindre autrement, du moment qu'il ne pouvait compter sur l'intimité qui ne se fait que de journées sans limites. La brièveté des heures qu'elle lui donnait l'affolait. Cela devenait une sorte de fuite en avant. Et trop de choses maintenant pesaient sur ces courtes heures : Percy, les amis, un Paris qui devenait hostile. Il remettait la sagesse au jour où ils seraient libres.

Elle se demandait s'il n'était pas surtout un paresseux ; cela résumait tous les doutes qui lui étaient venus sur lui. Ces doutes étaient d'autant plus graves qu'ils pouvaient être des prétextes pour couvrir l'hésitation de sa propre destinée. Que faisait-il dans la vie ? Que pouvait-il faire ? Selon la réponse, tout le désir de Gilles qu'elle sentait de plus en plus lourd, de plus en plus pressant de la faire divorcer, prenait un caractère fort différent. Percy avait fait une petite enquête au Quai. Les amis et les ennemis avaient parlé. Un mot de l'un ajouté à un mot de l'autre faisait un jugement minutieux et inexorable ; Gilles n'était rien du tout et ne serait jamais rien. Oui, il avait été quelque chose, maintenant c'était un raté. Caractère insaisissable mais qui finalement se laissait découvrir : plein d'orgueil secret sous une fausse modestie, plein d'ambition impuissante sous des airs d'indifférence et de nonchalance.

Certes, Dora n'acceptait pas ce jugement sans résistance. Une femme amoureuse peut toujours défendre un homme parce qu'elle est au cœur de sa justification et touche sa raison d'être. Gilles lui donnait quelque chose dont elle était sûre que cela valait beaucoup. Sa puissance de création dans l'amour était certaine. Mais ne donnait-il pas trop à l'amour ? N'était-ce pas ainsi parce qu'il n'était pas bon à autre chose ? A supposer qu'elle se rendît libre et qu'elle l'épousât, que ferait-il ? Il parlait de silence, de retraite et d'étude dans les pays lointains? Que sorti-rait-il de tout cela?

Un jour, se trouvant seule un instant avec Cyrille, elle lui avait demandé :

— Vous ne croyez pas que Gilles finira par écrire?

Cyrille avait baissé les yeux.

— Oui... Mais quoi?

— Comment?

— Certes, il peut écrire, et bien, mais...

Il s'était fait prier pour expliquer, très vaguement, qu'il n'était point artiste, qu'il pouvait certes écrire sur la politique, comme il l'avait déjà fait ; mais était-ce bien intéressant? Il transpirait le dédain.

Dora avait fait la part de la jalousie, mais il restait que Gilles ne lui avait pas caché qu'il quitterait le ministère aussitôt qu'il pourrait et qu'à son exclamation : « Enfin, vous écrirez des livres », il l'avait brusquement regardée avec méfiance en murmurant :

— Vous avez besoin de preuves de mon existence?

Elle avait très bien compris ce qu'il voulait dire, elle se rappelait l'émoi qu'il lui avait donné deux ou trois fois en rêvant devant elle, et surtout cette dernière promenade dans la forêt normande. Il semblait vivre dans un monde étrangement mêlé où la politique devenait une légende, une mythologie déconcertante. Les traits les plus positifs observés par lui du Quai, soulignés par l'ironie, éclataient d'une façon qui paraissait insolite au milieu de visions presque mystiques. Pourtant, un jour où elle l'attendait chez lui, elle avait trouvé sur un fauteuil un cahier où elle avait lu deux ou trois pages qui l'avaient frappée par leur achèvement. L'écriture même marquait un soin tranquille qui la surprenait de la part d'un homme si relâché. Avait-il donc encore, en dépit d'elle, des moments de recueillement?

Il était arrivé, avait fait la grimace et fourré le cahier dans un tiroir.

— Vous ne voulez pas que je lise, vous croyez que je ne peux pas comprendre.

— Quand vous m'aurez donné un enfant, je vous montrerai mes petits papiers. Alors, nous n'aurons plus rien à nous cacher.

On approchait des fêtes de Noël et du Jour de l'An, et Dora devait s'en aller dans le Midi avec son mari ; ensuite, elle devait y rester seule avec ses filles ; Gilles la rejoindrait. Ils souffraient l'un et l'autre de la séparation prochaine, mais souhaitaient aussi de se retrouver hors de Paris. En réalité, ils étaient épuisés par la vie qu'ils menaient ; ils se voyaient sans cesse, mais dans l'abondance des heures ils ne trouvaient aucune détente ; ils restaient toujours dans l'attitude surveillée des amants adultères qui se rencontrent furtivement et qui sont voués à la continuelle parade des sentiments.

Gilles voyait bien, comme elle, le tort qu'ils se faisaient ainsi. L'érotisme ressasse bientôt. Il fallait passer dans un autre pays, l'emmener au pays de l'esprit. Il lui aurait fallu rêver, se taire devant elle, enfin vivre. Mais comment vivre devant quelqu'un qui entre et qui sort ?

Un matin, au téléphone, elle lui dit brusquement :

— J'ai à te parler très sérieusement ; hier au soir, j'ai beaucoup réfléchi.

Elle avait une voix trop douce, presque chuchotée que Gilles ne lui connaissait pas. Pendant quelques jours, elle avait été grippée et il avait été la voir chez elle dans la journée, ce qu'il ne faisait jamais. Il avait éprouvé de la déception à regarder de plus près son appartement ; ce lieu meublé qu'elle habitait était d'un faux luxe banal qui aurait dû la gêner davantage ; dans ce décor insupportable elle avait essayé d'arranger des coins d'intimité qui ne paraissaient pas beaucoup plus plaisants. Il retrouvait là ce qu'il détestait chez la plupart des bourgeois : quelque chose de trop calculé, de trop arrêté dans le choix et surtout dans la disposition des objets qui glaçait son sens noble de la fantaisie. Cette photo dans son cadre faisait un angle trop prévu avec cette boîte à cigarettes. Et qu'est-ce que cette commode achetée en Italie ? C'est un faux grossier. Affreuse impuissance aussi de la bourgeoisie américaine qui, ayant pris contact avec les pays d'ancienneté, recherche l'authentique et tombe à côté avec une sûreté irrémédiable. En sortant de là, il s'avoua aussi qu'elle s'habillait mal. Toutefois, l'amour est brave : il se répéta tranquillement qu'elle devait être sculptée des pieds à la tête.

Comme elle insistait sur une rencontre immédiate, il lui proposa de faire une promenade au Bois, avant qu'il n'allât à onze heures au Quai.

Elle arriva vers lui avec sa longue démarche souple, parfaite. Son visage était composé ; ce qui le fit sourire avec une tendre ironie.

— Qu'est-ce qu'il y a donc, ma chérie ?

— Je vais te faire de la peine, beaucoup de peine.

— Quoi donc, mon Dieu ? continua-t-il légèrement.

Elle faisait effort pour tenir son souffle.

— Voilà, pendant ces jours où j'ai été presque tout le temps seule, j'ai beaucoup réfléchi.

— Oui, je sais. Tant mieux.

— Oh ! mais, tu vas voir. J'ai découvert des choses horribles, j'ai découvert que je t'avais complètement trompé.

— Comment ?

Gilles, si adonné à la méfiance, n'en ressentait aucune en ce moment.

324

— Je ne suis pas la femme que tu crois et que tu aimes.

Il supposa qu'elle allait enfin lui avouer Buré.

— Je t'ai fait croire, depuis que je te connais, que j'avais du courage, mais je n'en ai pas vraiment ; je ne serai jamais capable de me rendre libre.

Elle le regardait, dans l'attente visible de le voir fléchir sous le coup brusque. Mais il ne doutait que dans la jalousie, et encore d'un doute philosophique qui ne prenait en elle qu'un prétexte. De même quand il étendait sur elle sa suspicion pour tout ce qui était à ses yeux assez mystérieusement mondain ou bourgeois. Par ailleurs, il lui avait donné entièrement sa foi depuis qu'il était son amant. Il répondit donc tranquillement :

— Ce sera dur, mais tu y arriveras.

— Non, je ne pourrai jamais venir à bout de Percy. Tu ne sais pas comment il est : il est en fer. Jamais il ne m'accordera le divorce.

Gilles croyait naïvement qu'en Amérique on divorce facilement. Or, là comme ailleurs, il faut le consentement de l'autre. Elle lui expliqua cela, elle avait depuis longtemps étudié la question, ayant songé à divorcer tout de suite après son mariage.

— Pourquoi ne te l'accordera-t-il pas ?

— Par orgueil.

— Qu'est-ce que ça veut dire ? demanda-t-il avec un brusque sarcasme.

— Comment ?

— Si tu ne veux plus vivre avec lui, si tu vis séparée de lui, son orgueil sera tellement humilié qu'il devra céder.

— Il me prendra mes enfants.

— Tu les défendras, tu l'accuseras de *mental cruelty*, comme vous dites.

— Il m'accusera d'adultère.

Gilles resta le bec dans l'eau ; elle en triompha.

Il s'étonna de ne pas hurler contre les limites qu'il voyait à l'amour, de ne pas crier : « Abandonne tes enfants. » Il acceptait qu'elle les lui préférât. Pourquoi ? Parce qu'il avait le sens des nécessités propres aux femmes ? Non, il croyait profondément qu'un jour l'amour qu'elle avait pour lui brûlerait au point de consumer sans efforts toutes les difficultés. Il ne songea pas un instant à la mettre au pied du mur, à lui dire : « Alors ? Nous renonçons ? »

Après cet effort, elle flancha et se prêta à la discussion.

Ils se perdirent dans de longues supputations sur la marche qu'il était possible de suivre à l'égard de Percy : Gilles n'y accordait pas grand intérêt. Pour lui, tout se ramenait à la force de l'amour.

— Tout dépend de toi, et non de lui. Si tu veux vraiment le quitter, il le sentira et cédera. Les lois et la jurisprudence n'ont rien à faire là-dedans.

— Mais c'est affreux, je sens que je n'en aurai jamais la volonté. Il me faudra vaincre non seulement lui, mais ma mère et ses amis.

Il la regarda d'un œil froid.

— Veux-tu vivre ? Oui ou non ? C'est toi qui m'as crié, à Biarritz, que tu étais comme enterrée vivante. Est-ce que tu ne vis pas plus depuis trois mois ?

Elle porta la main à son front où s'était installé, semblait-il, une migraine. Il ne crut pas que c'était son incertitude de toujours, mais seulement les premiers contacts blessants de la lutte.

Brusquement, elle laissa tomber sa main et s'écria :

— Non, je ne peux pas vivre, je ne suis pas faite pour vivre ; je suis morte depuis longtemps, depuis le jour où j'ai su que je ne l'aimais pas avant mon mariage. J'ai cru que tu m'avais ressuscitée, mais non, non. Et puis, il y a mes enfants.

Il dit durement :

— Parlons-nous de ton mari ? Ou de tes enfants ?

— C'est tout un. Si j'engage la lutte, je ferai du mal à mes filles. Elles subiront le contre-coup ; et tout cela sera inutile, car il ne cédera pas.

Gilles marcha quelque temps à côté d'elle, en silence. Enfin, il jeta :

— Et moi ?

— Oui, je sais ; c'est pourquoi, ce matin, je me suis réveillée épouvantée. Je t'ai trompé, j'ai trompé ta foi.

— Non, ce n'est pas possible, martela-t-il tranquillement, tu ne peux pas me retirer la vie que tu m'as donnée... Maintenant, je ne vis que par toi, tu le sais.

Elle pleura. Gilles regarda avec épouvante ces larmes qu'il avait vues si abondantes sur les joues de Myriam, pour des causes si différentes. Un certain désarroi lui venait. Ne pouvait-il entrer dans la vie d'une femme que comme un désastre ? Il sentit que la solitude le guettait toujours. Il se remit à argumenter.

— Et toi aussi, tu ne vis que par moi : je le crois. Est-ce que tes filles peuvent vouloir que tu sois comme morte ?

Il faisait allusion à une de ces histoires d'enfants où éclate leur cruelle véracité. Pendant un déjeuner, l'une des petites avait prononcé tranquillement, le père présent :

— Maman, si papa mourait...

— Quoi ?

— Si papa mourait, n'est-ce pas que tu prendrais M. Gambier comme autre papa. Nous l'aimons beaucoup.

Cette histoire en disait long surtout sur la force d'inertie ou de dissimulation du père qui n'avait pas bronché.

327

Dora prit la main de Gilles avec une sorte de ferveur revenue. Gilles sentit comme elle pouvait être frappée par tout ce qui, du dehors, lui donnait de l'autorité. Il entr'aperçut que, dans cette lutte, sa grande faiblesse viendrait de ce qu'il s'était démuni depuis toujours de tout prestige social. Mais, là-dessus, il était intransigeant, il n'aurait jamais voulu la voler à elle-même, par ce cambriolage auquel se fient si paresseusement la plupart des hommes qui n'aiment pas l'amour et qui achètent des apparences avec des apparences. « Crois à mon argent ou à mon talent, et je croirai à ton amour. » Il voulait être le prix d'une conquête d'elle-même par elle-même. Il y avait encore en lui toute l'intransigeance de la jeunesse.

— Il faut que je m'en aille, fit-il.

Il la regardait doucement, avec une douceur si sûre qu'elle s'écria :

— Je t'aime.

Ils se séparèrent comme si de rien n'était.

VIII

Dans l'arrière-boutique du magasin de tableaux qui était le sanctuaire du groupe *Révolte*, Caël était en train de discuter seul, avec Galant, de la réunion qu'ils devaient tenir la semaine suivante. Galant venait d'apporter la maquette d'une affiche qui était étalée sur la table.

Qu'y a-t-il de plus grotesque au monde ?
Un Président.

En dépit du calorifère, le froid tombait de la verrière. Cet ancien atelier de photographe était encombré de bois nègres, de tableaux cubistes, de livres concernant l'érotisme et la magie.

— Je ne veux pas que cette réunion soit interdite. Je ne veux pas aller au-devant de cette interdiction, déclarait Caël sur ce ton de sommation qu'il prenait à tout bout de champ quand il parlait à ses suiveurs et même et surtout à Galant, c'est pourquoi je ne veux pas de cette affiche. Si tu proposes cette affiche, c'est que tu ne veux pas que la réunion ait lieu.

Il dit cela sur le ton de la méfiance la plus méprisante.

C'était cette méfiance qui, touchant l'âme frêle mais nerveuse de Galant, la retendait sans cesse ; il en avait à Caël une gratitude exaltée.

— Tu n'y es pas du tout. Nous n'avons rien à craindre.

Galant avait peu de menton ; cherchant à copier la torsion épaisse de la mâchoire de Caël, il en faisait une assez piteuse caricature.

— Tu me répètes ça, mais tu ne me le prouves pas.

— Je ferai intervenir le petit Morel.

— Mais est-ce que, justement, sa participation ne va pas nous faire interdire ?

— C'est seulement cette participation qui doit rester secrète et qui sera le clou de la soirée.

— Nous en avons parlé à trop de gens. Enfin, je m'oppose absolument à cette affiche.

Là-dessus, on sonna et Caël alla ouvrir. Sans cesse, des camarades allaient et venaient. Il avait besoin comme un homme politique de cet afflux perpétuel de curiosité et d'admiration.

Galant, qui était resté à marcher dans l'atelier, dressa l'oreille soudain : la voix de Caël, s'adressant au nouveau venu, s'altérait de mot en mot. Une brusque angoisse le prit :

— Qui demandez-vous ? Oui, c'est moi... Mais qui êtes-vous ? Mais, monsieur, je veux savoir... Vous n'avez aucun droit...

Caël reparut, la figure blême et retenant difficilement sur son visage la majesté qui y était installée si peu de temps auparavant. Il reculait devant un homme dont l'aspect ne pouvait tromper, un policier.

Un homme encore jeune, sournois et dur, l'air d'un mauvais employé, humilié et investi de toute-puissance. Après un regard rapide, mais perçant à Galant, il le salua avec beaucoup moins d'obséquiosité qu'il n'y avait dans ses paroles.

— Monsieur... Messieurs, je vous demande pardon ; je vous prie de ne pas vous froisser de ma visite. C'est pour vous rendre service que je me suis permis de venir chez vous.

Caël fit effort pour répéter :

— Mais, enfin, qui êtes-vous ?

— Monsieur, peu importe qui je suis. Je m'appelle M. Jehan, mais ne parlons pas de moi, ne voyez en moi qu'un homme qui peut vous rendre service.

— Qui êtes-vous ? Qui vous envoie ?

Caël n'osait pas dire : « Vous êtes de la police. » Dans ses pamphlets, quand il traitait de policiers ses ennemis, c'était la pire injure.

— Mettons que je viens de mon propre mouvement. Il se trouve que je suis informé de certaines choses qui vous concernent. Je sais qu'en haut lieu, on regarde d'un mauvais œil des intentions que vous auriez...

Caël se ressaisissait un peu, recomposant tant bien que mal son visage et son attitude, quand il vit l'affiche sur la table. Il releva les yeux, tout en désarroi, vers l'intrus. Mais celui-ci regardait les murs, si étranges. Caël reprit en balbutiant :

— Enfin, je n'ai pas l'habitude de parler à des gens qui... de recevoir des gens que je n'ai pas l'honneur de connaître.

Galant poussa, d'un geste rapide, un livre qui couvrit l'affiche en partie, puis il s'avança vers l'inquiétant personnage et dit d'une voix polie, faible, mais qui se posait assez nettement :

— Expliquez-vous.

L'intrus affecta d'apprécier cette intervention.

— Mais oui, je vous assure que c'est le plus simple.

Il jeta encore un regard sur l'amas de livres, de tableaux qui couvraient les murs.

— Je sais bien, messieurs, que vous êtes des artistes. Il y a des choses que vous ne voyez pas du même œil que tout le monde.

Il regardait particulièrement, avec plus de révérence effrayée, semblait-il, que de haine, un tableau cubiste.

— Enfin, voilà. On dit que vous allez faire une réunion la semaine prochaine où certaine personnalité sera mise en cause.

— Comment le savez-vous ?

Caël ne trouva rien d'autre à dire, car les caractères de l'affiche débordaient démesurément sous le livre. Il n'osait pas toucher à cette affiche, la prendre, la plier tranquillement.

— Je le sais.

— Et alors ? fit doucement Galant.

— Eh bien, je viens vous dire que vous ne devriez pas faire ça. Ça n'est pas possible. Vous ne vous rendez pas compte... Je me rends bien compte que... forcément vous, messieurs, vous êtes à part, mais vous comprenez, la politique...

Galant sauta sur le mot.

— Je vois que vous êtes mal informé. Nous ne nous occupons pas de politique.

— Pardon... le Président de la République est un personnage politique, ce me semble.

Galant prit du champ, marcha un peu.

— Si c'est cela dont vous parlez, je vous assure que vous faites fausse route. Vous le comprendrez facilement. La semaine prochaine, nous nous placerons sur le terrain philosophique. Peu nous importe que le Président soit Monsieur Un Tel ou Monsieur Un Tel, qu'il appartienne à la gauche ou à la droite. Nous voulons instituer un débat purement théorique sur le principe de l'autorité. Cela ne nous mêlera en rien aux luttes politiques. Le gouvernement ne peut donc pas s'inquiéter.

L'intrus semblait entrer dans cet aimable propos. Galant se sentit presque à l'aise. Caël, aussi soulagé, devint aussitôt furieux de n'avoir pas su prendre le premier rôle dans cette conversation. Il lança :

— N'allez pas nous prendre pour de vulgaires anarchistes.

L'autre, sans se soucier de lui, rêva tout haut :

— Messieurs, je vous comprends bien. C'est bien possible... Mais, malheureusement...

Il s'arrêta, comme perplexe et plein de regret.

— Quoi ? demanda Galant en souriant.

L'autre ricana brusquement :

— Malheureusement, ce que vous dites n'est pas exact, ou plutôt ce n'est pas complet. Il y a tout lieu de craindre des attaques *personnelles* contre M. le Président.

La façon de dire « M. le Président » en disait long : on sentait la hiérarchie serrée, les poings lourds et les bottes à clous.

— Comment ? s'écria Caël, fort de l'attitude qu'il avait prise précédemment avec Galant. Je serai le premier à ne pas le tolérer.

Le visage du policier perdit brusquement toute sa fausse aménité.

— Vous toléreriez fort bien une intervention de M. Paul Morel, le fils de M. le Président.

— Comment ? répéta Caël faiblement.

Caël et Galant avaient échangé des regards tout à fait troublés que le policier put apprécier à son aise.

— Oui, messieurs, nous avons sur les relations de ce jeune homme avec vous des renseignements regrettables, inquiétants.

C'était la première fois qu'il disait : *nous*, et cela rejeta les deux jeunes gens dans l'affolement instinctif que leur avait causé son entrée. Ils gardèrent le silence, d'abord. Ensuite Caël se jeta dans l'absurde de la négation.

— Vous êtes mal renseignés. Nous connaissons à peine M. Paul Morel. Et nous n'avions nullement l'intention de le convoquer.

— Oh ! pardon, je sais combien de fois il est venu cette semaine.

— M. Paul Morel ne viendra pas à cette réunion. Si c'est cela qui vous inquiète. Je lui dirai de ne pas venir.

Galand regarda Caël dont la dignité baissait de nouveau comme l'eau dans un seau percé. Que son grand homme fût ainsi humilié lui redonna de l'élan contre l'autre. Il se lança :

— Du reste, de deux choses l'une. Ou le Président est prévenu et il empêchera son fils de venir à cette réunion. Dans ce cas, la crainte qui vous amène n'a plus d'objet. Ou bien...

Il s'arrêta, souhaitant que l'autre l'interrompît. Mais l'autre s'en garda bien. Plus mort que vif, il dut achever son raisonnement, sans trouver le ton qui aurait dû soutenir la soudaine audace des mots.

— Ou il ne l'est pas. Et alors, je me charge de le faire prévenir de votre démarche, pour savoir s'il l'approuve.

Il avait espéré effrayer le policier et l'obliger à préciser son autorité ; le résultat fut fâcheux : soudain, l'homme les regarda d'un air mauvais.

— Écoutez, vous feriez mieux de ne pas compliquer l'affaire qui n'est pas bonne pour vous. Votre réunion ne doit pas avoir lieu ; un point, c'est tout. Si vous persistez, on vous bouclera.

— Comment, on nous bouclera ? s'écria enfin avec un peu de rage, mais aussi beaucoup de tremblement, Caël. Je voudrais bien voir cela.

— Oh ! je crois qu'on peut trouver de quoi vous embêter.

Caël et Galant eurent le sentiment horrible d'avoir été derrière des barreaux de prison depuis quelques jours sans l'avoir su. Galant parut alors le plus troublé des deux. L'intrus dit à Caël :

— Vous connaissez M. Galant ? M. Cyrille Galant, votre ami intime.

Bien que Caël levât les yeux vers cet ami comme pour le présenter, le policier feignit de ne pas s'en apercevoir et continua :

334

— Vous feriez bien de dire à ce monsieur que nous avons de quoi le faire rentrer sous terre, s'il ne renonce pas, et vous avec, à votre petite idée de réunion subversive.

A ce moment, il porta son regard mauvais sur toute la pièce ; il montra sans plus d'effroi ni de révérence les toiles cubistes :

— Et puis tout ça, vous savez...

Il n'en dit pas plus. Gaël, regardant Galant, voyait son trouble ; il devinait ce que signifiaient les paroles de l'homme, et il serrait les dents avec rage. Il avait toujours soupçonné son disciple de certains écarts et, tout prophète libertaire qu'il fût, il les condamnait avec une sévérité égale à celle du bourgeois le plus normal.

L'homme se dirigea vers la porte. Il se ravisa et revint brusquement vers le projet d'affiche qu'il n'avait pas semblé remarquer auparavant, au point que les autres n'y avaient plus songé. Il allongea une main brutale, écarta le livre, empoigna le papier en le froissant, le considéra une seconde, puis le plia grossièrement et s'en alla vers la porte. Sur le seuil, il se résuma :

— Vous avez compris, on vous a à l'œil. Et vous ferez bien de vous tenir tranquilles. La réunion n'aura pas lieu parce que le local que vous avez loué pour ce soir-là n'est plus libre ; mais n'en cherchez pas d'autre. Bonsoir.

Il leur jeta un regard de tortionnaire et sortit.

Seuls, Caël et Galant eurent besoin de quelques minutes pour s'arracher à la peur qui les avait étroitement ligotés. Ce fut Caël qui se dégourdit le premier ; pourtant, c'était lui qui avait subi le gros de l'attaque et qui avait eu la plus grosse peur ; mais il avait besoin de se venger sur Galant.

— Qu'est-ce que c'est que cette histoire-là ?

Galant ne craignait rien tant que la colère de Caël sur ce chapitre ; il connaissait et acceptait de sa part un pareil préjugé.

Caël tonna :

— J'ai horreur des histoires de pissotières, je te l'ai déjà dit quelquefois. Je me doutais qu'il y avait quelque chose comme cela dans ta vie ; et voilà où cela nous amène. Sans cela, ce policier n'aurait jamais osé venir. J'exige de savoir l'exacte vérité.

Galant ne la connaissait pas lui-même. Il y avait en lui une curiosité maligne de toutes les combinaisons de l'amour. En ce domaine-là comme dans les autres, il avait besoin de tout connaître, de tout acquérir ; avec une souplesse désossée, il imitait, épousait tous les gestes des autres. Il entrait dans les mêmes transes de lascive contagion aussi bien auprès de toutes les formes de l'art, de la pensée, de l'action. Il ne résistait à rien pour que rien ne lui résistât : il était comme une femme qui conquiert le monde en se donnant à tout le monde. Quant aux faits, il n'avait jamais été pris ; mais il avait quelquefois passé par des lieux où l'on peut facilement être repéré.

Il déclara sur un ton péremptoire :

— Tu es absurde. Ça n'existe pas. Cet homme a bluffé.

— Tu as pâli.

— Comme toi quand il est entré.

C'est à peine s'il se permit cette courte riposte. Il la dit doucement, sans aucune acrimonie.

— Tu aurais pu m'éviter cette surprise, fit Caël, faisant un usage voluptueux de la majesté qui lui revenait. Je n'admets pas que le caractère essentiel de notre révolte puisse être masqué par de pareilles vétilles : la drogue ou la pédérastie. Ce sont des diversions, comme la politique.

336

Notre seul but, c'est la révolte de l'homme contre tout l'ensemble de sa condition.

Il s'était parfaitement, admirablement raffermi. Il semblait que si le policier était rentré à ce moment, il eût été foudroyé. Cette idée le visita-t-elle? Il se détendit soudain, et ce fut à mi-voix et sur un ton presque affectueusement anxieux qu'il demanda :

— Enfin, voyons, qu'est-ce qu'il y a?

— Mais rien.

— Tu as été pris?

— Jamais. J'ai été, comme tout le monde, deux ou trois fois dans des boîtes de tantes... Nous n'avons rien à craindre de ce côté-là, acheva-t-il avec la plus tranquille assurance. Et, comme sûr d'avoir débarrassé Caël de toute crainte erronée, il entama une nouvelle conversation :

— Ah! qu'allons-nous faire?

— Il faut prévenir Paul Morel, d'abord.

— Oui, mais nous ne pouvons pas lui téléphoner, on nous écouterait.

— Tu crois qu'ils doivent surveiller toutes nos communications? Et les siennes?

Ils se regardèrent : chez l'un comme chez l'autre le plaisir de l'importance le disputait un peu à l'effroi.

— Sûrement, mais on peut tout de même risquer le coup. On va lui téléphoner d'un bistrot. Nous allons voir aussi si nous sommes filés. Tu n'avais rien remarqué?

— Rien. Qu'est-ce qu'on lui dira?

— Il faut lui dire de nous rejoindre quelque part.

— Il sera filé.

— Je lui ferai comprendre de faire attention.

— Au téléphone, expliquer ça... Pourquoi pas plutôt agir par Gambier?

— Tiens, oui...

337

Écoutant Galant, Gilles s'émerveilla de l'importance que ses amis donnaient à cette histoire, d'autant plus que Galant ne lui parla pas des menaces qui le concernaient, lui, Galant. Gilles mit en doute que M. Morel fût au courant. Il connaissait la République et comment la police menée contre tous n'est menée par personne, sauf quand le régime est directement menacé. Depuis quelque temps, Morel manifestait des velléités incroyables. On disait que si les radicaux quittaient la droite et revenaient à gauche, il résisterait, refuserait le ministère à leur chef Chanteau qui comptait s'appuyer sur les socialistes ; il risquerait la dissolution. Sans doute cette attitude commençait-elle à fomenter des inimitiés et des intrigues contre lui, que la police, si elle lui était dévouée, voulait prévenir. Mais, même sans ces circonstances, la démarche du policier était normale.

— Et alors, cette réunion ?

Gilles regardait d'un air sceptique Galant qui pinça les lèvres.

— Il nous faut savoir par Paul si le vieux est oui ou non dans la combine. S'il n'y est pas...

— Je comprends, dit Gilles, tu veux que je joigne Paul.

Il fit mine de prendre le téléphone. Galant esquissa un mouvement pour l'arrêter.

— Tu vas lui téléphoner directement ?

— Bien sûr.

— Tu as tort, on doit surveiller ses communications ;

il vaut mieux que tu ne sois pas compromis... Sers-toi de sa sœur.

Gilles sourit. Il demanda Antoinette.

Galant se détourna, se demandant si Gilles allait la tutoyer. Gilles n'en fit rien.

— C'est vous, Antoinette, oui, c'est moi... N'est-ce pas ? J'ai été très occupé...

Galant revint vers l'appareil, mais il s'en éloigna de nouveau, car le visage de Gilles exprimait l'ennui et la fatuité. Sans doute Antoinette croyait-elle que Gilles revenait vers elle et elle en était heureuse.

— Ce coup de téléphone est très intéressé...

Gilles finit par faire comprendre à Antoinette que son ami Galant voulait voir Paul dans certaines conditions de secret. Il fit signe à Galant de prendre l'appareil. La voix lente d'Antoinette disait :

— Eh bien, Paul va venir tout à l'heure ici ; que Galant vienne aussi. Tout ça me paraît mystérieux. Dites-lui que je serai ravie de le voir...

Galant s'en alla cacher son trouble à l'autre bout de la pièce. Gilles était trop occupé par Dora pour voir rien de ce qui se passait dans le cœur de son ami.

Dehors, Cyrille s'avisa qu'il convenait pour lui d'amener Caël. Il savait qu'Antoinette en serait enchantée. Caël attendait Galant à un café voisin.

Antoinette, ravie de recevoir les deux chefs de l'avant-garde, se montra très aimable. Paul arriva bientôt. La jeune femme qu'on avait mise au courant et qui, à l'étonnement des deux compères, donnait sans ambages tort à son père, sortit de la pièce en disant qu'elle allait revenir.

Caël et Galant témoignèrent à Paul des sentiments très amicaux qui remplirent de joie le jeune homme.

Depuis quelques semaines, devenu leur familier, il avait absorbé toutes leurs idées. Obscur par débilité, il se plaisait avec ivresse à l'obscurité de leur pensée.

Galant exposa brutalement ce qui était advenu.

Paul éprouva une grande honte. Il avait toujours eu honte d'être le fils d'un Président de la République, mais, maintenant, sa honte devenait insupportable.

— Le salaud, le salaud, s'écria-t-il.

— Vous croyez que votre père est au courant?

— Bien sûr, mais voyons.

— Mais comment?

Paul rougit :

— J'ai vaguement parlé de vous devant mes parents...

Galant dit tranquillement :

— Ils n'ont pas dû faire attention. Mais l'annonce de la réunion a dû mettre en branle la police, qui a dû prévenir votre père, ensuite. Celui-ci...

Paul l'interrompit avec rage :

— Mais ça ne se passera pas comme ça.

Caël et Galant lui jetèrent des regards profonds.

— Je vais lui parler à mon salaud de père.

Caël demanda d'une voix suave :

— Avez-vous de l'influence sur lui?

— Il prétend aimer la liberté, au fond. Je peux le troubler.

— Mais si vous l'insultez?

— Je lui dirai ce que je pense.

Galant intervint :

— Oui, mais il s'agit de faire réussir notre affaire. Cela dépend de vous.

— C'est vrai, s'écria Paul Morel, ébloui.

— Il faudrait d'abord l'interroger prudemment pour seulement voir s'il sait.

— Oh! il sait sûrement.

— Pourquoi ne vous en a-t-il pas parlé?

— C'est un sournois, un hypocrite. Et je lui fais peur.

Caël et Galant se regardèrent à demi amusés, à demi effrayés.

— Enfin, on n'est jamais sûr. Il faudrait voir.

— Ne vous emballez pas, conclut Caël.

Ils restèrent silencieux : les deux compères voyaient bien l'impossibilité de maintenir la réunion. Non pas Paul, qui s'échauffait :

— Eh bien quoi? Si M. Morel ne sait rien, il l'apprendra. Et puis après? Il faudra bien en venir là pour qu'il intervienne et fasse maintenir la réunion. Je lui bourrerai le crâne, je lui ferai honte de l'intervention de sa police. Il m'a assez souvent dit qu'il était un vieux libéral.

— Dites-lui bien, insista Caël, que cette réunion a un caractère philosophique et non politique.

Paul regarda Caël avec une pointe de déception, mais l'autre lui opposa une impassibilité si marmoréenne que Paul se ressaisit de toute son admiration. Caël en profita pour ajouter :

— Et vous lui direz que vous n'y viendrez pas.

— Naturellement, ricana Paul.

— Du reste, vous ne viendrez pas.

— Comment? Vous le voudriez, après une histoire pareille? Je veux prouver que je suis entièrement avec vous, rompre avec mon père et toute la boutique.

— Que deviendrez-vous? fit Caël.

— Je ferai comme vous.

Les deux amis sourirent amèrement.

Brusquement, Caël prit son ton le plus tranchant :

— Je m'oppose absolument à ce que vous veniez à cette réunion.

— Je viendrai au dernier moment, assura Paul.

— Je m'y oppose absolument.

Galant fit signe à Paul de ne pas insister. Paul, ravi de cette complicité, se tint coi. Quand Caël fit mine de s'en aller, Paul dit à Galant :

— Restez, je vais appeler Antoinette.

Il avait remarqué chez les Clérences l'intérêt de Galant pour sa sœur et il en était flatté. Caël foudroya Galant du regard et s'en alla.

Galant resta. Paul détestait maintenant Clérences après l'avoir apprécié ; il avait beaucoup aimé Gilles qu'il savait avoir été l'amant de sa sœur, mais maintenant il l'oubliait auprès de Caël et de Galant. Il voyait bien le ridicule de ces drôles de corps, toujours en train de se raidir, mais un certain ridicule, dû à la nervosité, lui semblait naturel et nullement péjoratif chez tout intellectuel.

Voyant qu'Antoinette, allongée sur son divan, regardait fixement Galant, il en fut troublé, s'alanguit un moment dans ce trouble, puis soudain se sauva.

X

La parfaite soumission de Mme Morel à ses devoirs n'avait pu tromper son fils : il l'avait toujours aimée avec commisération comme une victime. Il était sensible au luxe comme elle, mais, en jouissant comme par droit naturel, il n'acceptait pas l'énorme travail d'ennui et de parade qu'elle savait en être le prix. Il osait dire qu'elle en était injustement accablée par son père. Ce père, il le craignait et le détestait. Beaucoup de petits garçons n'ont pas la force de supporter le climat un tant soit peu viril de leur géniteur et font de leur mère l'image admirable de leur propre faiblesse et la justification de leur ressentiment.

Tout cela s'était exaspéré quand son père était devenu Président de la République. Paul avait déjà habité avec sa famille dans des bâtiments officiels, dans des ministères, mais il y respirait une atmosphère dont il savait qu'elle était la même pour beaucoup d'autres politiciens. Dans l'air raréfié de l'Élysée, il pensa étouffer. De plus, que son père eût souhaité devenir Président le destituait à ses yeux de tout ce qui jusque-là avait provoqué, en même temps que sa crainte, son involontaire admiration. L'apparat mesquin et ridicule de la Présidence soulignait ce fait déconcertant d'un homme qui avait montré jusque-là, et surtout pendant la guerre, le goût du travail sinon de l'énergie, et qui pouvait soudain accepter de n'être plus rien ; par contre-coup, il cessait d'avoir jamais rien été.

Ayant pour père maintenant un homme que non seulement il détestait, mais qu'il méprisait, il s'était vu à la merci de toutes les plaisanteries, de tous les dédains, de toutes les suspicions. Les êtres faibles ne peuvent jamais voir au delà de l'image du monde et de la société que leur offre leur famille. La déchéance de son père lui avait donné l'idée de la sienne. L'esprit de persécution s'était installé chez Paul. C'est pourquoi il s'était précipité dans les bras de Galant et de Caël avec tant d'ardeur ; leur amitié venant inopinément lui offrir la

perspective d'un possible rachat. Il s'était épris facilement de leurs propos extravagants. S'il avait lu beaucoup
de livres, il ressemblait à tant de jeunes hommes de nos
jours qu'on dit cultivés : n'ayant jamais appris à penser,
il était incapable de suivre un raisonnement ou d'en
interrompre un autre par de justes dissociations d'idées.
Cependant, son incurable incapacité de mordre à la
réalité lui donnait l'illusion d'être un esprit rare et le
mettait de plain-pied avec le bizarre et insaisissable
système dont Caël et Galant occupaient le tapis.

Après un dîner en famille, le lendemain soir, Paul,
qui avait observé sournoisement son père pendant tout
le repas, le suivit dans son cabinet. Le père et le fils
étaient en « smoking ». M. Morel, ancien socialiste, né
de bonne mais simple bourgeoisie provinciale, dînait
tous les soirs en « smoking », même en famille. Cela ne
l'amusait pas, mais toute gêne séduisait cet homme qui
autrefois avait cru apprendre à commander en se pliant
à une certaine idée étroite et banale de la discipline de
travail. En revanche, il avait gardé sa petite barbe mal
soignée.

Paul, autrefois, pénétrait avec respect dans le cabinet
de son père, quand il n'était que député et ministre ;
il révérait la majesté du travail ; mais maintenant, c'était
le lieu même de la déchéance. C'était là que, du matin
au soir, le premier employé du pays paraphait à tire-
larigot des décrets et des lois. C'était là que, de six mois
en six mois, il regardait, impuissant, entrer et sortir la
farandole des présidents du Conseil démissionnaires et
tôt ou tard réinvestis.

M. Morel était un bon père, il aimait son fils et sa
fille avec la même tranquille certitude qu'il aimait sa
femme. Il prévoyait bien que son fils ne ferait pas grand'-

chose dans la vie, cela l'étonnait et le décevait, mais ne diminuait pas sa tendresse. Cette tendresse n'était guère masquée par un air sec. Paul ne pouvait pas plus s'y tromper ce soir-là que d'habitude, il n'en était que plus hargneux.

— Qu'est-ce que tu veux, mon petit?

Paul savait le chemin qu'il voulait suivre et dans quel coin il voulait pousser son père.

— Tu es content de ton métier? commença-t-il.

Le Président ne fut pas étonné de la question.

— Tu sais bien que non, tu sais bien ce que je pense du rôle d'un président dans ce pays.

Vingt fois il avait tempêté au sein de sa famille; il pensait que ces tempêtes sauvaient la face pour tous les siens comme pour lui. Paul avait eu souvent envie de demander à son père : « Alors, pourquoi t'es-tu donné tant de mal pour en arriver là? » Car M. Morel avait mené une âpre intrigue avant Versailles. Mais, bien qu'enfin il se sentit l'audace de poser cette question, il ne se détourna pas de son chemin.

— Tout de même, tu as un peu d'autorité.

— Pas beaucoup.

— Sur la police?

— Oh! alors, pas du tout.

Paul regarda son père de façon à lui montrer la pointe de son mépris. Il ricana :

— Tout de même...

Puis, il ajouta :

— En tout cas, tu t'en sers à l'occasion, de la police.

Le Président, qui était un peu distrait par la pensée d'un discours qu'il allait préparer, leva pourtant la tête.

— Qu'est-ce que tu veux dire?

— Tu ne sais pas ce que je veux dire?

— Non, mais parle. Et vite. Parce que j'ai du travail.

Paul conta son histoire, avec une ironique brièveté, avec tant de brièveté que le Président n'y comprit pas grand'chose. Cependant Paul l'épiait, sûr qu'il était au courant et feignait de ne pas l'être. Il avait tu le rôle qu'il devait jouer dans la réunion.

Le Président fronça les sourcils, dans un effort d'attention, tout en disant au hasard :

— Qu'est-ce que ces gens-là? Alors, ce sont là tes amis?

— Oui, et ils sont très bien, ce sont les garçons les plus intelligents de notre génération.

Le Président haussa discrètement les épaules.

— Oh! tu n'es pas au courant. Mais je t'assure...

— C'est possible... Et alors?

— Eh bien, tu es au courant de la démarche de la police. Je veux savoir si tu l'as autorisée ou si tu l'as provoquée.

Le Président répondit négligemment :

— Ni l'un ni l'autre. C'est la première nouvelle.

— Je n'en crois rien.

Le Président regarda son fils avec surprise : il avait brusquement devant lui un inconnu, un petit être contracté, haineux. Son fils le haïssait ; il n'en avait pas eu jusque-là l'ombre d'un pressentiment.

Cependant ce fut avec calme qu'il prononça :

— Tu dois me croire quand je te dis quelque chose.

Paul se redressa :

— Tu as l'habitude de mentir tout le temps. Le fameux secret d'État.

Le Président haussa les épaules devant tant de puérilité.

— Il ne s'agit pas ici de secret d'État.

— Non, mais de la police, du sale tripatouillage quotidien.

Le Président devint soudain très sérieux.

— Je ne sais pas ce que tu as. En tout cas, je suis très peiné, je vois qu'on t'a changé.

Durci par la terrible routine politique, n'ayant jamais accordé beaucoup de temps à l'étude des sentiments, il ne voyait pas comment lutter contre la fatalité qui s'imposait : son fils le haïssait ; il acceptait cela aussitôt avec une crispation douloureuse. Depuis quelques mois, à l'Élysée, il sentait l'isolement gagner au plus près de son cœur. Il se réfugia dans son habitude d'expédier les affaires.

— Pour ce que tu m'as raconté, je n'y ai rien compris, je te prie de répéter.

Paul se raidit et recommença. Il craignait de faire quelque impair. Son père lui posa des questions, en prenant des notes ; il fronçait de plus en plus les sourcils.

Paul était déconcerté ; il voyait maintenant que son père n'était pour rien dans cette affaire.

M. Morel conclut :

— Je vais m'informer. Pour le moment, laisse-moi travailler.

— Qu'est-ce que tu feras ?

— Comment, qu'est-ce que je ferai ?

— Tu vas laisser interdire cette réunion ?

— Il y a des éléments dans cette affaire qui peuvent fort bien t'échapper.

— Enfin, s'il n'y a rien d'autre que ce que je dis.

— Nous verrons.

— Alors, c'est ça, ta démocratie ?

Le Président le regardait avec cet effroi des parents qui voient soudain se renouveler sur les lèvres de leurs enfants les mots dont ils font un usage si machinal.

347

— Tu ne feras pas interdire une pareille réunion : tu te couvrirais de ridicule.

— Je ne veux pas discuter avec toi d'une affaire que je ne connais pas.

— Je te l'ai toute expliquée.

— Je n'en sais rien... Et tu avais l'intention d'aller à cette réunion ?

Paul s'attendait à cette question ; pourtant il frémit.

— J'avais l'intention d'y venir en spectateur.

Le Président baissa la tête, blessé. Il voyait fort bien se dessiner l'affaire, le scandale que la police voulait lui épargner.

— Paul, tu te rends compte de ce que tu veux faire ? Tu ne penses pas être tout à fait conscient. On veut se servir de toi contre moi.

— On ne se sert pas de moi. J'ai ma pensée.

— Et alors, quelle est-elle ?

— J'ai horreur de tout ce que tu représentes.

Un silence tomba entre le père et le fils.

— Et qu'est-ce que je représente ?

— Ce que tu représentes.

Paul resta sans paroles. C'était trop gros. Il entama pourtant une énumération.

— La police, l'argent, l'armée...

M. Morel, qui avait eu une grosse émotion en découvrant que son fils ne l'avait jamais estimé, tâchait de se rasséréner en se disant que son fils entrait dans une crise inévitable. Il se rappela même avoir été socialiste, et en un temps où l'on pouvait croire que cela signifiait quelque violence.

— Quoi ? Tu t'intéresses à la politique, maintenant ?

— Non, il s'agit de tout autre chose. C'est une révolte de l'esprit... mais tu ne peux pas savoir...

Paul sentit le doute dans les yeux de son père sur sa valeur intellectuelle ; il frémit et se tendit à se rompre. Au moment où il allait lancer quelque grossièreté, il se rappela ses amis et qu'il ne voulait pas revenir sans avoir obtenu un résultat.

D'une voix tremblante il acheva :

— Enfin, je me suis porté garant de ton libéralisme à l'égard de mes amis.

Sans plus oser regarder son père, il s'enfuit.

M. Morel avait un sentiment obscur de toutes choses. Par exemple, il savait vaguement que la police surveillait les mœurs de sa famille comme les siennes propres, aussi bien dans une vue de sauvegarde que de malignité. A propos d'Antoinette, il lui en était revenu quelque imperceptible révélation, à travers un des fonctionnaires de la présidence qui était là de toute évidence pour lui mesurer cette manne inquiétante.

Comme il allait convoquer non sans crainte cet intermédiaire, une crise ministérielle éclata. Son cabinet ne désemplit pas de présidents de toute espèce, anciens Présidents du Conseil, futurs Présidents du Conseil, Présidents de partis, Vice-Présidents, Présidents de la Chambre et du Sénat.

Cependant, M. Morel avait une mémoire méticuleuse, et sa famille avait une place importante dans son cœur à côté de l'État ; il trouva donc un quart d'heure pour faire venir cet homme qui faisait la liaison entre la présidence et la police. Il ne fut pas étonné de le voir hocher la tête, plein d'informations insondables, où l'exact et l'inexact devaient se mélanger de la façon la plus saugrenue et la plus dangereuse. Il ne manqua pas non plus de se dire qu'aussitôt la surveillance allait se resserrer autour des siens et que, sinon chez Antoinette, du moins chez Paul, cela provoquerait des réactions fâcheuses.

Après cette crise ministérielle, il y en eut une autre quelques jours après, en sorte que le Président ne pensa à son fils qu'à de très courts instants. Mais quand elle fut dénouée, le policier, un beau jour, demanda à lui parler.

Il semblait fort gêné, mais, dès qu'il parla, il fut visible qu'il jouait savamment de sa gêne. Le personnage était fier de la délicatesse de ses fonctions et tenait à faire valoir le diplomate par-dessus le policier. On avait fait une bien ennuyeuse découverte : Paul avait été pris, avec un de ses amis, dans un établissement infâme où la police avait fait une descente. M. Morel se troubla, car la police ne fait de descentes que là où elle veut.

— Je vous avais dit de vous renseigner sur mon fils. Vous auriez pu me prévenir et éviter d'en arriver là.

— Monsieur le Président, il ne s'agit là que d'une coïncidence. La surveillance que vous aviez demandée, étant très discrète, ne donnait que des indications incertaines qui se sont trouvées fortuitement confirmées d'un autre côté.

— Ce qui veut dire que vous soupçonniez mon fils de mœurs que semble confirmer sa présence dans un établissement de bains, fréquenté dites-vous de façon exclusive.

— Sur ce point, Monsieur le Président, il ne peut guère y avoir de doute.

Il entra lentement dans les détails : on avait trouvé Paul dans le plus simple costume avec M. Cyrille Galant, beau-frère de Mme de Clérences, déjà noté, dans la même salle que cinq crapules marquées depuis longtemps.

M. Morel mit tout son soin à garder sa contenance, comme autrefois devant la plus venimeuse interpellation. Non seulement il était frappé dans son sentiment paternel, mais il voyait se préciser une trame fort inquiétante.

Ce n'était pas d'aujourd'hui qu'il apprenait qu'il était à la merci, de la manière la plus intime, d'une autorité indéterminée. En ce moment, elle esquissait une manœuvre particulière contre lui. Il en connaissait bien la raison : bien qu'il eût peur et bien qu'il ne pût se croire, au fond de lui-même, aucune chance de succès, un reste de passion pour l'efficacité que lui avait laissé son ancienne vie de travail l'avait entraîné à résister à un déplacement de majorité qui se préparait dans l'ombre et qui devait livrer le pays au gros Chanteau, le plus illustre, le plus prétentieux et le plus débile des intrigants parlementaires.

Il causa assez longuement en dissimulant autant que possible ses arrière-pensées ; il voulait s'assurer des intentions malveillantes de la police. Celles-ci, le fonctionnaire les laissa transparaître.

— Naturellement, toutes les personnes impliquées dans cette affaire ont le plus grand intérêt à se taire. L'affaire n'aura aucune suite, naturellement.

Le Président était obligé de conclure que ceux qui se taisaient pourraient parler à l'occasion, avec autant d'obéissance que pour le moment ils se taisaient. Quand il fut seul, il réfléchit et décida qu'il fallait à l'égard de son fils frapper fort et vite, profiter de l'effroi où l'avait sûrement jeté cet incident.

Il lui fallait d'abord parler à sa femme qui s'étonna, se scandalisa, nia, se désola. C'était une rançon de plus à payer ; la vie de Mme Morel se passait à payer des rançons pour ces honneurs où elle ne trouvait que de la fatigue et aussi depuis quelque temps une sorte d'effroi. Elle pleura avec une amertume qui parut ancienne à son mari et lui fit entrevoir une lassitude prête à crier.

— Qu'allez-vous faire ? demanda-t-elle.

— Il faut que nous l'éloignions de Paris pendant quelque temps et que... Ces choses-là se soignent maintenant... Une espèce de maison de santé en Suisse ou ailleurs.

— Il ne voudra pas.

— Il a eu peur, c'est le moment d'agir.

Mme Morel avait déjà vu Antoinette se fermer, se détourner d'elle, s'éloigner dans un monde incompréhensible ; maintenant, c'était Paul, son préféré.

XI

Tandis que Paul parlait, Gilles frissonnait ; c'était cela, c'était bien cela. Ainsi donc, il n'avait rien exagéré quand il avait senti, depuis la fin de la guerre, l'air s'épaissir de plus en plus autour de lui ; il n'avait pas eu tort de soupçonner qu'une ombre pesait sur le sexe comme sur le caractère de chacun, il n'avait pas eu tort de soupçonner ses amis. Depuis longtemps, tout lui semblait douteux, louche ; maintenant, tout se déclarait irrémédiablement hostile à la vie, tout était définitivement au service des forces de destruction. Dora sentait cela et rien d'autre ne l'éloignait de lui. A cette pensée, une affreuse crispation d'inquiétude et de rage le saisit.

En observant Paul, il eut un nouvel étonnement : le jeune homme était décomposé par la honte et la peur ; mais il en tirait une aisance inattendue : il se livrait à lui comme il n'avait jamais pu le faire sans doute avec personne. Pourquoi était-il venu le trouver ? Parce qu'il sa-

vait que lui seul dans leur milieu représentait la santé.
« Et pourtant, je ne suis pas sain moi-même. Mais j'ai
gardé forte en moi l'idée de la santé qu'y a mise le vieux
Carentan. » Les autres le savaient ; de l'avoir ignoré, voilà
ce qui à cette minute l'étonnait et le bouleversait. D'un
mot, il pouvait peut-être confirmer Paul à jamais dans son
retour vers lui. Il pensa à Cyrille, il se voyait une force qui
pouvait contre-balancer sa force.

Il demanda brutalement :

— Alors, tu es pédéraste ? Tu couchais depuis longtemps avec Galant ?

Paul haussa les épaules :

— Mais non, je n'ai pas couché avec lui. Tu comprends, je voulais voir, je regardais les autres.

— Mais tu étais nu, mêlé à eux ?

Gilles sentit que sa voix s'alourdissait.

— Ils essayaient, mais je ne voulais pas.

— Et lui ? demanda Gilles, dans un effort pénible.

— Ah ! lui... Il fait ça par défi, comme le reste.

La voix presque enfantine prenait une sorte de poids.

— Quel reste ?

Paul se tut ; il craignait de trahir Galant. Ils arrivaient
au fond du caractère de l'homme. Gilles s'arrêta aussi. Ce
fut sur les apparences qu'il insista :

— Enfin, il a été plus loin que toi ? Qu'on sache enfin à
quoi s'en tenir.

La voix de Gilles se durcissait. Il voulait sortir de cette
équivoque persistante.

Paul se taisait, maussade. Gilles s'arrêta. Quel écœure-
ment. Il se replia sur le rôle banal de l'ami le plus âgé qui
donne un conseil.

— Il faut tout raconter à ton père, pour qu'il arrange
tout.

— Jamais. D'ailleurs, c'est lui qui a monté tout cela.

— Comment peux-tu croire que ton père ait recherché un pareil scandale?

— Il me hait. C'est un bourgeois ignoble. Alors, tu prends parti pour lui contre moi?

Paul d'un seul coup s'éloignait de Gilles, le regardant d'un air de défi sournois. Cette haine du fils pour le père était si misérable que le cœur manqua à Gilles.

Paul se retrouvait dans l'horrible état de tension dont la confession, un instant, l'avait soulagé; depuis quelques jours les incidents les plus contradictoires, mais tous également cruels, s'étaient abattus sur lui. La vie avait commencé à se révéler à lui et tout de suite avait pesé d'un poids écrasant. Il n'avait point le goût que supposait sa présence dans l'établissement de bains; il n'était venu là véritablement que par forfanterie à l'égard de Galant. Il avait été horrifié par ce qu'il avait vu, il s'était senti sali. Et Galant lui avait fait encore plus horreur que les autres. Par là-dessus, l'arrivée de la police lui avait donné le coup de grâce. L'univers lui était apparu comme un grouillement délirant et grimaçant, sans issue possible, car il lui fallait supposer qu'un guet-apens lui avait été tendu par son père et peut-être par son ami. Calomniant son père, il se demandait en plus si Galant n'avait pas voulu le compromettre et le jeter dans un scandale qui compensât et dépassât largement celui de la réunion publique rendue impossible. Il avait bien vu que Galant et le chef des policiers se reconnaissaient. (C'était, en effet, M. Jehan.) Ainsi Galant ne voyait en lui qu'un instrument. Paul ne le haïssait pas pour cela; il l'en admirait même plus qu'auparavant. Mais il en était profondément humilié.

Gilles, qui ne téléphonait jamais à Galant, le fit à la

354

suite de la visite de Paul et lui demanda de venir le voir.

Galant recherchait moins Gilles depuis qu'il avait fait la connaissance d'Antoinette et surtout depuis qu'il était devenu son amant. Il avait eu une grande joie de cette conquête que longtemps il avait cru espérer en vain, mais une joie amère. Non pas qu'il ressentît encore qu'Antoinette fût la femme de son demi-frère abhorré, et d'ailleurs beaucoup moins abhorré depuis quelque temps, depuis que le député avait pris position contre le père de Morel ; mais si ce qui l'avait rendue le plus attirante à ses yeux, c'est qu'elle avait appartenu à Gilles, la possession lui rendait ce fait intolérable. D'autant plus que Gilles, ignorant l'aventure, pouvait à l'occasion parler de son ancienne maîtresse avec une légèreté blessante.

Pourtant, Galant pouvait s'estimer heureux : Antoinette goûtait éperdument ses négations forcenées qui flattaient la rancune qu'elle avait contre sa famille et mille choses qu'elle liait à sa famille. Elle le trouvait aussi beaucoup plus artiste que Gilles parce que plus précieux. Du reste, il lui était difficile de ne pas trouver quelque plaisir dans les bras d'un homme et elle s'accommodait de la sensualité de Cyrille, bien que celle-ci fût peu pénétrante et glissât comme un bavardage.

Paul, après avoir quitté Gilles, était allé tout raconter à sa sœur. A cause de son préjugé d'immoralisme, elle devait trouver tout cela piquant, aussi bien de la part de son frère que de son beau-frère et amant. Elle interrogea Cyrille avec une curiosité amusée ; cependant, contrairement aux dires de Paul, il nia toute participation personnelle à l'orgie surprise par la police.

Cyrille Galant vint voir Gilles chez lui. Il remarqua aussitôt que Gilles prenait en pitié le pauvre Président menacé par une aussi sale histoire.

— Est-ce que par hasard tu te sentirais quelque chose de commun avec M. Morel, ce vieux salaud, cette vieille crapule, cet ancien socialiste qui fait des discours sur la patrie?

Il parlait d'un ton doux, mais péremptoire.

— Tout cela n'a rien à faire avec le père Morel; il s'agit d'abord de Paul. Tu sais très bien qui est Paul Morel : un être faible, à la merci du premier qui se soucie de l'entraîner.

— De l'entraîner! Nous ne l'entraînons pas du tout. Il est assez grand pour savoir ce qu'il a à faire.

— Tu sais très bien comment on peut le mener.

Galant trancha :

— Nous poursuivons systématiquement un certain plan de démoralisation générale.

Cette façon de dire : systématiquement, en imitant le ton de Caël, fit éclater Gilles.

— Ce n'est pas à moi que tu vas parler sur ce ton de bateleur arrogant.

Gilles avait haussé la voix.

— C'est à toi.

— Alors, s'écria Gilles dans un transport amer, tu me prends pour un imbécile. C'est bien ce que je pensais.

Il était transporté. Il lui semblait atteindre enfin un point qu'il avait toujours cherché : une explication avec Galant.

— Tu m'as toujours considéré comme un imbécile. Crois-tu que j'aie jamais pris un instant au sérieux toutes vos fariboles.

Galant le regardait avec inquiétude. Il avait aimé en lui un être complexe, oscillant, sensible, qu'il pouvait dominer et dont, après cela, il pouvait savourer les accès d'humour. Car Gilles, pour satisfaire la curiosité qu'il avait

356

des agissements du groupe *Révolte* et dans la mesure où son horreur désespérée du monde moderne les lui faisait admettre comme manifestations suicidaires de ce monde, contenait le dégoût qu'il en avait aussi sous le masque de l'humour. Il avait si bien dissimulé que, le voyant soudain se découvrir et se cabrer, Galant s'étonna.

Gilles revint à la charge sur Paul.

— Tu sais bien que Paul n'a ni culture ni personnalité ; il ne peut que répéter une leçon qu'il a apprise.

— Je ne me fais pas du tout la même idée que toi de ce jeune homme. Je l'ai toujours trouvé supérieur à ce que tu m'avais dit de lui.

Ainsi donc, Galant continuait à feindre comme si Gilles n'avait rien dit, il le défiait outrageusement. Gilles était soulevé de colère, mais il pensait toujours à Paul.

— En tout cas, si tu te fais une telle idée de son esprit, tu devrais avoir d'autant plus pitié de sa santé.

— Ah ! la belle histoire. Tu parles comme M. Morel lui-même.

— Tu sais très bien qu'il a eu des troubles très graves à quatorze et à seize ans. Tu m'as dit, un jour, qu'il devrait être psychanalysé.

— Bah ! nous devrions tous l'être.

— Enfin, tu vois très bien la faiblesse de Paul, comment elle s'explique par l'atmosphère où il a été élevé. Il a lu les journaux où quotidiennement, de droite et de gauche, on traitait son père de menteur, d'hypocrite, de traître. Et il y a la réaction secrète à travers lui de sa mère contre son père, tout ce que tu voudras.

— Et puis, après ?

— Comment ? balbutia Gilles.

— Oui, après ? Même si c'est vrai. Allons-nous laisser

passer une occasion comme celle que nous offre ce garçon ?

— Voilà ! grimaça Gilles.

Ainsi Galant avouait, cyniquement. Gilles trembla de
ne pas tirer tout le parti de cet aveu. Il lui semblait qu'aussitôt que l'autre avouait la discussion allait se déplacer
et qu'il ne saurait la maintenir sur le terrain où il pouvait
triompher.

— Tu avoues, tu avoues, bégaya-t-il.

— Je n'avoue rien du tout. Je demande seulement si
nous voulons agir, oui ou non ?

Gilles serra les dents. N'avait-il pas souvent vanté, lui
aussi, à propos de Berthelot par exemple, les mérites de
l'action cynique. Cependant, il persista :

— On choisit ses cobayes. Paul mérite la pitié.

— Tu le méprises.

— J'ai de l'affection pour lui.

— Non, c'est de M. Morel que tu as pitié.

— Je ne pense qu'à Paul.

Galant continuait de s'étonner de l'acharnement de
Gilles. Il jugea bon de le ménager.

— Oui, bien sûr, tu as de l'affection pour Paul. Moi
aussi.

— Toi aussi !

— Tu avoueras que Paul n'a donné aucun signe de
faiblesse depuis que nous le connaissons.

— Il n'a, au contraire, donné que des signes de faiblesse ; mais ne recommençons pas.

— Sans doute, maintenant, livré à son père, il va
flancher.

Gilles frémit un peu en pensant aux étonnements du
Président devant l'aventure de son fils.

Quand Cyrille fut parti, Gilles s'aperçut que la fureur

de la discussion lui avait fait oublier le grief le plus gros qu'il avait contre son ami : il ne l'avait pas interrogé sur l'affaire des bains. Galant avait su l'en détourner.

XII

Le désespoir dans le cœur, le Président fit venir son fils. Cette affaire, mieux que toutes les expériences qu'il avait essuyées depuis le début de son septennat, avait réussi à le déprimer. Il se sentait d'autant plus acharné à continuer comme un automate. « C'est ça être un homme de devoir, pensait-il, c'est de ne croire à rien, même pas à soi, et de continuer. » Il lui venait une joie amère à voir l'ampleur que prenait son supplice : on l'avait dépouillé de toute qualité d'homme, on lui prenait ses enfants, sans doute on l'assassinerait.

Quand Paul entra dans le bureau de son père, il le haïssait plus que jamais ; mais cette haine prenait un caractère désespéré, car elle ne s'appuyait plus sur sa foi dans Galant et Caël.

Il fut surpris de son air si sincèrement triste. Il ne renonça pas pourtant à prendre l'offensive.

— Ta police a bien travaillé.

— Écoute, mon enfant, je ne chercherai pas à te faire comprendre les choses. Tu me détestes. Tu es plus aveugle qu'aucun de mes ennemis... Je ne t'ai pas appelé pour te parler comme pourrait le faire un père... Simplement, pour te prier de t'absenter pendant quelque temps.

Paul était frappé du ton tout à fait découragé de son

père. Il avait de la peine à y voir une habileté ; il pensa
que son père était écrasé par l'idée qu'il se faisait de ses
mœurs. Il aurait bien voulu se disculper sur ce point ;
mais comment le faire sans céder sur les autres points ?

Son père ajouta :

— Le mieux serait que tu t'arranges avec ta mère
pour cette absence.

Paul eut un sursaut de rage.

— Comment ? Tu lui as tout raconté ? C'est ignoble.

Le Président resta silencieux une seconde.

— Étant donné nos rapports entre toi et moi, je voulais que quelqu'un que tu aimes puisse...

Il s'arrêta, son lorgnon s'embuait.

— Enfin, va voir ta mère et laisse-moi travailler.

Le Président, qui n'avait rien espéré, resta ahuri devant
l'effet de sa réserve : son fils éclatait en sanglots. Mais
il s'empressa de sortir.

Seul, Paul se trouva dans un univers pire qu'auparavant ; un univers qui se dérobait à la haine comme à
l'amour. Il courut chez sa mère. En y allant, il songeait
avec effroi qu'elle ne lui avait rien dit de ce qu'elle savait
depuis trois jours. Qu'éprouvait-elle ? Et qui était son
père ? Pourrait-elle le lui dire ?

— Écoute, maman, toute cette histoire est idiote ; je
ne suis pas comme tu crois.

Il s'étonna d'avoir pensé à dire cela avant toute autre
chose, il songea au mépris de Galant ; mais il se laissa
aller, pleura encore, demeura dans les bras de sa mère.

Au bout d'un moment, il la regarda avec une amère
insistance.

— Me crois-tu ?

Il vit que sa mère ne le croirait jamais : elle pensait
que le mensonge était la pudeur de l'étrange personnage

qu'il était devenu. L'irrémédiable s'accumulait de toutes parts autour de lui. D'une minute à l'autre, il avait vécu.

— Mais oui, je te crois.

Elle le regardait avec un regard trop indulgent, secrètement curieux.

— Je voudrais t'expliquer.

— Non, ne m'explique pas. Plus tard... Mais non, d'ailleurs, je te crois... Seulement, tu vois, nous sommes entourés d'ennemis. Ton père est dans une période très difficile, c'est pourquoi...

— Oui, il veut que je m'en aille. Mais où ?

Il la regarda, désemparé.

— Pourquoi veut-il que je m'en aille ? reprit-il avec effort pour ne pas renoncer à son attitude ancienne.

La mère mentit.

— C'est moi qui voudrais... Je ne puis supporter qu'en ce moment où ton père est si attaqué tu sois tout le temps avec des gens qui le haïssent.

Elle baissa les yeux.

Paul éclata faiblement.

— Oui, naturellement, moi je ne compte pas. Il n'y a que lui qui compte. Pourquoi m'as-tu mis au monde ? Alors, je ne puis être que le fils de mon père. Je ne puis avoir mes opinions.

— Plus tard, tu pourras. Mais si jeune... de cette façon...

Il la regarda avec une rage d'impuissance et il se vengea de tout sur elle.

— Et toi ? Est-ce que tu l'aimes ? Tu veux que je sois comme toi, que je me sacrifie pour rien, sans l'aimer, parce qu'il est un monsieur dont parle la foule des idiots. Non, non...

Elle le regarda avec effroi.

— Ton père est un homme extrêmement bon.

— Qu'est-ce que cela a à faire avec l'amour, je te le demande ? Est-ce que tu ne détestes pas sa bonté pour toi ? J'espère que tu l'as trompé.

Elle était révoltée de la cruelle indiscrétion.

— J'ai toujours eu pour ton père un respect absolu et une grande admiration et une reconnaissance...

En effet, elle s'était toujours ingéniée avec un soin minutieux à tenir en dehors de son cœur le moindre sentiment inavouable contre M. Morel. La présence de la moindre malice y aurait tout dérangé ; elle avait toujours tenu son cœur propre comme une bonne ménagère tient propre son petit intérieur, mais, aujourd'hui, cette parfaite stérilisation ne recevait pas la récompense qu'elle en avait toujours attendue.

Le mot « admiration » avait surtout touché Paul qui en éprouvait beaucoup de jalousie et de scandale. Qui au monde pouvait admirer ce vulgaire politicien ? Et elle pensait qu'il était beaucoup mieux que lui. Lui qui n'était rien était tout de même d'une autre classe. Mais que dire, sans l'insulter, sans la traiter de sotte ? Sa mère était une sotte. Seulement, elle était si jolie. Sotte et atrocement hypocrite. Le monde entier se dressait avec une dureté de métal contre lui, l'hypocrisie de sa mère entre celle de son père et celle de Galant et de Caël faisait une paroi de prison parfaitement circulaire et lisse autour de lui. Contre cela, il ne sentait que sa rage, sa faiblesse vibrante ; il y avait dans son cœur une vibration spasmodique qui l'épuisait.

Et elle le chassait. Eh bien oui, il s'en irait ; il ne demandait qu'à fuir. Mais il se vengerait un jour ; il ferait quelque chose, un jour. On peut toujours se venger, faire souffrir les êtres, un instant. Oh ! quel instant !

Mᵐᵉ Morel voyait sous quelle atroce convulsion succombait son fils. Elle en éprouvait une grande épouvante, une grande répugnance et une grande pitié. En pleine panique, elle se jeta sur lui, le serra contre sa belle poitrine, à peine lourde.

Il se débattit d'abord, puis éclata de nouveau en sanglots. Les sanglots, c'était tout ce monde plus fort que lui qui le secouait, lui fendait la poitrine. Pourtant, peu à peu, la chaleur douce de la belle femme le pénétra ; il se détendit dans une faiblesse infinie, délicieuse.

Il fut heureux qu'elle lui parlât de la maison de santé. Ce serait de nouveau cette douceur de l'enfance choyée dont il n'aurait jamais dû sortir.

XIII

Quand Dora fut partie pour le Midi avec Percy et ses filles, Gilles éprouva une telle horreur de Paris qu'il n'y put tenir. Que faire ? Se saouler ? Insuffisant. Tromper Dora ? Cela ne pouvait qu'exaspérer son inquiétude et le ramener à la jalousie. Sans compter le haut-le-cœur. Il se résolut à changer d'air, prétexta un deuil en province pour arracher au ministère un bref congé et s'en fut à Londres où il avait de bien bons amis.

Mais, quand il arriva à Londres, il ne les trouva pas : ils étaient à la campagne. Il les y rattrapa. Quel couple charmant. Mais, incroyablement calmes et affectueusement ironiques, l'homme et la femme ne pouvaient que feindre de croire les obscures prophéties de Gilles ;

qu'une comète avait traversé le ciel, que l'âge d'or allait peut-être revenir, ou bien qu'au contraire le monde allait s'effondrer. Ils admettaient tranquillement sa folie, lui conseillaient de s'y adonner à cœur joie.

Gilles revint en tempête à Paris où il devait y avoir une lettre au moins de Dora, bien qu'il lui eût enjoint de ne pas lui écrire tant que Percy serait auprès d'elle.

Il trouva deux télégrammes.

Le premier qu'il ouvrit :

« Premier télégramme annulé. Pardon. Trop malheureuse. Ne peux vivre sans toi. L'ai expliqué à Percy. Longue lettre suit. Mon amour. Dora. »

Une angoisse atrocement inconnue était entrée en Gilles. Il déchiqueta l'autre télégramme :

« Ai parlé à Percy. Lui ai dit mon amour. Ai découvert qu'il m'aimait. Lui ferais trop de mal. Impossible faire ça. Il faut renoncer. T'aimerai toujours. Oublie-moi. »

Seul, ce télégramme existait. Tout croulait. Lui qui était âgé de trente ans avait le sentiment définitif qu'il était mort, qu'il n'avait jamais vécu. Le formidable acte de foi qu'il avait fait récemment dans la vie avait débouché dans le néant. Lui qui, depuis six mois, croyait étreindre de magnifiques, de puissantes épaisseurs de vie, n'avait tenu que du vent. Dora n'existait pas. La Femme n'existait pas. Le monde n'existait pas. Ce n'était pas une femme, c'était la vie même qui se dérobait. Car enfin, Dora lui avait dit, une ou deux fois, les paroles les plus solennelles qu'une femme puisse dire à un homme, non seulement celles qui lui sont arrachées dans le creux de l'oreiller, mais celles qu'elle a retournées pendant des jours dans son cœur. Gilles se rappelait plutôt la forêt de Lyons que la récente scène au Bois ou la première minute dans l'escalier de l'hôtel de Biarritz. Alors, c'était vrai, elle lui avait jeté un regard où il n'y avait que désir féroce et vain et totale indifférence du cœur ; et, depuis, souvent elle avait semblé fléchir sous le poids du sur-croît sentimental qui s'était emmêlé inopinément à ce premier désir. Mais il y avait aussi ce qu'elle lui avait donné : ce grand frémissement de la gratitude. C'était elle qui s'était acharnée à le poursuivre, au début. C'était elle qui avait peur de ne pas lui plaire lors de leur pre-mière étreinte. Bon, tout cela n'était que la rage du pre-mier désir. Mais elle lui avait crié ensuite sur la plage : « Je veux être entièrement à toi. » Et elle avait été entière dans ses bras. Alors ? Alors, si tout cela était faux, c'est que le monde n'existait pas. Le monde avait sans doute essayé d'être, mais il n'avait pu être.

Et lui ? Il s'était donné entièrement, il n'y avait pas une parcelle de lui-même qui n'avait été jetée à ce feu. Il avait flambé tout entier ; il était parti vers elle pour le voyage sans retour de la flamme. Elle savait bien qu'il ne pourrait revenir en arrière, elle savait bien qu'elle le tuait.

Soudain, plus rien. Elle n'avait pas tenu cinq minu-tes devant son mari. Que s'était-il passé ? Oh ! c'était bien simple, à la portée de la plus pauvre imagination. Percy l'avait regardée comme on regarde un enfant qui a rêvé de s'échapper de la maison et de jouer les petits Poucets ; et elle était rentrée. Elle lui était toujours restée absolument soumise. Voilà tout. Il la tenait. Rien autre à dire que cela.

Elle aimait donc Percy ? Ah ! voilà un mot qui n'était plus de mise ; il ne s'agissait pas du tout de telles fantas-magories : assez de contes de fées. Elle était une femme mariée, soumise à son mari. Était-ce un fait social ou un fait de caractère ? Elle n'avait pas de caractère, donc elle était entièrement couverte par une définition sociale ; sans génie, elle ne pouvait que rester là où elle était. Pour la même raison qu'elle avait laissé Percy mettre une fois la main sur elle, elle ne pouvait plus le quitter. Une fois qu'il avait mis la société de son côté, il l'avait tenue à jamais.

Toutes ces réflexions ne faisaient que glisser par brefs instants sur le sentiment qui était là sans cesse : « J'ai cru exister et je n'existais pas, donc règne le néant. Quand je criais de la plus pleine volupté de tendresse, non pas en l'étreignant, mais en la voyant apparaître au coin de la rue, j'étais la proie de l'imbécillité la plus fade. Drogué, je n'aurais pas été plus illusoire. » La beauté n'était plus que dans les statues, pas dans la vie des humains. Mais si la beauté n'était que dans les statues, elle n'était nulle part.

Les paroles cessèrent et il ne fut plus occupé que par son chagrin. Il souffrit. La souffrance tenait entièrement son corps qui craquait en tous ses points, qui craquait infiniment sans jamais pourtant se fendre tout à fait.

Gilles reçut le même jour la lettre annoncée par Dora. Elle était en anglais. C'était la première fois qu'il lisait une lettre écrite par elle. Il était étonné de la banalité de son écriture et de son style : ainsi avaient toujours été les lettres de femmes qu'il avait reçues, sauf peut-être celles d'Alice. Elle lui contait avec une grande gaucherie et une grande pauvreté de mots ce qui s'était passé si promptement après son arrivée à Cannes.

Elle prétendait que c'était le chagrin d'avoir quitté son amant qui l'avait incitée à parler soudain à son mari. Elle lui avait dit de but en blanc : « Percy, j'ai beaucoup changé ces temps-ci. Je ne peux plus vivre avec toi. Accorde-moi le divorce. » La figure de Percy s'était

figée et il avait demandé : « A propos de qui ? » Elle
avait été décontenancée ; croyant qu'il serait désarmé
par son émotion, elle avait supposé qu'il ne lui poserait
pas pareille question. Elle n'avait donc pas su retenir la
réponse : « Gilles Gambier. » Il avait alors dit : « Jamais. »

Ensuite, il avait contre-attaqué et lui avait fait une
grande scène d'attendrissement. Il s'était accusé non pas
de ne l'aimer pas, mais de ne pas savoir lui montrer son
amour, non pas d'être dur, mais d'être timide ; il avait
accusé sa nature renfermée dont il souffrait autant qu'elle.
Mais le chagrin qu'il éprouvait maintenant brisait les
cloisons ; il pourrait sortir de lui-même, il saurait l'atteindre. L'avenir serait meilleur.

Gilles, à travers ce récit sans nuances, se représentait
dans un esprit de complicité amère la prompte action
de Percy, prompte et adroite. Dora, qui n'avait jamais
entendu le quart de pareilles phrases, même au temps
où il lui avait fait brièvement la cour, avait été bouleversé-
sée. Il avait pleuré, elle avait sangloté.

Gilles se rappelait que, dans les derniers mois avec
Myriam, il avait ainsi pleuré.

Dora était lâche, immensément lâche. Elle avait parlé
vite à son mari pour que, provoqué, il se dressât entre
elle et son amant. Elle n'avait remué que pour raffermir
une situation où elle ne bougerait plus jamais.

Pourtant, la lettre se terminait par des protestations
d'amour. Elle lui contait que la nuit, quand elle s'était
retrouvée seule, elle avait été épouvantée de la promesse
qu'elle avait faite à son mari de renoncer à son amour
pour lui... Ainsi, tout de suite, elle l'avait sacrifié, en un
instant ; comme il avait été malin ce Percy de ne point
trop parler de son rival... Elle s'était, tout d'un coup,
vue séparée de Gilles... A ce point, Gilles gémit bruyam-

ment. Elle étalait avec une impudeur féroce la pauvreté de ses actions : anéantie par une première peur, elle n'avait réagi qu'à une autre peur, inverse. Elle avait eu peur de perdre Percy, puis elle avait eu peur de perdre Gilles. Le chagrin de Gilles l'avait épouvantée, après celui de son mari. Les protestations de la fin de la lettre avouaient cela. Protestations infiniment vagues, d'ailleurs : « Je ne pourrai jamais renoncer à toi, je le lui dirai. A la longue, il comprendra..., etc. » Ainsi donc, au matin, son attitude n'avait pas changé ; elle n'avait point repris sa promesse à Percy. Cette lettre, qui devait effacer le télégramme fatal, le confirmait de la façon la plus désolante.

Gilles n'était qu'un frémissement de désespoir. Frémissement continu, monotone, halètement du corps qui agonise sous le poids démesuré de la souffrance morale. Celle-ci se fait tout entière souffrance physique. Si elle s'en distingue par instants, c'est la vague sur la vague.

Gilles avait cru, il avait prodigieusement, absolument cru. Il avait cru en elle, et ayant cru en elle, il avait cru en lui-même comme il ne l'avait jamais fait, si ce n'est à quelques moments dans l'action de la guerre ou devant Alice. Il s'était appuyé de tout son poids sur elle, mais, en même temps, il pensait qu'elle s'appuyait de tout son poids sur lui et qu'elle recevait de cet appui une force définitive. Il y a un moment dans la vie d'un être où il donne tout son chant ; il sort de lui un grand cri droit et apte pourtant à toutes les modulations. Il croit, il croit dans la vie, il se donne à elle entièrement. Il offre à un autre être un magnifique, un unique instrument de bonheur.

Maintenant, Gilles ne croyait plus à rien. Il ne vivrait

plus jamais comme il avait vécu à ce moment, il était frappé dans sa substance. La syphilis du malheur était dans sa moelle. Il ne croyait plus... Si, il croyait encore en quelque chose, éperdument. Il croyait dans le néant. Étrange croyance, étrange illusion. Il croyait dans une mort qui serait le néant. Culte absurde et délicieux pour celui qui souffre, combien reposant et détendant.

Il se disait doucement : « Je vais me tuer, je vais me tuer. » Il se dorlotait de cette douce parole. Comme le néant est impensable, lui qui avait méprisé M. Falkenberg pour une telle illusion, il pressentait sous ce mot un lieu de brouillard doux et ouaté, un temps infiniment gris de Bretagne automnale, un demi-sommeil interminable. « Je vais me tuer. » Il ne savait pas que l'idée qui entrait en lui, c'était l'idée de vengeance. Le suicide, c'est la vengeance antique, éternelle, le geste déprécatoire du vaincu qui rejette son sang sur le vainqueur. Ainsi, il s'installerait à jamais comme fantôme dans le cerveau de Dora. Jamais elle ne pourrait l'oublier. Jamais les étendues croissantes de la placidité bourgeoise dans sa vie ne pourraient prévaloir contre cette présence volatile d'un esprit malin.

Grâce à la présence bienfaisante de l'idée de suicide, il se détendait. Et pourtant, quelque part, ailleurs, la douleur continuait son grignotement de rat.

L'homme semble aveuglé par la passion, mais ne l'est pas. Au moment où il se perd, il sait ce qu'il fait, il se voit le faisant ; en réalité, il choisit. Gilles choisissait de se perdre aux yeux de Dora. Sans doute se manifestait ainsi sa soudaine secrète intention de la perdre. Alors qu'il n'aurait pas dû courir à Cannes, il y courut. Il n'ignorait pas que tout est question de force entre un homme et une femme, ou de prestige ; donc, en prenant un sleeping pour Cannes, il retournait la situation ; il n'était plus l'homme blessé à qui on a fait une injustice et qui s'éloigne, énigmatique et de nouveau tentant ; il était un être humilié, suppliant.

Pour rien au monde, il n'aurait voulu manœuvrer, être habile, attirer les chances de son côté. Il avait toujours eu horreur de la gagner, de la conquérir ; c'est pourquoi, passés les premiers jours où il s'était montré et raconté avec quelque peu d'enthousiasme, il avait mis son soin et sa volupté à se dévoiler peu à peu dans sa diversité, ses inégalités, à montrer ses hauts et ses bas. Pour un peu, il aurait confessé des crimes ou des tares imaginaires, pour mieux éprouver Dora. Il avait passionnément souhaité que tout son succès vînt d'elle. Ne comptant pas d'ordinaire sur l'intelligence des femmes, il attendait tout de l'originalité sentimentale de l'une d'entre elles : aucune satisfaction ne pouvait lui venir que de l'égalité absolue dans l'ordre du cœur. Et maintenant qu'à la première épreuve elle avait fléchi, Gilles s'obstinait à écarter tout ce qui aurait pu retarder le désastre ou le transformer en une honteuse victoire.

A Cannes, il ne la trouva pas, elle était rentrée à Paris. Il repartit en sens inverse. Il comprenait mieux maintenant quelle juste anticipation il y avait toujours eu dans son plaisir à gâcher l'argent. Tout était à gâcher dans la vie.

A Paris, il téléphona chez elle au risque de se heurter à Percy. Elle lui répondit avec une voix effrayée, pleine de réserve. Elle ne voulait pas aller chez lui : alors, il inventa, dans sa hâte, de la faire venir chez Antoinette à qui il téléphona sans vergogne. Celle-ci acquiesça distraitement.

Quand ils se revirent, si quelqu'un avait été témoin de leur entrevue, il aurait remarqué que leurs personnes actuelles n'étaient plus en cause. C'était à peine s'ils se regardaient ; chacun n'était plus qu'un paquet de forces depuis longtemps engagées, une résultante. Dans leurs rencontres passées, certains mots, certains gestes avaient eu bien plus d'importance que tout ce qui pouvait se dire ou se faire maintenant.

La présence de Dora suspendit la souffrance de Gilles ; il lui en eut une gratitude animale. Ainsi, un homme au dernier degré de la faim dévore de baisers la main ennemie qui lui jette un trognon de pain. Il tombait dans un attendrissement débile : cette présence tant désirée, ce n'était qu'un corps peut-être qui occupait l'espace, mais c'était si bon que l'absence, ce trou horrible, fût obturé.

Plus tard, il la regarda. Il la découvrait, car il avait un peu oublié ses traits. Elle n'était pas belle, mais chacun de ces traits retrouvés ouvrait un chemin délicieusement familier à la mémoire. Il avait commencé à vivre sur sa mémoire, depuis quelques jours.

Et pourtant, tous ces traits étaient ceux d'une personne étrangère. Tout cela avait toujours été étranger. Tout cela s'était prêté, ne s'était jamais donné. Il eut un terrible haut-le-cœur ; le premier sentiment qu'il avait eu en lisant le télégramme lui revint, celui de l'irréparable. « Jamais elle ne pourra réparer. » Sans doute avait-il dit et fait des choses qu'il ne pouvait non plus réparer et qui l'avaient déterminée contre lui, depuis longtemps.

Elle était effrayée de ce qu'elle avait fait. Déjà, elle avait été effrayée après avoir tout dit à Percy et après que celui-ci avait fait sa grande scène et après qu'elle lui avait promis de rompre avec Gilles ; quand elle avait senti sa vie bien raccommodée, elle avait eu la subite vision de Gilles souffrant, vision aussi vivante que maintenant sa présence devant elle. Elle avait eu peur devant tant d'amour brisé en un instant. Elle avait le sentiment du sacrilège comme Gilles devant Myriam. « Non, ce n'est pas possible », s'était-elle écrié et elle avait envoyé le second télégramme. Et, maintenant encore, elle s'écriait : « Ce n'est pas possible. » Il fallait à toute force éloigner d'elle ce crime. Elle ne voulait pas tuer, elle ne voulait pas avoir du sang sur les mains, elle ne voulait pas voir une face agonisante.

Elle regardait cette puissance destituée comme un grand arbre renversé qui signifie encore la majesté. Elle percevait dans l'air le silence angoissé des clairières, après le souffle tragique de la chute, quand les bûcherons ont accompli leur fatale besogne. Toute destruction déchire le cœur, y jette une lointaine inquiétude. Elle voyait sa propre vie chanceler dans l'avenir. Il n'y avait pas si longtemps que cette chair était plantée dans sa chair et enfonçait loin les racines d'une joie profonde et prophétique. « J'avais une vie dans le ventre et je l'ai arrachée. Et mon ventre est vide. » L'amour adultère et sans enfants ne peut exclure les fantômes de l'amour entier.

Gilles pleurait. Et elle pleurait. Il la serrait dans ses bras avec la force convulsive et frêle du grand sanglot qui secouait tout son corps.

Elle regardait ce vaincu. Son vaincu. Peu à peu, cela redevenait une volupté de voir toute cette chair qui était son bien, qu'elle avait pu saccager, elle jouissait de sa puissance qui atteignait l'ampleur royale d'une totale destruction. Avec plus de sensibilité, elle aurait pu, allant plus loin encore, atteindre le désespoir du vainqueur qui s'étire dans un monde dépeuplé, et en qui renaît l'appel de la tendresse.

Gilles, victime, avait oublié toutes ses victimes. Par

les larmes, il était lavé du souvenir de toutes ses victimes. Et de celles-ci les malédictions avaient été vaines ; ce n'était point elles qui l'écrasaient, la fatalité n'avait pas besoin de leur aide.

— Ainsi donc, tout cela n'était rien.

Le ton de Gilles était maladroit, sonnait faux, dans une bouche informe.

— Tu comprends, j'ai été surprise, étonnée, je ne savais pas comment il était. Je ne savais pas qu'il avait autant de sensibilité, d'attachement.

Cela, elle l'avait cru, mais elle ne le croyait plus. Au bout de quelques heures, elle s'était bien aperçue que ce n'était pas Percy qui l'avait reconquise, sa pitié pour lui n'avait été qu'un prétexte. Elle avait parlé pour provoquer la réaction de Percy, pour s'en servir contre Gilles ; elle avait voulu prendre du champ vis-à-vis de Gilles. Et c'était tout. Du reste, Percy jouait la comédie. Cela éclatait au bout de quelques heures.

Elle ne voyait pas que Gilles savait tout cela. Il l'écouta longtemps en silence, la forçant, par son silence, à se répéter, à s'enfoncer dans le mensonge.

Brusquement il lâcha :

— Il ne t'aime pas, il joue la comédie.

Elle le regardait, elle s'apercevait que quelque chose s'était décidé en elle pendant ces quelques jours, elle avait formé un jugement définitif sur lui, son caractère, sa vie, et c'était un jugement de condamnation. Elle le trouvait faible, il était sa proie. Il était tourmenté, possédé par elle. Elle lui en voulait terriblement de ce qu'il lui avait laissé faire.

Gilles tombait en morceaux, il laissait passer les minutes dans une extase stupide. Quelle force étrange, ambiguë et captivante rayonnait de Dora. Il admirait cette force. Détraqué, dédoublé, délirant, il jouissait du triomphe de Dora sur lui ; il goûtait le cynisme transparent de ses airs de pitié et de tendresse. Quelle irrésistible palpitation faisait vivre toutes les parcelles de cet être qui était repu de son sang.

Gilles ne se trompait pas. Devant lui, Dora devenait de plus en plus consciente : la pitié qu'elle avait éprouvée tour à tour pour son mari et son amant, ce n'était que de la peur. Elle avait peur du tourment de leurs visages, du reproche de leurs paroles, du fait terrible de leur double existence. Elle s'avouait au fond d'elle-même, toute peur et toute fuite. Mais voilà qu'au bout de sa fuite elle pressentait une liberté délicieuse, celle de son égoïsme. « Je serai une femme libre, divorcée, riche, jeune. »

— Je ne sais pas ce qui m'est arrivé, répétait-elle, j'ai été si étonnée du chagrin de Percy. Un terrible doute m'est venu : je me suis demandé si je ne m'étais pas trompée sur lui depuis des années. Je crois qu'il m'aimait à sa façon.

Comment un tel doute ne viendrait-il pas aussi au cœur d'une femme qui a porté les enfants d'un homme dans son ventre ? Gilles ne songeait pas à cela, n'ayant point connaissance de ces choses graves.

— Tu n'as plus pensé à moi du tout, pendant des instants, des heures.

Elle le regarda avec une lueur d'astuce, elle allait profiter de la perche qu'il lui tendait pour se tirer un peu du mensonge.

Elle murmura :

— C'est vrai, c'est affreux. Pendant une heure, mais après...

Un autre être en lui, quelque part, veillait, scrutait,

374

perçait, enregistrait, comme l'Ange du Jugement. Mais c'était très loin en lui et à la surface ses nerfs étaient à la merci de la moindre apparence rassurante.

— Et après, mendia-t-il.

— Après, quand j'ai été seule, j'ai pensé à toi. Je t'ai vu perdu et j'aurais voulu hurler.

Il s'attendrissait et il lui venait même une sorte de fatuité.

— J'ai senti que je ne pouvais me passer de toi, que j'en mourrais.

— Et alors? demanda-t-il comme un enfant suspendu à un récit.

— Alors?

Rien de précis ne parut dans les yeux de Dora.

— Alors, le lendemain matin...

— Oui, tu m'as envoyé un télégramme de rupture. Je ne comprends pas.

— Je l'avais donné au portier de l'hôtel à minuit... Le matin, je n'ai plus pu y tenir et je t'ai envoyé le second télégramme.

Gilles faisait semblant de ne pas saisir cet aveu : elle aurait pu reprendre le fatal télégramme avant le matin.

— Et après? Tu lui as parlé, tu lui as dit que tu t'étais reprise pendant la nuit?

Rien de précis, toujours, dans les yeux de Dora.

— Oui... je lui ai dit... que pendant la nuit j'avais vu quel affreux chagrin j'avais de te perdre, que je ne croyais pas que je pourrais le supporter... Je lui ai demandé d'avoir pitié.

— Et alors?

— De nouveau, il a eu un choc terrible. Cette fois, il a eu une grande colère.

— Il ne t'aime pas, cria Gilles.

375

Elle vacilla un instant, mais se réfugia dans son récit.

— Il a dit que je l'avais trompé la veille au soir, que je ne lui avais promis de te quitter que pour gagner du temps. Il a dit qu'il emmènerait les enfants.

Elle baissa les yeux. Gilles se trouva désarmé et piteux. « Qu'est-ce que ses enfants pour elle ? Pourquoi ne serait-ce pas tout ? »

Du regard il la pressa de parler. Elle allait rentrer en Amérique avec Percy, qui avait demandé son rappel.

Aussitôt, il se dit : « Je sais, je sais que tout est perdu. »

— Quand pars-tu ? demanda-t-il paisiblement.

— Dans un mois ou deux, jusqu'à ce que le remplacement de Percy soit assuré. Arrivée là-bas, je m'en irai seule avec mes filles. Tu vois, les choses s'arrangent très bien, je t'avais toujours dit que je devais rester plusieurs mois en Amérique, seule, pour obtenir de Percy qu'il cède. Ce sera long, mais nous aurons la force d'attendre, nous serons si près l'un de l'autre, tu sauras que ma pensée est tout le temps près de toi. Et cela passera vite.

Elle lui parlait comme on parle à un enfant malade et qui sans doute va mourir, d'une voix lente, avec des inflexions étudiées, des chuchotements, de légers sifflements endormeurs. Gilles ne savait pas s'il dormait ou s'il était éveillé ; en tout cas, il vivait dans un rêve, toutes ses facultés suspendues. Il écoutait d'une oreille distraite la fausse note de ces paroles. Il admettait que leur amour ne fût plus de ce monde. Dès lors, tout ce que disait Dora avait une valeur d'hommage rétrospectif, de culte du souvenir, qui était bien appréciable. Et il ne songeait pas à ricaner : il était engoncé par-dessus les oreilles dans le plus grand sérieux.

— Oui, fit-il pourtant, mais l'absence est la seule chose impardonnable.

Il avait dit cela, comme machinalement, sans y mettre aucun accent de reproche. Elle en fut fort effrayée, elle sentait la fêlure en lui.

Gilles, là-dessus, lui apprit aussi une nouvelle : il avait demandé et obtenu un congé d'un an. Elle le regarda, encore plus effrayée.

— Je ne retournerai plus jamais au Quai, dit-il. Il y avait longtemps que je voulais faire cela. J'y suis resté par négligence.

— Mais que feras-tu ?

— J'ai beaucoup réfléchi : j'aurai de plus en plus à réfléchir. Je vais partir.

— Oui, c'est vrai, j'allais te le demander : tu ne peux pas rester à Paris maintenant, ma vie avec Percy serait impossible.

Sa voix était mielleuse. Il acquiesça de la tête, sans difficulté.

— Va dans le Midi, j'irai t'y retrouver. Mes filles y sont encore, et je dois aller les chercher.

Le rêve continuait : au milieu du malheur incroyable, il y avait ce bonheur incroyable ; il la verrait encore peut-être.

Elle s'émerveillait : il réagissait avec une docilité parfaite. Elle sentit cela d'une façon si aiguë à cette seconde qu'elle en eut comme un vertige. Elle entr'aperçut que, dans sa docilité, il se dérobait ; au fond, il était blessé à mort. Il ne croyait plus en elle. Et pourtant ce sourire illuminé à l'idée de la revoir dans le Midi.

Il se leva. Il l'avait peu regardée, il fixa son regard sur le bas de son visage, sans doute sur sa bouche, comme s'il essayait de se rappeler quelque chose qu'il avait connu.

— Il faut que je m'en aille.

— Oui, dit-elle, il faut que je rentre.

Elle fit un mouvement pour qu'il l'embrassât. Il la prit dans ses bras : il ne pouvait plus la serrer que comme une ombre. Il pleurait. Il s'aperçut qu'il avait pleuré presque tout le temps. Ce fut le seul moment où il eut une échappée de conscience claire ; il se dit : « Comme j'ai dû la dégoûter. »

Il partit sans avoir vu Antoinette, qui n'était pas chez elle. Dehors, la souffrance toute rafraîchie l'attendait : elle bondit sur lui.

XIV

Gilles loua une petite maison sur la côte des Maures. Il s'y débattit dans une folle solitude. Il avait des amis aux environs, mais, pour rien au monde, il ne les aurait vus ; il ne voulait pas de soulagement. Il avait essayé de se saouler, mais le poids de l'alcool par-dessus celui de la souffrance faisait une surcharge insupportable. « C'est un cautère sur une jambe de bois », il répétait toute la journée de telles phrases toutes faites. Il fallait accepter la solitude, c'était la réalité même de sa souffrance ; la solitude prenait des proportions fantastiques, c'était décidément sa destinée. « C'est un don inestimable qui m'est fait, prononçait-il avec une gravité dérisoire, que de connaître le sort humain dans toute sa nudité. Les solitaires sont riches de tout l'aveu de la véritable situation humaine. » Cette fatalité dominait aussi inexorablement ses rapports avec les femmes que ses rapports avec les hommes. Vis-à-vis des hommes, c'était supportable, car, après tout, la rudesse est la règle de ce côté-là. Mais avec les femmes, on se prend à croire à la douceur. « Cette mer n'est pas plus douce. » La maison était bâtie à pic sur un rocher sans cesse baigné par une égale Méditerranée. Ce mois de janvier était doux et cette mer était douce ; elle ne semblait rouler sur elle-même que pour sa propre volupté et celle des humains ; et, pourtant, elle n'était qu'une seule palpitation cruelle. Du reste, ce spectacle qu'il considérait stupide du matin au soir lui était indifférent. Comme pendant la guerre, sous un bombardement, la lecture de Pascal. L'idée de sagesse lui paraissait un mythe injurieux.

Il se souvint de Myriam. Trop faible pour penser autrement que la plume à la main, il se mit à écrire sur cette première expérience de sa vie. Sa plume grinçait sur une aridité sans nom, affreuse sécheresse qui nargue l'âme mystique destituée de la grâce. Ce petit grincement luttait seul contre le silence. Il lui fallait pourtant supporter, à quelques moments, les allées et venues d'une femme qui venait faire cuisine et ménage : elle était assez jeune et assez jolie, bien que sale. Elle avait manifesté la méfiance profonde que toutes les classes de la société, mais surtout le peuple, éprouvent à l'égard des solitaires.

Il ne pensait pas beaucoup à Dora telle qu'elle était maintenant. Il en recevait des lettres lamentables. Lettres où elle lui écrivait qu'elle n'avait guère le temps de lui écrire, où elle lui administrait des descriptions du temps où ils seraient heureux, comme une potion calmante, lettres remplies d'effort et de stérilité.

Un jour, il reçut un télégramme, elle arrivait. Alors, soudain, ce solitaire eut un mouvement de fatuité. L'habitude des gestes ou des sentiments les plus superficiels peut reparaître par-dessus les états d'âme les plus profonds. Elle arriva.

L'envie de faire l'amour revint à Gilles et il se montra pressé de la prendre. Il le fit fort sommairement. Elle lui parut ardente ; elle faisait maintenant l'amour avec lui comme elle avait voulu le faire quand elle l'avait rencontré dans l'escalier de l'hôtel de Biarritz, sans affabulation sentimentale ; elle savait qu'elle ne l'épouserait pas. Elle se séparerait de Percy, sans divorce. Gilles lui avait apporté la liberté et elle ne céderait pas à la folie inconséquente qui la pousserait à reprendre pour lui ce qu'il lui avait donné. Il lui avait donné la liberté des sens et une espèce de liberté morale. Elle pouvait les exercer contre lui et contre Percy, qui ne l'apitoyait plus du tout. Celui-ci, d'ailleurs, comprenant qu'elle ne divorcerait pas, avait cessé d'être habile et ne cachait plus sa rancune ; il y avait de quoi, car elle compromettait sa carrière après l'avoir facilitée.

Elle avait trompé Gilles à Paris, dans ces dernières semaines, avec un homme qu'il avait un peu soupçonné, l'ayant vu un soir chez elle. Et cela aussi faisait qu'elle jouissait du corps retrouvé de Gilles avec une fougue plus déliée. Celui-ci ne vit rien, il était confit dans une dévotion obtuse.

Elle ne passa que deux nuits chez Gilles. La maison était charmante, appartenant à un musicien de goût simple et vrai. Avec deux ou trois menus objets personnels, Gilles y avait mis sa marque qui mélangeait toujours l'austérité et la volupté. Elle considérait maintenant ces détails avec plus de compréhension, une curiosité rétrospective.

Il l'accompagna à Cannes où étaient ses filles. Il faisait

froid, mais la lumière était d'une pureté cristalline et le déjeuner, dans une auberge de la route où ils se trouvèrent seuls, fut gai. Elle s'amollissait, elle s'infléchissait de nouveau au rythme de sa vie. Il était tendre, mais d'une tendresse si désabusée et si lointaine qu'elle lui paraissait agréablement discrète. Elle apercevait de nouveau, comme dans la forêt de Lyons, le style de sa vie. Ce style qui lui avait paru incommunicable, trop particulier et dérobé, passait doucement dans ses nerfs comme un charme. Elle eut soudain le sentiment que, si elle lui déclarait sa tromperie de Paris, il n'aurait qu'une brève convulsion, mais qu'ensuite tomberait le moule tragique où il était prisonnier. Devenant les meilleurs amis du monde, hors de toute ambition emphatique, soudain, ils ne pourraient plus se quitter.

La Provence parlait mieux pour lui que Paris. Elle oubliait la leçon insidieuse de Percy qui lui avait montré la France derrière Gilles. Elle s'était aperçue qu'elle était étrangère à la France et qu'elle n'avait ni le besoin ni les moyens de se livrer à cette opération infiniment risquée qu'est un expatriement. Mais si, à Paris, on ne voyait que le peuple qui paraissait épuisé, dégénéré, plein de manies et de vices, ici on ne voyait que le sol, d'une noblesse peu voyante, mais certaine.

Gilles avait bonne mine, paraissait plein de santé et d'allant ; elle voyait comment, par certains petits côtés physiques, elle pourrait le façonner à son goût.

Cependant, la nuit à Cannes déplut à l'Américaine. Aussitôt que le soleil avait disparu, il avait perdu l'éloquence fine et sobre qu'elle avait goûtée au restaurant. Soudain abominablement triste, il n'avait paru penser qu'à faire l'amour. Amour, dîner, amour, sommeil, amour. Elle se voyait reprise par les excès de l'amour adultère et elle s'imagina que leur vie en commun ne pourrait être que pareille.

Elle le quitta, en répétant ses promesses inutiles. Seul, il comprit très bien tout ce qui s'était passé.

Il se retrouva devant le trou noir de l'absence. Il retourna à la maison des Maures, mais le supplice fut insupportable. Il alla à Cannes. Là, il chercha « des amis » et en trouva toute une bande qui vivait aux confins de la mort et se flagellait avec ces deux minces fléaux : l'inversion et la drogue. Tous ces gens ne le haïssaient pas moins qu'il ne les haïssait lui-même, mais le supportaient comme il les supportait. C'était une dérision particulièrement atroce, souffrant comme il souffrait, de se trouver au milieu de ces faux frères, de ces mièvres sardoniques, de ces aigres-doux, de ces gens qui jouaient avec la mort sans l'aimer. Il attendait une lettre.

Elle arriva. Elle n'était pas moins décevante que celles qu'il avait reçues jusque-là. Il lui vint un petit rire timide. Cependant, il ne songeait nullement à renoncer. Il était obsédé par l'idée que n'ayant jamais assez donné aux femmes, à celle-ci au moins il donnerait autant qu'il pourrait. Il pensait que c'était donner que de tout supporter, de passer par toutes les humiliations de l'attente et de la patience ; il entrevoyait pourtant aussi que c'était tout compromettre, tout perdre, que de la laisser ainsi abandonnée à elle-même.

Il revint donc encore une fois à la petite maison des Maures et reprit le harnais de son étrange étude sur Myriam. Incapable de voir tout à fait clair dans son état d'âme du moment, agité par les vents tourbillonnants de la passion, il cherchait un point d'appui dans la connaissance exacte d'un autre moment de sa vie, d'un autre aspect de son âme. Il voyait comment le crime peut être subtil et quel biais de faiblesse et de pitié il avait trouvé pour prolonger son attentat sur Myriam. Cependant, bien qu'ayant entrevu, auparavant, la ressemblance qu'il y avait entre sa situation d'alors et celle de Dora maintenant vis-à-vis de lui, la comparaison ne s'achevait pas dans son esprit. Le sens vital en repoussait encore la conclusion menaçante. Il lui écrivait de courtes lettres d'où il s'acharnait à écarter toute parole de doute ou d'impatience.

Les jours passaient et cette remarque lui revenait qu'il avait déjà faite à la guerre : les jours ne lui paraissaient pas moins rapides dans la peine que dans la joie.

Dora devait revenir pour dire adieu à Gilles, avant le départ pour l'Amérique. Ses lettres se faisaient plus courtes, mais plus tendres. Elle annonçait que « les choses s'arrangeaient », que « Percy commençait à comprendre ». Se sentant près du départ, près de la libération, elle ressentait comme un caprice irrésistible l'envie de lui donner une dernière joie, au prix d'un dernier mensonge.

Elle arriva plus tôt qu'elle n'avait promis. Deux jours avant, il était allé à Cannes, et dans la joie superficielle que lui avait causée un télégramme où elle lui disait que « tout était décidé entre Percy et elle », il avait couché avec la première putain venue.

Brusquement, il avait complètement changé et avait rebondi dans un plan qu'il avait oublié depuis des mois. Il se regardait dans la glace et s'entendait dire à mi-voix des choses d'un trivial cynisme. « Je l'ai eue », ou « l'affaire est dans le sac ». Quand elle arriva, il sentit que son changement s'accentuait. Tout son être se détendait ; il était capable de jeter sur elle des regards narquois et critiques : décidément, elle n'était pas très jolie, paraissait plus vieille que son âge, avait un nez informe et un peu rouge.

Elle le mit au courant des événements. Percy avait obtenu son rappel. L'influence de sa famille à elle à Washington arrangeait les choses et il retrouverait un bon poste au Secrétariat d'État. Elle s'en irait avec ses filles chez sa mère en Virginie. Mais le principal était ceci : il était convenu que si, au bout de six mois, elle persévérait dans sa volonté, Percy lui accorderait le divorce.

Elle paraissait heureuse et, devant les certitudes d'avenir qu'elle lui montrait, Gilles regardait en arrière, d'un regard hébété, le désespoir qui avait rampé sur toutes ces semaines et les avait écrasées l'une après l'autre.

Il restait fêlé. Il continuait de voir tout sous le jour d'irrémédiable révélation qui l'avait frappé à la lecture des télégrammes reçus, au début, à Paris. Et l'absence est, à la longue, un poison ou un remède sûr : maintenant, la chair de Dora lui paraissait s'être transmuée dans une substance inconnue qui la faisait lointaine et improbable. Il ne songeait plus à la désirer. Il compara tous ces délais qu'il venait de supporter et qu'il supporterait encore à ceux des fiançailles dans une famille bourgeoise et elle vit un éclat ironique dans ses yeux. Il ne chercha pas à le lui cacher ; elle eut un choc, mais ne dit rien.

Ils parlèrent de l'avenir en termes un peu compassés. Qu'allait-il faire ?

— Vous êtes en train d'écrire un livre ; vous avez beau me dire que ce ne sont que des notes. A force de notes, on fait un livre ; c'est une surprise que vous voulez me faire.

Ils étaient devant la table où il avait, en effet, écrit.

— Un livre, il s'agit bien d'autre chose, répondit-il, faisant effort de patience.

Il n'avait plus du tout envie de lui expliquer quoi que ce fût. Elle ne saurait jamais rien de toute sa souffrance de ces derniers mois. Il n'avait aucune envie de lui en parler.

— Que ferez-vous enfin pendant ces six mois ?

— Je crois que j'irai au Maroc, dans le Sud, aussi loin que possible dans le Sud.

Elle remarquait son changement, mais elle était contente ; tout son contentement venait de l'idée de la séparation d'avec Percy. Avec Gilles, elle voulait encore jouer à ce jeu qui l'avait enchantée : faire des projets. Pour lui, les projets c'était aussi amer que l'absence.

Elle parlait des deux avenirs qui étaient devant eux, du plus proche qui devait être bref et du plus lointain qui ne devait jamais finir. Tout en bavardant, elle songeait qu'elle jouirait beaucoup plus librement de sa fortune ; elle exigerait de Percy un arrangement dès leur arrivée à New-York.

Elle lui avait souvent dit qu'elle souhaitait qu'il vînt aux États-Unis. Elle lui parlait de ce voyage comme d'une révélation qui lui manquait et qui, à coup sûr, le bouleverserait de fond en comble. Il hochait la tête, séduit et méfiant, modeste et hautain. Après l'expérience intime qu'il avait eue d'un certain nombre de caractères américains, il était venu à croire que ces gens n'avaient pas pu se défaire de toute la vieillesse spirituelle qu'ils avaient emportée d'Europe et que, bien au contraire, ils n'avaient gardé que les éléments les plus vieillissants, tout cet abominable et caduc mythe moderne fait de rationalisme, de mécanisme et de mercantilisme. Il avait trouvé tous ses amis américains plus tendus que solides, emportés par une frénésie disparate et sans objet. Somme toute, pour eux, la jeunesse était en arrière comme pour des Européens, et elles étaient vaines, les incantations scientifiques dont ils usaient avec une crédulité si obtuse pour évoquer le fantôme imbécile du bonheur, faute de dieux. Mon cher vieux Carentan, les dieux sont morts.

Il ne croyait pas au miracle qu'elle lui promettait ; il avait cru que ce serait bien plutôt lui qui lui ferait connaître un miracle, en la rattachant aux sources primitives cachées dans les fondements intimes des plus vieilles civilisations. Il y avait eu entre eux, sur ce point, un grave malentendu qui, étant le plus secret, était peut-être celui qui avait engendré tous les autres.

Tout d'un coup, ils découvrirent ce malentendu au détour d'une phrase. Elle lui parlait de nouveau de cette vieille maison coloniale où sa mère vivait en Virginie.

— Quand nous vivrons en Virginie, disait-elle sans vergogne...

Brusquement, il sursauta. Il n'avait jamais supposé cela. Il découvrait quel sort le menaçait. Il en serait avec Dora comme avec Myriam : il serait dans sa dépendance spirituelle parce qu'il serait d'abord dans sa dépendance matérielle. Là où était l'argent, là était la patrie de Dora, là devait être la sienne. Il se rappela qu'il avait désiré, quelques jours, l'argent de Dora, un peu comme autrefois celui de Myriam. Sans doute, cela avait-il sali tout.

— Mais je ne pourrais pas penser si je demeurais en Amérique. Je ne crois pas que je pourrais y séjourner longtemps.

Ce n'était pas ce qu'il voulait dire, c'était trop trancher, car, en dépit de ses préférences les plus profondes, il ne manquait pas à l'égard de quoi que ce soit de curiosité et de sympathie, et il était capable de se prêter aux expériences les plus excentriques. Il supporterait certes l'ambiance américaine plus aisément et plus heureusement que le voisinage de l'opium ou de l'anarchie débile de *Révolte*. Aussi, le son intransigeant de son exclamation le frappa, comme il frappa Dora.

Ils restèrent un moment silencieux. Effaré, il n'essaya

pas de rattraper ce qu'il avait dit et regarda le paysage fin et modeste de la Provence qui était autour d'eux : il lui sembla qu'il venait de dédier à ce paysage sa rupture avec Dora.

XV

Le dernier jour arriva. Dora devait partir. Il était entendu que Gilles rentrerait aussi à Paris, après elle. La veille, ils avaient fait l'amour, ç'avait été la seule fois. Tandis qu'ils étaient nus dans la maison déserte, une voix brusquement s'était fait entendre ; ils étaient restés suspendus. Quelqu'un marchait vers la porte de la chambre qui n'était pas fermée ; il avait fallu que Gilles parlât pour arrêter ces pas et poursuivît ensuite la plus absurde conversation avec un fournisseur quelconque, qui avait trouvé ouverte une porte et s'était tranquillement avancé de pièce en pièce. Ils s'étaient regardés avec gêne et écartés l'un de l'autre.

Cet incident fit impression sur Dora qui, le lendemain, sur la petite plage où ils avaient rendez-vous, arriva avec un tel visage que Gilles, instantanément, se dit : « Tiens, elle va piquer une crise d'honnêteté. »

— Je ne pourrais jamais quitter mes filles, commença-t-elle.

Gilles l'interrompit avec violence :

— Ne parle pas de tes filles, parle de toi.

— Eh bien, tu ne m'aimes plus.

Gilles se le demandait depuis qu'il avait reçu le télégramme où elle lui disait que tout était arrangé. Et, en ce

moment, une voix diabolique murmurait au fond de lui :
« Ce sera atroce, mais demain tu seras seul dans ta voiture.
Et en route pour l'Italie ou la Chine. Le monde est à toi. »

Cependant, une affreuse douleur lui tordait les entrailles, aussi forte, plus forte que celle de Paris, lors des
premiers télégrammes.

— Écoute, Dora, tout a été fini entre nous quand tu
m'as télégraphié à Paris. Tout ce que tu as fait depuis est
abominable. Maintenant, c'est fini.

Il avait un revolver dans sa poche, ce qui donnait à son
chagrin un caractère atrocement dérisoire, car il savait
qu'il ne s'en servirait pas.

Elle le regardait avec une curiosité si intense qu'elle
était obscène et lui rappelait le désir qu'elle lui avait
montré lors de leur première rencontre dans l'escalier.
En même temps, elle sanglotait convulsivement :

— Je t'aime, je t'aime.

Elle était sincère, elle regrettait avec violence que de
quelque manière il lui échappât. Il sentait que sa propre
figure était tordue par des grimaces extravagantes.

De la même voix, elle continuait :

— Tout cela est impossible, tu le sais bien. Trop de
choses nous séparent.

— Mais l'amour a toujours le monde entier contre lui.

Il voyait qu'il l'avait mal aimée. Il aurait dû la prendre
de force, l'emmener de force, loin de Percy. Seule compte
la force, dans l'amour comme dans le reste. Ces jours-ci,
il avait été effrayé par sa famille, son argent, l'Amérique.
Parce qu'il l'avait mal aimée, elle l'avait mal aimé.

— Ce n'est pas possible. Je te l'avais déjà dit autrefois.
Je ne suis pas assez forte, je ne peux pas.

Il savait que si elle était faible, c'était parce qu'il n'avait
pas été assez fort. La femme est ce que l'homme la fait :

388

il n'y a pas à sortir de là. Mais cette nécessité l'écœurait.

Alors, il renonça à elle avec une sauvagerie d'autant plus terrible qu'il renonça à lui-même.

— Non, ce n'est pas possible, en effet. C'est impossible pour toi de m'aimer. Tu as raison de ne pas m'aimer, car je ne suis pas celui que j'ai voulu que tu aimes.

Il y avait un craquement de ruine dans sa voix. Elle le regardait avec une curiosité intense. Depuis la veille, elle se disait, surprise : « Est-ce que je lui ai jamais fait mal ? Mais non, il ne m'aimait pas. » Elle s'était jetée avec une joie amère sur cette idée que, s'il ne l'aimait plus, il ne l'avait jamais aimée. N'aimant pas, n'étant aimée ni de Percy ni de lui, elle serait d'autant plus confortablement libre dans la vie. Mais cette idée lui donnait un frisson dont elle pressentit peut-être une seconde qu'un jour il pourrait lui geler les os.

Il demeura, sans la voir, un instant silencieux, avec le sinistre et diabolique orgueil de la perte dans les yeux, aux coins de la bouche. Puis il parla lentement :

— Je vais te dire de telles choses sur moi que tu n'auras certes plus aucun scrupule, ni aucun remords, ni aucun regret.

De nouveau, elle était mordue par la curiosité, de nouveau, elle était obscène. « Que vais-je inventer ? se disait-il. Ah ! qu'importe, je suis sûr d'inventer, dans une seconde, quelque chose de renversant. »

Et, en effet, il parlait, comme, devant l'examinateur, l'étudiant qui s'étonne que tant de choses sortent de sa tête vide. En même temps, il était révolté contre l'obscène curiosité de cette femme qui se disait : « Il est ivre, profitons de son ivresse pour tout savoir. »

— Voilà... commença-t-il.

Il eut une illumination.

— Et, du reste, je voulais te dire tout cela, je te l'aurais dit avant ton départ.

Elle le regarda avec un semblant d'incrédulité, ce qui l'éperonna.

— J'ai désiré ton argent plus que toi, au début. Sans ton argent, je n'aurais pas fait attention à toi, car je te trouvais laide. Seul, l'argent m'a jamais rattaché aux femmes. Je ne crois pas en elles, je ne crois pas qu'elles aient une âme. Aussitôt qu'elles se rapprochent de moi, je fuis, épouvanté. J'ai peur des femmes, j'ai peur des femmes.

— Tu m'as pourtant assez parlé de mon âme, dit-elle avec un reproche soudain furieux, au milieu de l'effroi qu'elle éprouvait en même temps qu'une perplexité où rebondissait l'intérêt.

— Oui, de loin, ton âme, c'est un mirage merveilleux, de près, c'est une petite souris qui me donne une peur ridicule et me fait grimper sur la table. Et maintenant, va-t'en.

— Tout ce que tu me dis ne m'apprend rien, fit-elle.

Disant cela, elle voyait que tous les soupçons qu'elle avait eus sur le caractère de Gilles étaient misérables. Comme lui, elle avait le sentiment d'avoir été faible devant des choses imaginaires.

Cependant, il se disait : « Je lui ai dit : va-t'en. Elle va s'en aller. Je ne crois pas qu'elle s'en aille, et pourtant il est sûr qu'elle s'en ira. Jusque devant la guillotine, l'homme ne croit pas au définitif. »

Elle lui dit :

— Je m'en vais. Tu vivras. Tu en aimeras une autre.

Ce mot banal lui redonna l'idée du revolver.

Ils bafouillèrent des phrases.

— Prends la voiture, je rentrerai à pied.

— Non, dit-elle. Je trouverai une voiture au prochain village.

Elle s'éloigna. Il la laissa s'éloigner.

Il resta seul avec son revolver, mais de nouveau il sut qu'il ne s'en servirait pas. Et la souffrance était tellement forte en lui qu'il oublia aussitôt le revolver.

Une forte haine s'élevait en lui contre elle. Vivre sans jamais plus la revoir, ce serait en tout cas sa vengeance. Il restait bien ainsi dans l'esprit du suicide qui est toujours vengeance, rancune, bouderie d'enfant ou magie noire.

Il s'en alla vers sa voiture en murmurant : « Décidément, en route pour l'Italie. »

Cependant, Dora était derrière un arbre, espérant, craignant qu'il se tuât ; déçue et soulagée, elle le vit démarrer. Une espèce de regret qui pouvait durer toute une vie la prenait.

XVI

En annonçant à Gilles que tout était fini, Dora croyait avoir agi après mûre réflexion. Certes, elle avait tourné en rond pendant des heures dans sa chambre ; mais pour un être en crise, une heure de plus ou de moins ne fait rien à l'affaire et une émotion qui se prolonge reste une émotion. Elle avait agi surtout par dépit : depuis qu'elle était revenue sur la côte elle pensait que Gilles l'aimait moins. Cela avait caché à ses yeux son idée profonde de le quitter. Et les vieilles raisons qu'elle lui avait données n'étaient plus celles qui la dominaient pour le moment.

Maintenant, elle était terrorisée de ce qu'elle avait fait. Rentrée à Cannes, elle voulait repartir chez Gilles et lui crier que tout cela n'était pas vrai. Cependant, elle ne bougeait pas.

« Gilles seul, là-bas, dans cette maison, se désagrège », cette pensée la tortura toute la nuit. Le matin, elle n'y tint plus, prit une voiture et alla chez Gilles.

Il était parti pour de bon, avec tous ses bagages, sans dire où il allait. La maison vide prenait un air étrange et captivant ; elle s'étonna d'avoir si peu songé à en jouir. Elle rentra chez elle, déconcertée, étonnée ; sa vie était désormais tranquille et insipide. Gilles prenait tout d'un coup une allure libre et mystérieuse, ou, plutôt, il retrouvait l'allure qu'il avait à Biarritz. Elle le désirait de nouveau dans sa liberté avec la même intensité qu'au premier jour.

A Paris, elle retrouva ses filles. Pendant tous ces mois, elle n'avait jamais cessé d'être attentive auprès d'elles, et elle ne s'y était jamais efforcée. Pour la première fois, elle sentit la contrainte. Les enfants virent son amère tristesse et l'entourèrent. L'aînée lui prouva une fois de plus que la situation était transparente :

— Si M. Gambier était là, tu serais moins triste. Où est-il ?

Soudain, Dora eut un mouvement de joie. Oui, il allait rentrer à Paris et là elle le verrait. Et tout s'arrangerait. Dans son courrier, elle trouva un télégramme :

« Vous supplie télégraphier quelque chose à Lyon. Gilles. »

C'était daté d'Avignon.

En un instant, Gilles, le sachant, perdait tout ce qu'il avait regagné. Et pourtant, il n'y paraissait rien et elle semblait toute joie et toute tendresse. Comme elle allait quitter l'ambassade et qu'il lui fallait continuer l'effort qu'elle avait entrepris dans les dernières semaines pour réparer dans l'esprit de chacun le mal qu'elle avait fait à Percy et à elle-même, elle n'eut pas une minute pour s'attarder sur ses sentiments, qui ne la traversaient que de loin en loin comme des éclairs.

Dans ces éclairs elle téléphonait chez Gilles et chez ses amis pour savoir s'il était rentré. Enfin, il rentra.

En quittant la petite maison, il avait d'abord ressenti une souffrance folle. Une de ces souffrances qui équivalent à la grippe la plus maligne, au point que, roulant la nuit sur la route fort déserte qui traverse le plateau au nord de Marseille, il avait perdu tout contrôle à la fin sur sa voiture et sur lui-même et s'était jeté dans un fossé. Il était resté là, stupide, en pleine nuit, accueillant le froid comme une volupté de tombeau.

Une voiture qui passait sur la route s'arrêta, des gens en descendirent et s'enquirent. Il les regarda et laissa échapper un râle d'envie : c'était un jeune couple d'amoureux. Ils étaient l'un et l'autre jeunes, assez beaux et, bien qu'élégants, paraissaient assez intelligents et humains. Ils devinèrent tout de suite la situation et après quelques mots brefs restèrent un instant près de lui à fumer des cigarettes. Quand elle pensa que leur chaleur l'avait assez pénétré, la femme lui dit :

— Si vous essayiez de sortir de là.

Docilement, il obéit. Après quelques difficultés, il parvint à arracher sa voiture au fossé. Alors, elle lui dit au revoir gentiment et l'homme aussi.

Il arriva à Marseille, se coucha et soudain une grande douceur de mort descendit en lui. Son état d'âme était fort différent de celui qu'il avait connu lors de sa première blessure pendant la guerre quand il avait cru être tué ; il n'éprouvait plus cette ardente et forte curiosité métaphysique qui le faisait entrer tout armé dans la mort. Maintenant, il n'avait plus de curiosité ni de doute, il acceptait cette illusion du néant qui, autrefois, lui paraissait impensable et misérable, quelque chose de doux et de terne. C'était un renoncement tout parfumé de Dora ; délicieusement, elle n'était plus qu'un parfum, elle n'était plus que le meilleur d'elle-même, le souvenir de ce qu'elle avait été certains jours. C'est ainsi que l'homme échappe aux fantômes terrestres pour rejoindre les fantômes infernaux, nourris de l'essence de ses désirs et de ses regrets : il atteint ainsi un degré un peu plus intime de sa mythologie secrète.

Supposant que sa vie sans Dora ressemblait à la mort, il n'avait plus besoin de se tuer. Caressant l'idée de la mort, il était revenu par une douce ruse à la vie. Il était rentré à Paris. Si par hasard il se tuait, ce ne serait que quand Dora serait partie. Avec une ironie où perçait la haine, il s'était dit : « Je ne veux pas lui faire d'ennuis. »

Quand elle lui téléphona, il accepta, dans une délectation d'humilité une dernière rencontre.

Quand il la vit, il ne put que pleurer d'abord, des larmes qui étaient presque encore aussi douces que son renoncement. Mais la présence est un grand pouvoir. Au bout d'un instant, il fut repris de l'avarice de vivre et de posséder. Seulement, il en avait perdu l'habitude et les moyens ; il ne sut que dire :

— Si tu ne reviens pas, je me tuerai.

Il disait cela sans force, répétaillant quelque chose. Elle fut de nouveau écœurée : décidément, il était sa victime. Cependant, le flot ininterrompu des larmes faisait sur son visage comme le signe d'une force, venait un peu combattre ce sentiment. Ou, du moins, elle se raccrochait à n'importe quoi pour tenir le coup jusqu'au bout et pouvoir, lui attribuant encore un intérêt vivant, lui promettre qu'elle reviendrait.

XVII

Gilles, après le départ de Dora, avait quitté Paris. Il était parti avec un copain, un peintre, faire un voyage en voiture. Il voulait rouler tout le temps que mettrait Dora pour passer l'eau, et tout le temps que mettraient ses premières lettres pour la retraverser.

Il était gai. Toute sa foi semblait revenue. Les coups terribles qu'il avait reçus et la destruction lente et incessante qui les avait continués, tout cet irrémédiable semblait avoir été balayé par les dernières paroles solennelles de Dora. Elle lui avait dit : « Je suis à toi. Je me rendrai libre. Attends-moi. » Devant la majesté du serment, il avait chassé avec horreur toute sa pensée de ces dernières semaines, de ces derniers mois. Il s'en remettait à elle de tout ; c'était à elle de faire de ses mains leur bonheur ; elle le ferait. N'avait-elle pas de grandes mains fortes ?

Il avait fait le tour des Cévennes, blaguant et riant. Il regrettait que Dora fût partie sans connaître davantage la France. Quelle bonne terre il y avait de Clermont-Ferrand à Béziers. Puis il était revenu à Paris, se forçant à ralentir. En arrivant chez lui, il trouva deux télégrammes et trois grosses lettres, écrites sur le bateau et dans le train allant vers la Virginie.

Il prit encore du temps pour les ouvrir, il se força à les classer par les dates des tampons, mais, quand il commença à ouvrir le premier télégramme, l'émotion reflua à son cœur avec une grande violence.

Tout allait bien. Et quelle tendresse. Des mots lui échappaient qu'elle n'avait jamais écrits dans ses lettres de Paris et même qu'elle ne lui avait jamais dits : elle sentait leurs liens. Ce départ l'avait bouleversée : dans chaque page il y avait un cri vrai. Et, à mesure qu'elle s'éloignait, elle semblait plus obsédée par lui. Pourtant, il lui fallait faire face à l'Amérique qu'elle retrouvait ; elle semblait surprise et éblouie.

Il ouvrit la dernière, c'était la plus longue.

« Cette lettre va te faire souffrir... Si tu savais comme je souffre moi-même... Je ne puis pas quitter mes enfants... Je renonce définitivement à toi... Si tu m'écris encore, je n'ouvrirai pas tes lettres. »

Il resta immobile, seul, entre quatre murs. Ce n'était plus du tout la même chose que lors des premiers télégrammes. Le malheur refrappait un homme qui avait déjà été frappé. Gilles était devenu plus sensible et les dernières paroles de Dora au départ avaient réveillé une tendresse qui avait fait de vains efforts dans le Midi pour s'user aux mortifications de l'absence. L'idée de la mort ne vint pas à son secours, cette fois-ci. Il gémissait infiniment ; il souffrait et le néant ne s'offrait plus, avec son mirage apaisant. Il savait qu'il perdait définitivement Dora — et l'idée du définitif était tellement plus forte maintenant qu'il lui semblait bien ne pas l'avoir encore connue — mais il lui restait attaché. Ni la haine ni le mépris ne pouvaient plus lui venir en aide contre elle. Il se plaignait qu'elle lui fît du mal au lieu de lui faire du bien ; mais enfin il ne pouvait qu'accepter ce qu'elle lui donnait. Son cœur dur s'ouvrait et s'épanchait trop tard. Il acceptait tout de l'être aimé, il acceptait que tout lui vînt de cet être. Seulement, c'était le malheur et non le bonheur. Il pleurait comme un enfant, il retrouvait toute son enfance avec ses dernières larmes ; il était pleinement à la merci de Dora comme il l'aurait été de sa mère s'il en avait eu une Il pleurait à pleine source dans cette chambre où il avait aimé de même ; et sans doute d'être dans cette chambre lui faisait mieux sentir son ardente et adorante résignation : là où il avait reçu la joie, pouvait-il refuser la peine ? Si cette peine était plus grande que cette joie, cela faisait une autre sorte de grandeur qui glorifiait encore Dora.

Il sentait éperdument la grandeur, la force de Dora. Cette cruauté lente, calculée, plusieurs fois reprise, révélait une science voluptueuse qu'il ne lui avait jamais connue quand il la tenait dans ses bras.

Comme de loin, elle lui paraissait belle — oh! moralement belle, car dans la violence de l'arrachement il oubliait à jamais son corps, jamais plus il ne songerait une seconde à désirer ce corps — et d'ailleurs il avait cessé de le désirer depuis longtemps, depuis le premier télégramme de rupture — belle d'une beauté enviable et fascinante qui lui était conférée par la perfection de son acte.

Il ne pensait plus à rien de ce qui était social et qui avait pu causer sa méfiance ou son indignation ; il était maintenant à mille lieues de penser qu'elle était une bourgeoise et qu'elle avait eu peur. Non, Dora était l'être qu'il aimait et qui disposait souverainement de lui. Jamais il ne cesserait de l'aimer, maintenant qu'il commençait à l'aimer. Il vivrait attaché à elle par un lien intime et indissoluble. « Elle m'a fait cela, voilà : c'est cela qu'elle a choisi de me faire. Que sa volonté soit faite et non la mienne. » Les mots de la prière venaient à ses lèvres, sans qu'il y prît garde.

Il se considérait comme infiniment petit, et comme infiniment coupable parce qu'infiniment petit. Dora n'avait pas voulu de lui parce qu'il était infiniment peu aimable. Comme elle avait raison de rejeter une âme si petite et si grelottante au milieu des espaces vides que faisait son absence de force. Comme elle avait raison de fouler aux pieds un cœur si chétif.

Alors que dans un des royaumes de son âme la tendresse ainsi s'épanchait, dans un autre, c'était la sécheresse, avec une puissance de Sahara. La haine naissait et d'un seul coup se levait toute droite en lui. Haine froide, immobile, toute tournée contre lui-même, qui regardait en lui et y contemplait l'absence de Dora, l'absence éternelle de Dora. Elle n'avait jamais été là et elle n'y serait jamais. Tout l'effroyable jugement qui s'écrasait en lui se résuma dans une petite plaisanterie : « En me prenant, elle avait eu mauvais goût. » Il se plut à la petitesse infamante de cette calembredaine : « Elle avait eu mauvais goût. » La haine de lui-même le recouvrait comme de la sueur. Il avait donné le meilleur de lui-même et ç'avait été peu de chose. Avortement suprême et définitif de toute sa vie : tout son esprit mourait avec son cœur.

Elle l'avait un peu désiré au début. Ensuite, bientôt, elle avait sourdement, passionnément désiré tout ce qui n'était pas lui. Il y avait des mois qu'elle attendait la délivrance. Et, la menaçant de se tuer, il lui avait fait définitivement horreur. Elle avait eu raison de le mépriser. Il avait été plus bas que l'homme le plus bas en caressant la mort sans la prendre. « *Perinde ac cadaver* »,

la célèbre formule jésuitique lui revint à la mémoire.
Pourquoi ? Elle dansait dans sa tête comme un bouton
de culotte dans une tirelire. Quel rapport y avait-il entre
ce que serait sa vie et cette devise ?... Mais si, il voyait
le rapport : il était mort à la vie et pourtant il obéirait
à la vie dans toutes les apparences. Il vivrait, il travaille-
rait. Il ne se tuerait pas. Pourquoi se tuer ? Pour se venger ? Il n'avait plus aucune envie de se venger : « Si vous
m'écrivez, je n'ouvrirai pas vos lettres. » Ce mot atroce,
celui qui vraiment tranchait tout, il le préférait à tous
les autres de la lettre, pour sa parfaite et définitive cruauté.
    Pourquoi lui en vouloir ? Elle avait vu quel niais il
était : vouloir se marier. Elle était entrée dans son jeu
de niais. « Puisqu'on ne peut pas coucher avec toi, mon
garçon, sans remuer les gros mots, eh bien, tu en auras
ta pitance. » Elle avait joué tranquillement son jeu d'être
normal qui veut son plaisir, rien d'autre et le paie de
n'importe quelle fausse monnaie. Comment dire que
cela était ignoble ? L'ignoble, c'était lui qui avait voulu
remuer ces grands mots d'amour, de mariage d'amour,
à qui personne de décent ne veut toucher. Dès le début,
elle avait senti en lui cette démagogie sentimentale, cette
convoitise populacière. Elle avait su être ignoble pour
posséder un être ignoble, bas, un être du commun.
    Gilles errait une fois de plus parmi les commentaires
fantasmagoriques. A un autre moment, il se dit : « Tu
es seul et tu l'as voulu depuis toujours, de toute ta faiblesse. Quelque part en toi, un imperceptible diablotin
se réjouit de se retrouver libre, libre ne n'être rien,
adonné à jamais à la faiblesse, à l'impéritie, à l'échec.
Il grandira ce diablotin et deviendra le démon de la complaisance en toi-même. »
    A un autre moment : « Au moment même le plus sin-

cère, le plus gratuit de mon existence, je me suis senti encore dépassé par les mots, par les gestes. Combien de fois je me suis entendu lui en dire trop, j'ai entendu avec étonnement ma voix qui rendait un son étrange. » Il avait été sincère, mais sur quoi portait sa sincérité. Il avait désiré son corps. Ce qu'il avait désiré dans son âme, c'était un lieu où placer la sienne, où l'installer comme un garnisaire dans une maison. Il n'avait pas désiré son âme à elle. Maintenant seulement, il acceptait cette âme.

Une espèce d'humour idiot passait aussi : « Si elle était dans un pays lointain, elle m'a traité comme on traite un indigène qu'on ne comprend pas, qu'on quittera demain. C'est comme ça que les Anglo-Saxons traitent les Latins. Car je suis bien latin, mêlant la sentimentalité à la cochonnerie. Et moi qui avais joué au Nordique avec elle... Je suis Mme Butterfly. »

Il allait et venait, d'une explication à l'autre. Partout, il trouvait à Dora non pas des excuses, mais d'excellentes raisons. Elle avait agi de par la force sauvage et animale de l'égoïsme, agrémentée de cette ironie et de ce cynisme qu'il avait toujours cultivés dans sa propre vie autant qu'il avait pu. A un moment, il hurla, il hurla entre ses quatre murs : « Injustice », mais ce ne fut qu'un essai et, quand il voulut recommencer, le mot mourut sur ses lèvres. Ce n'était pas du tout dans sa nature de crier jamais à l'injustice. Et quand il se rappela plus tard ce moment, des années après, il vit comme la racine même de ce sentiment était absente en lui, puisque même alors il n'avait pu y avoir recours. Non, il ne croyait pas à la justice, ni à l'injustice. Pour lui, il ne pouvait être question que de l'Être ou de la Force. D'abord, à cause de Dora il avait douté de l'existence des choses, comme pendant la guerre, un jour, à Verdun, au milieu de l'acharnement des tonnerres, dans une tranchée où une maligne surdité lui enfonçait ses vilebrequins dans les deux oreilles, tandis qu'un camarade expulsait ses boyaux à plein gilet, il avait brusquement ragé et s'était mis à écumer : « Dieu n'existe pas. » Il s'était trouvé aussitôt dans un univers sans queue ni tête. Mais, réflexion faite, il voyait bien que le monde existait, magnifique et puissant, et qu'existait Dieu qui avait créé ce monde. Et ce qui le lui prouvait, c'était l'existence de Dora, de la puissante Dora, de Dora plus forte que lui. L'Être étant mis hors de cause, tout était ramené à une simple question de force. « Je ne suis pas victime d'une injustice, je suis battu, voilà tout. Elle s'est sentie plus forte que moi et elle m'a quitté, voilà tout. Pour des tas de raisons que j'analyserais très bien, si je n'avais pas si grand mal à la tête et si grand mal partout. Je souffre, je me fous de l'analyse. »

Groggy, le boxeur agite vaguement la main pour signifier qu'il est un bon joueur et salue son vainqueur.

Mais pourquoi avait-elle menti ? Pourquoi ne pas lui avoir parlé, avant son départ ? Car elle savait, en partant. Cette idée qu'elle ne l'aimait pas ne lui était pas tombée du ciel, en arrivant en Amérique. Mais si, en arrivant en Amérique... Alors, alors c'était une personne qui vivait à ce niveau d'inconscience ?... Non, non, il aimait mieux qu'elle eût été cynique que sotte. Elle lui avait menti parce que le mensonge n'est pas exclu de l'arsenal des forts. Sans doute l'avait-elle désiré et avait-elle été assez saoule de ce désir pendant un mois pour divaguer et dire n'importe quoi, par exemple : « Mon mari n'est pas un idéal, pourquoi pas toi plutôt que lui. »

Après cela, elle s'était retrouvée consciente et menteuse.

Sur ces entrefaites, Cyrille avait téléphoné et Gilles l'avait laissé venir. Il lui avait dit ce qu'il en était. Cyrille avait été extrêmement frappé. Tout d'un coup, il avait eu la vision que l'aventure de Gilles figurait leur aventure à tous avec les femmes. Ils étaient des hommes qui n'existaient pas pour les femmes. Les femmes sont dans la société jusqu'au cou. Et la société a été faite pour elles, en rapport avec leurs exigences. Elles ont besoin du confort pour leurs enfants et du luxe pour leur beauté. En conséquence, des hommes comme eux n'existent pas. Ils sont sans argent, sans pouvoir. Des hommes comme eux, elles en font leurs amants dans les coins. A moins qu'elles n'aient vraiment rien à se mettre sous la dent, qu'elles soient laides ou vieilles, alors elles prennent pour de bon un homme comme eux, cela vaut mieux que rien.

Cyrille voyait s'éclairer d'un seul coup sa situation avec Antoinette. Elle ne quitterait jamais son frère pour lui. Clérences, c'était un de ces hommes pour les femmes. Cocus, mais maîtres de leur destinée. Il voyait que lui aussi avait intimement, passionnément désiré arracher Antoinette à Clérences, de l'avoir à lui tout entière. A quoi ça rimait-il ? Il n'avait pas un sou, aucune perspective claire. Bien qu'il fût plein d'intelligence et de volonté, il ne voyait aucun moyen pour le moment de se saisir chaque mois de 10, 20 000 francs. Il n'avait jamais parlé de tout ça à Antoinette, mais il savait maintenant qu'il allait lui en parler et le résultat serait le même que pour Gilles.

Il regardait Gilles comme on regarde, à la guerre, le cadavre du premier ami qui tombe. Les autres suivront, on sera tous tués.

Ce Gilles qui plaisait tant aux femmes, hein ? Cyrille

voyait l'abominable limite de tout succès. Lui-même, très supérieur à Gilles par la volonté et par la faculté d'expression, connaissait lui aussi cette abominable limite. Quelques jours auparavant, il avait relu les deux livres qu'il avait écrits ; il avait vu, gros comme les pâtés sur un devoir d'écolier, les influences, les imitations, l'enfantillage de l'inexpérience se guindant en air de bravoure et de défi.

Il ne triomphait nullement de la défaite de son ami. Pour la première fois, il se sentait vraiment solidaire de lui. Il considérait avec respect son tranquille désespoir. Il avait même besoin de pudeur pour lui. Il l'emmena dans les bistrots et l'aida à se saouler, pour qu'il puisse se cacher à lui-même comme aux autres. Mais cela faisait un manteau troué.

XVIII

En Suisse, Paul Morel jouit quelque temps des voluptés immondes de la fuite. Délivré de cette espèce de menace qui avait pesé sur lui après l'affaire des bains, il s'avoua tout, encore mieux qu'à Paris. Il s'avoua qu'il était lâche et qu'on avait bien fait de le retirer de la vie, trop dure pour lui. Il lui semblait oublier tout : sa haine contre son père, sa vantardise avec Caël et Galant et la scène même de l'établissement de bains.

Pourtant, cette scène l'avait terriblement frappé. En effet, il avait découvert avec horreur que ces crapules ne faisaient que répéter les unes sur les autres les atteintes qu'il avait fait subir depuis longtemps à sa propre personne. Là où il s'attendait à découvrir une énergie démoniaque, il n'avait trouvé que l'image de sa propre faiblesse, de sa pauvre petite luxure sournoise. Il avait eu d'autant plus horreur de ce monde hideux ; au moment où on avait essayé de le joindre au jeu général, toute sa chair et toute son âme s'étaient recroquevillées loin de ces mains et de ces rires. Mais c'était sa propre image grimaçante qu'épouvanté il avait fuie.

Maintenant, il était presque heureux. Il avait déposé tout fardeau ; il ne se soucierait plus d'être quelque chose, il ne serait jamais rien. Il jouissait de la révélation de son néant comme d'une délivrance. Mais peut-on vivre à vingt ans sur l'idée du néant ? Sans doute, Paul l'aurait pu s'il n'avait rencontré des êtres plus vivants que lui dont l'exemple, tout en le martyrisant, le galvanisait. Il en est qui par la suite deviendront les plus tranquilles imbéciles, mais qui pendant quelques années de leur jeunesse sont sensibles à la tentation de la vie.

Un jour, il reçut une lettre de l'un des membres les plus médiocres du groupe *Révolte* ; du moins crut-il reconnaître sa signature. Après lui avoir dit quel bon souvenir on avait de son « esprit d'insoumission », on lui mandait, en quelques lignes sibyllines, que Cyrille était « persécuté » par la police de son père, que peu de temps après son départ on avait commencé « une incroyable entreprise de répression perfide contre tout le groupe. » On regrettait son absence, qui l'empêchait de défendre ses amis. C'était tout. Cette lettre réveilla violemment la conscience de Paul : il haït sa lâcheté. Sa réaction fut celle des êtres faibles, mais obsédés par l'idée de la force : il songea au suicide. Encore une façon de porter la main sur soi-même. Mais il lui fallait choisir entre diverses façons de se tuer : cela lui donnait du temps. Lui qui n'avait plus pensé à son père que par courts accès confus où la rancœur d'avoir plié se mêlait à une émotion presque sympathique, se remplit de rage contre lui.

Paul habitait dans un de ces étranges établissements où l'époque, si prétentieusement et absurdement soucieuse de rompre avec toute tradition, reconstituait avec inconscience et d'ailleurs tout de travers les plus anciennes pratiques, les pratiques de toujours dont l'humanité ne peut se passer. Une maison de santé est au couvent ce que le chenil est à la maison.

Parmi les infirmières, il y en avait une qui avait frémi de dégoût en entendant son nom, mais qui s'était prise de sympathie pour lui quand elle avait pu le considérer comme une victime et une victime révoltée. Cette Rébecca était petite, laide de visage et de silhouette ; mais elle avait la patience maternelle des laides, l'acharnement fasciné de la Juive devant le chrétien, les moyens abusifs de la psychanalyse, une curiosité lubrique et une jolie peau. C'était plus qu'il n'en fallait pour envoûter Paul qui, bien que souillé, était vierge. L'idylle avait été bon train. L'infirmière avait su se faire la complice du vice de Paul, tout en ayant l'air de le redresser ; et bientôt le pauvre petit patient avait livré à sa curiosité pantelante tous les secrets d'une famille bourgeoise et présidentielle, en même temps qu'il lui avait conté les exploits du groupe *Révolte*.

Rébecca n'avait connu jusque-là que de façon livresque les maigres démarches de la secte parisienne, dont on se souciait dans tous les recoins « avancés » de l'Europe. Les récits de Paul la passionnèrent et elle encouragea vivement son ami à retourner à Paris.

Il y eut une nouvelle lettre, d'une autre écriture,

anonyme. « Votre père joue un jeu dangereux. En ce moment, il est le seul obstacle au triomphe des forces de gauche. Sa résistance est absurde. Si vous étiez là, vous pourriez en juger. Qui empêche qu'on emploie contre lui des moyens que sa haine sournoise de tout ce que nous aimons rendrait nécessaires ? »

La lettre respirait la fièvre de Paris. Rébecca en fut très excitée. Elle l'interrogea avidement sur ce qu'il pouvait y avoir sous ces allusions. Paul n'était point ferré du tout sur les secrets de la politique qu'il avait toujours méprisée ; il ne savait rien que des propos échappés à sa mère dans des conversations intimes qu'elle avait eues devant lui avec une ou deux personnes. En tâtonnant, il finit par se fixer sur cette hypothèse.

— Papa, au moment de l'armistice, craignait beaucoup que la révolution communiste ne triomphât en Allemagne. Il était en cela d'un avis opposé à celui de certains de ses collègues du cabinet. Il avait dû prendre sur lui d'aider de quelque manière l'armée allemande dans la répression. On devait tenir là-dessus des documents compromettants.

Les yeux de Rébecca clignotèrent. Née en Russie, elle avait suivi dans sa fuite son père, socialiste révolutionnaire persécuté par les bolcheviks. Dans la tranquillité de l'exil, elle était devenue communiste. Elle le poussa de plus en plus à rentrer à Paris. Il n'y tenait guère et ne voulait pas la quitter. Elle lui dit qu'elle pourrait avoir un congé et l'accompagner. Alors, semblant oublier sa méfiance et sa rancune, il écrivit à Galant.

Celui-ci lui répondit promptement une lettre affectueuse, d'où tout dédain était parfaitement banni. Il lui confiait qu'il avait beaucoup évolué, Caël aussi : « Je suis arrivé à faire comprendre à Caël, bien qu'il y répugne, qu'une grosse bataille est engagée contre M. Morel ; que nous ne pouvons rester à l'écart de cette bataille. Nous sommes solidaires de toute tentative, même très impure et très mêlée, qui se dessine contre un ennemi aussi évident... Vous savez ce que je pense de mon frère Clérences et de sa politique. Eh bien, en ce moment, je dois dire que la position qu'il s'est décidé à prendre contre M. votre père doit être utilisée...»

— Tu vois, il faut partir, s'écria Rébecca, les yeux brillants.

— Mais, qu'est-ce que je ferai ? grogna Paul, qui apprenait avec étonnement, mécontentement et envie que son beau-frère, et sans doute sa sœur étaient mêlés à cette mystérieuse bagarre.

— Je ne sais pas. En tout cas, tu peux être d'un grand poids.

Rébecca entrevoyait confusément des manœuvres audacieuses où elle mettrait, de gré ou de force, son jeune ami au service de la Révolution.

Paul écrivit à ses parents qu'il était guéri et pouvait rentrer. Le directeur de la maison de santé, travaillé par Rébecca, donna un avis favorable aux Morel.

Cependant, Paul ne se décidait qu'à regret à partir, car il lui semblait qu'il y perdrait Rébecca. Elle lui préférerait quelqu'un des camarades de *Révolte*. Il savait bien que la honte persistait au fond de leurs amours.

Il était fort jaloux à cause de ce terrible doute qu'il avait sur lui-même, et il craignait, entre autres, un des jeunes médecins de l'endroit. Deux jours avant la date qui était fixée pour leur départ, il entra brusquement dans son cabinet à un moment où il pensait que Rébecca pouvait y être. A tort ou à raison, car les jaloux peuvent difficilement ne pas voir, dans la réalité, l'image qui les obsède, l'attitude de son amie, debout près du médecin assis à sa table, et très penchée sur lui, lui avait paru plus que suspecte. Il avait eu une crise violente de chagrin et de colère et il avait crié qu'il n'irait pas à Paris.

Il fallut à Rébecca beaucoup de soins pour le calmer et le persuader qu'il n'avait rien vu. Enfin, ils étaient partis. Sur le quai de la gare, il avait encore voulu rebrousser chemin. « Je ne veux pas voir tous ces gens-là. Ils me feront encore du mal », balbutiait-il.

Rébecca s'étonna du ton méfiant et haineux avec lequel il avait dit : « ces gens là. »

XIX

Le printemps était sur Paris comme une goutte d'eau sur une fleur, quand Paul et Rébecca y débarquèrent. Ils descendirent dans un hôtel de Montparnasse. Paul, pour gagner du temps, faisait croire à sa famille qu'il visitait par petites étapes la Bourgogne. La jeune Juive, qui n'était jamais venue à Paris, fut touchée de son charme et montra moins d'impatience qu'en Suisse à voir Caël et Galant. Paul, qui s'était mis à craindre et à détester cette impatience, se rassura et finit par signaler sa présence à Galant. Quand il lui parla au téléphone, Galant s'écria :

— Ah! enfin! Je me demandais où vous étiez. Je vous ai écrit en Suisse. J'ai un besoin urgent de vous voir.

Sa voix était celle d'un homme gravement préoccupé.

Il avait l'air de l'être plus encore quand il vint voir Paul. Le jeune homme remarqua cela, mais remarqua aussi les regards d'admiration dévorante que Rébecca jetait sur le nouveau venu. Selon son habitude, Galant enregistra du coin de son œil pâle la nouvelle conquête, bien qu'il fût tout tourné vers Paul. Il réussit assez bien à l'amadouer par un air d'affection réservée ; il put ensuite lui parler sur un ton d'extrême gravité confidentielle.

— Écoutez, je n'irai point par quatre chemins... Mais, d'abord, je vous trouve une mine superbe.

Il se tourna brusquement vers Rébecca, en continuant :

— Je viens vous parler à tous les deux, avec une confiance absolue. Je ne sais pas si vous vous êtes aperçus, en Suisse, qu'il y avait eu des élections en France et qu'elles avaient été un grand succès pour la gauche.

Il accompagna cette phrase d'un sourire qui était un hommage à leurs amours. Paul remua dans sa chaise avec gêne.

— Vous savez que votre père est l'ennemi mortel de Chanteau. Il veut l'empêcher à tout prix de devenir Président du Conseil. Il dit à qui veut l'entendre : « N'importe qui, et plutôt un socialiste que lui. » Or, il a vraiment le moyen de l'en empêcher. Il détient un paquet de lettres de Chanteau qu'on lui a vendu, il y a deux ou trois ans.

Il s'arrêta, ne quittant pas de son œil trop clair Paul. Celui-ci, qui cherchait à surprendre les regards de Rébecca, remarqua :

— Une lettre... d'un inconnu nous avait fait croire à une situation inverse. Nous croyions qu'on tenait des documents contre... M. Morel.

Il avait hésité à dire : mon père. Galant demanda

d'un ton où Paul crut sentir une indifférence affectée.

— Vous avez cette lettre?

Paul ricana légèrement.

— Nous l'avons brûlée, s'empressa de dire Rébecca.

Paul se décomposa en voyant le regard de complicité entre elle et Galant. Celui-ci, devinant sa jalousie, en fut fort ennuyé. Il détourna soigneusement, dès lors, ses regards de la jeune femme.

— Qu'est-ce que ces documents contre Chanteau? demanda Paul comme à regret.

— Ce sont des lettres de jeunesse où il proclame qu'il n'entre dans le parti radical que pour y préparer, sous des dehors prudents, des possibilités pour une politique d'extrémisme. Il a des mots très durs pour le parti dont il est le chef aujourd'hui.

— Bah! s'écria Paul, il a bien changé depuis.

— Peut-être pas tant que ça, dit vivement Galant, d'un air entendu.

— Comment? renchérit Paul. Ce n'est pas vous qui pouvez croire ça. C'est un faux frère, tout comme mon père.

— Mais non. Il faut tout de même faire des distinctions.

— Des distinctions. Vous parlez comme votre frère, maintenant, comme M. Gilbert Clérences, député radical. .

Galant lui opposa un regard de patience angélique; Rébecca observait la mauvaise humeur de Paul avec inquiétude.

— Oui, il faut faire des distinctions, reprit posément Galant. Chanteau a fait reconnaître le gouvernement communiste de Russie.

— Vous êtes communiste, maintenant! s'écria Paul.

Je croyais que Caël et vous méprisiez Moscou autant que le reste. Caël a écrit que Lénine, qui a fait massacrer les anarchistes, était un bourgeois de la même trempe que Thiers ou Poincaré.

Affichant toujours un air angélique, Galant dit soudain, avec une grande douceur :

— Paul Morel, il faut que vous retiriez des mains de votre père les lettres de Chanteau.

Paul attendait cette phrase depuis un moment, il n'en frémit pas moins.

— Je ne vois pas l'intérêt de soutenir Chanteau contre mon père. Ils se valent.

Cependant, il était gêné sous le regard doux et insistant de Galant ; il n'en continua pas moins une protestation balbutiée et inintelligible. Alors, Rébecca s'écria :

— Paul, tu ne peux pas hésiter une seconde. En tout cas, c'est ignoble de se servir de lettres privées contre un homme, et de lettres de jeunesse.

— Oui, fit Paul à regret.

Il détestait Galant, mais il craignait de reculer, par lâcheté, devant une action difficile. Deux mois auparavant, il s'était offert corps et âme à Galant et à Caël.

Il reprit, après un moment de silence, de l'air dégagé de quelqu'un qui a pris son parti :

— Mais, d'abord, comment voulez-vous que je trouve ces lettres ?

Galant entra dans des précisions qui stupéfièrent Rébecca aussi bien que Paul. Celui-ci, avec effroi, se rappelait le regard que Galant avait échangé dans l'établissement de bains avec le chef des policiers. Galant ne pouvait avoir ses renseignements que de la police. Elle était donc contre son père : ceci étonnait fort Paul. Il entrevoyait aussi que Mme Florimond était dans le coup, et Gilbert de Clérences. Tout cela puait le complot policier et la haine de famille à plein nez. Mme Florimond, il le savait, haïssait sa mère. Cependant, le regard de Galant le poursuivait tranquillement. Ce regard le précipitait dans l'abîme de sa faiblesse et il se demandait : « Je recule lâchement devant le seul geste dont je sois capable et qu'on puisse me demander. C'est un geste de lâche et de traître qu'on me demande. Mais on a raison de me le demander, puisque c'est encore trop pour moi. »

Brusquement, il dit qu'il le ferait ; il allait rentrer à l'Élysée. En même temps, il regardait Rébecca d'un air de reproche et de menace.

Quand Galant fut parti, Paul exprima avec violence ses soupçons à l'égard de tout le monde.

XX

Depuis l'incident survenu à la maison de santé, Paul se méfiait de son amie. Depuis leur arrivée à Paris, il l'avait surveillée minutieusement et il avait remarqué, avant la visite de Galant, qu'elle cherchait des prétextes pour s'absenter chaque jour quelques instants. Il l'avait suivie et vu qu'elle téléphonait longuement dans des cafés ou à la poste. Il ne douta pas qu'elle ne communiquât avec le jeune médecin suisse. Une terrible agitation montait en lui et les efforts qu'il faisait pour la dissimuler à sa maî-

tresse l'épuisaient. Après les mines coquettes avec Galant,
ce fut bien pis.

Il devait rentrer à l'Élysée dès le lendemain de la visite
de Galant, mais, le matin, il déclara qu'il resterait au lit
toute la journée. Rébecca lui proposa de prévenir au
moins ses parents ; il refusa avec force ironie. Il buvait
beaucoup depuis son arrivée et, supportant très mal
l'alcool, il se réveillait toujours en fort mauvais état. Ce
propos sembla fort déconcerter Rébecca qui, sans doute,
avait calculé qu'elle serait libre le soir. Paul saisit en frémissant son mouvement de dépit. Aussitôt, il lui tendit un
piège.

— Je veux aller voir Caël ce soir, et lui parler seul. Je
veux savoir ce qu'il pense de tout cela.

Rébecca ne lui demanda pas de l'accompagner, mais dit
d'un air faussement détaché :

— J'irai au cinéma.

— C'est ça.

Paul trembla d'impatience et d'inquiétude toute la journée. Vautré dans son lit, il fumait cigarette sur cigarette
en déchiquetant les pages d'un roman policier. Le soir, à
peine sorti, il s'embusqua dans un bureau de tabac et vit
Rébecca, qui l'instant d'avant était en robe de chambre,
filer bientôt de l'hôtel, pimpante et fardée. En la suivant,
il voyait comme elle avait de vilaines jambes, le derrière
bas et il ne l'en adorait que davantage. Elle entra au
Dôme, s'installa à une table et attendit. Paul l'épia, en se
dissimulant avec une habileté assez diabolique. Mais son
cœur battait trop fort, il tremblait de tous ses membres, il
allait crier ; il dut faire quelques pas dans la rue. Brusquement, il revint, dans la terreur qu'elle eût disparu. Elle
était là, avec un homme, avec le jeune médecin de Suisse.
Paul, fasciné, s'avança vers eux.

Quand Rébecca le vit, sa figure exprima une véritable épouvante, car l'aspect de Paul était épouvantable. Ses yeux étaient dilatés, il écumait et tout son corps était agité d'une sorte de danse de Saint-Guy.

Les gens des tables voisines étaient terrorisés, s'attendant à un crime passionnel.

— Salauds, bafouilla Paul, c'est comme ça que vous traitez vos malades. Salauds, vous vous êtes bien foutus de moi, tous les deux. Et toi, c'est comme ça que tu penses à la Révolution. Putain, tu t'es fait entretenir par moi et tu te payais un gigolo.

— Calmez-vous, disait le jeune médecin avec un fort accent suisse.

Son air épouvanté contrastait avec la carrure de ses épaules.

— Mon petit, mon petit, disait Rébecca.

Ils l'entraînèrent dehors. Un garçon courut après le médecin pour qu'il n'oubliât pas les consommations. Dans la rue, les gens s'ameutaient autour de Paul, secoué d'une espèce de sanglot sec et qui, petit et voûté, serrait sa tête entre ses mains.

Brusquement, il écarta ses mains et regarda Rébecca avec un visage méconnaissable. Une espèce de convulsion figée donnait à sa figure un caractère d'énergie et de résolution qu'elle ne lui avait jamais vu.

— De vous tous, il n'y a que moi qui sois un vrai révolutionnaire. Je l'ai toujours pensé. Je sais ce qui me reste à faire. Adieu.

Et il fit mine de s'éloigner. Les gens ricanaient autour de lui, les uns sympathiques, les autres mécontents.

— Où vas-tu ? dit Rébecca. Je ne te quitterai pas.

— Putain, il te faut dix amants pour ton sale cul. Mais moi, j'ai dix maîtresses qui m'attendent. Laisse-moi.

— Je ne te quitterai pas.

Cependant, le jeune médecin avait une altercation avec deux jeunes gens d'aspect louche qui l'invectivaient en lui reprochant de bousculer Paul.

— Laisse-le, ce môme, espèce de grand lâche.

Comme ils en venaient aux coups, Rébecca se précipita avec un petit cri au secours du docteur ; sur quoi, Paul disparut dans la foule.

XXI

Le lendemain matin, Rébecca vint relancer Galant dans la minuscule chambre d'étudiant où il habitait. A neuf heures du matin, il était depuis longtemps en train d'écrire, enveloppé dans une assez jolie robe de chambre dont Antoinette venait de lui faire cadeau. Elle lui dit ce qui s'était passé.

— Il n'est pas rentré, il ne rentrera pas. Il est sûrement en pleine fugue. Vous ne croyez pas que je devrais prévenir les Morel.

Galant parut fort troublé, mais pourtant il dit vivement :

— Non.

— Pourquoi ? demanda Rébecca. Ce pauvre gosse.

— Si les Morel sont au courant de cette fugue, ils le feront enfermer de nouveau.

— Mais, après une crise, il ne sera pas en état de vous rendre service comme vous le vouliez. Et, pendant la crise, il peut lui arriver n'importe quoi.

— Pour cela, je vais faire le nécessaire.

Rébecca pensa à la police. Ainsi, ce que lui avait dit Paul, quand Galant était sorti, était donc vrai : « Il est de la police. » Sa foi communiste réagit vivement, en dépit du charme qu'elle trouvait à Galant, dans ce réduit austère.

— Je me demande, s'écria-t-elle, si toute votre activité n'est pas contre-révolutionnaire. Chanteau est un pire ennemi du prolétariat que Morel, c'est un ennemi plus dissimulé.

— Nous devons détruire ceux que nous haïssons les uns par les autres. Notre haine la plus pressée va contre Morel.

— Mais les politiciens comme Chanteau savent toujours se servir de nous et se retourner ensuite contre nous.

— Qui vous dit ce que nous ferons des lettres de Chanteau, une fois que nous les aurons.

Rébecca regarda Galant avec des yeux brillants de plaisir. Après cette réponse, elle pouvait décemment se relâcher de ses inquiétudes et de ses méfiances et le convoiter de nouveau. Il arrivait par la fenêtre un joli soleil de mai. Galant eut bientôt fait de l'attirer sur son lit.

Mais, en sortant de chez Galant, Rébecca pensa de nouveau à Paul avec anxiété ; elle se sentait un double remords vis-à-vis de lui, comme infirmière et comme femme. Et l'hommage de Galant avait été trop rapide et dédaigneux pour qu'elle ne retrouvât pas, dans la rue, sa méfiance à l'égard de ses accointances policières.

Elle téléphona à son hôtel avant de déjeuner pour savoir si, par hasard, Paul n'était pas rentré. Il y avait un message de Caël qui lui demandait de venir le voir d'urgence, chez lui.

Elle y courut. Caël, à qui la veille Galant avait annoncé en termes succincts l'arrivée de Paul, son adresse et tout ce qui concernait Rébecca, avait fort mauvaise mine. Bien qu'elle ne l'eût jamais vu, elle vit clairement qu'il venait d'avoir une grande peur. Elle n'eut pas le temps de l'admirer comme elle aurait fait en des circonstances plus bourgeoises.

— Paul est venu. Il a manqué me tuer. Il avait un revolver...

Rébecca ne put pas se faire tout de suite une idée claire de ce qui s'était passé dans l'atelier du photographe, car le récit de Caël était embrouillé, mêlé d'exclamations indignées contre la sottise de certains fous. Caël, qui avait autrefois tiré de la doctrine de Freud une apologie de la démence, déclarait, ce jour-là, que tous les fous n'étaient pas admirables et qu'après tout certains pouvaient être aussi sots que les gens normaux.

Paul avait sonné alors que Caël était seul. Il était entré, le vêtement en désordre, sale. Il avait demandé à boire et avait avalé une demi-bouteille de vermouth. Caël l'avait cru d'abord tout simplement ivre. Paul l'avait violemment insulté en le traitant de sale intellectuel, de lâche démagogue, de charlatan, d'onaniste incurable. Ensuite, il avait fait son propre éloge en termes hyperboliques. C'était à ce moment que Caël s'était aperçu qu'il était en crise. Paul avait crié de nouveau comme devant le Dôme.

— Je suis le seul révolutionnaire de toute ma génération. J'ai toute la Révolution sur le dos. C'est lourd, mais je la porterai jusqu'au bout. J'ai déjà fait des choses étonnantes ; j'en ferai encore.

Après avoir rapporté ces paroles, Caël s'arrêta, comme effaré devant ce qu'il avait encore à dire.

— Il a dit bien pire que cela, mais ç'a été un peu plus tard. Au moment où il venait de crier qu'il ferait *encore* des choses étonnantes, il a brusquement sorti un revolver et m'a menacé. « Vous voulez m'empêcher d'agir, vous et les académiciens, et les présidents, et les policiers. Mais je vais vous balayer tout de suite. »

Caël s'arrêta de nouveau. Encore maintenant, il n'en menait pas large. Sa grande mâchoire s'agitait, loin de sa volonté, et il regardait Rébecca avec des yeux étonnés et scandalisés d'enfant gâté à qui un gamin des rues a flanqué une torgnole.

« C'est curieux, pensa Rébecca, cette attitude de la part d'un si fort esprit. »

— Qu'avez-vous fait ? demanda-t-elle avec une curiosité assez maligne.

— Je ne sais pas... Nous avons tourné un peu dans la chambre... Que pouvais-je faire ?... Il a fini par ne plus penser à moi. Et c'est alors qu'il a dit qu'il tuerait son père.

— Il a dit cela ?

— Oui. Et il l'a répété. A un autre moment, il a dit, avec un air extraordinairement calme et réfléchi, du reste : « L'assassinat, c'est plus beau que le vol. »

Rébecca sursauta. Elle vit que Galant n'avait pas mis Caël au courant de toute l'affaire. Elle s'empressa de lui conter la visite de Galant à Paul.

— Cela ne m'étonne pas, s'écria Caël qui était stupéfait et épouvanté. Je savais bien qu'il saisirait le premier prétexte venu pour se glisser dans le monde officiel et bourgeois, mais je ne croyais pas que ce serait par l'escalier de service. C'est un policier. Voilà ce que c'est, M. Cyrille Galant. Comme sa mère. Il est aussi bas que son frère, le député radical.

— C'est un contre-révolutionnaire.

— Je l'ai toujours pensé.

— Je crois qu'il faut prévenir les Morel.

— Absolument.

Rébecca trouva que Caël aurait pu avoir l'ombre d'une hésitation. Il avait écrit un article intitulé : « Apologie pour le crime de droit commun » et une autre fois, dans une des réunions de *Révolte*, il avait braillé : « Tout homme détenant la moindre parcelle de ce qu'on appelle de ce mot grotesque : autorité, est à abattre comme un chien. » Paul lui avait raconté que quelqu'un, dans le fond de la salle, avait crié : « Et les facteurs ? » Caël était le fils d'un facteur des postes.

Caël dit gravement :

— Moi, je ne puis pas entrer en rapport avec les Morel ; mais vous le pouvez. Téléphonez à Mme Morel.

Cela répugnait beaucoup plus à Rébecca qu'à Caël de faire ce geste. Et, pourtant, elle voulait faire quelque chose pour Paul. Elle le sentait menacé par une machination policière. Caël lui en donnait l'idée plus précise.

— Vous pensez bien que la police est sur les traces de Paul, dit-il. S'ils n'y étaient pas, Galant les y a mis.

— C'est vrai que Paul croyait que Galant était de mèche avec le policier qui avait fait la rafle à l'établissement de bains.

— Comment était ce policier ?

La silhouette caractéristique de M. Jehan avait frappé Paul et Caël put le reconnaître à travers le souvenir qu'avait gardé Rébecca des paroles de Paul. Il en conclut que, depuis toujours, Galant avait travaillé auprès de lui pour la police. Cela le flattait, l'épouvantait et l'enrageait.

— Bien loin d'empêcher Paul Morel de faire quoi que ce soit, clama-t-il, ils vont, au contraire, profiter de son état pour le pousser à agir à l'Élysée. Ils ne reculeront pas devant le meurtre.

— Croyez-vous ?

Caël, qui avait souvent, dans ses écrits, parlé de meurtres, de revolvers, qui avait voué à un massacre théorique toute la bourgeoisie, l'armée, le clergé, le gouvernement, le corps enseignant, l'Académie et bien d'autres entités, considérait avec des yeux hagards la brusque possibilité du sang. Il avait surtout grand'peur d'être mêlé à cette affaire. Rébecca considérait cet effondrement et se promettait de distinguer, à l'avenir, plus nettement entre sa foi et ses engouements.

Avec son dégoût pour l'attitude de Caël croissaient pourtant sa méfiance et son indignation pour ce qui se tramait contre Paul et qui lui paraissait encore plus sordidement bourgeois.

— Je hais le père Morel, mais je ne hais pas moins Chanteau, dit Caël.

Elle dut acquiescer à regret :

— Moi de même.

— Prévenez donc Mme Morel.

— Peut-être, répondit-elle assez sèchement.

Elle s'en alla pour cacher sa déception. D'entrer en rapports avec les Morel lui répugnait de plus en plus. L'idée lui vint tout à coup d'aller trouver plutôt Mme Florimond, dont Caël avait prononcé le nom. Il lui sembla qu'elle arriverait à savoir, par celle-ci, si Galant avait vraiment affaire avec la police. Le temps pressait, elle perdrait un temps précieux. D'une minute à l'autre, Paul pouvait arriver à l'Élysée, s'il n'y était déjà. Sûrement, Mme Florimond, qui n'était de la police que dans l'imagination de Caël, mais qui avait toutes les relations désirables, saurait faire prendre l'affaire en main par des gens sérieux.

Elle entra dans un tabac et, tout en mangeant un sandwich, demanda au téléphone Mme Florimond. Il était deux heures et demie : Mme Florimond avait du monde à déjeuner et ne pouvait venir à l'appareil. Cependant, elle y vint quand Rébecca lui fit dire que c'était de la part de Galant pour quelque chose d'urgent. Elle dit à Rébecca de venir. Cet empressement parut suspect à la jeune Juive.

Elle trouva que Mme Florimond avait un physique extrêmement grotesque, mais il s'agissait bien de cela.

— J'ai soigné Paul Morel en Suisse et j'y suis devenue son amie.

Mme Florimond la scrutait en connaisseuse. Rébecca lui conta tout à trac la fuite de Paul, puis lui refit sommairement le récit de Caël. A mesure qu'elle parlait, elle voyait l'autre se fermer et faire visage de bois. Que savait-elle ? Que ne savait-elle pas ? Rébecca ne pouvait percer la vieille qui était forte.

— Tout cela est affreux, mademoiselle, et je vais prévenir le préfet de police.

Elle semblait extrêmement ennuyée et elle regardait Rébecca sans aménité.

« Si elle est dans le complot, elle doit trouver que je suis un témoin gênant, réfléchit Rébecca. Je me ferai expulser de France. Mais cela m'est bien égal puisque mon travail est en Suisse. »

Pourtant, elle avait rêvé de se faire épouser par Paul ou, tout au moins, de vivre à Paris avec lui, sans plus travailler, dans un monde plus large.

— M. Caël m'avait dit de prévenir Mme Morel, mais...

Elle offrit à Mme Florimond un sourire complice. Le visage soucieux de Mme Florimond s'assombrit au nom de Mme Morel et s'éclaira en voyant la bonne volonté de Rébecca.

— Oh ! non, naturellement, tout cela doit rester...

entre nous. Vous ne voudriez pas que Morel tire parti de cette affaire contre nous.

Elle insistait sur le mot *nous* et, en même temps, se levait comme pour lui donner congé. Cela agaça Rébecca qui dit :

— Madame, voulez-vous que je reste au cas où vous auriez besoin de moi... si vous téléphonez à... ou si vous apprenez quelque chose...

— Non, je ne crois pas. Laissez-moi seulement votre adresse. Je vous tiendrai au courant. Mais pas mon nom à l'appareil. Vous comprenez... Qu'aviez-vous dit exactement à ma femme de chambre ?

Décidément, Mme Florimond en voulait beaucoup à Rébecca.

Dans la rue, Rébecca frissonna de nouveau en pensant à Paul. Elle n'était pas bien sûre que Mme Florimond le protégerait efficacement. Peut-être cette démarche avait-elle aggravé le cas du pauvre petit. Que faire ? Elle revint à son hôtel. Naturellement, Paul n'avait pas paru. Elle se jeta sur son lit, prétendant dormir.

XXII

Mme Florimond avait monté toute cette affaire pour le profit de son fils Clérences, mais en dehors de lui. Il ne fallait surtout pas qu'il y fût compromis et il l'aurait gênée, pensait-elle, par ses scrupules.

Il l'aurait surtout empêchée de se lancer dans cette folie. Cependant, il était à l'origine de l'entreprise, à peu près inconsciemment. Antoinette savait que son père avait un dossier contre Chanteau et elle l'avait dit à son mari un jour de discussion aigre-douce, citant ce fait comme exemple du caractère sordide des hommes politiques. Elle lui avait même dit : « Quand je pense que, tôt ou tard, tu seras amené à faire des choses comme ça. » Clérences s'était rappelé la confidence au moment où la lutte s'était aiguisée entre Chanteau et Morel et il l'avait signalée à Chanteau, qui avait tremblé. Il en avait aussi parlé devant sa mère, qui avait aussitôt dressé l'oreille et fait des plans.

Elle était très liée avec un personnage important à la Sûreté générale, M. Maillaud. Celui-ci, qui pensait que son avenir était du côté de Chanteau, avait aussitôt reconnu qu'il fallait subtiliser les lettres à Morel. Mme Florimond avait parlé de Paul. Elle n'avait pas pensé à lui d'abord pour prendre les lettres, mais pour exercer, d'accord avec sa sœur peut-être, une pression morale sur son père et l'empêcher d'exercer son chantage sur Chanteau. Cependant, M. Maillaud, par les intelligences qu'il avait à l'Élysée, avait repéré l'endroit où se trouvaient bien probablement les lettres, dans un coffre. Mais il n'en connaissait pas le chiffre et il n'osait pressentir aucune des personnes de l'entourage immédiat du Président qui auraient pu surprendre ce chiffre et faire l'opération.

Il en avait conféré avec Mme Florimond qui avait suggéré que Paul pourrait le savoir par sa mère. Elle s'était aperçue qu'elle était obligée de mettre son fils Cyrille Galant dans la confidence. Cela devenait possible puisqu'il évoluait. La liaison qu'il avait avec sa belle-sœur et qui n'échappait pas à Mme Florimond contribuait à braquer son ambition vers des buts plus tangibles, semblait-il. Il commençait à s'intéresser à la véritable politique. Mme Florimond avait d'abord été un peu ennuyée de cette nouvelle aventure de sa belle-fille, mais il lui fallait bien constater que si ce n'avait pas été Cyrille ç'aurait été un autre, que Gilbert s'en accommodait et que du reste, s'il divorçait, il n'y aurait pas grand mal. L'alliance avec les Morel présentait maintenant plus d'inconvénients que d'avantages.

Cyrille était entré dans le jeu à merveille. Mme Florimond s'en était étonnée même ; elle ne savait pas quelle terreur M. Jehan exerçait sur lui.

M. Maillaud, qui avait reçu en leur temps les rapports de M. Jehan sur Paul et sur Galant, avait mis au courant son collaborateur de l'intérêt nouveau que prenaient les deux jeunes personnages. M. Jehan, comprenant que son chef évoluait contre le Président, avait pour cela revu Galant et l'avait pressé de renouer ses relations avec le fils du Président.

C'était alors que Galant avait fait écrire par un comparse les deux lettres à Paul, en Suisse.

Mme Florimond n'avait pas été tout à fait surprise par ce qu'était venue lui apprendre Rébecca. La Sûreté avait suivi Paul pas à pas depuis son arrivée à Paris et c'était d'accord avec M. Maillaud que Mme Florimond avait précisé le sens de la visite de Cyrille à Paul. Cependant, elle n'avait pas prévu la crise de Paul et ses brusques dispositions meurtrières. Elle trembla pour l'avenir de Gilbert et prévint en hâte M. Maillaud. Celui-ci fronça les sourcils, pâlit même et fit appeler M. Jehan ; mais il était dehors. M. Maillaud mit un bon nombre d'inspecteurs en mouvement et, à tout hasard, dit à Mme Florimond de se tranquilliser.

XXIII

Gilles, qui n'avait ouvert sa porte à personne depuis des jours, finit par répondre à l'impérieuse série de coups de sonnette. Quel était ce laideron ? Venait-il remplacer Dora ? Dérision. Le laideron s'écria :

— Il faut absolument que je vous parle. C'est au sujet de Paul Morel. Vous ne savez pas ce qui lui arrive.

Rébecca ne savait pas très bien quelles étaient les opinions de Gilles, elle les supposait assez vagues ou réticentes, mais enfin, en gros, elle le considérait selon son préjugé comme ayant assez d'esprit pour être quelque peu de gauche.

C'était pourquoi, ayant brusquement sauté de son lit, elle s'était précipitée chez cet homme dont Paul lui avait dit récemment : « C'est, au fond, mon seul ami. »

Elle livra donc toutes ses inquiétudes et ses soupçons à Gilles. Celui-ci supposait sous le déguisement de la psychanalyste et de la communiste une petite bourgeoise du genre d'Antoinette, faussement audacieuse. A mesure qu'elle parlait et que son étonnement, son intérêt et son indignation grandissaient, il se faisait plus dissimulé :

A la fin, il dit :

— Mais enfin, qu'est-ce que vous craignez ?

— Mais je vous le dis, Mme Florimond ne m'a pas paru très émue par ce que je lui ai dit de l'état de Paul. S'ils veulent se servir de lui, malgré son état ou à cause de son état...

— Mais pour quoi faire? Un être en crise comme Paul est incapable d'accomplir un acte aussi précis et discret que celui de voler un document.

— Je suis persuadée qu'il est obsédé depuis longtemps par l'idée de tuer son père. Je viens de vous raconter qu'il l'a dit à Caël.

— Mais cela ils ne le voudront pas... Oh! je sais que tout est possible dans cet ordre de choses ; mais quand même.

— Ils peuvent s'acharner à le faire voler et cela n'aboutira qu'à l'exciter et à le faire tuer.

— Croyez-vous qu'au moment de vous quitter il était repris par l'obsession de tuer son père ?

— Il disait qu'il ferait quelque chose d'extraordinaire. Pour lui, étant donné ses conditions psychologiques, ce ne peut être que cela.

Quand elle fut partie, Gilles lâcha un profond gémissement. Que venait faire cette histoire dans sa vie? En quoi pouvait-il s'intéresser à cela? Ou à quoi que ce fût d'autre, du reste ? Revenant du pays de Dora, il était dans l'état d'esprit d'un homme qui a été absent de sa ville pendant des années et qui retrouve les habitudes de ses amis, jadis les siennes, dans leur monotonie écœurante, leur automatisme dérisoire. Comment avait-il pu s'intéresser à de pareilles histoires et à de pareils personnages? Quel grotesque respect humain l'avait empêché de mettre à la porte cette affreuse juive qui venait lui rappeler un petit monde qu'il n'avait pas choisi, un petit monde de faiblesse hideuse? Certes, il ne s'était occupé de toute cette bande que faute de mieux, n'apercevant absolument personne en dehors d'elle. Du côté de la tradition, personne ne savait tirer de l'enseignement de Maurras une force décisive. Les catholiques mon-

traient quelque chose de louche : chacun avait une complicité plus ou moins secrète et convulsive avec le diable.
Il avait vaguement espéré par moments que Galant, Caël
et leurs amis arriveraient à fomenter quelque catastrophe.
Et voilà que toute cette misérable agitation préfigurait
son avortement dans la crise de Paul : tout ce que pouvait
produire cette bande, c'était un fait divers de ce genre.
Le plus faible d'entre eux était encore le plus fort ; le
plus malade, parce que plus capable de contorsions, était
seul capable d'amener au jour quelque chose de leurs
velléités qui ne fût pas tout à fait rien. Tant de petites
histoires pouvaient finir dans l'atrocité la plus piteuse :
celle d'un fils qui tue son père parce qu'il n'y a pas dans
leur sang assez de vie pour deux.

C'était lui, Gilles, qui allait être l'instrument de la
justice — quelle pauvre justice portant sur quels pauvres
éléments — en réduisant tout cela au ridicule, puisqu'il allait prévenir les Morel et que la police, à supposer
qu'elle eût nourri véritablement des songeries vénitiennes,
serait bien obligée de les rengainer aussitôt.

Il comprenait mieux que jamais comment Dora avait
pu le lâcher. Elle l'avait vu dans cet entourage, elle l'avait
vu confondu avec ceux-là, leur contemporain, leur com-
patriote, leur frère.

XXIV

Vers sept heures du soir, Gilles, en passant la grille de
l'Élysée, se demanda ce qu'il allait faire. Après y avoir
pas mal fréquenté avec Myriam, il n'y était pas venu de-

puis longtemps, une fois seulement pour accompagner à un dîner de famille Antoinette et Clérences, quand Clérences n'était pas brouillé avec son beau-père. Il pensa soudain à Mme Morel. Et aussitôt un très vague sentiment voluptueux lui revint de très loin.

L'huissier le regardait avec curiosité. Quel était cet homme si jeune, si élégant, si triste qui demandait Madame la Présidente ? Gilles se demanda, sans y attacher le moindre intérêt, ce qu'étaient tous ces larbins ? Étaient-ils tous des espions ?

— Mme Morel reçoit quelqu'un, elle prie Monsieur de bien vouloir attendre un moment.

On l'introduisit dans une salle de musée. Toujours cette République vivant en meublé dans les dépouilles de l'Ancien Régime. Du xviiie — et du vrai — en veux-tu en voilà.

L'attente se prolongea. Où était Paul ? Que pouvait-on craindre ? Tout ou rien ? Était-on dans le ridicule ou dans le tragique ? Que dirait-il à Mme Morel ? Il ne cherchait pas à le savoir.

Il s'impatienta, il eut envie de tout laisser tomber, de s'en aller.

Enfin, un personnage, qui tenait plus du valet de chambre que de l'huissier, ouvrit une porte et le conduisit dans un petit salon qu'il reconnut. La Présidente était là. Vieillie ? Oui, mais aussi charmante d'une nouvelle manière. Gilles frissonna, en se rappelant qu'elle avait été sage sans doute toute sa vie. Elle paraissait anxieuse, elle devait savoir quelque chose.

Ils échangèrent quelques phrases, assez gentilles pour n'être pas trop banales.

Gilles demanda, enfin :

— Avez-vous des nouvelles de Paul ?

Elle se dressa sur son fauteuil.

— Ah! c'est pour ça que vous êtes venu? Vous savez quelque chose?

— Que savez-vous, madame?

— Comme il n'arrivait pas, nous avons fait demander en Suisse. Il en est parti depuis huit jours. Il devait être ici au bout de quatre.

— Oui, je sais.

— Vous savez où il est? Vous l'avez vu?

— Non, mais... je crois qu'il est à Paris.

— Comment le savez-vous?

— Un ami l'a rencontré.

— Et alors?

— Mais c'est tout.

— Pourquoi êtes-vous venu me voir? Vous me cachez quelque chose.

Mme Morel regardait Gilles avec une anxiété grandissante.

— Cet ami ne sait rien. Il a rencontré Paul dans un café et n'a échangé que quelques mots avec lui.

— Qu'est-ce qu'il lui a dit?

— Qu'il avait quitté la Suisse, qu'il était rentré à Paris pour faire des choses extraordinaires.

— Mon Dieu. Il avait l'air agité?

— Oui.

— Quoi encore?

— Rien. L'autre sortait du café quand Paul y entrait et n'a pas insisté.

— Il ne lui a pas demandé où il habitait?

— Il croyait qu'il était ici comme d'habitude. Cependant il lui a dit : « Je te téléphonerai à l'Élysée. » Or Paul a répondu : « N'aie pas peur, j'irai bientôt », d'un air paraît-il très bizarre.

— C'est tout?

— Oui.

— Ah! Et dans quel état dites-vous qu'il était ?

— Pas bien...

— Mais où est-il? Avec qui?

— Je ne sais pas.

— Mais il faut faire des recherches tout de suite. Je vais téléphoner à la Préfecture. Où est cet ami?

Gilles avait souvent remarqué cette habitude prise par les gens en place d'employer pour leur usage personnel la chose publique ; cette utilisation ne va pas toujours loin et les leurre. Dans le cas présent, la Présidente était pourtant bien excusable.

Gilles avait été prudent dans ses premières paroles, mais qu'allait-il dire maintenant?

— Cet ami, qui vous a prévenu, qui est-ce? insista Mme Morel.

— Je ne sais où le trouver, c'est un garçon... on ne sait jamais où il est.

— Voyons. Quel café était-ce?

— Je ne sais pas. Du reste, Paul n'y était peut-être que par hasard.

Allait-il, somme toute, avertir Mme Morel du complot dirigé contre le Président ? C'était prendre parti pour le Président. Or, Gilles n'avait jamais pris parti pour personne ; du moins, lui semblait-il. Il avait émis, dans ses rapports confidentiels à Berthelot et dans ses rares écrits publics, quelques articles de politique étrangère, signés d'un nom d'emprunt, des opinions sur certaines questions, mais il n'avait jamais pensé qu'elles le liassent, bien au contraire, à telle personne ou à tel groupe de personnes ou à telle doctrine. Toutefois, il avait horreur de la politique de fausse autorité d'un Morel.

Mais il avait continué de parler :

— Vous savez, il faudrait surveiller l'arrivée possible de Paul. Il pourrait entrer sans qu'on y fasse attention.

Il prenait un air mystérieux. Mme Morel le regardait, troublée, ahurie, misérable.

— Que voulez-vous dire?

— Je ne sais pas, mais...

Mme Morel pensait à l'attentat, son visage se décomposait. Elle avait donc pénétré toute la haine de son fils pour son mari. Cette femme légère, froide, correcte avait pris au sérieux la passion de son fils, elle avait pu en pressentir toutes les conséquences dans sa nature malade. Gilles avança encore d'un pas.

— Paul a déjà eu des crises, je le sais. Est-ce qu'il manifestait une obsession à l'égard de son père?

— Une obsession, que voulez-vous dire? Enfin, vous le connaissez. Il a une nature si différente de celle de M. Morel. Pourtant, au moment de ces histoires, avant son départ pour la Suisse, il m'avait semblé qu'au fond il ne le détestait pas tant.

Gilles réfléchit encore une fois qu'il n'était sûr de rien. Renseigné par une ahurie sortant d'un milieu de petits fous, que valait la présomption qu'actuellement Paul voulait tuer son père? Toutefois, l'idée de venir voler les papiers avait pu s'imprimer dans son esprit plutôt qu'une autre ; les gens dans son cas sont fort capables de suite dans les idées à partir du point de départ où se marque leur dérangement. Le vol pouvait engendrer le meurtre accidentellement.

— Enfin, Gilles, demanda Mme Morel d'une voix suppliante qui lui sembla presque tendre, que craignez-vous ?

— Tout et rien, murmura-t-il.

— Mais vous avez une idée?

— Paul peut entrer par ailleurs que par la grille principale? Il y a la porte de la rue de l'Élysée et celle qui est près du corps de garde.

— Oui, mais partout il sera remarqué.

— Sur les Champs-Élysées?

— La grande grille est condamnée. Vous croyez que...

— Est-ce que le Président est là?

Il demanda cela soudain, sur un ton mondain, qui la trompa à peu près.

— Il va partir ou il est déjà parti pour un banquet...

Mme Morel avait l'air de trouver bien naturel que Gilles ne sût pas qu'il y avait, ce soir-là, le banquet de la Presse républicaine.

— Faut-il que je le prévienne? s'écria-t-elle. Mais oui, il faut que je le prévienne... Je suis là, et ce pauvre petit... Il faut tout de suite faire des recherches. Enfin, cet ami qui l'a vu, dites-moi son nom.

Gilles ne voulait absolument rien dire. Mais ainsi il couvrait, remarqua-t-il, Mme Florimond. Il n'avait pas suffisamment songé autrefois qu'elle pût entrer dans d'aussi basses combinaisons. Gilles était né à droite. Le père Carentan, bien qu'il passsât son temps à brocarder et à insulter le personnel de la droite, était de droite; et au collège, on était de droite. Au Quai il était classé à gauche, à cause de l'âpre critique qu'il faisait de l'esprit de la maison. En ce moment, il était contre ce complot sordide, né dans la gauche. Cela lui faisait oublier son mépris pour M. Morel, rejeté à droite comme le sont tour à tour tous les hommes de gauche. Il n'aimait pourtant pas que ce président détînt dans sa cassette des papiers personnels contre un autre président. Il aurait bien voulu introduire le franc jeu dans ce cloaque de petits traîtres. Non, il ne parlerait point à la dame de la menace qui pesait sur ses paperasses.

Mais alors il laisserait peut-être faire à Paul un geste affreux. A supposer que le meurtre fût empêché, le vol par la suite pourrait avoir lieu. Geste affreux. Oui, affreux. Ce misérable gosse, il fallait empêcher qu'il ne fût fixé par un acte irrémédiable à son niveau le plus bas.

En dépit du charmant sourire de M\ :sup:`me` Morel, cette famille était bien dégoûtante. Il se rappela soudain Antoinette. On lui avait raconté quelques jours auparavant qu'elle s'était mise à fumer l'opium avec une vieille lesbienne célèbre, chez qui elle passait toutes ses soirées. Il renifla comme si l'odeur de l'opium entrait jusque dans cette maison de la France. Il regarda la femme d'où était sortie toute cette misère. Elle n'était qu'un passage, comme tant d'autres.

Pendant ces réflexions, qui se pressaient les unes sur les autres en un instant, il feignait une discussion inutile. Il valait mieux prévenir le Président après le banquet, assurait-il ; il ne fallait pas le troubler. M\ :sup:`me` Morel, pour qui un discours de plus était une fort courante affaire, n'était pas de cet avis.

La question fut tranchée par le Président lui-même qui entra chez sa femme, non sans avoir frappé. Il parut excessivement jaloux. Gilles s'extasia sur les profondeurs inépuisables de la jalousie, profondeurs qui du reste se confondent souvent avec celles de l'égoïsme.

Il regarda M\ :sup:`me` Morel qui regardait son Président avec ce mélange de respect, d'effroi et d'autorité irréductible qui décrivent une vieille dompteuse devant son vieux lion. Elle était totalement dépourvue d'ironie, sans doute à cause des responsabilités secrètes qu'elle avait partagées avec lui.

Le Président était en habit et portait le masque blême à petite barbe tortillée qu'il s'était peu à peu composé contre l'humiliation de sa charge. Ayant oublié qu'il l'avait briguée, il comptait paraître une noble victime, un guerrier tombé en esclavage à la suite d'un combat malheureux. Cependant, devant un homme comme Gilles dont il connaissait le détachement et la pénétration, le masque remuait. Il lui serra la main d'un air mécontent.

— Maurice, dit la Présidente, Gambier est venu me parler de quelque chose de grave. J'avais téléphoné cet après-midi en Suisse ; Paul en est parti depuis huit jours, on ne sait là-bas où il est. Mais Gambier est venu nous informer qu'on l'avait vu à Paris... et pas en bon équilibre.

Le Président regarda Gilles d'un air misérable, ce qui ne fut pas sans effet ; tout d'un coup, le complot dont le vieux bonhomme était menacé parut à Gilles tout à fait ignoble. M. Morel n'était-il pas prêt lui-même à exercer un chantage contre Chanteau ? Peu importait. Il aimait sincèrement son fils, cela se voyait ; sans doute avec la maladresse habituelle des pères. Et, encore une fois, là n'était pas la question, il fallait avant tout empêcher que Paul se dégradât. D'autre part, Gilles répugnait à parler à demi-mot, à jouer les providences cachées derrière les nuages. Il lui parut brusquement d'une grande prétention et d'une grande inhumanité de vouloir rester en dehors du jeu. La pitié l'engageait à se salir avec les uns ou les autres de ces humains. Se salir avec les humains, c'est ce qu'on peut faire de plus gentil. « Je ne vais pas imiter ce fameux Ponce, cet affreux préfet », conclut-il.

— Écoutez, monsieur le Président, déclara-t-il tout d'un coup, j'ai cru entrevoir qu'il y avait une sorte de

434

complot. Des personnes se sont aperçues de l'état où était Paul et ont songé d'en user contre vous. On a essayé de lui suggérer une idée...

Mme Morel le regardait d'un air de profond reproche.

Il prit son temps, regardant le ménage. Il voyait quelles bêtes traquées sont les gens au pouvoir. Soudain, oubliant ses réclamations en faveur de l'amour, il souhaita que Mme Morel n'eût jamais trompé M. Morel, c'eût été trop atrocement pactiser avec l'ennemi qui était tout le monde.

— Voyez-vous ce que je veux dire? demanda-t-il avec une feinte réserve, repris par la curiosité.

Il se dit aussitôt : « Tiens, moi aussi, je ne puis m'empêcher au passage de prendre ma petite part du sadisme collectif qui s'exerce sur ces personnes. Je comprends maintenant la théorie de Frazer sur l'origine religieuse de la monarchie. Le roi était un bouc émissaire portant à la fois toutes les bénédictions et toutes les malédictions de la communauté. Il en reste quelque chose même dans ce pauvre meublé democratique. »

Cependant, le Président secoua la tête, puis les épaules, comme quelqu'un qui ne peut choisir entre tant de menaces toujours possibles.

Gilles reprit :

— Eh bien, on a essayé, semble-t-il — je dis : semble-t-il, car tout cela m'a été rapporté d'une façon vague — de suggérer à Paul l'idée de s'emparer de certain document. On dirait qu'ils savent fort bien où est ce document.

Il ne put s'empêcher d'une légère ironie dans le ton, en faisant cette allusion à la trahison ambiante. En même temps, il regarda Mme Morel qui balbutia :

— Ah! mais vous ne m'aviez pas dit ça.

— J'hésitais, je pensais que tout cela n'était peut-être que de la fantasmagorie.

Il regardait le Président dont il admira l'absence totale de réaction. Il entra dans son jeu.

— Je vous demande pardon de vous transmettre de pareilles sornettes, mais...

— Pas du tout, vous avez raison, dit le Président d'une voix placide... Mais est-il indiscret de vous demander quelle sorte de personne vous a confié ceci ?

Gilles rougit. Au moment où il sentait que pour rien au monde il ne pourrait dire un nom, il découvrit avec épouvante, brusquement, que son silence équivalait à dénoncer le gendre, Clérences. Les Morel visiblement y pensaient, ce qui le gêna énormément. Il lui vint un accablement honteux. Eh bien, c'est joli ce qu'il faisait. Pour les dépister, il fit un grand effort pour parler d'un air très détaché.

— C'est quelqu'un qui est complètement en dehors de la politique, qui a dû être renseigné d'une façon tout à fait accidentelle et qui ne m'a parlé que connaissant mon amitié pour Paul.

Il eut une idée :

— Quand je dis : politique, je veux dire : politique intérieure.

« Comme ça, ils croiront que c'est au Quai. »

Sombre, le Président regardait sa montre. Gilles eut envie de s'en aller. Rien de clair ne ressortait de sa démarche. Il était fort mécontent. Il craignait encore de les avoir mis sur la piste Clérences. Il aurait bien voulu compromettre Mme Florimond, mais non pas Clérences. Et puis, enfin, qu'y avait-il de réel dans tout cela ? Il éclata :

— Monsieur le Président, je m'excuse de... vous

posr une question. Mais, pour ma gouverne, je voudrais bien savoir si l'on s'est moqué de moi ou si j'ai eu raison de...

Le Président le regarda et dit tranquillement :

— Vous avez été fort correct en voulant bien nous faire cette communication... Le fond de l'affaire est inexistant... Tout cela doit être le lointain écho de je ne sais quels racontars qui traînent dans certains milieux où, vous le savez, je suis si détesté en ce moment. Je les gêne.

Gilles ne broncha pas. Cet homme n'avait aucune raison de se confier à lui le moins du monde. Peut-être se méfiait-il de lui ? Il le devait même, étant donné ses réticences et les relations qu'il avait avec Clérences.

Gilles prit congé. Qu'ils se débrouillent. Mais comment s'y prendraient-ils avec ce pauvre Paul, à l'occasion ? Il jeta un regard suppliant à Mme Morel, avant de lui baiser la main. Toujours l'Ancien Régime. Elle comprit et lui dit :

— Merci. Je serais heureuse que vous reveniez me voir, quand Paul sera rentré. Nous parlerons de lui.

Gilles se retrouva dans la rue. Il désirait éperdument retrouver Paul ; il lui semblait que, s'il pouvait lui parler les yeux dans les yeux, il viendrait à bout de tout, de la folie, des préjugés qui faisaient le même nuage autour de sa cervelle que la folie.

Les préjugés. « Oui, se disait-il en remontant le faubourg Saint-Honoré, il y a les préjugés de tout ce monde " affranchi ". Il y a là une masse de plus en plus figée, de plus en plus lourde, de plus en plus écrasante. On est contre ceci, contre cela, ce qui fait qu'on est pour le néant qui s'insinue partout. Et tout cela n'est que faible vantardise. »

« Il faudrait que je trouve Paul », reprit-il, arrêté devant l'ambassade d'Angleterre. « Je suis trop malheureux de le laisser ainsi. Il me semble que sans moi, bien que les autres soient prévenus, le malheur le plus imprévisiblement imbécile va lui arriver. Pourtant, Paris est petit. Vais-je rester à rôder autour de l'Élysée toute la nuit? Et pourquoi cette nuit plutôt qu'une autre? Je vais finir par faire un coup d'État à moi tout seul. Ce ne serait pas impossible. Seul, avec deux ou trois coups de téléphone bien placés, on brouillerait bien la vieille machine pendant deux ou trois heures. »

Il revint vers la place Beauveau. « Qu'est-ce que je fais là? Depuis que Dora m'a frappé, je traîne. Un personnage parfaitement sonné. Ces gens-là m'ont fait du mal, c'est à cause d'eux que Dora m'a quitté. Elle m'a vu si faible, si affaibli par eux. Je ne veux pas qu'ils tuent ce pauvre gosse comme ils m'ont tué. »

XXV

Le même jour, après le déjeuner, comme Galant sortait de chez lui, quelqu'un avait posé sur son bras une main petite et dure. C'était M. Jehan, le policier qui était venu chez Caël, le même qui avait fait la descente à l'établissement de bains. Galant frissonna. Il avait encore revu M. Jehan depuis. Car la lettre à Paul Morel avait dit vrai : à deux ou trois reprises, M. Jehan était venu menacer Galant de l'ouverture d'une instruction et lui poser cent questions sur Caël et son activité.

Galant n'avait pas eu à se défendre de trahir Caël, parce que toute l'action de celui-ci et de ses acolytes n'était certes que bavardages philosophiques.

M. Jehan entraîna Galant dans la rue.

— Vous avez vu Paul Morel? lui dit-il d'un air de curiosité affable.

— Oui, répondit Galant.

— Je sais, je sais. Où habite-t-il?

— Vous le savez aussi bien que moi, sans doute.

Galant se demanda s'il était au courant de la fugue.

— Je sais qu'il a changé de domicile, avoua M. Jehan en baissant les yeux.

— Ah! vous ne l'avez pas perdu de vue, tant mieux, fit Galant. Vous savez ce qui lui est arrivé. Comment est-il?

— Non. Quoi? Qu'est-ce qui lui est arrivé?

Galant réfléchit rapidement que le policier ne devait pas le savoir exactement.

— C'est un grand nerveux. A la suite d'un incident avec une femme, il est en pleine crise.

— Ah! oui.

M. Jehan se fit donner des explications par Galant qui avait un peu étudié les névroses. Pendant ce temps-là, il réfléchissait. Au beau milieu d'une phrase de Galant, il décida :

— Allez le voir tout de suite.

Galant le regarda avec inquiétude ; cette inquiétude ne fit que croître quand M. Jehan lui eut expliqué ce qu'il devait dire à Paul. Il était animé d'une curiosité réticente et éprouvantée en se rendant à l'adresse indiquée. Au moment où il était enfin dans une sorte d'action, il n'en menait pas large. Il songea à prévenir sa mère, puis y renonça.

Paul s'était échoué dans un misérable hôtel de filles, à Montmartre. L'hôtelier, quand Galant demanda son nom, fronça convulsivement les sourcils. Il passait son temps à composer avec plusieurs forces obscures, il avait sans cesse de sales histoires et pourtant il n'y était pas tout à fait habitué.

Galant frappa à la porte. Une voix, excessive et qu'il ne reconnaissait pas, répondit : « Entrez. »

Paul était tourné vers la porte, debout près de la cheminée. Il n'avait pas l'air inquiet de qui pouvait entrer et il ne sourcilla pas en voyant Galant. Le reconnaissait-il ?

Galant vérifia tout de suite quelque chose : la crise était une ressource pour cet être faible ; elle lui permettait de se jeter au-dessus de lui-même, d'enfreindre son niveau habituel. Paul était sans doute ravi, dans son clair-obscur, de ne se croire plus le personnage que d'autres avaient méprisé ; il était tout en défis hilarants et exultants.

— Ah ! Bonjour, camarade, lâcha-t-il d'une voix trop haute.

Galant avait de la peine à croire qu'il ne le reconnût pas du tout.

— Je suis enchanté de faire votre connaissance. Vous avez bien raison de venir me voir. Avec moi, on peut causer sérieusement. Prenez donc un siège... Ou voulez-vous mon lit ?

Ici, il s'arrêta. Avait-il un souvenir précis des bains ? Il regarda Galant et cracha vers lui, qui eut un mouvement de recul. Le reconnaissait-il donc ? Cependant Paul se détournait en sifflotant et ne semblait donner aucun sens à son geste. Cyrille augura mal des suites de la conversation ; pourtant, il lui fallait bien essayer de l'atteindre, car M. Jehan l'avait menacé des pires vengeances en cas d'échec. Quant à l'idée que cela devait aboutir à la déconfiture de M. Maurice Morel, au triomphe des gauches, et singulièrement de M. Chanteau, il y trouvait pour le moment un fort maigre réconfort.

— Je n'ai pas beaucoup de temps à vous accorder, reprit Paul d'un ton plus contenu, comme si le crachat l'avait grandement soulagé. D'abord, j'ai mes femmes. Ensuite, j'ai ma mission. Je l'ai déjà accomplie, ma mission...

Galant abaissa les paupières : « Se serait-il livré déjà à quelque facétie ? »

— ... Mais chaque fois que j'ai accompli une mission, reprit Paul, je m'en donne aussitôt une autre. Oui, je l'accomplirai.

— Ça, j'en suis sûr.

La voix de Galant rompit une seconde le charme où s'enveloppait Paul. Il sembla se déconcerter ou revenir à une pleine conscience et le regarda d'un air gêné et poli, comme si seulement Galant venait d'entrer dans la chambre. Mais cela ne dura qu'une seconde. Il se mit à siffloter, en jouant avec le bouchon d'une bouteille qui était sur la cheminée. C'était une bouteille d'eau de Cologne. Soudain, il s'en versa sur les mains et les frotta énergiquement, ce qui sembla lui donner de grandes délices. Son visage était blême et boursouflé.

Galant se décida à parler de façon directe. A quoi bon prendre des précautions ? Cela prendrait ou ne prendrait pas.

— Je suis venu pour vous aider dans votre mission.

Paul le regarda et éclata d'un rire affreux, d'un rire de vieille femme folle.

— Je suis seul, seul à pouvoir agir. Tout dépend de

moi. J'ai déjà bouleversé le monde, je ne sais pas si vous vous en rendez compte.

— Justement. Je viens vous signaler un nouveau but qui doit vous tenter.

Paul prit un air mécontent.

— Je pense à tout : chaque chose dans son temps.

— Oui, mais vous avez tant de choses à faire. Si on peut vous aider.

Galant se décourageait et s'épouvantait. Il se disait : « Ou ce que je vais lui dire ne servira à rien, ou cela amènera une catastrophe imprévisible, inutile, sans rapports avec ce que nous voulons, mais qui nous retombera sur le nez. » Pourtant, il était talonné par la crainte de M. Jehan.

— Eh bien, parlez, murmura Paul d'un air excédé... Parlez donc.

En même temps, il jeta à Galant un regard soudainement si fin, si ironique, que tout fut remis en question pour celui-ci qui s'exclama intérieurement : « Mais il n'est pas fou du tout, il se paie ma tête, bon Dieu. »

— Voilà. M. Morel, Président de la République, détient dans son cabinet, à l'Élysée, un document qu'il ne doit pas garder. Vous désirerez certainement vous emparer de ce document, qui est enfermé dans un petit coffre-fort dont vous connaissez sans doute l'existence. La connaissez-vous ?

Paul prit un air de parfaite satisfaction sarcastique pour répondre :

— Absolument pas.

Galant avait prononcé le nom de Morel avec une grande inquiétude : « Quelle va être sa réaction à ce nom ? » L'autre n'en avait marqué aucune, ce qui l'enfonça à tort ou à raison dans l'idée qu'il simulait. Il se dit alors :

« Le mieux, pour le moment, est de faire l'imbécile, cela doit lui procurer une grande jouissance. Après tout, il s'agit pour lui de se venger de tout le monde. Peut-être demain l'idée de voler son père et de lui jouer le tour le plus atroce le tentera-t-il. » Il se mit donc à lui donner des explications précises et il refit sur une enveloppe, tirée de sa poche, un dessin qu'avait fait M. Jehan. La Sûreté s'était enfin procuré le chiffre du coffre. Comment? Et pourquoi ne pas faire accomplir le vol par quelqu'un d'autre? Tout ceci, semblait-il, dépendait de l'étrange psychologie de M. Jehan.

Paul le regardait. Était-il attentif? Soudain, Galant eut une inspiration. D'une voix douce mais ferme, il fit, sans le regarder :

— Voulez-vous me refaire ce dessin.

Paul fouilla dans son veston, ne trouva rien et alla vers le mur où sur le papier de tenture, avec le crayon que lui tendait Galant, il refit le dessin. Cela s'en allait de guingois, mais ne manquait pas d'exactitude.

Galant fut d'abord satisfait, puis se demanda ce que cela promettait réellement. Cependant, il dit :

— Très bien... Maintenant, comment allez-vous vous y prendre? Il nous faut célérité et discrétion.

L'autre fut repris de son rire méprisant, haineux de vieille femme stérile.

— Pourquoi la discrétion? J'ai l'intention de mettre le feu à l'établissement du faubourg Saint-Honoré. Je mettrai le feu ailleurs aussi ; je mettrai le feu partout. J'aime le feu.

Il se leva, alors qu'il venait de s'asseoir au bord de son lit et revint à la cheminée. Il se versa encore de l'eau de Cologne sur les mains.

Galant se dit qu'il allait courir expliquer l'état de

Paul à M. Jehan qui comprendrait le danger fou de cette entreprise. Danger fou. Cependant il continuait mécaniquement :

— La discrétion est indispensable d'abord, pour frapper un grand coup ensuite. Il faut mettre le feu au bon moment.

Mystérieux, Paul leva son doigt :

— Je choisis toujours mon moment.

Il regarda son doigt en l'air, ajoutant tranquillement :

— Allez-vous-en, j'attends une femme.

Galant craignit la porte, il allait donc s'en aller dans une épouvantable incertitude. C'était ce que l'autre voulait. C'était un vrai fou : avec une part d'inconscience et une part de conscience et l'impossibilité pour lui comme pour les autres de savoir où était la limite, mobile à chaque instant.

— Qu'allez-vous faire ? Pouvons-nous compter sur vous ?

— Je suis un homme de parole.

— Ah, si vous m'avez donné votre parole, déclara gravement Galant.

— Je vous ai laissé entrer dans cette chambre, ordure que vous êtes.

— Je suis peut-être une ordure, mais la cause que je sers avec vous...

Il essayait comme autrefois de flatter sa vanité. L'autre sourit, peut-être comme autrefois.

— Quand nous reverrons-nous ? demanda-t-il sur le ton le plus posé.

Galant fut épouvanté de la perspective de revoir Paul. Qu'aurait-il fait ? Quel « après » y aurait-il ?

L'autre alla vers la table de nuit qu'il entr'ouvrit. A l'étage du dessus, à côté du pot de chambre, était

444

posé un revolver. Galant se dit : « J'aurais dû penser à ça » ; il se prépara à se ruer sur le fou, mais Paul prit un paquet de cigarettes qui était dans le pot même. En fouillant, il fit tomber le revolver. Le fracas fit suer Galant tout d'un coup. Il pensa que ça allait donner à l'autre une idée.

Paul replaça le revolver tranquillement et claqua la petite porte. Il ne se retourna pas vers Galant en prenant une cigarette, en l'allumant avec les allumettes qui étaient sur le marbre de la table de nuit.

— Vous pouvez venir ici tous les jours, vers cette heure-ci, murmura-t-il dans une bouffée, d'un air important.

— Très bien, dit Galant d'une voix aussi claire que possible.

Et il s'en alla. L'escalier n'était pas un endroit de tout repos. A peine sorti de l'hôtel, Galant se précipita dans un tabac pour téléphoner, rue des Saussaies, à M. Jehan ; mais, comme il mourait de peur qu'on le lui dît, M. Jehan n'était pas là. Est-ce que M. Jehan ne le faisait pas exprès, inexorable ? Il eut l'idée de courir rue des Saussaies. Mais il craignit le lieu et l'affreuse compromission. Que faire ?

Il devait rencontrer Antoinette. Il ne lui avait rien dit au téléphone qui pût éveiller son inquiétude.

C'était dans une funèbre maison de passe qu'ils avaient leurs rencontres. Il pensa que l'amour lui permettrait d'oublier et il fit l'amour avec acharnement. Cependant, il la considérait avec cette curiosité étonnée et un peu dégoûtée de quelqu'un qui sait, regardant quelqu'un qui ne sait pas.

Son imagination revenait sans cesse à ce qu'allait faire Paul. Dans le vertige des possibilités, la plus modeste lui semblait celle-ci : Paul arrivait à l'Élysée, faisait un raffut terrible, annonçant à tout venant des intentions épouvantables, se faisait réduire à l'impuissance sans avoir même esquissé le geste demandé, n'y pensant même plus. A ce moment sa crise finissait. Heureusement, ces gens-là oublient tout de leur période de fugue. Était-ce sûr ? Galant songea que M. Jehan resterait parfaitement ignoré. Mais, lui, Cyrille Galant ? Eh bien, qu'est-ce qu'on lui ferait ? Pour quel motif pourrait-on l'inquiéter ? Si Paul parlait de lui, on craindrait de compliquer le scandale. Mais alors, est-ce que M. Jehan, pour se venger de l'échec, réveillerait l'affaire des bains et le ferait poursuivre ?

Il y avait le revolver. A cette pensée, il frémissait dans les bras d'Antoinette, qui le trouvait plus silencieux et poignant que d'habitude.

Au moment où ils allaient se séparer, il fut repris de panique : il y avait un revolver. Supposé que ce vrai fou ou ce faux fou tirât sur son père. Cela deviendrait tout de même très mauvais : on l'arrêterait à tout hasard et sans doute que M. Jehan trouverait le moyen de faire de lui un bouc émissaire.

Que faire ? Retéléphoner à M. Jehan. Il désespérait de trouver M. Jehan. Avertir les Morel ? Ah ! non. Si, par personne interposée. Clérences ou Gilles Gambier.

— Dis donc, il faut que je voie Gilbert ce soir.

— Nous sortons, ce soir.

— Mais il faut absolument que je le voie.

— Pourquoi ?

Elle avait bien remarqué sa pâleur, depuis son entrée, mais elle l'avait déjà vu quelquefois très pâle, très étrange et elle ne se souciait guère de lui demander des explications. Elle savait que Galant passait d'étranges nuits de vagabondage. Sans doute, souvent risquait-il quelque scandale, comme l'affaire des bains, ayant besoin que la peur fût mêlée au désir. Elle entrevoyait tout cela, en frémissait un peu, assez voluptueusement et n'y pensait plus.

— J'ai un service à lui demander, pour un camarade qui a un ennui... Je pourrais passer chez vous avant que vous ne sortiez.

— Mais il ne repassera pas. Nous nous retrouvons chez des amis.

Galant se rappela soudain comme de quelque chose de très lointain que, tous les autres jours depuis qu'il l'avait vue chez Gilbert, il n'avait cessé d'être follement jaloux. Soudain, il ne l'était plus du tout. Il avait mis son point d'honneur à dissimuler sa jalousie, et avec sa volonté minutieuse il y avait réussi assez bien ; aussi, quand il demanda avec une brusquerie qui tenait uniquement à sa préoccupation présente : « Chez qui ? », Antoinette crut qu'il devenait jaloux seulement ce jour-là. Elle parut gênée ; cela ne l'arrangeait pas du tout.

— Oh, tu ne les connais pas.

Il fallut à Galant remarquer qu'il y avait là, soudain, quelque chose dont il aurait bien dû se soucier. Mais, aussitôt, la pensée du revolver lui revint plus forte.

— Tu n'as pas l'air de te rendre compte que j'ai absolument besoin de parler à ton mari, ce soir même.

Elle crut qu'il affectait, pour la forcer à parler. Or, elle ne voulait pas parler ; elle n'avait pas préparé de mensonge.

— Eh bien, si tu veux savoir, trouva-t-elle, c'est un dîner politique. Et il m'a dit de ne pas en parler.

— Merci.

— Oh, tu me connais, tu sais bien que je ne parle de rien.

— C'est vrai. Qu'est-ce que la cuisine de ton mari a à faire avec nous, concéda-t-il. Mais il faut que je le voie.

— Demain matin.

— Non, ce soir, c'est très urgent.

Elle finit par voir que c'était sérieux.

— Que veux-tu que je te dise? Tu ne peux pas venir pourtant chez ces amis. D'ailleurs, la vérité c'est que nous sommes amenés par des amis, que nous allons prendre chez eux, chez des gens que nous connaissons à peine.

Cyrille, comme dans un rêve, la regardait mentir.

— Oui, mais je pourrais lui téléphoner là.

Elle parut à demi soulagée, puis à nouveau inquiète.

— Oui, admit-elle à regret.

— Alors, donne-moi le numéro.

— Comment veux-tu que je le sache.

Elle se mordit la lèvre. « Il va me demander un annuaire, me forcer à chercher devant lui. Il vaut mieux savoir le numéro. »

— Attends, si, on me l'a donné ce matin, justement pour le cas où Gilbert aurait été en retard... c'est Ély. 25-25.

— Facile à se rappeler.

Elle grimaça. Jamais autant que l'heure d'avant, elle n'avait eu l'impression d'être aimée de lui. La jalousie survenue le rendait plus amoureux. Amusant. Pourtant d'autres plaisirs attiraient ailleurs Antoinette.

XXVI

Galant, ayant quitté Antoinette, courut au bar où M. Jehan l'avait relancé d'autres fois, espérant soudain que M. Jehan y passerait. M. Jehan voulait sûrement le laisser dans le pétrin : il ne parut pas. Il retéléphona rue des Saussaies : personne.

Il erra dans les rues. Instinctivement, il descendit le faubourg Saint-Honoré, rôda aux alentours de l'Élysée ; mais à une certaine distance, prudemment. Aussitôt que cela lui parut possible, il téléphona à Élysée 25-25. C'était un faux numéro, un magasin de parfumerie où, à cette heure, un nettoyeur ahuri lui répondait. Il se dit : « Tant pis, ne nous occupons plus de ça. » Mais, la seconde d'après, il frissonnait encore.

Il songea à Gilles, qui ne bougeait plus de chez lui. En dépit de la nécessité où il se trouvait, Galant eut cependant un moment d'hésitation à cause du malheur qui avait frappé Gilles. Il continuait à en sentir le contre-coup. Il rêvait encore de mariage avec sa belle-sœur ou tout au moins de liaison déclarée, de cohabitation. Mais, à la lumière du procédé de Dora, il avait réfléchi avec toujours plus d'inquiétude à ce que pouvaient valoir les promesses qu'il avait arrachées à Antoinette depuis quelque temps. Celle-ci, dans les vagues exal-tations de l'oreiller, jurait qu'elle en avait assez de la vie qu'elle menait avec Gilbert, aussi conventionnelle que chez ses parents et qu'elle s'en irait avec Galant. Ne trouverait-elle pas au dernier moment des prétextes comme cette Dora ?

Gilles n'était pas chez lui. Peut-être était-il dans un bar des Champs-Élysées où il se saoulait parfois avec des journalistes américains. Il était bien là, près de dîner, un peu ivre. Après tout, c'était facile de le mettre au courant, en taisant une partie des faits. Gilles écoutait, le regardait, ne semblait pas surpris, le regardait encore avec une curiosité narquoise. Cyrille ne disait pas un mot sur l'intervention de la police. Il parlait d'une menace de meurtre et laissait de côté le vol du document. Il prétendait avoir rencontré par hasard Paul dans un bar. Quand il sembla avoir fini, Gilles dit posément :

— Tu mens comme un arracheur de dents.

Galant retrouva un peu de sa morgue.

— Je ne t'ai rien dit que d'exact.

— Oui, mais il y a tout ce que tu ne m'as pas dit.

Galant s'étonna. Comment Gilles pouvait-il savoir ? Cela annonçait de nouvelles complications et de nouveaux dangers. Il s'écria, dans son effarement :

— Qu'est-ce que tu sais ?

— Tout, répondit Gilles.

— Mais encore ? reprit Galant avec rage.

— Par exemple, ce qui se passe du côté de ta mère.

Galant s'étonna encore.

— Tu sais bien, balbutia-t-il, que ma mère croit toujours être mêlée à tout, mais que c'est la mouche du coche.

— Mouche, oui, dit durement Gilles.

Galant pâlit sous l'insulte. Gilles se détourna un peu, trempant ses lèvres dans son verre. Il s'étonnait de son côté de l'attitude de Galant qui ne semblait pas simulée. Il avait, du reste, entrevu assez de choses au Quai pour savoir que les affaires humaines se développent dans un incroyable désordre, un entre-croisement d'ignorances, une négligence, une rêvasserie universelles.

— Mais enfin, de quoi as-tu peur? dit Gilles... car tu as l'air d'avoir terriblement peur de quelque chose.

— Mais je te l'ai dit. Paul est en pleine crise.

— En es-tu sûr? Pourquoi crois-tu si fort à sa maladie maintenant? Quand je t'en parlais, il y a deux mois, tu me riais au nez.

Il n'en dit pas plus. Il se moquait d'avoir raison.

— Les circonstances ne sont plus les mêmes, se contenta de répondre Galant dont le cynisme habituel consistait maintenant à avouer son anxiété et à retirer ainsi son prix à une discussion gagnée d'avance par Gilles.

— Encore une fois, que crains-tu?

— La rentrée de Paul à l'Élysée.

— Mais pourquoi y rentrerait-il?

— J'ai vu qu'il ne pensait qu'à cela.

— Pourquoi ne pense-t-il qu'à ça?

— Si tu connaissais la psychanalyse, tu saurais que...

— Tu vas recommencer à vouloir te foutre de moi avec tes fariboles, tes cagoteries. Paul veut retourner à l'Élysée, non pas à cause du complexe d'Œdipe ou du péché originel, mais tout simplement parce que vous l'y avez poussé.

— Nous? Qui?

— Toi et ta mère et Caël et toute la clique. Finalement, le groupe *Révolte*, au service de qui êtes-vous?

Galant entra en rage.

— Nous ne sommes au service de personne. C'est toi, par toutes tes tripes, qui es au service des Morel et autres. Nous sommes au service de la révolte, de la révolution. Et tout nous est bon...

— Ah!... même Paul.

— Même Paul. Seulement, aujourd'hui, il s'agit de ne pas nous faire couillonner.

— Et c'est pourquoi tu es venu me trouver? Tu veux que je prévienne M. le Président de la République que son fils, M. Paul Morel, dûment stylé par toi et par Madame ta mère, va lui rendre visite dans des intentions nettement meurtrières. Tu avoueras que c'est comique.

— Je n'ai pas vu ma mère depuis des semaines.

— Je n'en crois pas un mot. Elle n'a fait que tirer des conséquences parfaitement logiques de ton attitude et de celle des tiens. La police, avec qui elle doit avoir des accointances, a toujours su utiliser les rêvasseries comme les vôtres et greffer sur elles de solides réalités.

— Il n'y a aucun rapport entre ce que je pense et ce que fait Mme Florimond.

— Plus que tu ne crois. Il y a des rapports étroits entre toutes choses. Et, par exemple, que Dora m'ait plaqué n'est pas sans rapport avec la figure absurde que je faisais à côté de vous tous.

— Tu divagues, mon pauvre ami... En tout cas, parlons du présent.

— Tu as une occasion unique de faire zigouiller M. Morel, et par son fils encore, et qui serait exemplaire.

— Paul inconscient, c'est autre chose.

— Il l'a toujours été et il le sera toujours : je te l'ai toujours dit. Et tu as toujours compté sur lui comme tel.

— Cela retombera sur nous de la façon la plus bête, sur toi comme sur nous. Le raisonnement imbécile que tu tiens en ce moment, on le tiendra contre toi. Tu as écrit les pages les plus dures contre Morel.

— D'un tout autre point de vue que le vôtre.

— Pour les gens, ce sera la même chose.

452

— Et qu'est-ce que tu veux que ça me fasse?
— Bon.

Depuis longtemps, ils étaient dans la rue et marchaient dans l'ombre nocturne des Champs-Élysées de long en large, entre la place de la Concorde et l'avenue Marigny, à deux pas de l'Élysée. Ils étaient tous les deux misérablement exaspérés, leurs deux faiblesses tendues l'une contre l'autre. Galant essaya de reprendre l'avantage de quelque manière.

— Tu profites lâchement, s'écria-t-il, de l'avantage où tu es.

Gilles jeta, d'une voix aussitôt inquiète :

— Quel avantage?

— Nous sommes compromis, Caël et moi, dans cette histoire : j'accorde que tu l'es moins que nous, beaucoup moins que nous.

— Tiens, tu changes d'argument.

— Mais pourquoi l'es-tu moins que nous? Parce que tu as toujours craint et évité de te compromettre avec nous. Alors, maintenant, tu es ravi de pouvoir te laver les mains de ce qui va arriver.

Gilles hurla, ce qui fit retourner les isolés et les couples louches qui rôdaient dans les environs :

— Tu es un merveilleux salaud, tu as une façon immonde d'écrire l'histoire.

Brusquement, il se rappela que c'était une des expressions favorites de Carentan. Il se réintégrait à Carentan. Galant, depuis quelque temps, se réintégrait aussi à son père, le vice-président du Sénat, l'homme de gauche. Leur jeunesse se raccourcissait sur de vieilles querelles.

— Je ne me suis pas compromis avec vous parce que j'avais horreur de tout ce que vous êtes.

453

— Ce n'est pas ce que tu disais ; tu nous a trompés. Tu es venu parmi nous comme un faux frère.

— Vous m'avez accueilli pour m'utiliser, comme n'importe qui, comme Paul.

Galant, qui avait toujours méprisé les arguments des autres, méprisait ceux-ci d'autant plus en ce moment qu'il n'avait qu'un souci : sa peur.

Il reprit avec l'apparence de tranquillité que lui donnait sa continuité dans le tremblement.

— Nous irons en prison, enfin, grâce à toi.

— Alors, il faut que je sauve M. Morel pour vous sauver, c'est merveilleux. C'est toi, le révolutionnaire, comme tu dis, qui viens me demander de sauver le Président de la République, parce que tu es compromis dans son possible assassinat. Et quand on pense que tout cela est sans doute purement fantomatique. On ne fait rien de plus beau : votre bande aura battu tous les records de la galéjade. Vous êtes les Tartarins de la Révolution. Vous me ferez étouffer de rigolade... Eh bien, si tu veux, M. Morel, sauve-le toi-même. Tu n'as qu'à lui téléphoner.

— J'aime mieux que ce soit toi. C'est plus dans ton rôle.

Gilles regarda Galant dans la figure. Il lui cria :
— Salaud.

L'autre, obsédé, n'entendait rien, il prétendait lui arracher son salut à tout prix.

— Tu n'auras pas la lâcheté de m'envoyer en prison, comme un sale bourgeois que tu es.

— Après toi, s'il en reste. Tu me hais parce que j'ai couché avec un peu plus de femmes que toi ; c'est ridicule.

— Je te hais parce que tu es le plus bourgeois de

454

tous les bourgeois que je connaisse, tu es réactionnaire jusqu'à la moelle des os.

— Tu me hais parce que tu m'envies.

— Pourquoi t'envierais-je ? Je suis beaucoup plus intelligent que toi.

— Je commence à en douter si tu éprouves le besoin de le crier si fort dans l'ombre des Champs-Élysées. Tu m'envies à cause des femmes. Et parce que tu es un peu inverti, c'est aussi de l'amour à l'envers. Et quand je pense que tu m'as demandé de témoigner pour toi si tu étais poursuivi pour pédérastie.

— Maquereau.

Gilles se jeta sur Galant en hurlant :

— Quand tu auras épousé une bourgeoise comme tu en as envie, nous en reparlerons. Tu ne rêves que de ça.

Incroyable : Gilles frappait Galant qui frappait Gilles. Une rixe entre deux intellectuels qui n'ont pas du tout étudié la boxe ; ce n'était pas très joli. De petits coups de poing, de petits coups de pied, de petits cris.

Des gens s'approchaient d'eux, ricanant. Gilles s'arrêta. Cela faisait petite explication dans un milieu crapuleux. Deux ou trois jeunes gens équivoques déjà se passionnaient :

— J'aime mieux la grande blonde, cria l'un d'une voix aiguë.

Gilles suait de dégoût, il s'éloigna en hâte. Galant, reprenant ses esprits, pensa que cet éclat risquait de ne pas arranger les choses et lui emboîta le pas. Comme les autres le suivaient, Gilles alla vers la chaussée des Champs-Élysées, héla un taxi. Galant s'y engouffra avec lui.

Quand ils se retrouvèrent l'un devant l'autre, ce fut affreux. Gilles frappa à la vitre furieusement.

455

— Arrêtez. Je ne veux pas rester un moment de plus avec toi. Maintenant tu t'es montré tel que tu es.

Le taxi s'arrêta : le chauffeur se retournait d'un air méfiant et méprisant. Gilles sauta dehors et, avant de refermer la porte, cria :

— Et rappelle-toi que je ne te haïrai jamais, je te mépriserai toujours.

Il s'en alla, se haïssant comme après Dora : « Nos amis, comme nos amantes, sont ce que nous les faisons. »

Gilles se retrouvait dans les environs de l'Élysée. Il fut visité par l'idée de refaire le guet aux alentours ; mais il se chapitra : « Cette idée est sentimentale, hypocrite et inutile. » Il alla dîner. A peine assis dans un restaurant, il pensa à Clérences, avec qui il avait souvent dîné là. « J'aurais pu y penser plus tôt. » Il était peu probable que Clérences ait connu et toléré un tel mic-mac ; s'il y avait vraiment un complot de police, il l'arrêterait net. Il lui téléphona. « Monsieur ne rentrait pas dîner, ni Madame. On ne savait pas chez qui ils dînaient. » Gilles se rappela ces potins sur les nouvelles mœurs d'Antoinette. Elle passait ses soirées chez cette opiomane, Nelly Vanneau. Il connaissait un peu cette vieille Nelly Vanneau ; il lui téléphona aussi. L'appareil ne répondait pas. « Elle est sûrement en train de fumer. Si Antoinette est là, elle me dira où est Gilbert. J'espère que lui ne s'est pas mis à fumer, ça serait complet. J'y vais. »

C'était à deux pas, rue d'Aguesseau. Comme il montait le vieil escalier, il se heurta à Galant, arrêté sur les marches.

— Ça c'est trop fort.

Comme si de rien n'était, Galant dit :

— Nous avons eu la même idée.

Lui avait couru chez sa mère. Elle était non moins inquiète que lui. Elle avait été trouver M. Maillaud qui faisait rechercher Paul, mais, dans l'absence de M. Jehan, était fort retardé. Galant avait dit à sa mère qu'il fallait que M. Maillaud se méfiât de M. Jehan. Mme Florimond l'avait téléphoné à M. Maillaud qui en avait paru illuminé.

Bafouillant au téléphone, il avait laissé échapper :

— Ce Jehan m'a menti. C'est un maniaque capable de monter la pire folie. Je comprends pourquoi il ne rentre pas. Mais ne craignez rien, je vais faire surveiller l'Élysée.

— Tu ne sais pas où est Gilbert ? avait ensuite demandé Cyrille. Il a un mystérieux dîner je ne sais où. Il faut le faire intervenir.

Elle connaissait aussi le potin sur Nelly Vanneau, elle le lui avait transmis et Cyrille était accouru.

Gilles lui dit :

— Puisque tu es là, je m'en vais, tu arrangeras ça avec ton frère.

— Je ne connais pas cette femme Vanneau.

— Tu allais tout de même bien la prendre d'assaut.

— J'avais peu de chance d'être reçu. Il faut que tu restes.

Gilles, sans répondre, se mit à monter l'escalier. Ils se trouvèrent devant une porte entr'ouverte.

— C'est la maison du bon Dieu, grommela Gilles. Un abruti est entré ou sorti sans savoir ce qu'il faisait.

Pas de domestique, naturellement. Ils sonnèrent : personne ne vint ; ils ressonnèrent ; une troisième fois.

— Eh bien, tant pis, dit Gilles. Il n'y a pas de sanctuaire qui tienne.

Ils entrèrent dans l'antichambre, lugubrement éclairée.

Gilles ne connaissait que trop bien cette atmosphère qu'il fuyait, mais qui pesait sur lui à distance. Il était exaspéré d'être là ; il voulait dorénavant ignorer toute cette racaille, tous ces tâtonnements sournois vers la mort.

Il demanda très fort :

— Il y a quelqu'un ?

Mais Galant, enfin mordu par la jalousie, s'avançait déjà à travers les pièces.

Dans la dernière, ils trouvèrent trois ou quatre corps, endormis, aplatis sur un divan. Des corps de femmes, embrouillés. Des débris de femmes. Dans le tas, Antoinette.

Gilles regarda Galant et comprit soudain : Galant souffrait, Galant aimait Antoinette. Gilles laissa échapper un léger sifflement et s'en alla. Mais Galant le suivait. Comme ils sortaient de ce petit cimetière bourgeois, ils se heurtèrent sur le pas de la porte à Clérences à qui ils ne songeaient plus. Celui-ci ne cacha rien de son ahurissement et de sa consternation. Que son frère, son ennemi intime, et Gilles, qui haïssait inexorablement tous ces petits exercices, eussent été les témoins de ce qu'il laissait faire à sa femme, cela était fort déplaisant.

Mais, après tout, qu'avaient-ils vu ? Encore tout abandonné à la violence de son sentiment, il les bouscula dans l'antichambre et courut à travers les pièces jusqu'à celle où il pouvait voir ce qu'ils avaient vu. Il revint, prodigieusement mécontent. Dans l'antichambre, Gilles et Galant étaient restés immobiles, se considérant comme des entités métaphysiques séparées par des abîmes d'abstraction. Ils étaient si muets que cela épargna à Clérences la petite tentative de dire quelque chose.

Enfin, Gilles énuméra les faits d'une voix terne :

— Paul Morel qui était dans une maison de santé en

Suisse l'a quittée, il y a quelques jours. Il est venu à Paris où il a été pris d'une crise ; il est en fugue. Comme il a été travaillé contre son père, non seulement par ton frère ici présent, mais indirectement par ta mère, et que d'autre part la police semble vouloir l'utiliser dans une entreprise complètement folle contre ce père qui est aussi ton beau-père, voici que ton frère craint que tout cela ne se termine par un désastre. D'une minute à l'autre, Paul, qui erre en liberté dans Paris, peut entrer à l'Élysée et commettre un attentat sur le chef de l'État... Mais je suppose que tu es au courant.

Clérences eut un rictus amer en recevant cette dégelée de nouvelles absurdes : comme tout politicien, il avait déjà pris l'habitude d'être trahi ou gêné par les siens. Il se tourna vers Cyrille.

— Tu savais que maman s'était mêlée d'une pareille histoire ? Naturellement, tu te serais bien gardé de m'en prévenir, bien que tu racontes que tu as condescendu à te rapprocher de moi depuis quelque temps... J'aurais dû prévoir que tes amabilités cachaient un vilain tour.

Il se retourna vers Gilles :

— Qu'est-ce qui te prouve que la police est mêlée à cela ?

Il regardait Gilles et Cyrille alternativement.

Gilles dit :

— Cyrille prétend ne rien savoir ; mais alors pourquoi a-t-il si peur ? Moi, je sais de source sûre que la police y est mêlée par ta mère.

Clérences regarda Cyrille avec la plus noire rancune. Au moment de l'affaire des bains, il savait comment celui-ci avait eu peur et l'avait supplié d'intervenir : il était tenu ou se croyait tenu par la police. Cyrille, rencontrant le regard de son frère, déclara :

— Peu importe qu'il y ait police ou non, ce qui est inquiétant...

— Comment ? s'écrièrent ensemble Gilles et Clérences, c'est cela qui est grave surtout.

— D'ailleurs, dit Gilles à Galant, j'aime autant te dire maintenant que je t'ai laissé t'enferrer tout le temps, je sais tout par Rébecca.

— Quelle Rébecca ? fit Clérences.

— Une petite Juive communiste, qui est, figure-toi, la maîtresse de Paul.

Galant pinçait les lèvres. Gilles conclut soudain d'une voix terne :

— Clérences, il faut que tu interviennes immédiatement auprès de la police. Deux précautions valent mieux qu'une. J'ai alerté les Morel. Les Morel ont alerté la police. Mais la partie de la police qui est hostile à Morel ne peut être atteinte que par toi.

Il regarda triomphalement Galant.

— J'avais alerté les Morel, avant que tu ne m'en pries.

— Bien, dit Clérences. Je vais téléphoner.

Il rentra dans le salon qui ouvrait sur l'antichambre, suivi des deux autres.

— Je vais chercher le téléphone, fit Clérences.

Au même moment une femme apparut sur le seuil de la pièce où étaient les fumeuses. C'était la maîtresse de maison. L'opium abîme surtout les blondes. Cette ancienne beauté était comme un tas de roses pourrissantes. Mal réveillée et puissamment abrutie, elle jeta un regard furieux sur les intrus.

— Qu'est-ce que c'est ? grommela-t-elle d'une voix sourde. Par exemple !

Clérences la repoussa, en lui versant de bonnes paroles, dans la pièce d'où elle venait, où il la suivit. Il y

460

eut d'assez longs chuchotements. On entendit la voix mourante d'Antoinette :

— Qu'est-ce qu'il y a ? Quoi ?

Clérences entra, en possession de l'appareil au bout de son fil. Il demanda la rue des Saussaies et demanda un nom inconnu de Gilles :

— Bonjour, mon cher, c'est Gilbert Clérences. Je suis heureux que vous soyiez là. Il faut que je vous voie de toute urgence pour quelque chose de très grave. Ne bougez pas de votre bureau, j'arrive.

Il raccrocha.

— Heureusement que nous ne sommes pas loin. Je bondis et je reviens. Non ? Vous ne voulez pas rester ici ; je comprends ça. Eh bien, venez avec moi, vous m'attendrez dans la voiture.

Galant les suivit, sans un regard pour la porte derrière laquelle était Antoinette.

Clérences avait arrêté sa voiture au coin de la rue des Saussaies. Il revint au bout de dix minutes, la figure éclairée par une nouvelle.

— Paul est sous clé, dans un commissariat.

Les visages de Gilles et de Galant s'éclairèrent aussi.

— Nous y allons, dit Clérences, en démarrant. C'est à Montmartre. Il a été arrêté pour avoir craché à la figure d'un agent, devant la porte du commissariat. Il était ivre.

Chaque fois que Gilles, qui était assis à côté de Clérences, tournait la tête, il voyait à Cyrille le même visage immobile.

Ils arrivèrent au commissariat.

En descendant devant le commissariat, Clérences dit :

— Attendez-moi dans la voiture.

Mais, d'un même mouvement, Cyrille et Gilles se précipitèrent derrière lui et ils entrèrent tous trois dans la sombre boutique. Quelqu'un en bourgeois se dressa devant eux. En le voyant, Galant eut un tel haut-le-corps que Gilles qui était un peu en arrière le remarqua : ce fut une nouvelle impression pénible. L'atmosphère dans le poste était extrêmement lourde ; les agents, les gradés, qui s'étaient levés les uns après les autres, regardaient les arrivants d'un air gêné et méfiant.

— Ah ! monsieur le député, s'écriait celui dont la présence avait fait tressaillir Cyrille et qui était M. Jehan, comme vous avez bien fait de venir. Je vous attendais : on m'a téléphoné.

Il se tourna poliment vers les deux personnes qui accompagnaient monsieur le Député.

— Mon frère, M. Galant... Mon ami, M. Gambier, des Affaires étrangères.

M. Jehan saluait avec componction, offrant à l'un et à l'autre un regard terne. Galant remarqua qu'il était blanc et refoulait une affreuse rage.

— Le hasard a bien fait les choses. Le jeune homme s'est fait prendre de lui-même. Mais veuillez donc entrer dans le bureau de M. le Commissaire.

La façon dont M. Jehan avait dit : le jeune homme, précisa la signification du lourd silence qui régnait autour d'eux : quelque chose de vilain s'était passé. Avant de disparaître dans le bureau du commissaire avec M. Jehan, Clérences échangea un regard significatif avec ses amis.

— Qu'est-ce qui s'est passé ? demanda Clérences du ton qu'il avait appris dans la vie politique et qui établissait entre lui et toute personne, importante ou pas, une complicité immédiate, cordiale et limitée.

Le commissaire, un petit homme maigre et frissonnant, laissa la parole à M. Jehan, sur un geste de celui-ci.

— Ce jeune homme, je n'ai jamais rien vu de pareil,

fit le policier de sa voix blanche, plus blanche que jamais.

Il regardait Clérences et avait l'air de lui dire : « C'est votre beau-frère, mais nous savons que vous n'êtes pas du bord des Morel, pas plus que nous. Vous êtes un homme de gauche. » Il vérifiait sur le costume de M. Clérences qu'il était un homme de gauche. Clérences avait prévu cela depuis quelque temps : il s'était fait un costume merveilleux de frime. « La démocratie a remplacé le bon Dieu, mais Tartufe est toujours costumé en noir », s'était exclamé à un congrès radical un vieux journaliste. En effet, à cinquante mètres, Clérences paraissait habillé comme le bedeau d'une paroisse pauvre, gros croquenots, complet noir de coupe mesquine, chemise blanche à col mou, minuscule petite cravate noire réduisant le faste à sa plus simple expression, cheveux coupés en brosse. De plus près, on voyait que l'étoffe noire était une profonde cheviote anglaise, la chemise du shantung le plus rare et le croquenot taillé et cousu par un cordonnier de milliardaires. Enfin, Gilles avait découvert dans un transport d'amusement que le modèle de la cravate avait été fourni par un des Fratellini. Au moment où Clérences disparaissait dans le sinistre bureau du commissaire de police, tout cela prenait brusquement sa pleine saveur aux yeux de Gilles.

— Voilà, contait paisiblement M. Jehan, le jeune homme avait un revolver. Quand l'agent, à qui il avait craché dans la figure — en pleine figure — l'a poussé dans le poste, M. Morel l'a sorti et a tiré, bel et bien. Enfin, il n'a touché personne. On l'a maîtrisé. Donc, on l'a un peu secoué. Vous comprenez, les camarades ne vont pas se laisser fusiller comme ça. Ça lui a fait du bien, non seulement ça l'a dessaoulé, mais je crois qu'il n'est plus dans l'état... où on m'avait dit qu'il était.

463

Sur ces mots, M. Jehan regarda vers la porte qui le séparait de Galant. Ce regard était fait pour ne pas échapper à Clérences et lui faire comprendre la situation de Galant.

Clérences avait frissonné, comme tout civil, même politicien, qui se trouve brusquement en contact avec la police.

— Enfin, voyons, il n'a pas été trop abîmé ?

— Oh ! non, pas du tout. Comme je vous le dis, il est même beaucoup mieux qu'avant.

M. Jehan toucha sa tête d'un geste presque pudique. Il ajouta :

— Vous allez le voir. Je pense que vous allez l'emmener. Je ne sais pas si on a prévenu la Présidence.

Clérences fronça les sourcils.

— Vous savez bien que la Présidence avait alerté la rue des Saussaies avant le dîner.

Clérences, qui avait pu rue des Saussaies deviner tout ce qui s'était passé et localiser le complot, savait parfaitement que la version de M. Jehan était inexacte. Paul n'avait pas été arrêté passant devant le commissariat, mais M. Jehan, après avoir été enfin rejoint et brutalement tancé par M. Maillaud, l'y avait amené. Clérences ne voulait pas protester, mais il ne voulait pas non plus qu'on crût qu'il était dupe. Satisfait de son froncement de sourcils, il ajouta :

— Je ne suis pas en très bons termes avec M. Morel, mais... Il est évidemment préférable maintenant de ne pas le mettre au courant des détails. Je crois que mes amis et moi nous pouvons ramener tranquillement ce pauvre petit Paul. Du moins, est-ce possible de le sortir dans la rue ?

— Oh ! tout à fait, vous allez voir.

M. Jehan sortit et Clérences, ayant pris congé du commissaire, vint retrouver ses amis dans le poste. M. Jehan fit apparaître Paul qu'il soutenait par le bras. Le pauvre enfant avait été passé à tabac : son visage était meurtri et ses vêtements en désordre. Les agents, gênés jusqu'à la fureur, regardèrent eux aussi ce visage dont ils n'avaient pas su que c'était le portrait du fils du Président de la République. Ils en voulaient à M. Jehan qui les avait laissés faire. Paul eut un mouvement d'enfant perdu et sauvé en apercevant des êtres connus. Gilles et Galant eurent aussi un mouvement enfantin : tout ce petit monde de bourgeois intellectuels, tremblotant et flageolant, fit grimacer de mépris les agents.

Clérences, pressé d'en finir, s'avança vers Paul, le prit sous le bras et lui dit :

— Viens, nous t'emmenons.

Gilles le prit par l'autre bras. Les quatre petits bourgeois sortirent en hâte et se jetèrent tant bien que mal dans la voiture de Clérences.

XXVII

Dans la voiture, Gilles savait qu'il était là le seul ami de Paul. Il dit à Clérences :

— Paul ne peut pas rentrer dans cet état à l'Élysée.

— Non, murmura Paul.

— Je vais l'emmener chez moi. Et puis je téléphonerai à sa mère de venir le chercher.

— C'est ça, dit Clérences. Alors, je vais chez toi.

— Je vais descendre, dit Galant.

— Non, lui dit Clérences d'une voix désagréable, allons d'abord chez Gilles. Ensuite, il faut que je te parle.

— Si tu veux, dit Galant d'une voix où revenait le défi.

Quand ils arrivèrent rue Murillo, ni Clérences ni Galant n'avaient rien dit à Paul. Comme Paul était descendu de voiture, Clérences descendit aussi et vint lui serrer la main. Mais la poignée de main d'un homme qui est dans la politique peut rarement réchauffer le cœur de quelqu'un. Clérences revint rapidement à sa voiture, après avoir jeté un regard à Gilles où il y avait comme le regret et l'envie de l'humain. Tandis que le couple étrange des deux frères, si différents et si pareils, s'éloignait, Gilles sonna à sa porte. Paul était tout petit à côté de lui, si petit qu'il lui prit la main. Celui-ci eut un sursaut de surprise et de plaisir. Il lui laissa sa main : il pleurait. Gilles se rappela les flots de larmes qu'il avait eus avec Dora.

Dans l'escalier, Paul montait devant lui. Il avait une démarche cancanière, presque lourde, qui n'était pas de son âge. « C'est une affaire d'hérédité, certes, se dit Gilles, mais l'hérédité morale est autrement importante que l'hérédité physique. Il souffre beaucoup plus de la morale qui se promène dans toute notre époque que de la vérole de son père ou de son grand-père. »

Ils entrèrent dans le cabinet de Gilles où celui-ci une fois de plus perdit le souffle dans le grand vide laissé par Dora. Après avoir examiné les meurtrissures de la figure de Paul qui n'étaient pas graves, pendant que celui-ci les baignait dans la salle de bains, il téléphona à Mme Morel, qui ne poussa qu'un cri : « J'arrive. » En l'attendant, il installa Paul devant la cheminée dans un

fauteuil et il alluma le feu, parce qu'en dépit de la saison
Paul était tremblant et parce que le feu serait le symbole
des choses simples dont peut-être Paul retrouverait le
sens plus tard.

— Tu as faim, soif ?

— Non... Je ne sais pas.

— Je vais te faire du thé à tout hasard.

Il attira la table à thé et s'assit en face de Paul.
« Pourvu que ce ne soit pas seulement la quiétude bourgeoise retrouvée. » La seule gentillesse qu'il avait, c'est
qu'il regardait Paul sans aucune curiosité. Cela touchait
profondément Paul. Il en était ainsi parce que Gilles
se sentait à égalité de déchéance et de misère. Et il
repoussait sans effort les questions : « Avais-tu perdu
conscience ? Te rappelles-tu ce qui s'est passé ces jours-ci ?
Viens-tu seulement de te réveiller ? Que ressens-tu
en ce moment ? » Il savait si bien que la souffrance
morale est une maladie ; la maladie pouvait bien n'être
qu'une souffrance morale.

L'autre demanda d'une voix mal assurée :

— J'étais saoul ?

— Oui, je crois.

— Mais qu'avais-je fait avant ?

— Tu avais fait du potin dans la rue, insulté un agent.

— C'est drôle, quelquefois, je ne me rappelle rien.

— Ça arrive.

Paul semblait essayer faiblement de réfléchir.

— Mais, j'étais avec quelqu'un. Ah! oui, cette
femme...

Brusquement il éclata en sanglots. Il pleura longuement, Gilles pensait à Dora.

Quand Paul se fut enfin calmé, Gilles lui conta doucement :

— Elle est venue ici. Elle était très inquiète, ne sachant ce que tu étais devenu.

— Je ne veux jamais la revoir. C'est une salope. Tous les gens sont des salauds affreux.

Gilles pensait qu'à cause de Dora il avait une vue aussi vaincue, aussi débile de l'univers.

Il lui fit du thé en silence et sans beaucoup le regarder. Il avait envie de lui parler de Dora, de son malheur. Mais non, il aurait l'air de vouloir mettre Paul à son aise, à tout prix. Et puis Paul avait un vrai droit, en ce moment, d'être indifférent à la peine des autres. Non, ne pas parler, boire du thé.

Paul, renversé dans le fauteuil, l'avait regardé faire, engourdi. Il se jeta avidement sur le thé, il avait soif. Puis, il se renversa dans le fauteuil et, presque tout de suite, il ferma les yeux et s'endormit.

Quand Mme Morel arriva, elle était avec Antoinette, ce qui déplut beaucoup à Gilles. Paul se réveilla. Larmes. Les deux femmes et Paul s'en allèrent, sans beaucoup de phrases.

Gilles se retrouva seul. Dans l'appartement vide, il y avait maintenant l'ombre ruineuse de l'amitié à côté de celle de l'amour.

« Autrefois, nous étions amis, nous ne le sommes plus parce que l'amitié ne peut pas durer. Il y a un temps pour l'amitié. Je ne peux pas être ton ami parce que tu as besoin de parcourir beaucoup d'âmes avant de trouver la tienne. Même chose pour moi. Mais, enfin, avant de nous fermer l'un à l'autre, je puis te dire que j'ai tout perdu. J'ai tout perdu. J'avais trouvé une femme et je l'ai perdue. C'est bon, une femme, pour se reposer, pour s'accomplir, mais il faut la mériter, et je ne l'avais pas méritée. »

Il reprit plus tard :

« Pourquoi tout cela est-il arrivé? Je me suis laissé prendre dans un traquenard terrible depuis quelques années. J'ai vécu dans le monde du plus faible crime. Petits voleurs et même petits assassins. Comme Paul, je me suis laissé voler par eux, sinon assassiner. Je me suis laissé voler mon âme par eux. Oui, avec eux, j'avais l'air d'avoir de la défense, je ne manquais pas d'ironie, j'apercevais leur ruse, leur faiblesse, car ces criminels ne sont que des faibles. Mais je ne les dénonçais qu'avec des mots et ma pensée leur était livrée.

« Ma pensée était paralysée par leur pensée. Même me méfiant d'eux, m'écartant d'eux, je ne pouvais que m'agiter sans force. C'est pourquoi j'ai raté mon aventure avec Dora, mais du moins ce terrible échec m'a ouvert les yeux, maintenant je suis leur ennemi. »

Il tournait en rond dans sa solitude, ressassant :

« Ils ont remué devant moi un tison fascinant, celui de l'action. Ils m'ont fait croire qu'ils s'étaient arrachés à la foule inerte qui comble ce temps. Mais Caël est plus lâche qu'un boursier. Leur esprit est un inénarrable carambolage de riens. Des ignorantins sans réflexion, sans doctrine, sans être. Des charlatans qui simulent, avec des petits trucs infimes, le drame humain dont ils ont ouï dire. Ils se sont mis sur le dos la défroque des docteurs et des prophètes. Ils ne pensent rien, ils ne savent rien, ils ne veulent rien, ils ne peuvent rien. Mais ils avaient mis la main sur le tison de l'action. Trublions, intrigants, maigres ambitieux, il leur suffisait de faire des étincelles autour d'eux. Ils ne pouvaient que simuler la puissance et cette simulation leur suffisait. Ils ont agité le tison de l'action devant nos yeux et par ce simulacre ils se sont saisis du seul Paul. Ils ont voulu lui faire faire quelque chose, n'importe quoi, ils ne peuvent rien faire eux-mêmes. Ils

ont obtenu seulement qu'il se détruise. Cette infâme sin-
gerie de la puissance a réjoui leur esprit de singes ; pourtant à l'heure qu'il est ils en meurent de peur. »

XXVIII

Ce fut Antoinette qui annonça à Gilles par téléphone la
nouvelle. Paul s'était suicidé.

C'était quelques jours après qu'il l'avait quitté. Paul
était rentré à l'Élysée, triste et paisible. Il avait bien vu
que ses parents souffraient sincèrement. Pour dire vrai, ils
se seraient laissés aller à plus d'inquiétude sur le présent
aussi bien que sur l'avenir, si à ce moment les plus graves
soucis politiques ne les en avaient détournés. Une nouvelle crise ministérielle avait éclaté. La nouvelle majorité
que craignait le Président s'était formée et, après avoir
renversé le Ministère, exigeait que le Président de la République choisît comme Président du Conseil ce Chanteau qu'on avait voulu couvrir en s'emparant des papiers
compromettants pour lui. La manœuvre était menée avec
tant de furie — Clérences étant un des plus vifs agents
dans les couloirs de la Chambre — que Gilles, repensant à
ce fameux document, s'était dit que décidément il n'avait
aucune importance. Les conjurés semblaient n'avoir rien
craint de ce côté-là. Toute cette histoire avait été pure fantasmagorie. La police s'en était-elle même mêlée ? Oui,
puisque Clérences en avait eu confirmation. Mais alors
qu'était-ce que la police ?

Gilles écoutait Antoinette qui semblait bouleversée,

non seulement par le chagrin, mais par un mélange indéfinissable de terreur et de colère. Elle lui racontait que Paul s'était tiré un coup de revolver dans la bouche, pendant la nuit, couché dans son lit. On ne s'en était aperçu que le lendemain matin. Il la regardait avec une répugnance non dissimulée. Elle lui dit sèchement :

— Pourquoi me regardez-vous ainsi ? Ce n'est pas ma faute si mon frère s'est tué.

— De qui croyez-vous que c'est la faute ? demanda-t-il.

Courroucée, elle lui répondit :

— Je n'en sais rien. Nous verrons cela.

— Oui, nous verrons cela.

Elle était entièrement sous l'influence de Galant, qui avait dû reprendre du poil de la bête. Elle reprit d'un ton hostile et menaçant :

— Vous avez eu une longue conversation avec Paul, le soir de son arrestation.

— J'étais le seul sur qui il pouvait se reposer.

— Croyez-vous ? dit-elle en rage.

— Ma foi, oui.

Il voyait aussitôt que la bande essaierait d'établir un rapport entre son intimité d'un instant avec Paul et son suicide. Il ne s'en étonna ni ne s'en indigna.

Mais il y avait encore autre chose à attendre d'eux.

— Paul a été arrêté à cause de vous, à cause de votre démarche auprès de papa.

Gilles sursauta :

— Arrêté ! Vous auriez voulu qu'on le laissât dans la rue ! Qu'il fût arrêté, comme vous dites, c'était tout ce que souhaitait votre ami Galant.

Elle haussa les épaules, d'un air supérieur. Il se dit : « Pourquoi a-t-elle pris parti si vivement ? Il y a encore peu de temps, elle n'aimait pas tant Cyrille. Pour les idées,

si j'ose dire, elle est dominée par lui. Pourquoi? Par rancune contre moi? Sans doute. Et elle doit franchement me haïr depuis que je l'ai vue dans la fumerie. Elle sait ce que je pense de toutes ces fariboles qui finissent si mal. »
Gilles frémit ; il savait de quelle haine le poursuivaient dans Paris diverses espèces de vicieux. Il se demanda encore : « Jusqu'où Cyrille l'entraînera-t-il? Jusqu'où l'a-t-il entraînée? Elle souhaite sans doute la perte de son père, en ce moment. »

— Vous devez souhaiter la perte de votre père. Le sait-il? Et votre mère, le sait-elle?

— Cela ne vous regarde pas, siffla-t-elle.

— C'est du joli, conclut Gilles.

Elle le regardait dans une grande confusion ; mais derrière la confusion il y avait une haine intense. Il la trouvait plus jolie qu'autrefois, moins mièvre.

Il dit encore :

— Je suppose que vous ne voulez pas que je voie votre frère?

A ce moment-là, on frappa à la porte. Le valet de chambre fit un signe à Antoinette qui vint vers lui.

— Faites-le entrer, dit-elle, à haute-voix... C'est Cyrille.

— Ah! très bien, je m'en vais.

Brusquement, elle eut une détente. Elle le regarda d'un air désemparé.

— Vous irez voir Paul?

— Non.

— Vous ne l'aimiez pas tant que ça. Moi, je l'aimais.

Gilles eut un ricanement.

Brusquement, il alla vers la porte pour s'en aller. Mais Cyrille entrait.

Gilles regretta amèrement d'être resté. Cette sacrée

femelle avait voulu cela. C'était tout ce qu'elle souhaitait depuis longtemps, les opposer l'un à l'autre. Il ne tendit pas la main à Cyrille, et il détourna les yeux. « Elle veut que nous nous haïssions. »

Il alla vers la porte, sans les regarder. Il entendit Antoinette dire, dans un sens ambigu :

— Il s'en va, il ne veut pas le voir.

Il se retourna tout d'une pièce et la fixa sans mot dire. Elle fut décontenancée.

Cyrille était pâle et ne pensait qu'à une chose : « Ils étaient là, tous les deux ensemble. »

Gilles haussa les épaules et prit la porte.

— Gilles! cria-t-elle.

Il était dehors et refermait la porte.

La porte se rouvrit, elle courut après lui, appelant : « Gilles, Gilles » d'une voix hystérique. Il y avait le valet. « Elle veut qu'il me haïsse encore plus. Je ne verrai pas le petit. » Il courut presque et sortit.

En bas, chez la concierge, il vit quelques ombres de journalistes. « C'est vrai, cela fait un scandale. Un suicide à l'Élysée. »

XXIX

Le suicide de son fils raidit M. Morel. Sa petite barbe tordue par la tempête qui soufflait dans les couloirs du régime, il résista de toutes ses forces à la pression brutale qui était faite sur lui ; il refusa avec obstination de prendre, comme Président du Conseil, Chanteau. Mais, quand il fut parvenu à constituer, tant bien que mal, un ministère, il le vit aussitôt battu à plates coutures par un double vote de la Chambre et du Sénat. Après cela, il n'essaya même pas de faire dissoudre la Chambre et il donna sa démission. Donner sa démission, c'est le seul acte que savent accomplir les hommes politiques en France. Quelque temps après, Chanteau était Président du Conseil, avec un Président de la République à sa dévotion. Clérences, bien que fort jeune, avait été fait secrétaire général à la Présidence du Conseil.

La mort de Paul n'avait pas joué un petit rôle dans la chute de son père. Les bruits les plus divers et les plus saugrenus avaient couru dans Paris au sujet de cette mort. A gauche, on avait accusé le Président d'avoir tué, ou fait tuer, ou obligé de se tuer, son fils, simplement parce que celui-ci nourrissait des opinions de gauche et avait pris parti ouvertement contre lui. La droite soutenait qu'au contraire la Sûreté, gagnée aux ennemis de M. Morel, avait exécuté Paul parce qu'ayant été sollicité par elle pendant sa crise de tuer son père il avait, à son réveil, commencé de le raconter à tout venant. Personne ne parla de la funambulesque entreprise contre le document, sauf un ou deux journaux de chantage, qui le firent en termes voilés et n'insistèrent pas longtemps, ayant sans doute reçu de l'argent.

On savait que Gilles avait été mêlé à l'affaire de quelque manière et on lui avait prêté des rôles contradictoires, selon l'opinion des journalistes qui faisaient allusion à lui. On l'entoura, on le pressa de questions. Il se tut et d'une façon dédaigneuse qui déplut à tout le monde.

Dans le groupe *Révolte*, l'affaire fomenta. Gilles s'en aperçut, un jour qu'il rencontra Caël. Il n'avait aucune intimité avec lui. Du reste, ni homme ni femme n'en avait avec ce maniaque qui ne descendait jamais de son piédestal de carton. Gilles n'avait jamais eu le goût de passer des soirées interminables chez Caël qui interrogeait, interrompait, semonçait, prêchait, tourmentait, épuisait de pauvres comparses. Caël en voulait à Gilles de cette abstention et, en même temps, à cause de cela lui marquait une sorte de curiosité ou d'estime, car il avait beaucoup de dédain pour ses suiveurs, à commencer pour le premier d'entre eux, Galant.

Mais, maintenant, Caël le regardait de travers. Il voulait se venger sur lui des humiliations que lui avait fait subir l'affaire Paul Morel. Après quelques phrases trop polies, il lui dit soudain :

— Votre rôle dans cette affaire me paraît tout à fait suspect.

Gilles ne sursauta pas, car c'était là le ton habituel de ce Grand Inquisiteur de café ; il y démêlait beaucoup de naïveté et un effort pénible bien que constant pour surmonter un fond incurable de timidité.

— Si vous parlez de suspects dans cette affaire, j'en vois beaucoup, rétorqua Gilles, et j'aimerais en discuter avec vous, une bonne fois.

— Certes.

Caël délibéra longuement pour convenir d'une rencontre de Gilles avec toute la bande chez lui, un prochain soir. Bien que Gilles eût pris une horreur définitive de cette démagogie en chambre, il voulait au moins une fois — ce serait la première et la dernière — s'expliquer avec tous ces gens. Des bruits lui étaient revenus, il sentait tout un travail obscur de légende calomnieuse qui aboutissait à faire de lui le bouc émissaire de toutes leurs velléités, lâchetés et remords tournés en rancunes.

Quand il arriva chez Caël, promenant son regard d'un

475

visage à l'autre, il fixa sur chaque bouche une part de la rumeur qui avait peu à peu grossi et qui, de loin, avait fait tinter ses oreilles. Galant était là, l'air réservé, triste, mais prêt à la haine.

Gilles attaqua tout de suite.

— Vous avez tous beaucoup péroré déjà sur le suicide de Paul Morel. Tel que je vous connais, vous l'avez considéré comme un acte fort possiblement original et significatif, digne de toute votre considération : voilà ce que je veux vous rappeler tout d'abord.

— Pardon, il faut savoir de quel suicide il s'agit. Il y a là une question d'espèce. Il y a des suicides rendus inévitables dans la classe bourgeoise par les contradictions que porte ladite classe en conséquence des conditions économiques...

C'était le gros Lorin qui aussitôt éclatait, dans son jargon de pédant marxiste. A côté de lui, il vit Rébecca Simonovitch.

— C'est entendu, fit Gilles d'un air déjà las, en prévoyant l'énorme quantité de sottises tonitruantes qu'allaient dégorger, dans le débat, des comparses comme Lorin. Les deux seules personnes intelligentes de l'assistance, Caël et Galant, habituées à disposer de cet auditoire de chiens, en useraient perfidement contre lui, pour le fatiguer et le dégoûter. C'est entendu, il y a toujours une question d'espèce à côté d'une question de principe : nous savons cela depuis quelques siècles. Mais j'ai le droit de vous rappeler vos principes, vos principes qui ne sont pas les miens.

Aussitôt Rébecca, qui gratifiait Gilles des regards les plus haineux depuis qu'il était entré, cria :

— Cela veut-il dire que vous êtes contre le suicide ? Pourtant, vous avez poussé Paul au suicide.

Joli début. Gilles, rougissant fortement, mais tranquille, regarda Caël, puis Galant. Caël sembla sensible au reproche que portait le regard de Gilles.

— Je vous prie de ne pas invectiver, mais de raisonner, fit-il, en se tournant à demi vers Rébecca.

— Je ne demande pas mieux, fit Rébecca sur le ton de la plus aigre vanité.

— N'ayez pas peur, c'est ce que nous allons faire, renchérit Lorin, en levant une patte velue.

— Je voudrais bien savoir quelle est votre position. D'une part, vous louez Paul de s'être suicidé, d'autre part, vous me reprochez de l'avoir poussé au suicide.

— Parce que, s'écria Caël, les raisons qu'il pouvait se donner n'étaient pas du tout celles que vous lui avez soufflées. Vos raisons étaient ignobles.

— Parfaitement. Bravo, crièrent plusieurs voix.

Gilles s'aperçut qu'il avait fort mal engagé la discussion. Il aurait dû d'abord poser la question de fait : à savoir qu'il n'avait pas pu exciter Paul au suicide, puisqu'il ne lui avait pas parlé. Mais il répugnait à se laver de cette accusation monstrueuse et il lui paraissait impossible de faire revenir les autres sur leur préjugé.

Cependant, il dit :

— Je n'ai pas pu pousser Paul Morel au suicide pour la bonne raison que...

Ici, il s'arrêta une seconde ; il allait dire : « ... pour la bonne raison que je suis contre le suicide. » En effet, il pensait maintenant avec un mépris amer aux songeries de suicide dont il s'était bercé à propos de Dora. Il avait trop frôlé l'éventualité pour pouvoir trancher arrogamment. Il continua donc :

— ... pour la bonne raison que je n'ai eu aucune conversation avec Paul.

Disant cela, il chercha le regard de Galant. Celui-ci releva le défi.

— Il a été chez toi, en sortant du commissariat. Je l'ai amené à ta porte.

— Oui, il y est resté un quart d'heure, en attendant sa mère.

— Sa mère! ricana quelqu'un.

— ... Sa mère, et il n'était pas en état, tu le sais mieux que personne, de dire ou d'entendre dire quoi que ce soit.

— Il se dégonfle, criailla Rébecca. Il nie. C'est facile.

— Tu as eu une conversation avec lui, réaffirma Galant.

— Comment le sais-tu? jeta Gilles d'un air narquois. Il le menaçait de parler d'Antoinette.

— Oui, répondit Galant, c'est sa sœur qui me l'a assuré. Paul, le lendemain, lui a dit qu'il avait eu une conversation avec toi et que tu lui avais fait comprendre ce qui lui restait à faire.

— Elle a menti, ou tu mens, brailla Gilles, brusquement secoué d'une rage atroce.

Cependant, un éclair le traversait. « J'ai eu tort de ne pas parler à Paul, de lui dire que je croyais qu'il pouvait revivre, trempé par cette expérience. Sans doute, il a vu sur mon visage mon désespoir. Et il a pu interpréter ce silence. Antoinette a dû deviner cela et elle en a abominablement abusé. »

Les autres, à travers la colère de Gilles, avaient perçu son trouble lointain. Ce fut une ruée d'imprécations.

— Menteur toi-même. Faux frère. Hypocrite. Lâche.

Sous ces injures, la rage l'éperonna et il se lança dans une contre-attaque, qui faisait dévier la discussion.

— Je ne suis pas venu ici pour tenir le rôle d'accusé, mais bien celui d'accusateur. J'accuse toutes les per-

sonnes ici présentes d'avoir poussé Paul Morel au suicide.
Je...

Un concert de ricanements l'interrompit. Il se sentait
non seulement rouge, mais tremblant et, pourtant, quelque part au fond de lui-même, un grand calme subsistait ;
il avait fait son deuil de deux heures de sa vie. Il regardait
Caël. Celui-ci laissa tomber avec une ironie majestueuse.

— Je suis d'avis de laisser parler, autant qu'il voudra...
l'accusateur, comme il dit.

— Je suis aussi de cet avis, ricana Galant, à qui Rébecca jetait des regards enthousiastes et amoureux.

Gilles s'empressa de profiter de l'accalmie.

— Si j'ai d'abord parlé de suicide, c'est que je sais bien
que tous vos esprits sont fixés sur ce point. Mais, pour
moi, là n'est pas la question...

— C'est facile, gueula Lorin.

— J'y reviendrai ensuite, tant que vous voudrez. Mais,
d'abord, je veux encore poser une chose...

Une voix mince, qui sortait d'un personnage mal
connu de Gilles, lança :

— Vous n'allez pourtant pas diriger le débat, à votre
gré.

— Chacun son tour, fit Gilles. Je suis venu ici essen-
tiellement pour vous dire ce que je pense de votre action
en général. Elle s'est fort éclairée à l'occasion des événements récents, et non pas seulement du fait de la mort
de Paul Morel. J'ai dit : votre action... mais justement,
c'est le mot sur lequel je veux vous attaquer. Votre
action n'a jamais été qu'inaction. Vous vous êtes com-
plus dans une agitation uniquement verbale.

— Ça, c'est bien vrai, acquiesça Lorin, en regardant
Caël non sans inimitié.

— Si vous continuez dans cette direction, Gambier,

remarqua Caël avec un sourire lourd de majesté, j'aime autant vous dire que vous tomberez à côté. Vous nous faites là un procès sur le passé qui n'a aucun intérêt aujourd'hui... Je dis aucun...

Gilles retrouva un instant son admiration amusée pour cette impavidité de démagogue.

— Oui, vous faites semblant, cracha un grand garçon hirsute, debout dans la fenêtre, de croire que nous n'avons pas évolué. Notre évolution est dialectique...

— Oui, éructa Lorin, tu sais très bien que, depuis quelque temps, les camarades serrent de beaucoup plus près la notion concrète de la révolution.

— Je sais très bien, répliqua Gilles qui aussitôt devenait furieux en voyant que ses adversaires, pour se dérober à son attaque, comme l'avait fait vingt fois Galant, changeaient de position, je sais très bien que vous êtes passés brusquement de la conception la plus vague et la plus inefficace de l'action, fondée sur les mots les plus indéterminés, au compromis le plus étroit, le moins nouveau, le plus rebattu qu'on puisse imaginer.

— Qu'est-ce que tu veux dire? jeta Galant en le défiant du regard.

Gilles le regarda aussi, ayant l'air de lui dire : « Tu l'as voulu. »

— Je veux dire qu'aider M. Clérences à devenir secrétaire général de la Présidence du Conseil, c'est un bien inattendu et un bien décevant aboutissement de tous les magnifiques propos que vous avez tenus pendant des années sur la révolte pure, la défense de l'homme contre tout, et cætera.

Il regarda Caël, sachant que celui-ci devait être favorable à ce coup qui touchait d'abord Galant.

Caël ne refusa pas l'occasion de désavouer Galant.

— Il me semble, en effet, fit-il en blêmissant sous l'afflux d'une amertume toujours prête contre son partenaire, que nous nous sommes un peu perdus en route dans une assez sordide histoire de famille.

Galant lui opposa aussitôt son visage inaltérablement limpide de disciple tout entier livré à son maître. Mais Caël ne voulait pas non plus faire la partie belle à Gilles.

— Ceci n'est qu'un épisode tout à fait passager et insignifiant, qui ne nous engage en rien. Mais vous, votre attitude dans l'affaire Morel vous engage. A la moindre alerte, vous que vous disiez prêt pourtant, il y a quelques semaines, à vous ranger à nos côtés contre cet ignoble personnage, M. Morel...

— Oui, Gambier est un traître, crièrent deux ou trois garnements auxquels Rébecca applaudit avec ferveur.

Gilles regarda ses insulteurs d'un air malade.

— ... Vous vous êtes manifesté comme son défenseur le plus zélé, le défenseur de M. Morel, le premier magistrat du pays, comme s'exprime un peuple de salauds.

Gilles prit son air le plus libre pour répondre :

— Je ne me suis jamais soucié de M. Morel dans cette affaire.

— Pourtant, vous êtes allé le prévenir du danger que couraient ses petits papiers personnels.

Gilles regarda Galant.

— Je suis allé à l'Élysée parce que cette demoiselle Rébecca qui est ici et qui, maintenant, braille si fort contre moi, m'a supplié de le faire. Il ne s'agissait point de papiers, mais de sang. De plus, ne sachant pas que j'avais déjà accédé à cette demande humaine, M. Galant, qui ne braille pas, mais qui en aurait bien envie, est aussi venu me supplier d'interrompre l'effet de ses appels au vol et au meurtre.

— Ce que tu dis, s'écria Galant, après avoir pris son temps, pâle et dans un grand mouvement d'amitié blessée, est parfaitement malhonnête. Je me suis fié à ta loyauté et à ton tact — un tact qui allait de soi — pour rejoindre Paul et l'empêcher de faire du gâchis. Ce que je voulais empêcher, c'était l'action de Paul inconscient, de Paul en pleine crise. Ce n'était pas du tout la même chose que l'action du Paul que nous avions connu.

Les comparses, assez mal au courant de la réalité des faits, soupçonnant de mystérieux dessous, se taisaient maintenant pour observer les protagonistes.

— Tu as eu simplement un mouvement humain, rétorqua Gilles, qui, *après tout*, te faisait honneur, et moi-même j'ai suivi ce mouvement humain.

— Comment « après tout » ? cria Galant, frémissant.

— Nous savons ce qui est humain, c'est un mélange de bon et de mauvais, de fort et de faible ; il y avait aussi un peu de frousse, si je me souviens bien, dans ton mouvement.

Caël intervint :

— Mais vous, Gambier, que j'ai toujours soupçonné d'être un fieffé conformiste, vous avez été trop content d'interpréter la démarche — discutable — de Galant comme une justification de votre réflexe de défense bourgeoise.

Lorin se leva de sa chaise en faisant craquer le plancher et porta en avant son poing d'homme fort.

— Enfin, nous, nous qui n'avons pas été mêlés à cette affaire et qui émettons, sur son sens et sa portée, les plus expresses réserves — disant cela, il se tourna vers le commun des disciples dont il exprimait l'envie hargneuse et la curiosité humiliée —, nous voudrions bien savoir de quoi il retourne. Galant, vous aviez, paraît-il, confié à Paul Morel une mission alors que, justement, vous saviez qu'il était en crise...

Gilles regarda avec une curiosité immense Galant. A son grand ébahissement, il entendit celui-ci répondre :

— Je n'ai jamais songé une seconde à passer à côté de l'occasion qui nous était offerte de porter un coup à l'homme le plus haïssable que, pour le moment, nous connaissions. Ça a toujours été notre méthode, n'est-ce pas, Caël ? de courir au plus pressé, de chercher le geste le plus efficace, en tout état de cause.

— Même en risquant la vie d'un de « nos » camarades ? s'écria Gilles violemment. Alors, pourquoi es-tu venu me supplier d'arrêter les frais ?

— Parce que la situation s'était modifiée. L'état de Paul...

— Tu as commencé par l'exploiter, l'état de Paul. Ce n'est qu'ensuite que tu as pris peur. Et j'ai été assez bon pour arranger cette affaire, écuma Gilles.

— Silence à l'ami des Morel, cria le grand hirsute de la fenêtre.

— Galant ne l'est pas moins, lâcha Gilles.

— Comment ? crièrent plusieurs voix.

Gilles regarda Galant qui le fixa de son côté.

— Tu sais très bien ce que je veux dire, dit Gilles. Est-ce que nous sommes dans une loge de concierge ?

— Enfin, expliquez-vous, bon Dieu, beugla Lorin.

— Tu avais encore de meilleurs moyens d'intervenir que moi, cria Gilles, qui, ensuite, s'arrêta.

Il ne pouvait se décider à prononcer le nom d'Antoinette.

— Quels moyens ? Nous demandons des précisions,

ricana Lorin, qui tournait maintenant son aboiement contre Galant.

Caël se décida à venir au secours de Galant.

— Nous nous perdons dans des détails personnels sans aucun intérêt. Si nous en revenions au fait qui nous préoccupe. Quelle a été votre attitude vis-à-vis de Paul quand vous l'avez eu amené chez vous ? Vous l'avez chambré.

— Je pense qu'il l'avait été assez souvent ici, ricana Gilles.

— Comment, cria d'une voix aiguë Rébecca Simonovitch, comment l'avez-vous amené au suicide ?

— Sur le suicide de Paul, vous en savez plus long que moi, vous qui avez été sa maîtresse et qui l'avez tout le temps trompé, comme vous me l'avez raconté vous-même.

— Vous êtes ignoble, cracha la petite. Qu'est-ce que vous insinuez ?

— Je n'insinue pas, je vous accuse particulièrement d'avoir causé la mort de Paul.

Il y eut un énorme brouhaha, un inextricable entre-croisement de criailleries.

— Nous dévions encore, tonna Caël. Si vous êtes venu, c'est pour nous répondre, monsieur Gambier, qu'avez-vous dit à Paul Morel ?

— Il ne vous le dira pas, n'ayez pas peur.

— Hélas! rien. En dépit du dégoût que j'ai à me justifier devant vous, je vous dirai qu'il est resté un quart d'heure seul avec moi, en attendant l'arrivée de sa mère. Il n'était, certes, pas dans un état qui me permettait de lui parler ; mais, si j'avais pu, je lui aurais dit ce que je veux répéter dans cette foire où nous sommes.

— Foireux toi-même, lâcha un amateur d'à peu près.

— Je lui aurais dit que vous, Caël, vous nous aviez leurrés avec votre prétention à l'action. Et que l'action que vous aviez enfin imaginée contre M. Morel était un leurre d'un nouveau genre, car elle servait des personnages aussi détestables que M. Morel, à savoir ses adversaires, d'autres politiciens, et particulièrement MM. Chanteau et de Clérences.

— Ah! voilà, hurla Caël, vous avouez. Voilà bien votre perfidie de toujours, monsieur Gambier. Vous mettez tout le monde sur le même pied pour rendre toute action impossible.

— M. Chanteau vaut M. Morel, il me semble que cela a toujours été ainsi qu'on pouvait interpréter votre doctrine, si tant est qu'elle était interprétable.

— Eh bien! non, M. Chanteau n'égale pas M. Morel, c'est là qu'est tout le débat. Et c'est là que tu te révèles comme un traître en établissant cette confusion parfaitement jésuitique, siffla Galant de sa voix la plus coupante. M. Chanteau, ce n'était pas M. Morel parce que, par M. Chanteau, nous pouvions anéantir M. Morel, et c'est ce que nous avons fait.

— Jésuite toi-même, bouffonna Gilles. Je ne sais pas pourquoi tu as méprisé ton frère, M. de Clérences, pendant des années pour te faire soudain son plus utile valet. Car à qui devait servir ce vol de papiers que tu recommandais à Paul? A faire de ton frère un secrétaire général à la Présidence du Conseil. Toute l'activité du groupe *Révolte* se ramène, finalement, à une petite affaire de famille.

Lorin bondit de sa chaise.

— Parfaitement, il a raison, pour le moment. Ce n'est que le jour où vous serez marxiste, Galant, que vous comprendrez le côté parfaitement frivole et dangereux, pour ne pas dire plus, de tout votre rôle dans cette histoire.

— Et, continua Gilles déchaîné, au lieu de m'embaucher, pour limiter les frais, tu aurais aussi bien pu t'adresser à ta maîtresse, Mme de Clérences, née Morel.

Tout le monde regarda Galant, dans un vaste murmure.

Gilles voyait que la bile avait noyé tout son être. La consternation se peignit sur sa figure.

Alors Lorin retourna sa hargne.

— Ce n'est vraiment pas à toi, le joli cœur, à reprocher ses coucheries à un camarade...

Les regards virèrent sur Gilles qui pâlit comme Galant venait de faire. Il songea : « Tous ces garçons m'en veulent parce que je plais aux femmes. Je leur plais, mais elles ne m'aiment pas. Dora me l'a fait comprendre. Que suis-je en dehors de cela, cela même qui est raté ? Ils seraient en droit de me le demander. »

— Oui, cria-t-il avec désespoir, au lieu de m'occuper des femmes, j'aurais mieux fait de m'occuper de vous, les hommes. Alors, j'aurais songé à vous crier ce que je vous crie maintenant : « Vous êtes des lâches et des impuissants, de misérables petits clercs, des petits moines en robe. Incapables de risquer quoi que ce soit vous-mêmes, vous avez seulement inventé de pousser devant vous, avec une froussarde cautèle, ce pauvre petit Paul. Était-il conscient ou inconscient au moment où Galant est intervenu auprès de lui la dernière fois ? Il était inconscient. Il fallait qu'il fût inconscient. Et finalement le fait que, grâce à son inconscience, il ait eu soudain plus de force que vous, vous a foutu une frousse noire. Et vous avez couru partout, bêlant : « Pas ça, pas ça. » Vous êtes tous d'une lâcheté monstrueuse, immense ; mais vous surtout, les deux chefs.

— Oui, il n'y a d'efficacité que dans la méthode marxiste, gueula Lorin.

— Camarades, criailla Rébecca, vous devez maintenant rejoindre le communisme.

Caël tendit le bras.

— Je ne dis pas que nous ne devons pas considérer l'élément révolutionnaire qu'il peut y avoir dans le communisme.

Gilles les regardait avec des yeux ronds. Ces petits bourgeois funambules parlant du communisme, cela dépassait tout. Il se leva, excédé.

— Je m'en vais, je vous ai assez vus.

Il alla droit à la porte. De vagues criailleries l'accompagnaient.

Quand il fut dehors, dans une rue de Montmartre, remplie de bouges, où s'établit la niaiserie de l'érotisme à bon marché, il se trouva seul avec Carentan. Pourquoi ne pas se l'avouer? Il pensait sur toutes choses ce que pensait le vieux. Ces petits intellectuels débiles, remplis de la jactance la plus imperceptible, étaient bien les derniers échappés des villages aux fenêtres fermées qu'il traversait quand il allait le voir et dont le vieux lui avait appris à embrasser toute l'horreur. Ces petits intellectuels étaient les dernières gouttes de sperme arrachées à ces vieillards avares qui refermaient, sur leurs agonies rentières, les rares portes encore battantes.

Il se rappelait aussi un mot de Carentan. Il avait pris, dans un coin de son capharnaüm, une vieille épée rouillée et il la haussait dans sa grande main au poil roux.

— Tu comprends, autrefois, les hommes pensaient parce que penser, pour eux, c'était un geste réel. Penser, c'était finalement donner ou recevoir un coup d'épée... Mais, aujourd'hui, les hommes n'ont plus d'épée... Un obus, ça les aplatit comme un train qui passe.

« Oui, songeait Gilles, en entrant dans une maison de passe, ce sont des hommes sans épée. »

XXX

En rentrant chez lui, il se rappela une visite qui l'avait frappé davantage, deux ans auparavant.

Gilles restait des semaines sans écrire au père Carentan, des mois sans le visiter, et les visites étaient fort courtes. Il savait que le vieux en souffrait, et cette idée le faisait souffrir lui-même, par instants, mais la fascination de Paris le retenait.

C'était en hiver. Il y était allé en voiture. Qui ne connaît pas la campagne l'hiver ne connaît pas la campagne, et ne connaît pas la vie. Traversant les vastes étendues dépouillées, les villages tapis, l'homme des villes est brusquement mis en face de l'austère réalité contre laquelle les villes sont construites et fermées. Le dur revers des saisons lui est révélé, le moment sombre et pénible des métamorphoses, la condition funèbre des renaissances. Alors, il voit que la vie se nourrit de la mort, que la jeunesse sort de la méditation la plus froide et la plus désespérée et que la beauté est le produit de la claustration et de la patience.

Il avait arrêté plusieurs fois sa voiture le long de la route pour écouter le silence. Voilà ce dont Paris le frustrait irréparablement : ce silence. Que ne s'arrêtait-il ici pour l'hiver. Voilà ce qui lui manquait, l'hiver, et une profondeur de solitude, inconnue de lui, le solitaire. Il repartait avec un frisson ; plus loin, il s'arrêtait encore. Il lui semblait qu'il aurait pu demeurer dans une maison isolée, mais non pas dans un village. Car là, la leçon de la nature lui semblait niée plus atrocement, au plus près de sa source. Les paysans qu'il rencontrait semblaient l'arrière-garde hargneuse d'une armée en déroute. Ils lui jetaient le regard de doute, de haine et d'envie de ceux qui demeurent les derniers sur le champ de bataille, qui résistent encore à l'avance irrésistible d'un ennemi vainqueur, mais qui ont vu disparaître à l'horizon tant de fuyards. Dans les villages où tant de maisons étaient abandonnées ou mortes, les derniers paysans erraient comme des âmes en peine. Ames en peine, âmes humiliées, destituées, découronnées, âmes rongées par le doute et n'ayant plus d'autre recours qu'un lucre et un alcool maniaques. Et dans les petites villes, de chétifs bourgeois semblaient aussi loin des champs et de leurs grands rythmes de sève que ceux des quartiers les plus barricadés et calfeutrés de Paris. Ce n'était donc pas seulement l'hiver de la nature que Gilles voyait ; c'était un autre hiver et une autre mort, plus durables, portant la menace, peut-être, de l'irrémédiable. Il s'agissait de l'hiver de la Société et de l'Histoire, de l'hiver d'un peuple.

— Je te l'avais bien dit que cette guerre tuerait la France, marmonnait Carentan.

Gilles marchait à côté de lui, en pleine campagne, sur une petite route que le gel faisait craquer et poudroyer sous leurs pas. Gilles le trouvait blanchi, vieilli. Pour lui, maintenant, il était hors d'usage. Le vieux le sentait et il en était plus voûté.

Toute cette sagesse, si certaine, si évidente qu'elle fût pour Gilles, lui paraissait sans emploi possible. Dans combien de siècles pourrait-elle resservir ? Lors de quel nouveau Moyen Age? Que pouvaient faire ces saintes maximes contre les cinémas et les cafés, les maisons de passe, les journaux, les Bourses, les partis et les casernes? « Jamais plus, songeait Gilles, jamais plus, jamais plus la sève ne repassera dans ce peuple de France aux artères desséchées. Que peut Carentan contre Caël, fou de débilité, revenu au bégaiement infantile et faisant de ce bégaiement la dernière loi de l'esprit? Ou contre la sécheresse byzantine de Galant et de Clérences? »

Cependant, le vieux, écrasant la route sous ses larges semelles cloutées, psalmodiait de sa voix profonde et traînante une espèce de plain-chant éternel.

— Dieu est éternel et la vie est éternelle. Éternellement Dieu, qui a bien voulu produire la vie, le voudra bien encore. Et tiens...

Il s'était arrêté. Gilles ne pouvait cesser tout à fait d'admirer cette grande silhouette dont l'effondrement faisait encore une altitude. Du souvenir majestueux de ses vastes épaules le vieux occupait encore l'espace, il y avait encore de puissants tendons à son cou décharné et une vitalité irréductible coulait encore sous ses joues rouges, dans le poil blanc de sa moustache et de son sourcil et dans l'eau pâlie de ses yeux. Il avait regardé Gilles d'un bref et pénétrant regard oblique de la tête aux pieds, puis du tuyau de sa pipe, sortie de sa grande gueule puante, il lui avait montré un bouquet d'arbres, un peu en dehors de la route. Parmi eux, un hêtre magnifique.

— Tiens... éternellement Dieu voudra ce hêtre. Comment veux-tu que Dieu ne veuille pas toujours cette splendeur... Vois-tu, la création, c'est un hasard, une surprise entre les mille millions de possibilités de l'être. Mais ce hasard, Dieu en reviendra toujours à le caresser comme une chance ineffable...

— Mais pour ce qui est des hommes...

— Il y a de l'éternité dans l'homme comme dans les arbres.

— Mais pour ce qui est des Français...

— Il y a de l'éternité dans l'homme, je ne dis pas dans le Français.

— Mais si, ici, dans ce lieu que nous nommons France, ce hêtre renaît éternellement, pourquoi pas les Français ?

— Des hommes, en tout cas, toujours...

— Et si la planète refroidit...

— C'est une autre paire de manches.

— Mais tu dis qu'il y a de l'éternité dans l'homme, dans l'arbre.

— Il y a en eux quelque chose qui participe de l'éternel. Ce que dit ce hêtre sera toujours redit, sous une forme ou sous une autre, toujours.

— Pourquoi me dis-tu tout cela ?

— Pour te consoler de la mort de la France.

Gilles, en arrivant, lui avait crié que l'univers dans lequel il se débattait à Paris se rapetissait à vue d'œil. Au Quai, ils faisaient une politique avaricieuse ; dans toutes les institutions achevaient de s'effondrer les bonnes règles de l'esprit. Et, pourtant, Dora ne lui avait pas encore rendu le coup de couteau donné à Myriam.

Le vieux avait hoché lentement la tête et l'avait considéré avec un éloignement où il y avait de la rancune et une montante indifférence, aussi beaucoup de distraction.

— Tu crois vraiment que la France va mourir ? s'écria Gilles.

— Mais oui, la France meurt. Viens au village, à côté, je vais te montrer maison par maison, famille par famille, la mort de la France, viens.

Ils avaient pris à travers champs et étaient arrivés à Hoqueville que Gilles connaissait bien, où il venait, autrefois, souvent, pendant les vacances, acheter des cigarettes ou des journaux. C'était un village de l'intérieur, peu visité par les touristes et qui avait cet aspect déjà armoricain des villages de ces confins de la Normandie.

— Ici, tu vois, il y a eu trois fils tués à la guerre... Ici, il y a un mutilé qui a deux enfants, un fils et une fille qui sont ouvriers à Paris. Le fils est marié, mais n'a pas d'enfants. La fille vit avec un type à Courbevoie, et meurt avec lui... Ceux-là ont eu des enfants, tous morts en bas âge : alcoolisme et syphilis... Ceux-là ont deux enfants qui ont échappé, ils travaillent à la terre avec leurs parents... Là...

Le vieux pointait les foyers avec sa pipe ou sa canne, énumérant, computant avec une minutie rageuse.

Il montrait les persiennes fermées et celles qui n'étaient qu'entr'ouvertes sur la fin de deux vieux, sans enfants ou abandonnés par leurs enfants. Pourtant, de temps en temps, une silhouette forte passait encore. Gilles y raccrochait son regard et sa pensée, désespérément.

Ils arrivèrent devant l'école.

— Comment est l'instituteur?

— Oh! il n'est pas méchant, ou il croit ne pas l'être. Il n'est même pas socialiste ou communiste, même pas franc-maçon. C'est un modéré. La très pauvre philosophie qu'on lui a mise dans la tête à l'École normale, il l'a réduite encore par prudence ou débilité. Il leur enseigne une espèce de « chacun pour soi et Dieu pour personne » qui ne leur apprend rien, car il y a longtemps que c'est passé dans leur sang.

— Et le curé?

— Le curé!

Le vieux s'arrêta et leva les yeux au ciel, puis il donna un grand coup de son bâton par terre.

— Le curé, il pense et il vit comme l'instituteur. Et il n'en dit guère plus que lui. Tiens, entrons plutôt dans son église.

C'était une charmante chapelle de XVe siècle, d'un jet sûr. A l'intérieur, il y avait quelques bons vieux bancs de chêne et toute l'ignoble pacotille du catholicisme décadent, Vierge fabriquée à la grosse, Saint-Joseph, Sacré-Cœur de Jésus, Jeanne d'Arc de patronage, drapeau français.

Sur un mur, la longue liste des morts de la guerre, plus grande que le village.

— Voilà tous ceux que les gens de Paris ont tués avec leur sale politique. Le député d'ici, c'est le comte de Falcourt, il pense exactement comme un radical-socialiste. La cervelle aussi vidée.

Ils étaient seuls dans l'église. Le vieux s'était incliné devant l'autel, faisait un grand signe de croix. Gilles se dit : « De ma part, ce serait une simagrée. »

Le vieux l'amena sur le côté de l'autel. Il lui montra une dalle funéraire. Deux géants, homme et femme, les seigneurs de Hoqueville. Deux longues silhouettes incisées dans la pierre.

— La vieille race noroise, noyée aujourd'hui dans une France anonyme.

— Mais après que ceux-ci étaient tombés en décadence, dès le XIIIe siècle, il y a eu des renaissances magnifiques.

— Oui, mais tant va la cruche à l'eau... C'est la source même de la vie qui est atteinte. Plus de foutre, ou il va au bidet. Les Français n'ont plus qu'une passion, de crever... Une jeune fermière me disait, l'autre jour : « Pensez-vous que je ferai des enfants? Pour quoi faire? » Si tu avais vu son regard. Une opacité, la taie du néant. Ils ont tout oublié, ils ne savent plus rien. Ils sont entièrement sortis du monde animal et du monde humain.

— Ils sont comme les Parisiens.

— La terre ne leur dit plus rien. Ils ne sentent plus la terre, ils ne l'aiment plus. Ils ont honte d'être restés ici. La seule excuse à leurs yeux, c'est qu'ils gagnent pas mal d'argent.

— Jusqu'où ça ira-t-il?

— Ils seront envahis. Ils sont déjà envahis. Des Polonais, des Tchécoslovaques, des bicots. Mais leur vice dévore tout de suite l'envahisseur.

— Il y a une puissance de syphilis dans la France.

Gilles hochait la tête, exaspéré d'entendre sa pensée dans la bouche d'un autre et d'un vieillard. Du reste, ce vieillard avait l'excuse de son âge ; pas lui.

Repensant à cette conversation, une pensée le torturait : celle de l'avarice. Ce pays se mourait d'avarice et lui-même était un avare. Il avait eu un désir avaricieux de l'argent de Myriam, et encore un peu de l'argent de Dora. Mais, surtout, il avait un sens avaricieux de lui-même. Qu'appelait-il sa solitude, si ce n'était le goût avaricieux de son ego? Il ne s'était pas jeté tout hors de lui-même vers Dora et, quand elle l'avait repoussé, il était revenu à lui-même avec une secrète complaisance, une délectation morose.

Il n'avait pas d'enfant.

L'APOCALYPSE

I

Gilles Gambier envoya sa démission au Ministère des Affaires étrangères. Il le fit d'une minute à l'autre, sans aucune hésitation : il ne s'était jamais considéré que comme un passant dans ce lieu. Jamais un instant il n'avait pu se croire défini par le terme de fonctionnaire. La notion de retraite lui semblait aussi insipide que celle de Légion d'honneur. Sans cesse il avait éprouvé le même frémissement d'effroi et de colère à observer les manières de ses collègues, ces manières élimées des diplomates, qui, même s'ils sont riches, ont l'air de parents pauvres. Ils portent en terre, tous les jours que Dieu fait, le regret, tous les jours renié, d'un très vague « Ancien Régime ». Qui est le plus sinistrement drôle dans ce personnel des Pompes funèbres ? D'un noble de vieille souche qui lèche méticuleusement la plante des roturiers, professeurs ou avocassons qui lui arrivent à travers la figure deux ou trois fois par an... en guise de ministres et sous-secrétaires d'État ? ou d'un bourgeois pourvu d'un peu d'argent, entré dans la carrière avec de mesquines illusions sur le lustre qu'il en recevra et qui, passablement catholique, orléaniste à la manière de 1880, ne trouve qu'à imiter dans la servilité le noble de vieille souche ? Le plus sinistrement drôle, c'est un troisième qui, pauvre, normalien et franc-maçon, est encore plus content que les deux autres d'être admis à sucer les doigts des duchesses ou ce qu'il en reste. Au-dessus de cet aplatissement, les ministres et sous-secrétaires d'État changent et se ressemblent de plus en plus... dans la médiocrité. Les générations de ces si lointains neveux des Jacobins sont toujours plus falotes et plus faiblardes. Assises dans le fauteuil fatal, elles promènent sur l'Europe un regard de plus en plus myope, cependant que le pauvre disque qu'elles ont dans le ventre, et qu'on n'a pas changé depuis l'invention du phonographe, continue à tourner pour le ricanement lassé des peuples sa ritournelle éraillée sur la paix et la démocratie.

Du reste, Gilles n'avait jamais eu de rapports durables avec ces gens-là. Il était toujours resté au Service de la Presse, lançant directement, par-dessus la tête de tout ce monde courbé, ses étranges rapports sur la politique générale de la France à Berthelot, qui avait cessé de lire depuis longtemps ces satires indiscrètes où, à travers sa propre politique, était dénoncée l'arrogante imprévoyance des derniers maîtres de la France.

Gilles s'en allait l'année où son traitement devenait sa seule ressource, car il arrivait au bout du magot que lui avait constitué autrefois Myriam Falkenberg, au moment de l'épouser. Il n'allait plus avoir d'argent, plus d'argent du tout, mais c'était justement ce qu'il voulait. C'était une tentation qui l'appelait depuis longtemps. Il voulait retrouver cette impécuniosité dont le hasard d'une rencontre l'avait débarrassé quelques années. Qu'allait-il devenir ? Il n'en voulait rien savoir. Il envisageait la pauvreté comme un état pour lui redevenu mystérieux, épouvantable et enivrant. Il prit une chambre dans un

498

hôtel de la rive gauche. Il avait vendu la plupart de ses livres, tous ses meubles et ses tableaux. Déjà son habillement se modifiait et atteignait enfin une véritable élégance, sous un léger débraillé. Il jouissait amèrement de sa liberté. Cette liberté était faite aussi de la perte d'une maîtresse, Dora Reading, rentrée en Amérique, et de la perte de ses amis, partis vers le communisme. Il avait perdu tout ce qu'il n'avait jamais eu. Il n'avait jamais rien eu à lui, ni femme, ni amis, ni situation. Ce qui avait tenu lieu de tout cela s'était brusquement effacé. Il ne faisait rien, il ne lisait plus, il se promenait, il rêvait, il dormait. Il ne voyait plus le peu qu'il avait jamais vu des gens du monde, des bourgeois ; il ne s'était pas fait de relations nouvelles. Il était seul. Lui qui avait toujours été seul, il l'était beaucoup plus qu'auparavant. Il jouissait avec un renouvellement infini de curiosité de son sort. Il avait toujours désiré ce temps de toutes les abolitions ; maintenant ce désir se réalisait. La pauvreté lui paraissait aujourd'hui une condition de la solitude comme autrefois la richesse. Il se promenait, en attendant la pauvreté. Elle arrivait. Ses derniers billets de mille brûlaient comme du papier à cigarette. Il trouvait une volupté sans égale au fait d'avoir disparu, d'être inconnu. Il ne vit strictement plus personne. Non seulement il ne pouvait plus supporter la moindre conversation, mais surtout il ne pouvait plus supporter un regard sur lui. Le regard de la caissière de l'hôtel le gênait encore. Il changeait sans cesse de restaurant, de café, de quartier.

Il prenait des femmes dans le métro, dans la rue. Il leur parlait à peine, il les regardait seulement. Un regard qui n'était ni une injonction, ni une supplication, un regard où il leur fallait reconnaître une intimité de toujours. Ce passant leur donnait au coin de la rue le sentiment d'un autre foyer, d'un feu doux au coin duquel les attendait leur propre rêve avec des mains lentes. Elles sentaient palpiter en même temps leur sein et leur cœur dans leur sein. Et elles le suivaient, entendant des propos qui leur paraissaient étrangement familiers : « Oui, encore une fois. Oui encore une fois. Nous nous connaissons si bien que c'est à peine besoin de nous rapprocher. Pourtant... » Enfermées dans une chambre, elles plongeaient dans l'éternel, état délicieux pour elles si ce n'est qu'une sensation.

De quelle adoration minutieuse il assiégeait lentement celle qui l'avait suivi. Une fois dans la chambre, une fois qu'il la tenait... mais il la tenait bien avant qu'elle fût dans la chambre, depuis qu'il lui avait touché la main. Pourtant une chambre concentre les effluves au point de produire des miracles.

Une fois dans la chambre, il ne parlait plus du tout. Il ne la regardait plus guère dans les yeux non plus, il aimait mieux regarder sa robe mouvante. Il lui demandait d'abord de s'asseoir, de ne plus bouger, de ne rien dire. Il sortait de ses poches un nombre incroyable de grands mouchoirs de soie qu'il jetait à deux ou trois endroits pour conjurer la laideur. Elle portait la main à son cœur. Pas de tabac, c'était un de ces moments où il n'avait plus envie de fumer. Il regardait la robe mouvante très longtemps. Un mot par-ci par-là, pour ponctuer le silence. Il devinait longuement les moindres détails de ce corps qui se cachait si gracieusement. Un geste imperceptible de temps à autre. Plus tard, il se déshabillait. Il voulait être déshabillé avant elle. Impossible de se déshabiller ensemble. Enfin, il était important qu'elle fût toute à la surprise de découvrir son corps. Ce corps était déroutant : il était mi-parti comme une figure d'anatomie. D'un côté, c'était un corps d'homme épanoui et presque athlétique, avec un cou largement enraciné, une épaule droite pleine, un sein ample, une hanche stricte, un genou bien encastré ; de l'autre, c'était une carcasse foudroyée, tourmentée, tordue, desséchée, chétive. C'était le côté de la guerre, du massacre, du supplice, de la mort. Cette blessure sournoise au bras qui avait enfoncé son ongle de fer dans les chairs jusqu'au nerf et qui avait là surpris et suspendu le courant de la vie, et qui par un vaste contre-choc avait saccagé toute l'épure architecturale des muscles, c'était ce que Gilles avait cherché à la guerre, le moins qu'il en avait pu rapporter, cette empreinte, ce signe de l'inexorable, de l'incurable, du jamais plus.

La femme le regardait surprise, bouleversée, ahurie, elle-même divisée, courant d'un côté à l'autre de son sentiment contradictoire, entre l'admiration et l'effroi, l'abandon et la répulsion. D'un côté elle s'appuyait sur la solidité virile, de l'autre elle sentait céder la barre d'appui et tombait dans un vide inquiétant. Elle oscillait violemment, irrégulièrement, puis peu à peu elle s'installait dans l'oscillation, elle se balançait. Le balancement assurait l'enchantement. Alors les mains de Gilles s'avançaient vers elle. Elle était prise dans un rite, la révélation véhémente commençait en benoîte initiation. Sous l'injonction imperceptible de gestes très légers, elle commençait de se déshabiller. Il l'aidait un peu ; il s'éloignait, se rapprochait. A mesure que ce corps se dénudait, ce corps, qui sous la robe s'était déjà si profondément livré, livrait encore de nouvelles beautés. Puis, il était atteint, modifié, aliéné, exalté ; il manquait devenir une âme.

II

Alors que le printemps finissait, Gilles avait été attiré par une zone encore plus profonde parmi les zones infinies et diaprées de la solitude : il était parti dans le désert. De la grande ville au désert, passage facile, logique ; du sable humain au sable. Et il lui fallait le désert dans sa vérité, dans sa grande ardeur d'été.

Il avait passé deux mois dans une oasis de l'extrême-sud algérien. Au bout de peu de temps qu'il était là, il s'était écrié : « La ville, ce n'est pas la solitude parce que la ville anéantit tout ce qui peuple la solitude. La ville, c'est le vide. Or, la vraie solitude est plénitude. Ici, la solitude, c'est l'homme avec ses biens, avec son ciel, avec sa terre, avec son âme, avec la dureté de ses seuls biens, avec la faim, avec la soif, avec la prière au cri perdu. »

Il était de plus en plus paresseux, il arrivait enfin à cette merveilleuse paresse qu'il avait déjà touchée pendant la guerre, puis qu'il avait perdue, dont il avait rêvé pour toute sa vie dans les débuts de sa rencontre avec Myriam, puis qu'il avait peu à peu oubliée, renoncée. Il avait espéré de nouveau que Dora serait cette solitude recouvrée. Paresse puissante. Il écoutait, il regardait ; il apercevait ses pensées qui se levaient une à une dans leur vérité charnelle, liées à une ligne et à une couleur. Il se demandait si les fins de l'homme sont des fins sociales. Ou plutôt il rêvait d'une société qui laisserait beaucoup de liberté à l'homme ; non pas de cette liberté dont on parle tant dans les villes et qui est un attrape-nigaud, la liberté de faire du bruit ; non, une autre liberté, celle dont il jouissait en ce moment et qui était la liberté de se taire et de contempler. Il rêvait d'une société où la production et la jouissance des biens matériels seraient limitées à un prolétariat gras, cossu, bourgeois ; et pour une classe d'exception, pour une sorte de noblesse, la générosité de l'homme serait reportée dans la contemplation. Il ne s'agissait point là de l'inertie des « intellectuels » du siècle dernier affalés dans leur bibliothèque, dominés par leur faiblesse corporelle, livrés par leur incapacité politique à la dictature de la foule ivre de besoins et de satisfactions médiocres, noyés dans le flot montant de la laideur des objets, des vêtements, des maisons, et alors se confinant dans une rêvasserie subjective de plus en plus mal nourrie et maigre.

Il pensait, après le Platon des *Lois*, que la contemplation ne peut être pleine et créative qu'appuyée sur des gestes et sur des actes qui engagent toute la société. Il n'est de pensée que dans la beauté et il n'est de beauté que par le concours de toute la société ramenée à la sainte loi de la mesure et de l'équilibre. Restriction des besoins pour l'élite, équilibre des forces matérielles d'une part, corporelles et spirituelles de l'autre. Ascétisme du religieux, mais aussi de l'athlète et du guerrier.

Telles avaient été la Grèce, l'Europe du Moyen Age.

L'Islam autour de lui, même avarié par la colonisation, lui rappelait l'éternelle règle d'or, en bonne partie restituée par Maurras ces temps-ci.

Presque nu, mangeant peu, buvant moins, silencieux, marchant au soleil ou assis dans une ombre chaste il était d'accord avec ces officiers sahariens qui croyaient plus dans la maigre maxime des vaincus du désert que dans le gras propos triomphant à Paris. Il rêvait que la civilisation d'Europe enfin s'arrêtât comme s'était autrefois arrêtées les civilisations d'Asie et que dans le silence enfin recouvré on n'entendît plus que le son d'une note de musique ou le heurt de deux sabres dans quelque duel absurde ou le bruit très discret du paraphe du poète. Assez de progrès. Il n'attendait rien que de la paresse.

Il vieillissait ; comme c'était bon cette première accalmie annonciatrice des grands dépouillements et des grands achèvements.

Il revint à Alger. Alger idiote avec ses maisons sans épaisseur chauffées à blanc, avec toute sa camelote de civilisation que le soleil allait sans doute écraser comme quelques vieilles boîtes de conserves sous son talon. Alger comme toutes les villes du monde : cinémas, cafés, banques. Il s'attarda là encore deux ou trois jours, savourant toute l'insanité de ces tas de charbon, de ces journaux, de ces nomades pris au piège et traînant la savate.

Un jour, il entra dans une espèce de thé. Il y avait deux femmes à une table : l'une, comparse, l'autre...

Il y avait du mouvement dans ce corps, du feu dans ce visage. Tout cela paraissait tourner à une prétention provinciale, bien maladroite ; mais il y avait d'abord un élan naïf qui reparaissait sans cesse. Une brune à la peau d'ambre, avec des yeux battus et ardents, la tête et le buste très redressés. Une ombre légèrement hâve disputait son corps à l'embonpoint. Mal habillée comme une Bovary ou une poule qui veut échapper à sa condition. Sans doute, une femme du cru. Elle regardait Gilles avec cette arrogance farouche des femmes de la Méditerranée où il reste toujours quelque chose de l'aveu pudique de la jeune fille.

A la sortie de ce ridicule petit thé où picoraient quelques bourgeoises caquetantes, ils se retrouvèrent. Elle lui fit face, pour lui éviter cet air de poursuite qu'à la ville dégrade un peu l'homme. Il lui dit : « Vous êtes belle » pour que tout de suite elle ait ce sourire fondant qui annonce qu'une femme n'est déjà plus que tendre volupté. Elle lui était reconnaissante à son tour d'aller droit au fait.

— Je ne peux pas vous parler maintenant, mais demain matin...

Elle lui donna rendez-vous du côté de Mustapha. Il y vint et elle y vint.

Son sourire l'avait fait paraître très jeune, presque une enfant ; et sa brusque décision était celle d'une petite fille, ruée généreusement dans son caprice. Elle dit que son nom était Myrtil, ce qui parut affreux à Gilles. Il le lui dit et elle avoua que véritablement elle s'appelait Pauline. C'était préférable.

Pauline était une poule, mais cela n'avait pas beaucoup d'importance parce qu'elle était un peu espagnole. Si elle avait été française, le fait d'être une poule aurait été irrémédiable ; elle aurait été entièrement définie par ces petites manières, ces petites pensées, ces petites paroles apprises aux sources les plus frelatées, avec lesquelles le peuple le plus bourgeois du monde, qu'il se fasse putain ou bistrot, se range bien soigneusement dans les entrepôts du confort matériel et moral. Une fille d'ouvrier ou d'employé entre dans la galanterie, non pas pour manger, car elle peut gagner plus que son pain à l'usine, mais pour la même raison qui fait qu'un bourgeois ou une bourgeoise espère un mariage d'argent. Il y a aussi la loterie, le pari mutuel.

Pauline pensait plus à l'amour qu'à autre chose. Gilles croyait qu'il en était ainsi parce qu'elle était espagnole ; il avait vu que le peuple espagnol n'était pas encore embourgeoisé. Elle avait une nature forte, violente, extrême qui retirait leur croc venimeux à toutes les sottises qu'elle avait apprises sans le savoir à droite et à gauche. Elle avait de l'orgueil et elle mettait son orgueil dans la passion ; elle voulait aimer et être aimée, cela lui semblait sa destination de femme et cela comptait beaucoup plus pour elle que l'argent. Elle pensait à la considération, mais seulement à travers un amant qu'elle rêvait. Elle n'avait aucune ruse, aucun calcul, était toute impulsion.

Gilles était émerveillé. Il retrouvait ce qu'il avait tant aimé chez une seule femme, pendant très peu de semaines et dix ans plus tôt, à Belfort : le mouvement pur et dur du tempérament, le don jaillissant et sans contrainte.

Cependant il se méfia. Il savait très bien de quoi il avait encore l'air, d'un garçon désœuvré et riche ; pour une poule il faisait fils de famille. Certes, il pouvait lui plaire par lui-même, mais sans doute lui plaisait-il aussi parce qu'elle l'imaginait plein d'argent. Il commença par le lui laisser entendre. Ce qu'elle ne demandait qu'à croire. Pour elle l'idée de l'argent pouvait se confondre avec celle des beaux sentiments. Elle ne doutait pas qu'il eût de l'argent parce qu'il avait de beaux sentiments, des sentiments délicats, qui se manifestaient dans chacune de ses paroles et dans chacun de ses gestes. Elle avait toujours vu au cinéma l'argent et les beaux sentiments étroitement unis. Pourquoi cette belle dactylo est-elle si noble, si désintéressée, si pure ? C'est parce qu'à la fin elle doit épouser le fils du milliardaire. Cette trace d'idéalisme, l'or, court déjà dans ses veines. Et pourquoi le jeune ingénieur est-il si brave ? Parce qu'il est prédestiné depuis le commencement des siècles à épouser l'héritière de Pierpont Morgan.

Gilles apprit quelle était la situation de Pauline. Elle était la maîtresse d'un gros vieux homme d'affaires sénateur, fort puissant en Algérie. Cet homme, qui avait femme et enfants, l'avait rencontrée ici l'autre année, s'était toqué d'elle et l'avait installée à Paris. Maintenant, elle était venue, entre deux bateaux, à Alger voir sa mère. Auparavant, elle avait été la maîtresse d'un jeune colon riche qui l'avait plaquée pour se marier.

Ils étaient tous les deux déjà sur leurs grands chevaux. Les grands mots étaient déjà sur leurs lèvres. Après avoir couché ensemble, ils se tordraient les mains et crieraient : «Pas de partage.» Or, lui n'avait plus le sou et ne voyait aucun moyen de gagner des sous, et il trouvait les sous tout à fait inutiles désormais. Il était curieux, passionnément curieux de voir comment elle prendrait la situation.

Il lui demanda de venir le voir à l'hôtel. Elle refusa. Il se dit : « Ça y est. Elle me croit riche. Elle joue le grand jeu. » Il insista. Elle lui répondit :

— Non, je ne veux pas coucher avec vous une fois ou deux. J'ai plaqué M. Mourier une fois déjà, je l'ai affreusement fait souffrir, il m'a reprise. Je ne veux plus le tromper bêtement.

Gilles s'étonna un peu, puis se répéta : « Toujours le grand jeu. »

A la troisième promenade, elle lui dit brusquement :

— Si vous le voulez, je le quitterai définitivement et je partirai avec vous.

Il pensa alors : « Même si elle me suppose un compte en banque, c'est assez étonnant. La troisième fois que nous nous voyons. Risquer tout si vite. Ne pense-t-elle donc que je peux la plaquer dans huit jours ? »

— Vous êtes donc sûre de moi ?

— Non, mais je suis sûre de moi. Je n'ai jamais aimé comme ça. Or, j'ai déjà beaucoup aimé et je ne peux plus me tromper sur l'homme que j'aime.

Il fut mordu par la jalousie, vieille mécanique.

— Racontez-moi.

— Oh! tout cela est oublié ; du moins depuis quelques jours, ça s'en va.

— Mais après que nous aurons couché ensemble, peut-être que... reprit-il en se forçant.

Elle haussa les épaules.

Alors, il se décida à frapper le grand coup.

— Il me reste 5 000 francs en tout et pour tout au monde.

Elle le regarda, incrédule. « Elle croit que je veux l'éprouver. » Il sortit une lettre de son banquier qui était un ami et qui le suppliait de ne pas commencer à faire des chèques sans provision.

Elle fut stupéfaite.

— Vous n'avez pas l'air d'un homme sans argent, c'est drôle.

— Et je n'ai pas de métier.

— Mais, qu'est-ce que vous allez faire?

— Un peu de journalisme. Je ne gagnerai jamais là dedans que la plus maigre croûte.

Elle rêva et dit du ton d'une enfant qui parle de ce qu'elle aura quand elle sera grande :

— Et moi qui aurais tant aimé faire, avec vous, un tas de choses à Paris.

Il la regarda comme une chose déjà lointaine.

Elle dit :

— Eh bien, nous allons prendre nos billets de retour, pour être sûrs. Et puis, nous irons trois ou quatre jours dans la maison d'une amie qui, en ce moment, est en France. Je veux me donner à vous dans mon pays.

— Et après?

— Après, on verra. En tout cas, je vais télégraphier à M. Mourier que je le quitte.

Les mondes s'écroulent ; d'autres naissent.

Quand ils furent seuls ensemble dans cette maison, et surtout quand elle fut déshabillée, elle ne fut plus du tout la même à ses yeux, ou plutôt, elle fut tout à fait cette enfant qu'il avait vue sourire à la sortie du thé d'Alger. Farouche, à apprivoiser, comme les enfants.

Si elle lui offrait sa vie avec une grande facilité, elle lui disputait son corps. Elle ne lui avait même pas donné sa bouche à Alger. Pourquoi la plupart des femmes donnent-elles plus facilement leur bouche que leur ventre ? Maintenant qu'il la tenait dans ses bras, elle restait insensible. Mais cela, qui pouvait paraître coquetterie, n'était que l'effet de la méditation. Méditation sincère et passionnée. Elle méditait trop gravement sur le principe de ce qui survenait dans sa vie pour pouvoir déjà prêter attention aux détails. Ce qu'elle voyait dans les gestes et soupirs de Gilles, c'était les marques sentimentales du choix qu'il faisait d'elle. Chacun de ces gestes la jetait et la rejetait dans des transports moraux qui la désintéressaient du plaisir. Elle était toute tirée en haut de son âme, et son âme n'avait point le loisir de redescendre dans son corps.

Et pourtant ce corps était là. Et Gilles le scrutait comme un document difficile à déchiffrer où il prétendait que deux écritures devaient s'emmêler. Dans la chemise qu'elle s'obstinait à garder et où elle cachait ses seins, il y avait une antique vierge qui se réveillait et reprenait à neuf un ancien début. Mais n'y avait-il pas aussi une putain mal tuée, qui ne pouvait mourir et qu'il pouvait réveiller ? L'expérience des femmes qu'a un homme est toujours insuffisante, et Gilles, qui avait soulevé tant de jupons et effleuré tant d'âmes, ne comprenait pas que Pauline avait bien pu coucher avec une demi-douzaine d'hommes, comme elle l'avouait, ou avec plusieurs douzaines, comme il le supposait (car, entre le jeune colon et M. Mourier, il y avait eu une période de dèche qui avait dû la mener à la maison de passe) et cependant fort bien demeurer dans un profond repliement, dans une espèce de virginité. Elle avait pu ignorer un certain abandon au quotidien et à l'éphémère, une certaine prostitution du cœur qui se laisse surprendre au hasard des rencontres.

Après quatre jours, continuant d'ignorer le plaisir, elle ne montrait pas cette trop rapide tendresse de l'oreiller qu'il provoquait et goûtait chez tant de maîtresses d'un jour, quitte ensuite à la leur reprocher. Pleine d'une riche obscurité, elle luttait contre ce dont elle était envahie peu à peu.

Du côté de Gilles, les mots qui ressourdaient encore une fois avaient perdu leur éclat et, couverts par l'ombre du souvenir, ils en étaient encore plus mats. Aucun mot ne pouvait plus sortir de lui, qui ne fût doublé encore plus que d'un sentiment, d'une pensée. Il ne parlait plus d'espoir, mais de nécessité. Il y avait dans son regard une mélancolie et une résignation qui accablaient Pauline d'un prestige inconnu, aux opacités souveraines.

Elle s'étonna d'abord du contraste qu'il y avait entre les mots où il lui faisait entrevoir son lent abandon et ceux dont il couvrait sa réserve persistante. Elle finit par percevoir le rythme qui harmonisait le tout et elle s'y berça comme à une houle très large.

Il lui racontait sa vie et elle s'enivrait de fatigue. C'était un philtre stupéfiant pour cette fille simple que ce récit peu à peu surchargé. Elle y voyait ce qu'il n'y voyait nullement : une montante et pour elle presque étouffante plénitude. Mais à aucun moment ne venait à Pauline de l'humilité ou du doute car il y avait en elle trop de sauvage robustesse.

Dépouillée de ses affreux vêtements de ville, elle apparaissait une fille souple et forte, légèrement meurtrie. Son corps brun, musclé, portait une chair qui était faite pour être luxuriante et qui, pourtant, montrait de légères traces, prématurées, de lassitude. C'était ce qui mordait Gilles de pitié et de jalousie : il y voyait le vestige dénonciateur de son passé.

Il pensa que poule elle avait connu et goûté des amants d'un genre assez rude ; elle devait le trouver trop mièvrement bourgeois. Il le lui dit avec les mots crus qui d'abord la déconcertaient, mais auxquels elle se familiarisait peu à peu.

— Mais tu me plais, voyons.
— Je vois bien que non.
— Tu ne comprends pas ?

Hors l'étreinte manquée, il fallait bien pourtant à Gilles voir de quelle frissonnante attention, de quelle vive et incessante gratitude elle entourait le moindre de ses mouvements et de ses propos. Il s'émouvait de noùveau devant l'élan d'une femme vers lui, devant la possibilité du don total qu'elle indiquait. Et il en était ainsi parce que lui-même, sans le savoir, s'était relancé tout entier dès le premier regard. Ainsi donc, la vieille force, ou plutôt la jeune force, était toujours en lui.

III

Gilles revint à Paris avec Pauline et chercha un appartement. Il trouva quelque chose d'inespéré au fond d'une cour, dans une vieille maison de l'Ile Saint-Louis. Ce n'était que deux grandes pièces, mais elles étaient vastes, carrées et hautes. Il fourra dedans les meubles les moins laids de l'appartement de Pauline. Le reste fut vendu ainsi que ses bijoux.

Ensuite, il se demanda ce qu'il allait faire. Il n'appartenait à aucun groupement, à aucune catégorie humaine.

Il avait pu croire qu'il s'était éloigné depuis quelques mois de la politique où, par le Quai, il n'était jamais entré tout à fait. Mais son expérience du désert prouvait qu'à travers la solitude et la nature, il méditait toujours la société, et seulement la société. Il devait s'avouer qu'il n'avait pu rien déchiffrer plus profondément, du moins rien qui formât un texte suivi. Les secrets de la religion et de la philosophie, comme ceux de la poésie, lui restaient à peu près interdits ; n'espérant plus les pénétrer, il devait se résigner à les vénérer dans leur contour social, les épeler au moyen de syllabes politiques.

La vie qui se dérobait à lui dans ses grandes profondeurs ne lui offrait que cet énorme résidu : la politique. Il recueillait pourtant dans cette gangue vulgaire des pépites précieuses qui, broyées par son zèle ascétique, lui faisaient encore un métal assez rare. Il se sentait le besoin d'exprimer cette pensée tenace, méprisante et tendrement désolée, qui s'était composée en lui autour des mythes sommaires de la pensée contemporaine : Patrie, Classe, Révolution, Machine, Parti. Ce serait sa façon de prier. Une force que ses vingt ans avaient pressentie à la guerre remontait lentement en lui avec sa maturité : la prière.

Il lui faudrait écrire sa prière.

Il ne songeait pas du tout à écrire pour être lu, mais seulement pour assurer chaque étape de son mouvement intérieur. Voulait-il donc dérober toujours ce mouvement ?

Non, mais il jugeait que le moyen de transmission le plus efficace est le moyen invisible de l'oraison ; quand il disait : « On ne peut parler que pour les murs », il sous-entendait cette conviction. Il regrettait seulement que son intime discours condescendît à un vocabulaire aussi médiocre que celui des journaux. Mais s'il ne se privait pas d'en rejeter la faute sur son époque, incapable de nourrir un propos plus vaste, il ne comptait plus dédaigner ce moyen d'intervention, alors qu'il n'y en avait pas d'autres.

Cependant, par ailleurs, il lui fallait faire vivre Pauline et lui-même. Il retombait dans le vieux dilemme découvert au temps de Myriam. S'il ne voulait plus d'une Myriam, il lui fallait se prostituer aux guichetiers du siècle.

L'écriture se vend. Il y a des endroits où cette espèce de travail est reçu, acheté, revendu : des éditeurs qui le débitent en livres, des directeurs qui le débitent en articles ; on peut le parler en conférences. Tout ce commerce se fait dans des maisons où il faut sonner, prendre un ascenseur, se présenter, s'exposer, se négocier. Tout cela n'entrait guère dans l'habitude ni l'imagination de Gilles qui avait de la délicatesse pour ses pattes comme les chats.

Il trouva une issue, selon sa manière furtive. Déjà autrefois, il avait envoyé directement à Berthelot d'inconvenants mémoires avec une audace qui était aussi bien manque d'adaptation sociale qu'instinct de séduction ; de la même manière il se résolut à faire un journal à lui tout seul.

Les paresseux ne font qu'éviter une difficulté pour retomber dans une autre ; il se mettait ainsi sur les bras tout le travail dont les intermédiaires l'auraient soulagé. Mais il évitait le contact, la pénible tractation, la souillure.

Avec brusquerie il dénicha un imprimeur, s'arrangea tant bien que mal avec lui, choisit le papier, le format, les caractères. Ayant appris qu'il lui fallait informer les autorités de la formation de son « organe » et prendre vis-à-vis d'elles une responsabilité, il se rendit au Tribunal du Commerce. Là, devant la feuille de déclaration, il fut pris de court. Comment allait s'appeler l'organe ? Un mot lui sortit aussitôt des entrailles : l'*Apocalypse*. L'employé clignota sur ce titre étrange. Ensuite, Gilles s'aboucha avec un certain nombre de libraires chez qui, pendant des années, il avait acheté beaucoup de livres et qui s'imaginèrent garantis par le fait qu'il avait appartenu au Quai. Il se fit donner par eux des adresses de libraires de province qui, d'après la liste de ces dépositaires de Paris, acquiescèrent pour la plupart, ainsi même que quelques libraires des colonies et de l'étranger.

Cependant, ne comptant pas sur une vente suffisante, il chercha un appui. Autrefois, l'écrivain se vendait à un seigneur ou à un roi et non pas au public. Pourquoi n'aurait-il pas un protecteur ? Sinon un seul et magnifique, du moins plusieurs, modestes. Il ne comptait frapper que quelques esprits importants. Il ne répugnait nullement à recevoir de l'argent de certaines gens qu'il connaissait et pour qui cela compterait beaucoup moins que ce qu'il leur donnerait en échange. Ces bons esprits n'exigeraient rien de lui ; ils sauraient d'avance que pour lui l'ingratitude serait la mère de l'indépendance. Il dressa la liste des gens à la fois riches et intelligents qu'il avait rencontrés, elle était encore assez longue. Il la réduisit et donna des coups de téléphone ; il demandait à chacun de souscrire à un abonnement de luxe. Tout s'arrangea si bien qu'il vit qu'il pourrait sans doute subsister de l'*Apocalypse* bien que très chichement.

Alors, il rentra dans les deux chambres de l'Ile et s'y enferma avec un « ouf » de soulagement. Il ne s'agissait plus que d'écrire, ce qu'il n'avait encore jamais fait dans le but d'être publié. Le caractère quasi clandestin de l'opération le rassurait. Au fond, le geste ne serait guère différent de celui qui lui était depuis toujours familier de jeter sur le papier des notes très lyriques ou très prosaïques, trop envolées ou trop posées. Parfois, il les reprenait, les refondait, les achevait, et les recopiait avec un soin médiéval.

Il avait tenu Pauline au courant de cette aventure en des termes si discrets qu'elle n'y voyait guère qu'une légende sortie de son imagination. Elle était intimement persuadée que Gilles était incapable de gagner de l'argent par son travail et pourtant, en se vouant au bonheur avec lui, elle n'avait pas cru se vouer à la misère. Dans ce qu'il lui contait, un trait lui parut plausible : que des gens riches lui donnassent de l'argent. C'était justement ce qu'en partant d'Alger elle imaginait devoir se produire de quelque façon. En dépit des explications que Gilles lui avait données sur son origine et ses avatars, elle s'obstinait à croire qu'il appartenait solidement à un monde comble de garanties où, en dépit de son indifférence et de sa prodigalité, il ne pouvait que bénéficier d'infinis retours de bâton.

Gilles voyait ainsi que l'argent n'avait pas cessé de jouer un rôle dans l'attrait qu'il avait pour elle, alors même qu'elle avait la preuve qu'il n'en avait plus. Maintenant qu'ils étaient installés dans une vieille maison délabrée, dans un minuscule appartement où il n'y avait pas de chauffage et fort peu de meubles, maintenant qu'elle n'avait plus ni bijoux ni fourrures et qu'elle faisait le ménage et la cuisine, il se voyait pourtant vis-à-vis

515

d'elle dans le rôle inconnu de lui et désobligeant d'un
bourgeois qui entretient une fille du peuple et qui s'inquiète au milieu des effusions. Il se disait : « Je suis un
michet », comme autrefois marié à la riche Myriam Falkenberg il s'était dit : « Je suis un maquereau. » Il portait
toujours son imagination aux extrémités d'une situation
et n'avait cesse d'épuiser toutes les interprétations qui se
pouvaient. Cela lui paraissait une saine précaution morale.
Au reste, Pauline s'était enfin donnée entièrement à lui et
elle semblait pleinement heureuse.

IV

Gilles rencontra son ancien ami Grégoire Lorin dans la
rue. A la suite de la grotesque scène avec *Révolte*, il ne
l'avait pas revu depuis près de deux ans. Il le tenait pour
le plus gros imbécile que la terre ait jamais porté et il
avait souvent conclu à propos de lui que l'imbécillité
engendre à coup sûr la méchanceté. Il ne croyait pas que
Lorin eût de la haine à son égard, mais seulement, ce qui
était bien pire, de l'envie. Lui accordant en gros son affection, Lorin la lui avait toujours reprise en détail.
Tandis qu'ils marchaient l'un vers l'autre dans la rue,
Gilles vit Lorin le regarder avec une sorte de convoitise,
puis baisser les yeux et allonger le pas. Le lendemain,
Gilles lui écrivit, lui proposant de le revoir. Lorin accepta,
sur un ton réservé. Mais devenu pauvre il convenait à
Gilles de revoir de près un Lorin. Il voulait observer une
certaine perversité qu'on trouve chez ceux qui sont

pauvres par paresse et que Lorin manifestait mieux que quiconque. Las de solitude aussi, il lui fallait quelqu'un qui l'écoutât, qui ne pût pas ne pas l'écouter et qui de loin en loin réagît assez pour le faire rebondir.

Lorin se prêtait au jeu parce qu'il y trouvait son compte. Profitant de l'agilité de conscience avec laquelle Gilles découvrait la plupart de ses replis, il devinait les autres que celui-ci aurait voulu réserver. Il se sentait alors plus conscient, plus intelligent que Gilles et il s'en réjouissait.

Gilles avait grande hâte d'étaler son aventure avec Pauline et de prouver à Lorin qu'il était fort capable de se passer d'argent et de braver la pauvreté. Autrefois, Lorin avait été fort scandalisé que Gilles, en quittant Myriam, eût emporté de l'argent. Gilles avait piaffé contre cette morale qui le gênait, il l'avait décrétée triviale. Mais le fait est que, depuis quelques années, il était tenté de faire l'épreuve inverse de celle du début de sa vie. « Je veux me sentir libéré soudain de l'argent comme autrefois au temps de Myriam je me suis senti soudain libéré de la pauvreté. » Il se ruait sur la pauvreté avec la même curiosité, la même tension contre les doutes ou les scrupules qu'autrefois vers la richesse.

Lorin l'écoutait d'un air sceptique et goguenard. Gilles restait enfant gâté, il jouait avec la difficulté, il n'y serait jamais tout à fait. Quelle tête il ferait si jamais il y était vraiment. Lorin se proposait de se divertir alors singulièrement.

Cependant, comme il était bel homme, bien que sale et débraillé, et plaisait aux femmes, il pouvait être sur cet article un confident honnête, sans arrière-pensée, sans le pincement d'envie et de rancune qui peu à peu avait fait de Galant un ennemi.

Lorin vint souvent chez les Gambier. Il observa Pauline au début avec une certaine méfiance, car le fait que c'était une poule lui offrait l'occasion d'un de ces froncements de sourcils qui faisaient la volupté de ce tartufe du marxisme.

— Pourquoi ne s'est-elle pas faite ouvrière au lieu de manger au râtelier d'un propriétaire terrien? Ou d'un capitaliste d'affaires? Elle a trahi sa classe...

— On peut aimer un « propriétaire terrien », comme tu dis.

Lorin hochait la tête.

— On ne peut pas aimer un ennemi de classe.

Gilles pouffait, Lorin pouffait aussi. Il était entraîné par l'ironie de son ami, mais le jargon marxiste restait son seul trésor et il n'aurait pu le jeter par-dessus bord. Il en apercevait le ridicule pendant une seconde, mais se repliait vite dans sa complaisance intérieure, sa prospérité viscérale. Il se plaisait puissamment dans sa médiocrité, pourvu qu'il y trouvât la satisfaction de ses sens faciles. Avec un paquet de cigarettes, un demi, une bonne fille et un paquet de journaux, il oubliait bientôt son grief contre le succès des autres. Quand il devenait méchant, les coups de boutoir qu'il donnait, c'était ceux du sanglier qui sort de sa fange, ivre de suffisance et de stupidité.

Cet ami du prolétariat, qui était d'ailleurs un bourgeois pourvu de quelques rentes, prétendait vivre avec une ouvrière, mais c'était un mannequin de la haute couture, enveloppée de soie.

Lorin pensa bientôt de Pauline à peu près ce que Gilles en pensait : elle était plus affamée de considération que d'argent ; peu à peu il l'avait trouvée sincèrement attachée à Gilles. Elle lui plaisait par ses manières qui, simples, impulsives, avaient un relent populaire.

Ils parlèrent aussi de leurs anciens amis.

Ils parlèrent de Clérences.

Clérences, le jeune député radical, n'avait certes pas rejoint le communisme comme les autres amis de Gilles. Mais sa femme était partie avec Cyrille Galant.

Gilles s'étonna à cette nouvelle. Certes, Antoinette n'avait jamais aimé son mari, mais cette grande indifférente n'aimait pas non plus Galant. Et elle aimait le luxe. Or, elle ne tenait que fort peu d'argent de ses parents, et Galant n'avait que les plus maigres ressources. Gilles doutait que cette fugue pût durer.

Gilles, qui ne s'était jamais fâché avec lui, fit signe à Clérences qui vint dîner. Lorin vint aussi. Clérences avait avec Lorin le même genre de commerce que Gilles, il aimait se frotter à cette critique sommaire, mais ingénue, et Lorin aimait à exercer sur lui comme sur n'importe qui son magistère subalterne.

Clérences apprécia Pauline, elle avait cette pointe de pittoresque dont il avait toujours besoin chez une femme. Pauline fut très sensible à ses attentions. On en vint vite à parler politique.

Dans les premiers temps, d'un commun accord, Gilles et Lorin n'avaient pas parlé de l'*Apocalypse ;* ils écartaient ce sujet dangereux. Gilles savait que Lorin n'avait que mépris pour son activité comme lui-même pour celle de Lorin. Cependant, le silence était devenu impossible. Comme ignorant l'entreprise de Gilles, Lorin lui demanda un jour :

— Maintenant que tu n'es plus au Ministère, que comptes-tu faire ?

Gilles s'était bien gardé de sursauter.

L'*Apocalypse* avait commencé de paraître avec une espèce de succès. Il y a en France un public restreint mais gourmand pour tout ce qui paraît une façon littéraire de traiter la politique. Cela fait diversion, et toute diversion est bien venue de la part d'une élite qui ignore sa responsabilité et a pris l'habitude depuis fort longtemps de considérer la chose publique comme un objet lointain, inconnu, sur quoi ne peuvent s'exercer que par la droite des regrets et par la gauche des excuses, les uns et les autres aussi inoffensifs.

Ce qu'écrivait Gilles dans son pamphlet était reçu et goûté comme pure littérature. Il n'y trouvait pas à redire, puisqu'il n'avait aucune prétention à l'efficacité immédiate. Mêlant les indiscrètes et minutieuses observations recueillies au Quai et dans le monde parisien avec ses longues rêveries sur l'histoire et la philosophie, se remémorant aussi ses anciens dialogues avec Carentan, il s'était jeté d'un seul coup dans cette traditionnelle diatribe que poursuivent depuis plus d'un siècle en France, dans une haute et apparente stérilité, les fervents de l'Anti-Moderne, depuis de Maistre jusqu'à Péguy. Sous une forme lyrique qui trompait un peu les autres comme lui-même, laissant le jargon des partis, il s'était embarqué dans une charge à fond contre la démocratie et le capitalisme, mais aussi sur un autre plan contre le machinisme et le scientisme.

Il avait le clair sentiment que tout cela ne pouvait recouper la politique que par des malentendus : il pensait beaucoup plus à l'Europe qu'à la France, à la planète qu'à l'Europe, et à l'histoire qu'aux événements du jour. Il constatait son relatif succès, recevait des compliments sur son style et était sûr de s'être enfermé dans une position impossible.

En tout cas, ayant renoncé à tout décorum bourgeois, il avait de quoi vivre avec Pauline comme un ouvrier bien payé et régulier.

Autrefois, lors de ses premières relations avec Clérences et Galant, il avait cru qu'on ne pouvait s'approcher de la politique que par ambition. Le travail de cette ambition lui paraissait une vaine déperdition de force. Tous les niveaux de la société actuelle étant égalisés, une ascension vers les sommets équivalait à un rampement sans fin. Cependant peu à peu s'était formé le besoin de détruire la société qui lui imposait un horizon si morne. Après avoir, au temps de Myriam, considéré le ramassis parisien avec un étonnement stupide, puis un humour honteux, une ironie rageuse, maintenant il se prenait à le haïr. Il lui semblait impossible de continuer à vivre sans essayer de lui faire beaucoup de mal. Comment assouvir cette haine ? Écrire. Prier. Mais on ne prie pas contre quelque chose. Dans chaque phrase de ce pamphlet qu'était l'*Apocalypse*, la diatribe se mêlait à un éloge extatique des vérités oubliées dans leur tombe.

Cependant il souhaitait et entrevoyait quelque chose d'autre. Quoi ? Il cherchait à tâtons. En attendant, il se contentait de prier.

Quand Lorin lui demanda narquois ce qu'il comptait faire, il répondit donc :

— Prier. Je compose une oraison, chaque fois que je rédige un article de l'*Apocalypse*.

Lorin le regarda avec les yeux vides de M. Homais. Gilles sourit, il ne s'était jamais permis pareil propos devant personne.

— Qu'est-ce que tu veux dire ? demanda M. Homais avec une feinte indulgence.

— Je veux dire que, ne croyant pas au marxisme et même le détestant de toutes mes forces, je n'en veux pas moins comme les marxistes détruire la société actuelle. Il faut contre cette société constituer une force de combat, libre de toutes les vieilles doctrines, un corps franc.

A cette époque où le fascisme était à peu près ignoré en France, car il n'y fut un peu connu que le jour où il eut engendré le nazisme, l'idée de détruire la société bourgeoise ne pouvait guère se poser que par rapport au marxisme. C'était à bon droit apparemment que Lorin avait haussé les épaules.

— En dehors du marxisme, tu ne feras jamais rien.

Lorin, qui cachait mal un vétilleux esprit de critique bourgeois sous des dehors braillards d'anarchiste, s'était vite fait exclure du parti communiste.

— Dit par un communiste exclu et qui croit le mouvement marxiste brisé pour plusieurs années du fait de la « déviation stalinienne », cela me paraît comique. En tout cas, même comme marxiste, tu m'accorderas qu'il faut constituer une force d'attente qui sera mordante dans la mesure où elle masquera ses véritables mots d'ordre.

— Le marxisme ne peut pas se cacher, il est la vérité trop éclatante.

— Bon, eh bien, derrière la force de transition, tu croiras voir tes mots d'ordre marxistes, et moi je verrai les miens.

— Quels sont-ils ? Je me le demande.

— Je veux détruire la société capitaliste pour restaurer la notion d'aristocratie.

Lorin sourit, gouailleur.

— Oui, enfin, cause toujours.

Pendant ce dîner où ils se trouvèrent réunis, Gilles et Lorin épièrent Clérences, ne l'ayant pas approché depuis quelques mois et curieux de voir ce qu'il était devenu. Ils reprirent de vieilles moqueries sur son appartenance au parti radical. Le radicalisme paraissait quelque chose d'absolument odieux et grotesque aussi bien au marxiste qu'à Gilles. Celui-ci pourtant ne s'inquiétait guère des partis ni même des doctrines politiques dont chacune lui paraissait d'un côté l'imitation naine d'une grande attitude de la philosophie ou de la vie, et d'un autre côté le bouclier crevé d'une des coteries installées depuis longtemps sur le pays.

— Enfin, tu ne resteras pas toute ta vie dans ce parti de valets du capitalisme, beugla Lorin, après que Clérences leur eut fait un tableau assez fin et apparemment assez libre de la situation politique.

— Certes non, répondit brusquement Clérences.

Ils se regardèrent tous les trois. Durant le gouvernement de coalition des gauches qui avait suivi la chute de Morel et qui avait si piteusement échoué devant le *veto* des banques, Clérences avait dû en apprendre long.

— Alors, où veux-tu aller ? fit Lorin. Tant que tu ne seras pas marxiste...

— D'ores et déjà, j'admets les grandes lignes du marxisme.

— Non !

Après un ahurissement joyeux passa sur la figure de Lorin une surprenante fatuité : il pensait que ses anciennes objurgations avaient eu enfin leur effet. Gilles, qui d'abord en sourit, se ravisa ensuite et se dit que Clérences, qui n'avait pas ouvert un livre depuis la guerre, qui ne méditait jamais longtemps, et ne pouvait donc subir que des influences orales, avait bien pu en effet se rappeler les propos de Lorin, les plus sincères qu'il ait pu entendre. Ces propos devaient lui permettre de faire sa part à une mode intellectuelle qui commençait à se répandre de divers côtés.

Les progrès de cette mode marxiste étonnaient Gilles comme une étrange récurrence, car il pensait que le marxisme était maintenant mort là où il avait seulement vécu, en Russie et en Allemagne. En Russie, il n'avait pu survivre à sa victoire de 1918, prolongée dans le siècle, et en Allemagne à son échec de 1923. La tendance communiste n'avait d'abord guère atteint les milieux intellectuels. Gilles ne l'avait remarquée tout de suite qu'à cause de son attente du moindre frémissement dans les esprits. Le vieux marxisme, simplifié par Lénine, n'avait conquis d'abord que des cerveaux primaires, comme celui de Lorin. Maintenant, un Galant parlait de partir pour la Russie avec Antoinette, tandis que Caël écrivait des brochures subtiles où d'ailleurs, ayant l'air d'admettre la nécessité de l'adhésion de l'intellectuel aux mots d'ordre communistes, il marquait bien plutôt l'impossibilité de cette adhésion.

Gilles ne croyait pas un mot du marxisme. La philosophie du devenir était corrigée dans son esprit par le scepticisme pragmatique de Nietzsche où il voyait une excellente école de vigilance. « Avec celui-là, je ne deviendrai jamais un Pangloss. » Et, d'autre part, il subordonnait cette philosophie du devenir aux idées fondamentales qu'il avait héritées de Carentan. Dans les dogmes chrétiens, Trinité, Chute et Rédemption, il voyait une dialectique autrement haute et expressive que celle lue par Hegel dans l'Histoire. D'ailleurs, Hegel n'avait-il pas pris son idée de la dialectique dans les grandes idées communes au christianisme et aux mystères païens ? Mais il l'avait réduite, et Marx encore plus après lui. L'interprétation que le marxisme donnait de Hegel lui paraissait une vulgarisation improvisée par deux journalistes pressés, fort sommaire, fort étroite. Le matérialisme, même retapé en matérialisme dialectique, lui semblait une sottise, un cercle nigaud d'où l'esprit sortait dès qu'il remuait. Quant à l'interprétation de l'Histoire aboutissant au triomphe du prolétariat, cela lui semblait une énorme blague. Cela valait l'absurde aboutissement que Hegel avait trouvé tour à tour dans Napoléon et le Roi de Prusse à sa vaste promenade encyclopédique soudain essoufflée et désireuse de s'achever en sinécure. Il était beaucoup trop nietzschéen, beaucoup trop moraliste pour voir dans un dogme soi-disant scientifique autre chose qu'une volonté de puissance. Il aimait à considérer comment l'Histoire avait transformé l'hypocrisie des croyants chrétiens dans l'hypocrisie des « Scientistes ». Les intellectuels tendent toujours à refaire une théocratie à leur profit. Que les marxistes aperçussent le salut de l'humanité dans le martyre et le triomphe mythiques du prolétariat lui paraissait un tour de force sans originalité, platement et pâlement imité du coup de génie de saint Paul déduisant de la mort du Christ une promesse de résurrection pour une part de l'humanité.

Gilles n'avait jamais cru une seconde qu'il fût possible de croire à l'égalité, au progrès. Il ne voyait dans ces mots que les élans passionnels d'autres siècles, étouffés aujourd'hui par le miasme des grandes villes. Qu'est-ce qui le séduisait dans le communisme ? Écartées la ridicule prétention et l'odieuse hypocrisie de la doctrine, il voyait par moments dans le mouvement communiste une chance qui n'était plus attendue de rétablir l'aristocratie dans le monde sur la base indiscutable de la plus extrême et définitive déception populaire. Après l'échec dernier en Europe des communistes et leur métamorphose en réactionnaires, il n'y aurait plus qu'à tirer l'échelle. Achevé l'écroulement de la séculaire poussée utopique, on pourrait enfin reconstruire sur les fondements durs et cruels du possible. Il fallait en finir avec toutes ces prétentions absurdes du rationalisme, de la philosophie des lumières.

Il ne voyait pas Clérences devenir communiste, il lui aurait fallu pour cela un penchant au ratiocinage obéissant, un manque de clairvoyance dont il n'y avait chez lui aucune trace. Il le regarda avec une curiosité sceptique.

— Mais le marxisme doit être adapté à la France, ajouta Clérences.

Gilles sifflota : le compère donnait vite raison à son scepticisme. Clérences, se tournant vers Gilles, enchaîna :

— Mais toi-même, Gambier, tu ne crois pas que le capitalisme est perdu ?

— Je le crois.

— Alors, nous sommes d'accord.

— Sur ce premier point, oui. Mais ensuite ?

On entendit le gros rire de Lorin qui repartait mécaniquement dans une tirade sur la méthode marxiste. Une fois de plus Gilles se dit que la foi politique fournit aux paresseux, aux déclassés et aux ratés de toutes les professions une bien commode excuse. Clérences, qui n'était pas marxiste, était du moins obligé de se justifier par un minimum de talent. En fait, il en avait bien plus qu'un minimum. Y avait-il en lui autre chose ?

La discussion continua et se répéta. Ils se fatiguèrent, finirent par ne plus se voir ni s'entendre. Las, ils en revinrent aux questions de personnes. On parla de Cyrille Galant. Clérences annonça, en tâchant de garder un air indifférent, que son ex-femme Antoinette avait déjà quitté Galant. Elle vivait maintenant avec un Juif, riche comme de juste.

— Et le bruit court que Galant va entrer au parti communiste, ajouta Lorin, qui avait réservé jusque-là cette savoureuse nouvelle.

Ils ricanèrent. Le contre-coup paraissait trop évident

du caprice d'Antoinette sur cette entrée en religion. Tandis que Lorin s'en donnait à cœur joie, Clérences et Gilles gardaient plus de tenue. Ils avaient déjà l'expérience douloureuse d'assez de brouilles avec les autres et avec eux-mêmes pour ne pas voir merveille dans ce nouvel avatar.

Quand Gilles se retrouva seul ce soir-là, il rêva longuement. Il rêva en frissonnant, à propos de Cyrille Galant, à ce qu'était l'amitié : très jeune, il avait cru cette passion plus forte que celle de l'amour. Il s'était écrié parfois : « L'amitié est plus sûre que l'amour. » Pourquoi avait-il prétendu cela ? A cause de ses émotions et de ses actions de la guerre. Il avait satisfait dans les tranchées plusieurs fois, et presque continuellement à de certaines périodes, un besoin poignant qu'il devait bien appeler la passion de l'amitié. Ce n'était point seulement l'instinct de conservation pressé par les circonstances jusqu'à devenir un réflexe de réciprocité, pas seulement l'instinct de la tribu ; non, il avait risqué sa vie avec plus de ferveur pour celui-ci que pour celui-là.

Qu'était-il advenu de ces amitiés ? La mort était passée, mais aussi la paix. Deux ou trois hommes, avec qui il avait cru tout mettre en commun, n'avaient plus de lien apparent avec lui qu'une lettre de loin en loin ou une rencontre embarrassée. Le sentiment qui les avait unis se voyait impuissant devant la médiocrité des conditions que la paix telle qu'elle était comprise en France leur faisait, et ce sentiment se repliait, pudique. Ne restait-il donc rien de ces amitiés ? Il leur restait le rayonnement de ce qui était passé dans l'éternel.

Mais, en fait, l'amitié ne durait pas. C'était cela qui décevait Gilles, c'était justement dans l'ordre de la durée qu'il avait cru que l'amitié pouvait surpasser l'amour. Or, il s'apercevait qu'il en était de l'amitié comme de l'amour.

C'est une passion qui a la violence et la fragilité des autres passions. Et elle n'en a sans doute pas la puissance de renouvellement, car il est plus facile de reflamber, à quarante ou à cinquante ans, dans l'amour que dans l'amitié. Il y a plus d'amertume et de découragement à l'intérieur d'un sexe que d'un sexe de l'autre. L'amitié demande trop d'efforts et de sacrifices qui touchent à la substance même d'un homme, qui menacent son originalité et sa nécessaire persévérance en soi-même. Un ami, c'est une chance unique de connaître du monde autre chose que soi ; chance sur laquelle un esprit généreux se jette d'abord avec ivresse et que bientôt, en ayant assimilé quelque chose d'indicible, il rejette avec crainte et horreur. Enfin, l'amour fait une concurrence de plus en plus déloyale à l'amitié à mesure qu'on avance en âge, en l'assimilant. Au fond, l'amitié n'est possible que dans la jeunesse, où elle se confond avec la découverte de la vie et de l'amour, ou dans la guerre, ou dans la révolution qui n'est qu'une forme de la guerre, état extrême qui fait de l'homme un être détaché comme le jeune homme.

Qu'avait été Galant pour Gilles ? Un aspect inconnu de la vie, qui par moment prenait la force éblouissante d'une présence personnelle. Mais cette présence ne durait pas, Galant avait seulement besoin de quelqu'un qui lui donnât la réplique. Il en était de même de Gilles vis-à-vis de Galant. Galant empruntait Gilles et Gilles n'avait jamais fait que se prêter en retour. L'un et l'autre avaient eu parfois le sentiment de pouvoir aller par le cœur au delà de cet échange provisoire ; mais leurs esprits ne pouvaient que s'entre-dévorer. Aucune nécessité primordiale, celle du travail ou du combat, n'était venue contraindre leurs esprits à outrepasser de vétilleuses frontières. Gilles, apparemment plus flexible que Cyrille, n'était pas moins résistant au fond et aurait pu se montrer à la longue plus insidieux.

En tout cas, il pouvait pressentir le chagrin qu'avait dû éprouver Cyrille auprès d'Antoinette. Cyrille avait dû être blessé par Antoinette comme lui l'avait été par Dora, et sans doute avait-il désespéré comme lui. Le communisme devait avoir tenté Cyrille comme la pauvreté tentait Gilles.

Mais le communisme et la pauvreté, c'étaient deux choses fort différentes. Galant, qui avait toujours été pauvre, trouvait, en se raccrochant au communisme, après avoir rêvé d'épouser Antoinette, une nouvelle forme à sa rage contre la pauvreté. Et aussi une nouvelle forme à sa prédilection pour une attitude fanatique. Autour de Caël, il avait esquissé ces mouvements d'idolâtrie arrogante dont il avait besoin pour guinder plus sûrement sa nature d'ambitieux frêle mais tenace. Gilles commençait à comprendre comment la feinte d'un absolu pouvait être nécessaire à un esprit aussi vacant que celui de Galant qui, fort peu riche de tempérament comme tous ses contemporains, détaché de toute tradition comme eux tous par les entre-croisements infinis de la culture, n'adhérait à rien que par l'étude. Mais en cela il excellait. Personne n'épousait mieux que lui une pensée, dans toutes ses outrances, tous ses tics. Galant avait un génie de l'imitation.

Et, tandis qu'il ne voyait que feinte chez son ami, la fureur d'idées qui peu à peu se dessinait dans l'*Apocalypse* lui paraissait le jaillissement d'une force authentique, longtemps refoulée en lui par la défaveur du milieu où il avait vécu. N'y vivait-il pas encore ? Mais dans ce milieu d'autres forces n'allaient-elles pas se dégager et s'apparenter à la sienne ? .

V

Pauline était heureuse avec Gilles, elle en avait tout ce qui lui était nécessaire et suffisant. La joie lui était venue d'un homme qui lui assurait en même temps la plus haute considération qu'elle pût imaginer : celle de la femme aimée. Elle se passait d'autant plus facilement d'argent qu'il ne lui était pas interdit d'en rêver. Et, d'ailleurs, la pauvreté où son amant la faisait vivre était faite de raffinements si imprévus qu'elle se confondait avec la conquête d'un luxe étrange.

Totalement ignorante, elle n'avait aucun goût. Avec le surprenant élan des sauvages, elle s'était toujours jetée sur ce qui lui paraissait prestige, fausse fantaisie ou signe de prospérité et de richesse, sur tout ce qui était compliqué, surchargé, bariolé. A défaut de l'extravagant et du toc, elle tombait sur le cossu. Gilles d'abord s'était amusé avec une tendre délectation des oripeaux dont elle se couvrait. Il avait savouré l'ahurissement d'anciens amis prétentieux devant cette sauvageonne qui leur semblait fâcheusement mélanger les charmes rebattus de la fille mal dégrossie et de la femme de rapin. Mais, enfin, il s'était vite lassé de ce plaisir à rebrousse-poil et il avait commencé de la dépouiller. Il ne lui avait rien laissé, pas un colifichet, et il l'avait revêtue d'une robe unie. Aussitôt la beauté primitive, austère, sommairement mais puissamment capiteuse de Pauline, était ressortie avec une force qui avait surpris tout le monde. Elle-même ne comprenait guère le ravissement de Gilles, tout en le savourant jusqu'aux larmes. Il lui fallut, pour admettre que ce fût autre chose qu'une lubie un peu fâcheuse de son drôle d'amant, l'admiration grandissante de leurs amis.

Elle avait été fort étonnée aussi d'habiter entre des murs qui ne se cachaient pas et restaient nus. Cependant, comme elle était voluptueuse, d'une façon profonde, secrète, qui n'affleurait à sa peau et à son visage que dans la plus étroite intimité, elle rapprit vite la simplicité où, après tout, l'on naît. C'était l'amour même qui la rendait simple. Cette joie dans laquelle elle s'absorbait de plus en plus, et qui transcendait les sens, donnait peu à peu à son allure, à son regard et à sa voix un style frappant.

Gilles trouvait des aises nobles auprès d'elle. Peu bavarde, elle était devenue tout à fait silencieuse, regardant, écoutant, s'étonnant, admirant, ou protestant sans feinte. Elle lui prodiguait une présence élémentaire, immense. C'était délivrance, réconfort ; elle offrait une tacite complicité à ce qu'il y avait en lui de plus nécessaire et de plus sûr, qui avait été si longtemps brimé. Il ne pouvait plus guère se tourmenter ; tant d'armes essayées contre lui-même lui tombaient des mains. Il pouvait fermer les yeux et se confier à un jaillissement qui prenait de plus en plus d'ampleur. Il lui fallait s'exprimer : les mots les plus simples lui venaient dans un ordre bref. Du jour au lendemain, ses amis lui trouvèrent une fermeté que jusque-là ils n'avaient fait qu'entrevoir en lui et dont ils avaient douté à cause de son intermittence ; si brièvement apparue, elle leur faisait autrefois l'effet d'un caprice et d'une dérision.

Ce qui enchantait Gilles, c'était la pureté grandissante de sa vie avec Pauline. Ils s'écoutaient vivre goutte à goutte et dans l'espace de plus en plus clos le bruit de plus en plus intime de chaque goutte tombait dans leur cœur comme un pleur heureux ; dans le silence de plus en plus cristallin, cela faisait une vibration de plus en plus exquise qui parfois au même moment leur arrachait un frémissement. Ils tombaient dans les bras l'un de l'autre, épouvantés et ravis, attestant que cela pouvait finir parce que c'était déjà passé dans l'éternel. Gilles était au comble de la plénitude. Ne parlons pas de bonheur. On lui aurait demandé : « Êtes-vous heureux ? », il aurait détourné la tête. Il aurait répugné à appeler de ce mot mirobolant un état de détente infinie qui durerait ce qu'il durerait.

Encore bien mieux qu'aux précédents culminements de ses jours, il percevait que pour lui le bien, c'était cette absence totale de but, cette suspension élastique au-dessus des abîmes de l'indicible immobilité. Moins elle avait de but et plus sa vie prenait de sens. Il retrouvait cet état de grâce qu'il avait connu dans les tranchées. Une fois, dans les bras de Pauline, il se rappela ce matin en première ligne, au mois de mars, sous Reims, où il avait vu surgir entre les misérables trophées du parapet la primevère la plus naïve et la plus triomphale du monde. Parmi trois brins d'herbe, entre des détritus et des débris sardoniques, elle tintinnabulait faiblement comme une petite fille qui s'en va chantonnant se jeter dans les pattes du satyre, appelant par son ignorance provocante les plus atroces déchirements. Alors il avait eu le sentiment que cette infime palpitation était l'image de son âme. Révélation, en ce lieu éprouvant, de la vérité que chaque être est d'une particularité irremplaçable, et, pétale dans la touffe, est assuré par la délicate perfection de son dessin, de son importance infinie au regard du créateur. Lui qui avait été au cours de ses études profondément imprégné de panthéisme, il avait pourtant choisi ces mots d'un autre vocabulaire : au regard du créateur. Il avait souri, mais n'avait pas alors remarqué que seule pouvait s'imposer à lui cette métaphysique d'artiste pour donner forme à son cri intime. A cet instant ponctué d'un coup de canon, il avait l'intuition d'un univers où les mots « particulier, unique, irremplaçable » pouvaient seuls signifier le frémissement de la vérité. Tous les jours précédents, il s'était roulé au contraire dans le tumulte énormément ivre et infatué d'un cosmos jouissant à pleins boyaux d'être, au moins apparemment, sans queue ni tête et de confondre ferraille, âmes, gaz, terre et ciel. Plus tard, les magasins d'uniprix, à moins que ce ne fût la Société des Nations ou l'École Berlitz, lui avaient rappelé cette orgie, cette partouse insane où la démocratie des éléments semblait éclabousser dans son rut jusqu'aux étoiles.

A la primevère il avait dit : « Je t'appelle Eulalie, chaque chose demande un nom particulier. Et toute ma vie je témoignerai qu'Eulalie a vécu. »

Ensuite, il s'était occupé de la distribution des grenades. Son lyrisme avait blêmi.

Maintenant, se rappelant cela auprès de Pauline, il concluait : « Je ne sens que quand je sens l'éternité. »

Cependant, l'*Apocalypse* poursuivait sa modeste carrière et autour de lui s'affirmait le succès d'estime. Il était placé dans une marge assez rebelle à la définition, entre la philosophie et la politique, la littérature et le journalisme. Ces mondes divers, piqués au jeu, se tournaient vers lui et semblaient disposés à lier commerce. Comme malgré lui, Gilles esquissait sur les tréteaux qu'il avait façonnés à son usage quelques pas de séduction qui furent appréciés. Il avait une grande facilité à plaire ; cette facilité — qui n'avait d'égale que sa facilité à déplaire bientôt après — était si grande que chaque fois qu'il se trouvait dans une nouvelle situation ses effets le déconcertaient par leur promptitude. Il lui échappait dans ses articles des traits de courtoisie et de flatterie pour des idées diverses qui au delà caressèrent des hommes ; et ses violences étaient enveloppées d'un humour rassurant pour ceux qui étaient menacés. Sans s'en apercevoir, il faisait son chemin à Paris où l'on ne déteste pas la vertu qui sait se rendre abordable.

Un jour, Gilles redit à Lorin :

— Il faut que nous nous servions, toi pour tes buts et moi pour les miens, de Clérences.

Ils revinrent plusieurs fois là-dessus. Gilles, laissant de côté son essentiel nonchaloir, entrevoyait un moyen de nouer à son goût ses rapports avec la société. S'il avait horreur de l'ambition pour lui-même, il ne la détestait pas pour les autres, loin de là. Ce n'était pas seulement son mépris et sa pitié qui tombaient sur les mains sales d'un ambitieux ; il était devant un Clérences qui muait et commençait à faire figure de chef de mouvement comme un père devant un enfant étrange, comme un père qui a engendré un galvaudeux intéressant. Il se disait que c'était pourtant lui, homme de rêve, qui le mettait au monde par ses lentes et insidieuses objurgations ; il ne pourrait pas le laisser en route et il faudrait tout lui préparer pour une véritable transfiguration et exaltation. Tandis qu'avec Lorin, goguenard et vaguement alléché, il tournait autour de Clérences, il comprenait de mieux en mieux ce qu'il avait voulu dire quand il s'était écrié : « Prier, prier plus que jamais. » Selon une idée catholique, qui comme toutes les idées catholiques est une prodigieusement exacte analyse de l'économie humaine, selon

534

l'idée de la communion des saints et de la réversibilité de la grâce, il priait pour l'âme de Clérences. Il se concentrait pour reverser sur son ami toute l'énergie d'action dont il trouvait naturel de se dépouiller en tous temps. Ce qui chez lui aurait été gêne et effort, entièrement reporté sur Clérences, deviendrait aise, épanouissement, puissance.

Gilles méditait sur la carrière et le caractère de Clérences. N'avait-il pas assez de qualités diverses pour devenir l'homme qui concentrerait les forces des hommes de leur âge? Il voyait ses faiblesses, ses tares même, il ressentait souvent auprès de lui de l'agacement et de la répulsion, mais en même temps de l'attirance. Il se sentait évidemment plus séduit que conquis, mais il pensait que la valeur d'un homme dépend beaucoup de la bonne volonté de ses proches et de ses amis et que l'efficacité d'un groupe ne peut s'aiguiser et se réaliser que par l'entr'aide. Le triomphe d'une génération ne peut s'assurer que dans la force de dévouement qui exhausse au-dessus de ses rangs une irréfutable réussite personnelle.

Il aimait la solitude, le silence pour lui-même et non pour les autres; il aimait que la vie manifestât plusieurs aspects à ses yeux et il souhaitait de nourrir non seulement son propre aspect, mais un autre encore. Adonné à une espèce d'ascèse, il souhaitait, à côté de lui assis, voir se dresser un homme debout qui vécût la vie selon une loi d'orgueil plus extérieure. C'est pourquoi il pardonnait à Clérences son énorme vanité. Il se refusait à croire, comme il en était sollicité par maint incident, que cette vanité exclût un orgueil plus solide : il supputait que ses yeux de contemplatif voyaient trop malignement de la futilité là où la nécessité, avec de faux semblants inévitables dans un milieu aussi bassement hostile que celui de Paris, cherchait à se faire jour.

Clérences était depuis quelques années député d'une circonscription tourangelle et Gilles allait souvent passer la fin de la semaine à Cressy au bord de la Loire, dans la charmante maison que son ami avait arrangée là.

Il avait amené Pauline qui faisait bon ménage avec la nouvelle Mme de Clérences, car il y avait une nouvelle Mme de Clérences. Du moins c'était ainsi que Gilles disait encore quelquefois, par malice, car brusquement Clérences avait supprimé sa particule et son prénom : il n'était plus Gilbert de Clérences, il était Clérences tout court. La nouvelle Mme Clérences ne différait pas sensiblement d'Antoinette : elle était aussi jolie, frappait suffisamment le regard par la fierté caucasienne qui lui venait de sa mère, portait les modes dans leur outrance la plus périlleuse et semblait aussi indifférente à la politique.

En regardant la maison du XVIIe siècle, toute dénudée à l'intérieur selon le goût du temps, la bonne voiture américaine qui attendait sur le côté du verger, la jeune femme sans bijoux mais parée de toute la fraîcheur de la plus récente élégance, en regardant Clérences toujours habillé et chaussé avec la parfaite discrétion des dandys, Gilles lançait doucement :

— Tu dis que tu es marxiste, mais tu n'es pas vraiment marxiste.

— Je crois que le marxisme est vrai dans ses grandes lignes et que le jugement de condamnation qu'il porte sur le capitalisme sera vérifié tôt ou tard.

Gilles souriait à peine.

— Fichtre, tu ne te compromets pas ; tôt ou tard. L'année prochaine ou dans cent ans ?

— Peu importe.

— Comment : peu importe ?

Clérences allumait une cigarette anglaise.

— Je respecte le silence oraculaire des hommes d'action, reprenait Gilles, mais vas-tu devenir un marxiste pratiquant?

— Qui sait?

— Dis donc, tu te fous de moi?... Enfin, as-tu des chances de devenir communiste?

— On pourrait faire un parti nouveau qui...

— Donc, tu n'as pas envie d'entrer dans le parti communiste?

— Non.

Gilles s'agaçait un peu, mais il se disait qu'il était loin de disposer de tous les éléments qu'avait l'autre.

— Et tu quitteras le parti radical?

— Ça, oui.

— Préfères-tu les socialistes?

— Peuh.

Clérences rêvait donc bien comme le souhaitait Gilles de faire un nouveau parti. Cette idée, qui maintenant était suggérée par tous ses articles de l'*Apocalypse*, sortant des lèvres d'un parlementaire, paraissait une blague, certes. Et pourtant, cette idée répondait aux aspirations de toute leur génération.

— Oui, je le vois d'ici ton parti, s'emballa-t-il soudain, ce serait notre parti à tous, un parti qui serait national sans être nationaliste, qui romprait avec tous les préjugés et les routines de la droite sur ce chapitre, et un parti qui serait social sans être socialiste, qui réformerait hardiment mais sans suivre l'ornière d'aucune doctrine. J'ai toujours pensé que ce siècle était un siècle de méthodes et non de doctrines.

Clérences écoutait avec un vif intérêt. Il aimait que les intellectuels essayassent autour de ses démarches très calculées des effets de style; il en gardait quelque chose, peu, mais assez pour inquiéter le monde parlementaire qui aussitôt flairait en lui avec émoi quelque chose d'insolite. Tous les cuistres de couloirs le moquaient bruyamment, mais en sourdine le craignaient une minute.

— Quand commençons-nous ? demanda Gilles.

Clérences le regarda avec un sourire mitigé. Gilles brusquement songea à cette circonscription qui les entourait de toutes parts. Il avait suivi Clérences dans une campagne électorale et avait vu d'un peu près ces paysans, ces petits bourgeois qui tenaient aux étiquettes, aux mots parce qu'ils avaient mis des années à les épeler et qu'ils avaient longuement vérifié que derrière ces mots ils retrouvaient, avec les députés et les préfets, les immuables échanges de services qu'autrefois ils pratiquaient avec les seigneurs et les agents du roi. Échanges bien amaigris, tordus par un individualisme sordide.

— Tu trouves que je suis trop pressé, fit Gilles.

— Évidemment.

— Mais, par exemple, je peux préparer cela dans l'*Apocalypse* ?

— Oui... peut-être. Mais attention.

Gilles réfléchit pendant quelque temps à ce qu'il pouvait faire. Sa première idée fut de trouver des collaborateurs. Il s'éloigna de sa conception première, si spontanée de l'*Apocalypse*. Qui pouvait-il grouper autour de lui ? Pas grand monde, car il continuait à vivre assez isolé et ne fréquentait guère les journalistes ni même les écrivains.

Il y en eut un qui vint vers lui.

Preuss était le juif le plus désarticulé, le plus disparate, le plus inconvenant qui se soit jamais produit en terre chrétienne. Partout où il apparaissait, le désordre insensé de ses membres, de ses vêtements et de ses propos produisait un petit tourbillon de plus en plus rapide et écœurant qui fascinait tous les chrétiens ou aryens et les réduisait en peu de temps à une complète hébétude. Gilles l'avait rencontré il y avait bien longtemps à la Sorbonne et l'avait longtemps perdu de vue : depuis quelque temps Preuss le hantait avec acharnement.

Preuss, comme pas mal de Juifs, n'apportait à sa recherche du succès aucune patience ni aucune suite. D'abord, il avait derrière lui deux ou trois générations qui s'étaient nanties en France, chez qui s'était émoussée la fureur du gain. L'idée du profit, devenue plutôt celle du succès, était chez lui une hantise intermittente, une forme de la neurasthénie. La petite ambition et la neurasthénie vont souvent ensemble, l'une poussant l'autre. Preuss apportait à la quête du succès ce fétichisme capricieux qui leurre si souvent ses frères. Il s'attardait à une apparence d'effet, puis se laissait attirer par une autre, comme le nègre de l'autre siècle à qui un phonographe faisait oublier un képi de général. La poignée de main d'un homme connu, le salut d'un chasseur de restaurant, le sourire même ironique d'une dame, tout cela jetait Preuss dans des transports désordonnés. Finalement, ce nerveux sans cesse agité et sans cesse fatigué, sans cesse en chasse et sans cesse aux abois, n'était qu'un fantasque et un distrait. Mais il n'en donnait pas d'abord l'impression aux chrétiens qu'il bousculait de caresses et d'interrogations aiguës, dont il empaquetait les réponses dans un commentaire apparemment précis. Ces imbéciles de chrétiens le tenaient pour un envahisseur tenace et irrésistible.

Preuss s'enticha de Clérences avec autant d'entrain que de Gilles.

Lorin haït Preuss, mais consentit à collaborer avec lui.

Il se sentait sûr de son intégrité marxiste, il voulait utiliser Clérences pour fonder un nouveau marxisme en France qui ne fût ni dans l'obédience russe, ni dans la routine parlementaire des socialistes. Gilles savait cela et comptait bien qu'il serait mis dedans. Quant à Preuss, personne ne songeait à savoir ce qu'il voulait et lui pas plus que les autres. Il désirait seulement être dans la chose qui se faisait ou plutôt autour. « C'est la mouche du coche, une mouche empoisonnée, songeait Gilles, mais une seule mouche ne peut pas tuer six lourds chevaux. »

— Il faut que nous fournissions à Clérences la pensée qu'il n'a pas, posa Gilles.

— Il faut que nous le lancions, traduisit Preuss.

— Il faut que nous le tenions, grinça Lorin.

Ils décidèrent d'écrire une série de portraits d'hommes politiques où ressortirait celui de Clérences, pour commencer. Ensuite, au moment du prochain congrès radical, on publierait un manifeste qui jetterait le discrédit sur ce vieux monstre qui écrase la France. Après que Clérences aurait à ce congrès prononcé son discours de rupture et entraîné quelque jeunesse, on aviserait.

VI

Un jour, Pauline dit à Gilles qu'elle était enceinte. Sur le moment, il sourit, l'embrassa, ne manifesta ni beaucoup d'étonnement ni beaucoup d'émotion. Mais de minute en minute son être vibrait plus profondément. Il se rappela un instant qu'elle était une poule ; mais ce fait ancien était aboli. Il s'en émerveilla. Était-ce possible? Oui, c'était possible. Lui qui avait eu des mouvements de jalousie brutaux, qui l'avait fouillée, tourmentée, qui l'avait peut-être insultée, pouvait à peine se représenter son ancien état d'âme. Ils avaient été l'un et l'autre complètement lavés. Comment expliquer ça? Comment le comprendre? Ce n'était ni à expliquer ni à comprendre : c'était à sentir. Il se souciait bien d'une justification. C'était de ces grands bouleversements et de ces grands renouveaux qui sont dans la nature. Dans l'âme, cela s'appelle la grâce, ou le miracle.

Gilles avait souvent songé aux miracles ; il n'y avait jamais rien trouvé que de naturel. Par exemple, la primevère de Champagne, c'était le printemps et c'était un miracle. La nature est si puissante qu'elle offre aux saints et à Dieu des possibilités exorbitantes sur elle-même. Gilles avait souvent imaginé le Christ arrivant dans une bourgade galiléenne d'une longue randonnée de vingt kilomètres en pleins champs et saturé, ivre de forces, d'effluves, imposant les mains. La puissance divine, la grâce lui apparaissaient comme un rebondissement des forces naturelles par-dessus elles-mêmes. Il savait cette vue peu orthodoxe, et insuffisante, mais du moins elle ouvrait le chemin à des vues plus profondes.

Gilles réfléchit pourtant qu'à quelques moments Pauline avait sans doute été une vraie putain, qu'à certains moments de dèche elle avait pu traverser quelques maisons de passe. De tout cela, moralement, il ne restait rien ; mais, il pouvait rester la maladie. C'est là qu'il aurait fallu le miracle, le plein miracle : « le miracle de la science » n'aurait pas été suffisant. Il resta en panne au milieu de son exaltation.

Il la regarda. Elle était là, couleur de lait brûlé, avec la pureté de ses dents, et aussi de ses cheveux d'un noir si certain, sa taille un peu brève et pourtant fine, si droite, sans fards, sans poudre, ses mains courtes et pointues, son pied brusque et le sourire grave et désarmant d'une fillette des pays chauds qui vient d'entrer soudain dans la nubilité. Par-dessus tout cela, il y avait pourtant cette très légère défaillance de jeunesse ou de santé qui flottait comme une ombre légère et insaisissable sur son visage et sur son corps.

Allait-il lui poser cette question horrible ? Non, demain.

Il revint à son idée du miracle. L'humanité avait sans doute perdu, avec d'autres puissances, la puissance de produire et de recevoir le miracle. Elle avait troqué cette puissance-là contre d'autres, bien inférieures. Puissance du miracle, puissance de la grâce, puissance du sacrement.

La puissance de la grâce et la puissance du sacrement demeuraient. Baptême, communion, mariage, ces mots éveillèrent en lui de nouvelles vibrations. Avant la ruée du sacré sur un être ou sur des êtres, il y a une force avant-coureuse qui l'annonce et la prépare. Il avait senti le solennel s'appuyer lentement sur Pauline et lui. Cette gravité, cette pureté, cette simplicité de leurs étreintes n'avaient pas eu besoin de la promesse de l'enfant pour s'imposer entièrement. Le sacrement, c'est l'accent qui reprend et aggrave une inflexion naturelle de la vie. Il se rappela les paroles du vieux Carentan : « Mon petit, tu comprends, il n'est pas d'aujourd'hui ni d'hier, le christianisme. C'est une vieille histoire, bien plus vieille que le Christ. Les païens, comme on dit, n'avaient pas attendu le Christ pour expérimenter tout ça. Il y avait des centaines et des milliers d'années que les hommes travaillaient à leurs religions, qu'ils mettaient là dedans tout leur nécessaire. Les païens étaient déjà chrétiens jusqu'à l'os et les chrétiens, du moins les catholiques avec leurs rites solides, sont encore passablement païens, Dieu merci. Plus assez, hélas. » Parlant ainsi, le vieux était hérésiarque. Gilles n'ignorait pas que cet historien négligeait le fait énorme, novateur, révolutionnaire de la Révélation. Mais tous les chemins mènent à Rome.

Gilles ressentait en ce moment cet appel des rites millénaires. Il avait besoin d'un geste qui consacrât Pauline, et l'enfant. Un geste charnel, lent, lourd, magique, qui prolongeât et éternisât leur état de grâce, et une parole encore plus lourde. Il faut faire refluer sur cette petite toute la sève des arbres, toute l'électricité des dieux et par là-dessus la puissance excessive du sacrement.

Il tremblait d'une volupté nouvelle qui surpassait toutes les voluptés nouvelles qu'il connaissait depuis quelque temps.

Il se rappela encore un trait que lui avait conté un ami : c'était la nuit, et il avait dans les bras un camarade qui agonisait. Il ne savait quoi faire et il ne pouvait supporter ce mot qui grelottait dans sa cervelle : « Je ne peux rien faire. » Il avait pris un peu de terre et avait imité un geste qui l'avait frappé dans son enfance. Il s'était dit : « Ce doit être ça, l'Extrême-Onction. »

Voilà, reprendre les choses les plus simples, les rapports les plus élémentaires, et les souligner. De la terre ou de la cendre sur de la chair.

— Eh bien, nous allons nous marier, fit-il.

Elle devint blanche.

Un peu plus tard, il murmura d'une voix brisée : « Petite sotte. »

La cérémonie eut lieu en Normandie, en novembre ; Gilles voulut l'église près de laquelle flottait encore possiblement une des épaisseurs de l'âme de Carentan, qui était mort peu auparavant, sans crier gare, sans qu'il ait eu le temps de le revoir. Il supposait que lui-même était né quelque part aux environs. Cela faisait un repère.

Ils arrivèrent par un affreux temps battu et trempé, par un de ces temps de février où l'hiver semble vouloir faire une récurrence terrible et fatale, où l'on a envie de supplier les dieux et les saints pour qu'ils assurent encore la marche du temps.

Pauline, fille du Sud, était très effarouchée dans ce pays si rude, si austère, perdu à jamais dans le tourbillon d'une rêverie et d'une rumeur sinistres. Elle regardait Gilles avec étonnement. Était-il donc le fils de ce pays-là? Elle comprenait maintenant ces écrasantes mélancolies qui parfois le terrassaient et le livraient à une rumination tout à fait sourde et crépusculaire. Dans le sentier qui menait à la maison de Carentan, que Gilles voulait revoir, malmenée par un grand vent qui s'en allait on ne savait où dans une migration véhémente, elle se rappelait cet air exilé qu'il prenait soudain à Paris, cet air de bête fourvoyée, nostalgique, hélée de loin. Elle s'étonnait, car par ailleurs il était terriblement parisien.

Gilles ne s'attarda pas à la maison de Carentan, habitée maintenant par des pêcheurs. Il était trop jeune encore pour ne pas se cabrer devant la servitude des souvenirs, l'enchaînement des retours. Comme une émotion le saisissait devant cette bicoque où continuaient pourtant de sourdre des mythes puissants pour lui, il regretta d'être venu. Il craignait que sa démarche ne fût qu'apparence et simagrée superstitieuse. Que pouvait signifier un pèlerinage si bref? Que signifiait ce coup de chapeau au ciel, au vent, à la mer, à la falaise, à l'âme du vieux?

Il regarda d'un air ironique Pauline, en proie à ses cheveux affolés. Son teint lavé par l'embrun montrait une fleur nouvelle et inconnue, quelque chose blanc et de rosé apparaissait sous l'ambre des joues. Sans doute, était-ce le sang français et même normand de son père ? Son ironie s'accentua, il se rappela un mot du vieux Carentan : « Tout est mythologie. Ils ont remplacé les démons, les dieux et les saints par des idées, mais ils n'en sont pas quittes pour cela avec la force des images. » Qu'était-elle ? Fille des sables ? Ou d'ici ? Et lui ? Fils de cette terre plus armoricaine que normande ? D'où venaient-ils tous les deux ? En tout cas, un homme et une femme sur qui s'appesantissait doucement la loi.

Pour le mariage civil, cela s'était fait à Paris, avec des témoins de rencontre. Gilles n'avait pas voulu mêler ses amis à son opération. A cette occasion il ne s'était jamais senti si loin de leur incrédulité, de leur vacuité. En entrant chez le curé, il se dit : « Je ne suis peut-être qu'un esthète, mais voilà une fantaisie qui me mène dans le seul lieu émouvant que j'ai connu, hors la guerre. » Il se rappelait les dernières conversations qu'il avait eues dans ce lieu avec Carentan, son enterrement. Tandis que commençait la brève cérémonie, Gilles se répéta le mot : esthète. A cette prudente accusation contre lui-même, il répondit en ces termes : « Je fais ce que je peux. Je ne puis pas mettre dans ces grands rites, que j'atteste en ce moment, plus d'éclat que ne me le permet la médiocrité des prêtres et des croyants de la stricte et morne observance. Ce n'est pas ma faute si tous les grands chrétiens de ces derniers temps, que j'aime et admire et qui m'ont enseigné, sont restés comme en marge de l'Église, suspects ou non, et n'ont pu lui communiquer leur souffle. Il pensait à Léon Bloy, à Paul Claudel, à Charles Péguy, à Bernanos, entre autres et au-dessus des autres. Ce n'est pas ma faute si on est chrétien, aujourd'hui, en dépit des trois quarts et demi de l'Église, clercs ou laïcs. C'est déjà beau qu'à travers cet immense marasme des âmes j'aie pu arriver jusqu'ici. Qu'on ne me demande pas de dépouiller cet orgueil qui m'a soutenu sur le chemin plus qu'autre chose. Seigneur, c'est parce que j'ai beaucoup méprisé que je suis venu vers vous... Plus tard, sûrement vous saurez bien me rendre humble. Déjà, je commence à aimer un peu. »

Pauline à côté de lui était mortellement pâle. Au-dessus d'elle, la petite voûte ogivale, si pure, si délicatement forte lançait au milieu du siècle son défi perdu.

VII

Toute la petite bande de l'*Apocalypse* se transporta à Château-le-Roi où avait lieu, cette année-là, le congrès du parti radical.

Dans le train les vedettes étaient mêlées aux figurants. Les uns et les autres en profitaient pour se livrer à une vive prostitution préalable ; les présidents caressaient les militants et les militants caressaient les présidents. Les mains se cherchaient, se serraient, se quittaient lascivement désireuses d'en rejoindre d'autres. On se reconnaissait, on se tutoyait, on se congratulait, on se blaguait, on se brocardait, on se soupçonnait, on se pardonnait, on s'imputait toutes les bassesses et on se les passait toutes. Cela continua dans les hôtels et les cafés, au coin des rues, dans les couloirs, dans le cirque où devaient avoir lieu les séances. L'épais nuage que faisait cet essaim de mouches petites bourgeoises autour du pouvoir bourdonnait une indulgence éperdue, une luxurieuse complicité. Les militants enveloppaient les gros personnages d'un soupçon timide et fasciné, d'un pardon ravi ; les gros personnages, pendant quelques jours, ravivaient juste assez leurs consciences aristocratiquement endormies tout le long de l'année pour se donner une légère inquiétude, une petite gêne et ensuite mieux goûter la volupté profonde d'être acquittés, acclamés par un jury qui s'extasiait secrètement sur leur audaces faciles de malandrins respectés et sourcilleusement protégés par la police. Un cynisme ravivé était le condiment nécessaire pour retrouver du goût à la gloire qui menaçait de se confondre de la façon la plus insipide avec le sentiment de l'impunité.

Gilles avait passé parmi les intrigues du Quai avec la myopie que lui donnait son indifférence. Lui qui prétendait avoir un sens fort concret des ingrédients qui entrent dans la nature humaine, il avait trop négligé la pratique du laboratoire ; aussi, pouvait-il s'étonner encore. Tous ces gens fort ordinaires, parfaitement prévus et convenus, qu'il avait déjà rencontrés dans tous les coins de la France, formaient, assemblés, à ses yeux un spectacle prodigieux, prodigieusement dégoûtant et ridicule.

Un instant, Gilles se méfiait de son dégoût car il avait horreur de l'attitude des intellectuels qui opposent à la vie sociale telle qu'elle est on ne sait quelle abstraction vieille fille. Pourtant non, il n'était pas leurré par un dédain de fat ; derrière le ridicule, le laid et le sale qui vont de soi, il voyait une déchéance profonde. C'était affreusement significatif que tous ces petits bourgeois un peu débraillés tiennent le haut du pavé et s'étalent en maîtres de la chose publique. Il ne peut y avoir d'autorité que là où il y a de la fierté. Certes, il ne regrettait pas de voir absente de ce cirque radical cette distinction mièvre et sournoisement rogue que reproduisent tant bien que mal les débris des anciennes classes dirigeantes ; il regrettait autre chose, quelque chose de respectable et d'admirable, cette dignité des anciennes mœurs qu'il avait rencontrée chez quelques hobereaux et quelques paysans près de la terre, chez quelques vieux ouvriers, chez quelques professeurs, instituteurs, prêtres, officiers très modestes.

Pourtant, n'était-ce pas sur une partie de ces gens-là qu'il souhaitait de voir Clérences s'appuyer ? Il se donna beaucoup de mal donc pour faire bonne mine à quelques-uns, à la plupart ; il fit un grand effort pour avoir l'air flatté devant la graine de ministres à qui on le présentait. Quelques-uns de ces politiciens éprouvaient, devant le petit groupe de Preuss, Lorin et Gilles, la curiosité frétillante que les gens de toute classe et tout milieu ont en France devant les intellectuels. Cela peut facilement tourner en malignité, mais cela commence par un peu d'épatement.

Gilles connaissait les gros pontes, mais il avait ignoré jusque-là les innombrables silhouettes qui remplissent les préfectures, les sièges de députés et de sénateurs, les sous-secrétariats d'État et tant de prébendes et emplois. Ils étaient tous pareils ; tous bourgeois de province, ventrus ou maigres, fagotés, timides sous les dehors tapageurs de la camaraderie traditionnelle, pourvus du même diplôme et du même petit bagage rationaliste, effarés devant le pouvoir, mais aiguillonnés par la maligne émulation, alors pendus aux basques des présidents et des ministres et leur arrachant avec une humble patience des bribes de prestige et de jouissance. Comme partout, pour la masse des subalternes, il n'était point tellement question d'argent que de considération.

Gilles se gaussa en songeant que, derrière cette mascarade, il y en avait une autre, assez peu croyable, bouffonnement secrète, celle de la franc-maçonnerie. Il s'amusa soudain à comparer au monde des cléricaux de province qu'il avait connu cet autre monde non moins clérical, non moins hypocrite, non moins sournois, non moins rapace, mais dépourvu d'images. Au-dessus des autres, il y avait les figures des vitraux, quelque chose qui, bon gré mal gré, les doublait. Derrière ces ratichons de la libre pensée, rien, sinon les figures abstraites, exténuées, infiniment pâlotes du rationalisme petit bourgeois, de la superstition XVIIIe.

Il demanda brusquement à Preuss :

— As-tu jamais rencontré cette vieille folle, la libre pensée? Comment crois-tu qu'elle se présente?

— Tu n'as jamais baisé une vieille institutrice? Un lorgnon, des aisselles sales, et une grande ignorance de la vie.

— A moi les vierges de Saint-Sulpice.

Gilles se rabattit sur les gros personnages.

Le premier de tous, c'était Chanteau. Jules Chanteau, le gros, l'énorme Chanteau. L'intellectuel dans la politique, le type d'homme qu'apprécient les Français, parce qu'il les rassure; un intellectuel ne sera jamais un chef, ce sera tout au plus un président, un monsieur qui aura pour vous autant d'indulgence que vous en aurez pour lui. Chanteau était un paysan devenu un intellectuel. Un paysan dru, puissant, devenu un gros homme mou, accablé par la bonne cuisine et la mauvaise hygiène. Gilles pensait toujours, en le voyant, au moine du Moyen Age passé de l'étable à l'abbaye, au fort latiniste encore tout crotté, avec une inénarrable confiance dans les mots récemment appris. Les fils de paysans se jettent non plus sur l'Église, mais sur l'École normale. Il ne piochent plus tant les sermons de Bourdaloue que les discours de Jaurès. Au lieu de la Trinité, ils discutent la proportionnelle. Mais que sont devenues les vertus paysannes, les fameuses vertus paysannes ? déjà disparues chez les paysans, leurs pères.

Jules Chanteau exploitait dans son éloquence qui était abondante, bien réglée, les mots qu'il avait appris à l'École normale. En dépit de sa connaissance parfaitement madrée du milieu politique, en dépit de sa familiarité naturelle avec toutes les ruses et toutes les dérobades, il croyait dans ces mots. Il y croyait par orgueil et infatuation de parvenu, par haine et rancune contre les mots des autres, soit des bourgeois de droite, soit des bourgeois jouant, à l'extrême-gauche, les ouvriers. Il y croyait parce que c'était son bien à lui, son bien acquis, son bien au soleil, son champ, son sac d'écus. Et c'était comme tel aussi que cela était admiré par les gens de son bord.

En face de Chanteau, Gilles considérait Barbier-Duval, le grand bourgeois du parti. Celui-ci croyait aussi aux mots de démocratie, de liberté, de justice. Avec plus de sécheresse, mais peut-être aussi plus d'âpreté que Chanteau. Il y croyait comme un bourgeois croit à ses propriétés et à ses rentes, à ses domestiques, à ses employés, il y croyait comme aux articles d'un testament qui l'avait fait héritier. Les Droits de l'Homme, c'était, pour lui, un bien plus longuement possédé, goûté avec plus de raffinement et de désinvolture, mais non moins jalousement défendu que par Chanteau. Barbier-Duval ne pouvait oublier 1789 dont sa famille était sortie, ce qui l'empêchait de voir goutte dans le xxe siècle.

Ce qui paraissait à Gilles fantastique chez les gros personnages de l'estrade, c'était que leur parade se perpétuât dans une impunité apparente au milieu du XXᵉ siècle, au milieu de cette Europe tous les jours plus étrangement autre, que Gilles connaissait bien. Il y avait l'immense et obscur complot des Soviets, les jeunes États slaves à la barbarie mal étouffée, le fascisme italien mordu de la rage des pauvres, l'Allemagne puérilement provoquée et tourmentée par nous, grondante.

Quand Gilles comparait tant de spectacles qu'il avait surpris en Europe avec celui-ci, il sentait glisser dans son échine un long frisson d'effroi et de rage : il se sentait l'envie passionnée de détruire ce tardif marché aux bestiaux, ce sordide tripotage d'écus, anachronique. Mais pourquoi vouloir anticiper sur la gigantesque mort mécanique qui allongeait déjà son ombre sur cette farce bourgeoise et paysanne d'un autre siècle ?

Il assista à toutes les séances avec un acharnement minutieux pour bien connaître ce qu'il méprisait et haïssait. Mais au bout d'une heure, il lui fallait sortir, excédé par tant de verbiage pauvre ou de fausse technique. Il était épouvanté de voir que tout ce ramassis de médiocres à la fois arrogants et timorés vivaient avec leurs chefs dans l'ignorance totale que pût exister une autre allure politique, une conception plus orgueilleuse, plus géniale, plus fervente, plus ample de la vie d'un peuple. C'était vraiment un monde d'héritiers, de descendants, de dégénérés et un monde de remplaçants. Il se disait : « Il n'y a pas de révolutions ; jamais. Ces gens-là, ni même leurs aïeux, n'ont jamais rien conquis. Les aristocraties, quand leur temps est venu, descendent dans la tombe et, sur cette tombe, les fossoyeurs boivent une bouteille. Aujourd'hui, la bouteille est vide et une balle partie du fond de l'Europe va la casser. » Il sentait en lui voluptueusement sa foi dans la décadence. Carentan avait raison de vitupérer le temps des nains. Le gros, le gigantesque Chanteau avait un esprit de nain, une âme de nain qui grelottait entre son vaste crâne et sa vaste bedaine. C'était un fat et un lâche : cela se flairait à vingt pas.

Gilles se promenait avec Lorin et il voyait que celui-ci enfouissait sous son galimatias communiste un dégoût assez voisin du sien. Clérences était dans les intrigues et Preuss tâchait d'y être. Preuss, tirant derrière ses paroles son corps veule et désordonné, le veston mal accroché à ses épaules déclives, la cravate en déroute, éjaculant des postillons et des mégots, était à son affaire et trottait partout, jacassant, approuvant l'un, puis approuvant l'autre ; mais ayant désapprouvé le premier devant le second, il désapprouvait le second quand il retrouvait le premier. Cependant, il revenait à Gilles et parlait comme s'il ne s'était soucié tout le temps que de répandre la renommée de Clérences ; en fait, il l'avait desservi de toutes les manières, aussi bien en disant du bien qu'en disant du mal de lui. Après son passage, les esprits demeuraient imprégnés de pessimisme et de scepticisme comme d'une odeur éternelle. Gilles le regardait faire avec complaisance. L'insecte qui répandait la maladie lui paraissait malgré tout plus vivant que la maladie. Lorin était inutile et encombrant comme un faux remède. Il répétait :

— Les radicaux sont les pires valets du capitalisme. les plus astucieux et les plus efficaces.

— Si ce n'est les socialistes.

— Mais les socialistes sont plus bêtes.

Lorin était enchanté toutefois d'approcher les puissances, lui qui n'avait jamais vécu que dans les petits cafés. De ce fait, son amertume s'atténuait ; il paraissait un prédicateur fatigué et dodelinant. Il mangeait et buvait comme toute une troupe de moines légendaires.

Il haïssait Preuss. Gilles s'en étonnait.

— Pourtant, il est de la même espèce que ton Marx et ton Freud. C'est cocasse que toi, l'anticlérical, tu aies remplacé Jésus et saint Paul par Marx et Freud. Il doit y avoir, dans le rôle des juifs, une nécessité biologique pour qu'on retrouve ainsi toujours leurs mots dans la salive des décadences.

Il pensait : « Bien sûr. La veine créatrice étant épuisée chez les Européens, la place est ouverte pour la camelote juive. »

Cependant, il ramenait ses yeux sur la foire. La journée décisive arrivait, celle du discours de Clérences que devait suivre le discours de clôture prononcé, selon la coutume de trois lustres, par Chanteau.

Jusque-là, il y avait eu des discours alternés ; les uns, plus modérés, tâchaient de ne le point paraître trop ; les autres, plus vifs, renfermaient toujours quelque secrète et rassurante restriction.

Sur l'issue de la journée, Preuss, Lorin et Gilles étaient dans le doute. Clérences allait-il vraiment rompre avec le parti. Et, dans ce cas, entraînerait-il quelques jeunes ? L'inertie définitive de l'institution radicale les écrasait. Preuss, d'ailleurs, s'en accommodait fort bien, faisant une apologie de l'inertie comme preuve de la stabilité française.

Gilles, ayant rencontré Clérences à la porte de l'hôtel fort tard, fit quelques pas avec lui dans une rue déserte.

— Alors ?

— Je suis décidé, ils me dégoûtent tous, il n'y a rien à faire avec eux.

Il parla pendant un moment avec une telle humeur que Gilles crut la partie gagnée.

— Où iras-tu? Chez les communistes?

— Peut-être.

Clérences dit cela d'un ton de fatalité qu'il n'avait encore jamais eu.

Gilles n'était point effrayé de l'entrée de Clérences chez les marxistes. Au fond, il ne croyait pas aux doctrines ni aux attitudes des partis, mais seulement aux hommes. Peu lui importaient les dérisoires étiquettes ; il croyait que si Clérences entrait en contact avec les communistes, il en arracherait un bon nombre à leur routine idiote. Il ne voulait faire sortir Clérences d'un endroit et le pousser vers un autre que pour ébranler au passage les vieilles bornes.

Cependant, il voulut l'éprouver.

— Sais-tu ce que sera pour toi d'entrer dans le communisme? Il faudra changer ton genre d'existence.

Clérences le regardait d'un air légèrement hostile. Gilles se rappela qu'autrefois lui-même regardait de cet air-là Lorin qui lui parlait de laisser l'argent de Myriam.

— Enfin, continueras-tu à être un avocat d'affaires?

— Oui.

— Oh! alors.

— Ce n'est pas que j'aie de grands besoins.

Gilles sourit.

— Et ta femme?

— Elle m'a dit tout à l'heure qu'elle était prête à travailler.

— Où?

— Elle entrera dans une maison de couture.

Le sourire de Gilles se plissa davantage. Clérences le vit.

— Quoi ? s'écria-t-il, qu'elle travaille dans une maison de couture ou dans une usine...

— Et toi, que tu sois avocat de deux ou trois grosses affaires pour 200 000 francs par an ou tourneur à Billancourt, tu seras toujours un salarié du capitalisme. Ouais.

Gilles regardait Clérences qui lui avait reproché aussi de garder l'argent de Myriam. Il craignait de poursuivre une vengeance. Il relança son attaque plus loin ; il savait que derrière les mobiles qu'on dit « intéressés » il y a toujours des déterminantes psychologiques, beaucoup plus décisives.

— As-tu l'étoffe d'un apôtre ?

— ...

— Je ne veux pas dire : as-tu la force d'être un apôtre ? Mais en as-tu les qualités ?

Clérences écouta avec une soudaine attention.

— Tu sais que le communisme a peu de chance de réussite en Europe. Tu vas donc t'engager dans une entreprise sans lendemain, du moins sans succès proche. Tu ne pourras t'y nourrir que des certitudes de ta pensée. Pour supporter l'épreuve des années, il te faudrait donc être un théoricien autant qu'un homme d'action. Es-tu un théoricien ?

— A proprement parler, non.

— Non, pas du tout. Entre nous, tu lis peu (Gilles pensait : tu ne lis pas du tout), tu n'as pas le temps de méditer. Tes besoins ne se manifestent pas de ce côté-là. Au contraire, tu as le sens des problèmes les plus immédiats, tu sais admirablement analyser et débrouiller une affaire, tu es un grand administrateur, un homme d'État. (Est-ce qu'un grand administrateur et un homme d'État, c'est la même chose ? se demanda Gilles. Non, mais tant pis.) Tu n'es pas un apôtre. Alors, dans le communisme, tu perdras ton temps, ta vie. Tu seras un communiste comme les autres. Agent résigné et confortable d'une jésuitière lointaine. Aussi bien rester radical.

Le visage de Clérences, qui s'était assombri, s'éclairait maintenant.

— Il y a du vrai dans ce que tu dis. Mais sans entrer dans le communisme...

— Oui. Alors, ça va.

Ils revinrent vers l'hôtel. Gilles tout d'un coup s'effara : tout ce qu'il venait de dire retiendrait Clérences dans le parti, il avait bien travaillé ! Il ne put s'empêcher de s'esclaffer.

— Quoi ? sursauta Clérences, qui se sentit méprisé.

Gilles s'en tira comme il put.

— Non, je pensais que je te faisais perdre ton temps et ton sommeil. Les amis intellectuels sont très dangereux.

Le lendemain à trois heures, Clérences parlait. Gilles écoutait et regardait. Son œil allait rapidement de l'orateur au public et revenait à l'orateur.

Il y avait peu de temps qu'il s'était mis à observer de près ce qui se passait entre un orateur et le public français, il en était écœuré. Le public feignait d'être pris, mais n'étant venu que par curiosité, il se retirait après avoir applaudi, aussi peu atteint qu'il était venu, avec une conscience pourtant un peu plus fermée, un peu plus desséchée, un peu plus pervertie. Et la simagrée de l'orateur avait accompagné, aidé, flatté celle du public ; il n'avait pas davantage voulu prendre, que le public n'avait voulu être pris. Au lieu d'une saine et féconde rencontre sexuelle, on voyait deux onanismes s'approcher, s'effleurer puis se dérober l'un à l'autre. A Château-le-Roi, cela se manifestait avec une évidence définitive. Ce cirque était rempli de la troupe qui tenait la France. Ce public résumait tous les publics français. Or, il confirmait d'une façon désespérante toutes les observations de Gilles. La France n'était plus que sénilité, avarice et hypocrisie.

Clérences parlait. Il parlait bien, comme parle bien un professeur de physique devant sa classe ou un administrateur-délégué devant son conseil d'administration. Il était d'abord affreusement gêné ; la moitié de son énergie allait à rattraper le handicap de l'égotisme dérangé par le contact avec autrui. Complètement introverti depuis son enfance par l'individualisme intellectuel que cultive l'éducation française, il lui fallait péniblement retourner vers le dehors, une à une, toutes ses pointes. Il n'y parvenait qu'à demi. Ne pouvant point se vaincre tout à fait, il ne pouvait espérer vaincre les autres ; il ne pouvait pas plus vaincre le moi des autres que le sien propre. Tout cela semblait s'arranger dans les bonnes manières d'un peuple policé ; au milieu de la considération, Clérences parlait posément, proprement, froidement. Ce n'était pas un chef et il n'avait pas un peuple devant lui, mais un public curieux de talent, non affamé de passion. Il analysait des « problèmes » ; il réduisait l'énormité complexe et palpitante de la vie d'un peuple à des « problèmes », à des petits groupes de faits matériels, particuliers et éphémères. Il les détaillait avec beaucoup de précision, de justesse. A Gilles, cela paraissait « un peu juste », comme on dit d'un costume qui étrique le corps.

Clérences essayait bien d'aller plus loin, d'entraîner ses auditeurs à travers ce dédale si menu des problèmes et des questions, vers des conclusions d'inquiétude, de mécontentement, d'examen de conscience, de révolte. Après avoir parlé du budget, des affaires étrangères, il en venait à risquer : « Le parti radical n'a pas un programme d'ensemble, de réformes profondes et cohérentes. Il ne fournit pas la France d'idées, d'espoirs, de mythes. » Mais il arrivait à cela à travers tant de discrétion et de subtilité, il poussait toute cette masse d'hommes molle et réticente si doucement, si prudemment, qu'il ne la mettrait jamais au pied du mur.

Le discours s'avançait, le temps passait. Gilles regardait le public, ses amis, Chanteau. Celui-ci, bien qu'apparemment immuable dans sa masse de graisse où Gilles pensait pouvoir compter comme les sédiments dans une coupe géologique tant de déjeuners et de dîners plantureux, fronçait un sourcil moustachu sur un œil caverneux.

Ceci fit de Gilles un chien excité, il se haussa parmi les journalistes au moment où le regard attentif de Clérences passait de son côté. Du menton, il lui montra Chanteau. Il se rappela une plaisanterie de soldat : « Colonne de Vosgiens, face à la montagne de lard. » Il le dit plus qu'à demi voix, ce qui provoqua parmi ses voisins une fusée de rires. Au loin, les têtes tournèrent ; instinctivement Chanteau tressaillit. L'assemblée remua, Clérences se redressa.

« Messieurs, je conclus... » Brusquement il attaqua : « Messieurs en cette année 192..., il s'agit de savoir si le parti radical est en train de mourir. Il a l'air bien portant, mais dans son inertie il est en train d'accueillir le microbe d'une consomption qui, brusquement, dans quelques années, le foudroiera, et, peut-être, avec lui la France. »

Clérences, brusquement, posait son ultimatum. Si le parti ne montrait pas sa résolution, en votant l'ordre du jour qu'il proposait, où était posé le principe d'une loi sur les sociétés anonymes qui bouleverserait la routine capitaliste, il donnerait sa démission. D'avance, il adjurait de le suivre tous les éléments jeunes du parti. Il termina dans un grand applaudissement où il y avait de la surprise, de l'ahurissement, de l'admiration, un abandon effrayé, une supplication conjuratrice.

Gilles n'était pas loin de croire qu'un grand coup avait été porté, mais autour de lui de vieux journalistes ricanaient. L'un d'eux, entre deux bouffées de sa pipe, lui dit :

— Il a bien parlé, votre petit ami, il a bien joué son rôle dans la comédie, son rôle de jeune premier. Mais le père noble va parler, vous allez voir ça, tout va rentrer dans l'ordre.

Gilles lui jeta un regard méprisant. Preuss ricana, fort agité, cherchant le vent. Lorin haussait ses lourdes épaules.

— Il fait de la critique marxiste. Mais du moment qu'il ne dit pas que c'est du marxisme, ça n'est qu'une chatouille. Haha, hoho.

Chanteau, étalant largement son ventre, s'avançait sur le théâtre habituel de ses triomphes. Du même mouvement de tragi-comédien il s'avançait ainsi chaque année depuis la guerre, sur ce national tréteau.

— Une fois de plus, couronnons le buste de Molière, ricana Gilles.

Le vieux journaliste ondula doucement des épaules.

Forte charpente du visage et du corps, gondolée, effondrée, sous la graisse. La chevelure seule semblait vivre encore d'une vie saine, comme sur le garde-manger une salade fraîche qu'on vient d'arracher du potager. Gilles compara cette masse dégoulinante à celle, encore bien ramassée, de Jaurès. Depuis celui-ci, le fromage français avait fait du chemin. Sous cette panse molle, une passion routinière, recroquevillée, en dépit de l'ampleur toute rhétorique des petits bras. Passion sentimentale, arrogamment geignarde pour une figure de géométrie au milieu du monde qui va se raidissant, se décharnant, se résorbant.

« Mes chers amis, le pays de Descartes... »

Gilles laissa échapper un râle. Un profond râle lui vint des entrailles, de sa méditation depuis des années. Il s'était tant promené partout en France, il avait tant regardé chaque chose, il avait plongé avec tant de dévotion et de vigilance dans ce passé comme dans une jeunesse. Il avait le sentiment si fort, si farouche de ce qu'avait été en France la force de jeunesse et de création. Ce n'était point ce rationalisme. Le rationalisme, c'est l'agonie de la raison. Oui, il y avait eu une raison française, mais si vive, si drue, si naïve et si large, embrassant tous les éléments de l'être. Pas seulement le raisonnement mais l'élan de la foi ; pas seulement le ciel mais la terre ; pas seulement la ville mais la campagne ; pas seulement l'âme mais le corps — enfin tout. La France avait eu le sens du tout, elle l'avait perdu.

Gilles avait lié sa solitude à l'âme de la France. A pied ou en voiture, il avait pèleriné dans tous les lieux, dans tous les sites. Il avait interrogé les montagnes et les rivières, les arbres et les monuments. Les monuments. La pierre construite, cela l'émouvait et le retenait comme encore si proche de la pierre dans la gangue de la terre. Il avait entendu son pas résonner solitaire dans toutes les églises de France, les grandes et les petites. Combien de fois il s'était jeté hors des routes nationales, combien de fois au bord d'un chemin de grande communication il s'était jeté hors de sa voiture dans une petite église abandonnée. Là, il sentait qu'était le secret, le secret perdu, le secret de la vie. Les Français avaient fait des églises et ils ne pouvaient plus les refaire ni rien de semblable : toute l'aventure de la vie était dans ce fait, la terrible nécessité de la mort. Ce peuple avait vieilli, l'homme vieillit.

Pour faire une église, dans le calcul, la raison de l'architecte, il y avait l'audace, le risque, l'affirmation créatrice de la foi. Il y avait l'arbre et à côté l'église. L'homme avait répondu par l'église au défi. Maintenant on ne faisait plus que des bâtiments administratifs ou des boîtes à loyer et des châlets de nécessité, ou de rares monuments qui répétaient faiblement les allures, les styles du temps de la jeunesse et de la création, du temps de l'amour répandu.

Il y avait eu la raison française, ce jaillissement passionné, orgueilleux, furieux du XIIe siècle des épopées, des cathédrales, des philosophies chrétiennes, de la sculpture, des vitraux, des enluminures, des croisades. Les Français avaient été des soldats, des moines, des architectes, des peintres, des poètes, des maris et des pères. Ils avaient fait des enfants, ils avaient construit, ils avaient tué, ils s'étaient fait tuer. Ils s'étaient sacrifiés et ils avaient sacrifié.

Maintenant, cela finissait. Ici, et en Europe.

« Le peuple de Descartes. » Mais Descartes encore embrassait la foi et la raison. Maintenant, qu'était ce rationalisme qui se réclamait de lui ? Une sentimentalité étroite et radotante, toute repliée sur l'imitation rabougrie de l'ancienne courbe créatrice, petite tige fanée.

Chanteau développait son discours. Il avait l'air de ne se soucier point de Clérences, de ses attaques, de ses menaces, de son ultimatum. Mais peu à peu il s'en approchait. Il en parlait en le confondant avec quelque chose de plus vaste que lui. Clérences était un grain dans un petit nuage de poussière, le nuage de l'inquiétude, de la mauvaise humeur, « nuage qui s'élève toujours sur les pas de toute troupe en marche ». Clérences était un grain de poussière sous le vaste pied de Chanteau, le grand vieux pâtre marchant en tête du troupeau. Chanteau, faux disciple de Descartes, était plutôt un disciple du fade Lamartine. Laissant Clérences, il parlait d'autre chose, de la mission de la France dans le monde.

La mission de la France dans le monde. Ce vieil alibi. Il paraissait plus facile à ce gros homme mou, faible, allusif, de pérorer sur les devoirs de la France à l'égard du monde que sur les devoirs de la France vis-à-vis d'elle-même. C'est ainsi qu'il se dérobait à la pression de Clérences et à toute contrainte. « La mission de la France, mes amis. » Vanité d'autruche qui crâne petitement au milieu du désert et qui, au premier bruit, se fourre la tête sous le moignon pour ne pas voir le danger, pour ne pas entendre la menace. Vieille vanité jacassante, prétention facilement effarouchée. Gilles méprisait et haïssait de tout son cœur d'homme le nationalisme bénisseur, hargneux et asthmatique de ce parti radical qui laissait la France sans enfants, qui la laissait envahir et mâtiner par des millions d'étrangers, de juifs, de bicots, de nègres, d'Annamites.

Par-ci par-là au milieu des grosses têtes congestionnées ou des figures pâlotes, Gilles voyait une tête crépue qui approuvait, infatuée. Sur l'estrade se pavanait une belle juive aux seins blancs, à la mâchoire dévorante qui trônait, l'Esther du Parti. Elle en avait cajolé tous les chefs et se satisfaisait d'une grandeur de camelote. Dans la déchéance des aristocraties et des peuples, les juifs arrivent pour ramasser les lauriers fanés.

Chanteau parlait. La foule des spectateurs, des militants, petits bourgeois des villes et des campagnes, licenciés en droit, vétérinaires, docteurs en médecine, pharmaciens, petits industriels, agriculteurs, journalistes, tous les gens de robe, tous bons francs-maçons comme autrefois bons catholiques, ayant glissé de l'humanisme ancien et paternel au rationalisme avorton, l'écoutaient et se rassuraient profondément. Clérences était oublié. La légère inquiétude, l'infime scrupule qu'il avait soulevés se dissipaient parfaitement. Chanteau les rasseyait, les justifiait.

Sa stature et même sa corpulence pour tous ces goinfres et gourmets étaient une réjouissante justification. Sa faiblesse gonflée leur paraissait une force. Ils flairaient à peine qu'une petite âme fluette, sournoise, astucieuse et dérobée se dissimulait derrière cet esprit si disert, ce ventre si prospère.

Il leur faisait oublier leurs remords, et, en échange, ils ignoraient tout grief à son endroit. Pourtant, après avoir renversé Morel de la présidence, s'étant hissé au pouvoir, il en avait glissé comme une montagne déboisée. Il était arrivé dans une vague poussée désordonnée, s'était assis dans le désordre et s'était effondré dans la panique. Ces hommes, à qui jamais personne n'avait donné le sens de l'homme, ne lui en voulaient pas, ils s'étaient empressés d'oublier la lamentable aventure et ils recomposaient leur tranquillité, leur ignorance, leur vanité, sur ses mots.

Des mots, des mots. Gilles lança d'une voix mourante : « M. Homais est ventriloque et il lui sort de la bedaine la voix de M. de Lamartine. » Il fut chuté. Qu'on ne les dérange pas dans leur extase. C'était pourtant cela, du Lamartine. Lamartine, ça n'était déjà pas bon ;

mais cela c'était pire : du Lamartine de collège, mâchonné, revomi, une bouillie fade.

Brusquement, le gros matois qui savait où il allait, bien qu'il parût dans les transports, sa graisse comme résorbée et sublimée par les sanglots romantiques, retomba sur Clérences. Au détour d'une envolée, il se tournait vers lui, le couvrait d'éloges, le pardonnait, l'adjurait, avec une tendresse inévitable, de rentrer au bercail. Clérences, pâle, était au milieu de cinq cents faux frères, tous penchés sur lui, la larme à l'œil.

L'opération annuelle se perpétrait, le sacrifice rituel, prompt, qui à chaque congrès tordait le cou gentiment au petit sursaut de vie dans le parti. L'affreuse petite chose était faite, Chanteau aussitôt se détourna et se lança dans sa péroraison où, sur un suprême flot de grands mots doucereux et mortels, s'avançait comme un grand vaisseau désemparé vers une côte inhospitalière et traîtresse la certitude de la guerre un jour avec l'Allemagne.

Tonnerre d'applaudissements. Ils se croyaient tous en 92, le peuple le plus nombreux de l'Europe, si magnanime, prêt à la conquérir encore une fois pour lui faire du bien.

Gilles sortit. Il se réfugia dans la pensée de Pauline et de son enfant. Ça, c'était de la vie, malgré tout.

VIII

Gilles restait le plus possible auprès de Pauline et l'observait passionnément. Comme elle était grave. Quand il la voyait marcher, il sentait ses lombes remuer. Sa vie était irrésistiblement arrachée à son centre égoïste, sa vie ne gravitait plus autour de son moi, mais elle partait dans une puissante dérive vers une destination inconnue. Il se découvrait des forces de désintéressement énormes, des fertilités prodigieuses. « Moi qui me croyais dépeuplé, désert à peine parcouru par des ombres, tout le temps j'étais habité. Des millions d'hommes et de femmes s'avançaient dans ma profondeur. »

Il la regardait avec ahurissement. Qui était cette femme qui lui communiquait cette annonciation ? Il la voyait elle aussi sous un jour d'une nouveauté bouleversante, dans un autre univers, sous un autre soleil. Elle lui était intimement inconnue comme lui-même. Comme au temps de la guerre, tout ce qui était idée devenait indifférent. Il ne comprenait plus comment il avait pu être occupé par la pensée du dépeuplement de la France. Qu'était-ce qu'une pensée à côté d'un enfant ?

Pauline parlait avec plus en plus de gravité, mais aussi, hélas, Gilles s'en apercevait à tâtons, avec une espèce de suffisance. Lui contant quelques-unes des impressions de son prodigieux voyage dans les profondeurs de la terre, elle lui reversait une fierté, une confiance qui l'exhaussaient au-dessus des anciens doutes et des anciennes diminutions de sa vie. Mais ensuite, Gilles voyait non sans dépit que pour elle l'événement avait des côtés futiles. D'avoir un enfant et d'être mariée la classait, elle devenait une dame, une bourgeoise. Il se reprochait cela ; il ne savait pas l'empêcher de devenir une bourgeoise. Sans doute en serait-il ainsi advenu d'elle en tout cas. Ne l'était-elle pas à demi déjà ? Dès les premiers temps de sa noce, autrefois, il avait bien vu quelle bourgeoise il y a dans toute poule. Certes, elle ne ressentait pas la pauvreté ; mais une bourgeoise, même si elle peut accepter ou braver la pauvreté, n'en est pas moins asservie. Alors, il se demandait comment elle élèverait l'enfant.

Le visage de Pauline s'altérait. Un reflet gris remplaçait l'ambre de son teint. Elle souffrait du ventre. Ils allèrent voir le médecin qui surveillait sa grossesse. C'était un médecin de renom que Gilles avait rencontré chez des amis et qui était un lecteur de l'*Apocalypse*. Il l'examina rapidement au gré de Gilles, et lui demanda si elle n'avait jamais eu de la salpingite. Elle l'avoua, ce qui fit froncer les sourcils à Gilles.

— Eh bien ! voilà, fit le médecin d'un ton jovial, vous avez de la chance d'être enceinte malgré cela. Votre grossesse réveille ces vieux souvenirs, mais elle en aura raison. Cela va passer.

Gilles téléphona en cachette au docteur qui ne parut pas plus inquiet.

Elle se soigna selon les prescriptions reçues, demeura couchée. Elle souffrit davantage. Gilles fit venir un autre médecin qui, à peine l'examen commencé, s'assombrit. Il prit Gilles à part et lui dit qu'elle avait un fibrome. Il fallait sacrifier l'enfant.

— Car, évidemment, ajouta négligemment le médecin, vous ne voulez pas risquer la mère pour l'enfant.

— Non, répondit Gilles machinalement. Ensuite, il médita avec horreur sur sa réponse.

Les jours suivants, avant l'opération, toute l'ancienne amertume de sa vie lui revenait. Il craignait une fatalité. Il avait demandé si Pauline, plus tard, pourrait être mère.

— Ce n'est guère possible.

Ainsi, il allait être rejeté à son vieil égotisme. La vie ironique lui avait préparé une de ces punitions dont elle a le secret. Le vœu d'avoir un enfant s'était éveillé chez lui tard, trop tard, pourquoi s'étonner qu'il échouât ? Quand même, cette rancune de la vie était férocement excessive. Et le fibrome n'avait aucun rapport avec le désordre de la vie de Pauline. Le second médecin disait que le premier était un âne et que la salpingite était inimaginable ; elle n'aurait pas été enceinte.

Il n'osait la regarder. Elle était affreusement inquiète et humiliée, elle lui jetait des regards douloureux.

Elle entra dans la maison de santé. Tout être est guetté par ce lieu qui, sous ses traits laïques, matériellement raffinés et desséchés, est pour notre époque le lieu de la méditation sur la mort.

Les infirmières le regardaient avec le regard ambigu des prêtres et des dieux.

Gilles, seul dans le couloir, se sentait redevenir un misérable célibataire.

— Mon petit, ce n'était pas un fibrome, mais un cancer, lui dit le chirurgien en sortant.

L'opération avait réussi. On avait retiré, avec l'enfant, cette pleine promesse de vie, un énorme germe de mort. Mais la mort n'avait pas été déracinée. Les cas de cancer chez un être de trente ans sont rares et étaient alors mortels.

IX

Maintenant, qu'allait faire Clérences ayant démissionné du parti radical ? Le seul communiste des trois collaborateurs de l'*Apocalypse*, Lorin, craignait comme la peste qu'il entrât dans le parti stalinien dont lui-même était exclu et qu'il avait pris en exécration. Depuis le congrès de Château-le-Roi, une profonde désespérance pesait sur toutes les pensées de Gilles. Pourquoi ne pas se jeter dans le communisme ? « Que la France soit balayée par la destruction. C'était vivre que de hâter la décision de la mort. » Il voyait dans le communisme non pas une force, mais une faiblesse qui pouvait coïncider avec celle de la France. Il ne communiquait pas ses sombres pensées à ses amis. Il lui semblait que pas une âme en France n'était capable de comprendre son désespoir. Il ne pouvait se tourner vers l'*Action française*. Il était attaché depuis toujours aux fondements de la pensée de Maurras, il tenait le philosophe des Martigues comme le plus grand penseur politique de la fin du dernier siècle, mais, s'il le voyait grand homme d'action à travers les siècles, il le voyait petit et impuissant dans l'immédiat.

Cependant, Clérences demandait du temps, beaucoup de temps pour réfléchir : il se comportait comme s'il avait été sensible aux arguments que Gilles lui avait opposés la veille de son discours à Château-le-Roi, et qu'il ne pût se résoudre à changer de vie. Il feignait de donner raison à Lorin qui disait :

— Refaisons un parti marxiste en dehors des socialistes et des communistes corrompus.

Dans les mains de Clérences, ce parti serait le contraire de ce que voulait Lorin, ce serait un lieu de facilité, de manœuvre.

Preuss, voyant Clérences ne pas dire non, et devinant, comme Gilles, ses raisons, mais ne se taisant pas comme lui, s'esclaffait :

— Tu veux faire un parti extrémiste, toi ?

Clérences murmurait :

— Mais non, mais...

— Voyons, quoi?

Ils se perdaient dans d'immenses débats sur la tactique, où pêle-mêle faisaient merveille le vocabulaire héroï-comique de Lorin, la subtilité de Preuss, l'ironie désolée de Gilles, la prudence tortueuse de Clérences.

Un beau soir, Clérences invita dans une très petite salle quelques syndicalistes communisants pour les tâter, pour voir si on pouvait les arracher à l'obéissance russe. Il parla et se fit le plus grand tort ; sous une apparente audace, dans le ton et les propos, sous un semblant de sécheresse coupante, on sentait la profonde irrésolution de sa pensée. Les communistes ricanèrent, affectant d'être indulgents. Mais Gilles les regardait et ne les trouvait point forts eux-mêmes derrière leur formalisme arrogant.

Lui et Lorin s'en allèrent tête basse, ils doutaient de leur ami. Cependant, Lorin, qui espérait, grâce à Clérences, déboucher dans la vie politique, dit :

— Il faut voir encore.

— C'est tout vu, gémit Gilles.

Il ne voyait que néant partout. Le lendemain, il alla voir Clérences et s'étonna de le trouver content. Brusquement, il comprit : il était devant un homme totalement fourvoyé, qui avait perdu toute existence, sorti des lisières où Chanteau l'avait formé. Il avait emporté tout le virus radical avec lui. Sans doute, derrière le dos de ses amis faisait-il des choses qu'il ne leur disait pas, à moins qu'il ne fît rien du tout.

Gilles s'en alla, fort honteux.

— Il est très difficile de distinguer la seconde Mme de Clérences de la première, disait Gilles à Lorin, deux jours plus tard.

— Tu exagères.

— Non, je t'assure. Clérences a un goût des jolies femmes qui le perd et qui nous perd. Celle-ci est bien plus jolie et élégante qu'Antoinette, mais elle est encore plus étrangère à tout ce que la vie de Clérences devrait être. Une jolie femme, c'est, dans la vie d'un homme, forcément un poids mort.

— Tu peux parler. Pauline est une jolie femme.

— Hélas.

Depuis quelque temps, Pauline changeait. Elle passait ses journées, depuis qu'elle allait mieux, avec Annie Clérences. D'être devenue l'amie d'une jeune femme qui avait été une jeune fille, qui avait été élevée dans une bonne bourgeoisie, qui la traitait véritablement en égale, cela achevait l'œuvre de désagrégation de sa fausse-couche. Déjà, autrefois, avec ses premiers amants, elle avait découvert des choses qui n'étaient pas soupçonnées chez ses parents et dans le quartier ouvrier — pas trop bourgeois parce qu'espagnol — où elle avait été élevée ; mais tout cela n'avait pas le caractère d'autre univers où elle se mouvait maintenant dans le sillage d'Annie. Il ne s'agissait pas de robes et de fanfreluches, des petits détails d'intérieur, car Annie imitait facilement son mari et entourait de considération et même d'une apparence d'envie la pauvreté du ménage Gambier. Ce qui était bouleversant pour Pauline, c'était la certitude que lui donnait l'amitié d'Annie d'appartenir décidément à un autre monde que celui où elle était née. Ses manières changeaient, les inflexions de son corps perdaient de leur spontanéité et de leur sûreté, sa voix s'altérait. Des mots nouveaux apparaissaient dans la bouche de Pauline, des mots qui se déformaient sur ses belles lèvres et qui les déformaient. Le joli animal en elle, sans qu'elle le sût, sans qu'elle en éprouvât le moindre malaise, s'épaississait, s'aveulissait. Gilles se désola. Le petit paradis d'innocence et de miracle ne pouvait durer. Que faire ? Il n'y avait rien à faire. S'il lui parlait, il la troublerait davantage. Elle deviendrait tout à fait empruntée, déréglée. Il valait mieux attendre. Cela lui passerait. La force de sa vraie nature reprendrait le dessus. Il continuerait de l'aimer. Il aimait encore son corps. Il l'aimait d'une autre manière qu'autrefois. Il s'en approchait maintenant comme d'un temple foudroyé, délabré où régnait un air troublant de désastre, de ruine, de stérilité. L'amour redevenu stérile tournait à la fascination du vide, à l'excès morne et enivrant, au charme de mort.

X

Depuis que Gilles avait ouvert l'*Apocalypse* à ses amis, la petite feuille avait d'abord gagné quelques centaines de lecteurs de plus, puis les avait reperdus. La pensée du journal allait à hue et à dia. Lorin ne pouvait qu'aligner ses raisonnements marxistes, dans une effroyable abstraction, dans un charabia indéchiffrable. Ce fils de bourgeois s'exprimait comme un charbonnier qui, dans son enfance, ayant été enfant de chœur, aurait appris quelques phrases d'une langue inconnue et aux soirs d'ivrognerie les revomirait pêle-mêle. Ni au lycée, ni à la Faculté de Droit, il n'avait appris à penser, à mettre de l'ordre dans ses idées, à leur trouver dans son âme de solides points de repère. Il était un bel exemple de la totale déficience de l'éducation moderne.

Quant à Preuss, clair, voire élégant dans chacune de ses phrases, il était inapte à mettre de la cohérence entre les moments de sa pensée. Il allait en tout sens, changeant de principes comme de tactique, se référant successivement à toutes les philosophies, condamnant et consacrant tour à tour tous les hommes et tous les systèmes politiques, tout cela d'ailleurs à travers les analyses extrêmement fines et brillantes de l'actualité, pour revenir toujours au conservatisme radical le plus étroit. Les Juifs restent stérilement fidèles à 89, qui les a sortis du ghetto. Il avait plus de talent que Lorin et encore moins de substance.

Quant à Gilles, sa plume s'exaspérait, grinçait. Il dénigrait tout en France avec une violence de plus en plus inexpiable. Et, sans doute, cela était-il la vraie cause du discrédit où tombait l'*Apocalypse*. Les Français, qui ne peuvent déjà plus supporter la franche satire, font le vide, à plus forte raison, autour d'une prophétie vraiment déchirante.

Gilles avait cru voir tout d'abord, dans ce désordre de l'*Apocalypse*, une certaine surabondance juvénile, mais, peu à peu, il n'y trouvait plus qu'agitation, aigreur, complaisance démoniaque dans un encombrement de fariboles qui faisait le plus perfide néant. Et il ne pouvait plus croire que tout cela s'arrangerait par l'effet de l'action de Clérences.

Il y avait eu encore une réunion avec les communistes, publique, cette fois. Preuss l'avait poussé à y aller ou avait cru l'y pousser, car, au fond, Clérences n'en faisait qu'à sa tête et il ne s'engageait guère dans ces démarches extrêmement courtes qui ne l'éloignaient pas du centre de ses hésitations et de ses prudences.

Il s'agissait de protester contre une quelconque répression qui s'était exercée quelque part en Europe contre le communisme. Gilles avait accompagné Clérences. Il ne croyait absolument pas à la force positive du communisme dans le monde et il n'y voyait que l'effet de la ruine des derniers piliers médiévaux soutenant la fragile civilisation bourgeoise et moderne. Mais il pensait encore qu'il y avait parmi les communistes des hommes sains et vigoureux qu'il aurait voulu atteindre et retirer de leur égarement. Il aurait voulu leur faire comprendre qu'ils travaillaient, sans le savoir, pour la réaction et le rétablissement d'une aristocratie comme en Russie.

Il aurait voulu qu'ils devinssent tout de suite des réactionnaires, sans hypocrisies intermédiaires. Mais il devinait bien que, sous la jactance, c'était des petits bourgeois, comme les radicaux et les socialistes.

Autrefois, étant étudiant, il avait été bien souvent dans des meetings socialistes; il y avait renoncé par incrédulité non seulement dans les idées qui volaient bas sur la foule, mais encore dans les vertus qui pouvaient émaner de cette foule même. Il retrouvait le prolétariat bien plus bas qu'il ne l'avait quitté. Il n'y avait rien dans les foules ouvrières de cet élan naïf et prompt qui allait vers le jovial Jaurès d'avant guerre. C'était une foule brisée par les années d'un rite artificiel et monotone, soumise à des ordres venant de trop loin ou de trop haut. Elle se levait, s'asseyait, pour chanter l'*Internationale*, par un ressort mécanique, en se complaisant dans l'inanité sonore du chant comme les cléricaux dans leurs cantiques. Il y avait, dans ses invectives, en réponse à l'appel démagogique, une arrogance si évidemment creuse que, sûrement, sur l'estrade, parmi les bonzes, personne ne pouvait en être dupe.

Cachin avait parlé. Il y avait vingt ans ou cent ans

que ce vieux professeur sermonnait cette vieille foule. Bonne grosse voix, bonne grosse tête, bonne grosse main, sage élocution, ordre et simplicité dans le discours, un trait un peu vigoureux çà et là. Cela faisait une bonne technique de magister travaillant dans le genre honnête, bien pleutrement et sournoisement résolu à ne déchaîner aucune tempête.

Après Cachin, ç'avait été Vaillant-Couturier. Le ténor des tournées de province. Celui-ci travaillant dans le genre ému.

Gilles s'était aperçu avec horreur que, chez les communistes, le rapport secret entre l'orateur et la foule était le même que chez les radicaux. Il y avait la même complicité pour se duper. L'orateur faisait semblant de croire à l'enthousiasme de la foule et la foule à l'enthousiasme de l'orateur. On aurait pu aussi bien être à une réception de l'Académie française. La France n'était plus qu'une vaste académie, une assemblée de vieillards débiles et pervers où les mots n'étaient entendus que comme des mots. Gilles sentait la mort lui grignoter la moelle comme une petite souris narquoise.

Clérences parla. Gilles rentra la tête dans ses épaules. Clérences fut extrêmement mauvais, encore bien plus mauvais que dans la petite réunion contradictoire. Sentant la faiblesse de cette foule, il tomba dans la plus extrême faiblesse, si bien qu'il parut encore plus faible qu'elle. Elle fut galvanisée par ce leurre de supériorité et, après une audition hargneusement silencieuse, coupée de ricanements, le renvoya à sa chaise sous une *Internationale* insolente.

Par ailleurs, Clérences avait poursuivi de mystérieuses intrigues en dehors de ses amis. Gilles et Lorin le savaient et s'en inquiétaient ; en même temps, ils se consolaient en se disant qu'il était des délicatesses de l'action qu'ils ignoraient l'un et l'autre et dont seul Clérences pouvait être le bon juge. Pendant cette période, c'était Preuss qui semblait avoir son oreille. Gilles se navrait davantage de cela que du reste, car il savait bien que Preuss n'était qu'un brouillon et ne pouvait intervenir que là où, sous les apparences d'un commerce fébrile, il ne se passait exactement rien.

— Peut-être que l'action de notre ami, dit Gilles à Lorin, ce n'est que des agissements, une piètre intrigue du genre de celles dont est tissue l'histoire de cette pauvre vieille république.

— Tu crois? s'exclamait Lorin, aussitôt plus friand du désastre d'un ami que de la réussite de ses propres projets... Nous verrons bien, ajoutait-il avec un air de menace qui faisait présager à Gilles que les chausses de Clérences connaîtraient un de ces jours ces affreux aboiements qu'avaient connus les siennes au temps de *Révolte*.

— A propos, qu'est devenu Caël, demanda-t-il un jour.

La fin de la prospérité d'après guerre avait commencé la décadence de toutes les étrangetés et de tous les embrouillements dont Caël avait été un des fantomatiques profiteurs. Sa boutique de peinture d'avant-garde ou d'arrière-garde avait fait faillite et il avait quelque peu disparu. Cependant, il venait de rouvrir une boutique plus modeste où il s'obstinait à vendre son bric-à-brac des derniers jours. Et, comme certaines parties du monde n'étaient atteintes que tardivement par les derniers feux de Paris, il arrivait encore à Caël des disciples de la Patagonie ou de Java. Si bien qu'il pourrait sans doute prolonger encore pendant quelques années son euphorie de pontife d'une secte travaillant dans le carton découpé et peinturluré.

Quand Gilles voyait Clérences, il l'interrogeait du regard. L'autre souriait doucereusement. Clérences ne voulait pas se débarrasser de ses amis intellectuels. Dans une France vieillote et qui confond son dernier souffle avec celui d'un intellectualisme rabougri, d'un mandarinat vétilleux, rien ne se fait sans les intellectuels. Ou plutôt, on invite toujours des intellectuels pour qu'ils assistent, avec leurs hochements de tête aigre-doux, à un nouvel avortement bavard. Un beau jour donc, Clérences prit son air le plus compassé pour convoquer Gilles et Lorin à une réunion d'où allaient sortir fichtre de grands événements. Comme il les avait d'abord pressentis séparément, chacun, devinant les conciliabules qui s'étaient tenus avec l'autre, pensait en savoir moins qu'il n'y avait et, entravé dans le mouvement de son scepticisme, était . incité à espérer encore quelque chose.

La réunion se tenait dans le charmant appartement de Clérences et ce n'était pas déjà peu comique de voir, dans ce décor d'une austérité raffinée, réunis tant de malotrus du prolétariat et de la gauche. Il est vrai que ces malotrus étaient, en fait, de bons petits employés bien propres, bien pacifiques et à peine envieux. A la première réunion, pendant deux heures, on ne discuta que de vétilles cérémoniales. Il s'agissait de constituer un comité. Y aurait-il un président ou seulement un secrétaire ? Et d'autres dignitaires ? Et quel nom prendrait le nouveau mouvement ou le nouveau parti ? Ces bavardages, qu'il ne put écouter plus de cinq minutes, permirent à Gilles de se remettre de son émoi d'un instant ; il avait cru une seconde se trouver devant des gaillards possibles, devant des révolutionnaires. Or, Clérences n'avait assemblé que tous les gens qui lui ressemblaient. Il y avait là des intellectuels qui étaient entrés niaisement avec leur libéralisme dans le communisme et se retrouvaient, l'ayant fui, dans un anarchisme difficile à avouer tant de lustres après la mort de l'anarchie. Quelques-uns d'entre eux cherchaient un alibi dans le socialisme de la IIe Internationale où, dans une atmosphère de solennelle et impeccable impuissance, ils pouvaient abriter toutes leurs réticences et leurs velléités, leurs effarouchements et leurs verbeuses indignations. A côté d'eux, il y avait des syndicalistes voués aux mêmes tourments et aux mêmes incertitudes, mais qui se camouflaient plus hypocritement sous un vieux vernis de réalisme corporatif. Il y avait aussi des francs-maçons et des juifs, également déchirés entre un capitalisme si longtemps profitable et si dignement masqué de démocratie et des aspirations à une attitude plus âcre.

A la sortie de cette première réunion si parfaitement vide de toute virilité et de toute humanité, Gilles ne pouvait même plus nourrir de la déception ou du découragement. Il fut d'une folle gaîté en s'en allant bras dessus bras dessous avec Lorin ; cette gaîté grinçait comme une trottinette rouillée sous le pied d'un garçonnet de 90 printemps. Cependant, Lorin avait pris la parole à deux ou trois reprises et était aussi fort satisfait des boutades marxistes qu'il avait lancées. Aussi ne vit-il que du dépit dans l'attitude de Gilles.

A la deuxième séance, il y eut encore deux heures de palabre inutile sur les gens à inviter ou à ne pas inviter, avant qu'on en vînt à un discours de Clérences.

« La situation politique en France, camarades... La situation est donc beaucoup plus grave qu'on ne le croit généralement. Bref, un mouvement fasciste commence à se développer dans le pays... Les progrès du mouvement hitlérien en Allemagne... »

Gilles tombait des nues. Un mouvement fasciste en France? Il n'en avait pas la moindre idée... Manquait-il d'information? Mais non, c'était une fantasmagorie. Où donc Clérences voulait-il en venir?

Clérences continuait : « Nous ne devons pas créer un nouveau parti. Il y a assez de partis. Mais nous devons former un noyau autour duquel sera possible l'union des partis et des individus suspectibles d'être entraînés à lutter contre le fascisme. »

Gilles connaissait mal le fascisme italien et n'avait que des idées obscures sur le mouvement hitlérien. Cependant, en gros, il pensait que fascisme et communisme allaient dans la même direction, direction qui lui plaisait. Le communisme était impossible, il l'avait vérifié dans ces derniers temps par le contact qu'il avait eu, en compagnie de Clérences, avec des communistes français. Restait le fascisme. Pourquoi ne s'était-il pas soucié davantage du fascisme?

Tandis que Clérences continuait son discours contre le fascisme, Gilles entrevit que, sans le savoir, instinctivement, il avait poussé vers le fascisme. C'était vers le fascisme qu'il avait voulu diriger Clérences. Le fascisme n'avait-il pas été fait dans une pareille inconscience par des gens de gauche qui réinventaient ingénument les valeurs d'autorité, de discipline et de force? Clérences faisant soudain allusion à ces valeurs-là, ses auditeurs approuvèrent vaguement du bonnet. Gilles jeta un regard de jubilation ironique sur Lorin. Mais celui-ci ne semblait rien craindre. Il n'avait pas tort, somme toute, car suivit une discussion éperdue où les opinants semblaient, d'une minute à l'autre, justifier puis rendre tout à fait ridicule le nouvel espoir de Gilles. Ces libéraux, ces anarchistes impénitents étaient-ils en train de muer et de donner naissance à un extrémisme qui confondrait enfin certains éléments de la droite et de la gauche? Mais non.

Après la réunion, Gilles pris à part Clérences et lui lança tout de go l'idée qui lui était venue.

— Tu m'as donné beaucoup à réfléchir. Après tout, le mouvement fasciste est une chose plus importante que nous ne croyons.

— Je pense bien.

— Après tout, puisque nous ne sommes pas devenus communistes, il est probable que nous deviendrons fascistes.

Clérences le regarda comme il le regardait toujours, avec son affectation d'indulgence amusée.

— Je crois, continua imperturbablement Gilles, que tu es en train de commencer un fascisme par le bout qui convient. Se déclarer antifasciste dans un pays où il n'y a pas l'ombre de fascisme, c'est évidemment la seule façon d'amener celui-ci à la vie.

Clérences ricana d'un air gêné. Gilles jugea utile de ne pas insister et s'en alla. Au moment où il passait la porte, Clérences lui dit :

— L'*Apocalypse* a préparé le terrain aux discussions actuelles, du moins dans une certaine mesure. Quand notre groupe va être définitivement organisé et axé, tu gagnerais beaucoup à en faire notre organe.

— A mon goût, il faudrait que tu rompes à la fois avec la démocratie et avec le capitalisme.

— Je romprai en agissant, mais non point par des paroles préalables qui effaroucheraient les uns ou les autres de ceux que je veux entraîner.

— Il faut, au contraire, rompre avec tout le monde, c'est la seule façon de gagner des adhérents sains et entiers.

Clérences haussa légèrement les épaules et le laissa partir.

Le lendemain, Gilles interrogea Preuss.

— Qu'est-ce qui va sortir de tout ça ?

A son grand étonnement, Preuss fut catégorique.

— Rien ; Clérences aurait dû rester radical. La France est radicale et restera radicale. Clérences est comme la France.

Gilles blêmit de dégoût.

— Mais non. Le radicalisme français est aussi solide que le conservatisme anglais.

— Eh bien, si c'est cela, je vous souhaite de crever tous.

Lorin vint le trouver. Il était rempli d'une jubilation démoniaque.

— J'ai travaillé les camarades. Nous avons formé une solide fraction néo-marxiste. A la prochaine réunion, nous obligerons Clérences à reconnaître nettement les principes marxistes, ou nous romprons la combine.

Gilles sourit amèrement.

La réunion suivante manifesta tout de suite des caractères différents des précédentes. Ce ramassis d'hésitants avait retrouvé, dans la coulisse, les vieilles divisions radoteuses et chacun, content de retomber dans sa routine, paraissait résolu à faire le nécessaire pour que tout soit cassé.

Clérences prit la parole pour résumer son discours de la dernière fois. « Notre programme doit être le contrôle du capitalisme, la nationalisation des trusts ; mais nous ne devons pas mettre en avant la suppression de la propriété, ce qui nous mettrait à dos les deux tiers de la France... Nous devons unir le prolétariat, les paysans et les classes moyennes... »

Une certaine agitation se produisait dans le coin où était assis Lorin, ce qui rappela à Gilles la dernière séance de *Révolte*, quelques années auparavant. Toujours cette basse sédition des médiocres, qui s'attisait sur de vieilles attitudes inventées au XIXe siècle. Lorin demanda la parole.

— Clérences, tu veux être révolutionnaire. Mais il n'y a qu'un moyen d'être révolutionnaire, c'est de se tenir solidement attaché à la lutte des classes...

Après Lorin qui bafouillait, à la fois timide et arrogant, et qui fut rassis par l'applaudissement hâtif et goguenard de ses partisans, un instituteur se leva qui fit une harangue fort hargneuse, fort embrouillée où, malgré tout, apparaissait, avec quelque précision, le vieux préjugé marxiste : « Rien sans les ouvriers, tout pour les ouvriers. »

Ensuite, ce fut un franc-maçon qui déploya les grâces louches de Tartufe pour vanter la Révolution toujours debout, celle de 89 dont, en effet, il vivait encore. Et puis, d'autres.

Clérences répondit à tous. Il n'était pas marxiste, il prétendait cependant défendre et promouvoir l'esprit du marxisme... mais... cependant... Gilles cessa d'écouter, se voyant dans quelque bagarre de moines alexandrins. Tous ces gens étaient des gens de robe, des clercs comme dit l'autre, tout à fait stériles. Décidément, la vie n'était plus en France. Brusquement, il se leva et sortit.

XI

Au début de 1934, Gilles Gambier était au bout de sa vie parisienne. A quarante ans, il lui semblait que, s'il restait à Paris, sa destinée avait achevé sa révolution sur elle-même ; son avenir ne présentait aucune nouveauté possible. Il savait comment il se comporterait toujours dans ce lieu. De maigres événements alternés lui avaient montré comme étaient peu écartés les points extrêmes de l'oscillation. Devant la démonstration répétée, son imagination était morte. Il n'y avait plus en lui aucun élan pour relancer sa vie individuelle. Il ne croyait plus dans Pauline, stérile, marquée par la mort, mais surtout devenue bourgeoise. Peu à peu, il ne s'était plus senti lié à elle que par la mémoire et la pitié.

Quand il avait rencontré Berthe Santon, il avait eu la brusque et amère certitude qu'il n'aimait plus Pauline. La magie du sacrement avait dépéri.

Berthe Santon, belle, vivait dans une situation étrange qui montrait le plus terrible asservissement à l'argent qu'on puisse imaginer. Après avoir eu en toute liberté dix amants, elle avait épousé un des deux ou trois Grecs les plus riches du monde. Cet homme qui faisait elle ne savait quel commerce, fier et épouvanté d'avoir épousé une catin d'aussi terrible réputation, l'avait soumise à une surveillance orientale. Elle s'y était pliée avec une parfaite docilité apparente. Mais au bout de quelques années il avait fini par découvrir qu'elle l'avait toujours trompé. Il s'était bien vengé, il avait fait prononcer le divorce contre elle et il ne lui servait une grosse pension qu'à la condition qu'elle n'eût pas la moindre liaison. Le despote outragé avait calculé qu'elle ferait cependant l'amour, mais dans des conditions fort gênantes et en vivant dans la terreur. Deux ou trois fois il avait ravivé cette terreur en suspendant les mensualités.

Voilà la femme qu'avait rencontrée Gilles qui avait cru être à jamais débarrassé des femmes et de l'argent. Elle avait un corps qui exprimait le plus irrépressible goût de vivre et un visage de pierre. Elle ne lui avait pas souri tandis qu'elle lui pressait les mains dans l'ombre du cinéma où on venait de le lui présenter.

Gilles retombait sur les images. Pauline n'était plus qu'une image. Berthe ne pouvait être autre chose. Se retourner vers une Berthe, c'était un atroce aveu d'impuissance ; il ne pouvait que haïr ce qui sortait des mains d'autrui, et qui ne se livrerait jamais tout à fait. Il n'avait pas un instant devant Berthe les illusions qu'il avait eues devant Dora. Ce retour du passé, avec ses fausses faveurs, c'était encore la punition du passé, une punition qui, semblait-il, ne finirait jamais plus. Avec quel désespoir il jetait un dernier regard sur ce sentiment de plénitude qui avait ravivé ses forces autour de Pauline.

Tout en faisant ces réflexions, il avait cédé aux avances de Berthe. Il lui donnait son dernier feu. Une conscience désespérée ne l'empêchait pas de paraître encore passionné. En fait, il l'était plus que jamais, d'une passion détachée et sans espoir. De nouveau jaloux, anxieux, tendre, férocement, follement lubrique. L'arbre de la science et l'arbre de la vie ne faisaient plus qu'un seul arbre d'orage, éperdument secoué par un tourbillon final ; il engloutissait dans ses racines, semblait-il, tout ce qui restait de suc dans les parages.

Il l'avait vue devenir amoureuse de lui : il regardait d'un œil atone cette faveur persistante, idiote des femmes. Sans doute vont-elles à la moindre résistance et ne manquent-elles pas un seul des rares hommes dont l'imagination peut être dominée par elles. Gilles, en effet, semblait occupé par la forme creuse et fallacieuse de Berthe. Elle était belle, une flaque de lait où flottait une chevelure noire. Ses yeux étaient d'un bleu minéral. Il avait pu feindre quelque temps de ne pas la désirer ; elle avait attendu avec son habitude de dissimulation et de répression intimes. Puis, il s'était laissé aller, contemplant calmement le jeu toujours vivant de ses réflexes. Elle reprenait sur lui le pouvoir des filles. Aussi accessibles qu'inaccessibles. C'était le brutal souci d'argent qui la tenait. Bah, ce souci ouvert était pour lui moins humiliant que celui plus anodin et plus sournois qui lui avait dérobé Dora. Il avait été l'amant de dix femmes mariées, il savait quelles chiennes enchaînées c'étaient ; cette femme répudiée était au moins dans une situation bien nue.

Avec l'argent de Santon, elle s'était fait une cage parfaite aux barreaux de platine. Elle habitait Neuilly ou rue de Varenne, peu importe, car qui marquera encore des différences entre ces derniers coins où le Paris d'autrefois, plein de verdure et de silence, agonise sous le progrès inexorable de la pétrification ? Elle ne lui avait demandé qu'une fois de venir chez elle, par crainte des espions du Grec. Elle s'habillait avec une simplicité merveilleusement mortifiante. Pauvreté exquise des couleurs et des lignes, ascétisme méticuleux, anxieux, mélancolique de la coquette de ces années-là. Elle ne mangeait pas, elle ne buvait pas, chaque sport était pour elle un calcul. Avec tout cela, sa chair paraissait libre de toute contrainte et spontanément mesurée dans l'abondance. Son physique parlait, somme toute, avec franchise de son moral.

Il avait recommencé à cause d'elle l'existence sophistiquée de ses jeunes années. C'est toujours humiliant pour un homme d'être l'amant d'une femme qui n'est pas libre, mais à quarante ans cela devient grotesque. Ils ne pouvaient se voir qu'à certaines heures assez brèves, qu'il devait prendre sur son travail. Le soir, elle n'osait guère le rencontrer.

Ce qui était plus atroce que tout, c'était que cela se perpétrait alors que Pauline était encore vivante. Le mal l'avait reprise. Elle ne sortait plus de son lit, elle souffrait abominablement. Elle perdait tout : d'abord sa pudeur de femme, cette pudeur qui avait été si forte devant Gilles et qui lui avait refait une virginité ; cette pudeur avait été insultée par le mal qui avait amené des désordres ignobles dans toutes ses fonctions animales. Et, avant même de perdre la vie, elle perdait Gilles. Sans connaître précisément l'existence de Berthe, elle devinait qu'il y avait maintenant une cause particulière à la distraction déjà ancienne de Gilles. Alors qu'elle souffrait sans cesse et que la seule consolation puissante pour elle aurait été que Gilles ne la laissât jamais seule avec la douleur, il rentrait en retard ou partait trop tôt. Elle lui accordait toutes les excuses qu'il se donnait à lui-même : il avait son travail, ses relations.

Subitement le problème d'argent avait disparu de la vie de Gilles. Ayant supprimé l'*Apocalypse*, il s'était mis à gagner de l'argent en écrivant des articles à droite et à gauche, qui avaient du succès et qui lui étaient bien payés, tout au moins dans les journaux étrangers. Ce n'était pas le fait qui, dans cette période, faisait sourire le moins amèrement Gilles que ce brusque évanouissement de cette question d'argent qui l'avait tant préoccupé, disparition qui ne semblait ne laisser que du vide.

Par une autre dérision plus désolante, le mal qui avait anéanti la féminité de Pauline lui donnait, en refoulant la vie vers son visage, une beauté nouvelle. Ses cheveux sombres, hérissés autour de son front en sueur, prenaient un éclat surnaturel. Ses yeux étincelaient d'un secret p us rare que celui de la volupté. Sa bouche était le fruit énigmatique qui s'offre aux funèbres promeneurs sur les arbres des Enfers. Gilles s'arrêtait un instant à son chevet et se perdait dans une extase d'incompréhension et d'horreur. Il regardait se dissoudre ce qu'il cessait d'aimer et une indifférence démoniaque tordait toutes ses fibres. C'était à peine si l'infâme pitié lui offrait ses misérables artifices. Il les repoussait le plus souvent, mais quelquefois en s'en allant il s'apercevait qu'il en avait usé et qu'il l'avait serrée un long moment dans ses bras.

Après cela, il retrouvait Berthe. Il voyait avec une enivrante lucidité qu'il ne s'éloignait d'une ruine que pour en retrouver une autre. Il entrait dans l'impeccable pied-à-terre qu'elle avait installé pour le recevoir et où tout était merveilleusement stérile. Lui qui venait de quitter l'arbre de vie foudroyé, il entrait dans l'ombre d'un arbre somnifère qui dispensait de vains dictames. Les meubles, les tableaux, les objets étaient choisis par un goût exquis. « Quelle compagne idéale », ricanait-il. Idéale, en effet. Avec une chair apparemment libre, un cœur apparemment généreux, Berthe l'aimait, il n'y avait pas l'ombre d'un doute. De plus en plus, de mieux en mieux. Elle lui donnait un amour de plus en plus délicat, presque douloureux. Il lui avait fait mesurer et elle mesurait d'elle-même tout ce qu'à cause de son fétichisme de l'argent ils perdaient ou plutôt tout ce qu'ils allaient perdre, car il était entendu que Pauline mourrait et qu'ils resteraient séparés.

Il y avait le moment où Berthe regardait l'heure et où elle commençait à le pousser vers la porte. Un jour, lui qui s'était fait une loi de ne jamais lâcher le moindre hurlement contre la situation qu'il avait acceptée, s'écria brusquement, d'une voix égarée :

— Ne me dis pas qu'il ne faut pas que je fasse attendre ma femme.

— Oh !

Elle s'effara devant cette voix où éclatait soudain tant de sarcasme, mais elle n'osa aucune réponse. Il l'avait toujours traitée d'une façon si parfaitement égale : aurait-on pu dire qu'il souffrait ?

Il souffrait d'elle comme de la fatalité de son destin, fatalité qu'il avait formée de ses mains, dans les années de débauche et de folie. Mieux que Dora, Berthe lui faisait payer le crime commis contre Myriam. « Alors, j'ai péché de l'affreux péché d'avarice. Et c'est pourquoi Pauline est restée stérile, et que la stérilité non seulement a détruit son enfant, mais la détruit elle-même. »

Berthe était férocement satisfaite du plaisir qu'il lui donnait. Elle pleurait parfois quand il la quittait. Ce n'était pas révolte, c'était froissement de son long caprice.

Il faisait d'assez longues absences, allant étudier sur place l'Europe centrale et orientale qui de longue date avait absorbé son attention. De ses notes où s'inscrivaient en termes cruels ses vues prophétiques de témoin fasciné, il tirait négligemment des séries d'articles pour les journaux de « grande information ». Autant en emportait le vent. Certes il ne dissimulait pas sa pensée, il l'amoindrissait à peine. Ni ses amis ni ses ennemis ne s'y trompaient. Mais les lecteurs se gardaient bien de le suivre jusqu'à la conclusion terrible que pourtant il indiquait d'un doigt insistant. Il voyait l'Europe agitée dans sa profondeur par des passions de plus en plus audacieuses, rejeter les formes qu'elle avait reçues autrefois de l'Occident et se livrer à une création forte et étrange. Mais l'Occident somnolait, indifférent, incompréhensif, dédaigneux. Toutes les autres pages des hebdomadaires où il écrivait faisaient un concert écrasant pour que le son tragique de sa voix ne fût pas entendu. Il n'avait jamais cru qu'écrire vrai à Paris fût autre chose qu'un cri lancé dans un silence dévorant. Il s'était prémuni par une attitude de distrait et d'humoriste grognon contre le tourbillon de bavardages minutieusement et diaboliquement calculés qui enlace et étouffe toute parole un peu hardie dans la France radoteuse. Talentueuse entreprise de pompes funèbres, la presse française.

En février, revenant de Pologne, il s'était enfermé pour ne plus quitter Pauline. On lui avait fait une nouvelle opération et, en creusant abominablement son ventre, on n'avait pu circonscrire le rayonnement de la mort. Le fruit d'abolition s'était de nouveau développé. Il avait raccourci son voyage au reçu d'un télégramme de supplication qu'elle lui avait envoyé. Elle souffrait tellement quand il avait débarqué de l'avion qu'elle ne pensait plus à la lettre anonyme que quelqu'un avait jugé convenable de lui adresser pour la mettre au courant de la liaison de Gilles avec Berthe Santon. Gilles l'avait trouvée sur la table de nuit. Son foie se pinça et vomit un flot de fiel, mais n'était-ce pas lui qui avait dicté ce billet d'enfer ?

Ils avaient passé la soirée l'un en face de l'autre.

— La morphine ne me soulage plus, tu sais, c'est comme avant l'opération, râla-t-elle.

Elle était assise dans son lit, avec cette chevelure prodigieusement survivante qui étonnait comme celle des momies. La jolie chemise, qui lui venait encore du temps où elle avait été une fille de joie, dévoilait un sein amaigri mais qui se gonflait aux yeux de son ancien amant de la force dérisoire du souvenir. Sa beauté défiait la mort.

Elle continua, après un râle où il y avait une vitalité prodigieusement convulsée :

— Je sais que tu ne m'aimes plus. Je n'étais pas la femme qu'il te fallait. Mais il n'y a aucune femme qui puisse te fléchir. Tu as bien perdu ton temps avec les femmes, tu ne les aimes pas... Mais tout est fini... Écoute, si tu te rappelles seulement un instant ça (elle lui montra un paquet de lettres humides de sa sueur et tordues qui étaient sous son oreiller)... je les ai relues pour te sentir une dernière fois... tue-moi, je souffre trop. Si tu n'es pas un lâche, tue-moi.

Gilles avait senti alors que Berthe, qui était à Monte-Carlo, mourait dans son cœur sans y avoir vécu. Ce cri la tuait. C'était de nouveau Verdun, le moment où l'être humain accablé ne peut plus supporter la voûte du ciel et la laisse s'écrouler dans un chaos imbécile.

Il l'avait regardée se disant : « Quel visage stupide me voit-elle ? N'est-il pas aussi stupidement énigmatique et désespérant, ce visage, qu'un mur écaillé à trois heures de l'après-midi dans une petite rue déserte et sur lequel il y a écrit : *défense d'afficher ?* »

— J'ai été ton amant, gémit-il d'une voix de vieille fille, en se levant dans la pénombre de cette chambre charmante où elle avait pâmé de joie dans ses bras, où elle lui avait plusieurs fois murmuré d'une voix suprême : « Maintenant, je peux mourir. »

Elle le regarda après cette réponse morne, avec un regard fou de pauvre femme à qui on a arraché sa racine de certitude, l'amour de l'homme.

— Ha, râla-t-elle.

Elle souffrait, elle ne pensa plus à ce qu'il venait de dire. Fallait-il donc achever cette souffrance, appeler le néant ? Mais le néant n'existe pas.

— Fais-moi une piqûre, reprit-elle quand elle retrouva quelque cohérence.

Il la lui fit, en songeant à tous ces gens qui se droguaient dans Paris, qui prétendaient ne pas pouvoir supporter la douce vie. Au bout d'un quart d'heure, souffrait-elle moins ? Gilles en doutait comme elle.

Il restait assis à son chevet, vivant toutes les affres. Elle le regardait parfois, le voyait-elle ? Fallait-il la tuer ? Pouvait-il la tuer ? Lui, le cruel, n'allait-il pas être cruel, une bonne fois ? Elle le regardait par moments ; elle l'épiait, aurait-il dit.

Le lendemain, vers trois heures de l'après-midi, il était las d'écrire sur le conflit des Germains et des Slaves. Il passa dans la chambre de Pauline qui était seule avec le médecin depuis un long moment. Elle gémissait et râlait. Il ne l'avait pas tuée, cette nuit. Elle se détourna vers la ruelle quand il entra. Le médecin s'en allait, Gilles le suivit. C'était un vieux camarade. Il regardait toujours Gilles avec une curiosité insupportable ; aujourd'hui la curiosité était plus maligne. Cela rappela à Gilles la pensée forte et difficile que Pauline lui avait mise en tête la nuit d'avant.

— Figure-toi, dit-il, qu'elle m'a demandé de la tuer. La souffrance lui a retourné l'âme, tu comprends.

Le bon gros camarade le regarda de biais, d'un air gêné.

— Oui, je sais... oui, je...

— Comment, tu sais ?

— Oui, je voulais t'en parler. Après t'avoir dit cela, elle a dû prendre peur, car elle m'a dit à l'instant... je te demande pardon... qu'elle avait peur de toi, qu'elle avait peur que tu veuilles te débarrasser d'elle.

Il y avait une malignité aux aguets dans le regard du vieux camarade. Gilles s'émerveilla. « La vie est toute-puissante jusqu'à la dernière minute. Pauline craint encore la délivrance. » Il rentra, l'étreignit comme il n'avait pu le faire depuis longtemps. Elle le serra aussi dans des convulsions sans nom.

Plus tard, il sortit. Il marcha le long de la Seine vers la Concorde, comme il aimait à faire presque chaque jour.

Paris depuis quelques jours était en rumeur. Il y avait une poussée vague et insistante de foule autour de ce lieu où siégeait une autre foule et qui s'appelle dérisoirement, par la rancune de l'Histoire à l'égard des dynasties défaillantes : le Palais-Bourbon. Il y avait une révolte dans l'air, à cause des exactions un peu plus cyniques et un peu plus provocantes que d'habitude de la vieille bande radicale qui tient la France et qui sera encore là à son chevet dans l'heure de son agonie.

Gilles, marchant le long du quai auguste, levait le regard vers ces quelques arbres patriciens qui subsistent pour ne pas priver la Seine du salut qui lui est dû. Il s'arrêta une fois de plus pour admirer cet angle qu'inscrit le Louvre dans la courbe de la rivière. Aussi longtemps que cet angle coupe le ciel, il maintient la prise de la beauté sur une ville qui a été une des plus belles de l'histoire humaine et qui le reste en dépit des inénarrables barbouillages de ce temps.

Gilles allait vers la Concorde et peu à peu entrait dans ce grand vide qui s'étend soudain au milieu des cités malades. La masse ordinaire des passants a disparu comme par l'effet d'un subit instinct, surprenant chez ces automates qui, hier encore revenant de leur bureau, traversaient d'un pas remonté pour cinquante ans ces espaces de bitume. Il n'y a plus que quelques silhouettes inquiètes et louches. Au bout d'une avenue déserte, au coin d'une place, sous une statue qui perpétue l'émotion, tout oubliée, d'un autre siècle, on aperçoit la masse sombre de la police, tassée sur elle-même, qui écoute et épie. Ainsi un chasseur de sanglier isolé derrière son arbre se demande de quel côté va débouler la grosse bête. Cependant, la grosse bête, la grande masse d'hommes et de femmes, ailleurs, partout et nulle part, accumule ses velléités anxieuses, ses désirs secrets et fous, ses humeurs massacrantes, ses cent mille petits poings grêles, ses tonnes de chair. Gilles, qui marchait le long de ce quai depuis vingt ans et plus, ricanait. Quel geste les foules de cette ville assoupie pouvaient-elles lever vers les traces de la vieille énergie encore visibles dans le ciel, à la frise de ces palais, pour quelques prophètes torturés comme lui ?

Il les avait pistées partout, ces foules, aussi bien dans les rassemblements de droite que dans ceux de gauche. Il avait entendu brailler l'*Internationale* comme la *Marseillaise*. Cette foule d'aujourd'hui, vomie par le métro, serait ravalée par ce monstre puant et creux.

Ce vide, ce silence qui s'étendaient le long des quais et dans les Tuileries lui rappelaient d'autres moments qu'il avait vécus dans le monde : une révolution en Amérique du Sud, certaines journées à Berlin à la fin de 32 ou au début de 33, d'autres en Espagne. Il avait été appelé par un pressentiment pour être le témoin furtif mais toujours plus aiguisé de véhémence secrète, de certains événements précurseurs. Aujourd'hui, ici, il ne se passerait rien. Dans cette partie de l'Europe il ne se passait rien, que des contre-coups alanguis et énervés. Le mouvement de subversion de l'Europe, communiste puis fasciste, mourait ici.

Cependant, une dernière fois, il était curieux de tâter ce pouls affaibli par les siècles. Il alla jusqu'au coin de l'Orangerie. Le pont de la Concorde était barré par des rangées de gardes et d'agents devant leurs camions. Ils faisaient face à quelque chose d'absent. Combien de fois avait-il vu de ces accumulations de police contre rien ou presque rien. Sous les balustrades des Tuileries, il y avait aussi une masse de gardes à cheval. Hommes et bêtes regardaient fascinés l'espace dépeuplé. Dans le fond, ce qui semblait le vague grouillement ordinaire de la rue Royale s'arrêtait net à une mince ligne d'agents.

Il se dit : « Rien ne se passera par là ; s'il se passe quelque chose, ce sera comme les autres jours, sur la rive gauche. » Il passa par le Pont de Solférino sur cette rive. Il fit le tour de la Chambre par les petites rues barrées. Toujours les espaces vides, avec au bout le pelotonnement sombre de la police. Cependant, une rumeur lointaine venait du boulevard Raspail. Il revint par l'Esplanade vers la Seine. Dans un coin, sous les arbres, un gros amas de gens attendait, silencieux. Les manifestants de tout à l'heure. S'approchant, il s'étonna de leur sérieux. Il y avait une vraie colère dans leurs yeux. Un émoi le prenait et une vague fascination. Peu à peu ces taches de police autour du vieux Parlement XVIIIe lui paraissaient petites, menacées, rongées par l'espace et le silence. C'était bien ainsi qu'il se représentait le régime : immobile, inerte, au bout d'une perspective vague, recroquevillé dans d'infimes supputations. Par le Pont Alexandre, il revint aux Champs-Élysées. Tout autour du Grand Palais, une autre masse de manifestants, celle-là énorme, attendait aussi. Corps immobiles, yeux nerveux autour des drapeaux. Tout cela, n'était-ce qu'une fantasmagorie ?

Il alla, près de l'Élysée, dans un journal où il avait des amis. Ils étaient inquiets, hochaient la tête, faisaient des pronostics contradictoires. Personne ne savait rien, chacun, depuis le directeur jusqu'au dernier reporter, ayant un renseignement particulier et curieux, mais tout fragmentaire. L'ignorance et l'incertitude de tous étaient faites aussi de la crainte de se compromettre.

Parmi ces augures flottants, Gilles s'exaspérait toujours et lançait quelque phrase prophétique, pour ramener dans cet univers les forces qui en semblaient bannies : le fatal, le décisif, l'irrémédiable. Ainsi il passait pour croire à des possibilités que son pessimisme tenait pourtant pour parfaitement exclues et l'isolement se faisait autour de lui : peut-être était-il un fanatique. Les intrigants le considéraient comme inutile et les timides comme dangereux. C'était avec un regret hargneux qu'on l'écoutait et avec une prompte et minutieuse rancune qu'on oubliait ses pronostics.

— Que croyez-vous, Gambier, qu'il va arriver ? demande avec ironie le rédacteur parlementaire.

C'était un vieux pédéraste réactionnaire, de l'espèce gémissante et battue.

— Que font les communistes ? Voilà la question, répondit Gilles.

L'autre fronça les sourcils.

— Ah ! si les nationaux pouvaient les entraîner à une alliance momentanée contre les radicaux, alors il se passerait peut-être quelque chose en France.

— Vous ne souhaitez pas cela, j'espère, piailla le vieux pédéraste, verdissant.

Il frissonnait dans le grand bureau étincelant.

— Si, n'importe quoi, pourvu que cette vieille baraque là-bas au bord de l'eau craque.

L'autre, scandalisé et méprisant, se pencha vers le téléphone qui sonnait.

Gilles se retrouva dans la rue. Il revenait à cette image

d'une désolation enivrante de la place de la Concorde. Ce théâtre de pierre et de ciel demeurait seul et comme purement revenu à lui-même ; la police et le peuple, rencongnés dans les angles, renonçaient à occuper la scène. Ainsi finit l'Histoire. Les Italiens se sont bien promenés pendant trois siècles dans un décor sans emploi.

Dans la rue Royale, il trouva une foule beaucoup plus nombreuse qu'il n'aurait cru, une foule où il y avait beaucoup plus d'hommes que de femmes. Ils allaient, venaient, revenaient. Gilles remarquait ce vaste manège, mais pourtant secouait la tête, dans une négation obstinée. « Déjà tard, il ne se passera rien. Il ne se passe rien. » Tout d'un coup, comme il revenait vers la place de la Concorde, une rumeur, une haleine brûlante lui soufflèrent au visage. Une autre foule refluait de cette place qu'il avait crue vide tout ce temps qu'il était au journal. Il y avait un taxi emporté par cette foule et sur le toit du taxi un homme couché que soutenaient des hommes accrochés. Il y avait du sang. Des visages sautèrent vers lui, ardents, ensanglantés, des corps bondirent animés d'une soudaine frénésie avec des hennissements, des écarts fous : cela faisait une troupe de jeunes chevaux qui ont rompu la barrière.

« Ils tirent », criaient-ils, le prenant à témoin avec une confiance violente. Des mains l'empoignaient rudement. Des yeux l'interrogeaient avec une exigence passionnée. « Venez avec nous. » Sa jeunesse était revenue et rejoignait cette jeunesse. S'était-il donc trompé ? Oui, foutre, il s'était trompé. Ainsi il n'avait pas cru à la guerre en 1914. A force d'être enlisé au plus mou, il ne sentait plus les poussées sourdes du destin. La France recevait enfin la pesée de toute l'Europe, du monde entier en mouvement.

En un instant il fut transfiguré. Regardant à sa droite et

à sa gauche, il se vit entouré par le couple divin revenu, la Peur et le Courage, qui préside à la guerre. Ses fouets ardents claquèrent. Il s'élança à contre-courant de la foule qui refluait. Comme un soir en Champagne, quand la première ligne avait cédé ; comme ce matin à Verdun où il était arrivé avec le 20e Corps, alors que tout était consommé du sacrifice des divisions de couverture.

Il courut vers l'obélisque et au delà. Il était seul. Une femme perdue sur le bitume l'appela comme si elle avait été sa maîtresse, fit quelques pas vers lui, s'arrêta, puis recula, le laissant. Il vit devant lui le pont, la triple ligne des gardes, immobiles comme si de rien n'était.

A droite, à l'entrée des Champs-Élysées, un autobus renversé flambait. Des hommes s'agitaient autour de ce subit autodafé, s'échauffant à la flamme. Au delà, du côté du Rond-Point, on apercevait une grande masse, hérissée de drapeaux, qui remuait un peu : les Anciens Combattants.

A partir de ce moment-là, il fut dans le tourbillon tour à tour cinglant et flasque des foules jaillissantes et refluantes, amoncelées et perdues. Sur le beau théâtre de pierre et de ciel, un peuple et une police, demi-chœurs séparés, essayaient vainement de nouer leurs furieuses faiblesses. Gilles courait partout aux points de plénitude qui lui apparaissaient dans la nuit et dans les lueurs et, quand il arrivait essoufflé, il trouvait un carré de bitume déserté qu'un corps couché ne comblait pas.

XII

— Mais vous ne vous rendez pas compte de ce qui se passe. Ce peuple n'est pas mort, comme nous le croyons tous au fond de nous-mêmes, ce peuple s'est relevé de son lit de torpeur. Ce peuple, qui a quitté ses villages et ses églises, qui est venu s'enfermer dans les usines, les bureaux et les cinémas, n'a pas perdu tout à fait la fierté de son sang. Alors que le vol et l'exaction suaient, avouaient, criaient de toutes parts, il n'a pas pu résister à la fin à une si imposante sollicitation d'Érynnies, et il est descendu dans la rue. C'est le moment pour vous, hommes politiques, de vous précipiter dehors, au-devant de lui. Sortez de vos couloirs. Que les chefs se mêlent comme se sont mêlées les troupes. Car les troupes se sont mêlées, Clérences, sur cette place, j'ai vu les communistes côtoyer les nationaux ; les regarder et les observer avec trouble et envie. Il s'en est fallu de peu que ne se fasse le mélange détonant de toutes les ardeurs de France. Clérences, comprends-tu ? Cours chez les jeunes communistes, montre-leur l'ennemi commun de toute la jeunesse, le vieux radicalisme corrupteur.

Clérences regardait avec étonnement, gêne et amertume Gilles encore tout pantelant de la nuit du 6 février.

— C'est la première fois que je vis depuis vingt ans, s'était écrié Gilles en entrant dans ce bureau où il avait cru ne jamais revenir.

— Nous ne sommes plus au bon vieux temps des barricades, laissa tomber d'une voix sèche Clérences qui têtait sa vingtième cigarette de la matinée, enfoncé dans son fauteuil, devant sa table où tout était si bien rangé.

Son bureau était toujours le même, austère et confortable, et pourtant peu habité. Les livres sur les rayons n'étaient toujours pas coupés et dans la fumée des cigarettes flottait la même méditation à jamais incertaine. Il y avait ce jour-là comme les autres jours quelques jeunes disciples autour de lui. Ils changeaient tous les six mois ;

ils arrivaient séduits par une vague promesse et s'en allaient, convaincus de leur propre faiblesse en même temps que de celle du maître, résignés à leurs petits destins.

Rien n'avait bougé depuis la veille dans cette pièce froide où, comme dans l'atelier absurde de Caël, avait langui la jeunesse de Gilles. Il cria à Clérences :

— Si un homme se lève et jette tout son destin dans la balance, il fera ce qu'il voudra. Il ramassera dans le même filet l'Action française et les communistes, les Jeunesses patriotes et les Croix-de-Feu, et bien d'autres. Tu ne veux pas essayer ?

Gilles regardait Clérences dans les yeux. Yeux froids. La source de vie derrière ces yeux était absolument tarie. Et la bouche ironisait faiblement dans un demi-aveu d'impuissance. Un coup d'œil autour de lui lui fit voir des visages de vingt ans figés dans les expressions vieillottes de faible méfiance, de tâtillonne irrésolution. De très maigres grimaces dessinaient en pattes de mouche une agonie peu agitée. Les épaules étaient voûtées, les cous branlants.

Gilles se retourna avec rage vers Clérences.

— Ce n'était pas ce que tu nous avais promis. Je suis ton ami depuis quinze ans. Tu avais de l'ambition, tu avais de l'orgueil, tu avais du mépris. Tu voulais attaquer et bouleverser cette vieille société, tu voulais l'obliger à accoucher de quelque chose de neuf. Et aujourd'hui où l'occasion se présente, la seule de toute notre vie, une occasion qui ne va durer que vingt-quatre heures, tu es là dans ton bureau, attendant au milieu de ces messieurs.

— Tu as perdu la tête, grinça Clérences, remuant un peu, pour écraser un mégot dans le cendrier.

Gilles regardait les doigts jaunis. Il haïssait cette tremblotante manie du tabac, la sienne aussi, qui devenait symbolique de toute cette sénilité.

— Bien sûr, que je l'ai perdue. Et je m'en vante. Enfin, j'ai perdu la tête, je la donne à couper. Voilà ce dont j'agonisais depuis vingt ans de ne savoir où donner de la tête.

Clérences se redressa un peu dans son fauteuil, comme quelqu'un qui a fait preuve d'une indulgence assez longue.

— Qu'est-ce que tu proposes ?

— Ouvre un bureau immédiatement pour recruter des sections de combat. Pas de manifeste, pas de programme, pas de nouveau parti. Seulement des sections de combat, qui s'appelleront des sections de combat.

Des ricanements partirent des quatre coins de la pièce, comme si une veillée mortuaire se mettait soudain à craquer dans ses jointures anciennes.

— Et alors ? demanda doucement Clérences en renversant la tête, avec la volupté de quelqu'un qui était bien à l'abri de ces folies.

— Avec la première section formée, fais n'importe quoi.

— N'importe quoi, c'est bien cela.

— Attaque Daladier ou défends-le, mais par des actes qui soient tout à fait concrets. Envahis coup sur coup un journal de droite et un journal de gauche. Fais bâtonner à domicile celui-ci ou celui-là. Sors à tout prix de la routine des vieux partis, des manifestes, des meetings et des articles et des discours. Et tu auras aussitôt une puissance d'agrégation formidable. Les barrières seront à jamais rompues entre la droite et la gauche, et des flots de vie se précipiteront en tout sens. Tu ne sens pas cet instant de grande crue ? Le flot est là devant nous : on peut le lancer dans la direction qu'on veut, mais il faut le lancer tout de suite, à tout prix.

Les autres marquaient enfin une espèce d'émoi, comme des spectateurs au cinéma qui, au moment où pétarade la mitraillette du gangster, commencent à s'agiter belliqueusement dans leur fauteuil.

Clérences se leva avec impatience.

— Il faut que j'aille à la Chambre.

Gilles éclata de rire.

— Ma plus grande tristesse, c'est de penser que tu m'as servi d'alibi pendant plusieurs années.

Clérences rangeait ses papiers sur sa table. Sans lever la tête, il rit jaune :

— Et maintenant ?

— Maintenant, je marcherai avec n'importe quel type qui foutra ce régime par terre, avec n'importe qui, à n'importe quelle condition.

La veillée funèbre qui se mettait en branle laissa enfin échapper un mot qui partit de dessous une paire de lunettes.

— Vous êtes fasciste, monsieur Gambier.

Gilles regarda le petit juif qui venait de flûter cette parole fatale.

— Et comment ! clama-t-il.

Ce 7 février, Gilles courut partout. Il pressentait avec un frémissement de toute sa chair que le magnifique rassemblement qui s'était ébauché sur la place de la Concorde était en train de se défaire.

Il se présenta chez des hommes qu'il connaissait et chez des hommes qu'il ne connaissait pas. Partout il trouvait des âmes qui se recroquevillaient comme celle de Clérences. Partout, les vieillards qui étaient en vue glissaient de leur chaise comme des enfants honteux et se mettaient à quatre pattes sous la table, étouffés de surprise, d'épouvante et de scandale. Les hommes plus jeunes se précipitaient à la recherche des vieillards sous les tables pour les assurer de leur absence totale d'ambition et d'audace. Imaginez qu'au lendemain du 14 juillet 1789, tous les adolescents de France qui pouvaient s'appeler un jour Saint-Just ou Marceau se soient rués aux pieds de Louis XVI pour le supplier de leur apprendre la serrurerie d'amateur.

Gilles apprit avec horreur que ceux qui passaient pour les chefs de l'émeute, mais qui la veille avaient tout fait pour retenir leurs troupes, étaient chez le Préfet de Police pour le combler de leur regret d'avoir laissé faire quelque chose.

Navré, il courut dans les permanences des partis. Là, des centaines de jeunes hommes, pleins de fierté et d'espoir, croyaient qu'ils étaient vainqueurs. Gilles n'osait les détromper.

Il se rejeta vers les quartiers ouvriers. Qu'allaient faire les communistes ? Il avait en vain supplié quelques chefs de la droite d'entrer en pourparlers avec eux. La dictature franc-maçonne ne pouvait être valablement renversée que par une coalition des jeunes bourgeois et des jeunes ouvriers. Il téléphona à Galant, devenu fonctionnaire communiste, avec qui il était brouillé à mort depuis des années. Une voix pincée lui répondit que seul le prolétariat pouvait faire une révolution et qu'il la ferait à son heure.

Tandis qu'il marchait dans les rues, il se disait : « Voilà, toutes les forces disjointes sont prêtes pour des regroupements miraculeux. Il ne manque qu'une chose, l'élan vital, qui fait que chaque sursaut converge vers tout autre sursaut. »

Gilles revint chez Clérences. Il était avec sa femme et des amis de sa femme, d'insipides gens du monde. Il exigea un tête-à-tête.

— Tu ne te rends pas compte, lui cria-t-il dans la figure, en le prenant par les deux épaules — ce qui étonna fort Clérences, car Gilles, bien qu'il eût parfois un langage fort direct et fort cru, était fort réservé dans ses gestes —, tu ne te rends pas compte que c'est le moment unique qui s'offre pour notre génération. Pour nous qui sommes revenus, sinon flambants de la guerre, du moins liés à jamais à une idée émouvante de la vie forte, il ne s'est rien passé. Parce que nous n'étions plus qu'une poignée d'hommes jeunes et que nous avons été aussitôt perdus dans la masse des âmes blettes. En un tour de main, ils nous ont imposé leur vieux régime.

« Sentant notre immédiate défaite, nous nous sommes jetés dans la saoulerie, la loufoquerie et toutes sortes de petits jeux.

« Mais la bassesse a fini par atteindre la limite du possible. Cette affaire Stavisky a révélé aux gens soudain la prodigieuse infamie de leur cœur. Le coup était si intime que tout a remué. A l'extrême-droite et à l'extrême-gauche il y a eu un sursaut et brusquement on a senti que tout le régime vacillait dans un aveu qui sans crier gare lui sortait des entrailles.

« Alors pour nous, c'est la minute qui passe et qui sans doute ne reviendra pas. Hier, tout était impossible, demain tout le sera de nouveau, mais il y a aujourd'hui... »

Il s'arrêta. Tout ce temps, il lui avait secoué les épaules de ses grandes mains frêles mais énervées. L'autre se laissait faire avec réluctance. Il était éperdument enraciné dans son inertie. Gilles devinait les mots qui continuaient à faire leur tic tac régulier dans sa tête : « Je suis un homme d'expérience, je connais la réalité. » Mythes de l'immobilité.

— Tu nous a déjà dit ça hier. Tu es un intellectuel qui fait de la politique pour vingt-quatre heures. Demain...

— Bon, je ne te parlerai pas des autres ni de moi. Mais je te parlerai de toi. Tu es le seul ambitieux que je connaisse. C'est-à-dire que tu n'as pas simplement envie d'être ministre comme d'autres d'être facteur ou gardien de musée. Eh bien, je te jure que c'est le seul jour de ta vie aujourd'hui que tu as le moyen d'être ambitieux. Es-tu ambitieux, oui ou merde ?

L'autre s'enragea enfin :

— Et toi, l'es-tu ? L'êtes-vous ? Qui d'entre nous l'est ? Personne. Il n'y a plus d'ambitieux en France, parce que la nation même n'a plus d'ambition. Je ne peux pas être ambitieux tout seul. Tu voudrais que je le sois à ta place, toi qui te dérobes si soigneusement depuis toujours. C'est parfaitement lâche, et ça ne prend absolument pas. Non, Gilles Gambier, tu es aussi lâche que moi. Tu ferais mieux de te le dire à toi-même, ce que tu viens me dire. Fous-moi bien la paix. Il n'y a rien à faire dans ce pays parce qu'il n'y a rien à faire avec nous : tu le sais aussi bien que moi.

Gilles s'écarta de lui avec une mine d'épouvante et d'horreur. Tremblant, il s'écroula dans un fauteuil. Il bafouilla :

— Je ne pleure même pas. Oui, tout ce que tu dis est vrai. Je viens de te faire une scène de femme. Prends-moi, fais-moi mal. Une scène d'inverti. Nous sommes pires que des tantes.

L'autre, soulagé, satisfait, ajouta :

— C'est comme en Angleterre, ici. Les cadres de la société et de la politique sont définitivement fixés. Là-bas, les conservateurs, ici les radicaux. La grande presse, réglée à un centimètre près. Pas la moindre explosion n'est possible. Et nous en sommes tous très contents. Nous jouissons méticuleusement de nos destins bourgeois. C'est vrai pour les ouvriers comme pour les bourgeois et les paysans, pour les pauvres comme pour les riches, pour les gens intelligents comme pour les imbéciles.

Ils se quittèrent sans se regarder.

Cependant, Pauline agonisait. Brusquement, dans la soirée du 7, elle avait cessé de voir et d'entendre. Elle n'était plus qu'un paquet de viscères qui se tordait. Elle ne criait plus. Les canaux entre l'âme et le corps étaient déjà coupés. Gilles, épuisé de fatigue, s'était retrouvé stupide devant ce fait affreux. Pendant qu'il n'était pas là, elle était partie ; elle avait pris congé de lui de la même façon sauvagement impromptue que lui, quelques mois auparavant, avait pris congé d'elle. Et voilà tout ce qui restait de l'enchantement sacramentel.

Elle était morte, elle était déjà morte. En témoignait le râle inhumain, qui était enfin un acquiescement aux forces de destruction, aux forces de pourriture, un acquiescement de l'âme abandonnant son étroite aventure terrestre pour de plus vastes expériences.

L'amour n'est rien sans la volonté. Les ponts qu'il avait lancés dans sa vie vers les femmes, vers l'action, ç'avait été de folles volées, insoucieuses de trouver leurs piliers. Il n'avait pas eu d'épouse et il n'avait pas eu de patrie. Il avait laissé sa patrie s'en aller à vau-l'eau. De même qu'il ne s'était pas entièrement épris de la grâce du sacrement, il n'avait pas recréé dans son esprit la patrie mourante. Il n'avait pas tout recommencé depuis la première pierre de fondation, dans une doctrine absolue. Il avait plutôt songé à l'Europe qu'à la France ; mais dans ce plus vaste cercle il n'avait pas trouvé un système qui ressaisît toute cette vieille civilisation disloquée. Ne croyant pas au communisme, pouvait-il croire au fascisme ? Il ne savait guère ce que c'était. N'était-il donc pas du siècle ? N'était-il donc point fait pour fonder dans le siècle ? Était-il donc de l'espèce des anachorètes qui crient dans le désert et qui se situent au point de contact le plus rare entre l'humanité, la nature et la divinité ? Les seuls lieux où il avait été lui-même n'était-ce point les lieux où il avait pu n'être rien qu'une fulgurante et brève oraison, qu'un cri perdu, sur les champs de bataille ou dans le désert ? N'était-il point toujours guetté et repris par le génie de la solitude, ange ou démon, et entraîné vers un dialogue trop pur, bien au delà des foules, bien au delà des mers et des forêts, dans un coucher de soleil dévorant ? Était-ce Dieu ou le Démon qui l'appelait pour un tel ravissement ? Pour se dissoudre ou pour s'accomplir ?

Le 8 février, il demeura devant Pauline. Il avait oublié Berthe, qui était à Monte-Carlo, mais il était trop tard pour réparer la défaillance de son amour pour Pauline. Et la France, c'était bien avant le 6 février qu'il aurait fallu la secourir. La France mourait pendant que Pauline mourait.

Celle-ci décéda imperceptiblement dans la nuit du 8 au 9 février. Gilles brusquement se mit à hurler d'un horrible amour tardif, menteur. Le lendemain, derrière les volets clos, devant la décomposition foudroyante de la généreuse fille d'Alger, il écoutait Paris divisé, mi-parti silence, mi-parti clameurs et coups de feu. Là-haut, vers la gare de l'Est, le prolétariat français fournissait son dernier spasme révolutionnaire, après que la bourgeoisie avait vomi le sien sur la place de la Concorde. Dans un énorme et informe sanglot, toute sa vie crevait.

« Je suis né dans la solitude, moi l'orphelin, le bâtard, le sans-famille et je retournerai à la solitude. » La révolte communiste, guettée et circonvenue comme la révolte nationaliste, échouait au milieu d'une France sans gouvernement, acéphale, mais qui de toute sa masse intestinale, noyée de graisse, étouffait son cœur. Dans toute la province les Comités, les Loges et les Cafés du Commerce retrouvaient dans leur poche la République de Stavisky qu'ils croyaient avoir perdue, et s'attendrissaient.

A l'enterrement de Pauline, Gilles entr'aperçut le petit nombre de ses amis qui le regardaient avec curiosité comme ne l'ayant jamais vu.

Un très vieux prêtre, qui avait été son professeur au collège, murmura à quelqu'un qui l'interrogeait : « Monsieur, je n'ose vous répondre, car il se peut que des parties entières de Gilles Gambier m'échappent, mais je lui retrouve le même regard que sur les bancs de ma classe de philosophie, c'est un homme de nos provinces de l'Ouest perdu dans votre terrible Paris. »

— Mais non, s'exclama un écrivain catholique, monsieur l'abbé, c'est le plus pervers des Parisiens.

— L'un n'empêche pas l'autre.

Le lendemain de l'enterrement était le 12 février. Gilles savait ce qui allait se passer, il voulait le voir de ses yeux. Il voulait voir les révolutionnaires de gauche trompés le 12 après le 9, comme les révolutionnaires de droite dès le 7 après le 6.

Le vieux Doumergue était là pour aider les chefs de la droite à engluer définitivement leurs troupes ; et voici que se formait ce Front populaire où l'on verrait les dix mille communistes sincères qu'il pouvait y avoir en France tomber dans tous les pièges tendus par les socialistes et les radicaux. Ils abdiqueraient leur noble prétention à être des révolutionnaires et peu à peu ils deviendraient l'ombre d'eux-mêmes, de pauvres soldats perdus dans une stratégie macaronique. Ils s'y enfonceraient peu à peu avec tous les autres Français dans un conformisme de paralytiques, dans un automatisme de vieillards, ils iraient vers une guerre morne comme la seule délivrance du tourment de ne pouvoir recréer.

Gilles voulait voir le vieux Cachin donnant le bras à Blum et à Daladier. Trois larrons. Il se rappelait les tonnerres de Péguy dénonçant la trahison de Jaurès qui, déjà au moment de l'affaire Dreyfus, avait livré le prolétariat aux intrigues des francs-maçons et des juifs. Maintenant ce n'était plus que l'affaire Stavisky.

La mort de Pauline ajoutait-elle à ce sentiment? Il regrettait d'être sorti le 6 février, pendant un instant, de son incroyance prophétique. Après ce dernier spasme sans issue la France ne pouvait plus que descendre au niveau de la mort.

Qu'allait-il devenir? On lui refusa coup sur coup, trois articles dans différents journaux. Même contenus, sa colère et son dégoût blessaient personnellement les directeurs de journaux, fort affairés au grand étouffement. Ils l'éconduisaient avec de fielleuses paroles et un sourire poliment enragé.

Il avait des dettes, il vendit son appartement, y compris sa bibliothèque, donna congé : « Les biens ne collent pas à moi, Dieu merci. »

Il avait envie de s'en aller, de plonger dans un autre univers. Il entrevoyait ce qu'il allait faire.

Berthe revint de Monte-Carlo. Elle lui avait écrit beaucoup de lettres, quand il ne lui répondait plus. Elle revenait avec la peur de le perdre.

Le regard qu'il lui jeta quand il entra dans le triste lieu de leurs rendez-vous lui fit comprendre pourquoi brusquement, sur la côte d'Azur, elle s'était mise à craindre et à envier Pauline mourante. Elle scrutait avec une anxiété qui grandissait de seconde en seconde un visage fermé.

Gilles savait bien que, s'il insistait le moins du monde, il déciderait maintenant Berthe à abandonner l'argent de Santon. Mais, à quoi bon? A partir du moment où la maladie et la stérilité l'avaient privé de Pauline, il avait retrouvé la vieille blessure qu'avait laissée Dora dans son cœur.

— Tu ne m'aimes plus, je le sais, s'écria-t-elle.

— Tu ne m'as jamais aimé.

— Je t'ai aimé de plus en plus ; je t'aime.

— Tu n'es pas à moi, mais à Santon.

— Je suis à toi.

— Habitons ensemble.

— Si tu veux.

— Dès aujourd'hui?

— Oui.

— Tu regretteras l'argent.

— Non.

— Si... Du reste, moi, je ne peux pas vivre avec toi.

— Tu ne m'aimes pas, tu ne m'as jamais aimée.

— Je ne puis plus aimer une femme. Je vais partir.

Torrents de larmes, sanglots, spasmes, râles, agonie, mort, autre veillée funèbre.

Femmes mortes. Dora, au loin, qu'étaient ses jours et ses nuits? Assez. Femmes mortes. Il était mort aux femmes.

Il attendit une heure. Le sanglot de Berthe ne finissait pas. Il se raidissait pour ne rien dire. Pas un mot. Il regardait autour de lui ce charmant décor, mort comme celui de sa chambre avec Pauline.

— La vie exquise que nous pourrions avoir, bafouillait Berthe.

ÉPILOGUE

EPILOGUE

Entre sa valise fermée, qui reposait sur le pliant à côté de l'étroit lavabo, et le lit sur lequel tout à l'heure il s'était vautré, l'homme marchait, tournant sur lui-même après le deuxième pas. Il fumait cigarette sur cigarette. De temps en temps, il toussait et crachait, et pourtant on était au mois d'août. L'homme était en bras de chemise et suait sans arrêt. Était-ce seulement à cause de la chaleur ?

Il regardait souvent sa montre avec inquiétude. A un moment, il s'aperçut dans la glace ; mais il se détourna.

Il attendait une certaine heure et, en même temps, il craignait cette heure. Il se contraignait à ne pas regarder trop souvent sa montre ; chaque fois qu'il avait levé son poignet, il se remettait à fumer avec une volupté plus aiguë.

Enfin, comme la nuit était descendue depuis longtemps dans la rue étroite où était son hôtel, le moment vint pour lui et, brusquement, il sortit de la chambre.

En bas de l'escalier, dans le vestibule, un gros homme, qui semblait l'attendre, s'écria en mauvais anglais, avec un fort accent allemand :

— Enfin, vous voilà, monsieur Walter, j'allais partir sans vous.

— Vous auriez eu tort, répondit l'homme, dans la même langue, mais avec un accent autre.

L'homme qui servait de portier les regardait tous deux avec méfiance.

Les deux hommes sortirent. Walter dit à son gros compagnon :

— Monsieur Van der Brook, nous avons tort d'aller dans ce quartier. Contrairement à ce que vous croyez, il doit être beaucoup plus dangereux qu'avant.

— Vous avez bien vu, hier au soir, que la vie continuait là comme avant, Walter.

— Oui, mais hier au soir nous ne sommes entrés nulle part ; tandis que ce soir vous voulez entrer. Les gens seront obligés de faire attention à nous.

— Bah ! les femmes ont toujours besoin d'argent, ce n'est pas la guerre civile qui empêchera ça.

— Les hommes aussi ont besoin d'argent. Vous êtes trop bien habillé... Et ne parlez pas si fort.

— Bah ! demain, je serai parti. J'ai ma place en avion. On peut toujours partout accommoder les circonstances.

Walter lui jeta un regard froid.

L'autre ajouta :

— Vous aussi, vous aurez bientôt une place pour partir, sur un bateau.

Walter était très gêné de traverser les Ramblas avec ce gros Hollandais qui ressemblait exactement à une caricature de bourgeois dans un journal communiste. Il était gros, haut en couleur et étalait un air complaisamment astucieux. Il ne comprenait probablement rien à ce qui se passait autour de lui et, en dépit d'une certaine peur qui l'habitait, semblait incapable de mesurer les dangers qui l'entouraient. Il était vrai qu'il trinquait sans arrêt et qu'avant de quitter l'hôtel il avait dû boire déjà pas mal. Walter l'avait connu la veille, dans le hall de l'hôtel. Quand le Hollandais lui avait dit qu'il partait en avion, il s'était attaché à lui.

Walter, ne regardant personne, marchait comme dans un rêve : le danger qu'il courait était-il plus mortel dans la rue que dans l'hôtel ? Ce n'était pas dans sa chambre qu'il trouverait le moyen de sortir de Barcelone.

Ils avaient traversé les Ramblas obliquement et entraient dans le Barrio Chino. Là, la foule était moins dense et il semblait à Walter que les regards aussitôt s'attachaient à eux. Jusqu'où iraient-ils ? Jusqu'à ce coin de rue ? Jusqu'à cet autre ?

Étaient-ils suivis ? Il lui sembla, un instant.

Van der Brook réclama qu'on bût d'abord dans un bar, pour prendre un peu le ton du quartier. Là, on ne sembla guère s'occuper d'eux, mais était-ce vrai ? Ils allèrent enfin vers une des boîtes qui était l'objet des vœux de Van der Brook. Walter la connaissait bien. Il y était venu dans de tout autres circonstances. Tout avait changé : le monde et lui. Certes, à un autre instant, il aurait pu dire qu'il s'accordait à ce monde qui marchait d'un pas terriblement sûr vers un dénouement atroce. Mais, pour l'instant présent, sa conscience était réduite aux étroits réflexes de la peur. Il était tenté par la mort, mais, chaque fois qu'il se retrouvait sous la patte même de cette mort, il ne pouvait éviter de frémir sans fin.

La présence du danger assouplit l'être jusqu'au fond et provoque des mutations et des mimétismes d'une admirable promptitude. Walter ne se demandait pas, en entrant dans ce petit music-hall ou lupanar, comment les gens qui étaient là pouvaient se comporter, il savait que, tout de suite, il était parfaitement adapté à leur façon de se comporter. Il était entièrement « dans le domaine des faits », comme disent les professeurs au fond des écoles tranquilles.

Il y avait du monde dans ce cabaret de la Lune : putains de spectacle et spectateurs mélangés comme d'habitude, spectateurs de classes indéterminées, mais assez diverses. Même tous les gens qui étaient là n'avaient pas l'air louche.

Leur présence passait inaperçue. Pourtant, Walter n'était nullement rassuré et il se demandait pourquoi il avait ainsi cédé à l'autre. N'aurait-il pas pu le mener tout de suite par les chemins qu'il voulait ? Mais, pour cela, il aurait fallu que le Hollandais fût plus saoul, alors qu'habitué à l'alcool il était seulement un peu monté. D'autre part, s'il buvait trop, il les ferait remarquer.

D'après ce que Walter savait, ce Van der Brook n'était qu'un homme d'affaires de la pire espèce et un ivrogne, et pourtant il y avait dans son attitude, au milieu de ces événements, quelque chose qui dépassait cette détermination, une espèce de tranquillité incompréhensible ou du défi absurde. Le Hollandais invita à leur table deux, puis trois femmes, entre lesquelles son désir paraissait également partagé. Ces femmes, à peu près nues, faisaient à Walter l'effet d'être les monstres les plus familiers de son cauchemar de peur, aussi loin et aussi près de lui que les hommes qui le tueraient peut-être bientôt. Rien ne pouvait l'étonner, tout lui confirmait une certitude affreuse sur l'inexorable marche du monde.

Les femmes invitées, qui avaient été, du reste, au premier rang de la horde qui les avait assaillis peu après leur entrée, les regardaient avec une curiosité craintive et haineuse. Chacun se demandait ce qu'ils étaient. Étaient-ils des maîtres du jour? Mais quels maîtres? Anarchistes? Communistes? Certes, il y avait encore beaucoup d'étrangers à Barcelone, mais ils ne se montraient guère. Étant donné leur tenue assez soignée et leur air nordique, on les prit sans doute pour des communistes plus ou moins russes ou russifiés. Or, la maison et le quartier étaient aux mains des anarchistes et des gens du P.O.U.M.

Dès les premiers mots qui leur étaient lancés, à son compagnon et à lui, il était visible que ces femmes se sentaient sous le regard des tables voisines. Il y avait beaucoup de miliciens de la F. A. I. Il commença d'étudier la qualité de certains regards tandis qu'il faisait semblant de boire, de fumer et de faire la cour à une brune triste et craintive dont il épiait les coups d'œil pour guider les siens.

Cependant, on les questionnait :

— De quel pays êtes-vous ? Qu'est-ce que vous faites à Barcelone ?

Van der Brook, qui faisait des cajoleries de marchand en ribote à une petite guenon, répondait qu'il était hollandais, employé de commerce, socialiste et qu'il était bien vu des maîtres de l'heure. Lui, Walter, était belge, chimiste, en vacances, socialiste aussi.

Van der Brook semblait tranquille, mais pourtant Walter voyait bien que lui aussi, en douce, étudiait la salle. Il regardait de temps à autre vers la porte et ne manquait pas quelqu'un qui entrait. Il était bruyant, buvait et payait à boire à tout le monde. C'était mauvais. Les regards qui pesaient sur eux, Walter ne les sentait plus que venant d'une table. Il y avait à cette table quatre ou cinq hommes. Toute l'attention de ces hommes était sur eux ; moins sur lui, si mal vêtu et si effacé, que sur Van der Brook. Sans doute convoitaient-ils son argent. Ils allaient lui faire un mauvais parti. Ils en parlaient, semble-t-il, entre eux. Il allait y avoir bagarre. Il supputa un moment la conduite à suivre, puis se décida :

— Nous sommes visés, dit-il en anglais à son compagnon, comme s'il lui lançait une bien bonne plaisanterie. Il y a des hommes qui en veulent à votre portefeuille. Par Dieu, n'ayez l'air de rien, ne regardez personne. Et riez.

Il s'esclaffa. L'autre ne semblait nullement ému et le regarda d'un air étrangement dédaigneux. Cependant, il s'esclaffa aussi, et plus aisément que lui. Walter fit quelques phrases à la brune triste, puis lança de nouveau en anglais à Van der Brook :

— Je vous conseille d'aller au lavabo. Là, tâchez de trouver une issue. Je vous rejoindrai plus tard dans la grande rue que nous avons quittée pour venir dans celle-ci.

L'autre se tourna un peu vivement pour voir qui entrait. Chaque fois qu'il regardait les gens qui entraient, il semblait désappointé. Attendait-il donc quelqu'un ? N'était-il donc pas venu ici pour faire la noce ?

— Vous me lâchez, fit le Hollandais en fronçant les sourcils.

— Idiot. Je vous ai dit de ne pas venir ici. Je vous donne votre seule chance d'en sortir. Si nous nous levons ensemble, ils vont nous sauter dessus.

Cependant, le Hollandais étudiait en douce la salle.

— Bon.

La couperose du Hollandais se brouillait un peu et il suait deux fois plus qu'avant, mais il ne tremblait pas. Pourquoi ne tremblait-il pas ? Ce vieux flegme batave ?

Walter et Van der Brook bavardèrent ferme avec les femmes. Plus tard, le Hollandais lança :

— Si je pars sans payer, et si vous restez...

— Je paierai. Je m'arrangerai.

Walter ne savait pas trop comment il s'arrangerait. Pour le moment, son espoir était que les autres ne croient pas que Van der Brook allait essayer de filer. Ensuite, si Van der Brook trouvait une issue, ils ne s'en prendraient peut-être pas à lui qui avait l'air d'un vague comparse. Depuis son entrée, il s'était appliqué à parler au Hollandais sur le ton obséquieux et envieux d'une espèce de guide.

Ils parlèrent encore beaucoup, rirent, essayèrent des plaisanteries. Les hommes de la F. A. I. semblaient moins s'occuper d'eux et davantage de deux hommes qui venaient d'entrer et de s'asseoir non loin de Van der Brook. Celui-ci les avait regardés et, soudain, avait pris un air détendu. Il se leva et fit un geste obscène pour expliquer qu'il avait un besoin urgent. Une femme rit, lui tapa sur le ventre et l'accompagna vers le lavabo. Ça allait. Walter s'absorbait dans sa conversation avec la brune triste. Mais un silence se faisait autour de lui. Du coin de l'œil, il vit le malheur commencer.

Deux hommes de la table dangereuse s'étaient levés, en ricanant. Chacun avait un gros colt sur la cuisse. Le silence de la table avait gagné deux ou trois tables voisines. Oh ! certes, l'ensemble de la salle continuait à bavarder, à crier et à chanter.

Mais, comme les deux anarchistes allaient rejoindre le Hollandais, les deux autres, que Walter n'avait guère remarqués et qui étaient entrés l'instant d'avant, se levèrent aussi et se dressèrent sur leur passage. Ils parlaient d'une voix sourde et conciliante, mais il y avait dans leur corps la résolution la plus dure. Qu'est-ce que ça voulait dire ? Walter regarda du côté du Hollandais ; il avait disparu.

Les deux F. A. I. avaient été rejoints par leurs compagnons de table : tous étaient furieux, braillaient et sortaient leurs revolvers. Walter se leva et gagna franchement la porte de la rue. Personne ne l'arrêtait ni ne l'appelait : sans doute passait-il inaperçu, toute l'attention était concentrée sur la bagarre. Comme il passait la porte, un coup de feu éclata. Il se retourna, une vague mêlée : il était dehors.

Par une obscure impulsion, il se jeta dans la première porte à gauche. C'était une espèce d'allée à ciel ouvert, où il se heurta à un corps soufflant, Van der Brook. Walter avait un soupçon : « Ce n'est pas l'homme que je croyais. Les hommes qui se sont interposés l'ont protégé personnellement. Ils étaient entrés après nous, ils nous suivaient. » Van der Brook poussait vers la rue, mais Walter dit :

— Non.

Ils se rencognaient sous un porche qui donnait sur l'allée. Protection illusoire, mais que faire ? Walter soufflait presque autant que l'autre.

Van der Brook tâtait la porte contre laquelle ils se serraient.

— Mais elle ouvre, souffla-t-il.

Ils se trouvèrent dans une pièce assez sombre, mal éclairée de la rue par un rais de lumière ; cela semblait un magasin plus ou moins abandonné. Van der Brook fit craquer son briquet, sa grosse main ne tremblait pas ; Walter, qui tremblait, interrogea son visage qui semblait résolu, avant de vérifier que la pièce était un magasin vide, avec une autre porte vis-à-vis de celle qu'il venait de fermer.

Il demanda :

— Qu'est-ce que c'était que ces types qui sont intervenus ?

L'autre éteignit son briquet pour répondre, d'une voix dure, inconnue de Walter :

— Je ne sais pas.

Walter se disait, cependant, très vite : « Pour qui travaille-t-il ? Pour nous ? Non. Mon instinct me dit : non... Du reste, faire ce que je veux faire, c'est ma seule chance de quitter Barcelone. »

L'autre ralluma son briquet. Walter le regarda intensément. « Je ne peux pas croire qu'il soit des nôtres. Et merde, peu importe. Je ne vais pas risquer quoi que ce soit en l'interrogeant. » L'autre le regardait aussi d'un regard perspicace qu'il n'avait jamais eu jusque-là. « Il est fort... Moi aussi, peut-être. » L'autre murmura :

— Restez près de cette porte, je vais voir l'autre.

— Oui.

L'autre s'avança, tournant le dos à Walter. Celui-ci avait tâté sa poche. Il prit le revolver par le canon et frappa sur la nuque, de toutes ses forces, passionnément. L'autre fit : han, et trébucha en avant. Le briquet était tombé. Walter se jeta en avant, tâta et frappa. Ses coups rencontrèrent le vide. L'autre était tombé en grognant comme une bête.

Walter était sur le corps, retrouvait la tête et frappait derechef des coups courts. La tête se renversa au sol. Gilles tâta, s'acharna du côté de la tempe... Il s'arrêta. L'autre ne faisait plus que gémir. Alors, il fourra le revolver dans sa poche et avec ses deux mains serra le cou, longtemps.

Il craqua une allumette. L'homme portait sur une épaule, le nez dans le parquet. Walter savait où était son portefeuille, il le prit et alla à la seconde porte. Elle était fermée. Il revint à la porte par où ils étaient entrés. Il l'ouvrit, et, perdant la tête, fila vers la rue, sans avoir refermé la porte. Dans la rue, il se tourna à gauche, du côté opposé à la porte de la boîte de nuit, sans regarder de ce côté. Au bout de trois pas, se ressaisissant un peu, il fit un effort atroce pour ralentir, pour prendre un air. Horreur, pas de rue à droite ni à gauche. Si, très loin, là-bas, à gauche. Courir. Non. Ralentir, ralentir encore.

« Je vivrai, je vivrai. Personne ne criera, personne ne me verra. Je suis invisible. »

Tout arrive ; il parvint au coin de la rue. Il tourna, c'était une impasse. Il revint sur ses pas ; au loin, il y avait un rassemblement devant la porte de la boîte. Il lui tourna le dos et reprit sa marche appliquée d'ivrogne qui se surveille. Personne ne criait, ne courait derrière lui. Il commençait à aimer cette rue, elle lui était favorable.

Plus tard, il se retrouva sur les Ramblas, après plusieurs détours, plusieurs erreurs. Pourquoi les Ramblas, qui lui semblaient, peu de temps auparavant, un lieu dangereux ? Mais, après ce qui s'était passé, il avait besoin d'un bain de foule et tâtait le portefeuille de Van der Brook dans sa poche, il se remplissait peu à peu de confiance et de témérité. Il trouva même que c'était le meilleur endroit pour vérifier l'intérieur du portefeuille. Tout en marchant parmi les groupes pressés, il l'entr'ouvrit. Oui, le billet pour l'avion d'Air-France était bien là. Et, dans ce compartiment-là, il y avait de l'argent, beaucoup d'argent. Le brusque contact de l'argent l'étonna, il n'y avait pas songé. Il repensa pour la première fois à Van der Brook. Celui-ci était-il mort ? Nom de Dieu, était-il bien mort ? Mais oui, il avait serré très longtemps. Et si on le découvrait tout de suite ? Il n'avait pas fermé la porte. Quelle folie. Juste le genre de folie qui vous perd. Les autres types qui s'étaient mis en travers des miliciens? Ils connaissaient Van der Brook; ils devaient savoir qu'au matin il prenait l'avion. Il y avait d'autres papiers dans le portefeuille. Il en tira deux ou trois et remit le portefeuille dans sa poche. Le jeter. Pas encore. Soudain, il eut envie de fumer, il s'aperçut qu'il n'avait pas songé à fumer depuis qu'il était sorti du sombre magasin. Il fourra les papiers dans sa poche et en sortit le paquet de cigarettes qu'il avait presque entièrement consumé à l'hôtel, deux heures auparavant. Quelle heure était-il? Onze heures. Cette première cigarette était un délice. Ah! fumer, fumer toute sa vie. Mais il avait soif. Une soif atroce. Drôle, lui qui n'avait jamais soif, il avait tout de même soif. Ce qu'il faut faire pour avoir soif. Aller boire, mais d'abord examiner ces papiers. Peut-être allait-il savoir ce qu'était vraiment ce Van der Brook. Passeport? Oui, Hollandais. Van der Brook. Peut-être un faux passeport comme le sien? Une lettre de crédit. Une autre... nom de Dieu : Secours Rouge International... Le camarade Van der Brook... C'était un communiste. Ah bien, tant mieux, il n'avait pas zigouillé un neutre ou un copain. Mais alors, mauvais pour l'avion... Au milieu des Ramblas, il se remit à suer. Sans cela, l'entreprise était déjà assez dangereuse : prétendre qu'il avait racheté au dernier moment ce billet à M. Van der Brook, inscrit sur la liste des passagers. Maintenant, c'était impossible... Il suait. Sa cigarette s'achevait : il n'en alluma pas une autre. Toute cette histoire, pour rien... Une idée. Se présenter, à la dernière minute, à la dernière minute, et sans parler de Van der Brook, demander si, par hasard, il n'y avait pas une place libre. On lui donnerait la place du manquant. Mais on préférerait la donner à quelqu'un de connu. L'endroit devait regorger de candidats. Quand même, c'était à risquer. L'avion partait à six heures. Que faire jusque-là ? Ne pas retourner à l'hôtel. Bien qu'il fût persuadé de n'être nullement suspecté, il pouvait être la victime de hasard d'une descente de police. Aller vers le port et y trouver un coin pour dormir ? Ou aller tout de suite vers le champ d'aviation ? Comment ? Une question importante : ne pas arriver trop sale au champ d'aviation, ne pas avoir l'air d'un fugitif. Ce serait terrible de n'avoir pas de bagages. Le plus dangereux était peut-être de se promener seul. « Moi qui ai été si souvent seul dans la vie, comme j'ai toujours dû avoir l'air suspect. »

Il regarda les autres papiers. Une petite note manuscrite l'intéressa vivement. Fichtre. C'était une trouvaille. Il la lut et la relut plusieurs fois. Ensuite, il la remit dans le portefeuille avec les autres papiers. Il mit à part le billet et l'argent. L'argent pouvait être utile d'ici son retour au calme. S'il ne lui servait pas, il saurait à qui en faire cadeau.

Il entra dans un bar, alla aux cabinets, jeta le porte-feuille sur une armoire, revint, demanda de la bière, engagea d'arrache-pied en charabia une conversation avec le premier venu. C'était un idiot indéfinissable qui le regardait avec ces yeux surpris, méfiants, stupides qu'il avait généralement vus dans la vie en face des siens. Agacé, il se retourna vers trois phraseurs qui commentaient, avec des détails infinis, une petite discussion d'intérêts que l'un d'entre eux avait eue deux heures auparavant, semblait-il, dans un garage avec un individu qu'il chargeait de tous les péchés d'Israël. « Alors, je lui ai dit... » Aussitôt qu'il leur eut dégoisé trois mots dans son espagnol de pacotille, les trois forcenés oublièrent, en un instant, l'objet passionnant de leurs propos pour le prendre en considération.

Walter allait s'engager dans la milice : les hommes du peuple du genre affranchi, dans aucun pays, dans aucune circonstance n'aiment les volontaires. Aller au-devant de la guerre leur semble gâcher le métier d'homme qui est de faire ce qu'ils reprochent aux bourgeois : jouir, non sans geindre. Walter regretta d'avoir parlé.

— Tu as de la famille?

— Non. C'est-à-dire que je suis divorcé.

— Oh! alors, c'est différent. Tu n'as rien à perdre.

— Si tu avais des enfants comme nous.

Brusquement, il repensa à son départ. N'allait-il pas faire une folie, par hâte d'en finir, par hâte de déguerpir de Barcelone. Bah! c'était dans la ligne de sa vie et de sa chance de brusquer les choses... Mais il fallait savoir, parfois, changer de manière. Merde.

Walter exposa à ses interlocuteurs son cas : une femme l'avait quitté. Les trois hommes admirent qu'un cocu allât à la guerre. Émus de pitié, ils burent avec lui. Walter traîna avec eux jusqu'à deux heures du matin. Comme il feignait d'être un peu ivre et d'avoir oublié le nom de son hôtel, l'un des camarades l'emmena coucher chez lui. Éreinté, en pleine détente nerveuse, il se laissa aller au sommeil, confiant en son instinct. En effet, à cinq heures, il bondit de ce lit de hasard et, salué par un grognement inattentif, il déguerpit.

D'une minute à l'autre, il décida de repasser par son hôtel pour y prendre sa valise. Ce serait trop suspect d'arriver au terrain sans bagage. Et il se raserait. Ce n'était pas loin. Au coin de la rue où était son hôtel, il regarda. Rien de suspect. Il s'arrêta avant de sonner : l'hôtel ne semblait lui réserver aucun piège. Il renonça à se raser et il eut tout le temps à l'œil le gardien de nuit pour le cas où celui-ci eût voulu signaler par téléphone à la police son départ matinal. Dans une glace, il n'avait pas l'air trop sale. Il paya, prit sa valise, sortit.

Il alla tranquillement rejoindre l'autobus d'Air-France, Hôtel Colon. Allait-on lui demander son nom? Au besoin, il présenterait le billet du Hollandais au type de l'autobus. Cela ne l'obligerait pas à le montrer à l'aéroport. L'employé, mal réveillé, ne lui demanda rien. Il se sentit envahi par une grande placidité. Il s'installa dans son fauteuil, goûtant sa placidité. Il dut se forcer à cette précaution de passer en revue les gens de l'autobus. Silencieux. Difficiles à définir, enveloppés dans une somnolence pénombrale. Des Espagnols. Des Français. D'autres. Un juif. Diable. Ne regardons pas. Il se persuada assez bien qu'il était somnolent pendant le trajet. En arrivant, il trouva qu'il s'était trop pelotonné ; il s'étira avec bruit, bâilla avec bruit.

« Ah! maintenant, attention. Voyons, comment cela se présente. Peu de monde. Un type prend ma valise. Bon. Tiens, c'est drôle, très peu de monde. Pas du tout la foule de candidats au départ improbable que je craignais. Les imbéciles, ils se découragent trop facilement. Il ne faut jamais se décourager. Il n'y a pas l'air d'y avoir de police qui m'attende pour me cueillir. » Il était repris par la tentation de se servir du billet de Van der Brook.

« Visite des passeports. Bon Dieu, le type des passeports va demander le billet en même temps et consulter la liste des voyageurs. Je n'avais pas pensé à ça, con que je suis. Pourtant, j'ai déjà voyagé en avion. Je suis foutu. Près du type qui regardait les passeports, il y avait debout un gaillard. Police. Qui le regardait attentivement. Il montra son passeport, parfaitement en règle. Passeport belge. Excellent pays, la Belgique, très neutre. Ma figure est neutre. Je me sens parfaitement neutre. J'ai les visas, et tout. Vous voyez. Vous pouvez me regarder : je suis paré. Aïe, le type regarde une liste. Vais-je être foutu ? »

— Je ne vois pas votre nom.

Walter se jeta à l'eau.

— J'ai le billet de quelqu'un qui...

L'homme leva la tête. Le policier lui jeta un regard différent.

— Je... continua Walter qui nageait dans une exquise tranquillité, je ne me rappelle pas très bien son nom. C'était un Hollandais, regardez...

Walter prenait, à tout hasard, un petit air malin.

L'homme aussitôt prit un air extrêmement entendu et jeta un regard de connivence à lui et au policier. Le policier le salua.

— Ah ! bon, très bien, je sais, dit l'homme des passeports. Ah ! vous êtes pour l'autre avion. Il fallait le dire. On vous attend. Dépêchez-vous.

— C'est cela, confirma Walter, épouvanté.

L'homme lui dit, du ton des subalternes pour les personnages recommandés :

— On vous attend. C'est le Potez, dans le coin à gauche. A vous, dit-il après avoir salué Walter, en se tournant vers le voyageur qui suivait Walter... Pas besoin d'aller à la douane, cria-t-il à Walter qui s'éloignait.

Le type avec sa valise filait déjà. Walter le suivit à petits pas. Il était épouvanté, il allait se trouver devant des gens qui, en un instant, allaient le démasquer. Il fallait essayer de se sauver. Rentrer dans Barcelone, où, dorénavant, il serait signalé et recherché ? Et d'ailleurs, comment s'en aller devant ces miliciens qui le regardaient ? De toutes parts de grands espaces nus. Après tout, dans la pagaye actuelle, un homme pouvait en remplacer un autre et n'être au courant de rien. Le type des passeports trouvait ça naturel.

Devant lui, l'hélice de l'avion tournait. Quelqu'un lui fit de grand signes : il s'élança. Près de l'avion, le type qui lui avait fait des signes lui cria furieusement quelque chose en espagnol qu'il ne comprit pas. Le type le poussait dans l'avion. Un vieux petit avion à huit places. Il n'y avait que trois personnes à l'intérieur. Les mêmes que dans l'autobus. Il y avait le juif et un autre. Un type se rua auprès du pilote. Le radio, sans doute.

Il regarda les deux autres, qui le regardaient avec étonnement. Walter se sentit la liberté du troisième clown qui arrive au milieu du cirque.

— Ouf, fit-il, d'un ton péremptoire, je meurs de sommeil. Foutez-moi bien la paix.

Les autres eurent l'air encore étonné, mais nullement hostile ou inquiet. Ils en attendaient un autre, évidemment. Mais ils avaient l'air d'admettre que celui qu'ils attendaient fût remplacé. Ils le prenaient plutôt pour un hurluberlu que pour un suspect. Walter s'affala et ferma les yeux, tandis que l'avion décollait...

Walter dormit profondément. Quand il se réveilla, il jeta un regard de bonheur autour de lui. Ce qu'il voyait : le cuir de ce dossier, le dos du pilote, ces visages, c'était sa vie qui durerait encore très longtemps. Mais ce regard de bonheur ne pouvait pas durer : il repensa qu'il était voué à la mort. Il n'avait aucune envie de s'occuper de ces deux types qui étaient là, dans l'avion. Pourtant, son sort était entre leurs mains. Ce petit bonhomme quelconque ; déjà, dans l'autobus, il avait remarqué que c'était un Français, du genre grotesque. Et l'autre, un juif. Ah ! oui, le juif.

Devant, le pilote et son aide fort occupés. Le petit personnage quelconque échangeait, de temps en temps, un mot avec le juif qui, sans doute, était de nationalité française, avec son accent du Danube. Ils regardaient Walter réveillé avec plus de méfiance qu'au départ.

— Comment ça va, ce voyage ? lança Walter en français, sans guère d'accent belge vraiment, en se frottant les yeux.

— Qui êtes-vous ?

— Moi. Et vous ?

— Je m'appellle Cohen, Gaston Cohen. Français. Qui êtes-vous ?

— Je suis Paul Walter.

— Qu'est-ce que vous faites ici ?

— Comment ? Qu'est-ce que je fais ici ? Je rentre en France, comme vous.

— Nous n'allons pas en France.

— Comment ?

— Nous allons dans les Baléares, à Ibiza.

— Ce n'est pas l'avion d'Air-France ?

Le juif haussa les épaules.

— Vous n'allez pas me dire que vous croyez être dans l'avion d'Air-France.

— Mais si... J'avais tellement sommeil en montant.

— Qui vous a dit de monter dans cet avion-ci ?

— Le type qui a regardé mon passeport... Ah ! mais attendez donc, je commence à comprendre.

Walter pouffa. Son hilarité n'était pas feinte. Il lui semblait qu'il tenait le bon bout et qu'il se tirerait d'affaire.

— Quoi ? dit le juif assez sèchement.

Le petit Français insignifiant assistait au dialogue, avec un air effaré.

— Mais, d'abord, qui êtes-vous pour me poser toutes

ces questions? demanda Walter, d'un air d'ailleurs jovial, au juif.

— Moi, je voyage, répondit le juif, sur un ton légèrement radouci. Mais un autre que vous devait venir.

— Justement, reprit Walter. Je commence à comprendre. On m'a pris pour un autre, et on m'a indiqué cet avion.

— Pourquoi vous a-t-on pris pour un autre? Si vous aviez un billet...

— Mais j'ai racheté hier au soir mon billet à un type qui ne partait pas.

— Comment s'appelait-il?

— Un Hollandais. Van der Brook. J'ai fait sa connaissance à l'hôtel.

Le juif regarda Walter fixement. Le petit insignifiant s'agitait. Mais le juif ne daigna pas le regarder.

— Ce Van der Brook, pour moi, c'était la providence, car je n'arrivais pas à trouver de place. Est-ce que c'est ce type qui devait prendre l'avion avec vous, par hasard? Ça expliquerait qu'il ait voulu me vendre son billet d'Air-France.

Le juif répondit évasivement :

— C'est possible.

Il était méfiant, mais il semblait admettre la vraisemblance de l'histoire.

— Vous l'avez revu, depuis? demanda-t-il, en fixant de nouveau Walter.

— Qui? Van der...? Non, dit Walter résolument. Je ne le connaissais pas. C'est le portier de l'hôtel qui m'a mis en rapport avec lui.

Il y eut un silence. Le juif réfléchissait. Walter reprit tranquillement :

630

— Mais, que va-t-on faire à Ibiza ? En dernière heure, c'est aux mains des rouges ou des blancs ?

— Des rouges, fit le juif, en le fixant.

— Et alors ?

— Vous vous débrouillerez, là.

— Vous n'avez pas l'air de vous rendre compte que tout cela est très embêtant pour moi. J'ai affaire, ailleurs.

— Vous êtes dans les affaires ?

— Moi. Je suis professeur en Belgique. Je suis belge.

— Vous étiez à Barcelone comme touriste ?

— Dame. Et vous ? demanda Walter à l'insignifiant.

— Je m'appelle Jean Escairolle.

Walter se rencogna dans son coin, ferma les yeux. Ces deux types-là étaient évidemment des agents rouges. Des communistes, puisqu'ils attendaient Van der Brook. Pourquoi celui-ci avait-il un billet d'Air-France ? Sans doute avait-il reçu des ordres au dernier moment. De sorte que l'histoire de la vente du billet était relativement plausible. Mais les autres se méfiaient. Jusqu'à quel point. Le juif soupçonnait-il le pire ? Dans quel rapport était-il avec Van der Brook ? En tout cas, en arrivant, il le dénoncerait. Il serait fouillé. Qu'avait-il de compromettant sur lui ? Le billet de Van der Brook, et c'était tout. L'argent ? Bah. Quand même, ce ne serait pas commode à Ibiza. On l'interrogerait, on le torturerait... C'était drôle, il avait confiance.

Il rouvrit les yeux.

Cohen regardait la mer et le ciel alentour non sans inquiétude. Le pilote et le radio avaient l'air aussi aux aguets. On devait approcher des Baléares. « Majorque étant aux mains des blancs, mes gaillards doivent craindre d'être pris en chasse. Ce serait drôle que je sois descendu par un blanc. » A mesure que le temps passait, la figure grasse du petit Escairolle se défaisait un peu. Qu'est-ce qu'il fichait là, avec cet air de petit bureaucrate en perdition?

Walter se pencha à son tour vers la mer. « Le monde est fait d'un grand saphir », murmura-t-il. Depuis qu'il avait fait le choix d'une nouvelle destinée, depuis qu'il était entré dans un ordre rigoureux, il jouissait plus profondément qu'autrefois de toutes les beautés du monde.

Il entendit le juif crier :

— Voilà Majorque.

Une mince ligne de côtes devant eux.

Il regarda le dos du pilote et du radio. A ce moment, ils se retournaient l'un après l'autre et regardaient derrière l'avion. Le juif et Walter essayèrent de voir, ils ne virent rien.

— Qu'est-ce que ça peut être? Un avion! fit le juif d'une voix profonde.

— Sans doute, blagua Walter ; on ne peut pas toujours être seul dans le ciel, a dit je ne sais plus quel mystique. Le juif le regarda avec son air séculairement blessé. Soudain, il se rua vers le pilote. Walter le suivit. Le juif ouvrit la porte.

— Qu'est-ce que c'est?

— Un avion qui nous cherche.

— Rouge? Blanc?

— Il n'y a que des blancs par ici.

— Et alors?

Le pilote haussa les épaules et tourna le dos.

Le juif hocha la tête d'un air amer.

Brusquement, ils aperçurent l'avion, à gauche. Walter sentit aussitôt le même mal de mer que montrait l'affreux petit Escairolle qui menaçait de devenir un frère. Walter n'avait guère avancé depuis Barcelone. Partout où il allait, le danger se déplaçait avec lui. Cet avion, sans doute blanc, allait les descendre dans le plus complet malentendu. Quand on va être tué, on croit toujours que la circonstance n'est pas correcte. Il fit un effort pour commenter un événement qui se suffisait bien à lui-même.

— Est-ce que notre avion porte des marques particulières ?

— Oui, françaises.

Le juif le regarda. Il y avait brusquement une sorte d'égalité et de complicité entre eux.

Le petit gros pourrissait dans son veston. Le courage, c'est de se mettre en colère contre plus lâche que soi ; Walter savait ça depuis l'âge de vingt ans. Il se mit à haïr le petit Escairolle.

Crac. L'avion tirait. Le leur piqua. Ils roulèrent tous trois par-dessus les dossiers des fauteuils.

Mais, brusquement, leur avion rebondit dans un mouvement brutal qui malmena affreusement leur pondération intérieure. Il semblait que le pilote était de mèche avec l'ennemi pour les supplicier.

Tac, l'autre tirait encore, maintenant, par en dessous.

— Nous sommes foutus.

Walter avait laissé échapper ce hoquet. Les deux autres comprirent qu'il était Français ; ils s'en fichaient éperdument. Leur avion continuait à monter, semblait-il.

L'autre avion, en dessous, reprenait aussi de la hauteur, mais pas trop, et il ne tirait plus. Au bout d'un moment, ils comprirent : il ne voulait pas leur peau, il voulait seulement les écarter de Majorque. Il y avait la cocarde française, après tout, sur cet avion. Le pilote, qui piquait droit vers le sud, fit bientôt un geste derrière pour les rassurer. L'autre avait fait demi-tour et s'éloignait.

Le juif, le petit gros et Walter s'affaissèrent dans leurs fauteuils.

Walter se demanda pourquoi diable ils étaient venus si près de Majorque. Le juif se levait et allait parler au pilote qui se retourna vers lui avec une figure encore dure. Walter s'approcha.

— C'était un Italien, gueulait le pilote. Le salaud. Ils ne veulent pas qu'on passe. Ils tiennent bien l'île.

Walter ne put s'empêcher de dire sans cacher son ironie :

— Pourquoi diable êtes-vous venus par ici ?

Le pilote le regarda avec un peu de malveillance.

Walter haussa les épaules et alla se rasseoir près d'Escairolle, qui se remettait difficilement.

— Cette idée de venir par ici, lui glissa-t-il, profitant de ce que Cohen gueulait encore dans le vent.

— Nous avions fait un crochet pour arriver du nord, comme venant de Marseille. C'est presque le chemin des hydravions de Marseille-Alger ; on ne pouvait rien nous dire.

— Pas si bête.

— C'est Cohen qui a manigancé tout ça. Moi, j'ai pris cet avion pour aller à Tanger où je dois enquêter. Si j'avais su... Mais je n'avais pas le choix. L'avion régulier est plein.

— Alors, d'Ibiza l'avion repartira pour Alger.

— Pas tout de suite, Cohen a affaire.

Plus tard, on vit une terre au loin :

— Ibiza.

Walter frémit. Il se secoua et demanda à Cohen :

— Le pilote connaît-il l'île ?

— Non.

— Charmant. Et vous êtes sûr de qui est maître de l'île ?

— Oui. Aux dernières nouvelles d'avant-hier. Mais hier la radio n'a pas marché.

— Vous êtes culottés.

Ils se regardèrent, échangeant brusquement une espèce de sincérité animale. Le juif tenait-il plus à la vie que lui? Par manie héréditaire, on voyait qu'il supputait des chances. Toute une hystérie calculatrice affluait à son visage.

— Va-t-il trouver un terrain? répéta-t-il deux ou trois fois.

Cohen était abominablement exaspéré de ne pouvoir en ce moment rien faire pour ajouter à la chance. Il se heurtait à la nécessité et à la simplicité de l'action physique. Le pilote ne pouvait pas faire autre chose que ce qu'il faisait : la marge de chance qui pouvait dépendre de son habileté était une zone interdite à la spéculation de Cohen.

Quant à Walter, il revenait à son indifférence. Attendre, toujours attendre, se laisser porter, même si une vieille peur indélébile pourrit au fond de votre ventre. Il y avait toujours ce vieux résidu de peur au fond de sa vie. Alors, à quoi bon tout ce qu'il avait fait? Il ne s'était donc pas assez arraché? Il y avait encore une sale vieille ficelle. Dieu savait de quoi elle était faite. Souvenirs? Regrets? Des velléités sordides en vue d'un retour au calme tissaient encore leur toile dans quelque recoin de son âme. En attendant, il allait crever, sans gloire. Sans gloire? Il regarda la mer. Quelle gloire pure soudain accessible dans toute son essence. Comment est-ce que son être pouvait encore un peu se refuser à cela? Aimait-il mieux être au Fouquet, à boire un verre au retour du cinéma? Du cinéma où l'on voit des gens en avion qui font les héros.

Le petit Escairolle roulait vers lui des yeux langoureux et affamés d'une consolation impossible. On ne peut consoler ceux qui ne sont que de la terre. Le juif s'était placé de côté, de façon à saisir le plus possible de profil le pilote. Il aurait voulu lui communiquer son astuce, son art de se retourner dans la vie. Mais comment changer cette monnaie de papier dans l'or d'un travail d'homme ?

La terre se rapprochait de plus en plus ; l'avion descendait.

La terre, cette terre désirée, apparaissait sinon scandaleusement hérissée comme toute l'Espagne, du moins pas très plate. Et puis d'ailleurs la terre n'est jamais assez plate pour un avion. La terre, c'est difficile comme la vie est difficile. Les plages, sans doute les plages. Il semblait y en avoir de belles, allongées tout autour de cette île, un ourlet de douceur. Charmante du reste, cette île. Si verte et piquetée du blanc de céruse des maisons. L'avion coupait à travers le nord de l'île et... Soudain des coups de feu partirent. Cohen se rua vers le pilote. Une mitrailleuse tapait en bas. Le cœur de Walter bondit. Peut-être que l'île est devenue blanche, depuis hier...

Dos impassible du pilote qui faisait une embardée, montait.

— C'est peut-être une erreur, cria Cohen.

Le pilote secoua la tête.

— Qu'est-ce que vous allez faire ?

— Je vais voir plus loin.

Plus tard, le pilote et le radio eurent des mouvements étranges, se regardèrent, se parlèrent.

Le pilote se tourna :

— Radiateur crevé.

Walter regarda Cohen qui le regarda. Regard décisif. Ils étaient fixés l'un sur l'autre.

636

Le pilote chercha une plage. En voici une longue, une interminable, bravo. Au dernier moment cette grève sans fin, c'était une série de baies à peine incurvées, mais cependant séparées les unes des autres par des arêtes. Il s'agissait de se poser dans l'intervalle, entre deux arêtes. Là, voilà une de ces arêtes, on la rase. Il faut se poser tout de suite après. Pourvu que l'intervalle suivant soit bien long. Oui, il est long. Allons-y.

Hop! Hop! Baouf. Ho. Nom de Dieu!

La roue gauche avait mordu dans du sable et on avait fait la culbute. Personne n'avait de mal. On se ramassa dans le sable. Tout le monde faisait piètre figure ; tout le monde avait l'air enfantin et geignard. Le pilote et le radio se recomposaient tout de suite. Le petit Escairolle semblait guéri de sa peur par le choc franc. On se regardait comme des gens de connaissance. Aux alentours, pas une maison, pas un habitant. Des arbres. Un calme parfait parmi de charmants bouquets d'arbres. L'aile gauche esquintée. On tint conseil : le pilote, un bon grand garçon, perdit soudain de son autorité qui se reportait divisée sur Cohen et Walter.

— Enfin, cette île est blanche ou rouge? fit Walter.

— Il a dû se passer quelque chose. C'est pour ça que la radio était arrêtée.

— L'île peut être partagée entre les deux, fit Walter.

— Oui, fit Cohen.

Walter regarda le pilote qui saisissait la méfiance entre Walter et Cohen, mais paraissait ignorer le fait que Walter était un intrus.

Walter regarda tout le monde à la ronde : le grand pilote, le radio, un petit râblé assez en retrait, et Escairolle ; ils avaient peur du juif, comme de quelqu'un d'important et de puissant vis-à-vis de qui ils devaient se défendre d'avoir par hasard de la sympathie pour Walter. Les positions étaient instanta ément prises.

— Écoutez, dit Walter, j'ai une proposition à vous faire à tous. Nous allons nous trouver devant des gens — blancs ou rouges — qui seront échauffés et qui ne se contenteront pas d'apprendre que nous sommes français ou belges. Ils voudront savoir si nous sommes avec eux ou contre eux. Moi, je vais vous dire : je suis fasciste, je suppose que vous êtes tous antifascistes.

Sauf Cohen, les trois autres le regardaient avec ahurissement et crainte. Sa franchise les épouvantait. Cohen, qui voyait où il voulait en venir, le regardait gravement.

Walter reprit :

— En entrant dans un village, nous jouons pile ou face. C'est vous qui allez gagner, ou moi. D'ailleurs, le résultat ne sera pas définitif, car peut-être que l'île est divisée. La chance peut changer de camp. Je vous propose de ne pas nous tirer dans les jambes. Si nous arrivons dans un patelin blanc, je vous prends en charge. Voulez-vous me rendre la pareille, en cas inverse ? Somme toute, je vous demande de faire un bloc contre les Espagnols, qui sont trop excités en ce moment.

Les trois regardèrent le juif qui pour eux représentait le gouvernement. Il dit :

— Je suis tout à fait d'accord avec vous. Des Français et un Belge doivent faire bloc au milieu d'une autre nation. Ce que vous nous proposez, c'est la seule façon de faire pleinement valoir notre qualité nationale.

— C'est aussi que sans cela, reprit Walter, les uns ou les autres nous écoperons, et peut-être tous. Je vous propose de prendre une assurance... Alors, êtes-vous d'accord ?

Ils hochèrent tous la tête.

— Je vous fais remarquer que nous promettons tous, mais que de tenir notre promesse ne sera pas si facile que ça...

Il les regarda dans les yeux : le menu peuple fit la mine, craignant les ennuis à venir, mais de nouveau opina du bonnet.

Le juif le regardait, d'un air aigu, en connaisseur.

Le pilote et son copain demeurèrent près de leur appareil. Escairolle se décida à suivre Cohen et Walter. Ils s'enfoncèrent dans les terres en suivant une piste qu'ils avaient découverte. Au bout d'un quart d'heure, elle les amena sur une route plus large. Ils aperçurent au bout de la route une maison, puis un homme qui venait vers eux sur sa mule. Cohen et Walter se regardèrent : on allait savoir.

Le paysan esquissa un geste du bras en s'approchant, mais le geste demeura indéterminé. Était-ce poing levé ou main tendue ? « La situation n'est pas claire dans cette île », se dit aussitôt Walter, et il se félicita de l'initiative qu'il avait prise. A Barcelone les gens levaient le poing rondement.

Cohen et lui se regardèrent encore. Le paysan, qui n'avait pas arrêté sa mule, arrivait près d'eux. Il les regardait avec une sourde terreur. La vieille terreur du fond des siècles a reparu sur les visages.

— Vous parlez l'espagnol ? demanda Walter.

— Quelques mots. Et vous ?

— Quelques mots, Allez-y.

— Avion francès caido aqui, baragouina Cohen en montrant la mer. Nosotros francèses.

Le paysan secouait la tête et voulait continuer sa route : il était neutre, en dehors de tous ces événements. Il retournait à sa terre qu'il prétendait neutre. Mais sans façon les autres lui barraient la route et il se résigna, les supposant représentants d'une force quelconque.

— Quien manda aqui? Los rojos o los otros?

Le paysan les regarda avec une crainte plus aiguë et après un silence répondit péniblement :

— Los rojos.

Walter fit une petite inclination vers Cohen et murmura :

— Je passe la main.

Escairolle se pressa un peu contre Cohen.

Cohen, avec un visage assez détendu et étincelant, demanda où était le village le plus proche. Le paysan en venait.

— Allons.

Ils allèrent. Cohen et Escairolle ne semblaient pas extrêmement rassurés. Les rouges, c'était vague et menaçant ; on pourrait tomber sur des énergumènes, des anarchistes tout à fait éperdus. A l'entrée du village, il y avait quelques hommes avec des fusils comme à l'entrée de tous les villages d'Espagne.

On parlementa et on se fit conduire aux autorités. La scène aurait pu être la même ailleurs qu'en Espagne. La couleur locale n'y changeait rien. Certes, Walter était sensible aux nuances qui surimprimaient une tonalité savoureusement espagnole sur cette scène, mais il savait qu'il aurait pu trouver les mêmes rudes caractères dans vingt pays. La rudesse et la morbidesse, que ses compagnons français ressentaient ici comme particulièrement espagnoles, étaient les mêmes dans une bonne partie de l'Europe. L'Europe n'est pas un lieu de tout repos, le reste du monde non plus.

La petite troupe s'assit dans la grand'salle rustique où le comité local tenait ses assises. On les regardait avec inquiétude et méfiance. En apprenant qu'ils étaient des Français tombés d'avion, les figures s'étaient un peu éclaircies. Mais au fond tous ces hommes étaient soucieux. Ni Cohen ni les deux autres n'avaient levé le poing, ce qui avait grandement satisfait Walter.

Ils avaient découvert que le village où ils étaient arrivés était San Antonio, un petit port de pêcheurs et une station balnéaire. Par la fenêtre, on voyait un décor ravissant de délicates maisons blanches, au bord de l'eau. Le comité local, formé de fort simples esprits, farouche par inquiétude et timidité plutôt que par esprit révolutionnaire, les écouta plutôt qu'il ne les interrogea.

Pour se débarrasser d'eux, on s'empressa de téléphoner à Ibiza, la capitale de l'île, où l'on réclama un camion. En attendant le camion, Cohen et Walter prirent des hommes et des mules pour amener le pilote et le météo, avec les bagages. Le camion arriva avec trois hommes armés, qui semblaient animés d'un zèle plus mordant et plus dangereux, ce qui fit que la petite troupe s'embarqua non sans inquiétude.

Leur arrivée sur le port provoqua quelque remous dans la populace assez nombreuse qui se tenait en permanence autour du meilleur hôtel de la ville où le quartier général des rouges était installé.

De nouveau, ils étaient assis devant un comité. Le président du comité n'était pas le vrai chef, cela sautait aux yeux. C'était un personnage replet, au visage rose et aux cheveux blancs, aux airs de vieil enfant de chœur, qui était écrasé par les événements, mais s'efforçait désespérément, non pas de donner le change, ce qui était impossible, mais de subsister dans la peu croyable apparence qui lui était concédée. Quelque vague libéral de gauche — socialiste ou gauche républicaine — sans doute franc-maçon. A côté de ce bourgeois, il y avait un ouvrier qui était certainement le communiste : un marin, sans doute. Il y en avait encore un ou deux autres, pour le moment indistincts. L'enfant de chœur et le marin parlaient français.

Le pilote, mis en avant par Cohen, expliqua l'aventure. Les autres étaient fort intéressés par l'incident au-dessus de Majorque. Ils ne semblaient pas mettre en doute le récit, mais étaient embarrassés des nouveaux venus.

Le communiste examinait chacun.

Cohen demanda :

— Il n'y a pas eu de rébellion, ici?

Ils levèrent les bras.

— Les militaires ont été maîtres d'abord, comme à Majorque. Mais au moment de l'expédition de Barcelone à Majorque, nous avons débarqué ici et nous avons pris le dessus. Seulement la révolte a de nouveau éclaté du côté de Santa-Eulalia, sur la côte Est. Il a débarqué par là un détachement de rebelles de Majorque. Nous nous attendons à être attaqués en force d'un moment à l'autre.

Les yeux du bourgeois vacillaient, la figure du communiste se fronçait, en relatant ces faits.

Les Français regardèrent Walter, avec considération.

— Avez-vous une radio? fit Cohen.

— Non, elle a été détruite.

On leur dit de loger dans l'hôtel, dans les chambres du haut qui n'avaient pas été envahies.

Walter sortit, trouvant que les choses ne se présentaient pas trop mal ; on ne semblait pas trop s'occuper d'eux dans le détail : il restait confondu avec les autres. Il ne craignait pas trop Cohen qui était resté à causer avec le marin.

Les Français en causant avec les uns et les autres

comprenaient peu à peu la situation. Les rouges dans l'île avaient été massacrés au début. Ceux qui étaient là maintenant venaient en partie du continent : ils avaient aussi copieusement massacré.

Les distances n'étaient pas grandes dans l'île. Walter se dit qu'il filerait cette nuit même et tâcherait de rejoindre les blancs. Mais les autres n'allaient-ils pas attirer l'attention sur lui, d'ici là ? Cohen tiendrait-il sa promesse ?

Walter était trop fatigué et il voulait prendre des forces avant la nuit. Il déclara qu'il allait dormir et il le fit.

Quand il se réveilla, Walter vit Cohen seul, qui, avec sa grande politesse de toujours, mais un regard plus sec, lui dit :

— Je m'excuse de vous avoir réveillé, mais j'ai à vous parler.

Walter s'assit sur le matelas où il avait dormi.

— Je suis persuadé que vous avez une activité politique.

Au début de la phrase l'œil de Cohen fut aigu, puis la paupière s'abaissa sur son acuité.

— Tiens, c'est de moi que nous allons parler, répliqua Walter. Pourquoi pas de vous ?

Cohen garda le silence un instant. Walter fut sur le point de lui demander : qui êtes-vous ? Son sang-froid le quittait en voyant ce juif user si tranquillement d'une autorité qui restait mystérieuse. Communiste ? Agent du gouvernement français ? Mais si Walter lui posait cette question, Cohen lui en poserait d'équivalentes. Il importait que Cohen doutât, au moins un peu ; cela l'obligerait à plus de circonspection. Il fallait qu'il craignît la répercussion possible par la suite en France de son attitude présente.

Cohen reprit :

— Je ne veux nullement abuser de la situation présente dont vous aviez d'avance délimité le cadre avec beaucoup de sagesse, mais je ne voudrais pas que vous en abusiez non plus.

— Comment abuserais-je?

— C'est ce que vous auriez exigé de moi, si nous étions tombés chez les blancs.

— Bon. Comment croyez-vous que je veux abuser de la situation?

— En entrant en relations, si vous le pouvez, le plus tôt possible avec les rebelles.

— Ici, ils ont tous été massacrés.

— Non, pas plus que les rouges ne l'ont été par les blancs le premier jour. Et une partie de l'île est en rébellion.

— La guerre civile, c'est comme l'autre guerre. On a beau massacrer, il reste toujours des ennemis, hein?

— Oui. Donc, je crains que si vous rencontrez quelqu'un, vous ne soyez tenté de lui fournir certains renseignements que vous auriez de Barcelone.

— Les renseignements que l'on a ces temps-ci sont vite périmés... à supposer que j'en aie.

— Il n'y a pas douze heures que nous avons quitté Barcelone. Et vous m'avez l'air d'un homme actif.

Walter lui jeta un regard d'angle. Il voyait que l'autre voulait le mettre en rogne. Il y avait des mois qu'il s'était entraîné à masquer les bonds du sang, les tressaillements de sa passion intime.

Il prononça avec une minutieuse douceur:

— Où voulez-vous en venir?

Cohen lança, avec un accent passionné:

— Vous devez rester parfaitement tranquille.

Walter croisa les bras et dit:

— Que voulez-vous que je fasse d'autre.

— N'essayez pas d'entrer en relations avec les autres.

— Et, si j'essayais, que feriez-vous ?

— Je ne serais plus lié par le pacte de la plage.

— Je suis en surveillance ?

— Moi seul, suis le surveillant.

— Somme toute vous, citoyen français, me menacez, moi qui suis citoyen belge, d'une dénonciation à des « autorités » ni belges ni françaises.

L'autre se contracta, sans mot dire. Walter dit :

— Rappelez-vous que demain les blancs peuvent débarquer et nous rafler tous.

— Oui.

Walter se leva ; l'autre se leva aussi, le regardant avec des yeux décidés. Walter dit :

— Allons dîner.

— Je vous ai dit que je vous surveillerai.

« Il ne me fera pas arrêter, parce qu'il a compris que j'étais français. Cela pourrait transpirer et lui faire des ennuis après, en France. »

Il dîna avec les autres. Ils pensaient tous que la situation des rouges était plus qu'incertaine. Aussi regardaient-ils Walter avec intérêt. Cependant, Cohen n'était pas là. Diable.

Après le dîner, il sortit avec les autres, songeant à filer le plus vite possible. Il ne s'était pas gêné pour regarder une carte de l'île, dans le hall de l'hôtel. Qui le surveillait ? Tout le monde.

Sous un ciel admirable, le port était plein de monde. C'était le lieu de promenade aujourd'hui comme hier. Derrière quelques visages, quelques silhouettes qui tranchaient, la masse de la foule montrait une physionomie indistincte, incertaine. Elle absorbait, ruminait, anéantissait les événements dans un travail obscur, énigmatique. Walter pensait à peine qu'il aurait pu s'intéresser au détail des bouleversements qui s'étaient produits à Ibiza. Quand il se passe quelque chose qui vous fait penser, justement le fait qu'il se passe quelque chose vous empêche de penser plus avant. Pourquoi le crémier était rouge, et l'épicier blanc? Pourquoi le serrurier avait-il été fusillé et non pas le charcutier? Mais il avait bien d'autres chiens à fouetter. Et il savait qu'il ne s'intéresserait plus jamais peut-être à toutes ces futilités individuelles. Son intérêt pour les autres individus était mort avec son intérêt pour son propre individu. Cet intérêt avait-il jamais existé?

Aussitôt qu'il commença à déambuler sur le port, Walter vit Cohen qui se promenait avec deux miliciens et qui visiblement l'avait à l'œil. Prévoyait-il son projet? Quand il s'apercevrait de sa disparition, donnerait-il l'alarme? Sans doute. Leur convention finirait là. Il alla vers lui. Ils échangèrent quelques mots à demi ironiques, à demi sincères. Walter se dit qu'il avait fait une gaffe : il aurait dû à la sortie de l'hôtel disparaître aussitôt. Maintenant il perdait du temps. Comment se débrouillerait-il pour sortir de la ville dont les abords devaient être gardés?

Dans la foule, un visage passait et repassait. Il le remarqua. Un visage jeune et fin, avec de grands yeux brûlés qui le poursuivaient. Un homosexuel? Il haussa les épaules. Il y en a partout. Avec la drogue, c'était la maladie qui lui avait le plus déchiré le cœur à Paris. Cent maladies faisaient cette immense maladie dont mourait ce peuple, dont il avait manqué mourir. Les drogues, les hommes caressant les hommes, la peinture de Picasso (tiens, n'était-il pas né par ici? non, plus bas, à Malaga) et son fulgurant aveu final, les music-halls, les casinos sur les plages, les romanciers catholiques et leur hideuse obsession d'un péché qu'ils voulaient non seulement originel mais final, les juifs et leur chute hors de toute authenticité, les cauteleux radicaux francs-maçons comme de grosses araignées, l'*Action Française* et sa vaine vérité : il se rappelait tout le grouillement de son cauchemar de vingt ans. Et tout cela, ce soir, reparaissait dans cette foule où l'on avait tué déjà beaucoup dans les deux sens et en vain et qui se promenait, idiote, inquiète et oublieuse de son inquiétude. Il regarda Cohen qui le croisait régulièrement selon la double allée et venue des groupes où ils causaient ; il allait donc le quitter, sans rien dire encore. Le visage du jeune homme aux yeux de cendre brûlante reparut, qui le regardait avec une extrême insistance. Était-ce du désir qu'il y avait dans ces yeux ? Oui, il y avait du désir, mais autre chose. Tiens, mais, c'est peut-être un copain. La cinquième colonne. On commençait à employer cette expression à Barcelone.

Au croisement suivant, il cligna de l'œil. Brusquement, il entra chez le marchand de tabac.

— Voulez-vous un cigare ? cria-t-il sur le pas de la porte à Cohen qui encore repassait.

Une seconde après le jeune homme aux yeux ardents le frôlait et lui jetait dans un souffle :

— Christ Roi.

Walter, allumant son cigare, regardait dans la rue et voyait Cohen s'éloigner à regret. L'autre avait soulevé un rideau au fond de la boutique. Walter le suivit.

Le jeune homme se retourna vers lui.

— Vous êtes belge ? De quel parti êtes-vous ?

Il parlait un français pur, avec un accent rauque.

— Du même que le vôtre.

Walter leva la main.

— Vous êtes en danger, on se méfie de vous, on veut vous arrêter.

— Oui, je voulais me sauver à l'instant même.

— Bon. Vous ne pouvez pas sortir par cette boutique. Ça compromet le patron. Ressortez et allez vers votre hôtel. Tâchez d'entrer sans être vu dans la ruelle qui est sur la droite de l'hôtel en regardant l'entrée. Je suis là. Vite.

Walter ressortit ; en allant vers la porte de la rue, il aperçut Cohen qui épiait. Il alla droit sur lui.

— Vous ne pouvez pas vous passer de moi.

— J'ai peur que vous ne fassiez des bêtises.

— Pourquoi : peur ?

— Vous ne cachez pas assez qui vous êtes.

— Pourriez-vous cacher qui vous êtes si nos situations étaient à l'envers ?

— Non. Mais il y a des choses que vous ne devez pas faire.

— Je sais.

— Entrer en relations avec les autres.

— Et si je le fais ?

— Je ne pourrais pas empêcher... Vous feriez mieux de rentrer à l'hôtel.

— Vous avez peut-être raison.

Walter était mort de haine rentrée. Il lui sembla alors que des hommes l'encadraient. « Foutre, ça ne va pas être commode. » Les nappes de sueur se succédaient sur son corps. Une faiblesse lui venait aux jambes, ses genoux plièrent deux ou trois fois.

Brusquement il se tourna vers Cohen.

— Nom de Dieu, vous m'embêtez, je rentre.

Et il marcha à grands pas vers l'hôtel. L'autre se tourna

en arrière comme pour appeler quelqu'un. Walter ne voulait pas se retourner pour voir si on le suivait. Il allongea le pas, comme quelqu'un de furieux. A la porte de l'hôtel, il y avait des hommes assis sur des chaises, le fusil entre les jambes.

Il alla jusqu'au coin de la ruelle. Sans se retourner, il se jeta dedans. C'était mal éclairé. Comme il commençait à courir, une voix rauque d'angoisse cria :

— Aqui. Ici.

Il se retourna. Le jeune homme lui montrait une porte qu'il avait déjà dépassée et où il se rua.

— Il vont me poursuivre.

— Venez.

Ils étaient dans le noir. Une main gluante, tremblante, chercha, trouva sa main, se crispa avec une force décisive sur sa main. Cette main, la main d'un ami.

Quelqu'un dans l'ombre chuchota quelque chose en espagnol, une voix de vieillard. Le jeune homme répondit haletant. En même temps, ils avaient avancé. Le jeune homme souleva une portière. Une petite cour. Une autre maison. Une vieille accroupie sur le seuil gémit.

Ils passèrent dans cette maison éclairée. Une chambre avec des lits vides, encore une portière. Une boutique. Une rue. C'était comme à Barcelone. Cruelle monotonie. Ils marchèrent dans la rue, très vite. Un dédale vertigineux de rues avec des gens, avec peu de gens, avec moins de gens. Ils furent dans une rue déserte qui longeait un entrepôt interminable. Les choses n'existent pas : il n'y a que ce cœur qui bat dans cette étroite cage, ce cœur fou, ce cœur qui veut s'échapper, à jamais.

Fuir, encore fuir, toujours fuir. Assez. Faire autre chose que fuir. Se battre.

Le jeune homme courait, Walter courut. Au coin, le

jeune homme s'arrêta, se jeta dans des buissons maigres. Ils étaient à terre, tous deux, suffocants, hoquetants. Peu à peu, ils se calmèrent.

— C'est déjà la campagne? demanda Walter.

— Presque... J'ai eu peur surtout de... J'avais trois hommes dans la ruelle. J'avais peur qu'ils ne soient obligés de tirer. Mais ils n'ont pas tiré.

— Peut-être que le type qui avait l'œil sur moi n'a pas vu ou pas compris.

— Peut-être, répondit l'autre, pensant déjà à autre chose. — Nous allons rejoindre les vôtres?

— C'est que moi, je devrais rester ici : j'ai à travailler. Je suis milicien! Les chiens...

— Ha!

— Mais vous, vous venez de Barcelone. Que savez-vous? Vous travaillez pour la cause?

— Oui. J'ai une nouvelle importante de Barcelone. Il y a des bateaux russes qui vont arriver, avec des avions, le 1er septembre.

— Vous avez des précisions?

— J'avais un papier. J'ai dû le jeter.

— Si je pouvais retrouver mes hommes : l'un vous conduirait auprès des nôtres, à Santa-Eulalia. Excusez-moi, qui êtes-vous?

— Je suis belge, c'est exact.

— Rexiste?

— Oui, bien sûr.

— Mais vous êtes en mission ici?

— Oui, je ne puis vous dire. J'ai été envoyé à Barcelone. Mais là-bas, ils ont découvert le centre. J'ai filé comme j'ai pu.

— Oui, dit l'autre. Sa voix était confiante. Il faut que

vous rejoigniez les nôtres pour qu'ils préviennent à Majorque. Par malheur, c'est trop dangereux d'essayer de rejoindre mes types ce soir pour vous en envoyer un ici qui vous conduirait.

— Bien sûr.

— D'autre part, difficile de vous cacher dans Ibiza. Mais enfin...

— Écoutez, fit Walter, il n'y a qu'une chose à faire. Séparons-nous, je tâcherai de gagner Santa-Eulalia.

— Mais vous vous perdrez. Il y a des postes rouges partout.

— Si je suis la mer? J'ai regardé la carte.

— Il y a des postes. Et puis, ce sont des... collines. Très dangereux.

— Des falaises?

— Oui.

— Et si je passe par le bas des falaises?

— Vous n'arriverez pas au jour.

— Je mettrai deux jours. Je me cacherai pendant le jour. En tout cas, que voulez-vous que je fasse d'autre?

— C'est vrai.

Le jeune homme lui expliqua le chemin à suivre pour retrouver la mer, un peu au delà de la région habitée et des petits postes qui couvraient la ville. Ils se séparèrent avec de ces poignées de main sauvages où passe la seule amitié vraie : celle des hommes en danger.

Parti, il revint vers lui.

— J'oubliais. Je m'appelle Pedro Saron. Vous leur direz : Saron.

Walter avait atteint sans encombre le bord de la mer et s'était mis en marche parmi les rochers. Bien que l'aventure fût bien hasardeuse, il était plein de confiance dans son génie de solitaire, marchant à pas feutrés dans les marges de la vie.

Les semelles de feutre, c'était justement ce qui lui manquait. Il avait aux pieds des souliers de ville qui étaient lourds et sonnaient bruyamment contre la roche. Les jeter c'était impossible, car il aurait peut-être plus tard à marcher de nouveau sur la terre ferme. Il les retira et les attacha autour de son cou. Il garda ses chaussettes abominablement trempées de sueur, pour autant qu'elles dureraient. Il était seul avec son souffle et toute sa conscience était dans ce souffle animal. La nuit était terriblement claire. Il avança pendant longtemps sur des rochers à fleur d'eau. « Je suis un petit enfant de riches qui s'est échappé de la ridicule station balnéaire. Ou encore un pauvre pêcheur qui cherche ses filets. » L'eau clapotait sombre et fraîche et lui semblait une promesse de salut en cas de menace. Il nageait bien.

Il avança pendant une demi-heure sans trop de difficultés. Alors il se rendit compte du peu de chemin qu'il faisait ; il n'arriverait jamais avant l'aube à faire les huit kilomètres qui le séparaient des avant-postes franquistes. Tant pis, il parviendrait peut-être à se cacher pendant le jour suivant dans quelque anfractuosité et il attendrait le retour de la nuit ; il aurait faim et soif.

Il marchait tout le temps en contre-bas d'une falaise. Ses regards revenaient tout le temps de ce côté, car il supputait que c'était de là qu'il pouvait être vu et tiré. Peu à peu sa marche se faisait plus pénible. La falaise était plus à pic et les rocs affleurants plus rares, tout au ras de la paroi. Le jeune homme lui avait dit qu'il n'était pas sûr qu'il pourrait passer. Il dut descendre dans l'eau et alterner la nage et l'escalade. Pour ne pas faire de bruit, il fallait perdre beaucoup de temps. Son veston maintenant trempé faisait une lourde chape. Il se fatiguait, il commençait à avoir froid.

Il se rendait compte qu'il contournait une espèce de cap. De l'autre côté, brusquement, il aperçut une plage assez longue qui s'étendait blanche et paisible, séduisante et inquiétante. Pas question de l'éviter en nageant au large. Avec ce veston, c'était impossible et même en sacrifiant le veston. Ce veston devenait prétexte au pessimisme. Serait-il fusillé, à peine pris ? Non, sans doute ramené à Ibiza. Mais là ? Il repensa à Cohen avec horreur. Qui était-il ? Agent de la Guépéou ? Ou quoi ?

Une heure passa. Ayant contourné le cap, il arriva près de la plage, retira son veston, se mit nu et tâcha de se sécher dans le sable ; mais c'était déjà le sable de la nuit légèrement humide. Il commençait à avoir sommeil. Il y avait une ou deux maisons un peu en retrait de la plage. Maisons de pêcheurs ? Ou villas ? N'y avait-il pas un poste de garde par là ?

S'il laissait son veston qui pesait dix kilos, plus tard ne le regretterait-il pas ? Il se rhabilla dans ses vêtements mouillés. Pourquoi avait-il essayé de se sécher ? Il était pris d'une grande hâte. Sa montre à cadran lumineux marquait une heure. Il enfouit dans le sable le veston après en avoir vidé les poches. L'horreur, c'était que dans son portefeuille tous les papiers et les billets de banque étaient mouillés.

Il se hasarda à l'ombre des pins qui bordaient la plage. Soudain, il entendit du bruit. Quelqu'un marchait sous les pins. La terreur le cloua au pied d'un arbre. Quelqu'un marchait. Non, ils étaient au moins deux ou trois, qui semblaient plutôt s'éloigner. Il attendit. Les pas s'arrêtèrent, ce qui était terrible. Il y eut un silence infini. Ce silence n'en finissait pas. L'avait-on entendu ? Repartir ?

Il en avait envie, mais il se méfiait de son impatience.

Un autre bruit, du côté de la mer. Mais non. Il prêtait l'oreille. C'était la légère brisure du ressac sur les rochers qu'il avait quittés. Mais si, il y avait un bruit sur la mer. Un bruit de rames. Une barque venait. Il regardait et ne voyait rien. Il tremblait de froid, de peur, d'incertitude.

De nouveau, il y eut des pas. Et plusieurs, à trois ou quatre endroits autour de lui. Où se cacher? Le dessous des pins était nu. Pas un buisson autour de lui. Si, là-bas. Bien maigre. Cela valait-il la peine de faire du bruit en y rampant? Il se rappela que, dans les films policiers, il était toujours scandalisé par la légèreté angélique des héros, marchant le long d'un couloir. Être à Paris, le cul tranquille dans un fauteuil au cinéma? Ou crever de peur ici? Son cœur battait de nouveau comme au sortir de la ville; battement de tambour sur toute cette plage mortelle.

Ce sont des veilleurs. Mais ce bateau? Il le vit, lui sembla-t-il, une seconde. La lune éclairait la mer sur un côté seulement et le bateau était dans la partie plus sombre, dans l'ombre du cap qu'il avait contourné. Maintenant, il le voyait, le bateau venait à la plage, avec un lent mouvement de rames. On remuait autour de lui, plus près. Il entendit un grognement étouffé. Les gens du bateau et les gens derrière lui étaient-ils du même acabit? Rouges? Peut-être blancs, après tout?

S'ils étaient blancs, comment le savoir et comment se faire reconnaître? Comme il était dans l'impossibilité d'agir, une torpeur lui venait. Le rêve de dormir. Dans les tranchées, il avait connu ça, l'envie de dormir plus forte que l'instinct de vivre et de se défendre.

Un coup de sifflet. Du bateau. Très mince. Un autre coup de sifflet derrière lui Tout s'anima. Plusieurs hommes marchaient autour de lui. Il était recroquevillé contre son arbre, le nez dans l'écorce. Cela sent bon, la vie. Il se pétrifia. On arriva tout près de lui. Impossible de ne pas être vu. Sont-ils blancs ou rouges?

— Ho. Hombre.

Ça y est. Un homme saute sur lui. Quel poids. Quelle odeur. Quelle cruauté terrible. L'homme l'écrase avec une poigne, un genou terribles. « Il va me zigouiller. » Un autre homme. On le serre à la gorge, il étouffe, il se débat comme un faible reptile.

Des mots espagnols chuchotés, incompréhensibles, mais atroces. On lui en veut à mort. Il étouffe, sa poitrine craque. Aïe! On lui met la main dans la bouche pour l'empêcher de crier. Oh!...

Quand il se réveilla, une lumière électrique lui déchirait la vue. Un visage dur le fixait. Il y avait une forte odeur d'hommes autour de lui.

— Quién es usted?

— Francés.

— Eh! Rojo?

— No.

Il avait confiance dans cette figure jaune et mâle, si sévère qu'elle fût.

L'homme parla en français :

— Non? Vous êtes un espion rouge? Non?

Il y avait une inflexion dans la voix qui donnait confiance à Gilles, une immense confiance.

— Pedro Saron... Pedro Saron m'a fait échapper de la ville, il m'a dit d'aller vers Santa Eulalia.

Et il n'était pas encore sûr d'être chez les blancs. Il demanda :

— Falangistas?

— Si.

Des mains qui le tenaient le relâchèrent un peu.

— Où est Pablo Saron?

— Il est resté dans la ville. Moi, je suis tombé d'un avion français, cet après-midi. Je me suis échappé de Barcelone.

— Les Français sont contre nous.

— Oui, mais moi, je suis fasciste. Pablo Saron a vu qu'on allait m'arrêter. Il m'a fait échapper.

— C'est possible. Mais?...

Un homme dit quelque chose. Celui qui l'interrogeait y répondit.

Walter reprit :

— Il y a un convoi russe qui vient vers Barcelone.

— Un convoi?

— Des bateaux, chargés d'avions. Il faut prévenir les vôtres.

Les autres parlèrent entre eux.

— Vous allez venir en mer. Vous avez des papiers?

— Oui, mouillés.

— Si vous mentez, vous le paierez de votre peau. Debout.

On le lâcha et il eut de la peine à se lever. Il tremblait misérablement. Il n'y avait que trois ou quatre hommes autour de lui. Celui qui lui avait parlé était assez petit. Il fit un signe et un homme le poussa en le soutenant d'une poigne implacable vers la barque. « Je tremble. Mais ces hommes n'ont pas le temps de me mépriser. Et moi, je m'en fous. De tremblement en tremblement, j'avance tout de même. »

Dans le carré de cette espèce de yacht, Walter se trouvait avec trois hommes. Il était resté longtemps seul sous la garde d'un jeune garçon qui tenait un énorme revolver avec gravité. Pendant ce temps, un remue-ménage se faisait sur le pont. Des hommes allaient et venaient, dans un bruit d'armes assourdi. Ensuite, le bateau, qui était à moteur, s'était mis en marche, et les trois hommes étaient descendus.

Il avait raconté son histoire et l'examen de ses papiers avait achevé de les convaincre, et encore plus son aspect et son visage et certaines précisions qu'il avait pu leur fournir sur son activité récente.

Celui qui, à terre, l'avait interrogé, lui tendit la main.

— Je m'appelle Manuel Ortiz, je suis phalangiste et en mission sur mer. Mes amis sont Oliver O'Connor et Stanislas Zabulowski.

Les deux autres serrèrent la main de Walter, qui les regardait avec curiosité. Un Polonais et un Irlandais, réunis ici avec un Espagnol et un Français. Intéressant. De beaux gars, jeunes, décidés. Ils le regardaient eux-mêmes avec satisfaction.

— Nous nous raconterons plus tard, mais, maintenant, il faut travailler. Somme toute, vous avez eu de la chance.

— Oui, beaucoup de chance.

— Il s'en est fallu de peu que nous vous poignardions. Maintenant, occupons-nous de nos affaires.

Il parlait en pleine confiance devant Gilles. Tandis que le gros des forces franquistes arrivant sur trois bateaux attaquerait Ibiza même, eux devaient faire une démonstration par ici devant ce petit port de Santa Eulalia, qui était encore aux mains des rouges, contrairement à ce que croyait Saron, et qui serait attaqué en même temps par les partisans de l'intérieur.

Sur la banquette où il était assis, il s'endormit. Quand il se réveilla, c'était l'aube ; il était seul. Il monta sur le pont. Le bateau était un charmant petit yacht de plaisance qui avait pris un peu l'aspect d'un bateau corsaire.

Les hommes étaient groupés autour de deux mitrailleuses, des hommes rudes, paysans ou pêcheurs, qui regardèrent Walter avec une curiosité où il y avait de la sympathie et de la réserve.

— Quand j'ai quitté Marseille, je n'ai pas eu le temps d'acheter un canon. Quel malheur, dit O'Connor à Walter en anglais.

— C'est à vous, le bateau?

— Oui, j'ai pensé que ce serait amusant de venir par ici. Et puis, nécessaire. Je suis catholique et je défends la civilisation catholique.

Walter le regarda avec joie :

— C'est aussi exactement la raison pour laquelle je suis ici. Le catholicisme mâle, celui du Moyen Age. Hein?

— Oui, c'est ça.

La mer était livide et il avait la bouche pâteuse. Il n'était pas question de café, mais on lui donna des cigarettes.

— Qu'est-ce que je pourrais faire? demanda-t-il.

— Vous tirez bien?

— Au fusil, non, mais pendant la guerre, j'ai été mitrailleur, à l'occasion.

— Vous connaissez ces machines-là?

— Non.

— C'est italien. On va vous expliquer.

Walter fut très occupé pendant qu'on se rapprochait de la côte, dont on s'était éloigné pendant la nuit. Il voyait que les hommes n'étaient pas très calés et lui se rendait compte qu'il avait beaucoup oublié.

Les hommes voyaient qu'il en savait un peu plus qu'eux, lui souriaient, en dépit de leur anxiété. Il put leur donner quelques conseils. Manuel, enchanté, lui dit :

— C'est vous qui manierez cette mitrailleuse, Walter.

Walter s'étonna.

Brusquement, tout le monde sursauta. Un bruit de fusillade venait de la côte.

— Les idiots, ils ont commencé trop tôt. C'était nous qui devions... Plus vite.

O'Connor courut mettre le moteur en pleine vitesse.

Zabulowski, qui était un fort long Polonais, efflanqué, se grattait la tignasse, debout à côté de Walter accroupi.

— Je ne vais pas servir à grand'chose.

— Tant mieux. Il est médecin, fit Manuel.

Manuel était un joli Espagnol. Rasé, il avait dû faire figure de gigolo à Madrid ou ailleurs. Il s'appliquait à être un chef avec un bonheur naissant. Il y avait en lui une force certaine.

Toute la scène était familière à Walter. Vingt ans étaient passés comme un éclair et il se retrouvait à son point de départ. Le lourd, le solide joug physique du danger, l'implacable barre sur tous les frémissements de l'individu et, en même temps, cette paix de l'âme. Il était dans la bonne voie ; il n'en avait jamais douté à aucun moment, mais ce moment-ci le confirmait définitivement.

On approchait du petit port. Ça tirait de plus en plus dans le patelin, mais on ne voyait rien sur la jetée, ni plus loin. Des maisons fermées.

— Nous allons tirer.

Walter se demandait s'il allait bien tirer. Pourvu que ça ne se détraque pas.

Le bateau s'arrêta.

— Feu.

Cet ébranlement brutal du feu et du fer, Walter en était brusquement atteint, pénétré. Aussitôt, tout son être s'accrochait, faisait corps avec la sacré machine. Sa mémoire se réveillait tout à fait. Il avait charge de balayer le port même, les barques, les maisons du quai. Il fallait tirer bas, car ces maisons étaient pleines d'amis.

Manuel, qui avait la lorgnette du bord, cria :

— Ça va. Un peu plus haut... Arrêtez, on va s'approcher encore.

L'autre mitrailleuse était enrayée. Walter y alla, il fut incapable de l'arranger.

On avait fort peu de munitions.

Des chiffons blancs apparaissaient aux fenêtres. La fusillade semblait s'éloigner vers la gauche.

— Nos hommes gagnent... Encore. Stop... Feu.

Walter tirait en pleine vue. Pas âme qui vive. Une ville abandonnée. Les balles faisaient de la poussière sur le quai.

— Stop.

Au coin d'une rue, un drapeau rouge et or était agité. Un instant après, des hommes apparurent, en agitant les bras. Tout le monde se leva sur le pont en criant victoire.

Le mot parut excessif à Walter, qui, tout de même, était content. On vint à terre, un peu brutalement. O'Connor protestait contre la hâte générale. Le bateau cogna contre le quai. O'Connor rugit.

On sauta à terre dans de grandes démonstrations. Cependant, ceux qui étaient pêcheurs s'occupaient d'amarrer le bateau convenablement.

Manuel, pressé, après s'être renseigné, fit descendre la mitrailleuse, entraîna tout le monde vers le feu. Les quelques rouges qui avaient tenu le village se repliaient sur la route d'Ibiza. L'Irlandais resta sur son bateau, le Polonais vint avec Manuel et Walter.

— Ils seront coupés. Nos hommes sont tout le long de la route.

Des femmes, des enfants se montraient aux portes, avec des gestes emphatiques. Walter s'en alla derrière Manuel. « J'aime mieux la terre ferme », pensait-il. On se jeta allégrement à travers champs parmi les manguiers et les oliviers. C'est beau un manguier, il reconnaissait les manguiers qu'il avait vus, ailleurs.

On rattrapa les hommes qui poursuivaient les fuyards. L'apparition d'une mitrailleuse fut saluée par un cri sauvage. Un homme se jeta vers elle, en criant.

Manuel dit à Walter :

— Il était sergent de mitrailleurs, donnez-la-lui.

Walter fit signe à l'homme qui la portait près de lui et déjà liée à lui, le regardant, ne voulait pas la lâcher. Manuel jeta :

— Pourvu que ça aille à Ibiza. Bah! ils sont mal armés.

On était dans un creux, quelques hommes en haut derrière un muret tiraillaient. On grimpa près d'eux.

Après leur avoir parlé, Manuel dit :

— Ils se sauvent. Personne ne tire contre nous. Mais, là-bas, vous entendez, ils rencontrent les nôtres qui leur coupent la route. En avant.

On escalada le mur et on s'avança en pagaye, à travers des chaumes. Pas un coup de fusil.

Manuel cria en espagnol quelque chose. Les hommes le regardèrent, se regardèrent. Maladroitement, ils esquissèrent une ligne de tirailleurs. Il y avait deux gardes civils qui s'avançaient gravement, l'air scandalisé de tout ce désordre. L'un avait son bicorne et l'autre l'avait perdu.

On serrait instinctivement vers la route, sur la gauche. On approchait d'un groupe de maisons. Manuel fit arrêter son monde. Brusquement, la fusillade, très espacée en face, se rapprochait. On vit un homme, qui venait de derrière une maison, courir en faisant le tour et y entrer.

Manuel dit :

— Ils vont s'enfermer là.

On installa la mitrailleuse à l'ombre d'un manguier. Il commençait à faire chaud. Le sergent pointa et envoya une rafale dans la maison. Il tirait bien, les hommes du bateau regardaient Walter, qui approuva de la tête.

Quelques coups de feu partirent de la maison.

— Ah!

Un homme blessé à l'épaule tomba à côté de Zabulowski qui se rua sur lui, enfin occupé. L'homme, un paysan de cinquante ans, gémit une fois, puis se tut.

— Un séton. Rien.

On se rapprocha en rampant des maisons. Par le côté, des hommes apparurent, faisant des signes. De ceux qui avaient coupé la route et qui cernaient les maisons. Deux ou trois vinrent en courant de manguier en manguier. Ils parlèrent avec animation à Manuel qui traduisit.

— Les rouges ont dû tuer tout le monde dans ces maisons. C'est un des plus riches propriétaires de l'île qui habitait là.

Des coups de feu partaient de la maison, auxquels on répondait un peu. Des hommes n'avaient plus de cartouches. On avança le long d'une haie de bambous, en biais.

Quand on fut tout à fait près, Manuel voulut organiser son monde, préparer l'assaut. Mais, brusquement, les hommes se débandèrent en avant, ils se ruèrent vers les portes, en hurlant affreusement.

Brusquement, Walter sentit sa gorge se serrer. «Allons, il faut que je voie ça.» Il s'attendait au pire, et ce fut le pire. A l'intérieur, tout était tué, achevé en un clin d'œil.

L'odeur de sang montait. Il y avait là, pêle-mêle, la famille massacrée, les miliciens tués et ceux de l'assaut qu'ils avaient tués à bout portant, avant d'être tués. Un gamin, blessé au ventre, hurlait. Walter se sentait pâle. Ses souvenirs de guerre n'arrangeaient rien.

Cependant, presque aussitôt, on lui donna à manger, à boire et à fumer, et cela lui parut très bon. Un homme venu avec eux sanglotait : sa femme avait été tuée par les miliciens. Elle était par terre, avec un gros ventre.

Dehors, la campagne était riante et calme, occupée à ses propres révolutions, dont celle-ci, sans doute, était la moindre.

On repartit vers Ibiza. La fusillade était très lointaine, autour de la ville même. Elle se calma bientôt. Plus tard, une voiture apparut sur la route. Elle venait de la ville prise. Comme délivrés de la guerre, les hommes se livrèrent à la joie et aux acclamations.

La prise de la ville avait été facile. L'ennemi se sentait sans chefs, sans organisation, bien que ne manquant ni d'armes, ni de munitions. Walter fit connaissance de quelques officiers. Il s'enquit aussitôt du petit groupe français. Personne n'en avait entendu parler, ce qui l'inquiéta. A peine arrivé, il alla à l'hôtel. Comme c'était le quartier général des rouges, il craignait fort que tout y ait été massacré. Il y avait beaucoup d'hommes armés à la porte, comme auparavant. Juste sur le seuil, il rencontra le jeune Pedro Saron. Ils se reconnaissaient à peine, car ils ne s'étaient vus qu'un instant et dans l'ombre. Il lui raconta, en quelques mots, sa brève aventure. L'autre admira l'heureux concours de circonstances. Aussitôt Walter lui dit :

— Et mes camarades français ?

L'autre lui jeta un regard d'amicale indulgence.

— Ils sont sans doute là. On verra. Mais ils sont dans une mauvaise situation parce qu'on les a vus fraterniser avec les rouges.

— Oui, mais, je vais vous expliquer.

Il lui conta l'histoire du pacte.

L'autre hochait la tête.

— Oui, ce sont vos compatriotes, mais ce sont des rouges. Ils feront la même chose en France qu'en Espagne.

— Non, ils ne sont pas rouges : ils ne savent pas. Ils ont été corrects avec moi. Voyons, rouges, ils m'auraient fait fusiller. Je dois assurer leur sauvegarde. Aidez-moi.

Là-dessus, Manuel arriva. Nouvelle explication, entre-coupée de commentaires de Pedro. Manuel, plus lié à Walter par le combat, le regardait d'un œil plus compréhensif.

— Vous comprenez, répéta Walter, je suis responsable de leur vie.

Manuel dit :

— Je vais voir. Comptez sur moi.

Il raconta l'histoire de la mitrailleuse à Pedro, qui s'éclaira et s'écria :

— Oui, comptez sur nous. Venez avec nous.

On entra dans les couloirs encombrés d'hommes armés, debout, accroupis. Par une porte ouverte, Walter vit des prisonniers entassés, hagards. Ils arrivèrent à la salle qu'avait connue Walter et où de nouvelles figures remplaçaient, à la même table, les chefs des rouges, Pedro et Manuel s'empressèrent auprès du chef qui siégeait à la place du vieil enfant de chœur. Il portait la chemise bleue des phalangistes. Devant lui était posée, sur la table, une grosse courbache et il avait la mine fort bilieuse. Walter jeta un coup d'œil autour de lui. On était en train de juger, sans perdre une minute, un groupe d'hommes qui étaient debout, confondus avec leurs gardes, difficiles à distinguer d'eux. Les Français n'étaient pas là.

Manuel appela Walter qui sursauta. Le chef à la maladie de foie lui tendait la main avec un regard de fiévreuse et inquisitive sympathie. Pedro et Manuel se remirent à lui parler. L'homme fronça les sourcils, regardant Gilles. Il hocha la tête, dit quelques mots. Il remettait l'affaire à plus tard, naturellement. Mais Walter sentait qu'il fallait battre le fer pendant qu'il était chaud. Ses amis aussi. Ils insistèrent. L'autre, soudain, eut l'air de renâcler, parla fort.

Manuel, fronçant lui-même les sourcils, dit à Walter :

— Mais, c'est vrai, comment se fait-il que cet avion soit venu par ici ?

Walter frémit. Il avait oublié toute l'affaire. Ce voyage de Barcelone à Ibiza ne pouvait qu'être suspect. D'ailleurs, que diraient-ils tous quand ils seraient interrogés ? Les couvrant, il devenait suspect à son tour, en dépit de ses exercices de mitrailleur.

Sans donner de précisions, il dit :

— Je suppose qu'ils voulaient aller à Minorque. Nous avons été pris en chasse et déviés par ici.

Cette histoire était bien compromettante. Il ajouta :

— Nous avons été touchés, c'est pourquoi nous sommes venus atterrir ici, le radiateur était crevé.

Saron s'écria :

— Ils étaient en mission. Vous ne pouvez pas les défendre.

Walter se demanda s'il devait séparer Cohen des autres pour au moins sauver les autres. Mais le juif avait été correct.

L'homme à la maladie de foie les renvoyait d'un geste. Ils sortirent. Pedro dit à Walter :

— Il nous a dit de rechercher vos compatriotes et de les mettre à part. On ne sait pas où ils sont.

Les trois amis commencèrent à visiter toutes les salles qui regorgeaient de prisonniers. Pas de Français et personne ne savait rien d'eux.

Ils sortirent. Il y avait un grand remue-ménage dans la ville. De violents courants de joie et d'angoisse s'entre-croisaient. Parmi les habitants, les uns se relâchaient dans la joie, d'autres flottaient entre le soulagement et l'inquiétude, d'autres s'épouvantaient, arrêtés ou sur le point de l'être.

Walter comparait son impression présente avec celle de la veille au soir. En dépit de la violence toute récente de l'événement, l'haleine lourde qu'il avait sentie auparavant allait de nouveau s'étendre partout. A peine déchirée par l'éclair du combat, l'âme obscure de la masse se refermait sur la pauvre énigme de son inertie, de son effroi.

Brusquement, on entendit une fusillade. Walter regarda Saron. Manuel avait disparu.

— On fusille, dit Saron.

Il regardait Walter avec son regard ardent, presque fou, pour lui demander son complet consentement à cette fusillade.

Walter lui répondit vite en le regardant dans les yeux :

— Je viens d'un pays où l'on a beaucoup tué autrefois. Et puis, les colonies...

— Oui, cria presque Saron, continuant à le regarder dans les yeux.

Walter s'étonna de ce dialogue.

— Je comprends très bien.

— Oui, n'est-ce pas ?

— Oui... Où est Manuel?

— Il a à travailler, mettre de l'ordre. Et moi aussi. Je vous quitte.

Saron, avec son chaud sourire et un geste où la courtoisie, selon la manière espagnole, ajoutait à l'amitié, le quitta.

Walter se trouva seul. « Époque où sont entrepris de vastes réglements de comptes... L'humanité ne peut jamais arrêter ses comptes. Mais que sont devenus mes bonshommes? Je suis doublement responsable de leur sort. »

Il alla vers le coin de la ville qui lui semblait le coin le plus pauvre. On fouillait dans les maisons, là comme ailleurs. Des cadavres sur les trottoirs. Il y avait eu des spasmes de résistance. On arrêtait des hommes. Les uns protestaient, les autres se taisaient. Des femmes criaient. Des témoins regardaient en silence ou se mêlaient à l'affaire avec force cris.

Walter songeait. Et sa songerie du moment était à peine plus aiguë que celle de n'importe quel moment, depuis quelques mois. Il y avait une immense lutte dans le monde, ici éclatante, latente là. Une énorme bagarre se poursuivait partout, avec des moyens divers, à des degrés différents et changeants. En Russie, il y avait des millions d'hommes prisonniers. Et des milliers en Allemagne, en Italie. Et la Chine. Et vingt autres pays. Aucun qui ne fût hors de cette nécessité. Dans les pays apparemment plus calmes, les adversaires ne faisaient encore que se tâter, s'épier. Mais les polices, les espionnages étaient déjà aux prises ; les partis se regardaient de travers au coin des rues. Walter savait cela depuis longtemps. Avec sa nervosité prophétique, il était entré dans cette lutte. Selon ses goûts.

« Au fond, mes goûts étaient des passions. Ce goût de la
solitude, c'était le goût d'une doctrine secrète, délicate et
complexe à attacher comme une légère et précieuse cap-
tive au dos de quelque coursier d'apocalypse. »

Brusquement, au coin d'une ruelle, il se trouva nez à
nez avec Cohen, vaguement déguisé en Espagnol.
Arraché si brusquement à sa rêverie, Walter resta bouche
bée comme s'il était encore tout à fait novice dans cette
vaste circulation masquée qui couvrait l'Europe et le
monde. L'autre avait eu un arrêt au cœur, ses pieds
s'étaient figés. Il se remit en marche. Walter eut un
geste pour l'arrêter, la curiosité était plus forte ; mais il
s'interrompit. L'autre passa, ayant l'air de vouloir se
débrouiller tout seul

« Ah ! le salaud. Et dire que je ne saurai jamais si, hier
au soir, il a essayé de me faire arrêter... C'est un crétin, il
va se faire poisser et que pourrais-je faire pour lui ?

Il se retourna. Zut. L'autre avait disparu. « Ça me
donne un genre Ponce. »

On emmenait un jeune homme qui avait cet air d'enfant surpris des très jeunes hommes devant la mort. Il
pleurait, mais n'était point lâche pour cela. Walter res-
pira fort.

« C'est cela, mon époque. Et c'est cela, la vie de l'humanité, toujours. C'est ce massacre sordide, ce soir, et ce
pur combat, ce matin. Que pouvez-vous imaginer d'autre ?
Puis-je regretter Paris et sa torpeur ? Mais le Paris que
j'aime, c'est celui des siècles pleins de sang. Est-ce qu'il
n'y a pas du sang sur les pierres du Louvre ? Ici, les gens
ont encore voulu passionnément quelque chose les uns
contre les autres. Alors, voilà. »

Il se retrouvait tel qu'il était, vingt ans auparavant,
dans un village bombardé, sur le front de France. Avec

malignité, il s'interrogeait : « Est-ce que je suis solidaire de cela ? » Et la même réponse venait : « Je ne puis pas refuser cela. Est-ce que je ne veux pas passionnément quelque chose que d'autres refusent non moins passionnément. Ne serait-ce pas hypocrisie que de prétendre que ce que je veux, je puis ne le vouloir que dans telle ou telle manière ? »

Il s'aperçut qu'il suivait le jeune homme qu'on menait à la mort. Celui-ci lui jeta un regard fou, absurde, romanesque, comme s'il était un sauveur possible.

Walter s'arrêta net. « Hier au soir, si j'avais été pris, j'aurais jeté un tel regard à n'importe qui. Et, au même moment, dans tous les camps de concentration du monde... Et ces libéraux qui gémissent aujourd'hui et qui, il y a cinquante ans, fusillaient les ouvriers, les indigènes des colonies. Et ces catholiques couverts de sang... »

Il tourna sur les talons, ayant abaissé les paupières. Il rentra au quartier général. « Je ne suis pas un amateur. »

Le surlendemain, Walter était sur le bateau de l'Irlandais, qui faisait voile vers la France. O'Connor devait le déposer à Marseille ; ensuite, avec le Polonais, il continuerait de naviguer au service de Franco. C'était la nuit et les trois hommes étaient dans le carré, buvant et fumant, après avoir dîné. Était-ce dû à la violence des émotions de ces derniers temps, mais Walter n'était plus aussi sensible au mal de mer qu'autrefois.

Il avait quitté Ibiza la conscience tranquille. On avait fini par découvrir que le pilote, le radio et Escairolle avaient trouvé place sur un bateau de pêche qui avait pu s'échapper, avec des chefs et des comparses de la troupe rouge, débrouillards ou acharnés, prompts à aller se battre ailleurs. Quant à Cohen, ni vu, ni connu. Walter n'y pensait plus.

Il regardait ses compagnons avec contentement. Sa dernière joie dans la vie serait comme avait été sa première joie, la compagnie d'hommes entièrement ramassés sur une partie d'eux-mêmes, à la fois tendus et conscients. Autrefois, au front, deux ou trois hommes, rencontrés çà et là parmi le troupeau, lui avaient donné cette satisfaction. Ce n'était pas toujours des intellectuels. On savoure en commun le sacrifice à quelque chose qui, à mesure que le risque se prolonge, s'avère de plus en plus intime au cœur de chacun, tout en étant sensible à tous. C'est le miracle de pouvoir enfin s'aimer dans les autres et de pouvoir aimer les autres en soi-même. Miracle si fragile et si fascinant que bientôt la mort seule paraît pouvoir en sceller la certitude.

Il s'écria :

— C'est curieux que nous nous soyons rencontrés alors que le problème est le même pour nous trois.

— Bah ! répliqua le Polonais, nous avons fait chacun le voyage qu'il fallait pour cette rencontre.

O'Connor versa du whisky dans les trois verres et blagua :

— Nous nous battons tous les trois pour une cause perdue.

Walter regarda ce visage où n'habitait aucune mélancolie, mais une sorte d'affairement ponctué d'humour.

— Quoi ? Vous croyez que c'est impossible que l'Église reconnaisse la portée universelle et durable du Fascisme ?

— L'Église ne comprend plus, depuis longtemps, ce qui se passe dans ce monde. L'Église a mis un siècle à comprendre la Démocratie et s'y est ralliée au moment où celle-ci devenait un objet de musée.

— Chaque fois que je rencontre un intellectuel catholique, c'est un anticlérical. Vous croyez que l'Église marche à fond contre le Fascisme?

— Et réciproquement, chantonna le Polonais

— Mais enfin, regardez en Espagne, remarqua Walter. Les catholiques se battent pour Franco.

— Pas les Basques, grogna l'Irlandais.

— Mais vous devez comprendre les Basques, vous l'Irlandais. Ils font comme les Irlandais pendant la grande guerre : je suis avec l'ennemi de mon ennemi, quel qu'il soit.

— Ça, c'est vrai, concéda O'Connor.

Mais il reprit :

— Il n'y a pas de doute que Hitler et Mussolini veulent la peau du pape.

— Et réciproquement, remit le Polonais.

Walter les considérait l'un après l'autre.

— Ni l'une ni l'autre de ces affirmations ne sont sûres. En tout cas, vous voulez rester aussi fascistes que catholiques?

Les deux hommes approuvèrent avec la même hilarité silencieuse.

Walter, plus profond et plus sombre qu'eux continua :

— Si l'Église vous ordonne de combattre le fascisme?

— Nous ne le combattrons pas.

— Mais si le fascisme vous ordonne de détruire l'Église?

— L'Église est indestructible, s'écria le Polonais.

Walter haussa les épaules.

— Ce n'est pas une réponse. Emprisonner des prêtres?

— Oui, s'ils sont plus communisants que prêtres, s'écria O'Connor. Du reste, les prêtres doivent expier ; ils le reconnaissent eux-mêmes. C'est pourquoi ils aiment tant les communistes.

Walter le regarda avec inquiétude. Était-ce un esthète superficiel ? Ou concevait-il toute la profondeur de ses contradictions ? La foi puissante est celle qui est consciente des inévitables contradictions qu'elle embrasse.

Le Polonais reprit :

— L'Église est indestructible, elle renaîtra de ses présentes erreurs, elle se fortifiera dans la persécution. Et elle restera vivante dans nos cœurs de catholiques fascistes.

— Mais si on vous ordonne de la renier ?

— Nous la renierons, en tant que puissance politique.

— Ah ! voilà, fit Walter en ricanant.

— Oui, soupira O'Connor, il y a toujours un moment où l'on doit sacrifier une partie de sa foi à une autre partie de sa foi.

— Quelle est votre foi.

— Je crois que le fascisme est une immense révolution salutaire et que l'Église devrait profiter de cette occasion qu'il lui offre de se renouveler de fond en comble. Walter, dès la première minute que nous nous sommes rencontrés, vous avez exprimé exactement ma pensée : nous sommes pour le catholicisme viril du Moyen Age.

— Bravo, dit le Polonais.

Walter remua sur la banquette où il était assis.

— Le Fascisme serait une véritable révolution, c'est-à-dire un tour complet de l'Europe sur elle-même par le mélange du plus ancien et du plus nouveau, s'il incluait l'Église ; mais s'il la refuse...

— Et si l'Église le refuse, murmura le Polonais, alors...

— ... Alors, le monde attendra des jours meilleurs. Il attendra que l'Église et le Fascisme comprennent qu'ils sont faits l'un pour l'autre, blagua O'Connor, en buvant un bon coup de whisky... Mais je suis tranquille, quand le Fascisme sera maître de l'Europe, il aura besoin du Catholicisme, et il le reforgera.

— En attendant, vous, fascistes, renierez l'Église à un moment donné plutôt que de renier le Fascisme ?

— Oui, dit le Polonais. Le Fascisme a plus besoin de notre aide que l'Église. Si l'Église erre politiquement comme elle a souvent fait, nous la laisserons momentanément tomber. On peut en prendre et en laisser avec l'Église, elle est éternelle. Si l'Église nous demande de nous battre avec les communistes contre les fascistes, ça, jamais. Nous serons excommuniés, comme le furent d'autres bons chrétiens.

— Mais si c'est le gouvernement de votre pays qui vous demande de vous battre avec les communistes contre les fascistes ?

Les deux hommes laissèrent tomber la tête, angoissés. Ils regardèrent ensuite Walter comme si celui-ci devait résoudre la difficulté.

— Je crois, dit Walter, que vous pouvez faire pour le Fascisme la même distinction que pour l'Église. De même que vis-à-vis de l'Église vous ne confondez pas ses directions politiques et ses directions spirituelles, vis-à-vis du Fascisme vous n'accorderez pas la même considération à son principe universel et aux puissances qui l'incarnent et, à l'occasion, en abusent. Si vous ne parvenez pas à faire triompher le Fascisme dans vos pays respectifs, vous supporterez la conséquence atroce de votre incapacité et vous défendrez, au besoin, ces pays contre les puissances fascistes, même au risque de faire triompher les forces antifascistes. Le Fascisme peut attendre comme l'Église, mais vous ne pouvez sacrifier aux puissances qui se servent du Fascisme le corps de vos patries.

— Si la Pologne s'allie avec la Russie contre l'Allemagne, si elle se laisse envahir par les armées rouges, je ne pourrai plus me battre pour la Pologne. Car ce serait sacrifier, non seulement le Fascisme, mais aussi l'Église. Regardez ce qui arrive ici : pour sauver l'Église, le fondement de l'Europe, les bons Espagnols sont obligés d'appeler à leurs secours l'Italie, l'Allemagne.

— Mais le triomphe du Fascisme ne peut pas se confondre avec le triomphe d'une nation sur les autres nations, fit Walter.

— L'hégémonie d'une idée se confond toujours avec l'hégémonie d'une nation, rétorqua le Polonais. L'hégémonie démocratique s'est confondue pendant un siècle ou deux avec l'hégémonie de l'Angleterre. Il faut finalement choisir entre le Nationalisme et le Fascisme.

— Le nationalisme est périmé, reprit O'Connor après un instant de réflexion. Ce que les puissances démocratiques n'ont pas réussi à Genève, les puissances fascistes le réussiront. Elles feront l'unité de l'Europe.

— Mais si les puissances fascistes sont vaincues, ne sera-ce pas l'hégémonie de la Russie? ou d'une de ces ignobles démocraties de France, d'Angleterre, d'Amérique? s'écria O'Connor. Pour moi, le triomphe des États-Unis, après une guerre mondiale, serait aussi affreux que le triomphe de la Russie.

— Ce serait la même chose, reconnut Walter.

— Alors?

— Alors...

Walter les regarda tous les deux.

— Pour moi, je me suis retiré d'entre les nations. J'appartiens à un nouvel ordre militaire et religieux qui s'est fondé quelque part dans le monde et poursuit, envers et contre tout, la conciliation de l'Église et du fascisme et leur double triomphe sur l'Europe.

Les deux hommes le regardèrent avec un grave émoi.

— Mais, reprit le Polonais, comment éviterez-vous l'hégémonie de l'Allemagne ?

— Au siècle dernier, les peuples ont appris des Français le Nationalisme et la Démocratie, et l'ont retourné contre eux. Nous retournerons le Fascisme contre l'Allemagne et l'Italie. Du reste il est impossible que l'Allemagne ne prévoie pas ce qui se passera, à un moment donné, dans la prochaine guerre mondiale. Contre l'invasion de l'Europe par l'armée russe, il faudra que naisse un esprit de patriotisme européen. Cet esprit ne naîtra que si l'Allemagne a d'avance donné une pleine garantie morale à l'intégrité des patries, de toutes les patries d'Europe. Alors seulement elle pourra remplir efficacement le rôle qui lui est dévolu par sa force et par la tradition du Saint Empire romain-germanique de diriger la ligne européenne de demain.

— Amen, dit le Polonais.

— Je vais dormir, dit l'Irlandais.

*

Gilles n'était revenu que deux ou trois fois en Espagne, ses voyages les plus fréquents le menaient ailleurs. Il ne passait que rarement par la France. Mais, pour la Noël 1937, il fut envoyé à Burgos. Ayant rempli sa mission, il obtint de visiter le front, dans un secteur modeste, comme il le voulait.

C'était quelque part en Extremadura. Il arriva dans une petite ville et alla coucher à l'ancienne auberge des touristes où les officiers qui y habitaient lui firent place.

Comme il était tard et qu'il était très fatigué, il ne causa pas beaucoup avec eux. Presque tous étaient de jeunes officiers sortis depuis peu de l'École.

Le lendemain matin, il se leva de bonne heure. Il alla entendre la messe dans une église parfaitement ravagée. L'autel avait disparu et avait été remplacé par une sorte de tréteau sur lequel on avait tendu une étoffe ancienne assez belle, d'un jaune très pâle. L'officiant était un lourd paysan qu'on avait retrouvé dans une cave où il séjournait depuis quelques mois quand la petite ville avait été reprise au mois de novembre 1936. Il tenait le calice avec un poing énorme.

Gilles songea qu'il aurait pu se confesser à un tel homme. Qu'avait-il à avouer? Il ne péchait plus, il n'en avait plus le temps. Mais il y avait tous ses vieux péchés qui avaient été absous, mais qui comptaient toujours sur le registre de la pénitence. Faisait-il pénitence? La vie qu'il avait embrassée comportait, il est vrai, des rigueurs. Il lui fallait fréquenter des âmes qu'il n'avait pas choisies et accepter l'humanité dans ses plus évidentes et monotones insuffisances. Mais aussi, quelles délectations. Il vivait une idée. Il en épousait avec une curiosité meurtrie, mais toujours voluptueuse, les détours et les plis tels que les faisait la résistance de la matière humaine où elle essayait de s'imprimer. Sa solitude était celle de l'idée. Son idée. Était-ce la sienne ou celle des autres? Il lui donnait, chaque jour, plus de sa vie et elle le lui rendait au centuple. Il était probablement dans le monde l'un des esprits qui donnaient à cette idée l'haleine essentielle.

Lui qui avait tant rêvé autrefois pour rien, semblait-il, il comprenait maintenant qu'il avait ainsi préparé son épanouissement militant d'aujourd'hui. Cette espèce de bonheur furtif et farouche qu'il avait toujours recherché

676

et parfois trouvé, il le tenait maintenant aussi plein que possible dans ses mains. Comme les femmes étaient loin. Comme Paris était loin. Quant à la France, il l'avait aussi quittée, mais pour s'en assurer la possession essentielle. Il était sur le chemin de Jeanne d'Arc, catholique et guerrière.

En sortant de l'église, il alla trouver un jeune officier qui lui rappelait un peu le Saron d'Ibiza, tué depuis longtemps.

Dans ce secteur, le front était une ligne fort mince et ils prirent des chevaux pour aller de poste en poste. Presque toute la troupe était très jeune et tirée de la Vieille Castille voisine. De jeunes paysans robustes et d'une simplicité inexpugnable. Ils étaient faits de cette race éternellement primitive qui remplit encore les profondeurs de l'Europe et d'où sort maintenant tout ce grand mouvement irrésistible qui étonne les esprits délicats dans les villes d'Occident. Sans cesse, Gilles plongeait dans ces profondeurs. Il avait assisté à d'étranges assemblées, à d'étranges conseils en Hongrie et en Pologne, en Estonie et en Yougoslavie. Il se serrait sans cesse sur l'immense et sourde palpitation qui allait, enfantant des événements.

Il n'aimait point troubler les soldats par les désobligeantes apparences de sa curiosité. Il allait droit à une mitrailleuse qui était d'un modèle de lui inconnu et se la faisait expliquer. Dans cinq ou six endroits différents, il recommença les mêmes exercices. Le jeune officier s'étonnait, Gilles lui dit :

— Je ne suis qu'un civil, mais, par les temps qui courent...

Le jeune officier, qui était occupé à cette guerre espagnole, semblait ignorer ce qui se passait dans le monde.

— La France aura donc la guerre ?

— La France sera le dernier pays à avoir la guerre.

Gilles savait ce qu'il ferait, si la guerre éclatait, pour la France. Au dernier moment, il abandonnerait sa tâche universelle, il reviendrait se battre et, tôt ou tard, il serait retiré des premières lignes, brûlé par les revolvers communistes, à l'instigation de quelques juifs. La France ne saurait pas se sauver et une nouvelle victoire ne lui vaudrait pas mieux que la défaite. Mais il est des idées nées des patries qui s'en détachent et qui retrouvent d'autres formes plus vastes pour s'y incarner.

Gilles proposa à son jeune guide de casser la croûte au sommet d'un des étranges monuments qui couronnaient la contrée. En effet, revenant des avant-postes, épars dans la plaine, ils voyaient devant eux la petite ville à peine surélevée dans la boucle du fleuve. Deux masses de pierres la dominaient : d'un côté, un vieil aqueduc romain, subitement tronqué en plein ciel et dont une arche mordait dans le bleu, et une plaza de toros, moderne et laide, qui, bêtement ronde, aurait pu être aussi bien un réservoir à gaz.

— De là-haut, nous aurons une vue magnifique.

— Si vous voulez, fit le jeune homme en souriant. Du reste, cet endroit est notre réduit de seconde ligne, et vous devez le voir.

A la porte, il y avait une vieille affiche, conservée pieusement par les défenseurs, où était annoncé un événement qui n'avait jamais eu lieu et qui avait été remplacé par d'autres : une course de taureaux pour la première semaine de juillet 1936.

La plaza formait une forteresse naturelle. Ses arcades ouvertes au dehors vers la campagne avaient été bétonnées et pointaient leurs mitrailleuses en tous sens ; des soldats campaient à l'intérieur.

Ils grimpèrent à la galerie supérieure. De là, on voyait toute l'Espagne : une immense étendue de plateaux et de chaînes de montagnes qui alternaient et enchevêtraient leurs plans dans un chaos qui était un ordre complexe et tourmenté. Le froid était assez mordant et le pâle soleil d'hiver soutenait mal cette harmonie des bruns, des bistres, des fauves, des ocres, des terres de Sienne, que le soleil d'été pousse les uns par-dessus les autres vers un paroxysme unique. Ils venaient de visiter les postes qui couvraient la petite ville à l'est, du côté opposé à la rivière. En face de ces postes, l'ennemi n'apparaissait pas, étant établi au pied des collines situées assez loin dans la plaine Mais, au sud, la situation était tout autre soudain, vue de ce haut observatoire. De ce côté, la chaîne de montagnes où était l'ennemi, devenue suite de collines, lançait un rameau qui, oblique à la rivière, pointait vers la ville et mourait presque à ses portes.

— Avec de l'artillerie, ils rendraient la position difficile ici.

— Certes. Mais ils n'en ont jamais eu.

— Ils peuvent en avoir. Vous avez de l'aviation ?

— Nous ne sommes pas gâtés. Un avion vient faire un tour de temps en temps. Mais notre service d'espionnage doit suffire.

Gilles se retourna vers l'aqueduc qui le fascinait. Ce vieux débris gigantesque pesait sur le paysage, comme tombé d'un autre univers où tout était plus vaste. Le jeune Espagnol suivit son regard avec fierté.

— Vous en avez aussi en France. C'est la civilisation latine.

Gilles hocha vaguement la tête. Pour lui, il y avait l'Europe. Depuis 1918, il croyait à l'Europe. Qu'est-ce que c'était ? Plusieurs forces à nouer sans en froisser aucune,

679

en respectant chacune et en la prenant dans sa vie profonde. Genève avait été une sale petite abstraction qui humiliait toutes les puissantes vies diverses. Il fallait que les nations se rencontrent, sous un signe complexe garantissant l'autonomie de toutes les sources, particulières et universelles. Mais, silence...

Quand il n'était pas seul, Gilles refrénait avec soin ses pensées dernières de peur de troubler ceux qui ne pouvaient qu'être troublés. Pour eux, il n'était qu'un personnage assez terne. On le disait journaliste ; rien ne pouvait mieux donner le change. « D'un certain point de vue, peu importe mes pensées. Je suis d'un type d'hommes qui a toujours été. Rêveur et praticien, solitaire et pèlerin, initié et homme du rang. C'est cela qu'ils peuvent saisir de moi. Le reste est-il saisissable ? Peut-on saisir une pensée qui, à force de s'éprouver dans les circonstances diverses et de faire face à des difficultés contradictoires, se retourne sur elle-même ? La pensée et l'action se perdent dans les hauteurs. Moi, je suis un de ces humbles qui aident l'action et la pensée à recommencer toujours leurs épousailles compromises. »

Ils déjeunèrent de bon appétit. L'après-midi, Gilles alla se promener seul. Ses manières surprenaient un peu et, si ce n'avait été l'impérieuse recommandation du Quartier général, on l'aurait suspecté. Dans quelques jours, il devait rédiger un rapport pour certains personnages dont on n'aurait pu dire s'il les menait ou s'il était mené par eux, et il voulait en resserrer la substance parmi ce calme ciel d'hiver qui cristallisait le drame épars.

Quand il revint, il étonna en annonçant qu'il passerait encore une nuit dans ce coin perdu. Il s'enferma dans sa chambre pour prendre des notes.

La nuit n'était pas tombée que...

... Une force scandaleusement énorme, une cruauté terrifiante s'abattait sur la ville. Vingt canons gigantesques projetaient des blocs de destruction plus gros que l'aqueduc. Horreur, surprise, trahison. « C'est drôle, j'y pensais cet après-midi. Comment cette pauvre petite ville va-t-elle tenir contre l'attaque certainement formidable qui va bondir ? Ce vieux destin. » Il regarda ses papiers sur [a table, les empoigna.

Il courut vers le poste de commandement. Dans les rues, les femmes et les enfants se précipitaient aux abris tandis que les hommes sortaient des maisons en bouclant leur harnachement. Il déchira ses papiers et les abandonna au vent de sa course essoufflée. Oraison perdue.

Il entra dans le poste qui était en contre-bas de la plaza de toros, creusé dans le flanc de la butte. Tout le monde était crispé sur les nouvelles. Une colonne descendait des collines et commençait de balayer les postes de la plaine. Deux de ces postes ne répondaient plus. « Les avions », hurla un gros officier en entrant.

Le colonel qui commandait donnait des ordres en tambourinant une carte avec son crayon. L'homme était bien ramassé.

Comme Gilles se penchait sur cette carte, se disant : « Ils vont attaquer le long de la rivière, prendre à revers la plaza de toros, qui sera isolée dans une heure », le colonel lui jeta un regard jaune et lui dit sèchement :

— Partez, monsieur, je vais vous donner une voiture.

— Non, colonel, je reste.

— Vous avez tort, cela va être dur.

— Oui.

Il avait une envie folle de retourner à la plaza. « Les obus siffleront, je me coucherai, je courrai, je me coucherai. Et il viendra un moment où, en dépit de tous mes exorcismes, je regretterai encore les cinémas des Champs-Élysées, d'où l'on a une vue si émoustillante sur de telles aventures. »

Il ne dit rien et alla à la porte. Il tombait bien une douzaine de cent cinquante-cinq par minute. Et sept ou huit avions tournicotaient par là-dessus. La ville maintenant, là-bas, à trois cents mètres, était déserte. Une compagnie filait le long de la rivière, dégingandée et pliée en deux. La nuit tombait. Il regardait tout cela de la porte du P. C. Au loin, c'était les villes de l'arrière, si paisibles, si bien pensantes. Il regarda vers la plaza, au-dessus. Fichtre, elle avait écopé. Il y avait une grande lézarde qui n'y était pas le matin. « Et v'lan, en voilà une autre, de plein fouet. Aller là dedans, bri... Et tenez, est-ce que je ne vous l'avais pas dit ? Ces mitrailleuses qui commencent à taper le long de la rivière. La plaza va être prise à revers. »

Il se rua, emporté par la panique irrésistible qui montait en lui depuis le premier effondrement sur la ville. Il grimpa vers la plaza. Les femmes, avec leurs petits pieds busqués et gais, montaient par là, les dimanches... Ah! ah! non. C'était dans le ciel, cette glissade dandinante et crissante. Il se jeta à terre, il retrouvait la terre autrefois embrassée. Cela chut au delà de la plaza, à deux cents mètres pour le moins. « Je suis bon, dit-il à tout hasard. » Et il repartit.

Il entra dans la plaza. Personne à la porte. Quand il avança dans le dos des hommes qui étaient tous collés aux meurtrières du rez-de-chaussée, en trébuchant dans quelque chose, ils se retournèrent, effarés. Une pauvre lanterne les éclairait à peine. Un bruit infernal montait de la rivière : les grenades. Il demanda le jeune lieutenant qui commandait là. On lui indiqua le premier étage, il s'y rendit. Il arriva aussi dans le dos du jeune lieutenant, et il lui vit soudain un visage transfiguré : c'était maintenant un visage d'homme, durement figé. Le visage pourtant s'éclaira fugitivement à sa vue.

— Ils attaquent, fit Gilles.

— Oui, répondit le lieutenant d'une voix tendue. Ils avancent.

Gilles se pencha vers la meurtrière. En bas, le long de la rivière, c'était un combat de nègres que de brusques flammes vouaient à une gloire d'instantané.

— Ne restez pas ici. Nous allons être coupés de la ville.

— Il n'y a pas de réserves en ville ?

— Presque rien. Trois compagnies.

— C'est vous qui commandez ici ?

— Oui, mon capitaine est en permission.

— Combien d'hommes ?

— Quatre-vingt et quelques. Quatre mitrailleuses.

— Des grenades ?

— Oui, nous ne manquerons pas de munitions... Partez.

— Mais il n'y a pas de danger.

— Tenez, regardez.

Les traits de feu et la rumeur se rapprochaient du bas de la pente. Évidemment, les tranchées du bord de la rivière avaient été forcées. Au même moment, un glissement sinistre dans les plages du ciel...

Toute la bâtisse était soufflée. Gilles s'était jeté, meurtri, sur le carrelage. Un monstrueux volcan sortait de terre. « Mon moi arraché dans une flamme, un hurlement. Retombé, mais flagellé, lapidé. Cent cailloux atrocement roides. Hurlement. Plus rien. »

Gilles se redressa machinalement, à côté du lieutenant qui, lui, ne s'était pas couché, vidé, retourné. Ah ! c'était ça, il avait oublié. C'était horrible, impossible. Bien plus

683

terrible qu'autrefois. Il avait vieilli, il ne pouvait plus. Pourquoi être là? Une voix d'adolescent blessé hurlait à côté de lui. Du noir, plus de lanterne.

Il entendit crier le lieutenant.

— A vos postes.

Sa voix avait mué. Mais lui n'était pas officier espagnol et il n'avait pas besoin d'être dans cette idiote guerre. Et, en tout cas, pas la guerre dans le noir. Il fallait filer. Il s'avança, levant très haut les pieds, vers la porte. Il se rappelait qu'il avait hurlé d'effroi, un hurlement honteux. Les bras en avant, il cherchait l'endroit par où il était entré.

Le bruit sinistre, de nouveau, ce gargouillement descendant. Un homme hurlant s'agrippait à lui et il s'aplatissait avec lui. Cela tombait plus loin. La bâtisse eut un affreux sursaut. Pas solide cette bâtisse, ce bordel de Dieu.

Dans une lueur, il avait vu la porte. Il s'arracha brusquement au corps soufflant et gémissant qui l'embrassait. Il atteignit la porte. Il descendit l'escalier dans une espèce de chute retardée. Il sauta quand il pensa être en bas, son pied toucha quelque chose en fer, se tordit. Il tomba. Aïe. Il était tombé dans des choses affreusement dures et meurtrissantes. Ah! non, ça fait trop mal. Pitié. Salauds. Il était dans des fusils qui le meurtrissaient encore, tandis qu'il se relevait. Cependant, il en prit un.

C'était en bas, près de la porte. A la porte, il y avait une bagarre. Il s'élança, boitant. Quelqu'un empêchait de sortir quelqu'un qui voulait sortir. C'était un gradé qui empêchait de sortir un petit jeune. La voix du gradé était rocailleuse, dure. Gilles vint tout contre les deux corps.

— Je suis un journaliste français, commença-t-il...

Dehors, il y avait des cris, des grenades, des coups de

684

feu tout près. Il allait être trop tard. Le sergent jura :
— Français ? Quoi ?

Et encore des jurons. Il donna un terrible coup de crosse à l'autre pour pouvoir mieux barrer la route à Gilles. Il brandit sa crosse vers lui.

Gilles s'aperçut qu'il avait un fusil à la main. Était-il chargé ? L'objet dans ses mains n'était plus familier. Il regarda derrière lui. Le ciel était là, en haut d'un escalier en vomitoire. Il jeta son fusil pour rassurer le sous-off.

— Le lieutenant dit que je retourne à la ville, lui cria-t-il en mauvais espagnol.

A ce moment, des hommes venus du dehors se ruèrent à l'intérieur, noyant le sous-off.

Gilles voyait le ciel à travers le vomitoire. Il y alla. Il songeait à une issue du côté opposé au combat. Il y alla, boitant, le corps vide, oublié, tout ramassé dans sa tête. Sa jambe lui faisait mal, dans un endroit indéterminé, d'ailleurs. Il grimpa l'escalier du vomitoire. Au milieu de la piste, en contre-bas, il y avait un camion. Il aperçut à droite, sur les gradins, des blessés autour d'un médecin ou infirmier.

Le bruit hideux. V'lan. Il s'était baissé. Là-bas, les blessés avaient gueulé. C'était des torpilles ou quelque chose de ce genre. Les rouges avaient approché leurs mortiers. Avec ces engins, la vie serait intenable dans cet endroit. Excessif.

Cependant, le calme, dans l'intérieur de l'arène, l'avait saisi. Au lieu de courir à l'autre bout de l'amphithéâtre pour chercher une issue, il resta immobile. Il se retrouvait seul, il se retrouvait. Depuis vingt ans, qu'avait-il été ? Peu de chose. Avant, il y avait eu des moments comme celui-ci et il en avait gardé le souvenir comme de moments où il avait existé. Alors, maintenant, de nouveau il pouvait être. Depuis quelques mois, ne tendait-il pas vers un tel moment ? Tous ses efforts, coupés d'angoisses, ne l'y portaient-ils pas ? Il regardait autour de lui. Il retrouvait sa lucidité, son ironie. Toute sa conscience ressortait comme la lune là-bas qui montait. Mille pensées lui venaient, mille souvenirs, mille aperçus. C'était cela, il était lui-même, il redevenait lui-même plus que jamais. Il était follement lui-même comme un homme ivre qui s'arrête entre deux verres et qui jouit une seconde de la suspension.

Le bruit. V'lan. Eh bien! oui, ces mortiers allaient écraser ce lieu de sang. La gageure le fascinait. Rester. Tâter le destin.

Là-bas, au loin, la vie pouvait-elle être encore délicieuse ? Les femmes, il ne les désirait plus. Il avait horreur, désormais, de lui parlant à une femme. Tout cela n'avait été que mensonge de part et d'autre. Il n'avait pas su. Revoir Florence, Chartres ? Il les avait si bien vues. Il en emporterait l'image gravée d'un trait de diamant dans l'âme. Dieu ? Il ne pouvait l'approcher que par ce geste violent de son corps, ce geste dément le projetant, le heurtant contre une mort sauvage.

Il revint à pas lents... le bruit, v'lan. Les mortiers tiraient trop court, en avant de la façade. Des hommes s'affairaient dans l'ombre, devant la porte. Ils faisaient une barricade.

Qu'arrivait-il ? Était-ce une forte offensive qui allait balayer toute la région d'un seul coup ? Ou seulement un coup de surprise qui serait sans lendemain ? Il fallait défendre le lieu des taureaux.

Il tourna dans l'escalier. Un blessé, sur les marches, gémissait :

— Santa Maria.

Oui, la mère de Dieu, la mère de Dieu fait homme. Dieu qui crée, qui souffre dans sa création, qui meurt et qui renaît. Je serai donc toujours hérésiarque. Les dieux qui meurent et qui renaissent : Dionysos, Christ. Rien ne se fait que dans le sang. Il faut sans cesse mourir pour sans cesse renaître. Le Christ des cathédrales, le grand dieu blanc et viril. Un roi, fils de roi.

Il trouva un fusil, alla à une meurtrière et se mit à tirer, en s'appliquant.

DU MÊME AUTEUR

Aux Éditions Gallimard

INTERROGATION, 1917

FOND DE CANTINE, 1920

ÉTAT-CIVIL, 1921 (L'Imaginaire n° 14)

PLAINTE CONTRE INCONNU, 1924

L'HOMME COUVERT DE FEMMES, 1925. Nouvelle édition en 1977 (L'Imaginaire n° 310)

LE JEUNE EUROPÉEN, 1927

BLÈCHE, 1928 (L'Imaginaire n° 558)

GENÈVE OU MOSCOU, 1928

UNE FEMME À SA FENÊTRE, 1929 (Folio n° 2835)

L'EUROPE CONTRE LES PATRIES, 1931

DRÔLE DE VOYAGE, 1933. Nouvelle édition en 1978

LA COMÉDIE DE CHARLEROI, 1934 (L'Imaginaire n° 352)

JOURNAL D'UN HOMME TROMPÉ, 1934. Édition définitive en 1978 (Folio n° 1765)

SOCIALISME FASCISTE, 1934

BELOUKIA, 1936 (L'Imaginaire n° 266)

AVEC DORIOT, 1937

RÊVEUSE BOURGEOISE, 1937 (L'Imaginaire n° 322)

GILLES, 1939. Édition intégrale avec une préface de l'auteur en 1942 (Folio n° 459)

ÉCRITS DE JEUNESSE, 1941

NOTES POUR COMPRENDRE LE SIÈCLE, 1941

CHRONIQUE POLITIQUE (1934-1942), 1943

L'HOMME À CHEVAL, 1943 (L'Imaginaire n° 281)

CHARLOTTE CORDAY – LE CHEF, 1944

COLLECTION FOLIO

Dernières parutions

Impression CPI Bussière
à Saint-Amand (Cher), le 22 juillet 2012.
Dépôt légal : juillet 2012.
1er dépôt légal dans la collection : octobre 1973.
Numéro d'imprimeur : 122683/1.
ISBN 978-2-07-036459-6./Imprimé en France.